U0591872

规则怪谈 2

瓦棚中学

石头巨怪 / 著

中国友谊出版公司

规则怪谈 2

瓦棚中学

石头巨怪 / 著

中国友谊出版公司

图书在版编目（CIP）数据

规则怪谈. 2, 瓦棚中学 / 石头巨怪著. -- 北京 ：
中国友谊出版公司, 2025. 8. -- ISBN 978-7-5057-6112-
4

Ⅰ. I247.5

中国国家版本馆CIP数据核字第2025TJ8633号

书名	规则怪谈. 2, 瓦棚中学
作者	石头巨怪
出版	中国友谊出版公司
发行	中国友谊出版公司
经销	新华书店
印刷	嘉业印刷（天津）有限公司
规格	700毫米×980毫米　16开
	25.25印张　613千字
版次	2025年8月第1版
印次	2025年8月第1次印刷
书号	ISBN 978-7-5057-6112-4
定价	55.00元
地址	北京市朝阳区西坝河南里17号楼
邮编	100028
电话	（010）64678009

如发现图书质量问题，可联系调换。质量投诉电话：010-82069336

副本三

瓦棚中学

前情提要

现实世界。

曲康平下意识地拿起一支香烟，却突然想起这里是医院病房，于是赶紧将香烟放回怀里。

嘀——病床前的心电监测仪发出刺耳的警报声。

阿健见状，赶紧出门找医生。

医护人员来到妹妹的房间，象征性地做了一些抢救的工作，遗憾地宣布小玲失去了她年幼的生命。

"对不起，你们是病人的家属吗？"

"我们是诡异攻略组的，我是组长曲康平。"曲康平说道，"这个孩子可能拥有诡异力量……我们要把她带走了。"

"原来如此啊……难怪她的生命力如此顽强，一般人只能活3个月而已，她却活了将近一年。只可惜，她的父母一直花钱给她治病，却很少来医院看她，我真想不明白世界上为什么有那么狠心的父母。"

曲康平无奈地转头。

小玲的床头多了一个可爱的小狗气球，她苍白的小脸蛋上，多了一抹幸福的微笑。

顾毅终于离开了副本，他睁开眼睛，自己又一次回到了那充满血腥味道的房间。

"恭喜冒险者成功达成完美级通关的条件。

"你的剧情探索度为100%。

"如今与三口之家相关的所有诡异事件将不会再出现在你所处的现实世界。

"你的精神力上限提升，现为100/100。

"你获得了一次休整7天的机会。

"你的天赋能力得到强化，你可以选择一个新的主动技能。请谨慎选择你的主动技能，这可能影响你接下来的成长路线。"

第一章
回归现实

【1】休息日

顾毅睁开眼睛，耳边传来了系统的提示音。

在崇山医院时，院长妻子曾经告诉过自己不要把所有人当成木偶。

这一次，顾毅在通关的时候动了真情，直到现在还久久不能平静。

"呼——"顾毅长舒一口气，拍了拍自己的脸蛋。

冒险还将继续。

只有彻底打通《诡异世界》，抓住那高高在上的导演，他们才能彻底摆脱无限循环的噩梦。

"来吧，让我看看你给我准备了什么新的能力。"顾毅打起精神，查看系统提供的3个选项。

1. 心理暗示。

对自己或他人使用心理暗示，他人的精神力越低，你的暗示效果越强。

对他人使用时，消耗20点精神力，持续时间5分钟，冷却时间30分钟，可对其造成恐惧、紧张、兴奋、快乐等心理暗示。

对自己使用时，消耗10点精神力，持续时间10分钟，冷却时间15分钟，可使自己增加精神侵蚀抗性、提升勇气或激发身体潜能。

2. 幻人。

减少50%的精神力上限，创造一个幻人，其体质与你扮演角色的属性值相当并额外受到精神力上限加成。

幻人持续时间为10分钟，冷却时间12小时。

3. 心灵尖刺。

对他人使用心灵尖刺，他人的精神力越低，心灵尖刺的伤害越大。

消耗10点精神力，冷却时间1分钟，连续对同一人使用3次心灵尖刺后，将触发即死效果，无法对"不可言说"触发即死效果。

备注：你可以在推演的过程中使用技能，且不会消耗实际的精神力，但如果你在推演的过程中使用技能，你将无法使用"回溯推演"。

"哎呀，真是恼人，为什么只能选一个技能？"顾毅挠了挠头。3个技能各有千秋，都能独当一面。

第一个技能集控制和辅助能力于一体，如果顾毅在一开始就拥有心理暗示技能的话，他也不会在《三口之家》副本里受那么多伤了。

第二个技能和妹妹的诡异力量类似，冷却时间长，消耗也很大，这说明幻人的成长性和力量可能是3个技能里最强的。只不过，现在副本难度很大，就算多出一个帮手也未必能碾压副本，而且召唤技能与顾毅的天赋能力也不太好搭配。

第三个技能是一个强大的战斗技能，应该脱胎于猫小姐的诡异力量。只要拖够3分钟，顾毅就能用心灵尖刺赤手空拳杀人，即使不能对付"不可言说"，也足够优秀了。

顾毅思考了一下。

很奇怪的是，第二个技能和第三个技能都能在这次的副本里找到原型，而第一个技能在副本中却找不到对应的诡异能力。顾毅猜测，很有可能第一个技能才是配套"无限推演"的技能。

"系统提示了，这次的技能选择会影响我后续的成长，它是在暗示我要围绕着自己的天赋去选择小技能。

"我天赋的优势在于可以通过试错的方法找到线索和剧情道具，召唤、强攻并不是我的通关风格，这种带点控制效果的辅助技能反而更适合我。

"系统，我选择技能1。"

顾毅的眼前闪过一道金光，心理暗示的技能映入了他的脑海。

"冒险者，你获得了7天的休整期，可以回到现实世界进行休整。7天后，你需要重新回到《诡异世界》冒险。请问你是否立刻回归现实世界？"

"回归。"顾毅点点头，逐渐失去了意识。

现实世界，一天后。

A国攻略组办公大楼的上空出现了一道紫色的闪电。

曲康平掐灭了手里的香烟，一脸兴奋地看着天上的云朵："兄弟们，快出去，是顾毅回来了。"

"快快快！"阿健放下手里的工作，抢先一步跑到了大楼前的广场。

轰隆！紫色闪电落下。一道虚空的传送门出现在众人面前。

顾毅闭着眼睛走出传送门，意识逐渐回归。

"唔——"顾毅打了个冷战，一睁眼就看到了攻略组的众人，"呃……大家……"

哗啦哗啦——大伙儿自发地鼓掌欢迎他，这让顾毅有些不自在地退后了两步。

曲康平走到顾毅身边，一把搂住了他的肩膀："好样的顾毅，第一次在现实世界看见你，没想到你比视频里看上去精神多了。"

"谢谢……"

"抽烟不？"曲康平递来香烟，阿健递来打火机。

顾毅尴尬地摆摆手："谢谢组长，我不抽烟。"

"瞧瞧这小子，至于那么拘谨吗？"

"呃……你们太热情了，我有些不习惯。"顾毅摸了摸鼻子。

在《诡异世界》里，他是一个勇敢的冒险者，回到现实世界后，他又恢复了往日腼腆内向的性格。

无论怎么说，他也只是一个还在读大学的学生而已。

"这么说，你现在是退休了？"

"退休？"

"哦，就是退出《诡异世界》，不再去冒险了。"曲康平笑道，"这样也好，没人会给你压力。你在现实世界依然可以对抗'诡异'。"

"不，我并没有退休。"顾毅摇摇头，卷起袖子。

顾毅的手腕上有一条黑色的锁链，这代表他只是暂时离开《诡异世界》。

曲康平见状，对顾毅肃然起敬。

"组长，我想见见我的家人，可以吗？"

"当然可以。"曲康平点点头道，"不过，在见了你之后，你的家人就再也不能离开我们攻略组了，这是对你和你家人的保护。我们可不知道外面有多少狂信徒在盯着你的脑袋呢。"

"嗯，我明白。"顾毅点点头，跟着曲康平来到了会客大厅，与父母见面。

曲康平和阿健坐在门口，等待顾毅。没想到，顾毅和家人聊了半个小时，就从房间里出来了。

"咦？不再聊会儿？"曲康平叼着香烟，一脸诧异。

"看见父母身体健康就足够了。"顾毅挠了挠鼻子说道，"其实，我更关心的还是《诡异世界》。我告诉你们的事情，你们都做了吗？"

"当然。"

"真的有拐卖人口的小镇？"

"是的，你的猜想是正确的。"

"和我具体说说吧。"

曲康平和顾毅并排坐着，事无巨细地说明了追查黄岛镇的全部过程。

顾毅挑了挑眉："真的有一个叫小玲的姑娘？"

"嗯，昨天刚刚去世了，很可惜。"

"能带我去见见她吗？"

【2】攻略组会议

攻略组的研究所内。

小玲躺在一台巨大的纺锤形仪器中，她紧紧闭着眼睛，就像是睡着了一样。这台仪器可以消除诡异力量，是 A 国最新的研究成果。她身上还有残留的诡异力量，必须经过处理之后才能下葬。

顾毅隔着窗户看了两眼，小玲果然和副本中的妹妹长相一模一样。

"组长，我能问你一个问题吗？"

"你问。"

"人为什么要活着？"

"唑——"曲康平挠了挠头，完全不明白顾毅到底想表达什么。

让冒险者保持心理健康也是攻略组的重要工作，顾毅有这个疑问，显然是在副本中遇到了什么强烈的刺激。

"你为什么突然问这个问题？"

"我也不知道。"

"蝼蚁尚且偷生，为人何不惜命？"

顾毅沉默片刻，笑道："总之谢谢你们了。如果不是你们在现实中及时化解了小玲的怨气，我也没办法在副本世界中通关。"

"能帮到你实在太好了。"

"组长，能帮我召集所有攻略组成员吗？我想和大家开会说一些事情。哦……还有一点，麻烦给我一份所有 A 国冒险者的名单。注意，是所有冒险者，包括已经死掉的，还有存活的。"

"干吗？"

"我已经休息够了，现在需要工作。机会稍纵即逝，没时间浪费。"

顾毅点点头，径直走向会议室。

曲康平点燃一支香烟，朝着阿健勾了勾手指："照他说的去做。"

"是。"

"另外，准备 3 根钓竿，放到我车子的后备厢里。"

"啊？您要做什么？"

"哪儿那么多废话，快去办事。"

会议室内。

顾毅坐在会议桌的末尾，正在奋笔疾书着什么。每一个走进会议室的人都崇拜地看着他，主动问好。

"毅神好。"

"毅神……"

"别叫我毅神了。"顾毅放下纸笔，赶紧打断大家，"这名字你们喊着不尴尬，我听着尴尬，叫我顾毅就行了。"

曲康平坐在顾毅旁边，朝大伙儿招招手："行了，都坐下吧。今天的会议不是我主持，全权由顾毅代理。顾同学，请吧。"

顾毅点点头，走到讲台前，松了松领口。

"首先我要谢谢各位的帮助，如果不是你们，我恐怕早就在上一个副本世界里被撕成碎片了，谢谢。"

顾毅鞠躬、敬礼。大伙儿纷纷点头回礼。

顾毅拿着一大堆资料和笔记，一边看一边说："关于《诡异世界》，我有几个新的情报要公布。

"一、关于主持人的作用。以前大家觉得主持人只是担负了管理副本、挑选冒险者的职责，世界上也很少有冒险者能活着见到主持人，但我成功遇见，并活着回来了。我认为，这和我觉醒了比较稀有的天赋有关。我的天赋拥有预知能力，这可能对《诡异世界》起到很大的作用。因此，主持人对我有很多特别的照顾。我判断主持人更像是副本世界的管理者，他们可以设计副本世界、调整副本的各种力量参数，但他们需要遵守的规则比冒险者还要多。比如，他们无法直接杀害冒险者，唯一能做的就是让副本难度提升而已。

"二、关于主持人的身份。之前有人猜测过，副本世界里的 NPC（非玩家角色）可能是死掉的冒险者，但事实可能比这更加可怕。有价值的冒险者在死掉之后，会重新回归《诡异世界》，成为一名主持人。主持人曾经邀请我成为他们的一员，但是我拒绝了。

"三、现实与《诡异世界》的关系。上次我们相互合作，成功打通了一个副本。这足以证明《诡异世界》和现实世界是互相干涉的。如果在《诡异世界》攻略失败，那个世界里的诡异生物就会入侵现实。如果我们能在现实中找到'不可言说'的原型，那么同样可以削弱《诡异世界》里的怪物。今后，我们对付《诡异世界》又多了一种方法，那就是在现实世界找到对应的诡异事件。当然，这仅限于以蓝星为背景的副本，毕竟《诡异世界》里可是有许多来自平行世界的副本。

"四、关于主持人身份的调查以及抓捕计划。如我所说，主持人就是曾经的冒险者，他们也需要遵守《诡异世界》的基本规则。《诡异世界》与现实世界相互干涉，每7天开启一个副本，冒险者连续通关2个副本后，就会获得重新回到现实世界休整的机会。因此，我大胆假设——主持人也有休整7天的机会。

"大伙儿想一下吧，现实世界的狂信徒们是由谁在领导？狂信徒关于诡异力量的知识又是由谁在教授？难道真如他们所说，是所谓的神明呓语？你们之中有许多人都去过《诡异世界》，你们只听过'不可言说'的呓语，什么时候见过导演亲自下场？如果狂信徒背后没有一个强大的主持人，怎么能形成如此规模？如果主持人在现实世界没有耳目，他怎么会特意派出书虫阻挠你们调查？

"因此，从现在开始，我们要调查所有冒险者，并且着重调查已经死掉的冒险者。我遇到的那名主持人在设计副本时，将许多A国文化圈的元素放在里面，我认为他很有可能就是我们A国人，所以我们也可以优先调查国内的冒险者。我们冒险者回到现实世界之后，就无法使用技能了，我猜主持人也一样。但是，我们在抓捕他的时候也不能掉以轻心，他虽然不能使用技能，但不代表他不能使用诡异物品。

"接下来，我们要在一天之内圈定嫌疑人，在第二天确定抓捕计划并实施抓捕。他很狡猾，我们必须做好最完备的准备。"

顾毅说完了一大堆话，这才放下手里的笔记。他抬头望了望台下，发现大伙儿全在注视着自己。他们或崇拜或迷惑或震惊，这让顾毅不由得有些不自在。

"呃，我说的有不对的地方？"顾毅摸摸鼻子，又手足无措地松了松领口。

曲康平感到手指一疼，他低头一看，这才发现是香烟烧到了手指。顾毅的演讲实在太精彩了，让所有人都忘记了时间。

"顾毅，你下来吧。调查和抓捕的任务，你不需要参与了。"

"啊？"顾毅看向曲康平，"什么意思？是我有地方做得不对，还是我的推理有问题？"

【3】顾毅的钓鱼手法

"没有，你说得很对，但是我有别的任务交给你。"

"别的任务？"

"秘密任务。"曲康平凑到顾毅身边，神秘兮兮地眨了眨眼睛。

他转身看向大伙儿，清了清嗓子，说道："你们都听到顾毅说的话了吧？从现在开始，你们立刻着手调查，在今晚之前必须给我全部调查清楚。我和顾毅还有别的任务要完成，散会。"

大伙儿起身，一边讨论着刚才的会议内容，一边离开了会议室。

顾毅眨巴着大眼睛，好奇地问道："组长，我们这是要去哪儿？"

"当然是带你去训练啦。"曲康平回头笑道，"你现在的精神力是多少？"

"100。"

"你应该也发现了吧，现在你的精神力在《诡异世界》里的成长率变低了，对吧？"

"没错。"

"其实，锻炼精神力的方法有很多，即使在现实世界也有办法锻炼。精神力是你最重要的保障，它可以使你在面对'不可言说'的时候保持冷静。"

"嗯……"顾毅默默地点了点头。

"好了，跟我走吧。"

顾毅跟着曲康平来到停车场，阿健早已发动了汽车。

曲康平坐在副驾驶座，和阿健有说有笑。

顾毅一个人坐在后排，脑子里还在回忆着冒险者的名单和资料，他的记忆力极其强大，尽管只看了两眼，却早已谙熟于心。

"到地方了，下车。"

"嗯？"

顾毅闻言，推门下车。汽车停在了一条小河边，四周荒无人烟，只有稀稀拉拉的绿植。不远处有一圈一圈的铁丝网，入口处还有持枪的哨兵在把守。

"这里是什么地方？"

"这是我们攻略组的训练靶场。"曲康平指向远方，"看见靶子了吗？"

"嗯，我看见了。你带我来这里是为了练习枪法？我觉得没有必要吧，很多副本里枪械的作用都是很小的，与其练枪，不如……"

"不如钓鱼。"

曲康平拿起一根钓竿塞进顾毅的手里。顾毅一脸茫然地看着曲康平。

"钓鱼？我可没有这个闲工夫……"

"这是命令，你今天的工作就是钓鱼休闲。阿健，给他拿个小马扎让他坐我旁边。"

"哎呀！"

顾毅被阿健强硬地按在了凳子上。阿健是经受过严格训练的特工，论身体素质顾毅可不是阿健的对手。

顾毅有些不情愿地拿起钓竿，学着曲康平的样子上饵："我觉得这纯粹是在浪费时间，你还不如让阿健哥教我两手擒拿。"

"你懂个屁。"曲康平抛出钓竿，叼起香烟，"在《诡异世界》，你的精神会高度紧张。如果你回到现实世界还是如此紧张，身体受不了的，得张弛有度。"

"我觉得我很好。"

"哦，但愿如此。"曲康平点燃香烟，淡定地吸了一口，"我带你来钓鱼，可不是无的放矢的。不瞒你说，我的天赋能力也有预知的能力，所以我很清楚怎么锻炼精神力。"

"嗯？"

"你在现实世界不能使用技能，但不代表你就失去了你的直觉。人人都拥有这种直觉，只不过《诡异世界》放大了你的直觉，让它变成了你的天赋能力。"

"原来如此。"顾毅若有所思地点了点头，"可是……这和我们钓鱼有什么关系？"

"钓鱼其实就是对精神力最好的锻炼。钓鱼时最重要的就是耐心，你可以在钓鱼的时候冥想，以此锻炼精神力。

"不仅如此，钓鱼还是一个锻炼直觉的极佳机会。

"比如现在，我的直觉就告诉我，我是第一个钓上鱼的，不信的话……"

哗啦——顾毅抬起钓竿，钓上一条巴掌大小的鱼秧子。

曲康平手里拿着香烟，咳嗽了两声："你小子挺不错嘛。"

"这鱼好小。"顾毅皱了皱眉，摘下小鱼丢进了河里。

曲康平继续看向湖面："喀喀……总之带你钓鱼，一个目的是让你放松心情，还有一个目的就是锻炼你的直觉和精神力。嘿，我给你打个样，我预感我马上就能钓上来一条大鱼。"

哗啦——顾毅抬起钓竿，一条大鱼不停地甩动尾巴。他手忙脚乱地抓起鱼，随手丢进身边的水桶。

曲康平擦了擦脸上的水，咳嗽了两声，把烟头掐灭。

"小伙子有点意思啊，你还真有点我年轻时候的样子了。我年轻的时候也是一把好手，每次和朋友钓鱼都是第一个钓上鱼的，甚至能钓上最大的鱼。

"但是钓鱼这种事情啊，可不是钓上一条就能结束的。我就预感到，今天我一定会钓上最多的鱼，你不信的话，我们打赌……"

哗啦、哗啦、哗啦——在曲康平自言自语的时候，顾毅一连钓上了3条鱼。

曲康平嘴角微微抽搐："嘿……我开始认可你了，不过你可不要骄傲啊，现在刚刚开始而已。我以前钓鱼的时候，钓得太多，到最后都得借别人的水桶装鱼，我有预感……"

顾毅突然站起身来，走到阿健身边。

"阿健哥，能商量个事儿吗？"

"怎么了？"

"我的水桶装不下了，能不能借你的水桶用一用？"

"哦，可以。"

顾毅拿起阿健的水桶，放在自己身边。

曲康平望着顾毅，皱着眉头问道："小子，你扮猪吃老虎是吧？"

"哈？什么？"

"你以前钓过鱼？"

"没有呀。"

"那你怎么这么厉害？"

"我也不知道。"顾毅耸耸肩，"你说得很对，钓鱼确实很能放松心情。等我钓满剩下两个水桶，我们就赶紧回去吧，咱们还有另外一条大鱼要抓呢。"

"哼！"曲康平丢下钓竿，气鼓鼓地给自己点烟。他朝着阿健勾了勾手指，低声说道："阿健，以后别带这小子来钓鱼了。"

"你不是说钓鱼可以锻炼精神力……"

"那是我胡诌的。"曲康平骂道，"不这么骗他，这小子会乖乖过来休息吗？"

"我差点当真了。"

曲康平突然感到身后出现了一个阴影，他回过头去，发现顾毅又钓上了一条活蹦乱跳的大鱼。

"组长，阿健哥的水桶也装满了，我能用你的吗？"

曲康平尴尬一笑，把手里的水桶交给了顾毅。

鲜血，爆炸，残肢。

一间被鲜血染红的审讯室里，只剩下一双血淋淋的手臂。手臂不停刨动地面，从地板下面挖出了一个死人脑袋。死人脑袋飘浮起来，在空中旋转，发出诡异的笑声……

"啊——"顾毅猛然睁开眼睛,从床上坐了起来。

阿健和顾毅住在一个宿舍,他从床上爬起来,诧异地看着顾毅。

"你怎么了,兄弟?"

"我做了一个噩梦。"

"哈?"

顾毅沉思片刻,他拉着阿健的手臂,认真地说道:"抓捕主持人的任务,我必须跟着去!"

"不行。"阿健摇摇头,"那家伙太危险了,组长说了,我们必须优先保证你的安全。"

"行吧。"顾毅打开宿舍门,"我自己找组长说去。"

【4】算无遗策

两天后,金陵城。

一家路边画廊里,老板正在悉心擦拭柜台上的浮灰。

3名穿着校服的女孩走进画廊,却没有心思看画,反而全在盯着画廊老板,对他指指点点。

"他好帅呀。"

"哪儿帅呀,也就一般。"

"一般?那你为什么进来以后眼睛都看直了?"

老板咧嘴一笑,收起抹布,走到女孩们面前:"同学们,有什么需要我帮助的吗?"

"不不不,我们就想自己看看。"

"老板,你忙你的吧。"

"嗯。"

老板耸耸肩,继续打扫卫生。

一阵风吹过。

老板放在柜台上的鹅毛笔落在了地上,他弯腰捡起鹅毛笔,桌上的水晶球居然从底座上滚了下来,咔嚓一声碎成了八瓣。

"怎么回事?"

老板想了一会儿,拿起画笔,在下巴上涂上蓝色颜料。

丁零零——5个穿着黑色制服的男人走进了画廊,他们表情严肃,连走路的动作都出奇地一致,一看就是出身军旅之人。

3名女学生看见5个男人后,突然感到后背发凉,赶紧手牵着手离开了画廊。

"几位有何贵干?"

老板手腕一翻,偷偷从桌子底下拿出一张塔罗牌。

"我们是Ａ国攻略组特工。"阿健从队伍中站了出来,拿出手枪对准老板,"不许动,手举起来,放在我能看见的地方。"

"好好,我举起来。"

"金鑫?"

"没错。"

"举起手,慢慢走到我面前,别想耍花样。"

"嗯……我能先问问你们想做什么吗?"

"你自己心里有数。"阿健摆摆手,"慢慢走过来。"

"啊……这样啊。"

金鑫咧嘴一笑,手指一翻,将藏在手背的塔罗牌翻到了手心。

5名特工立刻绷紧了神经。

阿健眼疾手快,一枪击穿了金鑫的掌心,血花四溅。

金鑫扭过头去,看了一眼手里的塔罗牌,不由得叫骂一声:"抽到什么牌不好,居然是这张牌?"

塔罗牌上画着一座高塔,天上落下闪电,将高塔劈成了两半。牌面下方写着一行英文:The Tower。

阿健感到后背一阵发凉,他瞪大眼珠往前一看,一大堆长着诡异笑脸的炸弹凭空出现在画廊内部,引线已经烧到最后一点了。

"快出去找掩体!"阿健怪叫一声,离开画廊。

金鑫冷笑一声,趁乱从后门逃跑。

轰隆!画廊被炸得飞上天,玻璃、碎石和爆炸的冲击波伤到了很多路人。

金鑫额头被碎片弄伤,他从怀里拿出一支画笔,随意在脸上画了两道,伤口顷刻间愈合。

街道上混乱不堪。

金鑫一边逃跑,一边用画笔在脸上涂抹,很快他就变成了一个乞丐。他脱掉自己的西装,翻到反面轻轻一抖,西装立刻变成了一件破烂衣服。

"怎么爆炸了?"

"是煤气泄漏吗?"

"赶紧叫消防员啊!"

路人望着炸成碎片的画廊,激烈地讨论着。

金鑫躲在人群中,逆着人流往外走。一种不祥的预感袭来,金鑫往两边一看,有两个伪装成平民的特工正往自己这边走来。

金鑫冷笑一声,迎着左边那名特工走了过去。

"停下。"

"滚!"

金鑫一拳打在特工脸上。特工闷哼一声,摔倒在地。

金鑫越过特工,朝着背街小巷走去,身后传来无数急促的脚步声。他回头看去,灰头土脸的阿健正举起手枪,瞄准了自己的后背。

砰砰砰!阿健连开3枪。

金鑫的后背立刻鲜血淋漓,然而他却像没有痛觉一般,依然朝着小巷尽头走去。

阿健拿起耳麦:"顾毅,他朝着我们的包围圈去了。"

"好,直升机随时待命。"顾毅说道,"阿健,你看下手机,去我标注的地方躲起来。"

"为什么要去这种地方躲?"

"你别管,照做就行。"

前面是一条死胡同,金鑫翻身越过高墙,发现对面居然是无数黑洞洞的枪口。

"金鑫,你被包围了。"曲康平叼着香烟,"除非你长了翅膀,否则别想从这里离开。"

"嘿嘿,那你们试试看啊。"

金鑫从怀里掏出一支蓝色彩笔,在脸上画了一道。

"别让他施法，开枪！"

突突突！子弹倾泻而出，齐根打断了金鑫的右臂，他的身上立刻出现了无数孔洞。

金鑫闷哼一声，倒在地上，伤口里流出了五颜六色的血液。

塔罗牌从他怀里掉了出来，撒了一地。

"赶紧撒盐！"

特工们快步上前，朝着金鑫抛出盐罐。盐霜落在金鑫身上，燃起银白色的火焰。

金鑫痛呼一声，顶着特工们的猛烈进攻，用沾血的手指从牌堆里抽出一张牌。

牌面上，一个男人被倒吊着挂在十字架上，牌面下方的英文为"The Hanged Man"。

金鑫捏着纸牌，脖子上出现一条细细的血线。

"对不起了，组长。"金鑫笑道，"我虽然没长翅膀，但我还是能飞。"

金鑫的脑袋脱离了脖子，一条凭空出现的绳子吊着金鑫的脑袋飞上了天。

曲康平握着手枪，朝着那脑袋扣动扳机，然而子弹却根本无法击中那死人脑袋。

"居然真被顾毅说中了。"曲康平拿起对讲机，"直升机出动！"

3架直升机立刻出现，围在金鑫四周。

螺旋桨卷起旋风，让金鑫的飞行变得不那么顺畅，头顶的绳子随着空气的流动左右摇晃，极难控制方向。

"你们这些凡人，妄想屠神？"金鑫大声谩骂着。

如果不是自己在现实世界的力量遭遇了极大限制，他怎么会如此狼狈不堪？

金鑫干脆放弃控制方向，他控制绳子，顺着气旋乱飞，就连他也不知道自己会落向何处。那些人就算再聪明，也绝不可能知道随机事件的结果。

"还想抓住我，做梦吧！"

金鑫的脑袋在空中乱飞，如同一只断了线的风筝。他看了一眼下方，笔直朝着地面的窨井盖飞了过去。

咣当！金鑫的死人脑袋撞飞了窨井盖，却发现窨井盖下多了一个人。

阿健举着手枪，对准金鑫的脑袋说道："不好意思，这里满员了。"

砰！子弹穿透了金鑫的脑门。

【5】审讯金鑫

金鑫怪叫一声，不受控制地往后飞。谁知道，金鑫突然停在半空动弹不得，他眼睛往上一翻，原来是顾毅揪住了他头顶的绳子。

"你这绳子挺好的。"顾毅咧嘴一笑，"用来给你上吊绝对不错。"

"顾毅？"

"有空再聊吧，我们给你准备了一个特别舒服的单人间。"

"我杀了你！"

金鑫用尽最后的力量，朝顾毅的脖子冲了过来。顾毅似早有准备，拿起一个盐罐塞进金鑫的嘴巴里。

"嗯？"金鑫的脸色逐渐灰败，白眼一翻晕了过去。

金鑫被关在了一间特殊的牢房。

按照顾毅的指示，特工们把整间牢房都涂上了黑色的油漆。他们把金鑫的脑袋锁在一个玻璃罐子里，玻璃罐子外面以及地面上都洒满了盐霜。

特工们对金鑫进行连夜审讯，谁知道这家伙却十分狡猾。虽然他总是有问必答，但他给出的答案竟然全都是攻略组早就掌握的情报，审讯工作到现在都没有实质性进展。

顾毅站在牢房外面，自告奋勇地说道："组长，让我进去审讯吧。"

"你？"曲康平挑了挑眉，"我们还不知道他有没有别的诡异力量呢，万一你被他伤到了怎么办？再过几天你可就要再次去冒险了。"

"没关系，我自有分寸。"

"嘿……行吧，注意安全。"

顾毅点点头，推门走进牢房。他拿起一把椅子，坐在金鑫的对面，面无表情。

"你作为人类的样子还挺帅的。"顾毅挑了挑眉，"为什么要做这种事情？"

"你为什么会知道我的能力？谁告诉你的？还是你们人类又研究出了什么对抗'诡异'的科技？"

"现在是我在审讯你，可不是你在审讯我。"

"我猜猜……"金鑫眼珠滴溜溜乱转，"你知道怎么在现实世界中使用诡异力量了？嘿嘿，这可是成为主持人的先决条件呢，你天生就是吃这碗饭的，顾毅。"

"哼……"顾毅冷笑一声，一拳将金鑫的脑袋砸翻在地。

金鑫脑袋外面的玻璃罐子碎成了八瓣，他倒在地上，特制盐霜燃起银色的火光。

"啊——快住手！"

顾毅充耳不闻，一脚踩在金鑫的脑袋上。

阿健愣了一下，想要冲进去救人，曲康平却拦住了阿健。

"组长，这不合规矩，我们不能虐待嫌犯。"

"顾毅又不是我们攻略组的，"曲康平说道，"攻略组的规矩管不到他。"

金鑫的惨叫声在牢房里回荡，他不停地翻着白眼，好像随时都要断气似的。

"能好好说话了不？"

"能……"金鑫怨毒地看着顾毅，从牙缝里挤出了一个字。

顾毅揪着金鑫的耳朵，将他的脑袋重新放回桌子上。

"A 国境内还有别的主持人吗？"

"我不知道。"

"又不老实？"

"我真的不知道！"金鑫盯着顾毅，"《诡异世界》挑选冒险者是随机的，选拔主持人也是随机的，谁知道导演究竟在想什么呢。"

顾毅眉头紧锁，从金鑫以往的顽固性格来看，这小子的话一定是真假参半，不能完全当真。

"你见过导演？"

"见过又没见过。"

顾毅拉长了脸，金鑫立刻加了一些解释："导演是神，我们凡人是不可直视神明的，每次我看见的导演都只是他万千化身中的一个，所以自然是见过又没见过。"

"你说的这些话，不和狂信徒说的一样吗？我来这儿是想听你说废话的吗？"

顾毅一拳将金鑫的脑袋砸下桌面，金鑫又一次掉进了盐霜里。

"啊！你居然敢这样对我？啊——"

"别和我耍花招。"顾毅冷冷地问道,"A国境内还有多少主持人?"

"就我一个,我说真的,就我一个!"

"怎么可能?"

"我们主持人也需要遵守严格的规则,还有优胜劣汰的竞争方式,如果一个地区的主持人无法担负自己的职责,他就会被下一任主持人淘汰……"

"还不说实话?既然如此,那你为什么还要一门心思地拉拢我?难道我和你不是竞争关系吗?"

"啊——"金鑫痛苦地呻吟,"顾毅,醒醒吧!人类不值得你为之卖命,放我离开,我可以让你不死不灭!"

顾毅站起身来,居高临下地看着金鑫:"哼,还不老实?那你就继续在地上打滚吧。"

金鑫眼睛里流出血泪,但很快就被银色的火焰蒸发,他大声咒骂着顾毅,似乎只有这样才能缓解自己的痛苦。

"顾毅,你死定了!你迟早有一天会被人类背叛,你和我才是一类人,他们不会容得下你!你到底明不明白这个道理?你迟早会明白的。迟!早!"

顾毅面无表情地看着金鑫,直到地上的盐霜彻底燃尽。金鑫的脸蛋已经被全部烧焦,但他依然在有气无力地呻吟着。

主持人的生命力十分强大,即使只剩下一个脑袋也可以生存。

顾毅推门而出。

阿健看了一眼顾毅:"你把他弄死了?"

"这家伙死不了。"顾毅摇摇头道,"他是主持人,只要《诡异世界》还在运行,他就能从其中汲取诡异力量,达到不死不灭。"

"这……"

"把他关起来,我们做个实验,看看他如果不按时回到《诡异世界》会发生什么事情。"

"那还要继续审问他吗?"

"不必了,这小子谎话连篇,审问他也是白费口舌。"

阿健撇撇嘴,不知道该说什么。

曲康平嗫完最后一口烟,把烟头丢进烟灰缸:"阿健,照着顾毅说的做。"

"是。"

曲康平走到顾毅面前,好奇地问道:"顾毅,别的我不想问,我就想知道你是怎么预料到金鑫会飞,而且最后会试图从下水道逃跑的呢?"

"嗯……前两天我都会在晚上做噩梦,我觉得这是我的预知能力在起作用。我梦见死人脑袋在天上飞,所以我猜金鑫拥有飞翔的能力。死人脑袋是从地里钻出来的,所以我猜金鑫会从下水道逃跑。当我到达现场之后,我发现某一个窨井盖上有血迹。当我走近之后,才发现这是我的幻觉。所以,我推测金鑫会从这个窨井盖逃跑。另外……还有一件重要的事情,在我的梦里,金鑫是被另外一个人的手臂救起来的,所以我一直在问金鑫在A国境内是不是还有其他主持人。我担心会有同伙来救他。"

曲康平眨了眨眼睛:"你不会……真的可以在现实中使用诡异力量吧?"

顾毅闭上眼睛,再次尝试了一下。

"不行。"顾毅摇摇头道,"如果我真的可以使用诡异力量,那我恐怕就和金鑫一样,连盐霜都碰不了了。"

"可你这第六感也太可怕了，已经算得上是诡异力量了。"

"是呀。"阿健也不由得感叹道，"可以使用诡异力量，还不害怕盐霜，简直无敌了。"

"嗯……我说了，这不是诡异力量。这是第六感，或者说是直觉吧。"

曲康平凑了上来，一脸认真地看着顾毅："那你能告诉我你是怎么做到的吗？这对我们来说可是一个重要的发现。"

"怎么做到的？我是按照你说的做的呀。"

"我？我说什么了？"

"你说过，在钓鱼的时候可以锻炼自己的直觉，锻炼精神力，我觉得这很有用啊。"顾毅摸了摸鼻子，"你们先忙啊，我要去上趟厕所。"

阿健望着顾毅离去的背影，悠悠地问道："组长，你不是说，钓鱼能锻炼精神力是瞎编的吗？"

"现在不是了。"曲康平认真地看着阿健，"从明天开始，所有特工下班之后都要钓两个小时鱼。"

第二章
期末考试

【6】副本开启

"冒险者，你的休息时间已经结束。请立刻前往指定地点，回到《诡异世界》继续挑战。如果你不能在两个小时内到达指定地点，将被视为退出《诡异世界》的冒险。"

顾毅刚睁开眼睛，就听见了系统的提示音。

天边开始出现紫色的闪电，之前顾毅降临的空地上，又出现了一道虚空的传送门。

阿健推开宿舍大门："顾毅，你要回去了？"

"嗯。"

"你完全可以留在现实世界，没人会给你压力，你已经是人类的英雄了。"

"我并不是因为害怕压力。"顾毅笑着说道，"我只是想寻找活着的意义。"

"你说话就跟哲学家写散文一样。"

"行啦，阿健哥。"顾毅站起身来，走出宿舍，"盯着金鑫，下次回来的时候我还要再和他聊聊呢。"

"顾毅。"

"嗯？"

"祝你好运。"

"谢了。"

顾毅来到空地上，攻略组的众人站在窗户边上，目送顾毅离开。

曲康平叼着香烟，打开了监视器。

视频里，顾毅正坐在一间教室里，一动不动像座雕像，周围的同学都在奋笔疾书，连头都不抬。

曲康平又打开了其他国家的直播画面。

上一次只有 B 国的冒险者克里斯幸存，他解锁了灵感力的天赋，并且还拥有极其强大的精神侵蚀抗性。灵感力的副作用就是更容易受到精神侵蚀，而克里斯却拥有强大的侵蚀抗性，他的实力与顾毅不相上下。

除了顾毅和克里斯，剩下的冒险者全都是新一批被选召的。

曲康平看了看手机，暗网已经开了盘口，赌的就是克里斯和顾毅谁会最终胜出。

"这些人够无聊的。"曲康平抬起头，看向屏幕。顾毅已经恢复了行动力，他正东张西望，不知道在做什么。

副本名称：期末考试。

副本简介：我们每天做着题目，判断自己的生死，计算别人的未来，简述生命的恐怖。自由早已不是你我的追求，我们只想活着而已。

通关条件：

1. 完美级：调查瓦棚高中背后的真相，追求自由或是死亡。

2. 优秀级：成功逃离瓦棚高中，追求自由。

3. 普通级：成功通过期末考试，追求死亡。

顾毅的脑海里出现了副本的基本信息。通关条件里，居然没有消灭"不可言说"的要求，这实在不符合常理。

那就只有两种可能：

一、这个世界里根本没有"不可言说"。

二、这个世界的"不可言说"无法消灭。

无论是副本简介，还是通关条件里，都提到了"死亡"与"自由"，这两者到底是取字面意思，还是另有所指？顾毅猜测，应该是后者。

如果单纯地选择死亡就能通关，那岂不是一开始自杀就能完成副本了？

不，不对。《诡异世界》的大前提是如果冒险者死了，诡异力量就会入侵现实世界，不会存在冒险者自杀还会通关的情况。

顾毅看了一眼副本简介，立刻得出了结论，这个副本恐怕是要讨论自由与死亡的问题，而游戏场景是一个名叫瓦棚的中学。他看了看四周，所有同学都在伏案写字，自己暂时还没有恢复对身体的控制。

他看向桌面，试卷上一片模糊。

大概过了 10 秒，试卷上的字迹终于清晰，顾毅恢复了自由。

请认真答题，一旦落笔，答案将无法修改。

请写出你生命中最重要的 3 个人和 3 件物品。

顾毅反复查看试卷正反面，没有发现第二道题目，他没有急着动笔，而是闭上了眼睛。

推演开始！

你观察了一下其他考生，大家的试卷没有丝毫区别，考生们虽然都埋着头，但不是真的在写字。

他们的表情都非常紧张和痛苦。

监考老师走了过来，用教鞭敲了敲你的脑袋。

监考老师：这是考试，不要东张西望。

你：对不起。

你低下了脑袋。

你刚才观察了一下教室的布置，并没有发现任何提示字条。

你看向自己的笔袋，在里面找到了一张手写的字条：

人类之所以为人类，是因为我们拥有复杂的情感。

你看了看自己的校服，总觉得心里莫名烦躁。

你收回视线，盯着卷子上的题目。

监考老师大声说道：考试时间还剩下 5 分钟，请各位同学抓紧答题。

你思索片刻。

你想在答题栏上写下亲人的名字，但直觉告诉你不能如此草率。

你随便写了 3 个人的名字，但是都和你一个姓氏。

在 3 件物品那栏，你写上了石头巨怪的签名书、限量款球鞋以及心爱的小摩托。

考试结束，铃声响起。

监考老师收了试卷。

你跟着所有考生一起离开了教室，你们全都被安排进了隔壁的候考室里。

考生们有的在埋头看书，有的在讨论刚才的考题。

你试图融入，与他们随意闲聊。

监考老师来到了候考室，她拿着名单，叫了你的名字。

你被监考老师带进了办公室。

办公室里的老师全都在埋头批改卷子，你发现办公室的墙壁上写着瓦棚中学学生守则。

瓦棚中学学生守则

1. 谨记诚实守信的校训。

2. 服从老师的管理。

3. 与同学友爱互助。

4. 在期末考试期间，请一定要遵守考试规范，按要求进行考试。

5. 本校实行全封闭管理，在学业结束前，不许离开学校，不许以任何形式联系外界。

【7】3 个人、3 个物

你沉思片刻。

到目前为止，这所学校里并没有什么诡异的规则，一切和普通校园没太大区别。

副本名称既然是期末考试，那么副本真正困难的规则应该和期末考试挂钩，自己接下来的任务是找到关于期末考试的提示字条。

阅卷老师拿起你的试卷，指着 3 个人名。

你感受到阅卷老师身上有强大的精神力波动，你推测自己的心理暗示技能对老师无效。

阅卷老师：这 3 个人是谁？

你：他们是我的爸爸还有两个兄弟。

阅卷老师：别以为我看不出你在撒谎。填人物时，必须优先填有血缘关系的亲属，你没能通过这次测试，你被开除了。

两个保安走了过来，一左一右架着你走出办公室。

你决定测试一下这个副本里人物的战斗力。

你对自己使用了心理暗示。

你感觉自己力大无穷，挣开了两名保安。

你在走廊上狂奔，走下楼梯。

一个壮汉堵在楼梯口，同样穿着保安制服。

你和他打了起来。

你最终被制服。

你被壮汉扛起来，扔到了垃圾管道里。

你眼冒金星，在垃圾管道里滑了 10 分钟，掉进了垃圾堆。

你的面前有一个巨大的焚化炉，传送带正在不停地把垃圾送进焚化炉里。

垃圾汹涌而来，你被推进了焚化炉。

你被烧死了。

推演结束！

顾毅睁开了眼睛。

这次的考试是现做现改，只要答完题，阅卷老师就会现场批改。

另外，自己瞎写的名字，阅卷老师能立刻分辨出自己在说谎。并且，老师并非理性地推断，而是利用了诡异力量。

学校里的保安实力参差不齐，有的力量和成年男性差不多，有的远超正常人。

自己在心理暗示的加成下，可以同时对付两个普通保安。不过，那个大个子保安根本没办法对付，除非拥有武器。

顾毅再次闭上眼睛。

推演开始！

你对自己使用了心理暗示。

你告诉自己，瞎编的3个人名都是你最重要的人。

你将这3个瞎编的人名写在了试卷上，3件物品的名字没有变。

你交卷后离开考场，坐在候考室里等待。

批卷完成，你并没有被老师叫进办公室。

监考老师走了出来，站在讲台前对你们说话。

监考老师：各位同学，你们已经完成了信息录入，接下来还有更多考试等着你们。考试时间一共是6天，请各位考生注意休息，在完成考试之前不要离开学校。第一天的考试已经完成，你们可以去领取宿舍钥匙，回去休息了。

学生们四散离开，你跟着大部队来到了宿舍楼。

你看了看身后，参与考试的学生有三四百名，大伙儿排着队站在宿舍门口，井然有序。

终于排到你了。

宿管阿姨拿着花名册，摘下老花镜看了你一眼。

阿姨：你是顾毅？

你：是。

阿姨：拿到宿舍钥匙需要付出代价，你需要从最重要的3个东西里，选择一个放弃。请问你选择放弃什么？

你愣了一下，原来之前答题的作用居然是这个。

你猜测，考试的时间有6天，这和试卷上要求写下6个人和物有一一对应的关系。很可能每过一天，学校就会让你放弃一个人或物。

这是对人性的考核。

阿姨：你选择放弃什么？

你：石头巨怪的签名书。

阿姨：很好，明智的抉择。

阿姨打了个响指。

你的面前出现一道小型的虚空传送门，阿姨从里面拿出了你的签名书。

签名书在阿姨手中化为灰烬。

你拿到了宿舍钥匙。

你来到了宿舍里面。

你的眼前一片虚无。

你终止了推演！

顾毅睁开眼睛，咬着笔头思考着。

宿舍是另外一个时空，或者有更高层次的力量保护，如果自己不亲自进入宿舍，那就无法推演内部的情况。看来系统已经开始针对自己了。

自己抓住了金鑫，其他主持人肯定收到了消息。为了针对自己的推演能力，他们必然会在副本规则上动一些手脚。现在他无法坐在教室里推演宿舍的情况，就是最有力的证据。

除此之外，副本的规则也非常让人恶心。3 个物、3 个人，如果副本的要求是每天要放弃一个人或者物的话，前 3 天必然是要逐步放弃心爱的物品的，但是后 3 天就要开始放弃人了。

可是，如果顾毅写的 3 个人的名字都是瞎编的，到真正需要放弃的时候，会不会因查无此人而被发现他是在撒谎？或者副本干脆会让 3 个和自己无关的倒霉蛋变成替死鬼？阅卷老师说了，必须优先选择有血缘关系的亲属。他们拥有调查真相的能力，自己如果撒谎，真的能骗过他们吗？

顾毅内心挣扎了片刻，实在不敢冒这种风险。

——如果自己因为触犯规则而死，整个国家都会陷入危难，他不得不在卷子上写上自己真正珍视之人，目前看来这是最稳妥的方法。

没什么好担心的，只要自己可以在 3 天内查明瓦棚中学的真相，就不需要担心父母亲会陷入危险了。顾毅下定决心，在纸上写下了父母和奶奶的名字。

现实世界。

这次的副本被称为史上最轻松的副本，从开局到现在，居然没有一个冒险者触发即死 flag[①]。所有冒险者都坐在教室里，大家只能模糊地看见试卷上的字。

"有谁知道他们在做什么题目吗？"

"不知道，恐怕要等攻略组的人分析了。"

曲康平坐在监视器前，利用技术手段放大了试卷上的题目。看见题目之后，曲康平沉默地抿住了嘴。

"顾毅为什么还不写字？"

"他在想什么呢？"

"隔壁 B 国的克里斯居然提前交卷了？"

"那家伙几乎免疫精神污染，还拥有超强的灵感力，凭借直觉就能找出答案了。"

弹幕上飘过各种讨论。这次的副本节奏并不快，所以大家全都把视线放在了顾毅和克里斯这两个明星冒险者身上。

阿健看着纸上的题目，有些不解地看向曲康平："组长，顾毅为什么半天都不动笔？"

---

① flag：网络流行词，英文原意为旗帜，在游戏中具有决定或引导剧情发展的特性，后引申为某一特定事件发生前的征兆或标志。文中的"即死 flag"是指某种触发立即死亡结局的条件。

"这个题目绝对有问题，顾毅一定是预知到了什么。"曲康平说道，"继续往下看吧。"

【8】瓦棚中学准考证

现实世界。

大伙儿通过直播观看冒险者们的一举一动。

冒险者们来到了宿舍楼前。

大楼一共有两栋，东边的是男寝，西边的是女寝。

冒险者们排着队，按照顺序领取宿舍钥匙。然而在领取钥匙前，每个人都需要从那6个人和物之中选择一个丢弃。

"所以，刚刚他们写的，最后都要抛弃吗？"

"那最后岂不是连自己最亲的人也要抛弃？"

"这副本太恶心人了吧！"

顾毅和克里斯是表情最淡定的两个冒险者，他们似乎早就预料到会有这种事情发生。

然而，其他第一次参加冒险的冒险者就没那么轻松了。

C国的冒险者填了3个自己最珍爱的物品，其中一个是爸爸送他的手表。当他眼睁睁看着手表碎成八瓣时，他痛不欲生地哭了起来。C国的观众们立刻破口大骂：

"不过是一块手表而已，至于吗？"

"喂喂喂，你快点进宿舍啊，保安都过来了啊！"

"难道你要为了一块手表让冒险失败吗？"

保安及时赶到，架走了C国的冒险者。C国的不少观众立刻退出了直播间，也不想继续往下看了，他们还得想办法对付诡异事件呢！

然而……令C国和其他国家的人都没想到的是，C国的冒险者死亡之后，他们居然收到了冒险者成功通关的消息。

原来，只要死了就能达成普通级通关的目标？

得到这个消息之后，弹幕都沸腾了，不少观众都在催促本国的冒险者通过自杀通关。

阿健摇了摇头："这是怎么回事？为什么弹幕变成这个样子了？"

"你先看看报告吧。"曲康平把报告递到了阿健手里，"这是技术部门刚刚分析出来的东西。"

阿健拿起报告，仔细查看。原来，每个学生的校服上都画着很多诡异的花纹，放大之后仔细看的话，就能发现花纹上全都是血腥画面。

不仅是观众，就连冒险者都没有注意到这些可怕的细节。

"这些画面好让人不舒服啊。"

"对，不仅如此，直播的画面都被调暗了，天空也一直都是灰蒙蒙的。想必在那些冒险者眼里，周围的光线也非常暗。诡异的校服花纹、阴沉的天空，外加诡异的低曝光滤镜，光是这些东西，就足够给所有冒险者带去负面的心理暗示了。在诡异力量和心理暗示的双重折磨下，普通冒险者很容易就精神崩溃了，刚刚那名C国的冒险者就是因此而死的。"

"然而，这个副本的歹毒用心刚刚展露一角而已，这次的主持人想玩的是'电车难题'。

"冒险者死了，副本反而通关了，现实中的观众为了自身安全考虑，一定会有许多人逼迫本国的冒险者自杀，冒险者要是知道这个情报，压力必然会更大。你看，这就是副本的第一个电车难题。如果杀死一个冒险者，就能让一个国家摆脱危险，你会不会杀死他？"

阿健闻言，闭上了嘴巴。

曲康平又点燃了一支香烟，立刻分析出了整个副本的难点："副本的第二个电车难题，是针对冒险者的。你是愿意为了保护自己的家人而放弃整个国家，还是愿意为了保护国家而放弃自己的家人？顾毅不敢在答题时撒谎，他怕副本里的诡异力量会发现，所以他必须写上父母和奶奶的名字，他知道自己迟早有一天会碰上这样的电车难题。我了解顾毅的性格，他喜欢把所有的压力放在自己身上，他一定会试图在必须放弃亲人之前查明真相、达成完美级通关的成就，他不想有任何一个人牺牲。"

"你说得没错。"阿健点了点头，"这小子就是这样，什么都要自己扛。组长，我觉得我们得做一些力所能及的事。"

"哦？"

"还记得我们上次从B国进口的斯克兰顿稳定锚吗？"

"记得，就是我们装小玲的那台仪器。"

"这东西不仅可以清除诡异力量，其实也能抵御外界诡异力量的侵蚀，我的建议是……如果3天后顾毅没办法破解难题，我们就让他的父母和奶奶睡进仪器里。"

"你说得没错，这是我们唯一能做的事情了。"

《诡异世界》。

顾毅放弃了石头巨怪的签名书，拿到了宿舍钥匙。钥匙上写着404的房间号，他来到4楼，打开宿舍门，走了进去。宿舍里一共有两张床，上床下桌。顾毅的舍友板着一张扑克脸，一看就是个性格比较沉闷的家伙。

顾毅坐在桌前，闭上眼睛。

推演开始！

你和舍友打招呼，舍友对你爱搭不理。

你对舍友使用心理暗示，让他对你放下戒心。

你：你好，我叫顾毅，你怎么称呼？

舍友：叫我陈泽宇就好了。

你：刚才的考试好像很难吧？

陈泽宇：嘘——

陈泽宇捂住了你的嘴。

陈泽宇：你想死吗？

你赶紧闭上嘴巴，知道自己可能触犯某些规则了。

陈泽宇：你不知道瓦棚中学的规矩吗？

你摇了摇头。

陈泽宇：这是印在你准考证上的，你连看都不看？

陈泽宇拉开拉链，指了指衣服的暗袋。

你脱下衣服，果然在暗袋里找到了准考证。自从进入这个副本，你总是觉得有些压抑，这些细节你都没发现。

你觉得自己的校服有些讨厌，所以你总是下意识地回避触摸校服。

准考证的正面是考试安排，背面是考试须知。

瓦棚中学准考证

第 1 天：考生信息录入、宿舍分配。

第 2 天：舆论考试。

第 3 天：道德考试。

第 4 天：压力考试。

第 5 天：自由考试。

第 6 天：死亡考试。

考试的科目没有一个是正常的，让人一头雾水。

你翻到准考证背面。

考试须知

请考生遵守以下纪律，若违反纪律将被开除。如果你发现有违规的学生，请及时向教导处举报，若查明举报属实，你将会获得学分奖励。

1. 从你进入校园的那一刻起，你的考核就开始了。

2. 请不要在教学楼以外的地方讨论考试内容。

3. 请随身携带你的准考证、校服、文具，若有遗失，概不补发。

4. 考试时请使用黑色水笔或钢笔，如果水笔或钢笔写不出来，请使用鲜血。

5. 考试时任何抉择都会改变你的最终成绩。

6. 相信理性的力量，这会帮助你在考试中夺取高分。

你不知道考试的具体内容会是什么，考试规则除了第 4 条有点诡异，其他规则都看不出任何不妥。

规则 6 要求冒险者相信理性，而你在笔袋里找到的手写字条却在强调感性的作用。

副本简介里提到了自由和死亡，规则 5 提到了抉择的重要性。

这可能是在暗示你，在考试的过程中你需要选择用理性还是感性去分析和作答，直到最后一场考试，选择自由或是死亡。

【9】抉择的真相

副本介绍里着重强调了抉择，考试规则也同样强调了抉择，因此自己很可能在接下来的通关过程中遇到各种各样的抉择，这些很可能会影响到通关进度。

另外，规则 1 也非常耐人寻味。从你坐在教室的那一刻起，期末考试就已经开始了。

陈泽宇：你弄清楚了吗？

你：弄清楚了。

你还有许多问题想问，但是没有机会。

考试的内容是什么？

考试的目的是什么？

这些在规则里一点都看不出来，没有信息谁也无法推理。

你：我们去宿舍外面逛逛吧？

陈泽宇：你去看看外面，这是能逛的时候吗？

你走到窗户边上，拉开窗帘。

外面一片虚无。

陈泽宇：虚空通道只会在规定的时间段存在，在那之前，我们只能在宿舍里待着。

你点了点头，难怪你的推演能力会失效。

对陈泽宇的心理暗示产生效果的时间到了，他爬上床，盖上被子，蒙头大睡。

你在陈泽宇身上挖到的信息已经足够了，你选择离开寝室去其他地方探索。

走廊里空空荡荡。

你在走廊的墙壁上找到了宿舍管理规定。

宿舍管理规定

1. 请随时保持宿舍整洁，不要使用任何大功率电器。

2. 请不要试图去宿舍楼顶，虚空的风暴会将你撕碎。

3. 请不要试图去宿舍地下室，虚空的潮水会将你吞没。

4. 宿舍1楼大厅里有自动售货机，在虚空通道尚未开启时，你可以从自动售货机购买食物和水。

5. 宿管阿姨住在1楼，有什么问题可以向她求助。

在宿舍管理规定的旁边，还有一张瓦棚中学的地图。学校里有3栋教学楼、1栋实验楼、1栋图书馆、2栋宿舍楼以及1栋体育馆。学校的各个楼层间的道路由虚线连接，代表着虚空通道。

你推测宿舍楼顶和地下室都有重要道具，在此之前你必须找到可以安全通过虚空的方法。

你继续在走廊里闲逛，听见4楼的厕所里有奇怪的动静。

你走到厕所门口。

你发现某个瘦小的同学正在被其他同学殴打、勒索钱财。

你决定装作看不见。

你离开厕所门口，脑海中响起了监考老师的声音。

监考老师：事不关己，高高挂起，你的感性扣1分，理性加1分。

你终止了推演！

"原来如此……抉择的意思是这个吗？"顾毅坐在桌子边上自言自语。

陈泽宇望着顾毅，露出了迷惑的表情。顾毅丝毫不顾舍友的视线，他推测，冒险者在副本中所做的一切抉择，都会影响到最后通关的结果，并且感性和理性的最终得分，必然对应结果中的"自由"和"死亡"结局。完美级通关的条件中，需要冒险者自行选择"自由"或"死亡"，这意味着自己必须维持感性和理性得分相同，这样才有资格自行选择"自由"或"死亡"。

因此，正确的做法是既要主持正义，不能见死不救，又必须保持理性，不让自己受到伤害并完美合规地处理事件。

推演开始！

你坐在宿舍里等了一会儿。

你在心里默算时间，等着厕所里出现异响。

你对陈泽宇使用心理暗示，让他感受到尿意，并让他的情绪变得冲动。

陈泽宇离开了宿舍，往厕所走去。

你和他一起前往厕所。

你们正好撞见两名高个子同学欺凌弱小，陈泽宇愣了一下，皱了皱眉。

陈泽宇：你们不能欺负同学。

高个子：关你屁事？

陈泽宇：同学之间应该友爱互助，你们这样不符合瓦棚中学的校规。

高个子：要你废话？

高个子扇了陈泽宇一巴掌。

你用手机拍下了高个子打人的全部过程。

高个子看见你在偷拍，立刻冲上去要删掉你拍的视频，陈泽宇帮助你拦下了两名高个子同学。

你赶紧离开厕所，跑到了1楼宿管阿姨所在的地方。

你将手机里的视频给阿姨查看。

阿姨立刻将两名高个子同学送出了宿舍楼。

阿姨拥有在虚空中行走的能力，过了不到10分钟，阿姨就回到了宿舍楼。

阿姨：做得不错，孩子，你的举报被查实了，这两个同学欺凌弱小，已经被开除了，你获得了加分。

你的脑海里响起了监考老师的声音。

监考老师：你解决了暴力事件，你的感性加2分。

你摇了摇头。

你不仅借用了陈泽宇的力量，让自己完全置身事外、远离危险，而且还遵守规定将违反校规的同学交给了学校处理。

按道理来说，就算感性与理性分数不平衡，那至少也应该是理性得分更高一点，为什么反而是感性得分更高？

你觉得自己一定错过了什么线索。

你回过头来到矮个子同学面前。

矮个子同学对你千恩万谢。

你：你为什么会被那两个高个子盯上？

矮个子：他们就是学校里的霸王，是一对兄弟，一个名叫高强，另一个名叫高大。他们从高一就开始欺负我，这件事大家都知道。

矮个子说话的表情非常诚恳，但你觉得他有些过于诚恳了。

你询问陈泽宇是否了解那两个高个子，陈泽宇摇了摇头。

你觉得这件事情另有隐情。

你的技能冷却刚好结束，你对矮个子同学使用技能，让他对你放下戒心。

你：我怎么称呼你？

矮个子：我姓袁，朋友们都叫我猴子。

你：他们为什么要欺负你呢？

猴子：你这不是受害者有罪论？你不去质疑那两个霸凌者，为什么要来责备我？

你：我并不是责备你，我只是想知道真实情况而已。

猴子：这些话我不想说了，你要问就去问那两个浑蛋。

猴子离开走廊，回到了自己的寝室。

你记下了猴子的宿舍号。

你觉得自己可能错怪了人。

猴子的心理防线很强，即使自己使用了技能也无法让他敞开心扉，这更加证明他有所隐瞒。你觉得这才是你无法获得理性和感性分数平衡的原因。

你终止了推演！

【10】有礼有节、有理有据

顾毅坐在椅子上。大概再过 15 分钟，厕所里就会发生霸凌事件了，但是自己只看见了两名高个子同学揍猴子，却没有看见他们为什么揍人。

现在顾毅的精神力还很富余，他决定再次探索。

推演开始！

你和陈泽宇打了个招呼，离开宿舍。

你来到了猴子的宿舍附近，躲在楼梯转角处，以躲避别人的视线。

猴子离开宿舍，鬼鬼祟祟地四处望了望。

你赶紧藏到墙角后。

果然，猴子并不是什么好东西。

你听见走廊传来脚步声。

你探出头去，发现猴子来到了对门的 406 宿舍。

406 的门没有上锁，他直接就打开了门。

你拿出手机拍下了猴子推门而入的过程。

此时，出去串门的高大、高强两兄弟走向宿舍。

猴子慌忙地走出了宿舍。

高大站在走廊里看着猴子，摸了摸头。高强钻进宿舍，不停叫骂。

高强：那小崽子偷我钱包了。

高大：猴子？

高强：别让他跑了！

猴子想回到自己的宿舍，却被高大和高强抓住，直接拖进了厕所。

你听见厕所传来叫骂声。

你立刻走进了厕所。

猴子向你求救。

高大、高强两兄弟怒火中烧。

你使用技能，安抚了一下高大的情绪。

你：不要打架，别忘了校规，难道你们想被学校开除吗？

高强：要你多嘴多舌？滚一边去。

高大：你冷静点。

高大拦住了高强。

猴子立刻跑来，躲在你的身后。

你攥着猴子的手腕，将他拉到身前。

猴子：你做什么？

你：你刚刚是不是偷东西了？

猴子：我偷什么东西了？

你：我给你一次机会，如果承认罪行，把偷到的钱财还给他们，我就放过你。

如果你非要装傻，那就别怪我把你送到教导处了。

猴子：你血口喷人污蔑我，你欺负我。

高强：小爷今天就欺负你了，你这个小瘪三！

你：高强，打人也是触犯校规的，你冷静一点。

高强：关你屁事？

高大：冷静一点阿强，这位同学说得对。爸妈把我们送到这个学校不容易，你不要浪费这个机会。

你心中了然，看来在这群学生眼里，瓦棚高中有非常重要的意义。

高强听到这话，立刻冷静了下来。

猴子挣脱了你的手。

猴子：我知道了，你和这些人就是一伙儿的，你这个垃圾！

你拿出了手机，展示了猴子偷东西的视频。

猴子立刻服软，向你和高大、高强求饶。

你：我已经给过你机会了，跟我去找宿管阿姨吧。

高大、高强对你心服口服，帮你把猴子送到了宿管阿姨面前。

宿管阿姨查看了你的手机，接着就把猴子送到了教导处。

你的脑海里响起了监考老师的声音。

监考老师：有礼有节、有理有据，你的理性加1分，感性加1分。

你与两兄弟相谈甚欢。

高大：你晚上有空吗？

你：当然有。

高大：晚上我们去挣点学分吧，去学校的图书馆打工。

你：可以呀。

高大拿出一封介绍信塞进了你的怀里。

你回到宿舍等到了晚上，无事发生。

寝室外的虚空通道再次开启。

你和高大、高强两兄弟前往图书馆。

你的眼前一片虚无。

你终止了推演！

顾毅睁开眼睛。果然如自己所料，只要离开一个建筑前往另外一个建筑，推演就无法生效，系统的恶意针对实在太过明显了。

规则里曾经提到，抉择会对自己后续的剧情发展产生影响，而且这种影响并非即时生效，而是要过好久才能看出改变。

顾毅只能在极小的范围内预知未来，但长远的剧情发展自己根本看不出。如果想要确定抉择对剧情的影响，顾毅只有一个办法，那就是尽快推进剧情探索度，获得与现实世界交流的机会，通过了解其他冒险者的剧情发展来推测抉择的作用。

未知的危险以及剧情脱离掌控的感觉，让顾毅非常不适应。

"别想那么多了，先解决眼前的问题。"顾毅站起身来，离开了寝室。

陈泽宇望着顾毅，好奇地挠了挠头："这小子是不是精神有问题？"

现实世界。

除了C国的冒险者一开始就因为精神崩溃而被学校开除，其他冒险者都成功住进了宿舍里。

进入宿舍后，所有冒险者的头顶都出现了两个进度条，一个是理性，一个是感性。

不少新冒险者进入宿舍之后，都傻傻地待在宿舍不敢到处乱逛，有些胆大的家伙已经在楼道里乱窜了。

顾毅坐在宿舍里想了一会儿，便离开房间，躲在了楼梯拐角，拿着手机不知道在拍什么。

"快看，顾毅动了。"

"他应该是预知到有什么剧情要发生了吧？"

"看看克里斯那边，他好像也动了。"

克里斯坐在宿舍里，直勾勾地盯着天花板看，大概是灵感力对他进行了某种暗示。不过，他没有像顾毅一样离开寝室，而是优哉游哉地躺在床上睡觉。

不一会儿，猴子出动了。顾毅拍下了猴子偷东西的全部过程，紧接着又漂亮地解决了猴子与高大、高强两兄弟的矛盾。

"你们快看，顾毅脑袋上的进度条涨了。"

"没错，而且两边涨幅一样。"

"克里斯也涨了。"

"看仔细点，克里斯只是理性的进度条涨了，感性的进度条反而降低了。"

"这两个进度条到底是什么意思？"

克里斯躺在寝室里，早就听到了厕所里打打闹闹的声音，可他却根本不为所动，只是一脸无所谓地躺在床上。厕所里的打架声越来越大，克里斯甚至还幸灾乐祸地靠在门框上看了一会儿。克里斯的感性分再次降低。

A 国攻略组。

曲康平正在盯着监视器，阿健来到他的身边，报告工作："组长，顾毅的家人已经安排好了。"

"嗯，克里斯的资料收集来了吗？"

"来了。"阿健皱了皱眉，"这小子……根本就是个人渣。"

【11】杀人魔？救世主？

克里斯来自 B 国高谭市，他是名噪一时的杀人狂魔，曾闯进幼儿园，持枪残杀了20 个人，重伤了 2 名老师、1 名保安。

上个月，他主动向警方自首。在接受庭审时，他为了得到减刑，演技逼真地在法庭上忏悔，并且将一切罪责推给了酒精。根据当地的法律，醉酒状态和精神病状态一样，人的大脑是不受控制的，所以如果在醉酒状态下犯罪，判刑会减轻。

进监狱之后，他和自己的狱友相处得并不好。某一次在淋浴室里，克里斯用肥皂和袜子制成了流星锤，差点就打死了一个狱友。当地媒体、受害者家属曾一起请愿对他实施注射死刑，可是法院一旦定罪，就无法再改判了。

"我杀人，就是因为我想杀人而已。历史上一定会留下我的名字，就和开膛手杰克一样。

"坐完 20 年牢，我出去之后也才三四十岁而已，那时候我的人生刚刚开始。那些集体请愿想要杀死我的人……你们等着瞧吧。"

这是记者在采访克里斯时,他留下的最后一段话。在克里斯说完这段话之后,他就被虚空传送门抓走,进入《诡异世界》了。出于克里斯醉酒杀人案的缘故,当地法律立刻进行了修改,在醉酒状态下犯罪再也不会减轻判罚。

曲康平看完了克里斯的生平经历,悠悠地叹了口气:"唉……你瞧瞧,B国就是'民风淳朴'。"

"不仅如此,在进行心理测试时,克里斯的反社会倾向得分是28分,可满分也才30分而已。这家伙就是个不折不扣的变态。"

"可笑,B国居然得靠一个杀人犯来拯救?"

"我觉得这个杀人犯未必是来拯救国家的。"阿健摇了摇头,说道,"克里斯明明就是在享受游戏而已。不仅如此,因为他缜密的思维、大胆的操作,B国境内涌现了无数克里斯的拥趸,再也没人提他杀人放火的事情了。"

"比起这个,我更关心的是这次的副本啊……"

曲康平沉思片刻,从抽屉里拿出了一个笔记本,上面记录着《诡异世界》每个副本的内容。曲康平翻找了一下,用红笔圈出了3个副本。

"发现什么了吗?"

"嗯……组长,你还是直说吧。打架我擅长,解密我不擅长。"

"注意这3个副本的风格。"

"风格?"

"没错,每个副本世界都有不同的风格,其实我一直不理解其中的原因。但是顾毅关于主持人的情报,让我有些明白了,不同的主持人会创建出不同风格的副本世界。比如金鑫,他最喜欢创造一个具体的、可击败的'不可言说',并且喜欢在副本中设置众多的即死flag,增添各种隐喻或是严格的时间锁与空间锁。而现在的这位主持人,他所管理的副本很少有具体的'不可言说',也没有什么费解的隐喻。他特别喜欢用心理暗示,用'阳谋'一点一点将冒险者逼入绝路。换句话说,你知道他的规则,知道哪里有漏洞,也知道哪里有危险和陷阱,但你就是不得不跳进他给你设好的陷阱。还记得我说的第一道电车难题吗?"

"记得。"

"如果我是副本的主持人,我一定会让冒险者拥有看见弹幕的能力。"曲康平看向屏幕,指着顾毅道,"你瞧,这小子的精神状态似乎已经开始出现问题了。"

"如果你说的是真的……那该怎么办?我们没有技术手段屏蔽那些负能量弹幕。"

"追查这些弹幕的来源,把发弹幕的人暂时关起来,这是我们唯一能做的了。"

"什么毅神?弹幕不要尬吹好吗?"

"磨磨叽叽的,我最恨这种人了,只有你们这些无聊的人才会看顾毅通关。"

"有没有脑子?直接在开局自杀不就通关了?一点正常人的逻辑思维都没有,还有人尬吹他是高智商?毒,大毒,剧毒!"

"死了你一个,平安千万家啊!"

"顾毅有'圣母病',他绝对过不了这个关卡的。兄弟们,我准备移民去B国啦!"

"快自杀,自杀就能通关了,隔壁C国的冒险者就是这么通关的。"

……

顾毅坐在宿舍里，眼前不停地闪过奇怪的弹幕，他不知道这些到底是来自真实世界的弹幕，还是副本世界骗人的把戏。

"自杀！"

"自杀！"

满眼的红色弹幕让顾毅揪断了好几根头发，他的眼睛发红，好像随时都要爆炸似的。

"顾毅？"

"干吗？"

顾毅猛然抬起头，一脸愤怒地看着陈泽宇。

陈泽宇吓得后退了一步："呃……有人来找你。"

顾毅摇摇头，从床边站了起来。

高大和高强站在宿舍门口，一脸担忧地看着顾毅。高大说："兄弟，你没事吧？"高强说："你脸色不太好，你确定你能和我们一起去图书馆吗？"

"没事的。"顾毅闭上眼，捏了捏鼻梁，赶紧对自己使用心理暗示，眼前恼人的弹幕终于消失了。

自从吃完晚饭后，这些恼人的弹幕就会时不时出现在自己眼前，大概每过 10 分钟就会出现两三次。下午 6 点之后，弹幕出现的频率越来越高，几乎每分钟顾毅眼前就会飘过十几条。如果顾毅不使用技能催眠自己，他怕自己迟早会被这些弹幕逼疯。

另外，在之前的推演中，顾毅并没有算到会有这些负能量弹幕，这肯定是主持人临时增加的规则，提高了难度。

高大和高强对望了一眼。

"行吧顾毅，你跟我们来。"

"介绍信还带着吗？没有介绍信，你是进不去图书馆的。"

顾毅笑着点点头，从怀里拿出了介绍信。

三人并排走出宿舍楼。顾毅看向左右两边，除了一片虚无什么也看不见，脚下的虚空通道最多只够三人并排通过。

通道开启后，有不少学生也离开了宿舍楼，大家都在往图书馆走去。

"图书馆里要保持安静，千万不要发出任何噪声。"

"我们的工作是整理图书，记得按照字母表的顺序排列书籍。"

"图书馆的 B 区是不对外开放的，你千万、千万、千万别进那里，连看都不能多看一眼，明白吗？"

"明白。"

顾毅点点头，记住了高大和高强两兄弟的每一句提示，并立刻总结了出来：

1. 要在图书馆保持安静，不要发出噪声。

2. 按照字母表的顺序排列书籍。

3. 图书馆 B 区一定、一定、一定要想办法去一次。

【12】图书馆的秘密

顾毅跟着高大和高强来到了图书馆。馆里已经有不少学生坐在桌子边上看书了，除了翻书的声音，顾毅听不见任何动静。

高大凑到顾毅身边，用蚊子哼哼的声音和顾毅说道："你去 11 ~ 20 排整理图书，1 小时后到管理员办公室集合。"

顾毅点点头，比了一个 OK 的手势。他快步走到 11 排书架后，闭上了眼睛。

推演开始！

你一边整理书架，一边观察四周。

高大正在 1 ~ 10 排整理图书，高强在 21 ~ 30 排整理图书，他们正在专心工作，并没有在意你。

你偷偷溜了出去。

你来到连廊上，看了一下图书馆的分布图，确定 B 区的位置。

图书馆整体呈"品"字形，A 区位于东侧，C 区位于西侧，B 区位于北侧。

你穿过连廊，来到 B 区门前。

一个图书管理员来到你面前，伸手拦住了你。

管理员没有开口，但你的脑海里仍然听见了他的声音。

管理员：B 区不对外开放，请不要上前。

你使用心理暗示，发现管理员的精神力比你强大，心理暗示无法起作用。

你说了声抱歉，离开 B 区。

你回忆了一下图书馆的分布图，从连廊的侧门离开，绕到北边。

你来到 B 区外墙，有几个保安在附近把守。

你发现这些保安的精神力不如自己。

你稍微休息了一会儿，等待技能冷却结束。

你对其中一个保安施加心理暗示。

保安突然和自己的同伴发生争执，他拿出电击棒，直接电晕了同伴。

趁保安愣神的时候，你绕到保安身后，用怀里的钢笔刺穿了他的太阳穴。

两名保安全部倒地。

你从保安的身上摸出了 B 区后门的钥匙。

你将两名保安丢进了虚空之中。

你的脑海里响起了监考老师的提示音。

监考老师：冷血无情，你的理性加 5 分，感性扣 5 分。

你沉默片刻。

这个事件并非系统安排的特殊剧情，但是如果自己利用诡异力量，强行绕过规则实施犯罪，监考老师依然会根据自己的行为进行打分。

你决定暂时不再理会这事。

无论如何，你需要知道 B 区里究竟有什么，又该如何通过正常的方式进入 B 区。

你用钥匙打开后门。

你走进 B 区，发现 B 区里的空间是完全扭曲的。有时你往前走，周围的景物也跟着你往前走；你明明掉进了深渊，最后却是脑袋撞上天花板。

你对空间的感知变得混乱无比。

你闭着眼睛，随手拿起了书架上的一本书。

文明 *& ￥！

**** 消散 ***

18* ￥fjc***

书里的字全都扭曲在一起，根本无法分辨，你只能看清楚极个别的字。

这本书里反复提到了"人类""文明""消散"之类的词，仅凭这些关键词，你无法推测出这本书到底讲述了什么。

你周围混乱的空间开始恢复平静。

你抬起头，发现自己卡在了墙壁里，进不得也退不得。

B区管理员走了过来，从怀里掏出一把铁锤。

管理员：别急，我把你弄出来！

铁锤砸在你的脑袋上。

你的眼前一片血红。

你死了。

推演结束！

顾毅睁开眼睛。

B区之所以不对外开放，是因为里面的空间混乱，只有B区管理员才可以自由进出。如果想要在B区探索，必须获得类似管理员的能力。管理员的精神力远在自己之上，想用暴力手段突破不太可能，自己还需要搜寻更多信息。B区的藏书可能与副本世界的真相有关，因此自己对于书籍存在认知障碍。在进入B区之前，自己恐怕还需要掌握突破认知障碍的技巧。

另外，宿舍楼的楼顶和地下室也是禁区，并且是由虚空控制的，学校里一定还有其他道具可以帮助自己在虚空中行走。有了探索的方向，剩下的就好办多了。

笃笃——顾毅的耳边传来一阵敲击声。

顾毅扭头看去，A区的图书管理员正盯着自己看，他指了指书架，示意顾毅快点干活。

顾毅点点头，按照字母表的顺序摆放书本。

他的手脚很麻利，没用半个小时就把所有书摆好了。

顾毅本想趁着闲暇时光翻翻书籍，他偷偷看了一眼高大和高强，哪怕他们已经收拾好了书，也在不停地工作，没事儿会用鸡毛掸子扫扫书架上的浮灰。顾毅皱了皱眉头，学着他们的样子拿了一个鸡毛掸子握在手里，同时再次使用天赋。

推演开始！

你故意在书架边蹲着"摸鱼"。

A区管理员在你面前来回3次，反复提醒你。

你的脑海里响起了监考老师的声音。

监考老师：偷懒"摸鱼"，理性扣1分，感性扣1分。

果然如你所料，高大和高强两兄弟并没有说完全部的规则，如果在打工赚学分的过程中"摸鱼"，监考老师也会扣分。

你看了一下时间，距离下班还有30分钟。

你不再装模作样，而是赶紧翻看书架上的书籍。

这个书架上的书全都是人文社科类的，你特意找了一些历史书查看。

该世界的历史与蓝星的历史类似，只在细节上略微有些差异，很多历史人物的名字与蓝星的不同。

你怀疑这个世界可能与蓝星存在影射关系。

下班时间到了。

你和高大、高强二人来到管理员面前。

管理员给高大和高强奖励了 10 分，理性、感性各 5 分。

因为你上班"摸鱼"，最后只得了 4 分，理性、感性各 2 分。

管理员给你们自由活动的机会。

你在 A 区搜寻了一会儿，没有发现任何值得一看的书。

你来到未封锁的 C 区。

你感到后背传来一阵凉意，心里生起一阵躁动。你赶紧使用技能，平复自己的情绪。

C 区的学生不比 A 区多，你发现这些同学的表情都非常木讷。

你觉得这可能与 C 区充斥着诡异力量有关。

低矮的楼层，昏暗的灯光，幽深的长廊。

如此压抑而安静的氛围，哪怕没有诡异力量，也会让踏入这里的人感到不安。

你在 C 区的书架间游荡。

C 区书架上的书更多，但是书里的文字你全都看不懂。

你终于在 C 区的最后一排，找到了一本特别的书。

书页中夹着一张字条，你拿出来一看，发现字条上有一段手写的话，字体与你在笔袋里发现的字条一模一样：

假如一个人类的重量是 3.5 公斤，那么一个文明的重量是多少？

你眉头紧锁。

文明是一个抽象的概念，怎么能称重？

你暂时想不出答案，你翻开了书，发现书页上是一片虚无。

你终止了推演！

"嗯……看来那本书我必须亲自去看看。"顾毅拿起鸡毛掸子，继续清扫书架上的灰尘。

现实世界。

A 国的攻略组正在追查所有负能量弹幕，但是发送这些弹幕的人实在太多了，攻略组根本没有足够的人手去对付这些人，为此他们不得不求助警方。

负能量弹幕越传越多，曾经有一段时间，满屏幕写的都是"自杀"。

"呼——真是让人难以理解。"

"这就是乌合之众吧。"曲康平叹了口气。

此时，顾毅正专心地在图书馆里打工，弹幕上依然骂声一片。

"死了你一个，平安千万家！"

"死了你一个，平安千万家！"

"死了你一个，平安千万家！"

曲康平皱了皱眉头，他根本没办法去屏蔽这些弹幕，偶尔出现几个帮顾毅说话的，又会瞬间被喷子的弹幕淹没。

"组长，会不会是狂信徒混进来了？"

"我觉得也是。"曲康平说道，"他们知道我们抓住了金鑫，肯定不会不采取反制措施，在弹幕里喷人就是他们常用的小伎俩。和胡畅沟通一下，让他再加大查处力度。"

"是。"

顾毅一直在图书馆打工，倒也没什么看头，曲康平只好看了看其他国家的情况。

大部分冒险者都选择去图书馆自习，他们在书架间来回寻找，没有任何收获。

有一个 D 国的冒险者觉醒了力量系的天赋，他去单挑 B 区管理员，并成功打败了管理员，走进了 B 区。结果，他在 B 区里迷了路，导致精神崩溃，居然用锤子砸扁了自己的脑袋。

D 国不少民众欢呼雀跃，因为不管冒险者是成功找出了真相，还是半路暴毙，他们都不必担心被"诡异"入侵。

曲康平摇摇头，替牺牲的冒险者感到不值。他觉得《诡异世界》绝对不会如此善良，不可能有冒险者死了，现实世界的人还不会受到任何惩罚，这一定有什么阴谋。

现在剧情刚刚开始，曲康平也分析不出什么所以然来。

曲康平又将注意力放在了 B 国那里，令人意外的是，克里斯居然反其道而行之，在大多数人都去图书馆时，他选择留在了宿舍楼。

"克里斯就是个畜生！"

"赶紧在这个世界死掉吧，你死了就算是为我们全人类做贡献了。"

"快死快死！"

与顾毅一样，克里斯也能看见现实世界的弹幕。然而，他根本不在乎这些人的谩骂。这些人骂得越凶，克里斯反而越感到兴奋。

"短视、无知、弱小、可怜。"克里斯轻蔑一笑，一边欣赏视野里的弹幕，一边朝着猴子的房间走了过去。他一脚踹开宿舍门，将躺在床上的猴子从被子里拉了出来。

"出来，黄皮猴子！"

"疼，疼，放手！"猴子一脸惊恐地看着克里斯。

"你是不是偷我钱包了？"

"偷你钱包？你不要血口喷人啊！"

"我说你偷我钱包，就是偷我钱包了。"

"你要干吗？你住手啊，唔——"

克里斯一只手捂着猴子的嘴，另一只手架着猴子的脖子，往楼下走去。

宿舍楼里的大部分人都去图书馆自习了，剩下的人大多躺在宿舍里休息。克里斯绑架猴子的事情，没有任何人看到。克里斯来到地下室的门口，一脚踹开大门，楼梯笔直向下延伸，深不见底。

克里斯闭上眼睛，在灵视状态下，地下室变得一清二楚，正中间有一本厚厚的字典，那必然是通关所需的剧情道具。

"猴子，帮我个忙。"克里斯笑眯眯地看着猴子，"你去下面，帮我拿一个东西过来，只要你的速度足够快，你一定会没事的。"

"唔——"

猴子不停挥手，眼里满是惊恐。他刚刚被高大和高强揍过，两只眼睛都是肿的，眼泪从肿胀的眼睑中间流了出来。

"你不去？"克里斯把猴子按在墙上，从怀里掏出钢笔，刺向猴子的眼睛。笔尖几乎贴了猴子肿胀的眼皮上，猴子吓得吱哇乱叫。

"我根本无法在虚空之中坚持超过 1 秒，我绝对会死的！"

"没关系，我可以帮助你在下面坚持 5 秒。我只需要你跑到地下室，把正中间的字典拿过来给我就行了。"

"什么字典？"

"别废话，快点下去！"

克里斯拽着猴子，一把将他推进了楼梯。猴子惊叫一声，掉了下去。

克里斯咧嘴一笑，身后突然涌现 20 个恶灵，其中 7 个是男生，13 个是女生。

20 个恶灵叽叽喳喳地穿过猴子的身体，让他忍不住浑身发抖。

"什么鬼？"

猴子落到了地面，他发现那 20 个恶灵推开了左右两边的虚空，为他留下了一条通道，可是他的身后依然被虚空的潮水堵住了退路。

"你只有 5 秒，快点！"

克里斯的声音从楼上传来。猴子大叫一声，摆动双臂冲进了地下室的正中间，果然发现了地面上的字典。

"我找到了！"猴子抱着字典，一路往回跑。

恶灵帮他在前方开路，可是恶灵身上的幽蓝光芒却变得越发黯淡。

"救命，救命！"

"你还有 3 秒，3——2——1！"

"不要，不要放弃我，我就要到了！"

"快把字典丢过来！"

"啊——"

20 个恶灵突然消散，虚空的潮水汹涌而来。猴子没有任何抵挡虚空侵袭的方法，瞬间被撕成了碎片。字典落在地上，正在不停被虚空腐蚀，克里斯的手臂穿越屏障，以极快的速度捡起了字典。

"呃，真是恶心！"

克里斯的手臂变得破破烂烂，不过只要等他驱使恶灵的技能恢复 CD[①]，手臂的伤很快就能恢复。克里斯拿起字典，左右看了看。

上面全都是看不懂的文字，它应该是用来解码的密码本。

"心狠手辣、背弃诺言，感性扣 5 分。"监考老师的声音在克里斯的脑海中响起。

"啊……别扣了，别扣了，老子都负分了。"克里斯抱着字典离开，回到宿舍休息，补充一下消耗的精神力。

花开两朵，各表一枝。

顾毅在图书馆里干完了工作，和高强、高大两兄弟来到了管理员的办公室。管理员给三人登记，奖励了学分。

目前，顾毅的感性和理性得分都是 6 分。

"你们可以自由活动了，注意保持安静。"

"谢谢老师。"三人点头致谢，轻轻推开办公室的门。

顾毅和兄弟二人打了个招呼，径直走向 C 区。他的耳边传来了恼人的噪声，负能量弹幕再次在他眼前浮现：

---

① CD：游戏术语，意为冷却时间（Cool Down Time），指的是释放一次技能（或使用一次物品）到下一次可以使用这种技能（或使用这个物品）间隔的时间。

"隔壁的克里斯都已经找到地下室的线索了，顾毅怎么还有心情在这里看书？"

"垃圾，真的垃圾。"

"没见过这么蠢的冒险者。"

"求你死一死吧，我们只要普通级通关就够了。"

顾毅闭上眼睛，弹幕就变成语音在脑海里回响，他深吸了两口气，再次对自己使用了心理暗示，屏蔽了眼前的弹幕。

"真想杀了他们！"顾毅双眼通红地看着地板，咬牙切齿地自语着。

周围的同学奇怪地看着顾毅，他这才想起自己在图书馆。还好，同学和管理员们只是瞪了他一眼，并没有多纠结什么。顾毅捂着嘴巴，坐在桌边休息了一会儿，他为自己之前的残暴想法而感到后怕。

"冷静……冷静……"顾毅在心里默默给自己打气，这一切都是《诡异世界》的阴谋，他们如此行为，就是想让自己放弃对人类的希望。金鑫在现实世界里对自己发出的警告，就是种在他心里的一颗种子，而这个副本里发生的一切，则是在给这颗种子施肥、浇水。

顾毅相信，自己眼前的所有弹幕，一定是现实世界不少 A 国人的想法。

——他们是真的想要自己死啊！

"自杀吧？"

"自杀吧……"

"自杀吧！"

心理暗示的时效结束了，低沉的呓语再次于顾毅的脑海中回响。他从口袋里拿出钢笔，拔下笔帽，一点一点刺向自己的眼球。

不行！快醒来！

顾毅猛然抬起头，在千钧一发之际放下了钢笔，强大的精神力和求生意识让他再次战胜了诡异力量。

他喘着粗气，将钢笔收好，放在怀里。

不对劲，一定有什么不对劲！是因为这里的环境吗？

顾毅不敢在 C 区多待了，他立刻起身，在书架上找到了那本奇怪的书。他把手写字条揣进怀里，捧着书来到前台，办理了借阅的手续。

顾毅坐在书桌边，看了看四周。

旁边有一个上了年纪的老师正在看书，他手里拿着一个放大镜，抱着一本比头还大的书，逐字逐句地看。

顾毅等待技能冷却结束后，立刻对自己使用，眼前终于清净了。

他打开那本书，这居然是一本记录着魔药配制方法的书。

书上第一页，就是名叫"虚空行走"的魔药。

虚空行走：可以让你在虚空中行走，免受虚空侵袭，持续 10 秒。

配制材料：鲜血 100 毫升，梦境碎片 1 块。

书本后面几页的内容变得模糊不可见，仅有第一页可以阅读。

梦境碎片是什么，顾毅暂时不知道，但这至少给顾毅提供了方向和思路。

没了弹幕和呓语的干扰，顾毅终于有可以慢慢思考的时间，他从怀里拿出纸笔，写下现在找到的所有线索和未解谜团。

已知线索：

1. 评分的规则。

2. 宿舍楼地下室、楼顶、图书馆 C 区拥有推进剧情发展的道具。

3. 在虚空中行走的方式。

未解谜团：

1. 梦境碎片的获取方式。

2. 精神崩溃的原因。

顾毅折起字条的上半部分，只看未解的两个谜团。

梦境碎片的获取方式暂时不需要考虑，现在最重要的是要解决精神崩溃的问题。

刚才的情况实在太凶险了，在精神崩溃的情况下，自己几乎不能进行任何操作，满脑子想的只有自杀。

如果只是因为 C 区的装修风格太过压抑，弹幕太过负能量，是远远不够让自己崩溃的，一定还有什么忽略的。

顾毅靠在椅背上，看了看自己的校服，他集中精力之后，这才发现了校服上的秘密。他脱下校服，劈手夺过身边老师的放大镜，观察校服上的花纹，竟然全都是血腥的画面，难怪自己穿着校服时总会觉得不自在。

"同学……"老教师凑到顾毅身边，低声说道，"放大镜用完了吗？"

"对不起。"顾毅低声道歉，将放大镜还了回去。

没有任何好的解决办法，就算自己不穿校服，其他同学穿着校服时，那些花纹也会潜移默化地影响自己的精神状态。他总不能让其他同学也不穿校服吧？

顾毅只能不断对自己使用心理暗示，这样才能缓解精神压力。他宁愿去变成大象和"不可言说"干架，也不想承受这种钝刀子割肉的精神折磨。

"同学们，图书馆还有 10 分钟闭馆，虚空通道将会在 20 分钟后消失，请大家尽快回到宿舍去吧。"管理员站了出来，柔声地说。

图书馆里的同学们纷纷收拾文具和书本，排队离开了图书馆。顾毅用校服把魔药书包起来，捧在怀里，跟着大家离开了。他决定再也不穿校服了。

【13】乌合之众

现实世界。

某位键盘侠坐在显示器前，一边抠脚一边看直播。

此时，镜头刚好拍到顾毅准备刺自己眼睛的画面，键盘侠立刻兴奋了起来，噼里啪啦地开始打字。

"快快，刺下去！"

"快去死啊，顾毅！"

咚咚咚！一阵敲门声响起。键盘侠放下鼠标，来到门口。

"谁呀？"

"送外卖的。"

"这么快？"

键盘侠挠挠头，打开大门。

阿健带着一队特工冲进房间，不由分说地将键盘侠压在地上。

"不许动，叫什么名字？"

"何强强！"键盘侠趴在地上，脸色惨白，"你们干什么？你们是谁？"

"A国攻略组特工。"

阿健给何强强展示了一下自己的证件，其余特工冲进了屋子，搜寻各个房间："健哥，房间里没有别人。"

"你们在干什么？为什么要抓我啊？"何强强不服气地说道，"我又不是狂信徒，我也没有私藏诡异物品，你们凭什么抓我？"

"为什么？这得问你自己了。"

特工们架着何强强的胳膊，把他带出了房间。

阿健和剩下的特工在房间里搜索，试图找到任何线索，他们想知道嫌疑人和狂信徒们有没有什么联系，或者他是不是收了什么钱财。

何强强在1分钟之内发了几百条骂人的弹幕，而且全球各地的直播间都能看见他的身影，所以阿健这才亲自带队抓捕嫌疑人。

"健哥，这是嫌疑人的手机，我们查过转账记录了，这一个月内都没有什么可疑的资金来源。"

"我这里也搜过了，没有找到任何诡异物品，基本排除嫌疑人是狂信徒的可能。"

阿健闻言，不解地挠了挠头。他坐在电脑前，打开电脑。

原来，何强强一个人申请了几十个账号，不停在各个直播间流窜，并且他的电脑里还有一个名叫"弹幕机器人"的软件。

使用弹幕机器人可以在1分钟内发出100条弹幕，再加上何强强有不少小号，这才造成了他可以在短时间发布几百条弹幕的壮举。

"唉……"

阿健坐在电脑前，无奈地叹了口气。

"有时候，我真的希望这些人是收了黑钱的。"

"什么意思？"

"收了黑钱，这说明他们把骂人当成工作，至少也算是有个冠冕堂皇的理由了。"阿健指着电脑说道，"但是最可怕的就是何强强这种人，他喷人根本就是出于爱好，就是想看到所有冒险者死掉，就是想看到世界末日到来，他本质上和狂信徒丝毫没有区别。"

阿健从椅子上站了起来，拍了拍手说道："赶紧固定证据，我们还要去找下一个键盘侠呢。"

"快死吧！"

"垃圾、废物！"

顾毅睁开眼睛，眼前再次出现负能量的弹幕。

"吸——呼——"

顾毅捏着鼻梁，对自己使用心理暗示。

今天是考试的第二天了，顾毅眼前出现的弹幕略有减少，但它们总会不合时宜地出现。

顾毅洗漱完毕，回到寝室，发现陈泽宇早就一声不吭地离开了。舍友的性格实在太过孤僻，不过顾毅也没有多说什么，这些人不过是自己通关路上的过客而已。他带上校服、准考证和文具，来到了1楼的大厅。

门外，虚空通道正在缓缓开启，通道的尽头就是教学楼。

"通道马上要开启了。"宿管阿姨走出来说道，"进入考场之前，你需要放弃一个自己最重要的物品。"

不少学生都露出了依依不舍的表情。宿管阿姨走到了顾毅身边。

顾毅沉默了一会儿，指着心爱的小摩托："不要它了。"

"很好。"宿管阿姨点了点头。

顾毅抿着嘴巴、闭上眼睛，耳边传来摩托车碎成渣子的声音。

"你可以去教学楼了，另外记得把校服穿上，在学校里随时穿着校服。"

"我知道了。"

顾毅点点头，不情不愿地照做。

外面的气温很低，还好提前穿上了衣服。顾毅跟着大部队进入了考场，监考老师站在讲台前，然后将试卷发放到每一个同学的桌子上。

顾毅低头一看，却发现试卷正反面都是白纸，一个字也没有。

"现在考试还没有开始，等铃声响起的时候，各位再拿起笔。"

顾毅闻言，闭上了眼睛。

推演开始！

你听见了铃声响起。

你拿起了钢笔。

你的眼前一片虚无。

你终止了推演！

顾毅有些意外，他没想到考试开始之后，自己居然还要前往另外一个空间。

丁零零！考试铃声响起。

周围的同学一个个拿起了钢笔，他们全都举着笔，一脸呆滞地看着试卷发呆。

顾毅学着他们的样子拿起了钢笔，紧接着他感到天旋地转，周围的一切都发生了天翻地覆的变化。他无法控制自己的身体，也无法使用任何技能，只能听，只能看。

监考老师的声音响起："期末考试开始，科目一：舆论考试，考试要求：

"1. 请使用黑色水笔或钢笔作答，如果水笔或钢笔写不出来，请使用鲜血。

"2. 一旦落笔，答案将无法更改，请谨慎作答。

"3. 本次考试采取梦境模拟的方式，考试时间为 24 小时，时间流速与现实不同步，请合理分配时间。你在梦境中发生的一切，并不会影响现实。

"4. 考生需要在考试中实现舆论反转，使舆论向着于你有利的方向发展。

"5. 本次考试满分为感性 10 分，理性 10 分。若考试总分超过 12 分，考生将获得 1 块梦境碎片作为奖励。

"考生说出'开始'后，考试将正式开始。"

顾毅没有急着开始考试，而是迅速地观察环境。这里是学校食堂，顾毅面前是一支长长的队伍，大家都排在队伍当中，等着打饭。按照考试要求的字面意思理解，自己现在应该处在梦境中，而自己在梦境中所做的一切，就是在考试作答。

令人疑惑的是，考试要求的第 1 条"使用黑色水笔或钢笔作答"，这与准考证上的要求并无矛盾，但既然是梦境模拟，为什么又需要使用"水笔或钢笔"，甚至需要使用"鲜血"呢？

顾毅思考片刻，确信自己已经无法再获得更多信息了。

"开始吧！"

顾毅话音刚落，周围所有同学都动了起来。食堂里饭菜的香味飘进鼻腔，让人食指大动。

顾毅手里端着餐盘，没有急着移动，而是闭上眼睛原地推演。

推演开始！

你端着餐盘，摸了摸自己的衣服，在胸口的暗袋里找到了水笔。

你把水笔放在随手可取的地方。

你跟着队伍缓缓往前走。

你四处观察，看看食堂里有没有任何提示字条，是否需要在点菜的时候做数学题。

你发现这就是一个非常普通的高校食堂。

你继续跟着队伍往前走，随便打了一些饭菜。

你回到座位上。

一个女生突然走上来，拦住了你的去路。

女生：你为什么要摸我屁股？

你：我什么时候摸你屁股了？

女生：还什么时候？就在刚才，你这个臭流氓。

你：我根本没有，我两手都托着盘子，怎么可能摸你屁股？

女生：你就是摸了，普信男，真下头！

女生嘀嘀咕咕地走开，对着你拍了两张照片。

你眉头微蹙，坐在凳子上。

你感到你的水笔发烫，你拿出水笔。

墨水消失了1/3。

你眨了眨眼睛，时间从中午跳到了晚上。

你来到了宿舍，舍友对你指指点点。

舍友A：没想到啊，你小子居然耍流氓？

舍友B：真恶心，以后别和我们一起玩儿了。

舍友C：知人知面不知心。

你：我根本没有耍流氓，你们听谁说的？

舍友A：论坛上都说了。

你打开电脑，登上了学校的论坛。

你发现你的照片被贴在了论坛的置顶帖子里，帖子下面全都是对你的指责和谩骂。

"男人都不是好东西。"

"我建议学校开设男女食堂。"

"这种人渣为什么能考进我们学校？"

你沉思片刻，在论坛上发帖。

你：请各位不要听信一面之词，我根本没有与这位女同学发生任何肢体接触。而且大家也都看见了，我当时在食堂打饭，手里捧着餐盘，怎么伸"咸猪手"？

你刚发完帖子，就收到了一堆回帖：

"你瞧瞧，拿着盘子都要伸'咸猪手'。"

"真下头。"

"人渣滚出我们学校。"

你发现辩解根本没用。

你手里的水笔再次发烫，你发现墨水又消失了1/3。

你弄清了梦境模拟的规则，当你在梦境模拟中遇到难题，无论采取任何措施，都会消耗墨水，直到墨水消耗光，你就失去了考试资格。

但是，利用"鲜血"作答是什么意思，你暂时没有想明白。

你还剩下最后1/3的墨水，需要找到更有力的反制措施。

你找到学校的保安室，调取了学校的监控。

你找到了白天的监控录像。

录像清晰地证明了你和那名女生根本没有任何肢体接触。

你赶紧把录像发到了学校论坛，自证清白。

你：这是我从学校借来的监控视频，视频上很清楚，我并没有和那位女同学发生任何肢体接触，这就是在污蔑我。请你立刻删帖并在论坛公开道歉，不然这件事我决不罢休。

过了没多久，你的帖子被顶到了第一。

"不要把事情闹大啦，都是误会而已。"

"人家错怪你了，你让人家私下道歉不就行了？至于让人家在论坛公开道歉吗？人家女孩子是要脸面的呀。"

"就是就是，大事化小，小事化了，何必把事情闹得这么大？"

你看着网友发言，一头雾水，又气又好笑。

终于，那个冤枉你的女生站出来说话了：

"你不要把视频掐头去尾行不行？那监控视频也是有死角的，我有没有被摸，我自己不知道？你是不是和学校领导有关系啊？拿一个假视频出来骗人！你就是一个撒谎精，死变态，臭流氓！"

过了没一会儿，一群同学在帖子下跟帖：

"原来是掐头去尾的视频啊，楼主真是会玩儿。"

"姐妹们，一定要远离这种男人呀！敢做不敢当，明明伸了'咸猪手'，还不敢承认，对着人家女生倒打一耙？"

"@学校领导，赶紧开除这个渣男的学籍吧！"

你的水笔再次发烫。

你拿出笔一看，墨水已经彻底见底。

你的耳边响起了监考老师的声音。

监考老师：考试结束，你的最终得分——感性3分，理性5分。

你的眼前一片虚无。

你终止了推演！

"该死，这还是学校论坛吗？"

顾毅咬了咬嘴唇。

在这个极端变态的舆论环境里，想要吵赢几乎是不可能的。对手极其会煽动情绪，当大伙儿的情绪被煽动起来，真相到底是什么，已经没人会在意了。

如果自己想办法"逃课"，避免和那名女生接触会怎么样？顾毅再次闭上眼睛。

推演开始！

你端着盘子在人群中搜索，很快定位到了那名女生。

你对那名女生使用了心理暗示。

女生站在队伍里愣了一会儿，马上转身离开了食堂。

你不再排队，放下餐盘，朝着相反的方向离开食堂，尽量远离那名女生。

你刚刚走到门口，就被另外一名女生拦了下来。

女生：你别走。

你：干什么？

女生：我的钱包丢了，刚刚看见你在人群里鬼鬼祟祟的，我怀疑是你偷了我的钱包。

你明白过来了。

就算自己逃掉了伸"咸猪手"的指控，系统马上就会安排小偷的指控，"逃课"的手法根本行不通。

你：你丢了钱包，应该去找警察，而不是拦着我。

女生：我刚刚是在食堂门口丢的钱包，当时只有你经过我身边，你就是偷我钱包的人。

你：没证据不要胡说。

你当着女生的面拨打了报警电话。

你：我们等警察来了再说吧，警察到之前我什么都不会说的。

你和女生站在食堂门口，等来了警车。

警察把你们一起带回了警察局进行调查。

你眼前的景象一闪而过，你又一次回到了自己的宿舍，你拿起水笔一看，墨水只剩下了 1/3。

舍友看向你的表情有些奇怪，他们都有意无意地躲避你。

你立刻打开电脑。

这次，丢钱包的女生并没有在学校发帖，而是选择在社交平台"危波"发声，并且在极短时间冲上了热搜榜。

＃瓦棚大学的小偷＃、＃瓦棚警方办事不公＃

"瓦棚大学的顾毅，你偷我钱包的事情我不会就这么算了。我既然说你偷了我的钱包，我就有自己的证据，你不能因为我是外地人就欺负我。

"警察睁着眼睛说瞎话，看我是外地人，就是不肯抓走小偷。

"世人都说瓦棚是个对外友好的城市，难道你们都是这么对待外地人的吗？外地人丢了钱包，就可以不管吗？"

你挠了挠头。

帖子下面吵成一团，所有外地的同学联合在一起，对瓦棚本地人横加指责。

"别说了，瓦棚人全是小偷。"

"我们宿舍的瓦棚人超级小气。"

"讲个笑话，瓦棚的治安水平全国第一。"

你注册了一个账号，发帖自证清白，但是没有激起任何水花。

对手巧妙地将丢钱包的事情上升到了"地域歧视"，激起了网友的愤怒。

现在，大伙儿已经没有心思去管谁是小偷的问题了，他们完全是在借题发挥而已。

此时，你接到了辅导员的电话。

你来到了校长办公室，在进办公室之前，你偷偷打开手机录音。

校长室里不仅有校长，还有丢钱包的女同学。

校长拿出一份处分决定，放在你面前。

校长：现在学校决定对你进行通报批评的处分，因为你，学校的形象和瓦栅的形象都被抹黑了。

你：我是被冤枉的，你们凭什么这么说？

校长：你进警察局了，网上也全是骂你的声音。

你：我进警察局，不代表我有罪。警察都没说我有嫌疑，你凭什么听那个小姑娘的一面之词？

校长：但你确确实实影响了我们学校的声誉。

你：这不公平。

校长：我不在乎你到底偷没偷钱包，我在乎的是你玷污了我们学校的名誉。

你：难道学校的名誉高于个人的清白？为了你所谓的名誉，你就可以玷污我、诬陷我？

女生：你别装好人了，小偷。

你：你有证据说我偷东西吗？

女生：难道你怀疑我说谎？我一个小女生，为什么要诬陷你？诬陷你我有什么好处？

你：我没偷东西就是没偷东西。

校长：行了二位。这位女同学，不如我们这样做，你把你的帖子删了，不要再发帖了，我让这位男同学给你道歉。而你呢，只要把钱包还给人家女同学，我也就不在学校发通报批评了。

你：校长，你这是什么和稀泥的手段？我明明没有偷东西，凭什么给她道歉？凭什么还给她钱包？还是那句话，你有证据证明是我偷的东西吗？

女生：你看看你说话的态度，一个男生这样咄咄逼人，肯定不是什么好东西，谁知道你平时坑蒙拐骗做了什么恶事？

你：话不投机半句多，告辞了。

你退出校长办公室，发现自己的墨水还剩最后一点。

你将手机里的录音发到了贴吧，写上了具有煽动性的标题：

高校校长罔顾事实、屈打成招，为了所谓的学校的脸面，不惜牺牲正义，牺牲学生的清白。难道你的乌纱帽比公平正义还重要吗？

"瞧瞧，瞧瞧，这就是女人的嘴脸。"

"女人指控男人还需要证据吗？我觉得你偷了我东西，你就是偷了我东西。"

"狗校长也不是个玩意儿，没有证据的事情为什么一边倒偏向女生？息事宁人也没有这样的。"

"别说什么性别对立了，这校长以权压人，这样也能算是公平正义吗？"

你的帖子引起轩然大波。

贴吧和危波两大社交平台的用户隔空骂战，持续了整整 10 个小时。

你的考试时间到了。

监考老师的声音在你的耳边响起。

监考老师：考试结束，你的最终得分——感性 6 分，理性 4 分。

你的眼前一片虚无。

你终止了推演！

顾毅睁开了眼睛。

这一次的推演中，顾毅以毒攻毒，用魔法打败魔法。

对手挑起性别对立、地域歧视，他就在贴吧继续引导舆论，让事件进一步发酵。到最后，顾毅发现自己根本控制不住舆论的走向了。

矛盾从一开始的地域歧视变成了男女对立，到最后变成了阶级矛盾。虽然自己最后感性得了 6 分，但理性却只有 4 分。

这说明他根本不知道自己在做些什么，舆论早就脱离了自己的控制。

"好难呀……"

顾毅用力敲了敲脑壳儿，实在不知道该做些什么。这个时候，恼人的弹幕又一次出现在他的眼前：

"不看了，不看了，顾毅这王八蛋就知道站在原地发呆。"

"看看隔壁的克里斯，人家都杀穿了。"

"就是，杀穿不就行了？"

"杀杀杀！"

"别动脑筋了，你也没脑筋，不是吗？"

顾毅望着眼前的弹幕，不仅没有感到生气，反而有了一丝明悟："对呀……用血答题其实是这个意思。"

顾毅再次闭上眼睛，又一次开始推演。

"你摸我屁股干什么？"

"啊？"克里斯望着诬陷自己的女孩，一时间还没弄清楚情况。

"你摸我屁股做什么？"

"哦？"克里斯没有反驳，而是干脆认了下来，"对不起，是我做得不对，我不是故意的。"

"色狼，咸猪手，学校里怎么会出你这种人渣？"

"对不起，我向你赔礼道歉。"

"哼！垃圾！你赔我 520 块钱，这事儿就算过去了，不然我让学校开除你！"

克里斯假装摸了一下口袋："哎呀，我可没那么多钱呢。"

"那你就等着被开除吧！"

克里斯开启灵视，他的灵视技能可以分辨一个人或者物对自己是否有威胁。女孩的身上有黄色的光芒，这代表她对自己有一定威胁，但并不致命。

"去。"克里斯打了个响指，安排了一个恶灵跟在女孩身后，自己则继续坐在食堂里享受美食。

5 分钟后，恶灵传来信号，克里斯的眼前出现了女孩坐在床边打字的景象，她准备写小作文在学校论坛上控诉自己。

"原来舆论考试考的是这个？这也太简单了，让制造谣言的人死掉不就行了？"

克里斯的恶灵还不太成熟，不能直接杀人，但是可以让精神力低下的普通人产生幻觉。

此时，造谣的女生正在打字，她突然感到手心一阵潮湿。她放下手机一看，手机壳居然正在不停往外渗血。

"啊！"女生尖叫一声，丢掉了手机。她站在床边，感到脚踝一阵发凉。她低头一看，一只血淋淋的小手正死死抓着她的脚踝。

"不要过来，有鬼啊！"女生踢开小手，朝着大门跑了出去。她忽然脚下一空，耳边传来了呼呼的风声。原来，她打开的并不是逃生的大门，而是宿舍的窗户。

咣当！女生头朝下摔在地上，鲜血溅了一地。

克里斯重新睁开眼睛，发现水笔有些发烫，他拿起来一看，墨水消耗了1/3。

紧接着，他就听到了监考老师发出的提示音。

"解决不了问题就把提出问题的人解决了，感性2分，理性8分。"

"嘁！"克里斯冷笑一声，"什么感性？明明就是一些没有意义的道德约束罢了，害得老子没拿到道具奖励。"

克里斯摇摇头，转瞬离开了考场。

现实世界。

克里斯利用自己的天赋能力杀死了造谣的女生，虽然理性得分高达8分，但是感性却只有2分。

然而，B国的弹幕却是一阵狂欢：

"杀得好，造谣者就该杀！"

"克里斯才是B国的希望！"

"看看克里斯，在《诡异世界》都不敢杀人的冒险者有什么出息？都是垃圾！"

曲康平看着弹幕，沉默良久。

其他的冒险者也有成功通过考试的，但是他们的得分大多是5分左右，能得到8分都已经算天赋异禀的了。

系统既然给了克里斯10分的评价，那就说明他的做法是符合副本的规则还有世界观的，而且手法要比其他冒险者高明许多。

曲康平回头看A国这边的弹幕，大伙儿依然对顾毅横加指责，满屏都是谩骂。而顾毅依然站在原地，默默思考对策。

"组长，昨天的文字分析结果出来了。"

"快拿来给我看看。"

昨天晚上，顾毅坐在图书馆抱着一本书看了足足半个小时，他知道顾毅这是在利用看书传达某些信息。

《诡异世界》对无关主线的文字信息都会屏蔽，攻略组必须使用非常复杂的技术手段才能还原上面的文字。

曲康平叼着香烟，拿起报告仔细阅读。

顾毅捧着的是一本历史书，上面记录的历史进程和蓝星并无太大出入。

"顾毅，你是想说……这个副本的原型也是我们蓝星？"

"组长，我们是不是要像上次一样？"

"阿健呢？"

"阿健哥还在抓键盘侠呢。"

"别管键盘侠了，让阿健去……算了，还是别让他查这个了。"

"你们让警察帮我们调查一下，查出所有遭遇过诡异事件的高中，然后再派出我们的特工去这些高中实地勘查，一定要找出瓦棚中学的现实映照。"

"是！"

曲康平放下香烟，半天也不吸一口。他望着手里的资料，始终有种违和感，但这种违和感来源于何处他却说不上来。

"组长快看啊，顾毅开始行动了！"

"嗯？"

曲康平赶紧扭过头，叼着香烟猛吸了一口。与其他冒险者一样，顾毅端着餐盘，按部就班地排在队伍的最后面。

他打完饭菜之后，一个女生走了过来，怒气冲冲地拦住了他。

"你摸我屁股做什么？"

"我没有。"顾毅淡定地摇摇头，"你不要诬陷我。"

"我诬陷你？我一个女生，会用这种事情来诬陷你吗？"

"我没有摸你屁股。"

"垃圾、色狼、人渣，我要让你身败名裂！"

女生举起手机，给顾毅拍了张照片。顾毅面无表情，坐在了食堂的长椅上。

弹幕一片谩骂。

"都这么骂你了，你一句话都不说，是不是男人？"

"打她呀！当场打死她至少也能得 6 分呢。"

"不看了不看了，顾毅根本不是男人，还是看克里斯通关爽。"

曲康平在脑子里自动屏蔽了这些谩骂之声，寻找那些为顾毅加油的弹幕，他发现这些加油的弹幕只占了总数的三成而已，这种情况极不正常。

"如果这全是键盘侠或者收了钱的水军，那也太夸张了。阿健都去抓人了，为什么弹幕环境一点都没有改善呢？"

曲康平皱了皱眉，将这一现象归结为诡异力量的影响。

副本里的时间飞速流逝，顾毅坐在电脑前，认真地在论坛看帖子。

镜头立刻掉转，向观众们展示帖子的内容，一个名叫"栗子猪"的女生在论坛发帖：

＃学校的咸猪手＃

今天我在学校的食堂遇到了一个"咸猪手"，他摸了我的屁股却不敢承认，我真想不明白为什么这种人能出现在咱们学校。

这是他的照片，有人知道他是什么人吗？

1L：大一文学系的学生，平时看他挺老实的，没想到是一个变态。

2L：喏，这是他的朋友圈。

3L：这朋友圈，一看这人就是个穷光蛋嘛。

4L：哟哟，写小说一个月稿费拿 1000 块就能出来炫耀了？你还不如去餐厅端盘子呢，一个月少说能赚 4000 块。

5L：他的小说我看过，主角是个圣母，没想到作者居然是个"咸猪手"！难怪写出来的小说都这么恶心人。

顾毅盯着面前的帖子，嘴角勾起一抹微笑，他拿出键盘打字：

我是大一文学系的学生顾毅，我并没有摸那位女同学的屁股。我不知道该如何取证，也不知道该如何辩解，但我愿意一死，以证清白。

晚上，顾毅拿起手机，来到滚滚江水边，将手机的摄像镜头对准了自己。他开启了直播软件，对着镜头挥了挥手："各位观众你们好，我是瓦棚大学大一文学系的学生顾毅。我们学校有一位学姐说我猥亵她，但我并没有。为了证明我的清白，我愿意以死自证。"

顾毅看着直播间的人气越来越高，露出了一个诡异的微笑，转身跳进了水里——扑通！

"这孩子在做什么？"

"天哪，他真的跳进去了！"

攻略组的人看着屏幕，顾毅就像石头一样沉入了水底，半天也浮不上来。

"你们急什么？"曲康平叼着香烟，烟雾挡住了他的脸，"顾毅是在江边长大的孩子，还怕他在水里淹死？这是他的策略，你们等着看吧。"

"江水那么湍急，就算顾毅水性好也未必能活下来啊！"

"那又有什么关系？你忘了考试规则吗？这是梦境模拟，无论你在考试的时候发生什么，都不会影响现实，顾毅一定是在有万全把握的时候才做出这种事情的。还记得考试规则里有一条是这么写的吗？

"请使用黑色水笔或钢笔作答，如果水笔或钢笔写不出来，请使用鲜血。

"克里斯和顾毅一样，理解了规则中的暗示，'使用鲜血'的意思就是可以杀人。只不过克里斯选择杀死别人，而顾毅选择杀死自己。"

曲康平掐灭了香烟，继续盯着屏幕。镜头始终对准着滚滚江水，不少路人立刻报警求助。

然而，网络暴力到现在还没有停止。

顾毅根本就是在作秀吧？我记得他好像会游泳的。

真下血本，演戏是吧？

楼上的，你们能不能积点德？人都掉水里了，半天都没捞上来，希望他没事。

如果顾毅死了，你们这些网暴的都是帮凶。

顾毅都愿意以死自证清白了，你们还在这里说风凉话？你们是不是人？那个造谣的女生，顾毅敢以死自证，你敢吗？

发帖的女生见势不妙，连夜删了帖子。然而，暴怒的网友却根本不买账。

一夜之间，瓦棚大学的论坛被来自各个网站的网友"轰炸"，所有人都在对发帖的女孩横加指责，一如当初别人网暴顾毅一样。

没有证据就可以对人进行审判吗？现在顾毅人没了，你们这些互联网法官开心吗？

那个女生，你到底是出于什么心态诬陷顾毅的？你的良心不会痛吗？

我是顾毅小说的读者，我可以从字里行间看出他是一个正直善良的孩子，他绝对不可能做出猥亵女生的事情。就算他碰到了别人的屁股，我觉得那也是不小心的，是个误会。

女人没有证据就能说男人猥亵，居然还有一群人相信。而男人为了自证清白，居然只能跳江自杀！这就是你们网暴者想要看到的结局是吧？

"舆论真的反转了……"

攻略组的人看见这样的结果，本应该感到开心，但是他们却根本笑不出来。

曲康平拿出一支新的香烟，半天也没点着："看看网友的评论吧，顾毅这小子是真的自杀了。直播镜头始终没有切到顾毅身上，这也算是直接证据了。"

"为什么会这样？"

"不敢相信啊……"

"这可不是好兆头。"曲康平眉头紧锁，"这说明顾毅中了圈套，他已经被副本洗脑，只会用自杀来解决问题了。他明明可以跳水之后躲起来，拖到考试结束，舆论也一样可以反转的。"

"是呀，我也觉得肯定有其他更和谐的方法。"

"也许有，但绝对不会得高分。这个副本从头到尾都在暗示冒险者自杀，甚至自杀之后还可以顺利通关，这是极不正常的。"

"我们都知道，冒险者死亡即闯关失败，诡异力量就会随之入侵现实世界。所以，一个冒险者死后怎么可能还能达成普通级的通关目标呢？"

"你这么说的话……"

众人全部陷入沉思。

一个年轻的特工突然灵光一闪，说出了一个大胆的猜测："各位……有没有一种可能，诡异力量入侵和达成普通级通关目标并不矛盾呢？诡异力量入侵是因为冒险者死了，而不是因为闯关失败？"

《诡异世界》。

监考老师的声音在顾毅的脑海中响起："以死自证，感性 8 分，理性 8 分。"

顾毅已经有过无数次死亡体验，所以这次在水里溺亡并没有让他感到任何不适。他曾经在推演中尝试过以假死自证，但是最终只得了 12 分，勉强及格。

只有自杀并且被警察捞起尸体，才能得到 16 分的优秀评分，除此之外，顾毅实在想不出更多、更好的通关方法了。为了得到更多学分，顾毅只好选择真死。他在自己的身上绑了很多重物，活生生把自己压入水底淹死，同时也让尸体变沉，不至于那么快就被水流冲走。

他还试过用技能暗示诬陷者放弃对自己的诬陷，可一旦技能的时效到了，她们就会卷土重来，用其他方法网暴自己。

顾毅睁开眼睛，回到了考场中。面前的试卷上写了满满当当的一页，全都是他看不懂的文字。试卷的前 1/3 全都是用墨水写的，而后 2/3 全都是用血写的。

目前，顾毅的得分是感性 14 分，理性 14 分。

"死得好，死得好！"

"如果真的死了那就更好了。"

恼人的弹幕再次出现，顾毅早就已经习惯了，他熟练地对自己使用心理暗示，屏蔽了这些聒噪的臭虫。

但是不得不承认，如果没有这些弹幕老是催促自己去死，他也不可能获得这么高的分数，是喷子们的弹幕给了自己通关的灵感。

"考试结束，所有人停笔吧。"

监考老师话音刚落，铃声响起，她走下讲台，收了每个人的考卷。如上次一样，顾毅和其他同学一起在候考室休息。学生们坐在椅子上，激动地交流心得体会。

"这次的考试很难啊。"

"是呀，我好像最多只能得 12 分吧。"

"12 分已经不错了，知足吧你。"

顾毅试着加入讨论："你们都是怎么作答的？"

"怎么作答？瞎答呗。"

"按照理论来说，这种舆论是不需要理会的。最正确的方法，是在舆论发酵前杀死那个女生，这样的话你的理性分数会最高。"

顾毅看向回答者，发现居然是自己的舍友陈泽宇。他挑了挑眉，接着问道："那你是完全放弃感性分了？"

"世上没有两全其美，你总得放弃一个。"陈泽宇看都不看顾毅一眼，"什么都要做到，那就意味着什么都做不好。"

顾毅没有说话。

正在此时，监考老师走进了候考室。

"顾毅同学，你的最终得分是 16 分，你获得了特殊奖励，跟我来办公室吧。"

顾毅闭上眼睛，推演了一下，确认办公室里没有任何坑，这才跟着走了过去。监考老师拿出一个黑色的匣子，双手递到了顾毅手里。

"恭喜你在这次考试中获得优异的成绩，这是你的奖励。"

"谢谢老师。"

顾毅接过匣子，耳边传来系统的提示音：

"恭喜你成功通过第一场考试。

"你的剧情探索度提升。

"目前剧情探索度为 17%。"

第三章
道德

【14】盗亦有道

顾毅回到了宿舍，躺在床上休息。

现在是下午4点，再过两个小时，虚空通道就要开启了，如果今天还能去图书馆打工的话，他一定要再去一次。

顾毅和陈泽宇都拿到了梦境碎片的奖励，在拿到碎片之后，陈泽宇一口吃了下去。

"你干吗吃了？"

"不吃留着生崽子吗？"

陈泽宇翻了个白眼，躺在床上看小说。

顾毅打开匣子，看了一眼梦境碎片。这是一块粉色的结晶体，闻起来有淡淡的甜味。

"开始推演。"

推演开始！

你将梦境碎片吞进了肚子。

你没有任何感觉。

你终止了推演。

顾毅挠了挠头，没弄清楚陈泽宇为什么要吃这东西。难道是因为本地的土著和自己并不是同一个种族的，所以梦境碎片对他们来说是补品，对自己来说没有丝毫作用？

"算了，别想着吃了，还是试验一下书上的魔药有没有用吧。"

顾毅摇摇头，闭上眼睛。

推演开始！

你在宿舍里找了一个瓶子、一把小刀、一张白纸以及一件干净的白衬衫。

你躲在了厕所里，关上了门。

你用小刀割破手心，将血液滴进瓶子，攒够100毫升。

你撕开白衬衫，包扎好伤口。

你把梦境碎片丢进了瓶子里。

你拿出纸，按照书上的指示画出魔法阵，贴在瓶口。

过了3分钟，你听见耳边传来杂乱的呓语声。

你利用心理暗示，成功抵御住了这次精神侵袭。

你的脸色有些苍白。

你拿起瓶子，撕开瓶口的纸，血液变成了乳白色的胶状物。

你来到地下室附近。

你看了看四周，确认这里没有人。

你打开地下室的门，将瓶子里的胶状物吞了下去。

你感到自己的身体变成透明的。

你走进了虚空之中。

你快步走到地下室的正中间，找到了一本厚厚的字典。

你赶紧跑回门边。

虚空行走的时效有10秒，足够让你轻松地从地下室取回字典。

你终止了推演！

顾毅睁开眼睛。

之前通过弹幕，顾毅知道了克里斯从地下室里找到了线索，所以他才第一时间去地下室探索。

既然地下室里有东西，那么楼顶必然也有东西，他决定也去楼顶探索一下。不过，由于他在推演时使用了心理暗示，这次他只能重新推演一遍了。

开始推演！

你拿起需要的道具，躲在厕所里。

你的手法比第一次熟练，很快就制作好了魔药。

你爬到了顶楼。

顶楼的门被锁上了，你打不开。

你对自己使用心理暗示。

你一脚踹开了大门。

虚空的风暴向你袭来。

你立刻喝下魔药。

你在楼顶探索。

你发现楼顶和图书馆B区一样，空间结构非常混乱，就算你可以在虚空中行走，也无法顺畅地在里面探索。

你的魔药时效结束了。

你化为一片虚无。

你死了。

推演结束！

顾毅重新睁开眼睛。

看来接下来的探索目标应该放在图书馆了，只有先弄明白如何解决空间混乱的问题，才能顺利地在宿舍楼顶探索，先把能拿到的道具全部拿到吧。顾毅拿起需要的道具，走进了厕所。

现实世界。

"这家伙怎么老喜欢往厕所钻？"

"估计是饿了吧？"

"哈哈哈……"

某家网吧里，几个小混混噼里啪啦地打字，甚至丝毫不顾形象地把弹幕念了出来。

网吧老板对这几个小混混很厌恶，早就偷偷报了警。

顾毅和老板的孩子差不了多少岁，他在《诡异世界》冒险，而自己国家的人却在背后嘲笑、谩骂他，但凡是个心智正常的人都看不下去。

丁零——网吧门头的铃铛响了起来。

阿健带着特工来到了网吧，他看了看四周，径直走到老板面前，给他展示了一下自己的证件。

"A国攻略组特工。"

"你们是来抓那些键盘侠的吧？"老板眨眨眼睛，指着楼上说道，"就在2楼，43~48号座。"

"把他们的身份证信息给我。"

"他们没有身份证，应该都是附近高中的学生。"

"你开的是黑网吧啊？"

老板尴尬地咳嗽两声，又义正词严地说道："我开黑网吧归开黑网吧，但是那些孩子在直播间黑我们的英雄，我是绝对不允许的。到时候我该交罚款交罚款，但是这些害人的键盘侠不能不抓。"

"哼，你这也算盗亦有道吧。"阿健冷笑一声，看向自己的队友，"你们两个守住前后门，剩下的跟我来。"

特工的到来引起了不少人的注意，他们全都放下鼠标，一脸诧异地看着阿健等人。

阿健径直来到2楼，一眼看见了黄毛。他穿着一身蓝色校服，胸口别着溪山高中的校徽。

阿健望着校徽，脸色立刻变得阴沉起来，他走了过去，轻轻拍了拍那几个正在直播间骂顾毅的高中生。

"别玩了。"

"干什么？"

高中生头也不回，依然在打字骂人。

"你就是孙逊？绰号黄毛？"

"啊，找我干吗？"

"你涉嫌违法，跟我们走一趟。"

"我看直播都算违法？"

黄毛扭过头去，一眼看见了阿健胸口的徽章。

"特……特工？"

"知道就好，你们几个跟我们走吧。"

阿健皱了皱眉，拖着几名高中生离开。

为了保护他们的隐私，阿健特意给他们几个人戴上了黑色的头套。

这已经是阿健亲自带队抓捕键盘侠的第二天了，他们没日没夜地加班，可网上的喷子数量依然不减。

"臭小子，为什么要在直播间喷顾毅？"

阿健早就把顾毅当成了自己的弟弟，看见有人污蔑顾毅，他比任何人都要生气。

黄毛撇撇嘴，有些倔强地低声说道："想喷就喷，关你屁事……"

咣当！阿健猛然推开车门，拽着黄毛下车。阿健摘掉黄毛的头套，把黄毛按在墙边，一拳杵在他的脸上，打歪了他的鼻梁骨。

黄毛立刻痛哭流涕："呜呜……你……"

阿健拿出手枪，顶在了黄毛的下巴上。

队友们赶紧冲下车拦住了阿健，这还是他们第一次看见阿健这么生气。

"阿健哥，你冷静一点。"

"没关系，我自有分寸。"

阿健冲着队友点点头，淡定地用手指擦掉了黄毛的鼻血，笑着说道：

"'诡异'复苏的年代，一切以保证冒险者顺利通关《诡异世界》为最根本的原则。你现在涉嫌危害冒险者生命安全，按照法律规定我们可以当场杀了你。别跟我犯浑，听懂了吗？"

队友们闻言面面相觑，这几句台词……他们是不是在哪儿听过？

【15】《万域字典》

"我不过是在网上口嗨而已，怎么就危害冒险者生命安全了？"

啪！阿健一巴掌抽在黄毛脸上。黄毛眼冒金星，连后槽牙都松动了。

阿健拉开枪栓，枪口顶着黄毛的脑袋："我没时间和你废话。弹幕机器人就是你上传到网络的吧？我看你的样子最多才上高中，你怎么能开发出这种软件？"

昨天，阿健把何强强的电脑带到了攻略组。

《诡异世界》的弹幕带有诡异力量，所以人类至今没有办法屏蔽弹幕，单单是如何定位发弹幕的用户，就让人类研究了将近3年。

然而，何强强电脑里的"弹幕机器人"具有一定的诡异属性，并且其中包含的科技早就超过了人类目前的电脑科技水平。

这必然是狂信徒们利用诡异力量开发的软件。

"你……你……你有本事就杀了我！"

砰！阿健扣动扳机，打穿了黄毛的大腿。

"阿健，你疯了吗？"

"这是水银弹头！"

队友们惊讶地看着阿健。水银弹头连诡异生物都能击杀，更何况是一个普通人？

"啊啊——"黄毛捂着自己的大腿，跪倒在地。

队友们吓得赶紧冲了上来，阿健却两眼通红地看着他们，厉声喝道："你们别过来，这件事情我来处理！"

阿健平日的威望起到了作用，大伙儿全都站在一边不敢吱声。

"啊——救命！"

黄毛痛苦地哀号，阿健蹲在地上，枪口再次顶住了黄毛的脑袋。

"刚刚你也听到了吧？我用的是水银弹头，现在水银正在你的血管里游走，如果你不尽快去医院治疗，不出半个小时你就会死。

"我不知道那些人对你承诺了什么，无非就是长生不死、永世不灭之类的鬼话。但是如果你现在还不肯说，那么你马上就要挂了。"

黄毛哭丧着脸，声音颤抖着说道："对不起，对不起，我说，全都说。我是溪山高中的学生，我是在学校后面的小马牛肉面馆遇到的狂信徒。他们告诉我，只要把这个弹幕机器人发到网上去，我就能赚很多很多的钱。他们没有许诺我什么长生不死，也没有赋予我诡异力量，就是怕你们特工会查到我。我真的只是贪财而已，我也不想加入什么狂信徒的组织。"

"你是怎么联系他们的？"

"他们给我弹幕机器人之后就消失了，我也不知道他们在哪儿。"

阿健松开了黄毛，转身走进车里。

"健哥，你要去哪儿？"

"溪山高中。"

"这个小黄毛怎么办？"

"你们两个送他去医院，我一个人去调查。"阿健发动汽车，"刚刚我开枪之前已经换过子弹了，那只是普通的子弹，不是水银弹，他最多只会受一点外伤而已。"

阿健发动汽车，带着另外两个队友离开了。剩下两名特工面面相觑，他们架着受伤的黄毛，坐上了第二辆车。

"健哥今天为什么那么急躁？他平常可是最守规矩的人。"

"你知道溪山高中在哪儿吗？"

"嗯……"特工拿起手机看了一下，"组长发来的可疑名单里有这个地点，它曾经发生过诡异事件，可能是本次副本的现实映照……但这应该不归我们查吧？"

"那你知道阿健的妹妹曾经在哪个学校读过书吗？"

"溪山高中？"特工愣了一下，"等等，健哥有个妹妹？"

"曾经。"

《诡异世界》。

顾毅拿着字典，回到了自己的寝室。

陈泽宇正在认真地玩着手机，看见顾毅怀里捧着东西后，他根本就不好奇，只是继续盯着手机屏幕。

顾毅感觉气氛有些尴尬，主动搭话："一会儿图书馆要开了，你会过去吗？"

"嗯……"陈泽宇头也不回，"你记得去1楼的自动售货机买点水笔备用，明天可还得考试呢。"

"哦，我差点忘了。"

顾毅点点头，摸出了水笔，此时，水笔只剩下最后一点墨水了。他没有急着下楼去买笔，而是坐在床边，打开了刚拿到的字典。

"恭喜你获得特殊剧情道具《万域字典》。

"你的精神力上限达到100，你在阅读半小时后，即可记住该字典里的全部内容。"

顾毅眨了眨眼睛，赶紧打开字典翻阅。图书馆C区的很多书都是用陌生文字书写的，显然这本《万域字典》就是解读这些书籍的工具。

半小时后，顾毅果然掌握了字典里的全部内容。他随手将字典放在一边，躺在床上休息，恢复精神。迷迷糊糊间，顾毅又听见了弹幕的叫骂声。他从床上爬起来，往门外看，同学们正陆陆续续离开宿舍朝1楼走去，通往图书馆的虚空通道又一次开启了。

"嗯……好想知道这些喷子会怎么喷我呀。"顾毅瞪大眼睛，仔细看了一眼面前的弹幕。

"睡睡睡，懒鬼，懒死你算了。"

"真是无聊。"

"睡死最好了。"

顾毅挠了挠头，他发现今天的喷子们战斗力好像有所下降，看到现在倒更像是女朋友向男朋友撒娇。不过，顾毅还是和平常一样对自己使用技能，屏蔽了面前的弹幕。

顾毅去1楼的自动售货机买了一杯杏仁水、一份皇家口粮和一支全新的水笔。

皇家口粮是一种白色的胶状物，味道不错，而且只需要吃一口就能填饱肚子。不过这东西吃起来非常容易上瘾，但顾毅强大的精神力足够压制住暴食的欲望。

吃饱喝足，顾毅跟着大部队来到了图书馆。他想继续在图书馆打工，但是图书馆管理员却拒绝了他的要求。

"我们现在人手已经足够了，不提供岗位了。"

"可是我怕我的学分不够啊，难道我就不能以其他方式赚取学分了吗？"

"隔壁的体育馆也在招人，明天下午通往体育馆的虚空通道会打开，你去问问你们体育老师。"

"谢谢你。"

"欸，你注意一点，"管理员敲了敲桌子，"昨天可有人投诉你说话声音太大了，还老喜欢把钢笔砸在桌子上。图书馆是给大家安静看书、学习的场所，不是让你用来敲打击乐的。"

"对不起。"

顾毅点点头，转身离开了管理员办公室。他没有丝毫停留，径直走向了图书馆C区。

【16】绝望的历史

明天的考试科目是"道德"。

根据第一天考试的情况推断，第二天大概率也是梦境模拟。只要考试成绩在12分以上，就能获得梦境碎片的奖励。

梦境碎片对副本里的土著似乎有独特的作用，顾毅可以把它当作魔药材料。

另外，图书馆的兼职也做不了了，不过管理员却提供了一个情报，明天下午体育馆的通道会打开，顾毅在完成考试之后，刚好可以去体育馆探索一下。

顾毅来到图书馆，在进入C区之前给自己施加了心理暗示，这才踏入C区。

他随意拿起一本藏书，翻了两下，原本无法理解的文字现在他都能轻松解读了。

书架上放的全都是人文社科类的读物，其中历史书占了绝大部分，有的书甚至有5~6公斤重，抱着读的时候有些吃力。

顾毅没有工夫一本本地读，只能大概翻阅一下。每一本历史书介绍的都是不同文明，有的历史里记录着一个人类与怪物共同生活的世界，那些怪物可以被收进球里，并随身携带。有的历史书里记录着一个海底文明，那里的海洋生物都具有和人类一样的智慧，书中反复提到一个名叫"比奇堡海滩"的地方。有的历史书里记录着一个类地文明，历史进程与蓝星没太大区别，但其中有一段关于石假面的传说，却是蓝星历史上不曾出现的。

"嗯……"顾毅沉吟片刻，他觉得这些历史书记录的都是各个平行宇宙的文明史。

这样翻书的效率太低了，他觉得C区的每一本书都值得反复翻看。他找了一个位子坐下，利用无限推演的能力翻遍了C区所有的历史书。

仔细阅读之后，顾毅发现所有的平行世界都发生过一场灾难——"诡异"复苏。

尽管各个世界发生"诡异"复苏的时间不尽相同,但他们曾经遭遇的灾难和蓝星正在遭遇的并无二致。他们对《诡异世界》的幕后黑手的称呼也千奇百怪——灭世者、邪神、灾厄之主……

无论历史书的编纂者多么客观,在描写这个幕后黑手时,他们的措辞总是充满了恐惧与愤恨。很多文明遭遇的最后一个历史事件,就是"诡异"复苏。各个文明与《诡异世界》对抗的时间长短不一,有的战斗了几十年,有的战斗了几百年。

顾毅翻遍所有的历史书,越往后看,越绝望。

因为——没有任何一个文明战胜过《诡异世界》。他们最终都会在越来越困难的副本中失败,甚至有四成的文明最终死在自己人的背叛之中,或是在投降之后成为《诡异世界》的一部分。人类终会被越来越多的诡异生物吞噬,直到整个世界变成焦土。

在顾毅即将耗尽全部的精神力时,他找到了一本最厚的历史书,书中的文明和《诡异世界》战斗的历史最长,足足有 3 个世纪之久。

书中,作者将自己的文明称为"飞升者",将《诡异世界》的幕后黑手称为"主宰"。该文明在"诡异"降临的灾难之中发展出了诡异文明,并且成功解锁了星际旅行的科技。他们试图离开破破烂烂的母星,找到新的家园,使得文明延续。

谁知道,在他们刚刚定居到新的星球之后,主宰如影随形。他们还没站稳脚跟,就被突如其来的诡异兽潮吞没。他们是唯一与主宰有过直接接触的人。根据他们的描述,主宰是宇宙意志的体现,代表着所有智慧生物最深层的阴暗面。他以死亡的恐惧为食,以生存的希望为饵,将所有的智慧生物玩弄于股掌之间。他总会告诉你,只要再努力一点点,你就可以杀死他了。然后,在你抓住那最后一点希望时,他又亲手将其熄灭。主宰是永远不可能被消灭的,他总会在虚空中不断重生。生物是永远不可能对抗主宰的,唯有死亡才是应对主宰最好的办法。

"同学们,图书馆马上闭馆了。"管理员播放了即将闭馆的音乐,轻柔的小提琴声在馆内回荡。

顾毅坐在桌前,用笔在纸上写写画画,他不知道现实世界的人能不能看清自己写的字,但他必须将今天获得的消息传达给现实世界。

对于 C 区的历史书,顾毅抱有三分怀疑的态度。整个副本世界一直在潜移默化地强调"自杀解决一切",就连通关条件里都写上了"选择死亡",说不定 C 区历史书就是为了强化"自杀信念",才被编纂出来的。

顾毅跟着队伍回到了宿舍。陈泽宇和平常一样,一回到宿舍就关掉了宿舍的顶灯,一个人躺在床上,打开床头灯看书。顾毅没有多说什么,他爬上床,闭上了眼睛。

推演开始!

你对陈泽宇使用了心理暗示。

你:陈泽宇,你是哪里人?

陈泽宇愣了一下,放下了手里的书。

陈泽宇:瓦棚人。

你:你对《诡异世界》怎么看?

陈泽宇:什么《诡异世界》?

你沉思片刻。

正常的 NPC 都无法知晓《诡异世界》,陈泽宇的反应也在你的意料之中。

你回忆起了那本历史书里的内容。

你：那你知道飞升者吗？

陈泽宇：你说的是那本名叫《大主宰》的小说吗？

你：小说？

陈泽宇：没错，这可是非常流行的小说啊，讲述了一个星际文明对抗天灾的故事，那个天灾的名字叫作主宰。

你：哦，原来是小说？我一直以为是历史书呢，今天我还在图书馆的 C 区看到了这本书。

陈泽宇：你不会真的以为那些是真的？你想笑死我。

你：哈哈，别说这个了。我就想问问你，你为什么要来瓦棚中学读书？

陈泽宇：这有什么好说的？当然是因为瓦棚中学是世界上最好的高中咯，如果能在期末考试中拿到高分，我可以任意挑选学校。

你：外面的世界是什么样的？

陈泽宇：我怎么听不懂你在说什么？

你：我是说……

你想从侧面了解一下副本世界的具体情况，然而无论你如何旁敲侧击或者单刀直入，陈泽宇都会露出茫然的表情。

你知道这是系统对土著居民施加的认知障碍，你无法从他们身上了解到更多信息了。

你终止了推演！

【17】你可曾安息

"我睡觉了。"陈泽宇自说自话，关掉床头灯，盖上被子蒙头大睡。

顾毅拿出了那张在 C 区找到的手写字条。这张字条，应该是暗示那些灭绝的文明编纂的历史书是一个文明的骨灰。

假如一个人类的重量是 3.5 公斤，那么一个文明的重量是多少？

一个人类的骨灰，大概有 3～4 公斤。

一个文明的骨灰，大概有 4～5 公斤。

B 区的书籍里也有几个关键词——"文明""消散"，那里的提示可能会更加接近真相，只要能进入那里，一定能知道更多相关的线索。

"顾毅又在发呆了！"

"发什么呆？还不快去死？"

"自杀吧，毁灭吧！"

弹幕又一次出现在顾毅面前。

"无聊，说来说去就这些台词。"

顾毅摇摇头，连心理暗示都懒得用，躺在床上睡了过去。

现实世界。

深夜，黄毛腿上绑着绷带，在医院病房里大吵大闹，说要起诉攻略组滥用私刑。

这孩子的流氓爹也连夜赶到攻略组基地，硬是要攻略组赔钱，俨然一副不死不休的架势，偏偏大伙儿心里发虚——毕竟黄毛真的是被阿健打穿了大腿。

此时，《诡异世界》的冒险者都进入了梦乡。

曲康平准备下班，刚经过接待室就听见黄毛的流氓爹的叫喊声。

"怎么回事？"

"那个……有个嫌疑人的父亲要起诉我们。"负责审讯的特工说道，"健哥一时激动，在嫌疑人未反抗的情况下，开枪打穿了嫌疑人的大腿。"

"这可不像他能做出来的事儿，他现在人在哪儿？"

"我也不太清楚。"

"嫌疑人是谁？"

"这个……"

"不肯说？哼，你可真讲义气。"

曲康平翻了个白眼，转身回到办公室，拿起资料翻阅。

"如果我没记错的话……果然是叫这个名字啊……"

资料上记录着曾经发生过诡异事件的地点，溪山赫然在列。曲康平暗骂一声，一种不祥的预感涌上心头。

"老翟。"

"到！"

老翟刚准备回宿舍睡觉，听见曲康平喊人，立刻停在原地。

"阿健是不是去溪山高中了？"

"呃……"

"你们别以为瞒着我，我就不知道。"曲康平咬牙切齿地说道，"那里可是我们重点怀疑的地方，此处的任何诡异力量都要清空，包括他妹妹。"

"组长，是不是他妹妹的原因咱们还不清楚呢……"

"别说了，备好枪，多带点盐罐，我亲自带队过去。你小子现在也是翅膀硬了，什么事情都不跟我说。"

"组长，倩倩的情况非常稳定，只要阿健去安抚一下，一定就可以……"

"算了，你别跟着去了，待在基地看顾毅通关的视频100遍，就明白这是怎么回事了。你、你还有你，你们几个带上装备，赶紧跟我出发。"

老翟撇撇嘴，按照曲康平的指示来到放映室，看了一遍顾毅通关的视频。

当看见顾毅通过自杀实现舆论反转之后，老翟立刻明白了过来。阿健的妹妹张倩也是因为网暴而死的——她被人污蔑，遭到网暴，一气之下以死自证清白。张倩跳楼后，她在诡异力量的影响下成为地缚灵。由于阿健经常去安抚自己的妹妹，张倩始终没有造成伤亡事故，情况稳定。为了照顾阿健的情绪，组长对这件事情也是睁一只眼，闭一只眼。

"对了，阿健最近去找过孟医生吗？"

孟医生是国内比较出名的心理医生，前段时间刚刚和攻略组建立了合作关系。曲康平担心阿健的心理状况，所以就让他经常去找孟医生。

"上个月去了一次，这个月就不知道了。"

"唉，白给他花那冤枉钱！"曲康平摇了摇头，这次他必须亲自上场了。

溪山高中。

阿健独自一人来到了教室门口。他把手放在门把上，手不停地颤抖。

"哥哥……哥哥你来看我了吗？"

阿健扭过头去，妹妹张倩正站在走廊里，她足不沾地，脑袋上满是鲜血，右边的眼球上还插着一根树枝。

"是我来了。"

"你好久不来看我了，我真的好寂寞啊。"

"对不起，最近要处理的事情太多了。"阿健背着手走到妹妹面前，"你为什么会在这里？"

张倩退后了一步，苦笑着摇了摇头："哥，你的手背在后面拿着什么？是盐罐吗？"

"看来你已经不是地缚灵了，按照规矩……我必须将你消灭。与其让别人插手，不如我来算了。"

阿健双眼通红，从背后掏出手枪，对准张倩扣动扳机。

砰！水银子弹在张倩的胸口炸开。张倩哀号一声，全身忽明忽暗，好像随时要熄灭的蜡烛。

阿健含泪从背后掏出盐罐，用牙齿咬开盖子，朝着张倩走去。

张倩抬起头来，怪笑两声，穿墙而逃。

"倩倩！"阿健大喊一声，冲了出去。

砰！阿健撞开了紧急通道的大门。张倩在楼道上一路小跑，直奔楼下而去。

阿健拿出盐罐，呼啦一下朝着张倩砸了过去。轰隆！一道银白色的火光冲天而起，照亮了整条楼道。

"啊——你居然玩儿真的？你还是我哥哥吗？"张倩厉声尖叫。

阿健突然脚下一软，跪倒在地上，痛苦地捂住了耳朵。

妹妹惨死的画面一遍一遍在眼前闪现，这让他根本无法集中精神。他颤巍巍地从怀里拿出一瓶精神饮料，一口气干了。

"哕——"饮料十分苦涩，在喝下去的一瞬间，他就忍不住要吐出来。

阿健捂着嘴巴，凭借强大的意志力，硬生生地将饮料咽进肚子，幻觉终于停止。他趴在窗户上往外看去，妹妹已经跑到了广场上，朝着后门而去。

"别跑！"阿健大吼一声，加快脚步追了过去。

张倩离大门仅仅一步之遥，阿健举起手枪，连连扣动扳机——砰砰砰！张倩倒在地上，身体忽明忽暗。

阿健走到张倩面前，从怀里拿出最后一个盐罐。

"倩倩，对不起，这是……规矩。"

阿健打开盐罐。突然，阿健感到后背一凉，他下意识地侧身翻滚，躲在了垃圾箱后面，一连串的枪声此起彼伏地响起。

阿健扭头看去，两个狂信徒正持枪朝自己走来，他们全都戴着面具，上面雕刻着《诡异世界》频道的台标。

"杀了他，然后带走那个恶灵，等支援特工的人赶到那就晚了。"

"好。"

狂信徒不敢和阿健拼枪法，他们直接从怀里拿出了手榴弹，拉开引线，朝阿健躲藏的地方丢了过去。

啪嗒——手榴弹落在了阿健面前。

"我去，什么鬼？"阿健赶紧撒丫子快跑，然后趴在地上捂住了脑袋。

轰隆！手榴弹炸响。

尽管阿健已经及时卧倒，还是难免受伤，他身上至少有 10 处弹片造成的擦伤，耳朵也陷入暂时失聪的状态。

远处的街道发生了激烈的枪战，中间还夹杂着让人毛骨悚然的号哭声。

"是攻略组的援军来了。"

"上面已经开始释放诡异生物了，至少能拖住他们一段时间。"

"先把那个小恶灵带走。"

两名狂信徒戴上了黑色的手套，这东西可以让他们接触到无实体的恶灵。

他们架着昏迷的张倩，从学校后门跑了出去。一辆面包车停在后门门口，接上他们之后，立刻离开了。

司机看了一眼忽明忽暗的张倩，眉头紧锁地说道："这孩子什么情况？难道她还处于地缚灵的状态吗？"

"应该不是。"

"她刚刚被特工撒了盐，所以才会这样。"狂信徒说道，"放心吧，今天正好是她死后的第 4 年，她积累的怨气足够让她成为恶灵了，过不了多久她就会恢复的。"

"但愿如此。"

司机拉起手刹，踩下油门。咣当！面包车突然一沉，大伙儿齐齐往头顶看去。

"车顶有东西。"

"在前面！"

司机扭头一看，阿健满脸是血地趴在车窗上，面目狰狞。

"狗东西！"司机大骂一声，一脚油门踩下去，接着立刻掉转方向。阿健双手抓得不稳，立刻被惯性甩了出去。

面包车继续往前行驶。在经过十字路口时，阿健安装在车顶的磷光弹刚好爆炸，整辆面包车立刻被火舌吞没。

磷光弹在十几年前还是全球禁用的武器，在"诡异"复苏之后，磷光弹就成为各国特工对抗诡异生物的秘密武器了。磷光弹里的主要燃料是白磷，可以产生 1000 摄氏度的高温，白磷一旦沾上皮肤就很难甩脱，燃烧的高温足以在几秒钟内把人烧得只剩骨头。

车上的狂信徒跳车而逃，还没走几步就趴在地上变成了一具具焦尸。即使在他们死后，尸体也依然在燃烧着。

阿健靠在墙角边，眯着眼睛看向那片火光。张倩的虚影在火焰中逐渐消散，阿健终于又一次看见了妹妹生前的甜美微笑。

你——可曾安息？

"阿健，你个王八蛋，居然在城市里用磷光弹！你找死是吧？"曲康平赶到阿健面前，看着满脸是血的阿健破口大骂。

阿健指了指自己的耳朵，傻笑着说道："组长，我好像聋了。"

"你这个王八蛋！"

"你好像在骂我……"

"先送这个王八蛋去医院，那些狂信徒跑了就跑了吧，先救人！"

曲康平抬着受伤的阿健，将他送进车里。

医院里，医生紧张地给阿健做手术。曲康平抵抗不住烟瘾，站在院前广场上吸烟。

这次阿健冲动的行为倒也不全是坏处。在一个月前，狂信徒们就盯上了地缚灵张倩，对她进行了转化仪式，让她逐渐变成了恶灵。他们借助张倩的诡异力量，创造了可以在《诡异世界》使用的"弹幕机器人"。

本来今天是张倩完成转化的最后一天，天亮之后狂信徒们就要带张倩离开了。阿健利用自己出色的潜行技巧，避开了狂信徒的监视，成功找到了张倩。

攻略组没想到阿健会单枪匹马地去学校消灭恶灵，狂信徒们同样没想到阿健会一个人深入虎穴。阿健歪打正着，让那些潜藏了多年的狂信徒露出了水面。

嘀嘀嘀——曲康平的手机响了起来。

"什么事？"

"组长，阿健出手术室了。"

"怎么样？"

"医生说暂时没有生命危险了，不过还是要留院观察几天。"

"今晚辛苦你一下，你就留在阿健身边吧，明天你调休一天。"

"是，组长。"

曲康平吸完最后一口烟，将烟头丢进了垃圾桶里，转身离开。

《诡异世界》。

第二天，顾毅是被舍友推醒的。不知道为什么，顾毅今天早上醒来的时候，再也没有看见那些喷人的弹幕。他猜测，一定是攻略组成功找到了现实中的键盘侠，将他们全部抓起来了。

顾毅做好准备，跟着大部队来到了1楼。

宿管阿姨站在门口，一如前几天一样，朝着大家勾了勾手指："今天是第二场考试，依然需要选择放弃一个物品。"

顾毅点点头，选择放弃自己最心爱的球鞋。

同学们排着队走向考场，顾毅停在宿管阿姨身边，试探地问道："明天也是一样吗？"

"明天的事情，明天再说。"宿管阿姨不愿意透露更多信息。

顾毅不敢追问，埋头向前走。现在，所有的重要物品全都被放弃，如果再需要放弃，那么自己就只能选择放弃人了。按照目前副本的设定来看，自己根本没有可能在3天之内完成副本探索，只有完成考试并且拿到高分，才能获取稀有的梦境碎片——这是整个副本里最重要的消耗品。

顾毅只能指望A国的攻略组足够给力，能帮助自己保护好家人了。已经有过一次考试经历，顾毅轻车熟路地坐在位子上，等待老师发卷子。空白的卷子放在顾毅面前，代表考试开始的铃声按时响起。

顾毅眼前一黑，再次睁开眼睛时，自己坐在了卧室里，监考老师的声音出现在耳边，再次宣读了一遍考试要求。大部分内容与上次大致相同，只有以下要求有出入：

"3.本次考试采取梦境模拟的方式，考试时间为3天，时间流速与现实不同步，请合理分配时间。你在梦境中发生的一切，并不会影响现实。

"4.考生需要在考试中贯彻道德。"

顾毅没有急着开始作答，他低头看了看自己的身体，自己现在扮演的是一个孩子，看个头应该不超过 5 岁。四周的房屋装饰比较简陋，看上去像是二十世纪七八十年代的老房子。

"开始考试。"话音刚落，顾毅的身体自动跳下了床，他现在依然不能自由活动。这应该是系统在让自己亲身体会故事情节。

他走出了卧室。院子里，一个女人正被两个男人殴打，虽然她长得很陌生，但是系统却告诉她这个女人是自己的母亲。顾毅躲在门后，眼睁睁地看着母亲被人打死。继父站在一边无动于衷，甚至还给打人者递上了棍棒。直到过了中午，村长和警察才来到院子里。

然而，继父早就消灭了全部证据，唯一的目击证人顾毅，早已在警察到来前被送到了外婆家。警察调查了很久，依然没有找出真凶。参与打人的另外两个男人都是继父的兄弟，他们早就提前串供，骗过了警察和村长的审讯。

最后，继父把打死母亲的罪责全都推到了那两个兄弟身上，二人只获得了 20 年刑期，而始作俑者继父却始终逍遥法外。

【18】复仇之路

母亲死后，顾毅在外公外婆家度过了童年，继父从来没有探望过自己。时间省略了 20 年，顾毅的眼前出现了 3 个选项。

"你可以选择一种职业继续进行考试，一旦选定不能反悔。

"1. 杀手。

"2. 警察。

"3. 军人。"

此时，顾毅依然不能使用天赋能力。很显然，这次考试的目的就是考验自己对道德和法制的理解，而且必然需要见血。

杀手是顾毅第一个排除的选项，这种职业怎么也不可能和道德沾边。警察和军人应该是最合理的选项。作为警察，最重要的是讲求证据，3 天时间找到 20 年前的冤案的证据，难度可不小。军人可以更轻松地获得武器，身体素质和搏杀技巧不输于杀手，但是军队的纪律也许会让自己畏首畏尾。

思前想后，顾毅终于做了决定。

"我选 3——军人。"顾毅终于恢复了行动自由，出现在军营中。他正穿着作训服，站在正衣镜前。

"开始推演。"

推演开始！

你离开了军营，向领导请假。

你花费了半天的时间，回到了老家。

你准备开始实施自己的复仇计划，但你发现继父成了村里的企业家，另外两名打手现在已经出狱，全都在继父的企业里上班。

你从集市上买来了刀具，从猎户家借来了土枪。

在你准备行刺时，你的女朋友来到你面前。

她发现你准备的东西之后，立刻对你进行了劝阻。

女友：你为什么要这么做？他可是你的父亲。

你：不，当年他带人打死了我的母亲，杀母之仇不共戴天。

女友：杀了人你也要被判刑的，你不为我想想吗？我们下个月可就要结婚了。

你：对不起，可有些事情我必须去做。

女友：你冷静点，你父亲可不是一般人，他那么有钱，身边还有保镖。

你：你不必劝我了。

你粗暴地推开了女友，并将她反锁在自己家里，不让她出来。

第二天夜里，你来到了继父的住所。

你在屋子外边洒上汽油。

你还没来得及点火，继父的保镖就冲了出来。

你凭借出色的身手，毫发无伤地击败了保镖。

此时，继父闻风而来，你的女友正被继父拿枪指着。

继父：我的好大儿啊，当初我就不该一时心软放你一马。

你：放开我的女朋友，你这个人渣。

继父：不好意思，我不想。

继父用你的女友当挡箭牌，把枪对准了你。

你被手枪击中 3 枪，血流不止。

保镖们一拥而上，当年打死母亲的打手赫然在列。

你被装进麻袋，丢进了江里。

你被淹死了。

你的耳边响起监考老师的声音。

监考老师：有勇无谋，感性 5 分，理性 1 分。

你终止了推演！

顾毅睁开眼睛，总结了一下敌人的战力情况：

1. 继父应该有非常强大的情报网，在自己回老家后，他立刻就实施了防御措施，在自家的别墅周围安排了许多保镖。

2. 继父家里有热武器，盲目行刺很可能会失败。

3. 女朋友是一颗定时炸弹，她会成为继父威胁自己的筹码，应该想办法先解决女朋友的问题。

"再来一次。"

推演开始！

你和领导请假，和女朋友打电话，邀请她出来。

你提前花钱找了个女人，陪着你一起去见女友。

你告诉女友，自己找到了新欢。

女友有些不相信，哪怕你对她使用了心理暗示，她也将信将疑。

你当着女友的面吻了女人。

女友终于生气，当场与你分手，把你送的订婚戒指丢进了路边下水道。

你偷偷跟踪女友，直到确定她登上了回老家的火车，这才安心离开。

你去遗嘱库订立遗嘱，将自己的遗产全部留给了外公外婆。

你回到家里，用石头砸掉了 4 颗牙，你的脸因此变得瘦削。

你染了头发，换了发型，乔装打扮。

你照了照镜子，你觉得就算是女朋友过来也未必能认出自己了。

你没有从村子里弄武器，而是利用自己在军营里学习的枪械知识，自制了一把简易土枪。你测试了一下，这把枪的有效射程只有3米，必须近距离射击才可以造成伤害。

第一天结束。

你来到老家，整个村子的人对你的继父感恩戴德，村子里的路都是他捐钱修的。

你在继父的别墅外观察了两天，记下了继父的行动轨迹。

你发现继父每天早上7点会离开别墅，绕着湖边跑步，这个时候他身边只有两个保镖，以自己的身手足够对付他们。

继父的两个兄弟也住在别墅，他们都比较懒，一般都会睡到中午才起床，你可以在解决继父之后再去暗杀两兄弟。

第三天结束。

你的耳边传来监考老师的声音。

监考老师：一事无成，理性4分，感性1分。

你终止了推演！

顾毅重新睁开了眼睛，回忆着之前的每一个细节，他利用最后两天记下了继父的行动轨迹，以求一击必杀。

顾毅又闭着眼睛推演了两次行刺，他现在已经形成了肌肉记忆，哪怕闭着眼睛都能杀死继父。他说："好，现在正式开始吧。"

现实世界。

经过攻略组和警察的共同努力，在网上散播弹幕机器人的嫌犯全部被抓获。可惜的是，那些开发弹幕机器人的狂信徒全都逃跑了，攻略组只抓到了几个没什么实权的外围人员。

曲康平把审讯的工作交给了手下，自己一个人待在办公室看诡异直播。此时，顾毅正站在全身镜前冥思。

弹幕又开始吵架了。

"又来这里发癫，无聊。"

"不想看就滚，别在这里装。"

"你不是要去B国找你克里斯爹吗？快去吧，高谭市的飞机票我都帮你订好了。"

"就不能快点杀吗？想个屁呀？"

"你这种没脑子的人就别来看直播了好不？回家抱着你的猪脑袋数手指玩儿。"

曲康平望着面前的弹幕，开心地吹了声口哨："嗒……这种弹幕环境才让人开心嘛！"

医院特护病房里。

"护士……护士……能把手机给我吗？"

"哎，你的脖子不能动，躺好。"

"我真的很想看顾毅闯关啊……"

阿健躺在病床上，苦苦哀求护士，谁知护士根本不听，扭头就走。过了没一会儿，老翟走进了病房，他拿出一个手机支架，挂在了阿健的床头上。

"阿健，你可把我害惨了。"老翟指了指自己的黑眼圈说道，"组长罚我看100遍顾毅的通关录像，我看到第3遍实在撑不住，就睡着了。于是组长就派我来照顾你了。"

"辛苦你了。"

阿健看着手机屏幕。顾毅站在镜子前始终不动，按照顾毅的习惯，他不站个 20 分钟是不会行动的。阿健对老翟努努嘴，说道："先让我看看别人吧。"

"你想看谁？"

"克里斯。"

"那个人渣……他也有道德？"

老翟摇摇头，帮着阿健跳转直播间。

《诡异世界》。

克里斯和顾毅一样，选择当了一名军人，此时，他还身在军营。他一边和别人说说笑笑，一边偷偷放出了恶灵，在军营里制造了各种诡异事件。军营里的人全都跑去处理事故，而他则偷偷溜进军火库，偷了一把手枪和两颗手榴弹。克里斯顺势离开军营，回到老家，一到家门口，女友就跑了出来。

"亲爱的，你提前回来怎么没打个招呼？"

"那不是因为我想你了吗？"

克里斯说了一段甜言蜜语，本来都快上本垒了，女友忽然推开了他："亲爱的，我知道你忍得很难过，但是我们说好了，结婚以后再那个……好吗？"

"好吧，我尊重你。"克里斯露出了一个帅气的微笑。

女友安慰了克里斯几句，转身回到厨房做饭。

克里斯掉头离开，出门后还不忘低声咒骂几句："臭娘儿们挺能装的，背地里还不知道玩儿得多花哟。"

夜幕降临，克里斯大摇大摆地来到了继父的住宅。别墅的大门敞开着，几个保镖站在大门两侧，虎视眈眈地看着克里斯。

"我的好大儿，你可算回来了！"继父背着双手，走到门边。

克里斯冷笑一声，二话不说从腰间拔出手枪，连扣扳机。继父吓了一跳，第一枪就被克里斯击中胸口，他怪叫一声，倒飞了出去。

保镖们这才反应过来，一溜烟地冲了上去。克里斯展现军人的战斗力，一瞬间打空弹夹、光速换弹，很快解决了门口的保镖。继父的兄弟从别墅里跑了出来，拉着受伤的继父跑进屋里。

越来越多的打手和保镖出现，齐齐开枪。克里斯吹了声口哨，赶紧躲到掩体后面。他打了个响指，释放出全部恶灵在人群中肆虐。众人感到一阵恶寒，不自觉地放下了武器。

克里斯拿出一颗手榴弹抛了出去，炸死众多保镖。眼见敌人死得差不多，克里斯这才来到别墅门口，拿出事先准备好的汽油，洒在别墅各处。

"逆子，你看看这是谁！"继父捂着胸口，将克里斯的女友挡在自己胸前。

女友满脸泪痕，哭哭啼啼地向克里斯求饶。克里斯啧啧称奇，拿出手枪毫不犹豫地打爆了女友的头。红的、白的溅了继父一脸，他看着女孩惨死的样子，不可思议地摇了摇头："你这个变态……你连自己的未婚妻都杀？"

"这个臭女人留着做什么？"克里斯走到继父面前，连连扣动扳机，直到继父咽下最后一口气。

"你这样子，让我想起了我的继父。我母亲就是被他在喝醉酒之后打死的，而且这个人渣只被判了 10 年……就 10 年，你敢信吗？哈哈哈……"

嗒嗒嗒——克里斯耳朵微微一动，听到身后传来一阵发动机的声音，他赶紧跑出门。

原来，继父的两兄弟一点义气都不讲，在看见继父受伤之后，立刻跑进仓库，骑上摩托车准备溜走。克里斯随手捡起手枪，两枪精准的点射将二人击倒在地。

克里斯拖着重伤的二人，将他们丢进了别墅之中。他抛出手中的火柴，一把火烧掉了整栋别墅。

不一会儿，克里斯的耳中传来监考老师的声音："斩草除根，心狠手辣。感性 3 分，理性 9 分。"

"哼，总算让我及格了。"克里斯哈哈大笑。

"这还真是克里斯能干出来的事儿啊，连自己的女朋友都杀？"

"他的目的只有通关，根本不会去考虑道德的问题。只要可以完美杀死仇人并且保全自身，理性就可以得高分了。"

"这才爽啊！"

"能和杀人犯共情，你们可真行。"

"圣母心滚出直播间！"

"人不狠，站不稳。"

"只有克里斯这种狠人才是可以带领大家摆脱《诡异世界》的救世主啊！"

阿健瞪着大眼睛，看完了克里斯的通关过程，悠悠地叹了口气："唉……B 国的弹幕环境可真差，他们为什么那么崇拜一个变态杀人狂？他们的攻略组没想过去抓住这些乱发弹幕的人吗？"

"哎呀，你懂个屁。B 国可是自由的国度，言论自然也是自由的嘛。"

"算了，不看克里斯了。"阿健看向老翟，"顾毅现在应该通关了吧？赶紧帮我调一下。"

"来了。"

镜头中，顾毅坐在了咖啡厅里，身边坐着一个满脸风尘的女子，对面坐着他的女友。

"修罗场？"

"顾毅怎么玩儿这个？"

"他想做什么？"

弹幕上一排问号。女友脸上的问号不比弹幕少："顾毅，你这是什么意思？"

"我和你摊牌了，"顾毅说道，"我根本就不爱你。"

"所以……"

"我已经有新欢了，我们分手吧。"

"我知道你不是这种人，你是不是有什么事情瞒着我？是家里出什么事情了，还是……你得了绝症？"

顾毅叹了口气，对女友使用了心理暗示，他亲了一口身边的女人，又把手上的订婚戒指摘下，放在桌子上。

"亲爱的，回你的老家去吧。我说了，我们分手。"

"你……"

"快走啊！"

顾毅用力拍了拍桌子。女友很是无奈地苦笑一声，她离开咖啡店，将手上的戒指丢进了路边的下水道里。

"好无情啊！"

"你为什么这么熟练？"

"这样的话，道德评分不会降得更低吗？"

屏幕上飘过了一些奇怪的弹幕。

顾毅在气走女友之后，并没有立刻离开，而是偷偷跟踪女友，直到她踏上回家的火车，这才离开。

之后，他立刻去遗嘱库订立遗嘱，说要将遗产全部留给外公外婆。

"这是什么意思？"

"因为顾毅是抱着必死的信念去刺杀继父的，所以他提前立好了遗嘱。"

"那他为什么不给女友留一半的财产？"

阿健看着弹幕激烈的讨论，忍不住朝着老翟努努嘴："哥，帮我发条弹幕。"

"你又不是手骨折了，还要我帮忙发弹幕？"

"嘻，医生叫我不要乱动嘛……"阿健笑道，"你就说，顾毅是不想让女友知道自己去世或者违法的消息，所以才不给女友留遗产的。他希望女友回老家之后可以找个好人嫁了。"

"我感觉你纯粹是脑子不好使……"

老翟嘴里说着骂人的话，但还是动手帮阿健发了弹幕。

镜头一转，来到了继父的别墅前。继父正在两名保镖的陪同下，围着湖跑步。忽然传来一声枪响，继父的脑袋炸成一朵烟花。两名保镖连反应都来不及，直接被顾毅打晕，扔在了路边。

老翟和阿健紧盯着屏幕，吓得连大气都不敢出。

"这小子……什么时候身手变得这么好了？就算是有副本的加成，动作也不会这么熟练的。"

"这么干净利落的手法，连克里斯都不如他。"阿健赞叹道，"他的天赋能力是可以预演未来，在脑海里一遍一遍地练习。"

"原来如此。"

顾毅将继父的尸体收好，转身潜入了别墅，用匕首割断了另外两名凶手的脖子。至此，顾毅把所有仇人全部杀死，却没有杀害任何一个无辜的保镖。顾毅报完仇后，没有停下，他竟然直接跑到警察局自首了。

"为什么要自首？"

"因为道德——杀人毕竟是违法的。成为军人报效国家是忠；与女友分手不想连累别人，这是义；为母亲报仇隐忍多年，死后将遗产留给外公外婆，这是孝；杀人的时候手法利落，没有折磨仇家，也没有杀害任何一个无辜的人，始终保持最根本的克制，这是仁；杀人后没有逃跑而是自首，是对法律的尊重，这是信。

"忠孝仁义信，这次顾毅绝对是全场最高分的获得者了。"

阿健话音刚落，监考老师就宣布了成绩："义薄云天，忠孝两全。感性9分，理性9分。"

顾毅头上的两个进度条同时增长，现在他的感性和理性得分都是 23 分，在所有冒险者中分数是最高的！

呼——顾毅长舒一口气，意识重新回到了考场之中。

"恭喜你成功通过第二场考试。

"你的剧情探索度提升。

"目前剧情探索度为 34%。"

走出考场，顾毅很快就被监考老师叫走了，老师送给了他 1 块新鲜的梦境碎片，顾毅贴身藏好，走出办公室。在办公室门口，顾毅看见了自己的舍友，他也拿到了 1 块梦境碎片。

"你多少分？"

"我 18 分。"

"18 分？"陈泽宇一脸惊讶，"你是怎么做到的？难道你感性和理性得分都是 9 分？"

"对呀。"

陈泽宇看着手里的梦境碎片，立刻觉得不香了："我才 13 分而已，你到底是怎么做到的？"

"我也不知道，瞎蒙的。"顾毅耸耸肩，离开了教学楼。

陈泽宇不屑地撇撇嘴："我怎么瞎蒙不到这么高的分？"

顾毅回到了宿舍，一直趴在窗户边上，默默等着通往体育馆的通道开启。陈泽宇坐在床边，破天荒地主动开口："兄弟，你到底是怎么做到的？"

"什么？"

"我是说，你是怎么得到这么高的分的？"

顾毅扭过头去："难道我这个分数很难得吗？"

"难道不是吗？能拿到 10 分的学生最多只有三成，能拿到 12 分已经算是有天赋了。"

"是这样啊……"

"你是怎么做到的？"陈泽宇说道，"我从小接受的教育就是鱼与熊掌不可兼得，人总要放弃一些东西，才能得到一些东西，有舍才有得。"

顾毅闻言，陷入沉思。每个副本世界似乎都一直在强调"代价"的问题，这一次副本是借陈泽宇之口，讲出了"有舍有得"的主旨。在陈泽宇的世界观里，没有人能做到面面俱到，总需要抛弃一些东西才可以达到目的。

"你说得很对，确实需要抛弃一些东西，所以……我选择抛弃了自己的生命和自由。"

"生命？自由？"陈泽宇想了一会儿，"你报仇之后去自首了，对吗？"

"是的。"

"这没有意义，你完全可以制造完美犯罪的现场，洗脱自己的嫌疑。为什么要自首，白白浪费生命？"

"为什么没有意义？"

"生命只有存在才有意义，死了的人没有任何价值。"

"正因为世间有死亡，所以生命才有意义。"

陈泽宇眉头紧锁："你说话就跟哲学家写散文一样。"

"不错的比喻，让我忽然有种回家的感觉。"

"哈？"陈泽宇一脸茫然。

顾毅望向体育馆的方向，一条虚空通道逐渐生成："我准备去体育馆赚点学分，你要和我一起吗？"

"不了，我不想出一身臭汗。"

顾毅独自一人来到了体育馆。这里的空调刚刚打开，气温还没有降下来。几个学生已经在篮球场上玩了起来，顾毅隔着老远都觉得热。他四处望了望，找到了一个戴着鸭舌帽、挂着哨子、貌似教练的人。

"你好。"顾毅主动上前搭讪，"我是来赚学分的。"

"哦？"教练看了一眼顾毅，"我知道你，你就是那个拿了历史最高分的学生吧？"

"是。"

"没想到你都拿这么高的分了，还要过来勤工俭学？不过没关系，体育馆还是有很多活儿可以干的。"教练一边说着，一边从工作间拿出了一堆清洁工具。他把这些东西丢到顾毅面前，指着头顶的玻璃窗说道："你今天的任务是在2小时内擦干净所有玻璃，如果超时了，我可不会给你任何奖励。"

顾毅抬起头，看了一圈头顶的玻璃。工作量很大，但就算再怎么偷懒，1小时也足够自己擦干净了。

"我知道了。"顾毅拿起清洁工具，跑到台阶上，直到这时他才发现教练给自己布下的陷阱。

——体育馆上方的观众席和图书馆的B区一样，也是一个空间混乱的区域！

【19】擦玻璃

现实世界。

"真无聊，顾毅又在发呆了。"

"不过是擦窗户而已，有什么好看的？"

"走走，去隔壁看克里斯。"

A国诡异直播的弹幕上，负能量言论又一次开始抬头了，没有阿健带队，抓捕键盘侠的人似乎变得有些懈怠。

"组长，网上又有人开始上传弹幕机器人了。"

"唉……真烦。"

曲康平揪断了好几根头发，却怎么也想不出该如何面对键盘侠们的背刺。昨天为了救阿健，他们无奈之下放弃了抓捕狂信徒。原来，张倩只是弹幕机器人的力量来源之一，世界上只要有因网暴而死的怨灵，就可以成为制造弹幕机器人的能源。解决了一个张倩，还有那么多死于网暴的冤魂。狂信徒可以开发出弹幕机器人1.0，就一定可以开发出弹幕机器人2.0。

"网警那边怎么说？"

"发布弹幕机器人的都是外国的IP，B国的IP占到了三成，我们已经在和国外交涉了。"

"不着急，明天我们会有各国攻略组会议，我到时候在会议上提这个问题。这次的副本有太多未解之谜了，也许问问别国的组长会有新的思路。"

"是，组长。"

曲康平点点头，在世界各国的频道切换。又有两个国家的冒险者不堪重负，选择自杀结束了挑战。还有不少冒险者完全摸不着头脑，已经经历过两场考试了，却只有不到 20 分学分。到目前为止，副本并没有对学分多少做要求，但过低的学分总会让人感到心里没底。

终于，频道切换到了 B 国。此时，克里斯正一个人孤零零地坐在座位上，他没有像顾毅一样打工赚学分，而是趴在座位上写写画画。

"克里斯也被顾毅传染了？"

"他在画什么东西？"

"攻略组的人快分析呀，好着急啊！"

曲康平刚想打电话喊技术人员过来，没想到技术人员竟然直接把报告放在了曲康平桌子上。

"你们动作可真快……"

"组长，可不是我们快。"技术员说道，"克里斯前一天晚上就坐在座位上画画了，直到今天我们才分析出来他在画什么。"

"画画？"

"没错，他在画画，而且画的是图书馆 B 区的空间结构。"

"什么？"

曲康平闻言，立刻拿起报告。上面画着许多拓扑学符号和图形，就算是专业的数学家过来也得赞叹克里斯的作图手法。D 国的冒险者用生命告诉大家，B 区是一个空间混乱的区域，仅仅凭借人类的空间感知能力，根本不可能在那种地方找到方向。

"原来如此……"

曲康平略微思索了一会儿，立刻就破解了克里斯的手法。

"克里斯拥有 20 个怨灵仆从，他让这 20 个仆从进入 B 区，利用它们去探索空间结构，再在自己的脑袋中整合所有信息，最后以超越常人的空间想象能力绘制空间结构图。"

技术员惊讶地张大了嘴巴，他看了看桌上的图，又看看克里斯，疑惑地说道："组长，这是人类可以完成的计算量吗？"

"别忘了，克里斯和顾毅一样觉醒了 SSS 级天赋，你不能以常人的思维去理解。"

"天哪……他真是个天才。"

"但他却是个危险的天才。"曲康平叼着香烟说道，"这人根本没有道德观念，我不敢想象他获得强大力量之后，会做出什么伤天害理的事情。"

《诡异世界》。

体育馆里，顾毅站在窗户玻璃前，迟迟没有动静。到最后，他居然躺在地上睡了半个小时，接着又坐在地上闭着眼睛沉思。

教练摇摇头，三步并作两步走到顾毅身后："同学，这个工作你要是不能胜任的话，那我就让别人来做了。"

"不，我已经知道得差不多了。"

顾毅睁开眼睛，露出了一个自信的笑容。他提着水桶和抹布，在一片扭曲的空间里穿梭，丝毫没有停滞。教练揉了揉眼睛，发现面前居然出现了3个顾毅的虚影。

"哟，这小子为什么这么快就知道混乱空间的破解方法了？"

顾毅在无限推演时，利用试错的方法总结了在混乱空间的行进方式。这地方其实就是一个比较复杂的迷宫而已，只要时间足够，谁都可以顺利通过。

顾毅消耗光了全部精神力，到最后甚至还需要睡一会儿觉，恢复一下精神力才能继续探索。功夫不负有心人，在不懈地尝试之后，他终于搞清楚整个混乱空间的空间结构了。

"搞定。"

顾毅从教练的背后出现，将清扫工具丢在教练的身后。教练看了看手表，顾毅躺在地上睡了半个小时，工作时间却只花了40分钟，这个效率已经非常变态了。

"真不愧是瓦棚中学有史以来最强的学霸。"

"不敢当。"

"我现在有两个奖励可以给你，你想要哪个？"

"哪两个奖励？"

"第一个奖励，自然是学分奖励咯。第二个奖励嘛，我觉得你可能不需要，它可以帮助你在空间混乱的状态下，更好地保持方向感。"

顾毅没有急着选择，教练看上去是一个很好说话的NPC，比宿管阿姨看上去和蔼多了。

"老师，我想问问……如果分数过低，会有什么危险吗？"

"危险？你当我们学校是战场吗？能有什么危险？"教练哈哈大笑，"学分不够，那就被开除呗，有什么好说的。"

果然如自己所猜测的那样。顾毅点点头，接着问道："那么，你说的第二个奖励是什么？"

"你们人类的感知能力太弱，所以无法在混乱空间中找到方向。

"这座体育馆的混乱空间还算小的，如果是图书馆B区的混乱空间，那可就不一样了。假如把图书馆B区的空间全部展开，足足有我们学校50倍大。

"所以，如果想在混乱空间穿梭，你必须拥有一种特别的器官，我们旅者星人称其为'指南针'。

"我以为你已经拥有指南针了，所以我本不想给你……"

"不，我想要这个指南针。"顾毅指了指自己的脑袋，"告诉我，我该怎么做？"

【20】指南针

"嗯……你是个人类，所以你不可能像我们旅者星人一样从脑袋里拿出指南针。"

教练说着，掀开了自己的头盖骨。他的脑袋里空荡荡的，什么都没有，可他却能从里面掏出一个状似指南针的东西。

顾毅撇撇嘴，挥挥手道："行了老师，你不用特意展示给我看。"

"嗯……别着急嘛，告诉我，你喜欢什么？"

"什么意思？"

"一会儿你就知道了，你先选择一个你最喜欢的东西。"

教练从口袋里掏出3样东西：打火机、酒壶和卷发棒。

"教练，你是不是姓于？"

"啊，什么？"

顾毅嘴角微微抽搐，他现在精神力还没恢复，也不知道教练到底要搞什么幺蛾子。卷发棒这东西是他第一个排除的，从携带方便的角度来说，打火机似乎比酒壶更好一点。

"我要打火机。"

"嗯，不错。"

教练收起其他东西，一只手拿着打火机，另一只手拿着指南针。一道白光闪过，打火机和指南针融合在了一起。

原本2块钱一个的塑料打火机，变成了几百块钱的高档打火机，看上去特别帅气，哪怕顾毅不吸烟，他也愿意买一个这样的打火机收藏。

"好帅。"

"你拿着吧，这是给你的奖励。"

"谢谢。"

顾毅拿起了打火机，耳边响起系统提示音：

"恭喜你获得特殊剧情道具'指南针'！"

一个可以帮助自己探索混乱空间的剧情道具，居然不能推进剧情探索度？看来在系统眼里，图书馆的B区和宿舍楼顶与主线剧情并无关联。

顾毅看了看外面，图书馆的虚空通道还没关闭，自己现在回图书馆休息半个小时，恢复一下精神力，接着正好可以去B区探索一下。

他把指南针塞进口袋，与教练告别，回到了图书馆里，趴在桌子上睡觉。

半个小时后，顾毅睁开了眼睛。

现在离闭馆还有半个小时，足够顾毅去B区绕一圈看看情况了。

推演开始！

你离开座位，来到B区门口。

管理员依然不让你进门。

你来到后门门口，利用上次的方法潜入B区。

你拿出打火机并点燃。

B区的混乱空间在你的眼里变得秩序井然，你发现这里不光有藏书，还有各种各样的防盗系统和陷阱，就算有了指南针也必须小心翼翼地前进。

你拿起一本书，随便阅读了一下。

书上大部分的内容依然无法辨认，对B区的认知障碍依然无法消除。

你只能看清书籍的前半部分，上面大多是灭绝文明的简史。

简史的内容以该文明如何对抗《诡异世界》为主，但书籍后半部分的内容是什么，你依旧无法得知。

你突然听见了一阵沉重的脚步声。

管理员出现在你的身后。

管理员：这里居然有只小书虫呢。

管理员用拳头砸扁了你的脑袋。

你的眼前一片血红。

你死了。

推演结束!

顾毅睁开眼睛。

B 区的图书似乎也全是历史书,但和 C 区的侧重点有些不同。

C 区的书大多是文明通史,将文明从起步到灭亡的过程全部记录了下来。而 B 区的历史书则全是在介绍灭绝的文明如何对抗《诡异世界》,甚至连一些重要的科技、理论都记录在册。

如果能把这些内容全部背下来,带回现实世界,那就一定可以让整个人类的文明和科技进步 50 年。

历史书的后半部分全都被雾气遮蔽,系统设定的认知障碍很多。

此外,管理员依然是无法绕过的一道坎。

自己到现在为止都不知道该如何绕过管理员。

另外……教练说过,他们是旅者星人,可以在混乱空间穿梭。那个管理员似乎也是一个旅者……这种生物会不会有什么弱点?

为了提高效率,顾毅闭上眼睛,利用天赋能力在书架间寻找。

C 区找遍了,里面除了灭绝的文明的历史书之外,什么也没有。于是他来到 A 区又翻了一遍,终于在 23 排书架上找到了自己需要的书。

顾毅来到书架前,找到了一本《万域百科全书》,打开之后发现书中间夹了一张书签,上面是一行手写的句子:

我们是最后的入殓师。

手写书签沿袭了一贯的风格,全都是一些似是而非、让人感到难以捉摸的句子。

"这才是哲学家写的散文吧。"

顾毅沉思片刻,将书签藏在了怀里。翻开书籍目录,顾毅终于找到了有关"旅者星人"的记载。

这是一个擅长空间技术的特殊种族,每个旅者星人一出生就拥有空间跃迁的天赋能力,可以在眨眼间穿梭千万光年的距离。

他们也是极少数可以和《诡异世界》的主宰抗衡的生物。飞升者与《诡异世界》抗争了 3 个世纪,而旅者星人至今还在四处流窜,躲避《诡异世界》的追杀。

他们也许不是最强大的,但他们一定是最能跑的。

据说,他们的空间跃迁能力,就是在《诡异世界》里学会的。

旅者星人唯一的弱点就是贪杯,如果你可以找到他们爱喝的葡萄酒,他们可能会不顾一切地举杯畅饮,一醉方休,只有极少数意志坚定的旅者星人可以抵御酒精的诱惑。

"总算有线索了。"

顾毅合上书,把书塞回了书架。

闭馆音乐再度响起,顾毅转身离开了图书馆,回到了宿舍。如平时一样,陈泽宇在洗漱完毕之后倒头便睡。顾毅则闭上眼睛,开始了新一轮的探索。

推演开始!

你拿着所有需要的工具,躲进了厕所里。

你又制造了一瓶能在虚空中行走的魔药。

你现在手法越发熟练,仅仅凭借你本身的意志力,就可以抵御制造魔药时产生的精神污染。

你拿着魔药，偷偷摸摸地来到宿舍楼顶。

你打开大门，饮下魔药，点燃打火机。

你闯进那片虚空之中。

在混乱的空间里，你发现了一个庞然巨物的阴影，看上去像是一个倒地的巨人。

你来到这个巨人面前。

原来它是一架梭形的飞船，你很轻松地就找到了飞船的入口。

在你进入飞船之后，你的魔药时效也刚好结束。

【21】楼顶的飞船

你看看身后，虚空的潮水被舱门挡住，无法伤害你。

你在船舱里探索。

你来到了驾驶舱，各种复杂的仪表琳琅满目，你无法分辨它们的作用。但是按键上的文字，都是旅者星人的文字。

驾驶座上躺着两具白骨，与人类的骨骼接近。

你继续在船舱内探索。

你在休息区的柜子里找到了一瓶葡萄酒。

显然，这里的葡萄酒就是用来应付 B 区管理员的道具。

你沉思片刻。

按照《万域百科全书》的记载，旅者星人的逃跑能力全宇宙第一，那为何飞船上的两个驾驶员会困死在《诡异世界》的副本里？

副本里的两位旅者星人——教练和图书管理员，究竟是旅者星人本体还是影射？

副本里关于宇宙万域和《诡异世界》的记载，到底有多少是值得信任的？

为什么该副本会特意介绍一个拥有变态级逃生能力的种族？

飞升者的历史书里说过，"主宰"会一遍一遍地给予人类希望，再一遍一遍地摧毁人们的希望。那么关于旅者星人的设定，会不会也是《诡异世界》透露出的"短暂希望"？

你躺在地板上，脑子里乱成一团糨糊。

你休息了一会儿，情绪逐渐平复。

你拿出纸笔，像以前一样把所有的线索整理出来：

1. 图书馆是一个大型的历史博物馆，里面绝大多数历史书都记载着因"诡异"复苏而灭绝的文明。

2. 飞升者是与《诡异世界》战斗时间最长的种族。

3. 旅者星人是唯一可以逃脱《诡异世界》追杀的种族。

4. 手写字条的哲学家散文究竟要传达什么消息？又是出自何人之手？

5. 前面 1 ~ 3 条提供的信息，究竟是副本世界抛出的烟幕弹，还是可以信任的事实？

你躺在地板上，想起了崇山医院里的托托。

她利用副本的诡异力量，在副本里留下了后门，借用"恶有恶报"的力量，帮助冒险者成功通关。

手写字条会不会和托托的血字是同样的道理？

你将得到的 3 张字条放在一起，仔细研读。

1. 人类之所以为人类，是因为我们拥有复杂的情感。

这是在提示冒险者感性的重要性。

2. 假如一个人类的重量是 3.5 公斤，那么一个文明的重量是多少？

这是一个隐喻，厚重的历史书是灭绝的文明最后的骨灰。它是在间接告诉冒险者，要相信历史书的真实性。

3. 我们是最后的入殓师。

第三张字条需要与第二张字条放在一起理解。历史书是灭绝的文明的骨灰，那么记录和保存历史的人，自然就是最后的入殓师。

因此，手写字条的作者是历史的见证者，是灭绝的文明的入殓师，很可能是比飞升者和旅者星人还要强大的种族。

你放下了纸笔。

你觉得你已经非常接近这个副本世界的真相了，你推测整个瓦棚中学就是入殓师创造的学校。

但知道这一切，似乎没有任何作用。

系统的剧情探索度完全以考试的进度为准，就算猜出了入殓师的身份，对考试结果也毫无裨益。

你在飞船里继续探索，没有找到任何有用的线索或是道具。

你终止了推演！

顾毅睁开了眼睛。

宿舍楼顶的混乱空间里有一架飞船，其中藏着一瓶不知道哪年生产的红酒，但他确信图书馆管理员必然无法拒绝这一瓶美酒。

只不过，想要拿到这瓶美酒，顾毅必须拥有两瓶魔药才够。

顾毅思索片刻，决定先去厕所制造一瓶为虚空行走备用的魔药，等明天拿到新的梦境碎片后再试图进入宿舍楼顶。

"呼——"顾毅拖着疲惫的身躯，走到床边躺了下来。

那些不合时宜的弹幕再次出现在他的眼前，然而他根本不在意。连续两天从身体里抽出了 200 毫升鲜血，这让他的身体产生了一丝不适。他没有专业的抽血工具，所以放血的时候，他需要不停地在自己的膀子上戳洞，以免伤口愈合后再也流不出血了。

然而，顾毅根本睡不着，因为明天就是考试的第四天了，他发现自己没有任何办法提前终结这场考试。这意味着，他终究要面对最残酷的抉择。

"嗯……"陈泽宇迷迷糊糊地睁开眼睛，他看向身边，顾毅居然比自己起得还早。

"你今天转性了？怎么起这么早？"

"不是起这么早，是我昨天一宿都没怎么睡。"

"怎么了？"

"今天是不是需要放弃一个你最重要的人？"

"对呀。"

陈泽宇点点头，翻身跳下床铺。

"你难道一点都不难过？"

"因为你迟早要到这一天。"陈泽宇一边换衣服，一边说道，"我父母送我来这个学校之前，就已经知道我很可能会放弃他们了，他们是在做好这个心理准备之后才送我过来的。"

"为什么即使这样也要送你过来呢？"

"这是代价，也是必要的牺牲，有舍才有得。"

顾毅没有说话。陈泽宇转身看向顾毅，笑道："我以为你是个学霸，应该不在乎这种问题才是，为什么会因为这件小事连觉都睡不好？"

"难道你不会难过？舍弃心爱的物品就已经很让人不爽了，如果要你舍弃重要的人……"

"所以，正因为如此，我才更加不会放弃这次考试的机会，才更加不会放弃能脱颖而出的机会。不妨告诉你，我填的 3 个重要的人，是我的父母和祖母。我最先放弃的肯定是祖母，她的年纪已经太大了，而且一身伤病，留在人间也是徒增烦恼。放弃她的生命，成就我的事业，这是一笔划算的交易。第二个放弃的，肯定是我母亲。她虽然还年轻，但是赚钱养家的能力几乎没有，如果家里有什么危险她也完全派不上用场，所以我会第二个放弃她。最后放弃的，自然是父亲。他年富力强，虽然对社会没有太大的帮助，却是家庭的顶梁柱。因此，我只能在最后放弃他，不过他不会白白牺牲，我会成功从瓦棚中学毕业并接替他的工作。这才是瓦棚人该有的思路，你明白了吗？放弃人物的顺序，也是期末考试的考核内容，请你不要再如此天真了。"

【22】诡辩

顾毅为舍友的三观感到震惊："你为什么会如此冷漠？你难道乐意看着自己最重要的人在自己面前死去吗？"

"别傻了朋友，你当瓦棚是什么地方？仔细想想吧，这是一个可以让你从人下人变成人上人的地方，这是一个可以让你改变自己命运的地方！哪怕你在瓦棚肄业，出去之后也可以在普通人中间横着走。"

"那我也不愿意让家人的性命成为我的垫脚石。你这样的做法与禽兽有什么区别？"

"嘿嘿……哈哈……"陈泽宇捧腹大笑，他扭过头去，直勾勾地盯着顾毅。

"兄弟，你知道吗？哪怕你不在瓦棚，你父母也一直在透支自己的生命，心甘情愿地成为你的垫脚石，而你也一直在心安理得地接受这一切。你出生的时候，你的母亲忍着世间最大的疼痛，冒着难产而死的风险让你降临于世。你成长的时候，你的父亲没日没夜地加班，透支自己的身体打两份工，只是为了让你能健康成长，为了让你上最好的学校。也许以后结婚了，你的父母、你的岳父岳母还要掏空 4 个钱包，资助你们夫妻俩买一套属于自己的房子。这一切的一切，你不都在心安理得地接受着吗？嘿，我的好兄弟，你有什么资格说我？我们本来就是一路人。"

陈泽宇转身离开。

顾毅根本看不见陈泽宇此时的表情，他的三观正在一点一点崩塌。他瘫坐在椅子上，脑袋里一团糨糊。他发现，自己一时间居然找不到一个理由去反驳陈泽宇。如果自己有了孩子，如果世界上真的有一所这样的学校，进去之后百分之百可以成为人上人，孩子进入这所学校的代价就是牺牲父母的生命，自己恐怕也会毫不犹豫地同意。

但是……如果此时，那个孩子是自己，该怎么办？自己怎么能够让父母放弃生命，成就自己？顾毅捂着脸，半天站不起来。绝望一步步逼近，一只肉眼难见的黑手，逐渐伸向顾毅的脖子……

"……我们本来就是一路人。"

现实世界。

陈泽宇的话，通过直播间传进了每个 A 国人的耳中。曲康平坐在座位上，捏着打火机，摇了摇头。

"这明明就是诡辩而已，顾毅居然不知道怎么反驳？他还是太嫩了呀。"

"组长，可我为什么觉得……他好像说得很对？"

"对个屁！他是在偷换概念。父母为孩子奉献，甚至可以为孩子牺牲生命，这无可厚非。同样，每个正常的孩子都爱自己的父母，都会想尽一切办法报答父母，让父母少担忧，因为，爱是相互的。正常的父母愿意为孩子牺牲生命，但这不意味着你就可以心安理得地放弃父母的生命。世上没有哪个正常的孩子会因为自己的前途而放弃自己最亲爱的父母。在那样高压的环境下，顾毅一时间想不出反驳的理由，所以才陷入了三观崩溃的状态。我们没人能帮他，如果他自己想不明白，那就只能逐渐迷失自我，直到被'诡异'侵蚀。直到现在，他还是把放弃家人的责任全都归结在了自己头上，却忘记了造成这一电车难题的罪魁祸首其实是可恶的导演和主持人。"

曲康平冷静地分析着。顾毅在解密和冒险方面确实超越常人，但是在面对直击人性的考验时，却缺乏一些经验。无论怎么说，他也不过就是一个大学生而已，面对NPC 的诡辩缺乏一些机智。

曲康平悠悠地叹了口气。

此时，一名特工来到了曲康平的办公室，他神色匆匆，语速极快地说道："组长，视频会议马上要开始了。"

"知道，马上就去。"

曲康平难得一见地穿上西装，打上领带，连头发都梳得一丝不苟。他坐在会议厅的正中间，周围放着几十台电脑，连接着几个大国的攻略组组长。

"各位好，我是 A 国攻略组组长，曲康平。今天由我们 A 国来主持这次的视频会议。"

曲康平不卑不亢地做着自我介绍，一双虎目扫视了一圈。

B 国组长："客套话就别说了，曲组长，繁文缛节的事情还是交给外交部吧。"

曲康平："很好，那我们就直接进入今天的话题了。第一件事，我们对顾毅书写的文本进行了分析，他在这次的副本中发现了一些历史书，上面介绍了平行世界的历史。我已经提前发送到各位的邮箱了。"

各国组长翻看手里的资料。

B 国组长："朋友，这个我们也分析过了，但是我们认为这很可能是杜撰的，是《诡异世界》为了加重冒险者的绝望情绪而设定的。"

D 国组长："不可不信，我们必须做好最坏的打算。"

曲康平："没错，宁可信其有，不可信其无。不过，这不是我们最重要的一个议程，我还有另外几个问题想问 C 国。"

C 国组长："我们？"

曲康平："是的，你们的冒险者是第一个死亡的，现在你们国内出现新的诡异力量了吗？"

C 国组长："并没有。我们也注意到这个矛盾的地方了，以往冒险者死亡就代表闯关失败，我们国家境内会立刻出现新的诡异力量。

"但是这次，冒险者死亡反而成功通关了。现在我们的民众正在狂欢，我认为这种不正常的国民情绪就是新的诡异力量。"

D 国组长："你们说，有没有一种可能，你们国家的人就是在幸灾乐祸呢？"

C 国组长："你再说一次？"

B 国组长："行了，你们两个不要在这里吵架，有什么问题私下解决，在这里只讨论关于《诡异世界》的事情。"

D 国和 C 国的组长双双闭嘴。

B 国组长："曲组长，你还有什么情报需要分享？"

曲康平："当然，还有一件事情在我们上次开会的时候就说过了。我们已经证实，现实世界与《诡异世界》存在影射关系。

"并且，这一次的影射可能遍布全球，我们必须加大对狂信徒的打击力度。其次，我们要对《诡异世界》的弹幕进行管控。

"定位弹幕发布者的技术，我们国家已经非常成熟了，我愿意无偿地分享给大伙儿……"

各个国家的组长进行着激烈的交流和讨论，正在此时，会议室的大门突然被打开。曲康平扭头一看，一个特工脸色惨白，气喘吁吁地说："组长不好了，我们的基地遭遇诡异力量入侵了，是冲着顾毅的家人来的。"

曲康平赶紧从凳子上站了起来，朝着大伙儿鞠躬道歉："不好意思，我们这里出了一些意外，一会儿再聊。"

【23】无可奈何地放弃

轰隆轰隆！整个攻略组的大楼都在剧烈颤动。曲康平一路小跑，来到了斯克兰顿稳定锚前。顾毅的奶奶正躺在那个纺锤形的装置里，她一脸惊恐地看着玻璃外，想要喊叫却喊不出来。

曲康平感到一阵心悸，死亡的预感涌上心头。在这危急时刻，曲康平的灵感力再次发挥了作用。一只扭曲的黑手撕裂了虚空通道，正伸向斯克兰顿稳定锚，二者开始进行激烈的争斗，周围的一切都变得混乱而扭曲。

"啊！"

"不要过来，不要过来！"

"救命！"

此起彼伏的呼救声传来。

曲康平扭头看去，不少特工都开始出现发疯的迹象，哪怕他们早就喝了精神药剂，也无法抵挡这强大的精神侵蚀。

唯一还站着的，只有像曲康平这样的退役的冒险者了。然而，曲康平觉得，即使是自己，也没办法在这样的压力下坚持 10 分钟。

"不要碰那个开关！"

一个发了疯的特工正朝着斯克兰顿稳定锚的开关走去，曲康平大骂一声，毫不犹豫地拔枪射击。

"啊——"

发疯的特工被击穿了小腿，鲜血洒了一地。其他特工一拥而上，赶紧把他控制了起来。

曲康平眼前一片模糊，他看见一道红色的烟气正朝着监牢延伸而去——这是灵感力对自己的暗示。

然而……红色代表的是危险和杀意，到那个地方，与送死何异？

"组长不好了，基地外面有一群诡异生物！"

"门口的兄弟快撑不住了，数量太多了！"

屋漏偏逢连夜雨，基地里的诡异力量还没解决，外面又有新的怪物进攻了。

曲康平摇了摇头，现在他没有别的选择，只有相信灵感力的暗示。

"保护好斯克兰顿稳定锚，如果有人敢碰开关，直接击毙！"

"是！"

曲康平留下了一句命令，头也不回地沿着红色的烟气跑去。他来到烟气的尽头，发现烟气指向的人，竟然是只剩下一个脑袋的金鑫。

"嘻嘻嘻——"金鑫缓缓睁开眼睛，"组长大人，今天怎么有兴趣来找我聊天了？"

十几分钟前，《诡异世界》。

顾毅坐在宿舍里，内心的负面情绪正在不断蔓延，他陷入深深的自责之中，恨不得立刻就撞墙。

"我没用……"

顾毅忽然感到头皮一阵发麻，他抬头一看，一双黑色的爪子正缓缓地伸向自己的脖子。

"滚开！"

强烈的求生欲让顾毅恢复清醒，他一把推开面前的爪子，赶紧对自己使用心理暗示，平复情绪。

黑色的爪子凭空消失。

"该死，我被他骗了。"

顾毅捏了捏鼻梁骨，深深吸了口气。不得不说，陈泽宇的演说非常具有煽动性，再加上自己一夜没睡、压力巨大，这才一不小心上了陈泽宇的当。

副本里的同学没有一个是值得信任的，不能因为陈泽宇是自己的舍友，就放松对他的警惕。整个副本的世界观都是扭曲的，如果自己相信了任何一个NPC的诡辩，那就离死不远了。

顾毅走到楼下，在自动售货机买了一瓶杏仁水，喝下之后大脑立刻清爽了不少。

此时，同学们都聚集在1楼大厅，三三两两地在一起闲聊。

大概3分钟后，宿管阿姨来到了大厅。

"早上好，各位同学，今天已经是你们在瓦棚中学度过的第四天了。在正式开始考试之前，我们需要先淘汰一批成绩比较差的学生。到目前为止，总学分低于25分的，一律开除。"

顾毅看了看四周，至少有一半的同学凭空消失，只在地面上留下了一套校服。

宿管阿姨看了看剩下的学生，露出了微笑。

"很好，你们拥有很强的抗压能力。接下来，你需要放弃一个你最重要的人，以此获得进入考场的资格。"

顾毅退后一步，站在人群中间。一个同学站在宿管阿姨面前，报了一个人名。

"他是你的什么人？"

"他是我的朋友。"

宿管阿姨闭着眼睛思考了一会儿："嘿，这个人早就死了。你这是作弊行为。"

"我？我并不知道……"

"小子，在填表的时候你没被老师发现，那是你运气好，阿姨的眼睛里可揉不得沙子。"

"阿姨，你听我解释……"

"开除！"

阿姨大手一挥，将作弊的同学推进了虚空之中。

"下一个，就是你！"

"我？"

顾毅看了看四周。

"对，你，过来。"阿姨笑道，"你准备放弃谁？"

顾毅沉思片刻，决定按照陈泽宇的思维，选择奶奶："我选择放弃……我的奶奶。"

"嗯，很好。"宿管阿姨点点头，给顾毅让出一条路来，"你可以进考场了。"

顾毅轻轻啜泣，心仿佛在滴血，他一步一步走向教学楼。

那双黑爪又一次出现在他眼前，他闭上眼睛，一拳将黑爪从自己面前挥散："你这个王八蛋……我迟早有一天会杀了你！"

此时，全球的观众都为之沸腾。

有很多冒险者因为分数不达标，失去了冒险资格，被丢进焚化炉烧成了灰。

冒险者死亡，一大批国家获得了普通级通关的成就。这些国家大多是一些名不见经传的小国家，本身就没有出过什么厉害的冒险者，饱受诡异生物的折磨。

现在，这些国家终于达成了普通级通关的成就，民众怎么能不开心？

"谢谢冒险者！"

"感谢冒险者！"

"感谢冒险者的牺牲，我们总算有了一些安宁。"

全球各地都在发布这样的弹幕，然而 B 国的安德森组长却有种不祥的预感。

安德森组长看向手下，拿起资料说道："我记得……克里斯的家人都死光了啊，他写的是谁的名字？"

此时，克里斯刚好站在了宿管阿姨面前。

"现在你需要选择放弃一个重要的人，你选谁？"

"安德森。"

克里斯没有丝毫犹豫。

"这人是谁？"

"算是我的上级领导吧。"克里斯说道，"他是我的组长，我从这个学校毕业以后，需要到他的手下办公。"

"你为什么不填你的父母或兄弟？原则上我们都必须先填家人，除非他们对你毫无爱意。"

"我也想这么填呀，只可惜我的亲人全死光了。"

"哦，这样啊。"宿管阿姨闭上眼睛想了一会儿，"没错，世界上确实有这个人，而且和你确实有这层关系，你通关了。"

宿管阿姨点点头，放克里斯进入了考场。

B国的攻略组一片哗然，他们齐齐看向组长所在的方向，却发现他早就变成了一座石像。

第四章
压力、自由

【24】第三科目

"怎么回事？"

"B国的组长变成雕像了。"

"刚刚A国也说自己家出事儿了，有新消息传来吗？"

"A国那边发出红色警报了，暂时没有新的消息传来！"

A国和B国一直都是对抗《诡异世界》的最强国家，这两个国家现存的退役冒险者最多，同时也是反诡异科技最发达的国家。

这两个国家的攻略组组长要是出了什么问题，整个世界的格局都会发生天翻地覆的变化。

"各位，不要紧张。"E国的组长站了出来，"B国，你们现在需要帮助吗？"

镜头另外一边，一群特工抬走了变成雕像的安德森组长。一名特工坐在镜头前，冷静地说道："各位组长，我们的组长被诡异力量变成了石像，我们暂时也不知道是什么原理。我是攻略组的副组长，现在由我暂时代理B国攻略组组长。"

"很好，A国那边呢？"

"还是没有任何消息传来，他们似乎陷入了苦战。"

"《诡异世界》那边怎么样？"

"幸存的冒险者全都进入考场了。"

E国组长无奈地摇了摇头。现在，那些冒险者成绩最差的国家，反而是最安全的。B国和A国目前是副本探索度最高的国家，却偏偏一个失去了领袖，一个发出了红色警报。

副本世界的难度真是越来越大了，规则的影响力也越来越大了。

"我和A国离得最近，先去和A国的政府交流一下，看看他们需不需要支援，你们继续开会吧。"说完，E国的组长挂断了视频电话。

《诡异世界》。

顾毅坐在教室里，等着老师发试卷。他直勾勾地盯着老师，一双眼睛里燃烧着愤怒的火焰。

"你这双眼睛就像要吃人。"监考老师看了一眼顾毅，"好好考试吧，孩子。"

老师把试卷放在顾毅桌上，笑眯眯地走开了。

顾毅的视线回到空白的卷子上，他又一次失去了身体的控制权。顾毅看了看四周，这里似乎是一个休息室，自己身上穿着一套制服，周围有4个穿着相同制服的人，每个人身后都有一台同样制式的电脑。一个穿着西装的男人正站在一块白板前，张着嘴巴，好像在口若悬河地说着什么。

"我早就和你们说了，这场比赛我们必须输，你们想死不成？"

"李教练，我们不想打假赛。"戴着队长袖标的选手说道，"如果被发现，我们会被终身禁赛的。"

队长如此说话，可是其他3名队友却始终低着头，不敢表态。顾毅暂时无法控制自己的身体，所以也只能眼睁睁地看着大家。

"可笑，上了这条船你就逃不掉。别忘了，你们每个人都还欠我几十万块呢！"

队长继续说道："不行，我不愿意打假赛！只要我们拿了冠军，欠你的钱我们就能还了。"

"你还真以为自己能赢得冠军吗？你们这群废物。你们拿了冠军我能赚30万元，你们输了比赛我能赚300万元，你觉得谁吃亏？"

"你们不过就是几个破打游戏的，和我说什么体育精神？和我说什么集体荣誉？你们不过就是我赚钱的工具而已。"

教练拉开休息室的大门，指着外面说道："你们瞧啊，外面的媒体可都等着采访选手呢！你们现在就出去看看，说出实话，你们猜舆论会往哪边倒？在打城市赛的时候，你们就和我一起参与过赌博，要是被媒体报道了，看看谁会信你们的！"

"那是你逼我们的！"

"你有证据吗？蠢货！门口那些媒体、裁判都是我的人，你怎么和我斗？"

"可是……"

"给我好好打比赛，别跟我在这里叽叽歪歪。"教练威胁道，"你们要是不肯按我说的做，我就把你们全都丢到海里喂鱼。但是，只要你们打输了这场比赛，我就会给你们一人50万元的奖励。到底选择哪个，你们自己看吧！"

教练转身要走，突然间，摆在讲台上的手机响了起来。教练低头一看，原来是顾毅的手机响了。

"顾毅，你的电话。"

顾毅走到了教练面前。

教练捏着手机，威胁道："开免提，如果你乱说话，我立刻把你杀了。"

顾毅点了点头。

"喂，儿子。"

"爸，怎么了？"

"你妈的手术费还差50万元呢，亲戚朋友这边都借遍了，你什么时候才能把钱凑齐？"

"我……我想再过一会儿就行了。"

画面和声音戛然而止，监考老师再次宣读考试规则：

"期末考试开始。

"第三科目：压力考试。

"考试要求：

"1.请使用黑色水笔或钢笔作答，如果水笔或钢笔写不出来，请使用鲜血。

"2.一旦落笔，答案将无法更改，请谨慎作答。

"3.本次考试采取梦境模拟的方式，考试时间为24小时，时间流速与现实不同步，请合理分配时间。你在梦境中发生的一切，并不会影响现实。

"4.考生需要在考试中面对各方压力，阅卷老师会根据你在考试中的表现判定你的最终得分，你的每一个决策、每一句话都可能成为评分的依据。

"5.本次考试满分为感性 10 分，理性 10 分。若考试总分超过 12 分，考生将获得 1 块梦境碎片作为奖励。

"考生说出'开始'后，考试将正式开始。"

顾毅心中叫苦不迭，这一次的考题简直是把各种 debuff[①] 加满了。

为了救母亲，自己必须想办法尽快弄到 50 万块钱，但是弄到这些钱却需要自己违背职业道德去打假赛。舆论的力量掌握在教练的手中，自己没办法利用舆论为自己发声，教练威胁他们的证据又难以获取。

道德，舆论。

科目三的考试把前两场考试结合到一起，以考验考生在这种极限的两难压力下，会做什么样的抉择。

"呵……没有人可以两全其美，对吗？"顾毅突然想明白了陈泽宇的警告，"对不起，我不相信这话。考试开始吧！"

顾毅眼前闪过一道白光，他终于恢复了对自己身体的控制权。

【25】月亮

金鑫笑眯眯地看着曲康平："组长大人，今天怎么有兴趣来找我聊天了？"

曲康平气喘吁吁地看着金鑫："告诉我，该怎么办？"

"哈哈哈！嗝儿……你问我？你倒是问对人……哎呀！"

曲康平摘掉金鑫头顶的玻璃罩子，一指头杵破了金鑫的眼球："老子没问你。"

金鑫疼得吱哇乱叫，恨不得立刻咬断曲康平的脖子："你这个老东西，居然敢这样对我？"

"闭嘴！"曲康平抱着金鑫往外跑。

轰隆！走廊的墙壁突然出现一堆龟裂纹，曲康平见状，下意识地向后跳开。

一只长满黑毛的怪手凿穿墙壁，朝着曲康平伸了过来。曲康平用胳膊夹着金鑫的脑袋，迅速掏出枪射击。

砰砰砰！水银子弹贯穿了黑爪，黑色的血水瞬间染红整片墙壁。

"吼！"

黑爪不退反进，竟然直接将墙壁撕开了一个大口子。

"我在这里，我在这里！"金鑫大声呼救。

怪物听见金鑫的声音，果然把头扭了过来。

"去你的，闭嘴！"曲康平打开一个盐罐，塞进了金鑫的嘴巴里。

金鑫白眼一翻，腮帮子不停抽搐。

"吼！"怪物大叫一声，朝着曲康平冲了过来，它青面獠牙，身高有两三米，狭窄的走廊根本装不下它的大个头。

轰隆！巨爪朝着曲康平的脑袋劈了下来，蹭掉了曲康平的几根头发。

曲康平一个箭步上前，将枪口顶在怪物的胸口，连连扣动扳机。

砰砰砰！

---

① debuff：游戏术语，指对一个或多个单位施放的、具有负面效果的魔法，使之战斗力降低。

"吼——"怪物哀嚎一声，倒在地上。

曲康平拿出最后一个盐罐，将盐撒在怪物的脑袋上。

"告诉我，到底该怎么办！"

曲康平双眼发红，竭尽全力地调动自己的灵感力。终于，一丝若有若无的红光在眼前闪烁，直奔监禁室的西边而去。那里是储藏囚犯私人物品的地方，灵感力是在暗示自己找到金鑫的私人物品？

"死马当活马医了。"

在现实世界里没有办法使用《诡异世界》的技能，他只能依靠偶尔爆发的灵感力来寻找一线生机。

一进入储藏室，曲康平便翻箱倒柜，找到了属于金鑫的东西。一支画笔、一副不完整的塔罗牌以及一套可以随时变换形状的西装。

"对了……我记得顾毅说过金鑫的能力，他手里的塔罗牌也是拥有诡异力量的。"

曲康平一边想着，一边拿起了画笔和塔罗牌。他把塔罗牌摊在桌子上，发现它们全都是白纸一张，什么图案也没有。

曲康平沉思片刻，他把塔罗牌合在一起，洗牌、切牌，接着放在了金鑫的死人脑袋旁边。

灵感力突然开始失控，曲康平的眼前全都是红色的光芒。他已经不知道自己的选择到底是对是错了。

咣当！轰隆！门外传来激烈的打砸声、枪战声、嘶吼声。那只试图入侵斯克兰顿稳定锚的黑手，正穿过墙壁朝着曲康平的胸口而来。这次的诡异生物，是有史以来最强大的。

如果再不做抉择，那等着他们的——只有死亡！

"这次只能看命了。"曲康平拿出画笔，蘸上蓝色颜料，涂在金鑫的脸上。

一边的塔罗牌立刻起了反应，呼啦一声，散发出幽蓝色的光芒。

"嘿嘿嘿——"曲康平的耳边传来诡异的笑声，透明的黑手穿过他的胸腔，直接握住了他的心脏。

"啊！"曲康平痛呼一声，伸手从牌堆里抽出一张牌来。牌面上画着一轮满月，月下是两座并排的高塔，牌底写着一行英文：The Moon。

一道虚空传送门出现在曲康平面前，曲康平和金鑫全都被卷入了那道传送门之中……

"快看，派大星，那是什么？是水母吗？"

"不，海绵宝宝，那是人类。"

"皮卡丘？"

"别害怕，皮卡丘，他们不咬人。"

曲康平从泥土里爬出来，一抬头就看见了几个奇形怪状的人。天空一片漆黑，只有一轮紫色的月亮照耀着大地。周围都是一些蓝红相间的帐篷，欢快的音乐在空中飘荡。

"这是哪儿？"

曲康平拍了拍身上的泥土，回头一看，金鑫的死人脑袋躺在泥坑里，不停地翻着白眼，吐白沫。

"哦，欢迎来到暗月马戏团，我的朋友。"

西拉斯·暗月迈着小碎步来到了曲康平面前，他个子矮小，头只到曲康平的膝盖。跟着暗月一起过来的还有一群小丑，他们全都在好奇地看着曲康平。

"等等……"曲康平惊讶地看着自己的手心，"我又能使用天赋能力了，这里是《诡异世界》？"

"嗯……是，也不是，这里是暗月马戏团。"

"暗月马戏团，我知道你，我听顾毅说过。"

"哈，他可是我见过的最有意思的观众了。"暗月笑道，"欢迎来到马戏团，你可以在这里尽情享受你的愉快时光。"

"等等，暗月团长。我听说，你这里可以进行一些交易，对吗？你可以完成我的心愿？"

"嗯……当然可以咯。"

曲康平想了一会儿，将剩下的塔罗牌递到了暗月手里。

"这东西可以换来一个愿望吗？"

"哎呀，居然是这个好东西！"

暗月拿着手里的塔罗牌左看右看，一副爱不释手的样子。

金鑫呻吟一声，用下巴刨土，从土坑里爬了出来，对着暗月破口大骂道："你这个废物，别想打我牌的主意！"

暗月看都不看金鑫一眼。金鑫怒吼一声，脸上突然长出了一个调色盘。

"来人，别让我看见这个丑八怪的脸。"

"哔——"一个小丑吹着口哨跑出队伍，从裤裆里拿出一个痰盂，扣在了金鑫的脑袋上。

金鑫不停地在痰盂里撞来撞去，却怎么也逃不出这个地方。

曲康平看了一眼痰盂，上面画着一朵莲花，栩栩如生，非常讨喜。

"在我的地盘，你就得遵守我的规则，蠢货。"

暗月展开塔罗牌数了一下，好奇地说道："这副牌里怎么少了几张？死亡、塔，还有月亮都没了？咦？怎么连最关键的愚者牌也没了？月亮是你送给我的入场券，那剩下的几张牌用在什么地方了？"

"不知道啊。"曲康平闻言，眨了眨眼，"少了几张牌……是不是就不能许愿了？"

【26】妥协

"这倒不至于，只不过我能给你达成的愿望就要打些折扣了。你先说说看你想要什么，只要不是消灭导演之类的事情，我都可以做到。"

"你可以让我们A国攻略组的基地搬到暗月马戏团吗？"曲康平急切地说道，"不仅是基地里的各种建筑，里面的人、设备也一样要搬过来。"

"哦，这样啊……你想一直待在这里吗？"

"不不不，最多3天就可以了。"

"哈？3天就够了？"

"是的。"

"那你不是亏大了？"

"别管那么多了，你先把他们搬过来吧，我怕他们遇到危险。"

"放心吧，有我在，他们不会有危险。"暗月转过头去，对小丑们说道，"去把占卜师的帐篷拆了，反正他也用不到了。"

"哔——"小丑们吹响口哨，夸张地立正、敬礼，接着他们手挽着手，一起吹气，将占卜师的帐篷吹上了天。

"暗月马戏团，精彩冒险在等着你！"暗月张开双手，朝着天空呐喊。

一道巨大的虚空传送门从天而降，中间闪烁着蓝白色的闪电，攻略组的基地凭空出现，落在帐篷原先所在的地方。

"厉害……"

曲康平眨眨眼睛，赶紧冲到基地里面。

此时，基地里一片狼藉，大伙儿死的死、伤的伤，地面上到处都是怪物和特工们的尸体。曲康平直接跑到斯克兰顿稳定锚前，好在顾毅的家人们安然无恙。

"组长，这是哪儿？"

"暗月马戏团。"

"什么？"

特工们围到曲康平身边，一副不明所以的样子。暗月带着一队小丑来到了基地，欢天喜地地给特工们表演。

曲康平没心情欣赏表演，他隐隐感觉"不可言说"的力量正朝着他们追杀而来。

"暗月团长。"

"哦，有什么事情吗？"

"我想问一下，我们躲在这里，还会被'不可言说'的力量侵袭吗？"

"啧……从理论上来说不会。"暗月指了指自己的鼻子说道，"事实上，按照《诡异世界》的标准，我也是一个'不可言说'。但是，《诡异世界》最根本的原则是遵守规则，在我的地盘他们得遵守我的规则，只要你还在我的地盘，就没有人可以伤害你。马戏团需要欢迎每一位客人。"

暗月鞠了一躬。

突然，曲康平感到暗月身上迸发出了巨大的能量，那些牺牲的特工居然死而复生，从地上爬了起来。曲康平一脸诧异地看着暗月。

暗月的手里拿着一张塔罗牌，上面画着一个冉冉升起的太阳，下方写着英文"The Sun"。

"你给我的礼物太贵重了，我可不好意思占这么大的便宜，所以我给你送了一点小福利，帮你救活了你的手下。"

"太谢谢你了！"

"不用客气。"暗月摆摆手，指着大门口说道，"我们这里也是能看直播的哦，我个人其实也是顾毅的忠实粉丝呢。"

《诡异世界》。

顾毅坐在休息室里，闭上了眼睛。

推演开始！

教练训完大伙儿，离开了房间，只留下你们5个队员。

你看了看大伙儿。

你：我们真的要打假赛吗？

中单：我们的把柄全在他的手里捏着，每次开会的时候他都不让我们用手机、开电脑，我们怎么收集证据？

辅助：他太狡猾了，我们斗不过的。

打野：认命吧，反正有钱拿也不错，我们打职业比赛不就是为了钱吗？

中单：教练绑架了我的家人，我不敢不听他的话。顾毅，你是知道的，我们所有人都被他拿捏住了。他有帮会背景，我们敢反抗就是死。

你闭上眼睛，长舒了一口气。

这是一个团队游戏，就算你一个人努力，也没办法力挽狂澜。队友全都是投降主义者，自己能用心理暗示改变他们一时，却没办法改变他们一世。

你必须放弃一样东西。

要么选择放弃荣誉和道德，打假赛。

要么选择放弃家人的生命，举报全队。

你不知道自己该如何做到两全其美。

中单：顾毅，你还在犹豫什么？

AD[①]：我们绝对不能打假赛。这不仅关乎荣誉，还关乎我们的职业生涯，如果被抓到，我们一辈子都没有机会参加比赛了。

你看向 AD，他是你们的队长，也是目前唯一一个坚持反抗的人。

辅助：队长，你别害我。

AD：我们不能屈服。

中单：你这个孤儿，你没有家人，当然站着说话不腰疼！我们的家人可都被绑架了，你怎么能说出这种话来？

打野：反抗？我们怎么反抗？赌外围的时候，他用的全是我的身份证，如果他把事情捅出去，那可不是禁赛那么简单了，我们会因为涉赌蹲号子的。

AD：那也是因为你本来就是一条赌狗，在教练威胁我们之前你就在演我们了！

打野：我叫你一声队长是给你面子，你还给我蹬鼻子上脸了？

你：都冷静点！

你站起来，对 AD 使用了心理暗示。你拉着 AD 离开休息室，躲在厕所里。

你：我支持你。

AD：你一个人支持我是没有用的。

你：现在我们的难点在于没有办法和外界联络，没有办法自证。我有个计划。

AD：你要怎么做？

你：我会想办法传达消息的……

厕所门突然被人推开。

你和 AD 同时闭上嘴巴。

教练冷冷地看着你们。

教练：你们在聊什么呢？

AD：没什么，躲进来抽支烟而已。

---

① AD：游戏术语，全称为 Attack Damage，意为物理伤害。在游戏中，AD 通常指那些主要通过普通攻击造成伤害的角色或装备，与法术伤害 AP（Ability Power）相对。

教练：顾毅，我告诉你，你要是敢耍一点花样，我立刻派人去医院，把你妈从病床上拉出来。你不相信的话，可以试试看。

你：对不起，我们真的就是进来抽支烟而已。

教练：哼，快点出来，一会儿就要开始比赛了。

你：是。

你点点头，跟着教练离开了厕所。

你和 AD 交流的时间太短了，根本没来得及说清楚你的想法。你只是告诉 AD，你和他是同一阵营的而已。

你们队伍的 5 人走上了擂台。

比赛开始了，你们队伍里有 3 个人非常消极，经常打出一些迷之操作，台下的观众嘘声不断。

第一场比赛你们毫无意外地失败了。

回到休息室，教练感到非常满意。

教练：很好，接下来你们要连输两局，我们就能大赚一笔了。中单，你有几次送人头送得太明显了，演技稍微好一点，你也不希望被裁判看出来，对吧？

中单：是，下次我注意。

教练：休息 10 分钟吧。

教练在休息室里，不准备离开了。

你无法和 AD 交流。

AD 冲着你皱了皱眉，似乎在埋怨你。

休息结束，你们登上擂台。

这一次比赛，你们输得更惨。AD 似乎已经自暴自弃了，他成了全场送得最凶的一个。

但是，你知道 AD 并不是诚心在演，他只是希望用自己一人的实力，带动整支队伍。

第二场比赛又输了。

你发现对手看你们的眼神有些不对劲。

你知道机会来了。

第三场比赛。

你选完英雄之后，一直在线上跳舞，不停抽搐，有种特别的节奏。

镜头给了你许多次特写。

教练暂停了比赛。

教练：你到底在做什么？

你：我没干什么啊！

教练：就算你是演戏，也不能演得这么刻意吧？

你：我知道了。

比赛重新开始，你在补刀的时候不停按 S 键，做出了鬼畜的动作。

对方的上单似乎也被你传染了，同样和你一起按 S 键抽搐。

上路两个玩家在斗舞，惹得观众哄堂大笑。

跳到一半，你的对手突然回到了塔下。

对手请求暂停。

你发现对手正在裁判身边耳语，你不知道对手是否明白了你的暗示。

比赛重新开始。

对手拿到了巨大的优势。

可是他们却在故意拖延时间。

直到比赛进行 30 分钟后，警察来到现场，叫停了比赛。

你们被带下赛场，接受调查。

你们被教练堵在休息室，教练的打手们堵在休息室的门口，用各种手段阻挠警察的调查工作。

教练：你们谁报警的？

无人应答。

教练：顾毅，是不是你？

你：我什么都没做啊，我连手机都没碰。

教练：是你吗，队长？

AD：我都摆烂了。

警察终于来到休息室。

教练矢口否认，其他 3 名队友也不肯开口。

你和 AD 向警方说明了全部情况。

你们二人被警察保护了起来。

你的考试时间耗尽了。

监考老师的声音在你的耳边响起。

监考老师：小聪明，理性 5 分，感性 5 分。

你终止了推演！

顾毅睁开眼睛，总结刚才的推演过程。

他利用游戏角色跳舞、打拍子，发出了 SOS 的信号，对手一开始没明白，但最后总算懂了自己的意思。

教练虽然有所警觉，但并不明白自己到底在做什么。这个方法可行，但并不能让自己拿到高分。

按道理来说，如果需要完美通关，那么就必须坚守体育精神，可是自己根本没有办法说服队友，仅靠自己和 AD 两个人，怎么能赢得过对面 5 个人外加 3 个内鬼？

推演开始！

你拉着 AD 去厕所，在教练赶来之前简单商量了对策。

第一场比赛开始。

你站在赛场上。

你和 AD 对望一眼，多年的默契让你们一下就明白了对方的意思。

你们二人在赛场上拼尽了全力，3 名队友使劲拖后腿，却发现依然无用。

打野和辅助在关键团战出现巨大失误，你们的队伍惜败。

这反而让 3 名队友的表演变得更加真实了。

教练回到休息室时，对你们大加赞赏。

第二场比赛。

你记住了对手的所有操作手法和习惯，提前判断对手出的招，成功杀穿一路。

你的经济①领先全场。

3名队友想送，但你总能在最合适的时机收割战场。

你们拿下1分。

回到休息室，你被教练痛骂。

教练：你觉得自己是英雄吗？那好吧，准备好见你的家人最后一面吧。

你试图对教练使用技能，但无效。

教练的意志力远超常人。

如果没办法破除教练的心防，那么你的技能就无法生效。

第三场比赛开始。

你专心比赛。

AD：不好了，你父母被送过来了。

你的双手离开键盘，发现你的父母正坐在台下。你的母亲脸色惨白，眯着眼睛靠在椅背上，你的父亲神色紧张。

在父母身边，站着两个教练的打手。

你装作看不见。

你利用心理暗示，让自己集中全部的注意力。

这场与上场比赛一样，你用出色的个人能力赢得了比赛。

你离开隔音棚，看向台下，发现你的父母早就不见了。

你回到休息室。

教练冷笑了一声，拿起手机。

教练：我说到做到，你父母已经被装进麻袋，马上要丢进江里了，你确定不打假赛？

辅助：教练，你是不是太过分了？

中单：别这样教练，大不了我们后面再多送一点。

AD：你这个人渣！

教练一巴掌抽在AD的脸上。

教练：我给你最后一次机会，你打不打假赛？

你：我知道了。

第四场比赛，是你们战队的赛点。

你依然如前两局一样，丝毫不放水。

队友们被吓到了。

他们关闭了赛场的麦克风，一起看向你。

辅助：你疯了吗？一个冠军而已，能比你爹妈的命重要？

AD：算了吧，我们没必要做这么绝。

中单：你到底在想什么？

打野：教练是真的会杀人的！

你：继续打！打不赢，我现在就能杀了你们。

你从口袋里掏出一支钢笔，用力戳穿了面前的桌子。

AD：我要求暂停。

---

① 经济：游戏术语，指在游戏过程中通过各种方式获得的金币数量。

比赛暂停。

你的 4 个队友架着你来到休息室。

教练堵在门口，冷笑着监视你们。

AD：你到底在干什么？你会害死你父母的。

你：害死我父母的人不是我，而是他。我的工作就是赢得比赛，谁也不能阻止我。

教练冷笑一声，转身走开，拿起电话叫人动手。

你趁机偷出手机报警。

教练打完电话回来，你赶紧把手机放回原位。

教练：你小子，不见棺材不掉泪是吗？我已经叫人动手了，现在他们就在江边，只要你这把赢了，我就立刻把你父母丢进江里。

你一言不发地走进了赛场。

队友没人告发你报警。

你们重新回到了赛场。

中单：你报了警？

你：嗯。

中单：那我可能一样要被抓了，我可是赌狗呢。

辅助：你还要认真打吗？

你：认真打。你们尽量拖延一点时间就好，他们肯定会针对我。

打野：你确定你能行吗？

你：相信我。

这一场比赛，你被对手疯狂针对，你感到压力巨大，用技能不停对自己进行心理暗示。

你们成功将比赛拖到了 50 分钟。

警察终于到场。

你们推平了对面的基地。

警察很遗憾地告诉你，他们没能救下你的父母。

你的耳边传来了监考老师的声音。

监考老师：无谓的牺牲，理性 5 分，感性 5 分。

你终止了推演！

顾毅睁开眼睛，脑子里一团乱麻。

如果按照这个路子来，甚至连保底的 12 分都拿不到，难道这场考试是要让自己向罪恶低头吗？

顾毅重新回忆了一遍考试要求，考试的科目叫作"压力考试"，难道这场考试的要求是……

"顾毅，你在想什么？"

"没有。"

"没有还不快准备上赛场？"

"再等我一会儿。"

顾毅又一次闭上了眼睛。

推演开始！

你和队友讨论了一番。

你们决定妥协。

你们打完了假赛，成功拿到了教练给你们准备的奖金。

监考老师的声音在你的耳边响起。

监考老师：明智的妥协，理性6分，感性6分。

你终止了推演！

顾毅傻眼了，他又在脑海里推演了一次，这一次他甚至成功救下了父母，感动了全部队友，成功拿下比赛，唯独没有将教练绳之以法。

最终的得分却只有10分！

可是……为什么？为什么只要妥协，就能够直接及格？

顾毅突然想起了副本刚开始时写的通关条件，普通级通关的条件是"选择死亡"，这次的压力测试正确答案居然是"选择妥协"？

科目一的考试，如果选择自杀也是一样可以获得高分的。这场考试从头到尾都在宣扬投降主义。

顾毅紧紧握住了拳头："我真是太蠢了，直到现在才发现问题！"

不同寻常的通关条件、绝望的历史记录、舍友关于放弃的言论、宣扬投降主义的考试内容，这一切的一切，都在潜移默化地给自己心理暗示：只要放弃抵抗，一切难题都将迎刃而解。

"难道，我们就这么妥协吗？"

"你说什么？"4名队友停下脚步。

"我们除了妥协，没有别的路可走吗？"

顾毅缓缓抬起头，眉头紧锁。

暗月马戏团。

"快快快，给我腾个位子。"

"你滚一边去。"

"我不要和那只电耗子坐在一起，它身上老是有静电。"

特工们坐在大屏幕前看直播，但是顾毅的家人们依然躺在斯克兰顿稳定锚里。

暗月团长也不敢保证这次副本的主持人会不会有什么别的招式，他还是建议曲康平让顾毅的家人躺在稳定锚里。特工们待在暗月马戏团里没有什么事情可干，所以他们只能看《诡异世界》的直播。

此时，顾毅正在休息室里发呆，大家果断换台，调到了克里斯的频道。克里斯听完教练的一通胡说后，躲进卫生间，释放了全部恶灵。

恶灵接近教练之后，居然全都害怕地缩成一团，根本不敢靠近教练。

弹幕上一片热议：

"这是怎么回事？"

"那教练是黑老大，手上的人命不比克里斯少，鬼也怕恶人啊。"

"哈哈哈，克里斯的技能对教练不起作用了。"

克里斯显然也没有料到这种情况，他在马桶上蹲了一会儿，心安理得地回到赛场上。

恶灵对教练无用，他就对自己的队友使用恶灵。他对每一个准备投降的队友制造幻象，进行恐吓，逼迫他们认真比赛。

队友们果然不敢造次，居然真的拿下了第一场比赛。

回到休息室，教练对众人恶语相向："你们这些臭小子是想做什么？打假赛都不会吗？我要你们 0：3 输掉比赛，懂不懂？"

克里斯撇撇嘴，指着队长 AD 说道："是这小子说要我们认真打的。"

面对克里斯推卸责任，队长默认了，毕竟一直坚持表态要打真赛的确实是他。

教练看着队长，冷笑道："你很倔是吧？信不信我现在就把你家人全杀了？"

"你敢！"队长站起来，一拳砸在教练的鼻子上。

周围所有人全都吓傻了。教练擦了擦鼻血，一脚踹出去，三拳两脚打趴了队长。

"臭小子，你知道这里谁是老大吗？"

"教练，算了算了。"

克里斯赶紧站起来，假模假式地说道："别打队长了，我们可没有替补队员呢！"

"哼！"教练冷哼一声，离开了休息室。

AD 从地上爬了起来，吐出一口血痰。

"你是斗不过他的。"

"我知道，不用你说。"AD 看了一眼克里斯，不知道该欣慰还是该愤怒。

"要不，我们还是打假赛吧？咱们的家人可都在他手里呢。"

"行，我知道了。"

接下来的比赛里，克里斯果真如教练要求的一样打起假赛。

曲康平叼着香烟，幸灾乐祸地说道："果然恶人自有恶人磨，之前在别的考试里嚣张得不行，在这里连他都得低着头。"

"组长，这次的考试，好像有些不一般。"

"没错，我看过其他幸存冒险者的通关录像了，他们全都选择了妥协，没有人能成功反抗。

"就算有人抱着宁为玉碎，不为瓦全的心态和教练同归于尽，最后也只能得 10 分的成绩而已。

"那教练的战斗力也非比寻常，冒险者里没有人能杀了他之后再全身而退的。"

"这一点，我一点也不奇怪。"曲康平说道，"这个副本就是一直在宣扬放弃、妥协、绝望，人类永远战胜不了《诡异世界》。考试的规则是他们制定的，怎么能用我们地球人的道德水准来要求他们？"

大伙儿一直看着克里斯演一个乖乖宝，直到第二场比赛结束，这小子突然做起了一些小动作。

教练走进厕所撒尿，克里斯就紧跟过去，他释放了两个恶灵堵在门口，不停制造幻象让外人觉得厕所已经关闭了。他抽出自己的皮带，冷笑着站在教练的身后，一把将皮带勒在教练的脖子上。教练不停挣扎，伸手朝克里斯的脑袋抓了过去。克里斯将皮带在手上勒了两圈，倒背着教练用力一勒。教练双腿不停扑腾，连救命都叫不出口，双手到处乱抓，想要扯断皮带却无济于事。

"呃——"教练的挣扎越来越无力。

克里斯又背着教练勒了一会儿，直到确认教练死透了，这才放下他。

曲康平瞪圆了眼睛，悠悠地说道："妙呀……

"先用恶灵堵住厕所门，不让闲杂人员进来，给自己留下足够的作案空间——他对天赋能力的利用，已经远超常人了。

"再用皮带杀人，这样不会出什么血，现场比较好打理。

"之前队长和教练发生了冲突，假如警察真的要调查，队长一定是最先被怀疑的对象，克里斯有足够的时间拖延到考试结束。

"他真是一个……天生的罪犯。"

克里斯重新把皮带系在腰上，准备再找个合适的时机丢掉皮带。接着，他把教练的尸体藏在厕所的隔间，拿出教练的手机，丢进了马桶里。

最后，他又留下一个恶灵在隔间门口把守着，用一些幻觉吓走普通人，延缓尸体被发现的时间。

回到赛场，教练始终没有出现。主持人询问情况，大伙儿说不清楚。

比赛的时间到了，主持人决定不等教练，直接开始比赛。克里斯坐在座位上，表情看不出任何端倪，只不过这次他却非常认真，打法更加狠辣。队友非常震惊。

"欸？你不是说好……"

"对不起，条件反射了，下次我一定多放点水。"

克里斯一脸坏笑，但是扭头就拿了双杀。队长见状，忍不住也加入了克里斯的行列，认真打起了比赛。

这场比赛，克里斯的队伍又赢下了1分。

回到休息室，队员们始终看不见教练的身影，教练的手下着急了起来，但谁也找不到他在哪儿。克里斯趁机带领大家找到了手机，报警求助。

警察到场之后，比赛暂停。队员们成功摆脱了教练的控制，警察最后在厕所里找到了教练的尸体。

克里斯看了看手里的水笔，墨水消耗殆尽。

"完了，考试要结束了……"

克里斯回到了考场，耳边传来了监考老师的声音："近乎完美的犯罪，理性7分，感性7分。"

"14分？嗯……我还以为能更高呢，是因为我们最后没有打赢比赛吗？"

克里斯思考了一会儿后，决定放弃思考——想不明白的事，那就别想了。

曲康平没有再看直播，他把视线移到了暗月马戏团的其他观众身上。

"你好。"曲康平走到了那个戴着蓝色帽子的肌肉兄弟面前，"我叫曲康平，你怎么称呼？"

"我是来自真新镇的小智。"小智点点头，指向身边的电耗子，"这是我的伙伴，皮卡丘。"

"我叫海绵宝宝！"

"还有派大星！"

曲康平没有主动说话，海绵宝宝和派大星一人举着一个气球，顶着鱼缸就走过来主动问好。

"呃……你们好，你们都来自《诡异世界》？"

"不，我们来自比奇堡。"

"我刚刚说了，我来自真新镇。"小智说道，"在二十几年前，我们的世界遭遇了末日灾害，是暗月大叔让我们留在这里的。"

"皮卡皮卡……"

听到这话，一直非常热情又快乐的海绵宝宝和派大星拉长了脸，再也不打闹了。

"你们的世界都是什么样的？"

"在我们的世界里，有一种名叫宝可梦的神奇精灵……"

小智坐在椅子上，讲述着自己原来世界的故事，其中的很多细节与顾毅分享的历史没有太大的出入。

曲康平忍不住握紧了拳头，这次的副本影射的可不仅仅是蓝星，而是无数个平行世界。

"那个叫顾毅的小兄弟，是你们世界的人吧？"

"对。"

"他很厉害。"小智笑着说道，"不过，他的厉害不在于天赋或者技术，而是在于他可以在压力面前始终坚持信念。"

推演开始！

你登上了比赛的舞台。

你利用前几次的经验，顶着所有压力，只用15分钟就打赢了比赛。

你们回到休息室。

教练大发雷霆。

这个时候，教练却刚好收到了别的俱乐部发来的消息，他们愿意出大价钱买下你。

教练心动了。

你趁热打铁，说服教练，并承诺你的身价可以在一夜之间翻10倍。

教练同意了。

你果然在比赛中表现出色，你的身价暴涨。

教练出尔反尔，他痛打了你一番，并将你囚禁，要求你继续在他的战队里打工。

你的考试时间到了。

你的耳边传来监考老师的声音。

监考老师：与虎谋皮，理性6分，感性6分。

你终止了推演！

推演开始！

你走上了擂台。

在介绍队员的环节，你强行冲上去夺走了话筒，控诉教练的行为。

队友想拉你，但拉不住。

全场一片哗然。

主持人立刻叫停了比赛。

你被人拉下场。

你被教练揍得鼻青脸肿，4个队友也跟着你一起被软禁了起来。

舆论场上一片混乱，但是教练利用自己的钱财和势力，很快就将舆论压了下去。

你被诬陷为赌狗、撒谎精。

你的母亲因为没有钱，做不了手术，一命呜呼。

教练来到软禁你的地方，把你们5个全都丢进了海里。

你被淹死了。

你的耳边传来监考老师的声音。

监考老师：鲁莽行事，理性 3 分，感性 4 分。

你终止了推演！

推演开始！

你配合队友打完了假赛。

你来到休息室和教练谈判。

教练骂走了一个给他打骚扰电话的推销员，接着按照之前的约定给你们发了分红。

教练：这才对嘛，你们只要跟我混，肯定有的赚。

你拿到了教练给你的钱，但你没有立刻花出去。

你拿着转账的证据在网上爆料。

网上的消息鱼龙混杂，但总体来说对你不利。

你决定跳楼自证清白。

你打开了直播，但开播不到 10 分钟就被停播。

你知道这是教练收到了消息，提前针对你。

你跳楼前在各大平台发帖，终于收获了一些流量。

你立刻跳楼。

你很幸运，没有死，但是半身瘫痪。

舆论场终于相信了你，但你的母亲最终还是病逝。教练见势不妙，提前逃跑出国。

你既没有抓到罪魁祸首，也没有赢得比赛，更没有救下母亲。

你的考试时间结束了。

你的耳边响起监考老师的声音。

监考老师：无谓的牺牲，理性 7 分，感性 7 分。

你终止了推演！

顾毅坐在休息室里，沉默无语。

他刚刚结束了自己的最后一次推演，他努力了这么多次，却始终不能做到两全其美。想办法报警后，也许可以救下自己的父母，但比赛打不赢。拼尽全力说服队友认真比赛，父母还是会被教练弄死。无论他走哪条路，最终的得分都不会超过 14 分，甚至完全不如妥协来得畅快，后者至少可以让自己拿到及格的分数。他在推演中唯一的收获，就是彻底摸清了对手的所有战术，磨炼了自己的对线技巧。

可惜呀……如果自己的心理暗示能力再强一点就好了，这样的话无论是直接改变教练的心意，还是让全体队友跟着自己，考试的难度都会下降不少。每次都只差一点点就能成功了……

"你怎么了？"AD 来到顾毅身边坐了下来，他看了看门口，发现教练还在那里打电话，眼神始终监视着他们二人。

顾毅沉默片刻，说道："队长，我问你个问题。"

"你说。"

"世界上真的没有两全其美吗？我们总需要放弃一点东西？"

"呃……"

大伙儿全都望着顾毅，就连教练都忍不住回头看了一眼。

"哼，无聊。"

教练冷笑一声，离开了休息室，用力关上了大门。

顾毅目光深沉地看着队友。大伙儿根本不敢直视那双眼睛——他明明不到 20 岁，眼神却深邃得好像经历了几世轮回。

队长坐在座位上沉默片刻，说道："连你也想放弃？你要和他们一样打假赛吗？"

"你们说实话，你们觉得打游戏最开心的是什么时候？"

中单冷笑一声："开心？打游戏的时候不高血压就不错了，还有什么心？"

"顾毅，我们理解你的心情。"辅助说道，"大家都明白，我们是斗不过教练的，他是有名的黑老大，我们如果真跟他对着干，没有人能活着走出这个体育场。"

打野点点头，补充道："是呀，就算我们活着离开了体育场，你敢保证他不对我们的家人下手吗？我们只是他手里的玩物和工具罢了，除了妥协，我们没有第二条路可以走。"

顾毅充耳不闻，只是自顾自地说道："我不知道你们是怎么想的，但是我觉得游戏最大的魅力在于逆风翻盘。我刚开始玩这个游戏的时候，曾经遇到过一场比赛，那场比赛里我们掉线了两个玩家。

"剩下的两名队友都不想玩了，只有我还在坚持。我选择的英雄是剑圣，我拼命地找机会发育、刷装备，最后我装备齐了，一换三反杀了对面抓我的英雄。

"队友被我激励，重新拿起键盘认真玩游戏。在比赛进行了 40 分钟后，我们二换五赢得一场关键的团战，我一个人带着兵线冲上了对面的高地。

"在我看见对面的水晶爆炸之后，我兴奋极了，逆风翻盘简直太爽了！"

顾毅转身离开了休息室，偷偷用余光瞄了一眼自己的 4 名队友。他们一个个眼观鼻、鼻观心，不知道该说些什么。顾毅已经试过很多次了，威逼利诱、动之以情、晓之以理，但几个队友总会在关键时刻掉链子，很少有帮助自己的时候。

说实话，教练的问题真的不难解决。难解决的是如何让队友全都站在自己这边，如何让他们燃起斗志，如何让他们和自己一起对抗教练。

顾毅回到厕所，坐在马桶上放空。这一次，他已经不想考虑什么得分的问题了，他想按照自己的思路、自己的本心去完成这次挑战，就算不能得到高分，不能及格也没关系。

考试的名称既然是"压力考试"，那么得分的压力，是否也是考试内容的一部分呢？

门外传来一阵脚步声，教练粗暴地闯进厕所，一把拉开了顾毅所在隔间的门。

"你小子在这里干吗？"

"拉屎。"

"都要比赛了，还在拉屎？"

"嘿，紧张嘛。"

"哼，这也能有压力？"

顾毅憨笑一声，慢悠悠地擦屁股、提裤子。

赛场上，双方选手就位。其他选手都在装模作样地商量 BP[①]，唯独顾毅懒散地靠

---

① BP：Ban/Pick 的简称，指的是在比赛开始前，双方队伍通过禁用和选择英雄或角色来制定战术和策略的过程。

着椅背，望着面前的电脑屏幕发呆。

教练走到顾毅身后，轻轻拍了拍顾毅的肩膀："小子，你在要什么花招？"

"我说了，紧张而已。"

"一会儿我把你的父母叫过来，你就不紧张了。"

"嘻嘻，教练你真体贴。"

顾毅回头看了一眼，露出了一个和善的笑容。教练愣了一下，他隐约觉得，自己好像被一条毒蛇盯上了。其他队友看见教练不说话，全都提心吊胆，生怕顾毅做出什么惊人之举，谁知道顾毅竟然坐直了身子，认认真真地调试鼠标参数，根本没有把这一切放在心上。

"BP 结束，请双方教练离场。"

教练狠狠瞪了 5 人一眼，离开了隔音室。

在游戏加载时，AD 忍不住捂住收声话筒，看向顾毅："兄弟，你到底要干吗？"

"没干吗。"

"我总觉得你有些不对劲。"

"没错，你可千万别做什么傻事儿啊。"

"我不管你们怎样，我只想按照自己的方式行动。"

比赛正式开始。对线期刚刚开始，顾毅负责的那条线就传来捷报，他率先拿下一血。

4 名队友全都一脸诧异地看着顾毅，AD 吓得差点丢掉鼠标——顾毅击杀的可是世界公认的最强上单。

教练坐在台下，刚吃了一口热狗，又赶紧吐了出来。顾毅刚才的操作和走位堪称封神，他在认真训练的时候都不曾有过这样的操作。他就像是一个先知，总能预判别人的技能和走位，还拥有脚本级别^①的操作和反应。

"这小兔崽子……"

教练离开后场，赶紧来到厕所里给手下打了个电话。

"立刻把顾毅的父母带过来……别管她生不生病了，你给我把她带过来就完事了！"

教练安排好了一切事务，赶回了赛场。他刚刚来到后场，就听见外面传来一阵欢呼声。他产生了一种不妙的感觉，赶紧躲在门口往外看。

观众席中一阵欢呼。

游戏里传来 "Penta Kill" 的语音播报，己方 AD 以一换五，顾毅单独在上路拿下五杀，而剩下的 3 名队员居然还在野区逛街。对方的 5 人队伍全体 AFK^②，眼睁睁地看着顾毅一人推掉了基地。

此时游戏时间才过去 20 分钟而已，人头比分是 18∶3，顾毅一个人就拿了 17 个人头。这种战绩，除非是王者选手打青铜菜鸟才能打得出来，然而这可是在世界赛的赛场上啊！

顾毅什么时候拥有这么强大的能力了？不过是去厕所打个电话的时间，比赛就结

---

① 脚本级别：指开挂，形容顾毅的操作像开挂一样厉害。

② AFK：游戏术语，是 Away from Keyboard 的缩写，直译为"把手离开键盘"，表示暂时离开游戏的行为。

束了?

"这是什么魔幻剧情啊?"教练放下手机,嘴里骂骂咧咧。

比赛结束后,队员排队进入休息室。4名队员包括队长看向顾毅的眼神都怪怪的,就好像他们今天是第一天认识顾毅似的。

教练早已在休息室里候着,他看了一眼顾毅,冷笑着说道:"怎么样?现在网上全叫你E神呢,一神带四腿的感觉怎么样?"

顾毅一屁股坐在沙发上,闭目养神。教练气不打一处来,脱下鞋子朝顾毅砸来。

"左边!"

顾毅轻轻一歪头,鞋子果然擦着自己左边的耳朵飞了过去。

教练愣了一下,又拿起另外一只鞋扔了过去。

"中间!"

顾毅低下头,又一次躲过了教练的鞋子。

"你的下一句台词是——你这个小王八蛋,有本事下一局再超神啊!"

"你这个小王八蛋,有本事下一局再超神啊!"教练指着顾毅,瞳孔地震。

大伙儿看看顾毅,又看看教练,连话都不知道该怎么说了。顾毅从沙发上站了起来,拿了一根香蕉,津津有味地吃了起来。

教练走到顾毅面前:"我已经把你……"

顾毅抢白道:"我知道你已经把我父母送过来了,我也知道你可以轻松杀死我全家,还不用负任何责任。这些我都知道,你不用再重复了。"

教练表情严肃,他站直了身子,冷冷地说道:"小子,你到底想说什么?"

顾毅没有直接回答他,而是竖起3根手指开始倒计时:"3……2……1。"

嘀嘀嘀——顾毅话音刚落,教练的手机突然响了起来。

"打开看看吧,如果我没猜错的话,应该是有人要出钱买我进战队吧?"

教练愣了一下,鬼使神差地打开了手机。真的有人要出钱签下顾毅,而且一出手就是300万元的价格。

"这……"

"教练,给我一次机会,只要过了今天晚上,我的身价可以翻20倍。哪怕我这4个队友全部梦游都没关系,我照样能超神一打五。你最多能赚多少?三四百万不得了了吧?这些钱都不干净,你还得想办法洗白。但是我可以直接送你一份价值6000万元的合同,而且是合法的税后收入。你说哪个亏,哪个赚?"

教练的眼神明显动摇了。顾毅心念一动,趁热打铁对教练使用了心理暗示的技能。

成功了!之前一直没有成功用过的技能,终于在这一次发挥了作用!

"好,成交。"教练冷笑一声,"不过,你也别忘了,你们的把柄都在我手上捏着呢。顾大神,你别得意,如果你的身价今天晚上翻不了20倍,你们全家就在太平洋底下过年吧。"

"谢谢你,教练。"顾毅微微点了点头。

教练撇撇嘴,转身离开了休息室。队友们围在顾毅四周,眼神里全是敬畏。

"你刚刚是怎么做到的?"

"你是不是能预知未来?"

"你是怎么猜出教练的下一句话的?"

"你怎么知道有人要买你?"

4 名队友都是从网吧的战队打上来的，晋级之路充满坎坷，而且一直都被教练威逼利诱，一点也不自由。干了这么长时间，从来没人和他们提过改签费的事情。

顾毅是他们队伍里第一个能拿到百万级合同的人。

"这没什么，一切都在我的计算之中。"

AD 坐在顾毅身边，认真地问道："我们接下来的比赛应该怎么打？"

"正常打，就像打排位赛一样，你们选择自己最拿手的英雄就可以了，我一个人足够打穿他们了。走吧，马上要比赛了，上场。"

顾毅拿着香蕉，两三口吃完，把香蕉皮丢进了走廊的垃圾桶里。

经过多次推演，顾毅完全可以再一次用 15 分钟解决战斗，他拥有先知先觉的能力，绝对能够在战术上碾压对手。

现在，队友已经全部听自己指挥了，教练也成功被自己洗脑。至少接下来的十几分钟里，顾毅根本不害怕教练反水，他也同样有信心让自己的身价涨上几十倍。

不过，顾毅的计划可不仅仅是如此。拿到高身价，不过是他的缓兵之计，想办法让教练这个黑老大去蹲号子才是最终目的。

根据前几次的推演结果，报警之后警察到场需要 30 分钟，自己只需要在最后一局的时候跳舞暗示，对手必然会帮忙报警。

不得不说，对手的体育精神要比教练好上许多。在顾毅多次的推演之中，对手从来没有做过任何落井下石的事情，每次顾毅向他们求助，他们都会帮自己。教练可以收买媒体、收买裁判，却永远收买不了对手的体育精神和警察们的职业道德。

对手和警察，是自己在这场考试中唯一值得信赖的阵营。

这就是顾毅在几次推演中找到的唯一一个可行的方法！

可惜的是，顾毅最后一点精神力要用来进行心理暗示，他不知道这样的做法能不能成功获得高分，但他觉得这已经是自己能想到的最两全其美的方法了。

赛场上。

对手们果然如之前预料的一样，将两个 Ban 位① 留给了顾毅，然而顾毅却选了一个冷门的英雄打比赛，这直接点燃了所有观众的热情。

一开始，顾毅就遭到对手的三人包夹。

顾毅早有准备，在塔下强势一换三，拿下三杀。

"三个打一个被反杀，你们会不会玩！"

"送送送，接着送！"

台下观众大声欢呼，让对手的心态瞬间爆炸。

顾毅重回线上，直接用一套技能把对手打回家。对手转战下路，却没想到顾毅及时 TP② 救援，提前指挥打野靠下，帮助自家的 AD 豪取三杀。

此时比赛时间才过去 10 分钟而已，人头比分已经到了 6：1。

顾毅根本不想拖延时间，完全不给对手发育的机会，指挥队友强势越塔，速推游戏进度。他的整个操作过程和打人机没有丝毫区别。

---

① Ban 位：在电子竞技和多人在线游戏中，Ban 位指的是在比赛中被禁止使用的角色位置。
② TP：英文单词 Teleport 的缩写，本意是传送，一般在对战游戏中引申为回城或者回城卷轴，也就是能传送的东西。

又一项新的纪录诞生。

15分57秒，世界赛最短的比赛时间，顾毅的战队以迅雷不及掩耳之势拿下了比赛。

教练嘴角忍不住上扬，他拿出手机看了一下，发现居然又有3家俱乐部的经纪人跟自己交涉。

500万元。

700万元。

1000万元。

他们开的价格越来越高，这让教练一时间忘记了赌外围的事情。

"难道顾毅的方法真的可行？"

教练逐渐冷静了下来，他觉得自己可以吃顾毅的红利一辈子了。

顾毅打假赛的把柄可是一直捏在自己手里的，如果把顾毅用一锤子买卖送出去，那不是白送了一个下金蛋的公鸡给别人？

不把顾毅的资源压榨干净，自己一定不能放手啊！

想到此处，教练突然放下心来，他现在真的希望顾毅能再打出一个20投[1]的局，这绝对会彻底奠定顾毅顶级选手的地位。

"老大。"

"干吗？"

教练回头一看，自己的手下将顾毅的父母带了过来。二人一脸怯懦，颤颤巍巍的，说不出话来。

教练冷笑一声，指着台下说道："既然来了，那就好好照顾他们，送他们到观众席歇着吧。一定要好好照看。"

"是。"

第三场比赛，是顾毅队伍的赛点。

顾毅早已经清楚对手的所有战术分布和走向，甚至连对手要补几次刀都记得清清楚楚，这让他提前做好了战术安排。

现在，队友也彻底被点燃了激情，大家全都打起了十二分的精神。

镜头对准了顾毅的英雄，只见他的英雄在线上不停跳舞，好像是在嘲讽对手。

"嘿嘿，这上单选手怎么开始跳舞了？"

"你懂什么，这叫心理战。"

解说员并没有看出顾毅的意图，然而对面的上单选手却明白了顾毅的意思。

他放下鼠标，看了一眼对面的顾毅。顾毅也同样看了一眼对方，他心念一动，立刻对对方的上单选手使用了心理暗示。

"嗯？"

对手放下鼠标，顾毅也同样放下鼠标。

"你怎么了？"

"顾毅在向我们求救。"

"求救？"

"你们没听说过这件事情吗？顾毅他们战队打假赛的事情。"

"我去，打假赛能把我们打成这德行？上一局比赛他把你揍得连塔都不敢出呀。"

---

[1] 20投：玩家在比赛进行到20分钟时可以发起投降。

"所以这才是最危险的呀！"上单选手激动地说道，"他们肯定是被人威胁要求打假赛，但是顾毅他们不肯打假赛，反而拿出了十二分的实力。"

"还有这种事情？"

"顾毅一直跳舞，这是在给我发 SOS 的信号，他是在向我们求助。"

"好像是真的欸……"

"立刻暂停比赛，我们先去报警。"

上单选手按下"比赛暂停"的按钮，头也不回地跑进了休息室。

比赛暂停之后，重新开始。

这一次，顾毅依然被对面全局针对。

不过，顾毅并没有选择像上次一样和对手一起拖时间，等到警察来。他必须提前结束比赛，这样才能完成自己的计划。

队友们不可思议地看着顾毅。

他的父母就在台下坐着，教练的打手就站在他父母的身边，任谁在这样的压力下都会心态爆炸、操作变形。

然而，顾毅就像完全感觉不到压力一般，各种以少打多，丝血反杀。

顾毅瞥了一眼时间，再有 10 分钟警察就该到了。

"没时间了，强推。"

"稳一点，先拿下一条龙？"

"相信我，"顾毅双眼一亮，"直接上，我能杀 4 个。走！"

随着顾毅一声令下，全队就像打了鸡血一样越塔、顶塔强杀，一换四。

对手纷纷双手离开键盘，眼睁睁地看着顾毅的队友们冲上高地，推平基地。

"又是一把 20 分钟就结束的碾压局！

"如同天上降魔主，真是人间太岁神，这个顾毅……

"真牛！"

解说员激动不已，几乎连嗓子都喊哑了。场下观众欢呼雀跃。队友们激动不已地站起来，互相拥抱，大声欢呼。

顾毅的视线却始终没有离开台下。

此时，教练也被场中热烈的氛围感染了，他低头看了一眼手机。这次他亏了 400 万元，但是，已经有其他俱乐部开出了 2000 万元的价格要买下顾毅。

见此情况，教练更加不愿意放走顾毅了，这小子简直就是一棵巨大的摇钱树！

"真没想到电竞居然这么赚钱，老子可真是目光狭隘了。"

教练骂骂咧咧地关掉手机，准备上台和队员们一起领奖。谁知道这个时候，他的手下打来了电话。

"老大，有警察来了。"

"什么？"

"我们已经在尽量拖延了。"

"没关系，让他们来就是了。"教练冷笑一声，"老子不是什么都没做吗？"

"知道了。"

教练离开后台，准备前往舞台领奖。他看了一眼舞台，发现顾毅居然不在台上，一种不祥的预感涌上心头。他赶紧跑到自己专用的休息室，发现顾毅正站在自己的电脑旁，手里拿着一个 U 盘。

"你在做什么？"

教练手背在后面，冷冷地看着顾毅。顾毅举起 U 盘，笑眯眯地说道："这个 U 盘里有你所有的犯罪记录，下次你上网聊天的时候，记得把聊天记录删了。"

教练缓缓走向顾毅。顾毅举着 U 盘，朝着窗边走去："你最好别靠近我，警察可是随时都会过来。"

"哼，你小子分明是在诈我。"教练走到桌子前，摸了摸电脑，"电脑还是冷的，你都没有开过机，怎么收集证据？"

"收集你犯罪的证据，可不需要开电脑。忘了和你说，我不仅是个电竞选手，还是个黑客。就在你刚才和手下打电话的时候，我已经把证据全都收集了。"

"不可能……"

教练目光闪烁，他确信自己的保密措施天衣无缝，自己犯罪的证据绝不会这么轻易地被顾毅拿到。

"别急着否定啊，老大。"顾毅笑着说道，"现在这些证据还有 1 分钟就要发送到警察的手里了，只要你放过我和我家人一马，我就销毁这些证据，并且我也可以继续在你的战队里面帮你打比赛。"

教练的眼神开始冒火。

"臭小子，你以为我会信你的鬼话吗？"

顾毅自说自话，举起 3 根手指："3……2……1！"

话音刚落，教练的手机响了起来，他感到浑身一凉，上次顾毅也是这么算到自己会收到短信的！

在比赛的时候，顾毅总是能克敌先机，那料事如神的行为已经不能用"意识超群"来解释了，他简直就像是开了全图挂一样。

这小子到底是什么情况？他真的那么算无遗策吗？

"你不看一下手机吗？"

教练下意识地从口袋里掏出手机，上面显示的是一通陌生的来电。

"如果我是你，我就不会接，因为那是警察打来的电话。"顾毅笑着说道，"你现在跑还来得及。"

"装神弄鬼……"

教练疑神疑鬼，不敢接电话。他从背后掏出了一把匕首，色厉内荏地看着顾毅。

顾毅咧嘴一笑，他从教练的眼神中看到了慌乱与震惊，这个时候对他使用技能绝对可以生效。他在心里倒数了 3 个数，即刻对教练使用了技能。

"来呀，有种就杀了我。"

顾毅彻底点燃了教练的杀意！他拿着匕首，朝着顾毅冲了过来。

"左边！"

"右边！"

"中间！"

顾毅总能预判教练的进攻路线，这让教练怒火更盛。

"去死！"

教练反握匕首，朝着顾毅的脑袋刺了过来。顾毅双手交叉，放在头顶，成功架住了教练的匕首。教练瞪圆了眼睛仔细一瞧，顾毅手里拿的哪是什么 U 盘，那分明是一个银色的打火机！

"你的下一句台词是——臭小子，你果然在耍我！"

"臭小子，你果然在耍我！"

"嘿嘿，耍你又怎么样呢？"顾毅咧开嘴，"蠢货，看看外面吧。"

"嗯？"

教练抬起头，正好与窗户外面的警察四目相对。警察也没想到教练居然敢当着他们的面行凶，他们立刻拔出手枪，对准教练。

"不许动！"

砰砰！警察连扣扳机。教练早就抱头倒地，连滚带爬地跑出了休息室。

顾毅赶紧追了出去，朝着教练大喊道："王八蛋，你跑不了的！"

"去你的！"

教练一边跑，一边捡起路边的垃圾桶，朝着顾毅砸了过来。

顾毅见状，闪身让开。

教练突然感到脚下一滑，咣当一声摔倒在地。他痛呼一声，发现脚踝肿起一大块。

"为什么？"教练眯着眼睛往前一看，脚边居然有一块香蕉皮。如果自己没记错的话……

在比赛之前，顾毅就曾经吃了一根香蕉，他随手把香蕉皮丢进了垃圾桶。

教练伸出右手，颤抖地指着顾毅："你……你这个怪物，难道这也在你的计算之中吗？"

"嗯？"

顾毅愣了一下，很明显，他也没明白教练到底在说什么。

不过，这不妨碍他继续气一气教练："当然是这样啦，所有的一切都在小爷我的计算之中！"

"啊！"教练怪叫了一声，手脚并用地爬了起来，扶着墙往外走。只可惜，他的脚已经扭伤了，根本就跑不快。

此时，警察终于翻窗户追了过来，他们一拥而上，将教练按倒在地。

"不许动！"

"举起手来！"

啪嗒！争斗之中，教练的手机掉出了口袋。

嘀嘀嘀——手机铃声响了起来。警察看了一眼来电，上面没有显示备注的姓名。

"这是谁的电话？"

警察把手机递到教练眼前。教练暗骂一声，因为那正是刚才打来的陌生电话。

"我不知道。"

"接听。"警察把教练从地上拽了起来，"你别耍花招，我们都听着呢。"

"我知道了。"

教练苦笑着摇了摇头，顺着警察的意思接起电话。

"你好，请问是张先生吗？"

"是的。"

"我是 PA 保险的，您的车险要到续保期了……"

"我已经买过保险了！"

教练下意识地挂断了电话。两名警察死死盯着教练，神色不善。

"喂喂，你们这样看着我干吗？这是保险公司的推销电话啊。"

"你有问题。"

"很有问题。"

"这是你和同伙商量好的暗语，对吧？"

"喂，你们别过度解读啊！"

"跟我们走！"

教练大骂一声，被两名警察一左一右地架着，离开了走廊。

"呼——"顾毅长舒一口气，靠墙坐下，他从怀里掏出水笔，此时墨水已经消耗一空。

"考试时间结束！"监考老师的声音在他的耳边响起，"这也在你的计算中吗？理性7分，感性7分。"

总计14分。

除了教练以外，没有任何人受伤。

顾毅的意识重新回归本体，他坐在座位上，看着试卷上密密麻麻的答案，陷入沉思。

暗月马戏团。

顾毅又一次拿到了高分，所有特工欢呼雀跃，恨不得把帐篷顶都掀起来。

"不愧是顾毅呀。"暗月笑眯眯地说道，"他好像越来越熟练了，你看其他选手都选择了妥协，就连那个桀骜不驯的克里斯都在强权下低头，他却偏偏能找到那一丝希望。"

"是呀，我也没想到顾毅这么厉害。"

曲康平嘴上这么说，心里却总是觉得有些不对劲。

整个副本都在说着妥协、牺牲、人性的丑恶，而顾毅却硬着头皮永远不妥协，总是想着要两全其美地完成考试。

第一场考试，结局是死亡。

第二场考试，结局是被判死刑。

第三场考试，结局看似完美，但最终的得分却只有14分，总体只比妥协的结果高了2分而已。

"我觉得，没有得高分的原因，是没有做到成功揭露教练的罪行吧？"

"嗯，而且考试结束得有些突兀啊，父母最终的结局也没有交代，他的墨水全部用完了，没有机会再将考试进行下去了。"

"按道理来说，父母应该是好结局啊，他都得了冠军，奖金足够付手术费了。"

"问题是教练虽然被警察抓了，但那也是因为杀人未遂吧？他涉黑、涉赌、勒索并软禁选手的证据，顾毅可一直都没有拿到呢，他只是在诈教练而已。"

特工们都在激烈地讨论着，曲康平却摇摇头，否定了所有人的猜测。

"你们都说错了，顾毅没有得高分的原因只有一个——他在这场考试里没有选择死亡。"

监考老师收起考卷，让所有考生去候考室等待一会儿。

顾毅坐在座位上，仔细思考着。

在某次推演中，他选择以自杀的形式曝光教练的犯罪证据，最终的得分和现在一样，也是 14 分。

这是何等讽刺的一个评分标准。

他猜测，如果自己按照之前的方法以死自证，并在死之前安排好自己的家人、搜集教练的罪证，也许分数会拔高 2 ~ 4 分。

"呵……所以如果想得高分，想要两全其美，只能死？"

"没错，你说得对。"陈泽宇坐在顾毅身边，笑眯眯地看着他，"听说你这次拿了14 分？"

"嗯。"

"我拿了 16 分。"

"你是怎么做到的？"

"就和你说的一样，死就行了。我调查到了教练的公司地址，从他们公司的大楼跳了下去，临死之前留下了决定性的罪证，因此拿到了高分。说起来，我这也是受到了你的启发。"

"嘿，你可真厉害。"

"你这次为什么才 14 分？我以为以你的实力，应该比我得更高分才对。"

顾毅笑了笑，没有回答。

陈泽宇直接证明了自己的猜测，这个副本最危险之处，就是潜移默化地让自己相信一个歪理——自杀就能解决一切，牺牲自己才能做到两全其美。

但是……

顾毅本能地觉得，这一切都是陷阱，如果按照副本的思路走下去，自己一定无法完成完美级通关的目标。

【27】B 区的秘密

"顾毅！"监考老师叫到了顾毅的名字。

顾毅到办公室，领到了 1 块新的梦境碎片，系统的提示音也如期而至：

"你的剧情探索度提升。

"目前剧情探索度为 53%。"

领完了奖励，顾毅跟着其他舍友回到了宿舍。他躺在床上小憩了一会儿，恢复了一些精神力。

到了晚上，图书馆的通道开启了，大部分舍友都离开了宿舍。顾毅趁着这个空隙来到厕所，制作好了一瓶魔药。有了两瓶魔药在手里，顾毅成功地来到宿舍楼顶，从那架飞船残骸之中拿到了葡萄酒，并安全返回宿舍。

他把葡萄酒藏在怀里，来到图书馆，找了个位子坐好，拿了一本书放在桌子上装样子，闭上眼睛开始推演。

推演开始！

你来到了 B 区的大门口。

管理员看见你之后，伸手拦下了你。

你从怀里拿出了葡萄酒，对方看见酒瓶，眼睛都瞪大了。

管理员：你怎么有这个东西？

你：哦，没什么，我个人非常仰慕你，所以买了一瓶酒……

管理员：别以为我不知道你打的什么主意，你就是想把我灌醉了，然后进B区偷东西对不对？别做梦了，我是不会放你进去的，快滚！

你吓了一跳，悻悻然地扭头离开。

管理员赶紧走上来拉住了你。

管理员：人可以走，酒给我留下，这是你贿赂我的重要物证，可不能给你拿走咯！

你把酒交给管理员。

你躲在暗处，偷偷观察。

管理员直接用嘴巴咬开瓶盖，咕嘟咕嘟灌了两大口。他脸色酡红，居然靠着门打起呼噜来。

你走过去，对管理员拳打脚踢，管理员居然没有任何反应。

你在管理员身上摸索了一番，终于找到了B区大门的钥匙。

你成功打开了B区大门。

你走进了B区，点燃了打火机。

眼前混乱的空间变成了坦途。

你认真地翻看面前每一个书架上的书籍，上面全都是诡异文明的各项科技和技术理论，你尽全力记下了所有内容。

你离开了藏书区，继续深入探索。

这里是藏品区，你见到了各个文明残存的艺术品，这些都是灭绝的文明曾经存在的见证。

你尝试搬动那些藏品，但你的力量远远不够。

你继续深入探索。

前方的空间变得更加混乱，你需要不停地打开打火机才能分辨方向。

这里又有新的一批藏书，它们依然是历史书，但是介绍的侧重点不同。这一部分书籍主要介绍的是"入殓师"如何拯救灭绝的文明。

入殓师们和旅者星人合作，将灭绝的文明最后的幸存者放在旅者星人的地盘，入殓师则负责抢救文明的骨灰，也就是灭绝文明的历史和文化遗产。

上面说到，入殓师们也曾经帮助那些文明抵抗世界末日，但最终都以失败告终，但他们从来不放弃希望。

你发现了一个有趣的问题。

入殓师很少会提到关于自己的历史，如果需要在书中提到，他们总会以"笔者"自居。

到目前为止，你始终不能得知入殓师到底是什么种族，来自什么星球，拥有什么力量和科技。

你继续探索了一会儿。

你找到了B区最高的书架。

你手脚并用地爬到了书架顶上，你在顶部的正中间找到了第四张手写字条：

永不妥协。

你揭下字条，发现字条下面有一个暗格，你从暗格里拿出了一把铜钥匙。

你继续在B区探索。

在逛了足足半个小时之后，你终于找到了一扇大门，上面挂着一把厚重的大锁。

你用手里的铜钥匙打开了门。

你走进了门里。

你的眼前一片虚无。

你终止了推演！

顾毅睁开眼睛，沉思片刻，动笔写下了自己在 B 区的所有见闻。

为保险起见，他给自己施加了心理暗示，让自己抵抗精神侵袭的抗性提升，接着便大摇大摆地走向了 B 区的大门。

暗月马戏团。

直播镜头中，顾毅抱着一本书，坐在那里写写画画。

特工们见状，赶紧开启设备，分析上面的文字。

暗月眯着眼睛，笑着说道："组长，看顾毅写字实在太没意思了，不如我们换个直播间吧？"

"呃……"

"没关系，我们可以分屏播放的。"

暗月站在凳子上，踮起脚，滑动手指。顾毅的分屏放在了右上角，几十个分屏顿时出现在大屏幕上。

此时，冒险者只剩下了十几个，他们的精神已经出现崩溃的迹象。有人把自己的头发薅光了，有人折断自己的手指，还有人把脑袋伸进马桶水里，活生生淹死了自己。

唯一还能保持自我的，只剩下顾毅和克里斯。

现在，克里斯已经坐在了图书馆里，他和顾毅不一样，并没有用梦境碎片制造魔药，而是学着同学的样子把梦境碎片吞了下去。

"这东西吃了有什么用？"

曲康平扭头看向暗月。梦境碎片是《诡异世界》的新道具，谁也不知道这东西有什么用。

顾毅都是用它来制造魔药，因此攻略组一直没分析出梦境碎片的具体作用。

暗月点点头，笑着说道："这是一种特殊的资源，生吞的话可以提升灵感力还有虚空抗性。顾毅走的是精神力强化路径，吃这东西应该是没什么效果的。克里斯走的是灵感力强化路线，所以他才会选择生吞梦境碎片。"

"原来如此。"

克里斯坐在椅子上打了个寒战，似乎是成功消化了梦境碎片。他径直走到 B 区门口，大手一挥召唤出了 20 个恶灵。

管理员扭过头，一脸惊恐地看着克里斯。

"Surprise!"

克里斯大笑了 3 声，20 个恶灵一拥而上。管理员吓得屁滚尿流，一脚踹开 B 区大门，躲了进去。克里斯闭上眼睛，操纵恶灵追杀管理员。

这家伙逃跑的速度实在太快，但他根本不是恶灵仆从的对手，除了逃跑，他没有任何反制手段。

"克里斯的恶灵一开始只能对普通人造成伤害，现在已经能对稍微强大一点的 NPC 造成伤害了。"

"这个管理员的实力其实也不算多强，有 S 级的力量天赋就能对付他了。"

"不过他可真能跑啊……"

在弹幕的一片感慨中，克里斯走进了 B 区的混乱空间。他随手拿起一本书，翻了两下就再也没兴趣了："全都是些让人头疼的文字，没有那本破字典，我完全看不懂。"

克里斯没有顾毅那样强大的精神力，就算拥有字典，也没办法顺畅地解读上面的文字。

他拿起手中的地图，在没有道具指引的情况下，成功找到了那个最高的书架。

克里斯手脚并用地爬上书架顶端，看了一眼手写字条，将其撕成碎片丢了下去，拿到了隐藏的铜钥匙。

"搞定了！"克里斯跳下书架，顺利找到了隐藏在 B 区的大门，他把钥匙插进锁眼，却突然感到浑身恶寒。

一股没来由的恐惧，让他不敢转动钥匙。

"咕嘟——"克里斯咽了口唾沫，闭上眼睛，开启灵视状态。

面前高大的石门散发着血红的光芒，他惊叫一声，赶紧丢掉了手里的钥匙。

红色，代表着可以轻松杀死自己的危险。

"这么强烈的红色？老子撤了！"克里斯拔腿就跑。观众们一脸不解，屏幕上满是问号。

"组长，这小子怎么跑了？"

"应该是灵感力对他提出了警告。"曲康平说道，"那扇门的后面，似乎有什么不得了的东西。"

"呼噜——"管理员靠着墙根，呼噜声震天响，那半瓶还没喝完的葡萄酒正摆在他的脚边。

"真的是又菜又爱玩，喝两口就醉了。"顾毅蹲在管理员身边，从他怀里掏出了 B 区大门的钥匙，大摇大摆地走进去。

在打火机的帮助下，顾毅几乎是眨眼的工夫就找到了那个最高的书架。他爬到书架顶上，找到了那张手写字条，又在暗格里找到了铜钥匙。

顾毅跳下书架，在地上滚了 3 圈，一抬头就发现自己来到了那扇巨大的石门前。

咔嚓——钥匙插进锁眼，轻轻转动。门锁打开，顾毅不过是轻轻一碰，石门便自动向两边打开，一道道耀眼的白光刺得顾毅睁不开眼睛。

"唔——"顾毅双手挡在眼前，无数杂乱的呓语充斥脑海，他赶紧对自己使用心理暗示，靠着坚定的意志，生生抗住了这一拨精神攻击。

无数漆黑的鬼手朝着顾毅飞了过来，顾毅双眼通红，用力咬破嘴唇，以此保持清醒。

"快滚开！"顾毅不停往后撤退，可是面前那扇石门却自动飞了过来，将他吸进了那无尽的白光之中。光明与黑暗不断交替，黑手瞬间盘上顾毅的全身。那些黑手以顾毅的精神力为食，不消片刻，顾毅的精神力就消耗了一半。

啪！顾毅点燃打火机。石门后也是一片混乱的空间，他迅速找到了一条黑手最少的路线，拼命地跑过去。

他不停在地上打滚，甩脱身上的鬼手。等到他终于来到了目的地时，身上的衣服已经破破烂烂，精神力消耗到只剩个位数了。

"走开！"顾毅从肩膀上揪下最后一只黑手，扔在地上，用力踩成了照片。

"吼——"身后的一片黑暗之中，传来无数毛骨悚然的咆哮声。面前虽然是一片光明，但顾毅却怎么也看不清前进的道路。

打火机闪烁着微弱的光，突然熄灭。顾毅的眼前一片漆黑，耳边传来一阵刺耳的呼啸声，他心中一凛，本能地朝着身后狂奔。

轰隆！一个巨大的书架突兀地倒在顾毅身后，光明又一次恢复了。

顾毅绕着书架跑了一圈，足足跑了10分钟。书架上的每一本书都有20公斤重，他费了半天力气，才能拿出一本书来看。

书上一片空白，什么也没有。

"怪事……"顾毅本想坐在原地恢复一下精神力，但他听见外围的黑色鬼手又一次开始躁动起来。他没时间可以浪费了，必须解开这个书架的秘密。

顾毅闭着眼睛思考，在刚刚绕着书架狂奔的时候，他想起书架上有3处是没有书的，那几处明显的空白很显然就是破局的关键。

自己之所以能成功来到这里，靠的全是手写字条的指引，每次找到关键的线索，都会同时找到一张手写字条。

顾毅做出了大胆的假设：入殓师代表着抗争、自由、感性的一派，学校代表着投降、死亡、理性的一派。显然，这里的禁区也是入殓师的势力范围。

"所以……这4张字条，只有3张应该放进那几个缺口里。"

第一张字条是最为特殊的，一出场就被藏在笔袋里，最容易被发现，剩下的3张都是需要费一些周折才能拿到的。所以，应该把这3张字条放进缺口里才对。

"但是，放入的顺序应该是什么？对了，是字母的顺序！"

顾毅恍然大悟。这里可是图书馆啊，按照字母的顺序排列书籍可是它的规则。

顾毅赶紧拿出3张字条，按照字母的顺序放进缺口。

在被放入第一个缺口之后，那张字条立刻散发金光，变成了一本厚实的书册，这说明顾毅的推理没有任何问题。

四处的黑手又开始蠢蠢欲动。它们终于找到了顾毅的位置，朝着他汹涌而来。

顾毅额头流下一滴冷汗，将最后一张手写字条放进缺口。

"结束了！"顾毅激动地大叫一声。

周围的时空停滞了下来，那些呼啸而来的黑手瞬间消散一空。

轰隆轰隆！脚边的书架发生剧烈震动，顾毅赶紧往边缘逃跑。书架自动站了起来，顾毅惊呼一声，就像滑滑梯一样顺着倾斜的书架滑到了地面。

"……屁股都被磨平了。"顾毅揉了揉滚烫的屁股，回头看着那巨大的书架。

渐渐地，顾毅发现了一些不寻常的地方，他一边后退，一边看着面前巨大的书架。

原来，所有书脊上的图案连在一起，变成了一个巨大的花纹，看上去像是某种玄奥的魔法阵。书架的最底端，是一串外星文字：

继续前进吧，勇敢的冒险者。

顾毅的视线往下一瞥，书架的底部居然多了一扇一人高的小门。顾毅一路小跑，来到门前，转动门把手。前方是一个3米见方的小房间，正中有一个玻璃展柜，玻璃罩里有一个黑黢黢的球体。顾毅摸了摸玻璃罩，玻璃瞬间破碎。

"这是什么东西？"顾毅伸手摸了摸那个黑球，脑袋里突然变得空空如也，如同老僧入定。

等到再次恢复意识的时候，顾毅已经来到了宿舍楼里面："怎么回事，我记得我……好像在B区拿到了什么东西？"

顾毅眉头紧锁，他看了看自己的右手，一圈黑色的符文出现在掌心，符文的样式就和那书架上的玄奥法阵一模一样。但是，当顾毅把意识集中在掌心时，那符文又立刻消失不见了。

"什么鬼东西？"顾毅眉头紧锁。自己费了半天力气，冒着生命风险，什么剧情道具都没拿到，只获得了一个莫名其妙的文身，偏偏还不知道该如何使用它，这颇让人有种一拳砸在棉花上的无力感。

顾毅感到精力透支，他撑着墙壁走回宿舍，一沾上枕头就睡了过去。

"刚才这是什么情况？"

"为什么直播画面突然没了？"

"咦？顾毅怎么又回到宿舍睡觉去了？"

"我们错过了什么？"

观众一脸蒙地在弹幕上讨论着。

顾毅和克里斯一样来到了B区的巨大石门前，毅然决然地走了进去，然而在他踏入石门后，直播画面便立刻黑屏。

黑屏持续的时间不长，也就两三分钟而已。等到直播画面再次恢复，顾毅已经躺在宿舍的床上呼呼大睡了。

曲康平一头问号："这是什么情况？瞬间移动？"

暗月没有说话，他看了看手表，打了个哈欠，说道："时间到了，我们该睡觉了。"

"哈？"曲康平扭头看向暗月，却发现他像马一样站着睡着了，呼噜声一阵高过一阵。

暗月马戏团的其他观众也走进了各自的帐篷里面，没人再在外面闲逛了。几个小丑围在曲康平等人身后，做出了"请"的姿势。

暗月马戏团里有许多奇奇怪怪的规矩，攻略组的人可不敢违背，毕竟他们是在借助暗月团长的力量躲避追杀。

他们排着队离开放映厅，回到了基地。

《诡异世界》。

第二天。

顾毅从床上醒了过来，一睁开眼，眼前全都是骂人的弹幕。

前几天骂人的弹幕已经逐渐变少了，少到顾毅已经可以忽略的地步，谁承想今天他一起床就看见这么多乌七八糟的东西。

"是现实世界出什么麻烦了吗？"顾毅皱了皱眉，但他很快就不想多忧心了。现实世界他鞭长莫及，根本管不了，现在他唯一能做的，就是尽快想办法安全通关。

洗漱完毕，补充完新的水笔，吃过早餐后，顾毅第一个来到宿舍1楼，默默等待着。他靠在自动售货机旁边，望着自己的右手手心，怔怔地出神。昨天那个东西一定是有什么特别的作用的，只是自己还没弄明白。

比起这个，更让顾毅感到反常的是，B区里的那个黑球藏得那么深，获取的方法那么困难，为什么系统一点提示都没有？

"发什么呆呢？"陈泽宇站在顾毅身边，一脸冷漠，"还在为放弃家人而自责？"

"用不着你管。"

"前3个科目都是热身，最后两个可是瓦棚中学最难的科目，你可不要被刷下去了，毕竟你是我唯一一个有共同语言的朋友。"

"共同语言？哼……"顾毅冷笑了一声，"我真的不想和你有任何瓜葛。"

丁零零——宿管阿姨又一次出现在众人面前，她拿出登记表，点了20个人的名字。

"刚刚被我点到名字的同学出列。"

20人脸色发黑地站了出来，顾毅打眼一瞧，高大、高强两兄弟也赫然在列。

"你们20个人，目前的考试分数垫底，你们将在瓦棚中学肄业。现在你们可以去教导处拿你们的结业证书了。"

20人对望了一眼，不仅没有感到难过，反而开心地跑了出去。

对他们来说，只要不是被开除，哪怕肄业都很划算。

宿管阿姨看向剩下的同学，接着说道："接下来的两天，要考最后两个科目，能站在这里的人，每个人都已经很了不起了。来，按照老规矩，一个个上吧。"

陈泽宇看了一眼顾毅，第一个走到宿管阿姨面前："我选择放弃我的母亲。"

"嗯，很好，进去吧。"

陈泽宇点点头，走向考场。伸头一刀，缩头也是一刀，顾毅硬着头皮，第二个走到宿管阿姨面前。

"你选择放弃谁？"

"我……我的母亲。"

"嗯……很明智的选择。"宿管阿姨冷冷地说道，"你的母亲会为你感到欣慰的。"

顾毅咬着嘴唇，对自己使用心理暗示，试图平息激动的情绪。可是无论他怎么努力，泪水还是流了出来。

"组长……阿健哥，我只能靠你们了。"

B国乱成了一团。

攻略组前组长安德森刚刚变成石头，国内又爆发了一次武装抗议，他们要求言论自由，停止弹幕审核工作。

政府焦头烂额，就连一向不着调的总统都一夜愁白了头。

"唉……安德森怎么样了？"

"已经宣布死亡了。"新任攻略组组长罗杰说道，"总统先生，我建议您到我们基地里避难，斯克兰顿教授认为，您很可能是克里斯下一个放弃的对象。"

总统大骂一声，丢下钢笔，跟着罗杰组长来到了基地里。他躺在那个像棺材一样的稳定锚里，沉沉地睡了过去。

攻略组众人紧紧盯着屏幕，克里斯已经站在了宿管阿姨面前。

"孩子，现在轮到你。你想放弃的人是谁？"

"B国的总统。"

"嗯……他和你可没有什么直接的关系呀。"

"啧啧，从某种程度上来说，他可是我的救命恩人。如果不是他签署了修改法案的政令，我醉酒杀人就不是判10年、20年那么简单了，我可能要坐100年的牢。所以，我必须谢谢他。"

"好像确实有这么一层关系，你过关了。"

克里斯转身走向了教学楼。

B 国的攻略组基地突然发生了各种诡异事件，无数诡异生物凭空出现，朝着他们发起了猛烈攻击。

总统先生躺在斯克兰顿稳定锚里沉睡着，对外界的危险一无所知。

【28】属于你的自由

暗月马戏团。

一大早，马戏团的所有人全都围在了直播屏幕前。暗月特意给所有工作人员批了假，让他们一起欣赏顾毅的精彩表演。

当顾毅宣布放弃自己母亲的时候，天上的紫色月亮都跟着颤抖了一下。曲康平赶紧从座位上站了起来，心有余悸地看了一眼基地的方向。

"组长大人，不用担心。有我在，天塌不下来。"

暗月抬着一个小马扎，走到曲康平身边。他踩着马扎走上台阶，费尽力气，这才坐上观众席。

曲康平指了指天上的月亮，说道："团长，天上的月亮在晃悠呢。"

"没关系，只要不掉下来就没事。"

轰隆——暗月话音刚落，月亮就碎成八瓣，掉了下来。

马戏团失去了唯一的光源，在场的观众吓得惊叫四起。暗月从怀里拿出一个哨子，用力吹响：

哔——

观众们听到哨声，这才冷静下来。

"不过是月亮碎了而已，不要害怕。"暗月说道，"主持人想在我的地盘上杀人，可没那么简单。别忘了，这个世界的规则，是我说了算的！"

暗月一边说着，一边摘下帽子。他从帽子里拿出画布和画笔，随意一挥，画出了一轮新的月亮。月亮飞出画布，挂在天空。

只不过，它依然在天上不停地颤抖，看上去好像随时都要碎掉一样。

"这……这是怎么回事？"曲康平的心脏怦怦直跳，在他的灵视之眼里，整片天空都被染成了红色。

"别担心，我的朋友。"暗月拍了拍曲康平的肩膀，"我既然敢收留你，就有十足的把握可以保护你们。3 天之内，你们不会有任何人员伤亡。"

"呃……谢谢你了。"

"不客气，继续看直播吧。"暗月靠在椅背上，乐呵呵地说道。

《诡异世界》。

顾毅坐在考场里，拿到了试卷。他把意识沉进了试卷里，再次来到了一个陌生的地方。

这里是一所牢房，里面到处都是霉臭味、汗腥味，墙壁上斑斑驳驳，一个不到 50 平方米的房间里放了两排大通铺，上面人挨着人，躺着不下 20 个男人。

监考老师的声音传来：

"期末考试开始。

"第四科目：自由考试。

"考试要求：

"1. 请使用黑色水笔或钢笔作答，如果水笔或钢笔写不出来，请使用鲜血。

"2. 一旦落笔，答案将无法更改，请谨慎作答。

"3. 本次考试采取梦境模拟的方式，考试时间为24小时，时间流速与现实不同步，请合理分配时间。你在梦境中发生的一切，并不会影响现实。

"4. 考生需要在考试中获得属于你的自由，阅卷老师会根据你在考试中的表现决定你的最终得分，你的每一个决策、每一句话都可能成为评分的依据。

"5. 本次考试满分为感性10分，理性10分。若考试总分超过12分，考生将获得1块梦境碎片作为奖励。

"考生说出'开始'后，考试将正式开始。"

顾毅没有犹豫："开始。"

时间开始流动，顾毅听见了一串整齐的脚步声传来，他立刻闭上了眼睛。

推演开始！

你从床上坐了起来，身边的狱友们也跟着坐了起来。

你查看了一下自己身上的衣服，材质应该是廉价的化纤，穿起来特别不舒服。

你摸了摸自己的口袋，里面空空荡荡的，什么也没有，甚至连考试必带的水笔你也没找到。

你抬起手臂，发现自己的小臂上文着一个文身。

你认出来这是某个外星文字，意思是"奴隶"。

脚步声越来越近。

你们齐齐看向栅栏外面，一群狱卒堵在门口。

这些狱卒长着牛犄角，个头比你们大很多，明显与你们不是一个种族的。

狱卒：劳动时间到了，从床上下来，抱头蹲在地上。

你照做。

狱卒打开牢门，进房间给你们所有人戴上了手铐和脚镣。

狱卒：走吧。

你们排着队跟在狱卒后面，来到一个采石场。

你们领完工具便开始敲石头、运石头，狱卒手里拿着皮鞭，监视着你们。

你一边干活，一边思考。

根据手上的文身，你知道自己并不是囚犯，而是奴隶。这里不是监狱，而是奴隶主的庄园。

你戴着手铐和脚镣，行动不便。

你决定先试验一下狱卒们的身体素质。

你对自己使用了心理暗示，激发潜力。

你丢下手里的大锤，朝着采石场边缘跑去。

周围的狱卒全都跟了上来。

一个狱卒举起手里的棍子，敲在你的后背上。

你回过头与其缠斗，用铁链勒住了狱卒的脖子。

狱卒没法挣脱。

其他狱卒冲上来，将你五花大绑。

狱卒的身体素质和你差不多，在你对自己使用心理暗示后，你可以轻松地对抗他们，但你无法赤手空拳单挑两个以上的狱卒。

你被关进了禁闭室。

禁闭室里黑暗无光、狭窄潮湿，根本没有通道可以逃跑。

你往后退了几步，一个加速撞在大铁门上。

你头破血流。

你死了。

你再次睁开眼睛，发现自己变成了幽灵，依然在禁闭室里，手铐和脚镣依然戴在你的身上。

禁闭结束。

狱卒看见你变成了幽灵，感到很诧异。他们把你从禁闭室里拉出来，送到了另外一个工作场地。

你变成了鬼，依然无法获得自由。

你没日没夜地劳作，直到考试时间结束。

你的耳边传来了监考老师的声音。

监考老师：要死要活，由不得你。理性5分，感性5分。

你终止了推演！

这次居然不及格，连12分都没有拿到。

之前的考试里，只要死得透、死得对，一般都能拿到高分，甚至可以说只要死了就保底能拿10分。可是在"自由考试"里，连死亡都不能重获自由，得分还不高。

这明显是在宣传一种理念：

自由是你死也得不到的东西，你永远是《诡异世界》的奴隶。

金鑫曾经说过，主持人是通过《诡异世界》吸取诡异能量的，他管理的《诡异世界》里死的冒险者越多，他的诡异力量就越强大。冒险者就像是《诡异世界》的奴隶，他们冒险、闯关，拍摄导演喜欢的节目。他们在节目中死去之后，就会变成主持人和导演的养料。《诡异世界》就像是宇宙里的蛀虫，吃完这个世界之后，就会往下一个平行世界进发。

"任何关卡都不是必须死，这是《诡异世界》的根本规则，这次也不例外。"

顾毅安慰自己，再次使用技能。

推演开始！

狱卒们给你们戴上手铐和脚镣，带着你们前往采石场。

你安心工作，顺便仔细观察了一下这里的环境。

采石场外围有一圈栅栏，栅栏外面是一片虚空。

凭借你现在的身体素质，你在虚空中待一秒就会化成灰。

你早已经将虚空行走的魔药配方熟记于心，也许你可以在这里配制出魔药，离开虚空。

你们工作完毕。

狱卒带着你们来到食堂，你们被拴着脖子，坐在猪食槽前吃东西，食物全是乱七八糟的剩菜剩饭，有些东西还发馊了。

你无法下咽，被狱卒强行按着头，埋进食槽里。

你险些被呛死。

午饭时间结束，你们被送去继续采石。

突然，另外一个奴隶倒在地上。狱卒看都没看，就说这个奴隶死掉了。

你正好离这个死人最近，被要求抬着尸体送去垃圾桶。

你被卸掉了手铐，和另外一个奴隶一起抬着尸体，跟在狱卒后面。

所谓的垃圾桶，其实就是一个焚尸炉。

你们把尸体丢进了炉子里，不一会儿死人的灵魂就从炉子的烟囱里飘了出来，狱卒用叉子叉住了灵魂。

趁着狱卒干活的工夫，你对自己使用了心理暗示。

你夹住他的脖子，用力拧断。

你发现自己居然在不知不觉间学会了杀人的手法。

你推测，你上次考试时扮演了军人，在多次的推演中身体记住了这些技能。

你来不及思索。

你的奴隶伙伴看见你杀了狱卒，居然大喊大叫。

你管不了许多，从狱卒身上摸出钥匙，解开了脚镣。

更多的狱卒跑了过来。

你像无头苍蝇一样到处乱窜，但是你依靠出色的身体素质逃脱了狱卒的追捕。

心理暗示的技能效果结束，你被赶来的狱卒按倒在地。

但是你已经通过这次行动，摸清楚了整座监狱的基本地形。

你被当场塞进了垃圾桶，转化成了幽灵。

你身上被加了七八把锁，彻底失去了自由。

你的考试时间结束了。

你的耳边传来了监考老师的声音。

监考老师：鲁莽的行为，感性4分，理性3分。

你终止了推演！

顾毅沉默片刻，没想到自己的得分居然越来越低！

狱卒赶了过来，拉着顾毅等人一起到采石场工作。

这一路上根本没有什么特殊事件发生，在工作的时候强行逃跑，最终的结局肯定不会太好。顾毅不敢在工作的时候进行推演，自己只要敢站在原地不动哪怕一秒，都会被监工抽一鞭子。

这时有个奴隶脚下一滑，肩上的石料撒了一地，狱卒对他破口大骂，奴隶下意识地顶撞了监工一句："我又不是故意的……"

"哟，还敢顶嘴？你不是故意的，那我是故意的？"

顾毅见状，偷偷对奴隶使用心理暗示，让他变得更加冲动。

然而，这个奴隶吓得面无人色，根本没有做出更多过激的行为，他跪在地上大哭大叫："对不起，大人对不起，我不该顶嘴！"

这个奴隶被狱卒们打破了脑袋，拖进了禁闭室。

顾毅摇了摇头，这些奴隶已经把服从管理的意识刻进骨髓，哪怕自己对他们进行心理暗示，他们也不会起到什么关键的作用。

采石场的工作做完，奴隶们被送去吃饭。

顾毅把脑袋放进食槽里，趁此机会闭上了眼睛。

推演开始！

你们吃完了饭，来到采石场继续工作。

你跟在一个奴隶身边，默默等待他猝死倒地。

你如上次一般来到垃圾桶旁。

狱卒正在埋头工作。

你对自己使用心理暗示，先是一掌拍晕了奴隶伙伴，然后迅速杀死了狱卒。

你偷出钥匙，解开脚镣，顺便把狱卒的打火机、手机等一切可以利用的东西全都偷走了。

你偷偷离开了房间。

你早就对整座监狱的布局了如指掌，轻松地躲过了所有看守。

你来到了加工车间。

你从窗户翻了进去。

你爬上横梁，小心翼翼地在加工车间里观察。

车间里的工人全都是奴隶，狱卒依然充当监工，奴隶只要稍微开一点小差，狱卒的鞭子就会落下。

你眯着眼睛，仔细观察。

你发现流水线生产出的产品，居然是梦境碎片。

你稍微观察了一下。

你来到流水线的上游，发现这里有许多易燃物品。

你跳下横梁，拿出打火机点火。

你的行动引起了狱卒的注意。

他们想来抓你，但眨眼间火势已经蔓延开来。

狱卒们要求奴隶们排队离开，秩序井然。你拿起几个引火物丢进人群中，瞬间让场面变得混乱起来。

狱卒们拿出电击枪对你射击。

你躲进混乱的人群中，偷了几个梦境碎片后离开了。

你在人群中乱窜，很快消失在人流之中。

你拿出脚镣，趁着众人不注意给自己戴上，又混进人群中。

狱卒暂时放弃抓你，扭头开始灭火。

生产线上的奴隶被外面的狱卒送到了广场搜身。

你将拿来的梦境碎片吞进了肚子里。

狱卒拿出了一个特殊的探查工具，很快就确定了你的位置。

你暴露了。

你被几个狱卒控制，送到了垃圾桶。

你的身体被烧成了灰烬。

你变成了幽灵。

狱卒从你的骨灰中找到了完好无损的梦境碎片。

你被送去接受永恒的奴役。

你的耳边传来监考老师的声音。

监考老师：自作聪明，感性 1 分，理性 2 分。

你终止了推演！

"快点吃东西！"狱卒用力敲了一下顾毅的脑袋。

顾毅猛然睁开眼睛，险些又被那些泔水和剩饭呛到。

"咯咯……"顾毅强忍着恶心，装模作样地吃了两口。

这一次推演得分又创新低。

考试的要求是"在考试中获得属于你的自由"，自己一直都在为争取自己的自由而努力，却得不到更高的分数。

顾毅沉思片刻，决定进行第二种尝试。

推演开始！

你安安静静地吃饭。

午饭时间结束，你和大家一起工作。

工地上，一个奴隶猝死。

你被要求运送尸体。

你帮着狱卒将尸体放入垃圾桶。

你被重新送回采石场，与大家一起工作。

两个小时之后，你们被安排去流水线搬东西，运送的货物正是梦境碎片。

运送完，狱卒们还会使用仪器检测所有奴隶，以免有人私藏梦境碎片。

晚饭时间结束，你们被推进澡堂里洗澡。

你和所有奴隶一起待在池子里。

奴隶们难得露出了笑容，他们在池子里聊天、嬉笑，偶尔还有歌声传出。

你突然感到一阵舒畅，甚至想永远待在这里，不再出去。

你本能地意识到这样的想法非常危险，于是你赶紧对自己使用心理暗示，将这样的想法消除。

洗浴时间到，你离开了浴池。

你和其他奴隶一起回到牢房睡觉。

你的考试时间结束了。

你的耳边传来了监考老师的声音。

监考老师：短暂的自由，感性6分，理性6分。

你终止了推演！

"哼，果然是这样！"顾毅睁开眼睛，低声咒骂着。

和前几次的考试一样，考试的评分标准都是在扭曲考生的价值观。

在这次的考试中，所谓的"属于你的自由"根本就是个伪命题，他们希望你做到的其实是"属于他们的自由""属于他们的价值观"。瓦棚中学想要培养的是完全不知道抗争的奴隶，是那种为了达成某个目标，可以随时放弃自己和亲人性命的炮灰。

顾毅的情绪越发激动，他感到右手手心突然开始发热。他把手伸到面前，原来是那个文身正在发出淡淡的黑光。

"快点吃东西！"

"嗯嗯！"顾毅点点头，赶紧埋下脑袋，闭上了眼睛。

推演开始！

你们吃完午饭，来到采石场工作。

你领完工具，一边工作，一边将自己的意识集中在右手手心。

你的手心冒出一缕黑光，一个黑色的光球出现在你的掌心。

光球大概有半个篮球大小，你将黑色光球探向石料，石料的碎片居然被光球吞噬了。

你继续将意识沉浸到黑色光球中。

你发现自己来到了一个空旷的房间里，房间大概只有5平方米，石料的碎片正安安稳稳地待在其中。

不仅如此，你的水笔、钢笔、准考证、打火机之类的剧情道具也在其中。

当你把视线移到房间墙壁上时，你就退出了这个空间。

你心中狂喜。

在B区得到的黑色光球竟然是一个储物空间，自己可以将某些东西藏在这个光球之中。

奴隶暴毙的突发事件如期而至。

你送他去了垃圾桶。

你故意在狱卒面前展示了自己的黑色光球，他似乎看不见。

你完全可以利用光球把手铐和脚镣收起来，这比偷狱卒的钥匙方便多了。

你乖乖地完成了工作，傍晚运送梦境碎片的时候，你偷了一点梦境碎片，藏在光球里。

狱卒在检查你的时候并没有发现你藏东西。

你借口去上厕所。

狱卒牵着你来到了厕所，这里的地上到处都是屎尿，狱卒只是站在门口，不愿意跟着你一起进去。

你强忍着恶心，蹲在厕所里。

你将意识沉浸到黑色光球中，你发现自己完全可以在光球里完成制作魔药的工作。

狱卒在门外催促你。

你提上裤子走出来，顺便对自己使用了心理暗示。

你将手铐勒在狱卒的脖子上，将他拖到粪坑里，让他溺屎而亡。

你跑了出来，翻越墙壁，跑到了采石场。

采石场的看守发现了你，朝你飞奔而来。

你跑到采石场边缘，饮下魔药。

你在虚空之中飞速狂奔，这里居然是一个混乱空间。

你从光球里取出了打火机。

在你点燃打火机之后，你瞬间离开了这片混乱之地。

你的眼前一片虚无。

你终止了推演！

"有了……"顾毅睁开眼睛，感到无比兴奋。

这座监狱并不是无法离开的，而且监狱外面是另外一个空间，那里一定有更加劲爆的东西在等着自己。

想到此处，顾毅忍不住多吃了两口。为了自己的逃跑计划，泔水和剩菜即使再难吃，也得填饱肚子！

现实世界。

B国的攻略组基地彻底沦陷，总统大人躺在斯克兰顿稳定锚里，被埋在了一片废墟之下，生死不明。新任组长罗杰宣布放弃救援总统，带着斯克兰顿教授离开了基地。

斯克兰顿曾经也是冒险者，他和顾毅一样，解锁的是认知类的天赋，可以永久提高自己的智商，所以哪怕离开了《诡异世界》，他依然可以发明出各种科技产品对抗"诡异"。

斯克兰顿稳定锚，就是他发明的用于对抗诡异力量的道具。

"总统大人怎么样了？"

斯克兰顿看上去很年轻，不到 30 岁的样子。

"那里太危险了，我们没办法再管他了。"

斯克兰顿想了一会儿，说道："这次的诡异力量前所未有地强大，有时候我真的希望这一次就是世界末日。"

"为什么？"

"因为以后的挑战只会更难，不会更容易。"斯克兰顿说道，"我发现自己发明的稳定锚已经难以抵挡诡异力量了，谁知道以后《诡异世界》会设计出什么难缠的副本？现实世界与《诡异世界》的纠缠越来越深，我们迟早要变成《诡异世界》的一部分。"

"不用这么悲观吧？"

教授没有说话，他点开车载电视，调到了克里斯的直播间，冷笑了一声，指着屏幕说道："B 国需要一个变态杀人犯拯救，这已经是世界上最悲惨的事情了。"

克里斯回到监狱，就像回到家一样。

其他冒险者看见狱卒进来，都是过了两秒才知道要蹲在地上，克里斯看见狱卒，居然第一时间就抱头蹲在地上。

"到底是坐牢专业户啊。"

"真是熟练。"

"垃圾、人渣、死变态！希望狱卒们能好好'照顾'克里斯。"

克里斯的眼前飘过一些"友善"的弹幕，不过他并没有因此感到不悦。在他眼里，这些人的反应可笑至极，如果让这些键盘侠来《诡异世界》，恐怕连 3 分钟都撑不下去。

笑人者，不如人。

当当当！狱卒敲了敲牢门，大声说道："劳动时间到了，所有人跟上。"

克里斯乖乖地戴上了手铐和脚镣，顺便使用了一下灵视。

狱卒们身上闪烁着微弱的黄光，他们对自己有一定威胁，但不致命。整座监狱都闪烁着红色的光芒，随时有可能杀死自己。

监狱的力量是不可抗拒的，自己如果想活命，那就别做梦想越狱。

但是……应该怎么实现属于自己的自由呢？

克里斯想了一会儿，将视线转移到了身边人身上，想到了一个两全其美的方法。

采石场。

克里斯举着大锤，指挥着 20 名奴隶工作，工作效率提高了不止 10 倍。他在每一个奴隶身后都安排了一个恶灵仆从，逼迫他们采矿。

狱卒们惊讶地看着克里斯，全都凑了上来。

"你是怎么做到的？"

"这个很难跟你们解释。"克里斯想了一会儿，说道，"我可以控制恶灵。"

克里斯说罢，一招手，20 个恶灵仆从一字排开，站在克里斯身后。

狱卒们你看看我，我看看你，一副捡到新玩具的样子。他们互相拉扯，全都自告奋勇地要带克里斯去见主人。

"欸，这个人才是我先发现的，你们不要争。"

"他是我们队伍里的，当然应该让我来送他。"

"我是你们的头儿，你们都得听我的。"

克里斯撇撇嘴，他们争抢自己，不过就是为了跟主人要一些好处罢了。他们一个个长得凶神恶煞，一看就不是什么好东西，与其跟他们合作，不如找个看上去傻一点的狱卒。

想到此处，克里斯操控恶灵仆从，对面前的 3 个狱卒进行震慑。

狱卒全都闭上嘴巴不敢说话，克里斯看向路边那个最不受待见的狱卒："喂，你！"

"我？"

"对，带我去见主人。"

"好吧。"

那个狱卒点点头，一时间竟然不知道到底谁是奴隶。

克里斯如愿见到了奴隶主——他大腹便便，脑袋上长着 3 对角，说起话来总是哼哼。

"哼哼……不错，你居然能使用死灵法师的能力？哼哼……你当奴隶简直浪费，当我们的顾问吧。"

"谢谢主人。"

克里斯突然感到额头一阵剧痛，一只犄角在他的额头上长了出来。

不一会儿，克里斯就听到了考试结束的提示音："阶级的晋升，感性 7 分，理性 7 分。"

"嘻嘻……这也太简单了。"克里斯笑着摇摇头，离开了考场。

花开两朵，各表一枝。

顾毅安安稳稳地劳作，直到傍晚到来。

奴隶们排着队，把刚生产出来的梦境碎片抬出来，放上运输车。顾毅则偷偷弄了几块碎片出来，藏在黑色光球里面。在接受检查前，顾毅在黑球中完成了魔药的配制，令他感到意外的是，在配制魔药的过程中，他完全没有受到精神污染的影响。

"原来这东西还有屏蔽精神污染的作用。"

顾毅看了看手心，他不知道自己进入黑球中的到底是肉身，还是意识或灵魂。他在黑球里明明抽了自己 100 毫升的鲜血，但是只要意识离开黑球，就没有丝毫不适的感觉。黑球的能力远超自己的想象，如果这东西能带出副本，那就太好了。

"好了，回房间吧。"

狱卒们说完，牵着奴隶们往牢房走去。

顾毅召出黑球，将手铐和脚镣同时吸了进去。他对自己使用心理暗示，转身跑出了队伍。

"咦？"

"有奴隶跑了！"

"快追！"

狱卒们第一时间发现了逃跑的顾毅，可是以他们的速度根本追不上他。于是，他们拿出电击枪瞄准顾毅，却发现顾毅每次都能预判他们的弹道，在千钧一发之际利用身法和掩体躲避子弹。

"这家伙开挂了？"

"怎么办？"

"他是想不开了吗，居然往虚空里走？"

在众人震惊的眼神中，顾毅一头扎进了虚空之中，他从黑色光球里拿出魔药，咕嘟一口吞了下去。

虚空的潮水瞬间吞噬了顾毅。他拿出打火机，在一片混乱之中找到了唯一的通道，埋头冲了过去。

轰隆！顾毅一头撞进了一个陌生的地方，他晕晕乎乎地从地上爬了起来，身后就是虚空的通道。

"这是什么鬼地方？"

顾毅的视线被鲜血染红，他抬头一看，一个长着 3 对角的大胖子正躺在床上，一脸诧异地看着自己。

顾毅立刻闭上双眼。

推演开始！

大胖子从床上坐了起来，愤怒地指着你。

大胖子：你这个肮脏低贱的奴隶，为什么要到我的房间来？！

你看了看四周。

这间屋子装饰华丽，看样子应该是贵族的居所，这个大胖子应该是整座监狱的头头，说不定就是奴隶主。

大胖子从床边抽出佩剑，朝着你走了过来。

佩剑刺向你的喉咙。

你下意识地躲开。

大胖子用了假动作，迅速变招，刺向你的胸口。

你不退反进，从黑球里拿出钢笔，刺向大胖子的眼睛。

佩剑发出一道金光，保护着大胖子全身。

大胖子闭上眼睛，钢笔竟然连他的眼皮都不能刺穿。

他怪笑一声，一脚踹向你的胸口。

你飞向墙边，右手触碰到了虚空。

你的手心被虚空吞没，令你疼痛难忍，黑球不自觉地发动。

你收回右手，发现黑球中存了一大堆虚空的潮水。

大胖子跑了过来，举起剑朝你刺来。

你本能地伸手格挡。

黑球中的虚空瞬间吞噬了佩剑。

你乘胜追击，将黑球塞到了大胖子的嘴里。

大胖子怪叫一声，脑袋碎成了八瓣。

你的耳边传来监考老师的提示音。

监考老师：？*%￥#，感性 6 分，理性 6 分。

你终止了推演！

"呀！"

大胖子已经提剑杀了过来。顾毅的眼神无比冷冽，他微微一扭头，侧身让开，敌人的攻击立刻被轻松化解。

大胖子明显一愣，他还是第一次看见有人能这么轻松地看破自己的剑招，就好像对方早就知道自己要怎么样似的。

顾毅后撤一步，右手探向墙后的虚空，将一大堆虚空潮水吸入黑色光球中。

"我杀了你！"大胖子怪叫一声，朝着顾毅刺了过来。

顾毅右手往前一探，掌心的黑球立刻吞噬了大胖子手里的佩剑。

"什么……啊！"

大胖子还没来得及惊讶，顾毅的攻击随后而至，他一掌劈在大胖子的喉结上，疼得大胖子眼前直冒金星。

扑通！大胖子倒在地上，连地板都抖了三抖。

顾毅骑在大胖子身上，用膝盖顶住了他的下巴，冷冷地说道："别动，不然我就拧断你的脖子！"

"呃……"大胖子翻着白眼，支支吾吾地不敢说话。

顾毅查看了一下手里的黑色光球。

钢笔、水笔、准考证都安然无恙，但是大胖子的佩剑，还有装魔药的瓶子都被虚空撕碎了。见此情景，他随手往后一抛，将黑色光球里的垃圾全部丢掉。

"你是谁？"

"呃……"

顾毅稍微松开一下膝盖，接着掏出钢笔对准大胖子的眼睛："别耍花样，我问一句，你答一句。"

"是，我知道。"

"你是谁？是做什么的？"

"我叫大洛山，是你的主人……"

"现在不是了。"

"是是是，我知道，你是我的主人。"

"每个人都是自己的主人。"顾毅纠正道，"这里是什么地方？"

"这是一个制造梦境碎片的工厂，专供瓦棚。"

顾毅沉默片刻。

果然，梦境模拟中的一切都有其现实原型，这个奴隶工厂就是为了供给瓦棚中学而建造的。在刚刚的推演中，监考老师说出了一串自己听不懂的话，听上去就像录音倒放。这很可能是因为自己的通关方法根本不在老师的预料之中，而这些变数，全都是自己手上的黑色光球带来的。

越出乎老师的预料，就越说明自己找对了路子。

"朋友……"

"谁是你朋友？"

顾毅举起手里的钢笔，一下刺进了大洛山的眼睛里。

大洛山奋力挣扎，顾毅腿上用力，顺手折断了他的脖子。

"喀喀……"大洛山嘴里吐出白沫，渐渐失去呼吸。

顾毅出奇地平静，多次杀人的经历已经让他的内心毫无波澜。周围的一切开始变得模糊，他本能地闭上了眼睛。

"？ *% ¥#，感性6分，理性6分。"

监考老师意义不明的声音在顾毅耳边响起，他睁开眼睛，发现自己的卷子上居然画着手心上的符文。

他感到一阵后怕，可过了没多久，卷子上的符文散开，重新变成了密密麻麻的文字。

与此同时，系统的提示音也响了起来：

"你完成了科目四的考试。

"你的剧情探索度提升。

"目前剧情探索度为70%，你获得了一次与现实交流的机会，请问是否现在使用？"

顾毅刚想同意，却赶紧闭上了嘴巴。

"不，我放弃。"

学校的规定里写得清清楚楚，不能以任何方式与外界交流。系统奖励的交流机会，未必就不是一个陷阱，他可不敢冒险与现实沟通。

"考试结束，收卷。"

监考老师走下讲台，收起了所有考生的卷子。顾毅坐在候考室里，仔细思考着什么。

陈泽宇坐在顾毅身边，主动搭讪："我听说了，你居然只得了12分？"

"嗯，你多少分？"

"18分。"

"你是怎么做的？"

"我利用自己的知识和能力，帮助奴隶主改进了生产方式，他奖励我重获自由。"陈泽宇说道，"你是怎么做的？"

"我杀了奴隶主。"

陈泽宇愣在原地，不可思议地看着对方："你在说胡话吗？"

"怎么了？"

"你怎么可能杀得死他？他是刀枪不入的，就算你能潜入他的房间，也未必能杀死他，你一定在胡说八道。"

"信不信由你。"

陈泽宇不想再和顾毅争辩，转身去老师办公室领了奖励。顾毅也紧随其后。

监考老师在看见顾毅之后，并没有表现出任何异常。

这让顾毅感到有些意外。

唯一的解释就是，顾毅手里的黑色光球是凌驾于主持人——至少是凌驾于整个副本世界的，无论是副本里的NPC还是学校里的老师，都无法看见他手里的光球和文身。

顾毅回到宿舍，躺在床上继续研究黑色光球，光球里居然还残留着一些梦境碎片。

"厉害了，居然能在梦境模拟的过程中把东西带回来！"

顾毅十分欣喜，立刻坐在黑色光球里配制魔药。

每次抽完血，只要退出黑色光球再重新进入，自己就会恢复全盛状态。他整整抽了自己1升血，不仅没有感到任何不适，反而变得越发精神了起来。

黑球的强大让顾毅感到既惊喜又害怕。未知的强大力量，总会让人畏惧。

"至少目前看来，它还在我的掌控之中，那就没有什么好担心的了。"

顾毅退出光球，捏住了掌心，他感到有些疲惫，干脆就躺在床上睡了过去。

现实世界。

A国攻略组基地。

这里出现了极其诡异的场景。

攻略组的基地彻底消失了，取而代之的是一片巨大的虚空，不过这片虚空却非常稳定，既没有扩散也没有缩小。

为安全起见，散布在全国各地的特工回到基地，在虚空之地的外围实施了保护措施。

E国的特工们在昨天晚上也赶到了现场，有他们提供技术支持，保护措施实施得非常迅速。

"谢谢你们的帮助。"

"不客气。"

老翟和E国来的代表伊万握了握手，交流了一下工作情况，因为他需要照顾受伤的阿健，在事故发生的当晚并没有在基地，因此逃过了一劫。

阿健坐在轮椅上，脑袋上还绑着绷带，可他不顾他人的劝阻，来到了基地。

"阿健，我送你回去休息吧。"

"不，我不想。"阿健有些沮丧地说道，"组长他们现在什么情况，我们一点都没有头绪，在这种情况下，我怎么能安心？"

"E国那边的人说了，我们的基地可能不是消失了，组长他们只是去了《诡异世界》。"

【29】最终的考验

"去了《诡异世界》？一栋那么大的楼啊，去了《诡异世界》？"

"是，我听他们说了。他们国家境内就出现过类似的事件，当时他们的情况就和我们现在的情况一样。"

阿健摇摇头，依然有些放不下心："老翟，推我去会议室，听听他们在聊什么。"

"好。"

老翟和阿健来到了E国搭建的临时会议室，此时他们正在分析昨天的视频录像。

现在还在坚持闯关的冒险者，只剩下顾毅和克里斯了。A国的攻略组集体失踪，B国的攻略组狼狈逃窜，现在分析副本的工作，只能交给别的国家了。

伊万看了一眼老翟和阿健，点头示意了一下，接着指向大屏幕。

"各位都注意到了吧？顾毅的天赋能力似乎又得到了进化，我们看一下这个镜头。"

镜头中，顾毅偷偷拿到了箱子里的梦境碎片，谁也看不清楚他是藏在哪儿的。

"我们都知道，一个人只能拥有一种天赋能力，顾毅拥有的是精神系、认知类的天赋，但是他现在也拥有了空间系的能力。

"这可是一个重大的发现啊，你们A国的冒险者可真是不一般。"

"嗯……谢谢。"阿健坐在轮椅上，笑着点了点头。他朝着老翟勾了勾手指，低声说道："带我离开。"

老翟抬起头来，笑眯眯地说道："各位，我们先走了，阿健的身体有些不适。"

"你们请便。"

老翟推着阿健离开，在四下无人的时候，阿健突然开口了：

"这些人说话真是藏一半露一半，他们不是蠢就是坏。"

"怎么了？"

"顾毅可能不是解锁了什么新天赋，而是获得了某种我们不知道的道具。他们为什么完全没有考虑是剧情道具的可能？"

"你刚刚在说什么？我没听明白。"

"我是说……"

阿健脑子里突然变得一团糨糊，他感觉自己隐隐猜测到了什么，但是很快就忘记了。

"不对，我是想说，有可能不是天赋的问题，而是他拥有了……拥有了……"

"阿健，这肯定就是天赋能力啊，不是天赋能力是什么？"

"我……"

阿健感觉很不对劲，就像是你的面前有一个屎黄色按钮，你明明知道它是屎黄色按钮，但你的嘴巴就是说不出来，眼睛就是认不出来，甚至还会不由自主地把屎黄色按钮说成是"催更"。

"没错，就是双天赋。"阿健笃定地说道，"等顾毅回来之后，我们一定要问问他是怎么回事。"

"是呀是呀。"

《诡异世界》。

期末考试的第六天。

顾毅从床上爬起来，看向屋外。外面的虚空潮水变得比以往更加汹涌，即使隔着窗户玻璃，都能感受到那足够吞噬人心的威力。

陈泽宇依然默默地起床、洗漱。他从柜子里拿出一套干净的校服，在上面签上自己的名字，递给了顾毅。

"喏。"

"这是做什么？"

"纪念品。"陈泽宇说道，"今天是考试的第六天了，考完之后无论结果如何，我们都没有机会再见面了。"

"说实话，如果真是这样我还有点开心呢。"

顾毅接过陈泽宇的衣服，冷笑了一声。陈泽宇没有多做解释，他微微一笑，离开了寝室。

顾毅来到了1楼大厅，吃完早饭后又买了两支笔。陈泽宇的校服被他丢在了寝室的床上，并没有带过来。

宿管阿姨和前几天一样站在了大门口："好了，按照名单的顺序上来吧。陈泽宇。"

"到。"

"你最后一个放弃的人是谁？"

"是我的父亲。"

"明智的选择，前进吧。"

"顾毅。"

"到。"

"你最后一个放弃的人是谁？"

"父亲。"

"明智的选择，前进吧。"

顾毅深吸一口气，朝着教学楼进发，这是整个副本里最后一个难关，只要完成了这最后的考验，自己一定能想办法救回所有人。

他看了一眼身边的无尽虚空，用黑色光球捞了一把，继续前进。

另外一边，克里斯也同样站在了宿管阿姨的面前。

"克里斯。"

"到。"

"你最后一个放弃的人是谁？"

克里斯脸上露出一丝犹豫："唐娜阿姨。"

"这人是谁？"

"她是唯一一个把我当人看待的阿姨。"

"嗯……她确实和你有这层关系，但我认为她应该是你最先放弃的人。这个老太太已经接近70岁了，除了浪费粮食没别的作用，而且还饱受风湿病的折磨。你填的另外两个人都对社会有重大意义，你应该最后才放弃他们，最先放弃唐娜阿姨才对。我能知道，你为什么要如此安排放弃顺序吗？"

"他们只是对社会有用，并不是对我有用。"克里斯冷笑着说道，"唐娜阿姨是一个不错的工具人，她总会无条件相信我，如果那么早放弃未免太可惜，没了她我很难找到合适的落脚点。想要找到第二个如此信任我的人，可不是那么容易呢。"

"哦，有趣的想法，我很期待你在最后一场考试里的表现。"

"嘿，谢谢了。"

克里斯耸耸肩，转身走向教学楼。

暗月马戏团里。

曲康平和大伙儿一起坐在大屏幕前，关注着《诡异世界》的一举一动，当顾毅说出要放弃自己父亲的时候，整个马戏团都震动了起来。

"哦哦！地震了！地震了！"

"派大星，快躲开啊！"

观众们乱成一团，曲康平也跟着大伙儿离开了房间。

随着顾毅放弃了最后一位亲人，诡异力量的入侵达到了顶峰，就连暗月马戏团也有些撑不住了。

曲康平扭头看向暗月，团长成了在场所有人的依靠。

暗月团长摇摇头，看向自己的小丑，他们东倒西歪的，和观众们一样狼狈。

"喏，叫你们平时多练习练习，现在遇到麻烦了，一个个都成软脚虾了。从明天开始，每人加练3个小时的平衡板。"

暗月话音刚落，紫色的天空就被撕开了一个大口子。一只巨大的黑手从天而降，直奔暗月马戏团而来。

"打架打不过你，逃跑我可是一流的。"

暗月跺了跺脚，一根黑色的手杖就从地里长了出来。他握着手杖，就像握着汽车操作杆一般，往前一推。

"对不起啦，门票售罄，恕不接待！"

轰隆！暗月马戏团化为一道彩虹，瞬间消失在了无尽的虚空之中。

巨大的黑手发出愤怒的咆哮声，震碎了天上的紫色月亮。

第五章
死亡

【30】电车难题

《诡异世界》。

顾毅和众多学生来到了考场，他看了看四周。

今天他们的考场是一间阶梯教室，所有参与第五场考试的学生都在这里。

顾毅回头看向左边，陈泽宇竟然也在这里。

监考老师的脚步声响起，她走到讲台前，手里却没有拿试卷。

"同学们好。

"你们能来到这里，说明你们已经比其他的同学优秀很多了，但是如果想真正从瓦棚中学毕业，你们还需要经过最后一次考验。

"今天的考试科目是——死亡。

"富人会死，穷人会死；

"高官会死，平民会死；

"男人会死，女人会死。

"死亡是世界上唯一一件公平的事情，也是我们需要共同面对的事情。你们今天将会面对世界上最难的问题，只有真正拥有理性之人，才会得到最高分。

"这一次考试将不再是模拟，而是实习。

"请各位考生做好心理准备。

"现在，科目五——死亡考试——正式开始。"

顾毅的眼前闪过一道白光，在场的所有考生同时来到了天空之上，监考老师悬停在他们的正对面。

众人朝着脚下望去，芸芸众生如同蚂蚁一样在地面爬行，就算是高楼大厦，在他们眼中也如模型积木一样渺小，而这座城市正是 A 国的帝都。

顾毅双腿有些发软，赶紧闭上眼睛，不敢看向地面。

"开始推演。"

推演开始！

监考老师从怀里拿出一张卷子。

监考老师：第一道题目，请听题。

你眼前的场景发生变化。

一个孕妇和一个垂垂老矣的老人出现在你面前。

监考老师：请问，放弃老人还是孕妇？

你愣了一下。

陈泽宇：老人。

你望了望四周，所有人都神色淡定地选择了老人。

你没有说话。

监考老师：答题时间到，一共29人选择老人，1人弃权。

画面一转。

老人和孕妇一起出现在马路上。

在过马路时，孕妇手里的包突然掉在地上，她要伸手去捡，老人则继续前进。

一辆大卡车疾驰而过，当场撞死了老人，孕妇逃过一劫。

监考老师：第二题，请听题。1名顶尖的科学家，3个年幼的孩子，你选择放弃哪一个？

你依然沉默。

你现在明白了，所谓的死亡考试，就是处理电车难题，考试的最终结果会影响现实中的人。

这一刻，你和全体考生将成为决定别人生死的人。

众人的答案开始出现分歧。

监考老师：答题时间到，13人选择科学家，16人选择3个年幼的孩子，1人弃权。

一辆汽车冲破护栏，掉进了江水中。车里的3个孩子全部溺亡，只有科学家还活着，而那3个孩子竟然是他的亲生儿女。

你感到十分悲痛，试图阻止这场考试，但你根本无法移动自己的身体。

你：你给我停下！不要再说了！这个考试毫无……

一架飞机从你们脚底飞过，发动机的轰鸣声盖过了你的喊话声。

监考老师注意到了你。

监考老师：请认真对待考试，如果再弃权，你将被取消考试成绩，并被瓦棚中学开除。请遵守基本的考场纪律。

你：没有人能决定别人的生死，世间的一切也不是非此即彼的选择题。

监考老师：违反考场纪律，你被开除了。

监考老师抽出教鞭，朝着你的脑袋丢了过去。

你被教鞭刺穿了脑袋。

你的眼前一片血红。

你死了。

推演结束！

顾毅深吸了一口气。

在这场考试中，自己是不能放弃作答的，如果放弃达到3次，就会直接被判负。他想中断考试，也八成是异想天开。

自己飞在空中的时候，活动范围极其有限。

顾毅看向自己的右手，决定再尝试一次。

推演开始！

监考老师从怀里拿出一张卷子。

监考老师：第一道题目，请听题。

你将意识集中在右手，虚空的潮水从掌心流出。

你终于恢复了行动自由。

但你的身体也不受控制地往下掉。

你落在地上，摔死了。

推演结束！

顾毅重新睁开眼睛，他突然想到了一个很大胆的主意。

"再来一次。"

推演开始！

监考老师拿出试卷，准备出题。

你立刻打断了老师。

你：老师，我有个问题想问。

监考老师：有什么问题？

你：我想知道，这里是哪儿？

监考老师：这我不能告诉你，以免你会作弊，我只能说这是某个平行世界。

你：老师，我还有个问题，希望你能给我解答。

监考老师：现在不是在上课，是在考试。请遵守考场纪律。

你：老师，即使你判我违纪，我也想问这个问题。我们为什么要做非此即彼的单项选择？凭什么可以用我们的选择去决定别人的生死？

监考老师：决定生死的不是我们，而是命运。我们站在这里，做出最艰难的决定，是因为这一切是我们的职责，也是属于我们的命运。孩子，相信理性，控制感性，但不要被你的感性控制。

你：因为我们是入殓师？

监考老师：因为我们是入殓师。

你沉默片刻。

之前你一直在思考一个问题，那就是瓦棚人是否就是历史书中提到的入殓师。

今天，你终于从监考老师的口中得到了肯定的回答。

从瓦棚中学的考试内容以及传递出来的价值观来看，他们实在不配被称为"救世主"。

然而，换个方向思考，拥有绝对的理性甚至冷酷的思想反而更能胜任"入殓师"的工作。

瓦棚人需要在一次又一次的抉择中，保留那些最有价值的人或物。因为在瓦棚人眼里，《诡异世界》是绝对无法被打败的。

既然文明的覆灭不可阻挡，那么他们只好挑选并保留那些最有价值的人或物。

现在，瓦棚中学成了《诡异世界》的一个副本，这说明，曾经的入殓师早已覆灭或是已经投降了。

这所学校，是瓦棚人最后的骨灰。

监考老师：你还有别的问题吗？

你：没有了。

你摇摇头，因为你发现飞机此时从你脚下经过。

监考老师拿出考卷，准备开始读题。

此时你算好了时间，立刻释放了右手黑球中的虚空潮水。

你重新恢复了自由，但是身体也不受控制地落到半空。

你的耳边传来呼呼的风声，你不断调整位置，刚好落在飞机的机翼上。

你听见骨折的声音顺着胸腔传进耳朵。

你的两条腿已经骨折了。

你强忍剧痛，双手紧紧抓住了机翼的边缘。

天上，虚空的潮水开始漫延。

监考老师大手一挥，将其他学生送回考场。

你发现自己的身体变得透明起来。

监考老师飞到你的面前。

监考老师：考试似乎出现了一些意外，看来我们需要终止考试了。

你被老师救了回去。

你的眼前一片虚无。

你终止了推演！

顾毅睁开眼睛，心中大定。

果然如自己所料，副本里的所有NPC都看不到那颗黑球，刚刚的事故明明就是自己一手造成的，但是监考老师不仅没有责怪自己，反而把这一切归结为意外。

黑色光球的位阶可能高于所有人，但是，它能不能比主持人的位阶还高？

顾毅抬起头，发现监考老师拿出卷子，准备读题。

"老师，请等一下！"

"怎么了？"

"我有些问题想问你。"

顾毅露出了一个人畜无害的笑容，他需要拖延一点时间，直到那架飞机来到自己的脚下。

克里斯睁开眼睛，发现自己来到了高谭市的上空。望着脚下繁华的都市，克里斯露出了开心的笑容："这是回到家乡了？嘻嘻嘻……"

监考老师飘在众人面前，举起手里的卷子，面无表情地宣读手上的题目。

"好了同学们，考试正式开始了。现在是第一道题目：一个垂垂老矣的老人和一个孕妇，你选择放弃谁？"

克里斯没有急着举手，而是看了看周围的同学。

大家一致投票放弃垂垂老矣的老人。

"原来是这个意思啊。"

克里斯见状，和大家一样选择放弃老人。

紧接着，大家面前的景象一变，看见了老人摔倒，被车子碾过的景象。

除此之外，克里斯的眼前还飘过了一些现实世界的弹幕，大家都在"夸赞"自己心狠手辣、毫无人性。

"第二题：3个小孩子和1名顶尖的科学家，你选择放弃谁？"

克里斯毫不犹豫地选择放弃小孩子。

监考老师看了一下大家的投票结果，淡定地说道："13人选择科学家，17人选择3个年幼的孩子。"

景象再次变化，科学家和3个孩子同时落水，最后却只有科学家活了下来。

"第三个问题：1名顶尖的科学家和300个无辜的市民，你选择放弃谁？"

有些人陷入了犹豫。

克里斯冷笑着看了看那些无法决断的人——他们之所以不知道选什么，是因为他们把自己代入无辜市民的角色。

可事实上，克里斯从来不觉得自己是普通人，他是精英、是强者，强者就应该享受所有社会资源，让其他弱者供养自己。

克里斯想了一下，决定放弃 300 个无辜的市民。

"15 个人选择科学家，15 个人选择无辜的市民……呵，你们读书读到狗肚子里了？"

场景变换，一家医院发生火灾，科学家和 300 个市民全部葬身火海。

克里斯陷入沉思，他开始有些不理解其他人的思维了。

难道每个考生的评判标准……并不是固定的？不过，依照人类社会的复杂伦理道德来评判，这个问题的答案非常难以讨论。

克里斯扭头看向其他考生，开启灵视状态。

选择放弃科学家的人头顶都闪烁着绿光，代表人畜无害；选择放弃平民的人头顶都闪烁着黄色的光，代表虽有危险但不致命。

单单观察这些同学，并不能帮助自己找到正确的通关方法。

"接下来，最后一个问题。"监考老师收起卷子，笑眯眯地看着在场的所有人，"你自己和你所有的同胞，你愿意放弃哪一个？"

克里斯选择放弃同胞。

监考老师等待全体同学作答完毕，笑着说道："很好……一共 29 人选择放弃自己，1 人选择放弃同胞。"

"什么？！"克里斯低声咒骂着。

这么多人都选择放弃自己，却留下了其他同胞，为什么？这完全和他们之前的价值观不同啊！瓦棚人难道不都是一些自私自利的人吗？

不对……瓦棚人应该是极度理性之人，在自己和全体同胞面前，肯定是全体同胞的分量更重，所以他们才会选择放弃自己。

毁了！克里斯周围的一切陷入了灰暗，他感到呼吸困难，如同溺水一般。

过了不知道多久，他终于重新踏在了地面上。

这里是一座宽敞的博物馆，周围全都是各式各样的工艺品，仔细一看才知道，那些工艺品竟然全都是活的。

它们扭过头来，好奇地看着克里斯，有的还会发出叽叽咕咕的怪声，让人不由得浑身发抖。

"欢迎你，勇敢的冒险者。"

"是谁？"

克里斯转过头，警惕地看向身后。

黑色燕尾服，黑色衬衣，黑色高礼帽，黑色皮鞋，黑色手杖，黑色的皮肤，黑色的眼眸，黑色的胡须。

一个浑身黑色的绅士出现在克里斯身后，他的年纪不大，最多 30 岁，行为举止有种独特的韵律，如同跳舞一般。

"自我介绍一下，我是这个副本的主持人，你可以叫我 W 博士。"年轻的绅士说道，"你对我的关卡设计感到满意吗？"

克里斯歪着脑袋，没有回答。

在进入《诡异世界》的前几个月，克里斯一直都在监狱里，上次通关之后他也没有回到现实世界。因此，攻略组关于"主持人"的最新情报，克里斯一无所知，他不敢在这位主持人面前乱说乱答。

"呃……还不错？"

"嘻嘻……谢谢你的夸奖。不得不说，你的表现我一直很满意，你是我们一直要找的人。"

"找我？做什么？"

"刚刚的科目五只是一次预演而已，真正的考试是在我这里完成的，请随我来。"

克里斯对 W 博士非常忌惮——自己引以为傲的天赋能力，在 W 博士面前没有丝毫作用。

这感觉就像是一个健康的人突然失明一样，无所适从。

克里斯尽量保持淡定，不让 W 博士看出自己有任何慌张的情绪，在不知道 W 博士的立场之前，克里斯不敢展现出自己的本性。

W 博士带着克里斯来到一间放映室，二人坐在了座位上。

"爆米花？"

"来点。"

W 博士点点头，打了个响指，一盒爆米花从天而降，落在克里斯怀里。

克里斯吃了两口，紧张的情绪立刻平静了下来，他发现 W 博士并不是想对自己不利，他好像非常友善。

"我想问你一个问题。"

"你说。"

"刚刚你选择放弃所有同胞，是为了通关，还是因为如果你真的遇到这种情况，你会牺牲同胞，拯救自己？"

克里斯思索了一会儿，这才开口："我也不知道，我只是觉得，如果是瓦棚人来做这道题目，他们都会如此。在这 6 天的接触中，我发现他们都是一群漠视亲情、友情、爱情的人，我以为这个副本的通关方法是摈弃所有人类的情感。

"但是，在最后一场考试中，我发现似乎并不是那样。"

"哦？你是认真的吗？"

"当然。"

克里斯用力点了点头，表情要多严肃有多严肃。

W 博士哈哈大笑："如果我告诉你，你马上真的就会遇到这个问题，你会怎么办？"

"你是什么意思？"

W 博士用手杖轻轻敲了敲地板。

周围的放映室消失一空，只留下他们二人屁股下面的凳子。穿过一片虚空，二人又一次出现在高谭市的上空。

"这里，很熟悉吧？"

"当然。"

"我现在可以告诉你，你在《诡异世界》里做出的每一个决定都可以影响现实世界，你会怎么做呢？"

"什么？难道我们在《诡异世界》里做出的决定会影响现实世界？"

"没错。"

克里斯愣了一下。

在填试卷的时候，克里斯只是抱着恶作剧的心态写下了那 3 个人的名字，没想到自己竟然真的造成了如此严重的后果。

"那 B 国的总统现在……"

"真的挂了。"

"哈哈哈……死得好……惨。"克里斯得意忘形，差点一不小心说出了真心话。

"所以，你现在有一个做决定的机会，整个 B 国的生死放在你的手心了。

"如果选择死亡，你的国家会脱离危险，不再受到'诡异'侵扰。

"如果选择自由，你将和我一样成为主持人，不必在《诡异世界》冒险，还可以拥有无上的力量。

"你选择什么？"

克里斯稍微想了想，在得知脚下的大地真的就是自己的家乡时，他产生了一瞬间的犹豫。

按照之前考试时同学们的选择结果，他应该选择放弃自己，拯救所有同胞。

但如果按照主持人之前的诱导……如果这小子在诓骗自己怎么办？如果不管怎么选，都会面临世界末日，自己都会死怎么办？

还没等克里斯开口，他们的周围就出现一堆弹幕。

"这还有什么好选的？快去死呀！"

"一边是 3 亿多人，一边是你 1 个人，谁都知道哪边更重要。"

"克里斯，不要选错啊。"

"你的亲人和朋友会受到很好的照顾，你会成为全人类的英雄。"

"你不能自私！"

无数念头冲进克里斯的脑海，他们都在逼迫克里斯选择死亡。

由于没有办法使用天赋能力，这种剧烈的精神冲击让克里斯险些疯掉，他长舒一口气，这才从一片混沌中找回自己。

"怎么了，克里斯？"W 博士笑着说道，"你的抉择是……"

"我选自由！"克里斯大声骂道，"这些愚蠢的凡人，有一个算一个，都去死吧！这都是他们自找的！"

克里斯双眼通红地咒骂着。果然如此啊……这些愚昧的人类，没有一个为他着想，他们只是一群自私而又自大的蠢货。既然这样，那不如大家一起毁灭了吧！

在这一刻，克里斯彻底背叛了人类，选择向《诡异世界》投降！

"你说得没错，克里斯。人类——不值得被拯救，加入我们吧，我很期待你会给《诡异世界》带来什么样的改变。"

W 博士哈哈大笑，将手放在克里斯的头顶。克里斯的身形逐渐变得透明，直到完全消失。

W 博士送走了克里斯，忽然发现顾毅所在的副本发生了意外，在最终考试的过程中，居然发生了虚空入侵的事故。

"怪事……是出了什么故障吗？"

W 博士沉思片刻，顾毅可是主人最看重的冒险者，而且还拥有预知未来的能力，他应该不会那么轻易地死去的。

"该去和这位顾同学好好聊聊了。"

现实世界。

B国的天空被一大片黑暗遮蔽，斯克兰顿教授望着天上的黑暗，无奈地叹了口气。

"末日……来了。"

斯克兰顿看了看自己的右手，从手指到掌心，从掌心到手腕，从手腕到手臂——自己的身体逐渐变成一块石头。

整个B国一片静默，所有人都变成了没有生命的石雕。

天上的黑暗并没有停止蔓延，正在一步步向着邻国靠近，那些冒险者早就死亡的国度最先遭殃，所有人都在临死前看见了死去的冒险者的容颜。

他们个个心怀怨念，对全体人类进行了恶毒的诅咒：

"你们知道那块手表对我来说意味着什么吗？不，你们不知道！"

"牺牲我一个，幸福千万家？那我现在牺牲千万家，幸福我一个，好不好呀？"

"你们不是想让我死吗？现在我已经死了，该轮到你们陪我一起去地狱玩耍了！"

黑暗跨过大洋，朝着A国而去。

末日——真的临近了。

顾毅睁开眼睛，发现自己已经回到了学校。他的双腿骨折，根本没办法行动。

监考老师走到顾毅身边，一脸担忧："孩子，你没事吧？"

"嗯……两条腿都断了。"顾毅擦了擦额头的冷汗，"我们的考试该怎么办？"

"你先治伤吧，考试有什么重要的。"

监考老师说完，转身要走。

正在此时，一直给顾毅发放考试奖励的阅卷老师走了过来，手里拿着一袋梦境碎片，走到了顾毅身边。

"孩子，你就是顾毅？"

"对。"

"校长说要找你。"

"可是，我的腿……"

"没关系，我现在给你调制魔药，不用3分钟你就能活蹦乱跳了。"

阅卷老师果然没有说大话，在喝下魔药之后，顾毅的双腿果然恢复了正常。他扶着顾毅，指着窗外的一片虚空说道："校长在那边等你。"

"可外面是虚空风暴啊。"

"没关系，我送你过去。"

老师架着顾毅，朝着那一片风暴飞去。

顾毅闭上眼睛，感到一阵窒息，等到再次睁开眼睛的时候，他已经来到了一座巨大的博物馆。

此时，顾毅的耳边传来了系统的提示音：

"你的剧情探索度提升。

"目前剧情探索度为82%。"

老师朝他点点头，转身后消失了。

博物馆里的展品发出咯吱咯吱的响声，它们一个个长出了眼睛和嘴巴，发出叽叽咕咕的声音。

"新来的人类。"

"他好像新鲜出炉的奶油蛋糕。"

"好想吃啊。"

"嘻嘻嘻……"

顾毅冷静地站在原地，这些藏品说的全都是外星语言，但是顾毅理解起来没有丝毫难度。

他闭上眼睛，尝试使用技能。

推演开始！

你的眼前一片虚无。

你终止了推演！

顾毅冷笑一声，站直了身子："出来吧，主持人，不要装神弄鬼了，好没意思啊。"

"哈哈……真不愧是顾毅呀，总分 72 分。你已经达到了所有平行世界的最高分数，更难得的是，你居然能让理性和感性始终保持平衡。"

顾毅转过身来，看向 W 博士。

他注意到，W 博士走路时每一步的步幅都是长短一致的，仿佛拿尺子量过一般，每个脚跟落点都在瓷砖的正中间。

他的领带中轴线笔直，对准西装扣子，精准得让人产生了一种诡异的违和感。

"你好，顾毅，你可以叫我 W 博士。"

顾毅冷冷地看着对方，没有说话。

"你觉得我设计的副本怎么样？"

"垃圾。"

W 博士的嘴角微微下沉，明显有些不悦："你觉得我垃圾？嘿嘿，别人说我垃圾也就算了，你对整个副本的探索是最深的，为什么还会说我垃圾？"

"副本里所有人三观扭曲，老师的评分标准带有恶意误导，难道不是垃圾吗？电车难题，绝对是这个世界上最无聊的思想实验。"

"哈哈哈……我还以为你多聪明呢，没想到也不过如此。你难道不知道，《诡异世界》的所有副本都是有其现实原型的吗？这个世界的所有考试……都是从你所在的世界取材的。"

顾毅沉默。

W 博士双眼发亮，一边往放映室走，一边说道："至于你说的……

"这个世界所有人三观扭曲？

"那我可以告诉你，真实历史上的瓦棚人就是这样的，他们可以为了一个顶尖科学家放弃一个城市的人。

"可以为了一个所谓的领袖，放弃一整个国家的人。

"可以为了一个所谓的历史、文明的骨灰，放弃整个民族的人，美其名曰为了文明的延续，为了与'诡异'战斗。

"他们总是站在宏观的角度考虑问题，却不知道那些被牺牲的每一个人都是独立的个体，每个人的生命只有一次。

"不是一次死了 300 个人，而是死了 1 个人这件事重复了 300 次。

"瓦棚人从来没有理解。"

W 博士打开了放映室的大门，站在门边，单手做了一个"请"的手势。

顾毅撇撇嘴，当先一步踏入放映室，他轻车熟路地坐在椅子上，始终闭着嘴巴，没有搭茬儿。

W博士坐在顾毅身边。

"爆米花？"

"算了，你们这儿的爆米花全是沙子。"

W博士微微一笑，点头道："那么，我们来进行最后的考验吧。"

咚！W博士轻轻杵了一下手杖，面前的大银幕出现了A国帝都的景象。

W博士微微一笑，说道："接下来就是你做出选择的时候了，选择自由，你会完美通关，你的国家会免受'诡异'侵袭，但你会成为我们的一员。选择死亡，你们的国家会被'诡异'入侵。"

顾毅冷笑一声，直勾勾地盯着W博士："朋友，你……是不是说反了？"

"什么说反了？"

"我可以大胆地猜测一下。如果换作其他冒险者来，你可能会说：如果选择死亡，世界和平；选择自由，'诡异'入侵。对不对？"

"呵呵，你在说什么胡话？"

"因为你知道我的性格，如果我知道自己死了之后，能救下全国人民，我一定会毫不犹豫地选择死亡。所以，你临时改变了规则。

"其他人在经历了那么久的副本，经受了多重心理暗示，再在最后一刻看见现实世界的弹幕之后，必然会心理崩溃，彻底放弃人性，成为你们的一员。

"但你知道，我绝对不会就此屈服。

"你并不想让我死，你想让我加入你们，向你们投降。只有改成这样的通关条件，你们才能威胁我，让我向你们屈服。"

"你是不是太自作聪明……"

"哦，对了，还有一点。"顾毅竖起一根食指，露出了微笑，"这是从副本开始就设下的陷阱。

"第一，《诡异世界》有一条基本规则，只要冒险者闯关失败而死，'诡异'就会入侵现实世界。但是在你的副本里，选择死亡就可以达到普通级通关，这是极度不合理的，并且与基本规则矛盾。

"唯一不矛盾的解释就是：冒险者死亡，'诡异'就会入侵现实，无论冒险者是否成功通关副本。

"因此，就算冒险者最终选择了死亡，'诡异'还是会入侵现实。

"你是个玩文字游戏的卑劣之人，一旦来到你面前，无论选择自由还是死亡，我们的蓝星都会面临危险。

"除非达到完美级通关的条件。"

W博士面无表情，他跷起二郎腿，看着大银幕："呵呵，那么第二点呢？"

"第二点，《诡异世界》的完美级通关条件一般都是消灭'不可言说'，但你的副本世界里却根本没有这个选项，这会给所有冒险者传达一种信息：

"这个副本里没有'不可言说'，或者'不可言说'不能被消灭。

"事实证明，这个副本的'不可言说'确实不能被消灭，因为它是一个信念——瓦棚人的信念。

"瓦棚人的信念，就是在遭遇电车难题时，选择最具理性的选项，为此他们不惜牺牲家人甚至自己的生命，这是一种近乎病态的执念。

"他们本来冲在与《诡异世界》奋战的第一线，却在长达几个世纪的战斗中逐渐迷失了自我，直到现在成为你们《诡异世界》的一员，成为瓦棚中学这个诡异的副本世界。

"但是，你们却忽略了一件事。"

"什么？"

W博士有些不自在地摸了摸领带，原本整齐的领带偏离了中轴线。

顾毅见状，心中大定，他知道自己说对了。

"你们忽略了一点，那就是入殓师的真正身份，以及……电车难题的正确解法。刚进入副本时，我在笔袋里找到了一张手写字条：

"人类之所以为人类，是因为我们拥有复杂的情感。

"刚开始我一直以为，入殓师是一个外星种族。但我仔细思考了一下，最终确认入殓师其实就是人类。

"我们人类才是与《诡异世界》战斗时间最长的民族。入殓师曾经试图与《诡异世界》战斗，他们放弃了感性，选择了纯粹的理性，这些人被称为瓦棚人。可是事实证明，纯粹的理性并不能战胜《诡异世界》。

"所以，入殓师们告诉我——要保持感性，他们也在后悔自己放弃了感性思维。"

"哼，知道这些又有什么用呢？"W博士说道，"快点给我做决定吧。"

顾毅突然感到一股强大的精神压力，不过他很快就用心理暗示抵挡了这一次强烈的冲击。

主持人无法在副本里对自己造成太大的伤害，所以顾毅才敢如此肆无忌惮。

"你这么着急做什么？"顾毅冷笑道，"你是担心我查明全部的真相，从而达成完美级通关的条件，是吗？"

"我为什么要着急？"

"好吧，那我问你……你知道破解电车难题最好的方法是什么吗？"

"什么？"

"干掉那个提出电车难题的人！"

顾毅握紧拳头，消耗全部精神力，在W博士的面前召唤出了黑色光球。他怒吼一声，朝着W博士挥出右拳。

W博士瞪圆了眼睛。

顾毅的拳头上明明什么都没有，但是W博士却感受到一股强大的威能——这是完全不属于副本世界的诡异力量。

"什么鬼东西？"

砰！顾毅的拳头砸在W博士的脸上，虚空的潮水喷涌而出，瞬间吞没了W博士。

整个放映室土崩瓦解。

W博士再次睁开眼睛，发现自己正飘浮在虚空之中。

"主人？"

W博士感受到了神明的存在，他赶紧谦卑地低下了脑袋。他感到头疼欲裂，神明正在用神力惩罚自己。

"对不起，是我不对……下一次……下一次我一定成功！我会亲自把顾毅送到您的面前！"

W博士额头冒出冷汗，半天都爬不起来。

顾毅眼冒金星。

等到视野再次恢复清晰，自己已经离开了副本世界，来到了系统的结算空间。

眼前闪过他通关的每一个镜头，系统的提示音再次响起：

"恭喜冒险者成功达成完美级通关的条件。

"你的剧情探索度为¥&*%。

"如今与瓦棚中学相关的所有诡异事件将不会再出现在你所处的现实世界。

"你的精神力上限提升，现为120/120。

"你的技能'心理暗示'等级提升。

"'心理暗示'的新属性为：

"1. 你可以对复数人使用心理暗示，但是效果随着人数增多而减小。消耗20点精神力，持续时间20分钟，冷却时间30分钟。

"2. 你对自己使用心理暗示时，无冷却时间，无精神力消耗。"

顾毅挠了挠头。

播报剧情探索度时，系统报出的居然是一堆乱码，这大概是因为自己借助黑色光球的力量赶跑了主持人，造成了系统错误。

黑球不仅可以骗过主持人，甚至还能影响系统判定。

顾毅试图再次召唤黑色光球，脑袋却一阵剧痛，这是精神力透支的副作用。

根据顾毅的猜测，这个光球应该是瓦棚人留下的，是专门针对《诡异世界》而制造的武器。到目前为止，顾毅开发出了光球的3个功能：

1. 储物空间。

光球提供了一个储物空间，并且只要把东西存进这个空间，副本里的人物将无法以任何方式感知。

2. 屏蔽精神污染。

自己的精神可以进入光球之中，以此屏蔽精神污染，而且不管自己在光球中受到什么伤害，只要退出光球，之后就可全部恢复。

3. 强力攻击。

光球可以储存虚空能量，对主持人或强大的敌人造成伤害。但是在主持人面前使用这一招会承受巨大的精神压力，会头晕眼花，完全失去战斗力。

另外，顾毅还有两件事情始终没有放下：一是自己家人的安危，二是旅者星人的真面目。

在翻看图书馆书籍的时候，顾毅发现其中提到的几个特殊民族，自己都曾在暗月马戏团里见过，他觉得暗月就是一名旅者星人。

暗月虽然生活在《诡异世界》，不得不遵守一些规则，但他背地里恐怕也一直在做着抵抗"诡异"的事情。

如此看来，暗月可不仅仅是中立阵营的，他完全可以划归为正义的一方。

"冒险者获得了为时7天的休整期，请问是否现在回到现实世界？"

"是，现在回去吧。"

顾毅闭上了眼睛。

现实世界。

天空的黑暗逐渐蔓延至 A 国上空，人们望着天边的黑暗，除了祈求，没有别的办法。

"一定会成功的。"

"我们不会输的。"

"相信顾毅，相信 A 国攻略组。"

"相信个屁，都世界末日啦，老子想怎么样就怎么样！"

大伙儿都在祈祷时，一个疯癫的声音破坏了氛围。

大家看见一个男人脱光了衣服，站在车顶狂喊乱叫。几个警察爬到车顶，七手八脚地把他从车上拉下来。

"啊，你们干什么？都世界末日了，你们还嚣张什么？"

"世界末日？你死了都不会等到世界末日！"

"愚蠢，你们这些愚昧无知的人，你们……"

男人话音未落，天边的黑暗突然在一瞬间消失不见了。他梗着脖子看向天空，闭上了嘴巴。

"你瞧，"警察笑道，"不是世界末日了吗？"

"那个……能不能……给我穿一条裤子？"

"这个时候你倒知道羞耻了？蠢货。"

"你涉嫌寻衅滋事，跟我们去警察局吧。"

警察拽着疯男人离开。街道上的人欢呼雀跃，大声呼喊着顾毅的名字。

顾毅睁开眼睛，发现自己站在了攻略组基地旧址前，一群 E 国的大汉看见顾毅，一溜烟跑了过来。

顾毅吓得连连退后，嘴角微微抽搐，自言自语："怎么把老子传送到国外去了？"

【31】消失的愚者牌

"你就是顾毅吗？" E 国的代表伊万走了过来，用熟练的汉语和顾毅交流。

顾毅擦了擦手心的汗水，挤出微笑："你好，我是顾毅……现在这里是什么情况？"

"情况比较复杂啊，我一时间也讲不清楚。我只能告诉你，A 国攻略组的基地突然消失了，我们暂时没有办法把基地弄过来。"

"怎么可能？"

"总之，我们只能在这里等着，也许某一天他们就会突然回来了。"伊万说道，"在 A 国攻略组回来之前，由我们来保护你。"

"算了，我不用你们保护。A 国连一个特工都没有吗？"

"只剩下零星出外勤的特工了。"

顾毅话音刚落，老翟就推着阿健的轮椅走到了顾毅的面前。老翟的情绪太过激动，一不小心轮椅脱手。

"哇！"阿健大叫一声，从轮椅上摔了下来。

轰隆！一声巨响传来，整片大地都抖了三抖。

"哥，你怎么变成这样了？"顾毅愣了一下，赶紧扶起了摔倒的阿健，"刚刚这么大的声音是你砸出来的吗？"

"不是我砸的！"阿健兴奋地拉着顾毅的胳膊，"快扶我起来，一定是组长他们回来了。"

顾毅帮阿健重新坐上轮椅，好奇地看着远处的围挡。

不到5分钟，E国的特工便把围挡收起来，攻略组的基地大楼重新出现在了顾毅等人面前。

顾毅站在原地，腿脚僵硬，半天踏不出一步。

家人们正站在不远处，一脸微笑地向他招手。

"爸，妈，我回来了。"

"……总之，我们就这么脱险了。"

会议室内，曲康平介绍了他在暗月马戏团的全部见闻，但他却刻意魔改了前往暗月马戏团的方法。

"所以……你们是被主持人带到马戏团的？"

"没错。"

"暗月马戏团这个地方，真的可以信任吗？"

"至少目前看来是的。"曲康平说道，"不过，由于生活在《诡异世界》，他们也需要守规则，在与他们交流的时候，一定注意不要破坏规则。"

曲康平淡定地与E国的特工们进行交流。

在与暗月相处的过程中，他了解到塔罗牌的独特力量。塔罗牌一共有22张，每一张牌都有不同的作用。

愚者牌是塔罗牌中最特殊的一张，据说它只有一个作用，那就是可以不断生成其他21张塔罗牌。

在知道愚者牌的作用后，曲康平立刻在全基地搜索塔罗牌，却没有找到任何线索。

如此重要的牌，金鑫肯定不会随便弄丢的，这说明基地里一定有人偷拿了愚者牌！

金鑫依然被他们囚禁着，接触过他的人只有自己、阿健还有顾毅。现在自己回到了现实世界，自然第一时间就要去调查阿健和顾毅。

这二人虽然都性格正直，但谁也不敢保证在巨大力量的诱惑下，他们依然能够保持本心。

作为A国攻略组的组长，曲康平必须保持警觉。危险的诡异物品，不能轻易地交给任何一个独立的个体。

因为它们很可能会腐蚀人类的心智，使得人类逐渐滑向《诡异世界》。

"对了，伊万兄弟，我想问你借台仪器。"

"什么仪器？"

"我们的仪器在与'诡异'的争斗中全部损坏了，现在需要向你们借一台康德计数器。"

"你们要那东西做什么？"

曲康平在实验室里拿到了一台康德计数器，这东西看上去就像是一把体温枪，其作用就是测试一个物品的休谟指数。休谟指数越高，说明这东西的诡异力量就越强大。

如果基地里有人私藏了诡异物品，必然会被康德计数器发现。

"阿健，你过来一下。"

"啊？"

"我要帮你做一下体检。"

"上次不是体检过了吗？"

阿健自己摇着轮椅，走到曲康平身边。曲康平拿着计数器在阿健的身上晃悠了一下，读数是37，属于正常范围。

"顾毅呢？"

"还在和他的家人聊天。"

"我们去门口等一会儿。"

"哦。"

阿健摇着轮椅，刚想走上来，曲康平却拦住了他："你就待在这儿别动了吧，我给你批了一个月假。"

"这……我可以在基地里做一些文职工作的。"

"听话。"

曲康平揣着计数器，站在宿舍门口。

过了好一会儿，顾毅终于从房间里走了出来。

二人四目相对。

"组长，有什么事吗？"

"嗯。"曲康平咧嘴一笑，"表现很不错。"

"呵呵……"

"他们说的'双天赋'是怎么回事？你是如何解锁的？"

顾毅眼珠骨碌碌地转，他没想到黑色光球居然有如此强大的扭曲认知的能力，不仅主持人和NPC无法认知，就连现实世界的人都无法认知。

"我也不知道，可能是我天赋异禀吧。"

"哦……"曲康平点点头道，"对了，我要带你做个体检，你能过来吗？"

"体检？"

"我们单位的福利。"

"这样啊……需要验尿吗？"

"呃……不用。"

"那先让我上趟厕所吧，行不？"

"行，我在这里等着你。"

曲康平跟着顾毅来到厕所门口，突然愣了一下。

上次顾毅审讯完金鑫，也是着急地去了一趟厕所，他会不会把卡牌藏在里面了？

想到此处，曲康平赶紧拿出计数器，对准厕所大门。

读数：37。完全正常。

啪嗒——顾毅推门走出厕所，一脸好奇看着曲康平："组长，你拿着体温枪给门测体温？"

"哦，没什么，我这是在练习枪法。"曲康平笑着说道，"先去体检，然后好好休息一下，明天我要带你去靶场摸摸枪。"

"呃……我不喜欢玩枪。"

"唉，就当是放松心情，我也不用你真的能学会什么。走，先跟我体检去。"

"好吧。"

曲康平望着顾毅的背影，终于松了口气。

夜晚。

顾毅一个人躺在宿舍里。

阿健因为受伤，回到了自己家里休养，屋子里只有他一个人。他将脑袋蒙在被子里，张开了右手。

右手掌心开始发烫。

黑色的光球居然被自己带回了现实世界，它不仅扭曲了所有人的认知，甚至连仪器都能欺骗。

不过，现实世界依然限制了它的力量。

黑球的储物空间现在只有一个篮球的大小而已。顾毅看向球心，一张塔罗牌安安静静地躺在那里。

牌面画着一个年轻人正站在悬崖边高歌，一只小狗跟在他的身边，似乎在提醒年轻人要注意危险，卡牌的下方写着一行英文：The Fool。

顾毅刚从金鑫手里偷走这张牌时，上面的年轻人还长着金鑫的脸。

但是现在……

这张脸已经变成了他自己的。

【32】打靶归来

第二天。

靶场外的小河边，一群特工正优哉游哉地钓鱼。

顾毅望着那蔚然成风的景象，不由得问道："咱们这是搞团建？钓鱼大赛？"

"哦，我不是和你说过吗？钓鱼可以锻炼精神力。"

"那我也可以钓鱼去吗？"

"求你了，别。"曲康平赶紧拉住了顾毅的胳膊，"你过去钓鱼，别人还有的钓吗？"

"啊，这样啊……"顾毅挑了挑眉，"对了，金鑫怎么样了？"

"早在我们回到现实世界的那一天，他就被送到帝都的监狱里去了。"

"那是斯克兰顿教授设计的监狱，所有拥有诡异力量的罪犯都关在那里，没有人能逃出来，也没有诡异力量能入侵那座监狱。

"现在他已经彻底失去活性，正如你猜测的那样，只要7天之内不回到《诡异世界》，他就会因为违反规则而死。"

"死？如果真的那么容易死就好了。"

顾毅摇摇头，跟在曲康平身后来到靶场。

靶场里人不多，只有老翟和另外两名特工在练习射击。

"老翟，给我拿两把枪来。"

"是，组长。"

曲康平接过一把手枪，一边解说，一边拆解："学习射击的第一步是先学会如何装卸枪支，了解枪械的原理。我先给你演示一遍。"

咔咔——他话音刚落，顾毅已经手脚麻利地拆卸、重装好了一把手枪。

曲康平嘴角微微抽搐，道："臭小子，你又来给我扮猪吃老虎了是吧？"

"组长，扮猪吃老虎到底是什么意思？"

"你以前玩过枪？"

"没有啊。"顾毅耸耸肩，"不过，这好像也没什么难的呀，不会有人看一遍还学不会吧？"

曲康平和老翟同时尴尬地咳嗽了两声。

"算了，不说这个。"曲康平举起手枪，站在射击点，"身体正对目标，两脚左右分开，稍大于肩宽，两膝微屈，脚尖稍向内合，含胸塌肩使身体重心下降，两臂自然伸出。"

曲康平一边讲解动作要领，一边做示范："三点一线，扣动扳机。"

砰砰砰！

老翟看了一下靶子，一枪 10 环，两枪 9 环。他道："组长，枪法如神啊！"

曲康平吹了声口哨，朝着顾毅努努嘴："该你了。"

"哦。"顾毅点点头，笨拙地学着曲康平的样子举起手枪，瞄准目标，扣动扳机。

"咦？怎么不响啊？"

"喂，别将枪口对准自己或者队友。"曲康平赶紧走来，"你忘记开保险栓了。"

"这样啊。"

顾毅重新举起手枪。砰砰砰！他一股脑地打空了弹夹。

老翟眯着眼睛看向靶子，悠悠地说道："不错。"

"几环啊？"

"10 环。"

"全都是 10 环？"

"只有一枪是 10 环，其他的全脱靶了。"

"射击好难啊。"顾毅耸耸肩，将手枪放在案上，"不玩了，没意思。能不能带我去别的地方看看？"

曲康平悬着的心终于放了下来——这个怪胎终究还是有不擅长的东西嘛。

"唉，没关系，神枪手都是子弹喂出来的，只要你勤奋练习，总有一天也可以像我一样。"

"是吗？"

"嗯，是的。"曲康平笑着说道，"既然你不想玩这个，我就带你去玩玩别的项目。这两天你好好休息，后天你还得去参加一个仪式呢。"

"仪式？什么仪式？"

"你的授勋仪式。"

"我？"

"对，首领刚发来的消息。"曲康平举起手机，得意地晃了晃，"他要给你授勋，奖励你拯救全人类的壮举。"

"呃……我能不去吗？"

"哈哈哈……瞧你说的！"

曲康平一边拉着顾毅，一边往靶场外走。

一个特工按动开关，将顾毅的枪靶移动到面前，整个靶子上只有一个弹孔，但是那个弹孔却非常深。

他忽然产生了一种奇怪的预感，赶紧摘下靶子，放到眼前仔细查看。

弹孔里叠着七八个弹头，每一个弹头都嵌进了前一个弹头的屁股里。顾毅不是脱靶了，而是每一枪都射到了同一个地方！

"这到底是在拍电影还是在写小说？"

空气中散发着血腥的气息。

顾毅走在一条黑暗的街巷里，他从怀里拿出打火机，手指完全不听使唤，打了半天也点不着火。

啪嗒——打火机脱手而出，落在地上。

他捡起打火机，却发现自己的胸口被人从身后捅穿。他回头看去，一个全身漆黑的家伙站在自己的身后，一只手提着刀，另一只手提着人头。

而那个人头……

正是自己的脑袋！

"啊！"顾毅突然睁开眼睛，大叫了一声。

曲康平点燃香烟，一脸疑惑地看着顾毅："你怎么了？"

"做噩梦了。"

"这次又梦见什么了？不会又是什么预言吧？"

"不会。"

顾毅苦笑一声，看向窗外。外面是帝都繁华的街道，路上人来人往，车水马龙。

"活着真好。"

"他们能够这么快乐地生活，全靠你。"

"不，靠我们所有人。"顾毅笑着说道，"想要打败《诡异世界》，绝对不能靠一个人，只有所有人类团结一致、并肩作战，我们才能战胜它。"

"道理是这么个道理啊……"

曲康平闻言，无奈地叹了口气。

这一次的副本，暴露了现实世界的很多问题。狂信徒的组织已经深入了 A 国的各个地方，他们的行动从一开始的高调疯狂，变得隐秘阴险。

单单是弹幕机器人的事情，就让整个攻略组和公安部门焦头烂额。

开发弹幕机器人的狂信徒已经逃窜到了国外，直到前天才在 B 国境内被捕。

"能和我说说你刚刚梦见什么了吗？"

"嗯……没什么。"顾毅摆摆手，敷衍道，"就是非常普通的噩梦而已。"

曲康平皱着眉头，没有追问。

汽车绕过国家大礼堂，继续沿着道路前进。

顾毅梗着脖子，疑惑地问道："组长，我们不是去国家大礼堂？"

"为什么要去那儿？"曲康平吸了一口烟，"我们要去帝都国际饭店。"

"我一直以为授勋仪式会在国家大礼堂举行，没想到居然是在帝都国际饭店。"顾毅托着下巴问道，"难道是我的资格不够进国家大礼堂吗？"

"听说是因为这次政要来得很多，国家大礼堂装不下，所以只能选择去国际饭店了。"

"还有别国政要？"顾毅愣了一下。

"当然，这是属于你的荣耀。"

顾毅皱了皱眉。

这次地点的选择实在太诡异了，为什么所有人都没有发现，如此重要而严肃的仪式，居然会选择在一家国际饭店举行？

要知道，国家大礼堂是可以同时容纳 1000 人的。

如果不是曲康平这个人有问题……那就是他们已经被诡异力量影响了，刚刚的噩梦就是最有力的证据。

而且，这次敌人似乎下了血本，那么多国家的政要都没有发现任何异常。

"顾毅，你没事吧？"

"没事。"顾毅冲着曲康平笑了笑，"继续前进吧。"

【33】不合群的人

车队很快来到了帝都国际饭店。

今天，攻略组的所有骨干全都跟在车队里，一起前往帝都国际饭店，参加顾毅的授勋仪式。攻略组和帝都的公安部门一起负责这次安保工作，就连大病初愈的阿健也打着石膏跟了队伍里。

顾毅生平第一次穿西装，不管走到哪儿他都要不停地松领结。

曲康平是攻略组的组长，尽管很不喜欢这种社交场合，但他还是笑眯眯地与各级领导握手、问好。

顾毅极度社恐，只得跟在阿健身后，推着他的轮椅。他的视线不停在人群中扫射，他必须找到那个藏在人群中的幕后黑手。

"阿健哥。"

"怎么了？"

"仪式什么时候结束？"

"这都没开始呢，你就想着结束了？"

"不是，这西装穿得太不舒服了。"顾毅沉默了一会儿，说道，"卡裆，太难受了。"

阿健闻言，翻了个白眼。

这时，曲康平带着一个中年人朝着顾毅走了过来，顾毅赶紧低下头装看不见。

"这位就是顾毅了。"

"哦，真是英雄出少年啊。你比视频上看着帅多了，不过你怎么坐轮椅上了？受伤了？"

"呃……首领大人。"阿健尴尬地说道，"我不是顾毅，我后面的人才是顾毅。"

首领王鹤抬起头，看向顾毅。

顾毅感到气氛尴尬，避无可避，只得抬起头来。他用力牵动嘴角，摆出了一张憨厚的笑脸。

"首领大人，你好……"

"不用这么客气。"王鹤主动伸出手，"你可是人民的英雄。"

"啊，是吗？"

曲康平走到顾毅身边，恨铁不成钢地低声提醒道："蠢货，伸手。"

顾毅伸出右手。

"笨蛋，两只手。"

顾毅又伸出了左手。

王鹤哈哈大笑，也跟着伸出两只手，握住了顾毅的手："都说了不用这么紧张。"

"呵呵，没紧张，没紧张。"

"好，好孩子。"

顾毅收回手掌，他想了半天，也不知道该把手放在哪儿，最后只能把手放在了阿健的轮椅扶手上。

"很辛苦吧？"

"不辛苦。"

"嗯，是个好孩子。"王鹤眯着眼说道，"我听说你的家人现在还在养病？"

"在斯克兰顿稳定锚里睡了太久，稍微有些精神衰弱，不过很快他们就能恢复了。"

"那就好，你有什么愿望吗？"

"愿望？"顾毅愣了一下，说道，"让《诡异世界》消失？"

在场的几人哈哈大笑，唯独顾毅不知道他们在笑什么。

王鹤摸了摸下巴，笑眯眯地说道："这是我们全人类的愿望。我刚刚的意思是，你希望我为你做什么。"

"降低房价。"

"嗯……那我们还是聊聊怎么打败《诡异世界》吧。"

大伙儿笑得更开心了。

越来越多的领导人走了过来，有顾毅叫得出名字的，也有顾毅叫不出名字的。在这样严肃的场合，顾毅越发感到压力大，他宁愿去《诡异世界》再闯3关，也不乐意和这些人交流。

"对不起，我去趟厕所。"顾毅摸了摸鼻子，找借口尿遁。

厕所就在大厅的隔壁，顾毅走进去，推开隔间，脱下裤子，调整内裤和裤裆的位置。

"这裁缝的手艺真差。"

这一早上，顾毅一直感觉不自在，刚才人太多，他不便调整，直到现在才弄好。他坐在马桶上，仔细思考，回忆着所有宾客的相貌，试图找到那个最不合群的人。

思来想去，好像最不合群的是自己。

哗啦哗啦——门外传来水声。

自从顾毅进隔间以来，门外的水声就没停过，也不知道是谁洗完手后忘记关水龙头了。

他打开隔间门往外一看，一个中等个头的男人站在洗手池边，不停地洗手。泡沫已经充满了整个水池，直到最后手指头都洗破皮了，他才停下。

男人抽出七八张纸，反复擦拭手掌，直到把最后几张纸都用完才罢休。

洁癖，而且还是特别严重的那种。顾毅想都没想，立刻给这个男人贴上了标签。

男人走到厕所门边，双手插在口袋里，就是不肯碰门把手，反而回头看了一眼顾毅。

顾毅撇撇嘴，随意冲了一下水就走了过去。等到顾毅打开了厕所门，男人这才跟在顾毅身后冲了出去。

"谢谢。"男人留下一句话就离开了。

顾毅望着男人的背影，默默跟在男人的屁股后面。

男人回头看了顾毅一眼，顾毅也就不装了，大大咧咧地和男人并排："你好，我是顾毅。"

"嗯，我知道你。"男人笑着说道，"我叫洛夫。"

洛夫的语调十分奇怪。

"你不是 A 国人？"

"我是混血。我妈妈是 A 国人，我爸爸是 B 国人。"

听到这话，顾毅这才发现男人的眸子是棕色的，头发也有些卷，但是脸型和身材完全就和 A 国人没两样。

"看来你妈妈的基因更强大一点，你不说我都没发现你还有外国血统。"

"呵呵，谢谢你。"

"你来这里做什么？"

"还用问吗，朋友？"洛夫说道，"来参加你的授勋仪式。"

"哦。"

说完，洛夫就点头告辞，回到自己家人身边了。

顾毅摸了摸下巴，这哥们儿似乎比自己还要社恐。

"顾毅，你可算来了！"曲康平一路小跑，"你刚刚去哪儿了？"

"我不是说去上厕所了吗？"

"快过来吧。"

曲康平带着顾毅到了饭店的大礼堂，周围全都是说得上名字和说不上名字的商界大亨、世界政要。

帝都国际饭店是 A 国的地标建筑，也是 A 国唯一一家指定招待外宾的饭店。全楼高 117 米，共 40 层楼，今天顾毅的授勋仪式，就是在顶楼的大礼堂中举办的。

顾毅看了看周围，有些不自在，不祥的预感再次涌上心头。

"现在，有请我们人类的英雄——顾毅，登上舞台。"

主持人走上舞台，举着话筒，笑眯眯地喊着顾毅的名字。

掌声雷动，顾毅再不情愿，也必须走上舞台。

主持人把话筒递给了顾毅："英雄，你有什么话想和大家说吗？"

望着人山人海的台下，他感到手心冒汗，喉咙发紧，半天说不出一个字。

"那个……我……"

突然间，一个男人从观众席中站了出来，他从口袋里拿出一把手枪，毫不犹豫地扣动扳机。

砰！一声枪响。

顾毅并没有任何感觉，直到两秒后才感到胸口一阵温热。紧接着，剧痛传来，血水瞬间染红了白衬衣，顾毅咳嗽了两声，双腿一软，倒在地上。

眼前……

一片血红。

【34】惊天绑架案

"啊！"顾毅惊叫一声，捂住了自己的胸口。

曲康平和阿健全都吓了一跳，一脸惊讶地看着顾毅。

"你怎么了？"

"又做噩梦了？"

顾毅没有搭理二人，目光迅速在观众席中扫描。

刚刚那样的感觉，根本不是在做噩梦，而是自己在不知不觉中发动了天赋能力！

正如自己预料的那般，这个授勋仪式是一个陷阱。

W 博士与金鑫的能力不同，金鑫的能力是预知未来、空间跃迁，而且必须借助塔罗牌的力量才能实现。W 博士则具有精神控制类的能力，他能在潜移默化中改变人类的认知，让他们产生心理压力，最终让他们自杀或逐渐丧失人性。

曲康平乃至其他人都忽略了显而易见的危险，大大咧咧地前来参加授勋仪式，这必然是 W 博士的手笔。

"推演！"顾毅闭上眼睛，想主动发动技能，他的额头都急出汗了，却怎么也找不到之前的感觉。

"现在，有请我们人类的英雄——顾毅，登上舞台。"主持人走上舞台，举着话筒，笑眯眯地喊着顾毅的名字。

掌声雷动，大家全都期待地看向顾毅。

曲康平不解地看向顾毅，轻轻捅了捅他的胳膊："欸，喊你名字呢。"

"不行。"顾毅斩钉截铁地说道，"台下藏着杀手。"

"怎么可能？安保工作都是我们负责的，绝对不会出意外。"

顾毅低声骂了一句。

W 博士的认知锁到现在还没有解除，所有人都没有醒过来，想指望他们帮自己根本不可能。现在，只能靠自己了。

顾毅闭上眼睛，无视众人的鼓掌，旁若无人地开始思考。

敌人大费周章，骗来那么多国际政要，绝对付出了不小的代价。如果他们的目的只是杀死自己，那么杀死全部政要未免太奢侈了。杀死他们也许会给人类带来一定麻烦，但绝对不会是毁灭性的打击。可是，今天参与行动的所有狂信徒必死无疑，他们潜伏在人类组织内部的暗线也必然会暴露，这样的行动绝对是得不偿失的，那他们到底是为了什么？

顾毅掌心忽然一热，他赶紧睁开眼睛，看向黑球。

愚者牌现在分裂出了另外一沓塔罗牌，只不过这些塔罗牌的牌面上都还是一片空白，除非自己使用精神力引导，否则它们不会展现出任何诡异力量。

"原来如此……"

顾毅睁开了眼睛。

不仅暗月想要得到塔罗牌，就连 W 博士也想得到塔罗牌。但是，他恐怕并不清楚真正的愚者牌在自己手里，一直以为愚者牌还在金鑫那边。

金鑫被关在帝都监狱，想要硬抢肯定是行不通的，诡异力量根本无法渗透其中。

但是，他只要以全球政要进行要挟，就能让 A 国政府释放金鑫。

不！他们甚至不用以此要挟。

国际饭店高 100 多米，易守难攻，只要他们在这里闹出足够大的动静，帝都的反诡异部队肯定会集中在国际饭店。

帝都监狱的防守空虚，部队无法调度兵力，他们只需要派出一队火力强大的狂信徒，就足以救出金鑫了。

事后，W博士凭借实力，完全可以大摇大摆地混进人质群里，离开犯罪现场。

剩下的炮灰是死是活，W博士根本就不用管。

"难道这就是你的计划吗？"

曲康平和阿健看着顾毅自言自语，一时弄不清情况。周围的观众也全都把视线集中在了顾毅身上，满脸困惑。

"W博士……W博士，你在哪儿？"顾毅猛然回过头，视线立刻锁定了洛夫。

对方果然也在注视着自己，他轻蔑一笑，对着顾毅做出了割喉的动作。

顾毅回忆着洛夫身上的所有细节。

他的每一步步幅都是长短一致的，仿佛机械一般精准。有洁癖、强迫症外加显赫的家世，都非常符合W博士的人设。

顾毅翻身越过椅背，不顾一切地朝着洛夫跑了过去。

"我看见你了！"

"哼！"

洛夫冷笑一声，不慌不忙地从侧门离开了会场。

会场一片大乱。

顾毅心中一凛，下意识地低下脑袋，朝前滚去。一颗子弹蹭着他的头皮飞了过去。

敌人的枪声就没停过，而顾毅却总能在千钧一发之际躲避子弹，如同泥鳅一样成功逃出了会场。

"所有人卧倒！"曲康平大声呼叫。下一秒，台上的主持人就被枪手射杀，鲜血瞬间染红了雪白的墙壁。

认知锁在这一刻刚好解除。

曲康平回忆着顾毅的种种提醒，后悔莫及："该死的……我为什么到现在才反应过来。"

"各位，希望你们配合我们的工作，今天我们可不是来杀人的。"

一个服务生走上了讲台，卷起袖子，向大家展示自己的文身——那是《诡异世界》的台标。

这些服务生是《诡异世界》的狂信徒，整个国际饭店早就被狂信徒们控制了。

嗒嗒嗒！枪声此起彼伏。大伙儿惊叫着趴在地上，没有人再敢反抗。

慌乱之中，阿健摔倒在地上，脚上的石膏都碎成了八瓣。曲康平把他扛在肩上，躲在了椅背后面。

"阿健，还好吗？"

"暂时死不了。"阿健擦了擦额头的冷汗，"其他兄弟们呢？"

"这些服务生敢掏枪，就说明我们安排在外面的安保力量已经被解决了。"

"顾毅呢？我看他刚刚跑出去了。"

"谁知道这小子在干吗！"

一个服务生走到了曲康平的身后，用枪顶住了他的脑袋。

"曲康平？"

"不是我，你认错了。"

砰！服务生二话不说，随便朝着一个路人扣动扳机。

路人肩头中弹，滚烫的鲜血洒满了曲康平的侧脸。

"同样的问题，我不想问第二遍。"

"是我。"曲康平转过身来，举起双手，冷冷地说道，"你打我可以，别打别人。"

"哦，我会的。"狂信徒抬起脚，用力踹在曲康平的肚子上。

曲康平倒吸一口凉气，五官都揪成了一团。狂信徒架着曲康平，将他丢到了舞台上。

不一会儿的工夫，狂信徒已经把所有叫得上名字的政要全都集中在了舞台中央，他们全都面无人色，浑身发抖，但是，面对歹徒们黑洞洞的枪口，他们除了听从安排，没有别的选择。

"来，开个直播吧。"狂信徒的头领走了出来，拿出一部手机对准大伙儿，"亲爱的各位家人，欢迎来到我的直播间，喜欢的老铁别忘了点点关注哦。"

狂信徒的直播镜头出现在千千万万网友的手机屏幕上。

镜头对准了所有人质，狂信徒们拿出绳索，将所有人质的手脚绑了起来。

3分钟不到，国际饭店的楼下就出现了一堆警车。

胡畅脸色阴沉，举着大喇叭说道："里面的人听着，你们赶紧释放人质……"

砰！狙击枪的声音响起，胡畅胸口中弹，倒地不起。

街上的人群尖叫不已。狂信徒举着手机哈哈大笑，他们把警察局长中枪的画面实时直播，恐惧的情绪如瘟疫一般在人群中蔓延。

"好了，警察同志，你们的火力是没有办法和我们抗衡的。"狂信徒对着镜头说道，"我们不仅拥有强大的诡异力量，还有强大的火力武装，就算是特种部队都打不过我们。"

弹幕上一片谩骂，而狂信徒看见网友破防的样子，反而更加兴奋了。

"杀死警察局长只是开胃菜，接下来还有更精彩的节目。"

镜头掉转，对准了台上的各国政要。

"我们现在来玩儿幸运大抽奖，点到谁，谁就去玩儿蹦极，怎么样？乌龟，过来！"

"来了，头儿。"

一个驼背的矮子走了过来，屁颠屁颠地站在头领身边。

"你们过来，围成一个圈。"

人质们畏畏缩缩地站起来，围着乌龟站成一圈。

头领拍了拍乌龟，笑着说道："你躺下。"

"好嘞。"

乌龟躺在地上，自然而然地跷起脚尖，如同一把汤匙躺在地上。

"喏，乌龟的脚指向谁，谁就去蹦极。"

头领踢了一脚乌龟，乌龟立刻就像陀螺一样转了起来。

过了没一会儿，乌龟停在了两人的中间，谁也没指到。那男人眼珠骨碌碌地转，用力撞了一下身边的女人，让她正好对准了乌龟的脚尖。

"不，不是我，有人推了我一把！"

女人脸色惨白，不停摇头。她双腿一软，跪在地上向狂信徒求情。

头领露出了一个微笑，他目光如炬地盯着做小动作的男人，冲上前去揪住了男人的耳朵。

"哎呀，痛痛痛，饶命啊，大爷！"

"你叫什么名字啊？"

"我……我是秦勇军。"

"哦哦，我知道你的名字，秦半城嘛，专门搞房地产开发的？"

"对，我很有钱的。"秦勇军挤出一抹微笑，"我可以给你钱，很多钱，两辈子都花不完的钱。只要你可以饶了我，我什么条件都答应你。"

"真的？"

"真的，真的！"

"那你能让房价降下来吗？"

"可以，可以，可以！"

"呸，你们开发商的话，老子一个标点符号都不信！"

头领揪着秦勇军的耳朵，来到窗户旁边。他打开窗户，不由分说地将秦勇军丢了出去。

"啊——"惨叫声在高楼间回荡。

秦勇军落在地上，摔成了肉泥。

头领举着手机，拍了一下在场的所有人质，乐呵呵地说道："A 国人听着，我们也不想杀人。我们的目的就是一个，请立即释放金鑫，将他交给我们。只要我们带走金鑫，就释放全部人质。请你们尽快完成我的要求。

"半个小时之后，如果我们看不到金鑫，每过 5 分钟就会杀死一个人质，我们说到做到！"

顾毅冲出了会场，洛夫大摇大摆地走在路中间，就像是在自家的后花园里散步。

"站住！"顾毅追到转角处，正好发现了两个攻略组的特工，"快抓住他，他是主持人！"

特工们冲了上来，赶紧掏枪。

"嘘——"洛夫做出噤声的动作，双眼变得漆黑无比。

特工们脚下一软，跪倒在地，不由自主地拿起手枪，对准自己的太阳穴扣动扳机。

砰！鲜血染红了乳白色的墙砖。顾毅双眼圆睁，握紧了拳头。洛夫转过头来，用黑色的眸子死死盯着顾毅。

"顾毅，你又给了我一个惊喜。没想到你在现实世界居然能免疫我的精神攻击！如果不是主人再三强调不能杀死你，我真的想把你做成我的收藏品。难怪主人会那么看重你。"

"去你的！"顾毅挥拳砸向洛夫。

洛夫轻蔑地冷笑一声，单手擒住了顾毅的手腕。

此时，一队伪装成服务员的狂信徒走了出来，他们七手八脚地制服了顾毅。

黑洞洞的枪口顶在顾毅的脑袋上，让人头皮发麻。

"顾毅，我劝你不要乱动。"洛夫说道，"子弹不长眼睛，万一打伤了你那就不好了。人只有一条命，你可不能死在这种地方。"

"你是个浑蛋！"

"不错，那又怎样？你现在还不是成了我这个浑蛋的俘虏吗？"洛夫笑道，"把他绑起来。"

狂信徒走上来，反剪顾毅的双臂，再用绳子紧紧绑住。顾毅用力挣了一下，发现这绳子反而越收越紧。

"别挣扎了，这个绳结是绑牛的，你的力气能大过牛吗？"

"哼。"顾毅冷笑一声。

狂信徒带着顾毅来到了隔壁的大礼堂。曲康平抬头，他望着安然无恙的顾毅，不知道该开心还是该难过。

洛夫四处望了望，指着一个角落说道："别让顾毅和那些人待在一起，把他吊在顶上。"

"是！"

狂信徒们拖着顾毅，将他吊在会场2楼的栏杆上。

顾毅双脚悬空，全身的重量都集中在腰上，这让他几乎没办法呼吸。

"喂，这样会把我吊死的。"

"少废话。"狂信徒瞪了一眼顾毅，转身回到了大礼堂门口。

顾毅闭上眼睛，再次试图发动能力，一些零碎的画面出现在脑海里，但他依然无法顺畅地使用技能。他又重新将注意力集中在右手掌心，黑色光球的力量依然可以使用。

由于被吊在栏杆上，顾毅根本没办法自由地观察整个大厅的情况。

敌人有多少？实力如何？兵力分布情况是什么？

现在的他，两眼一抹黑。

整栋大楼已经完全处于敌人的掌控之中，顾毅看向窗外。

直升机的声音从天边传来，军队果然到场了。

然而，不等直升机飞到大楼前，狂信徒们便用火箭筒炸飞了直升机。即便离得很远，顾毅也能清楚地看见那架直升机在天空中化为一颗火球。

洛夫走到窗户边，接过开直播的手机，笑眯眯地对着镜头说道："A国人听着，你们是没有办法打赢我们的。在国际饭店方圆10里内，我不想看见任何飞行器，哪怕一只鸽子飞到我们面前，我也会毫不犹豫地将它击落。

"现在已经过去5分钟了，如果再过25分钟，你们还没有把金鑫送到我们面前，我就要开始杀人了。同样的话，我不想说第二遍。"

洛夫说完，便继续趴在窗户边上看风景。

过了不到1分钟，开直播的手机收到了一通电话，洛夫冷笑了一声，接通了电话。

"你好，我是洛夫。"

"你好，我是A国副首领，关宏。"对方说道，"我是来和你们交涉的。"

"哦，我们没什么好交涉的。现在还有24分钟，如果我见不到金鑫，我就会开始杀人。"

"洛夫先生，你也知道，金鑫现在在帝都监狱。为了抵挡诡异力量的侵袭，帝都监狱有非常严格的保护措施，要把他从监狱里提出来，需要经过非常复杂的程序，30分钟根本不够我们行动，你们能不能稍微宽限一下？"

"那是你们的问题，不是我的问题。"

"洛夫先生，我们真的带着诚意来的。"

"你们政治家的话，我一个字都不信，房地产开发商都比你靠谱。"洛夫看了一下手表，说道，"现在又过了1分钟，浪费的时间全算在你们头上。如果有哪个人质死了……那都是因为你。"

洛夫挂断电话，看向楼下，反诡异部队已经集结，不过看这数量还远远不足。洛夫必须再下点猛料，才能彻底抽空帝都的防卫兵力。

洛夫闭上眼睛，仔细感受部队的分布情况，现在，隔壁的两栋大楼上，3个狙击手已经准备就绪。洛夫冷笑了一声，把脑袋伸到窗外。

"队长，目标把头伸出窗户了。"

"不要轻举妄动，先观察一下楼里的情况。"

"好……现在……"

狙击手的后半句话卡在喉咙里说不出来了，一只血红的眼睛堵在狙击镜里，让他根本看不清对面的情况。他吓得赶紧放下枪，却发现那血红的眼睛正飘浮在自己眼前。

"啊！"狙击手知道自己这是中了幻觉，他从怀里拿出药剂，还没来得及饮下，心脏便停止了跳动。

"队长，1号阵亡了。"

"什么？他是怎么死的？"

"队长，我——啊——"

"喂喂喂？3号，3号你还在吗？"

片刻的工夫，3个狙击手全都阵亡了，甚至连一点有效情报都没有收集到——这一次的敌人实力远超以往！

"队长，要不然从帝都监狱借用一下镇妖塔的核心？"

"不行。"队长说道，"借来那东西，监狱里那么多罪犯还怎么镇压？赶紧调集斯克兰顿稳定锚过来，催他们快点。"

"他们说至少要15分钟。"

镇妖塔是A国开发的反诡异科技，对诡异力量有极强的压制力量，这是A国根据斯克兰顿稳定锚的原理制造的。镇妖塔的功率要比斯克兰顿稳定锚大，但是没有斯克兰顿稳定锚携带方便。

镇压一家国际饭店的诡异力量，至少需要50台斯克兰顿稳定锚，但如果用镇妖塔的话，最多1个就够了。

顾毅吊在半空中，远远地望着洛夫和匪徒们商量战术。想要挣脱绳索是非常容易的，但是挣脱绳索的同时还不让所有人发现，那就不可能了。

现在，只能赌那副塔罗牌可以帮自己了。

顾毅闭上眼睛，从塔罗牌堆里抽了一张牌，他扭过头去看了一眼牌面。

魔术师头顶上有个无限的符号，腰带为一条头尾相接的蛇，他的右手拿着权杖指向天空，左手指着地面，牌面下方写着两个英文单词：The Magician。

"这东西有啥用？"话音刚落，顾毅突然感到额头一阵剧痛，海量的知识涌入脑海。

在他的精神世界里，一本巨大的魔法书出现在他的眼前，他可以从这本巨大的魔法书里随便挑选一个魔法使用。

"替身术。"

顾毅闭上眼睛，默默施展魔法。他本人变得透明，从半空中跳了下来，空中则挂着自己的替身。

施展完魔法之后，顾毅突然有种全身被掏空的错觉，就连黑色光球也暂时进入了封闭的状态。他来不及休息，蹑手蹑脚地离开了大礼堂。

顾毅走出来之后，发现整层楼到处都是狂信徒，他们把守在所有通道口，自己没有任何逃脱的空间，唯独巨大的玻璃窗边没人把守。

顾毅默默算了一下时间，再过1分钟自己的隐身状态就会消除。

没有时间犹豫，只能从大楼外面逃脱了。顾毅走到窗户边，轻轻打开窗。

歹徒丝毫没有察觉。

他翻身走到窗户外面，双手紧紧抓住了窗户边沿。这里是100多米的高空，风非常大，只要稍微有一点失误，人就会掉下去。

顾毅深吸一口气，壮着胆子沿着窗户向下爬。好不容易爬下一层楼，他的后背就已经被汗水打湿了，替身术的隐身效果结束了。

"喂，你们看那是什么？"

"这孩子怎么趴在墙上？"

楼下，部队众人举起望远镜，纷纷看见了那名"蜘蛛侠"。等到"蜘蛛侠"微微侧过头时，所有人都倒吸了一口凉气。

"天，这不是顾毅吗？"

"他是怎么逃出来的？"

"这太危险啦！"

队长赶紧走了过来，命令道："所有人都别去看顾毅了，就当作没看见！"

听到这话，大伙儿立刻收回了视线。

虽然不知道顾毅是怎么逃出来的，但如果让里面的歹徒知道了，顾毅必死无疑。他们在底下大呼小叫地看着，除了会让顾毅暴露行迹，没有任何帮助。

呼——一阵大风吹过，顾毅的外套猎猎作响，拽着他往外飞。他的手心冒汗，右手从窗户上滑落。

咯吱咯吱！顾毅听见左手指骨正发出刺耳的响声。

楼下的军人还是忍不住抬眼看了一眼顾毅，他单手抓着窗沿，好像随时都要掉下来似的。大伙儿屏住呼吸，好像在外墙上冒险的人就是自己。

"呼，没事的。"顾毅深吸一口气，嘴角微微上扬。

即使在这样危险的情况下，他的心跳依然没有紊乱——这点危险，和《诡异世界》里的危险完全就不是一个数量级嘛！

顾毅抬起右手，将全部的精神力集中在上面。

黑色光球再次显现，他把黑球按在外墙玻璃上，房间的玻璃瞬间消失，被收进了黑球的空间里。顾毅荡悠着身子，顺利钻进了楼下的房间里面。

"成功了！"楼下的军人们不禁握紧了拳头。

洛夫突然感到有些不对劲，他再次来到窗户边上，看向楼下。

"怎么了，博士？"

"没什么。"洛夫摇摇头，"我刚刚感受到那些人的情绪非常激动，就像是中了500万元似的。"

"是因为稳定锚快到了？"

"那也不至于那么兴奋吧。"

洛夫回头看了一眼顾毅，那小子还挂在半空，像条咸鱼一样晃来晃去。

顾毅站在房间里，回头看了一眼破碎的窗户玻璃，轻轻拍了拍自己的胸口。

他扭头看了看四周，这是一个双人标间，屋子里干干净净，空气中有股淡淡的兰花香味。

早在一天前，国际饭店的客房就被清空了，只有国际政要才会住在里面。

顾毅坐在床边，手撑着床，直到这个时候他才发现自己的手臂因为脱力而在不停发抖。

更要命的是，在现实世界使用诡异力量的代价更大，他现在头疼得就像是三天三夜没有睡觉一样，只要给他个枕头，他能睡到明天早上。

然而，顾毅根本没有办法休息，他必须想办法保护大家，破坏 W 博士的计划。

顾毅在柜子里到处翻找，发现了一袋咖啡和一包茶叶。现在来不及烧水，顾毅干脆把速溶咖啡撕开，倒进嘴里嚼。他吞完了咖啡，又把茶叶包塞进嘴里，用唾液泡茶。

"啧啧……"

顾毅坐在床边休息了一会儿，发现自己又精神了起来，直接含着茶袋比泡茶喝更有味道。他干脆又拿出一袋茶，撕开包装，把茶叶全都倒进嘴里嚼。

"行了。"

休息完毕，顾毅抬起手表看了一下时间。现在已经过去 21 分钟了，再过 9 分钟，狂信徒就要开始屠杀人质。

单单是楼上的狂信徒就有二三十人那么多，而且每个人身上都带着武器。凭借自己现在的精神力，最多只能使用一次塔罗牌。现在的第一个任务是想办法救出其他楼层的人质，借助他们的力量来对抗狂信徒。

不过，顾毅不太敢去救攻略组的特工。因为，在顾毅多个梦境之中，他都曾被人从背后杀死，他觉得这是背叛的象征。这次 W 博士可以骗来那么多政要，说明自己的推测并没有错。顾毅偷偷私吞塔罗牌，就是不想让这个情报被攻略组的内鬼知道，在确认内鬼的身份之前，他不敢相信任何一个特工。

"只能看看你能给我带来什么惊喜了。"顾毅深吸一口气，再次从黑球里抽出了一张塔罗牌。

牌面上是一扇成功之门，成功女神站在门中，面带微笑地等待着，牌面下方写着英文：The World。

"哟——居然是这么无敌的牌？"顾毅捏着世界牌，突然感到自己的灵魂飘离了身体。

紧接着，方圆 10 里的动态全都映入了自己的脑海里，就连大楼里的老鼠、蟑螂藏在哪儿他都一清二楚。这感觉就像是打 CF[①] 的时候开了全图透视。

灵魂重新回到肉体之中，现在他随时可以抽离灵魂，观察整栋大楼。他现在的精神力大概可以维持半个小时的塔罗牌效果。

顾毅闭上眼睛，发现在东南角的总统套房藏着一批人质，他们大都是政要的家属。其中几人身形健硕，被狂信徒重点照顾，绑住了手脚。

这层楼一共只有 4 个狂信徒，其中两个在门口把守，两个在房间把守，每个人都戴着耳麦，时不时会互相通报情况。

"呼……"顾毅深吸一口气，闭上眼睛，在脑海中规划潜行路线，同时还在回忆自己在《诡异世界》的经历。

在上一个副本世界里，顾毅曾经扮演过军人，那些知识和技能其实早在无数次推

---

① CF：一款名为《穿越火线》（Cross Fire）的第一人称射击游戏。

演时演练过了，所以他才能如此快速地在现实世界学会枪械知识。

这才是无限推演最变态的地方！

"顾毅，你能行的。"

顾毅轻轻拍了拍自己的脸蛋，小心翼翼地走出房间。他踮着脚，绕过几处岗哨，来到了总统套房前。他躲在角落的阴影中，右手一张，从黑球空间里摸出了1块玻璃碎片。

当啷！顾毅将碎片砸在角落，站在门口的两个狂信徒立刻被吸引。

"刚刚是什么声音？"

"老鼠吗？"

"不是，我听着好像是玻璃的声音啊。"

"你过去看看。"

"好。"

两名狂信徒一前一后地走了过来，在前面那人刚刚走到角落的时候，顾毅悍然出手，用手中的玻璃碎片割破了敌人的喉咙，顺手摸走了对方腰间的手枪。

"敌袭！"后方的敌人发现不对劲，立刻举起手中的冲锋枪。

没承想，顾毅更快一步，还没等对方扣动扳机，就一枪射爆了对方的脑袋。

屋子里的狂信徒听到动静，赶紧冲了出来。

顾毅扛着狂信徒的尸体，当成盾牌，躲在角落里又是一枪，解决了第三个人。

剩下那人赶紧回到屋子里，不敢再出门。这家伙的枪法如此精湛，绝对是攻略组的特工。他赶紧拿起耳麦，按下通话按钮。

"喂……"

砰！一颗子弹穿过墙壁，射穿了最后一人的脑袋。

屋子里的人质们惊叫不已，他们一齐看向大门。

只见顾毅浑身是血地走到门口，朝着大家摆摆手："大家好，我是顾毅，是来救你们的，你们有谁会用枪？"

"我！我是D国总统的保镖。"

"D国的保镖？那还是算了吧……"

"顾先生，我会用枪。"

"你也是保镖？"

"不是，我就是一个学生而已。"

"学生？算了，算了。"

"我来自高谭市，而且还在夏威夷度过假。"

顾毅闻言，倒吸一口凉气。他赶紧捡起一把冲锋枪，塞进了那名学生手里："一会儿记得听我指挥。"

砰砰砰！洛夫待在楼顶，突然听见楼下传来几声枪响，他与手下四目相对，一副不解的表情。

"什么情况？他们攻入饭店了？"

"怎么可能这么快？"洛夫皱起眉头，"问问楼下的人。"

"博士，他们没有回应。"

"派几个人下去看看情况，多派几个！"

"是！"

洛夫闭上眼睛，将自己的精神触须放射到楼下的总统套房。

屋子里的人心情全都十分紧张，这是非常正常的现象，但是只有一个人很奇怪，他无比淡定，情绪几乎没有起伏，感觉就像是睡着了一样。

这样的情况，洛夫只遇到过一次，那就是遇到顾毅。

砰砰砰！楼下又传来激烈的枪战声，手边的对讲机传来了手下的声音：

"博士，是特工！他的枪法太变态了，我们的人连他的人影都看不见就没命了。"

"特工个屁，老子被他耍了！"

洛夫举起手里的对讲机，朝着挂在空中的"顾毅"砸了过去。

"顾毅"中招之后，化为一个蜡人落在地上，碎成了八瓣。

曲康平一脸诧异地看着"顾毅"的尸体，怎么也想不明白到底是怎么回事。

"他是怎么办到的？"

洛夫望着地上的蜡块，脑子里同样是一团乱麻。一时之间，他觉得自己的对手并不是一个失去诡异力量的冒险者，而是和自己一样，是无所不能的神仆。

没有神的允许，冒险者是很难在现实世界使用诡异力量的，就算偶尔能够使用，也纯属因为运气好。

就像上次在放映室一样，他是如何召唤虚空将自己打跑的？为什么即使回到现实世界，他也能使用这种力量？

洛夫不停思索着，但很快他就发现自己的思维变得迟缓。直到最后，他的大脑告诉自己，这些情况全都是自然而然的，根本不需要怀疑。

他看了看手表，还有两分钟。

是时候兑现自己的诺言了。

"手机拿给我。"

洛夫从狂信徒的手里接过手机，走到了窗户边，将镜头对准了无边无际的蓝天。

"各位观众你们好，欢迎来到我的直播间，今天风和日丽，是表演蹦极的好时候。接下来，我将要为大家抽选一名幸运儿，让他来给我们表演蹦极。"

洛夫举着手机，来到了人群中间："你们所有人，排成一列站好。"

人质们排排站好。

洛夫咧嘴一笑，闭着眼睛来到队伍的最前面："我现在闭着眼睛走路，一边走一边唱歌，唱完之后停在谁的面前，谁就要去蹦极。"

"Row, row, row your boat, gently down the stream ..."

洛夫唱完儿歌，睁开眼睛扭头一看，面前站着的人正是王鹤。

"哎呀，我真的是中大奖了，没想到第一次抽奖就抽中了您呀。"

"哼。"王鹤冷笑一声，转过头去。

曲康平站了出来，大声说道："哎！你放开他，我喜欢蹦极，让我来。"

"没见过送死还争抢的。"

洛夫双眼变黑，瞪了一眼曲康平。曲康平感到脑袋剧痛无比，忍不住双腿一软，倒在地上。

洛夫拽着王鹤走到窗户边上，把镜头对准了王鹤。

"各位，我说好了，半个小时之后如果没有把金鑫送到我面前，那么我就开始杀人。现在离半个小时过去还有 1 分钟，为什么我什么都没看见？"

洛夫趴在窗户边，看向下方的街道。

反诡异部队已经偷偷把斯克兰顿稳定锚运输到位，正悄悄在附近安装。然而，这一切正是洛夫想要看见的。

此处的兵力越多，证明帝都监狱的防守力量就越空虚。

大伙儿看见洛夫把王鹤带到窗户边上，所有人都提心吊胆起来。

洛夫单手提着王鹤，将他吊在窗户外边。王鹤吓得面无人色，但硬是不肯说一句求饶的话。

楼下的军人们乱成一团，有人拿着大喇叭不停劝阻。

嘀嘀嘀——洛夫的手机响了起来，他一只手接电话，另一只手拽着绑王鹤的绳子。

"是我。"

"听着，立刻放了王先生，如果你敢杀了他，我们什么要求都不会答应你。"

"对不起，我这个人说话算话，说杀一个人质就杀一个人质。你要是不肯答应我的条件，我就一直杀人，有本事你就来一发导弹，把楼给炸了。"

"你这个王八蛋——"

"对不起，谈判结束。"

洛夫挂断了电话。

"怎么样，王先生？"洛夫乐呵呵地说道，"你马上就要去地狱逛一圈了，还有什么遗愿吗？"

"人类永远不会向《诡异世界》低头，胜利终将属于……"

"算了，我不想听了！"

洛夫摇摇头，松开了绳子。

"啊——"

洛夫自信地转头，却听见王鹤的声音依然在不远处。他愣了一下，趴在窗沿向下望去。

顾毅半个身子吊在外面，在千钧一发之际，牢牢地拽住了王鹤。

"顾毅！又是你！"洛夫气急败坏地从手下手里抢过手枪。

顾毅咬紧牙关，大吼一声："拉我回去！"

楼下的人质们七手八脚地把顾毅和王鹤全都拉了回来，子弹蹭着外墙飞过，险些打中王鹤。

王鹤终于回到地面，他揉了揉哆哆嗦嗦的大腿，一脸真诚地看着顾毅。

"顾毅，你救了我的命。"

"别说这些了。"

顾毅摆了摆手，依然在注意楼上匪徒们的动向。

"我都不知道该怎么感谢你。"

"让房价降一降吧。"

"这个……不归我管。"

"那不然你还是跳下去吧？"

"我喜欢你的幽默感。"

"我没开玩笑。"

顾毅挑了挑眉，接着又看向了地板。

"楼下有人往我们这里追过来了，一共 10 个人，不过他们没有急着冲上来，应该是准备再等一些援兵，准备一拨冲死我们。

"楼上还有 5 个人下来，堵住了向下的楼梯，我们暂时先不出去，就在这里围点打援。

"你们还有多少弹药？"

"毅哥，我们一共只剩 3 个弹夹了。"

顾毅拿起手枪，退出弹夹，看了一眼："我也只剩 4 颗子弹了。"

"没关系，杀两个敌人就能有弹药了。"

来自高谭市的学生一脸淡定，在所有人里他是杀人最多的。

顾毅不置可否，如果困在这里只有死路一条，只有想办法杀回顶层，再暗算洛夫，才能有一线生机。

王鹤看了看顾毅，又看看大伙儿，好奇地问道："顾毅，你能知道整栋大楼的敌人的动向？"

"对。"

"那你为什么不和反诡异部队联系？我们里应外合的话，很快就能解决这些人了。"

"我不知道他们的联系电话。"

"我有啊，我立刻喊他们来。"

"等等，别着急。"顾毅拦住了王鹤，"现在最关键的是让他们抽调一部分兵力去帝都监狱。"

"为什么？难道……"

王鹤闻言，略加思索就明白了顾毅的意思，赶紧拿起了手机。

帝都监狱。

典狱长坐在办公室里，接起电话。

"你好，帝都监狱。"

"能再给我们支援 10 台稳定锚吗？"

"不能再给了，再给我们这里的犯人就镇压不住了。"典狱长看了看办公室窗外，"你们那里到底怎么回事？"

"数量还是不够，敌人很可能拥有非常强大的诡异道具，按照目前的休谟指数来看，我们强攻的话依然会造成不小的伤亡。"

"我只能说爱莫能助。"

典狱长挂断了电话。

帝都监狱是一座环形监狱，外围的环形结构是监狱看守们的宿舍以及办公场所，圆心则是关押犯人的牢房。

牢房整体呈塔状，其外部的休谟指数必须始终保持在 -100 以下，以确保内部的罪犯无法逃脱，外部的诡异力量无法入侵。

不过，这也造成了牢房内部的时空极其不稳定，正常人只要在里面待上 10 秒钟就有可能永久诡异化，哪怕在有防护的情况下，也不能在里面滞留超过 30 分钟。

因此牢房的内部都是高度自动化的，尽量减少人类的工作量。

同时，这座帝都监狱也埋藏着一个秘密，这个秘密只被攻略组的组长以及各个国家的首领知晓。

牢房里的罪犯大多穷凶极恶、不死不灭，囚禁是限制他们的唯一手段。而这些囚犯里，大概有七成都是退役的冒险者。他们回到现实世界之后，有一定概率会再次听见导演的呓语，一旦意志不坚定，就会立刻堕入黑暗，成为暴怒嗜血的诡异生物。

能活着离开《诡异世界》的冒险者要么天赋能力强大，要么性格勇敢、心思细腻，假如这些人成为诡异生物，他们对人类的威胁甚至会超过《诡异世界》。

因此，所有冒险者在退役后都会被邀请加入攻略组。哪怕他们不愿意，攻略组也会对他们登记造册，并按时上门家访。这既是对退役冒险者的保护，也是对他们的监控，曾经的队友也有可能变成现在的敌人。

典狱长拿起打火机，点了半天也点不着，他有些烦闷地将打火机丢进了垃圾桶，靠在办公椅上。

"最近可是多事之秋啊……"

典狱长拿起手机，点开了直播。此时，刚好播到洛夫将王鹤丢下楼的画面。

"天哪！这家伙疯了？"

典狱长坐直了身子，眼睛死死盯着屏幕，想象中血肉模糊的画面没有出现，顾毅居然及时出手救下了王鹤。

"这小子可真厉害！"典狱长忍不住拍了拍扶手。

砰！屋外传来剧烈的爆炸声，典狱长吓得手机差点砸在地板上。他赶紧走到窗户边上往外看。

监狱的东南角突然扬起了灰尘，监狱的守卫正一窝蜂地往爆炸发生地跑去。

"喂，出什么事了？"

典狱长离开办公室，抓住了手下。

"长官，有人突袭监狱。"

"突袭监狱？他们要干什么？"

屋外的爆炸声越来越响，监狱的大门居然直接被敌人用炮弹炸开——很难想象这些人是如何把这么多的弹药带进 A 国境内的。

"他们的火力怎么这么猛？"

"一定是走私进来的武器。"

"别管那么多了，你带人去防守，我去打电话叫人。"

"是。"

典狱长赶紧拿起电话，请求部队支援："这里是帝都监狱，我们遭遇狂信徒的突袭了，请求支援。"

"我们早就收到消息了，正在赶过去！"

轰隆！典狱长的办公室突然被炸弹轰开，他整个人都被埋进了碎石瓦片之下。

几个武装到牙齿的狂信徒闯进了办公室，不到片刻工夫就找出了镇妖塔大门的钥匙。他们的动作熟练，明显是有备而来。

"拿到了吗？"

"拿到了。"

"赶紧去。"

狂信徒们离开办公室，却突然听见角落里传来动静。

典狱长从废墟里爬了出来，如同饿虎扑食一般朝着狂信徒冲了过去。他和狂信徒厮打在一块儿，没有武器，他就只能用牙咬。

"啊——"

"开枪，别管他！"

狂信徒直接将同伙和典狱长一起射杀，接着分开二人的尸体，从典狱长的手里拿回钥匙。

"别磨磨蹭蹭，能用枪解决就用枪解决。"

"是。"两名狂信徒离开办公室，直奔中间的牢房而去。

外围的大楼上，守卫还在与狂信徒进行激烈的枪战，他们已经没有精力去管牢房的事情了。狂信徒在外围纵火，浓烟瞬间遍布整座监狱。

"进去，金鑫大人在 C-1047 区域。"

"是。"二人穿上防护服，冲进了牢房。

扭曲的空间让二人头晕目眩，不过 W 博士给他们的护身符很快就发挥了作用，他们立刻就找到了正确的道路。

不到 20 分钟，他们就找到了关押金鑫的牢房。

"你确定没走错？"

"当然没有。"

"那为什么牢房里面是一个痰盂啊？"

"嗯……不管那么多了，把这个痰盂拿出来。"

二人拿出钥匙，打开牢门。

痰盂听到二人的动静，左右晃了两下。其中一人拿出狗腿刀，用力砸了下去。

铛！铛！铛！那人一连砸了 3 下，终于砸开了痰盂。

金鑫缓缓抬起眼皮，有气无力地看着两名狂信徒："你们……是来救我的？"

"没错。"

"我没力气了。"

"没关系，我们有这个。"

狂信徒从怀里拿出 1 块梦境碎片，塞进了金鑫的嘴里。

金鑫的脑袋瞬间饱满了起来，眼神里燃烧着复仇的烈焰："快送我出去！"

"好。"

二人抱着金鑫，原路返回。在冲出镇妖塔之后，他们全都傻了眼。

反诡异部队的人居然已经杀回来了，也不知道是谁透露了消息，让他们提前赶回来救援。按照原计划，他们应该还有 10 分钟才能赶到呀！

"开火！"

反诡异部队不由分说地开枪射击，当场杀死了两名狂信徒。

金鑫的死人脑袋吊在二人胸口，脸上满是鲜血。

"把犯人抓起来！"

金鑫咧嘴一笑，他用下巴带动脑袋，从二人的胸口抽出了一支画笔。

部队的领头人双眼圆瞪，立刻举起枪械。

"打掉他的画笔！"

突突突！子弹飞射而出。

然而，一切已经结束了。

红色的墨水在空中划过一道美丽的弧线，金鑫在众目睽睽之下消失不见。

"快启动空间锚定器，定位到他在哪儿了吗？"

"他朝着帝都国际饭店去了，大概 3 分钟后到达。"

"赶紧回去,下令对大楼进行强攻。"

"我们不管人质了吗?"

"这是王鹤首长刚刚下达的命令。全世界的安危和几个人质的安危,到底哪个更重要?"

"是!"

"博士,监狱那边出问题了。"

"怎么了?"

"部队提前过去支援了,不过金鑫成功离开了牢房,并且正在往我们这里赶。"

"哦。"

洛夫点点头,对这个结局似乎并不意外。

顾毅不会受到洛夫的心理暗示的影响,自然能保持清醒的头脑,迅速分析出他们这次行动的意图。大楼周围的稳定锚越来越多,洛夫对人群的心理暗示效应将会越来越小。

如果金鑫不能在 3 分钟内到场,部队很有可能就会发起强攻了。

嗞嗞嗞——众人耳边突然响起一阵电流声。

洛夫扭头看去,一个皮包骨的脑袋从天而降,落在地上。

脑袋骨碌碌滚到洛夫脚边,睁开那双熊猫眼,有气无力地说道:"兄弟,我总算逃回来了。"

"你怎么变成这样了?"洛夫讶异道,"你看上去就像在痰盂里面泡了七天七夜一样。"

"你什么时候也会算命了?"

"嗯?"

突突突!众人耳边突然传来一阵枪击声,大伙儿循声望去,原来是对讲机里传来的声音。

洛夫闭上眼睛,仔细感知楼下的情况,却发现稳定锚的数量太多,他也只能感受到楼下 3 层的情况。

"怎么回事?"

"博士,是顾毅……"

轰隆!洛夫脚下突然发生爆炸,他首当其冲,瞬间被爆炸的火光淹没。

人质们缩成一团,趁乱跑了出去。

曲康平扶起阿健,顺着人流逃跑,二人对望一眼,哭笑不得。

"这一定是顾毅的手笔。"

"我都不知道该夸他还是该骂他了。"

狂信徒们在最开始的混乱过去之后,重新站了起来,鸣枪示警。

突突突!

"都不许动!"

听见枪声响起,大伙儿全都惊叫着趴在地上。

狂信徒的头领举起枪,大声喝令道:"都别乱!你,还有你,快去看看博士怎么样了!剩下的人看住人质。"

看见洛夫被炸,狂信徒们也乱了阵脚。

头领狠狠瞪了一眼人质,朝着爆炸的地方走去。在他路过大门时,一颗子弹穿透门板，精准无误地射穿了他的太阳穴。

红的、白的洒了一地，人质们尖叫不已。狂信徒们见状，又把注意力集中在了大门口。

"对准大门射击！"

突突突！大门被子弹射得千疮百孔，而那个透过大门射杀头领的枪手，早就已经逃之夭夭了。

窗外响起了直升机螺旋桨的声音。

"快点把直升机打下来！"

一个狂信徒拿起火箭筒，刚准备瞄准，远处的狙击手早已就位，第一时间扣动扳机，击杀了狂信徒。

洛夫显然是被炸死或炸伤了，没有他的帮助，狂信徒根本没有反制狙击手的能力。

反诡异部队落到大楼顶部，用绳索空降。

狂信徒们将人质聚集在一起，企图引火自焚，就算死也要拉几个垫背的。他们是一群恐怖分子，根本不在乎自己的生命。

"所有人，一起死吧！"

一个狂信徒拿出手榴弹，拔掉了保险销。

正在此时，头顶的通风口栅栏被人踹开，顾毅从天而降，在下落的途中一枪毙掉了那名狂信徒。

手榴弹应声落地，其他狂信徒赶紧掉转枪口，瞄准了顾毅。

顾毅身手矫健，一个侧翻躲在了柱子后面，子弹噼里啪啦地在柱子上弹射，在场所有人质都捂着脑袋，哭喊不休。

曲康平眼疾手快，他猛然站起身来，撞开狂信徒的尸体，一脚将手榴弹踢出了窗户。

轰隆！手榴弹在窗外炸开，玻璃碎渣飞射而出。

人质全都趴在地上，没有受伤，而站在地上的狂信徒却被玻璃碎渣刺到遍体鳞伤。

正在此时，反诡异部队从天而降，弹无虚发地干掉了剩下的狂信徒。

顾毅从柱子后面站了出来，举起双手说道："不要开枪，是我。"

"顾先生，你没事吧？"

"没事。"顾毅瞥了一眼门外，"还有 23 个狂信徒在楼下，其中 13 个自杀了，10 个准备逃跑，已经跑到地下室了。另外一批人质被困在 23 楼，不要从正门强攻，他们在门口埋了许多雷。"

"还有别的吗？"

"没了。"顾毅笃定地说道，"剩下零星的几个狂信徒我早就解决了，收尾工作交给你们了。"

"好。"

反诡异部队的领头人点点头，转身离开，按照顾毅的指示开始追捕剩下的人。

顾毅长舒了一口气。

多亏了世界牌的效果，顾毅才能成功利用炸弹伏击了洛夫，解决了零散的狂信徒，救下了险些丧命的王鹤。

曲康平满脸是血地走到顾毅身边，用力拍了拍他的肩膀："臭小子你可以啊，你是怎么做到的？"

"嗯……说了你可能也不明白。"

"嗯？"曲康平歪着脑袋，没有多追问什么。

顾毅一瘸一拐地朝着爆炸的地方走过去，曲康平扭头一看，这才发现顾毅的腿部中弹了。

"顾毅，你受伤了。"

"没事，小问题，只是擦伤而已。"

顾毅摆摆手，继续往前走去，自己这么拼命，就是为了能在现实世界干掉这两个主持人。

如果最后他们两个都逃跑了，自己就是功亏一篑。

爆炸现场留下了一堆残缺的尸体。

洛夫身上满是焦炭，下半身已经被炸碎了，他的怀里有一颗黢黑的死人脑袋，正是金鑫。

顾毅弯腰捡起金鑫的脑袋，却发现这东西已经萎缩到只有半个篮球大小，他缓缓抬起眼皮，眼里满是怨恨。

"顾……毅……"

"你是逃不掉的。"

顾毅右手一张，金鑫的脑袋便被收进了黑色光球里，他在光球里左冲右撞，逐渐收缩，直到变成了一个苹果核儿大小。

曲康平眼睁睁地看着顾毅消灭了金鑫的脑袋："你……你这是……"

"双天赋，还记得吗？"

"你居然能在现实世界使用诡异技能？"曲康平眉头紧锁地拉着顾毅，"你到底是怎么回事？"

"我……我也不知道。"

"你有没有听见过什么可怕的声音？通常是在没有人的时候才会听见。"

"什么可怕的声音？"

曲康平越来越激动，他突然明白了什么，低声问道："我问你，塔罗牌是不是在你手里？"

顾毅沉默片刻。

他知道，私藏诡异物品是非常严重的违纪行为，如果被抓到，自己恐怕就要和金鑫一样，一辈子都要待在帝都监狱了。

可是，他又不得不这么做。

攻略组乃至国家机构里有许多狂信徒的卧底，如果不是自己提前藏起了愚者牌，这东西早就落到敌人手里了。

而且事实证明，即使是曲康平自己也不能百分之百信任，他们没有抵抗心理暗示类技能的能力。

洛夫这次骗过了所有人，就是一次提醒。

"并没有。"

"你没有？"

"没有。"

"好……你最好一直没有，"曲康平说道，"我不能保你一世。在现实世界，你也许可以偷偷摸摸地使用，但是在《诡异世界》，如果你用了一次不属于你的力量，那么全世界的人都会看见的。双天赋的事情已经让你成为全球关注的焦点了，如果你再……"

听到这里，顾毅忍不住打了个哆嗦。

今天他就是利用诡异力量逃脱绑架的，如果国家要追究的话……

王鹤在反诡异部队的保护下来到顶楼，他走到顾毅身边，用力握住了顾毅的手："孩子，多亏了你。"

"呃……不客气。"

"房价的事情我会考虑的。"

"真的假的？"

"当然。"王鹤转身朝着曲康平眨了眨眼，"我有些话，要单独和你聊。"

曲康平愣了一下，赶紧跟在王鹤身边。

"你脸怎么了？"

"都是敌人的血。"曲康平擦了擦脸，"首领大人，你直说。"

"顾毅的事情，你不用管。"

"什么？"

"我知道你担心顾毅会变成诡异生物，但你也别忘了，那些变成诡异生物的人，都是退役的冒险者。"

曲康平沉默了。

王鹤接着说道："他可以在现实世界自由使用诡异力量的事情，一定要保守住秘密，不能公开，不然一定会引起民众的恐慌。你也不希望昆丁的事情再次发生吧？"

B国的昆丁事件非常出名。

昆丁是唯一一个一连通关5个副本的强大冒险者，某次他在现实世界里使用了诡异力量，救下了民众反而遭遇网暴，最终去年1月下旬在熟睡中被极端人士枪杀。

一些民众对不了解的事物有极强的恐惧心理，他们不会感激昆丁救下了所有人，只会害怕昆丁拥有强大的力量。

"是，我知道了。"

"其他政要那边我去处理，那些普通人质……直接对他们进行A级记忆消除，务必保守秘密。你回去以后，好好做顾毅的思想工作，不要让他多想。"

"知道了。"曲康平点了点头。

王鹤都这么说了，曲康平也没有任何理由可以反驳，只得照做。他也知道顾毅不是那种会背叛人类、背叛信仰的人，但作为攻略组的组长，怀疑一切、警惕危险本来就是他的工作。

曲康平转头来到顾毅身边，却发现这小子依然站在原地不动，眼睛死死盯着洛夫的身体。

"你在干什么？"

"不对劲。"

"什么不对劲？"

"洛夫死得太轻松了。"

曲康平愣了一下，笑道："就算他是主持人，受到严重外伤也会死啊。"

"金鑫只剩下一个脑袋都能活，洛夫还有半个身子，凭什么会死？这分明是他的障眼法！"

顾毅瞪了一眼曲康平，发现对方根本没有注意到这个明显的漏洞——洛夫的心理暗示作用到现在还没有消退。

顾毅注视着在场的每一个人，试图分析每一个人行动的细节，然而他越看越觉得后背发凉。所有人的步幅都是一致的，他们仿佛有强迫症一般，每次迈都会准确无误地把脚跟落在砖头的正中间，顾毅根本没有办法从行为习惯来分辨谁是洛夫假扮的。

这是洛夫对自己的嘲笑！

"阿健在哪儿？"

"什么阿健？"曲康平突然愣住了，"对了，阿健在哪儿？"

楼顶的平台响起直升机的声音。

顾毅暗骂一声，直接飞奔而出，跑向楼顶。曲康平紧随其后。

楼顶的大门被人锁上了，门前还有一大堆碎裂的石膏，显然是阿健留下的。

曲康平拉开顾毅，一脚端飞了门板。

"快拦住他。"

"还用你说？"

顾毅赶紧来到停机坪，只见楼顶的反诡异部队死了一大半人，而且全都是吞弹自尽，勉强剩下的几个人也昏迷不醒，根本没有战斗力。

直升机的螺旋桨已经转起来了，阿健坐在直升机的驾驶舱里，淡定地拉起了操纵杆。

"别想走！"顾毅狂奔而出，飞身一跃，抓住了直升机的起落架。

曲康平见状，捡起枪，瞄准了驾驶室里的阿健。正在他犹豫之际，阿健转过头去，眼睛变成了全黑的。

"呃——啊！"曲康平的右手不受控制地转过来，将枪口对准了自己的下巴。他两眼血红，用力咬破了舌尖。

他终于恢复了清醒，随手将手枪抛到地面上。

直升机已经飞远了。

曲康平无力地爬到栏杆边上，有气无力地念叨着："顾毅……阿健……"

突突突！直升机飞上了高空，洛夫控制着阿健，让他不停摆动机身，试图甩脱顾毅。

然而，当他起了杀心，神的声音就会在他的耳边响起："不能杀他……让他活着来见我……"

"啊！"洛夫用力捶了捶自己的脑壳儿，尽管他很想违背神的旨意，但他却做不到。

"主人啊，他根本就是一个永远都拉拢不了的人，你为什么还要这样对他？凭什么？"

主人没有回应他。他感到鼻子里一阵温热，鼻血不受控制地流了出来。

驾驶舱的门突然打开，顾毅竟然在他分神的时候闯了进来。顾毅举起右拳，那股不可抗拒的力量又一次出现了，上次他就是被顾毅这一拳打进了虚空。

"放了阿健！"

"愚蠢！"

洛夫的鼻血流得更欢了。如果留着顾毅，自己会被攻略组关到死；如果杀了顾毅，自己也一样要被主人杀死。

两头都得不到好，与其这样，那还不如拼一次。

直升机终于离开了稳定锚影响的范围，洛夫的精神力也终于恢复，夺舍技能可以再次使用了。洛夫黑色的眼睛四处寻找，终于找到了下一个夺舍的目标。他用力转动操纵杆，将直升机朝着远处的高楼撞去。

"你干什么？快停下！"

顾毅双眼圆瞪，赶紧伸手抓住了操纵杆，而洛夫在直升机撞上大楼的前一秒离开了阿健的身体。

"祝你好死，顾毅！"

【35】英雄的墓志铭

阿健耷拉着脑袋。

顾毅用力提拉操纵杆，但为时已晚。直升机的螺旋桨撞进了高楼里面，发出震耳欲聋的巨响。顾毅卡在驾驶舱里，脑袋一片空白。

正在他手足无措的时候，阿健突然睁开眼睛，手脚麻利地把伞包背在顾毅身上，然后抱着顾毅跳出了驾驶舱。

"阿健哥！"顾毅睁大眼睛，看向对方。

阿健双眼之中已无生机，嘴唇上下开合。尽管顾毅听不清他在说什么，但还是通过嘴型分辨了出来。

"对不起。"在半空中，阿健用尽最后的力气，一脚踹开了顾毅。

轰隆！直升机炸裂。爆炸的残骸划破了顾毅的眼皮，他紧紧闭着双眼，用力拉开降落伞。

狂风吹跑了顾毅，不知道为什么，他的眼前一片模糊，怎么也看不清前方的景象。

翌日清晨。

攻略组基地，宿舍内。

顾毅大腿被子弹擦伤，眼睑被爆炸碎片划破，除此之外没有什么大碍。今天他穿上了一身新的西装，连衣领都熨得平平整整。

顾毅推门而出。

曲康平难得换上了特工制服，胸口的徽章擦得锃亮。

"准备好了吗？"

"嗯。"

"走吧。"

顾毅跟着曲康平上车离开，来到了烈士公墓。

这里埋葬了所有在《诡异世界》里阵亡的冒险者，让人感到遗憾的是，这些冒险者没有遗体，只有衣冠冢。

那场惊天绑架案里，一共有37名特工阵亡，13个反诡异特种兵阵亡，重伤者40人。

但是在大家的努力下，在这次事件中，从头到尾只有1名人质死亡，3名人质受伤。

特工们排着队，表情严肃地看着曾经的队友的遗体，沉默不语。

阿健赫然在列。

只可惜，敌人没有给他留下一具完整的尸体，只有一块烧焦的徽章。

烈士公墓又多了一座衣冠冢。

"敬礼！"

曲康平站在队伍的最前方，带领大伙儿向所有牺牲者致敬。

顾毅跟在队伍后面，瞻仰每一个英雄的墓碑。

所有阵亡特工的墓碑上，都有同样的一句墓志铭：

已死之人向赴死者致敬，胜利终将属于人类。

葬礼结束，顾毅跟着曲康平回到了汽车里。曲康平坐在驾驶室，往嘴里塞了一根烟，拿出打火机，半天对不准烟头。他皱了皱眉，用两手握住打火机，却始终点不着火。

曲康平低声叫骂。顾毅接过曲康平的打火机，终于帮他点燃了烟。曲康平深吸一口烟，直到肺部感到灼痛，这才吐出来。

"都怪我。"

顾毅看着曲康平，摇摇头道："这和你有什么关系？"

"是我大意了，我早就应该发现阿健不对劲的，我也早该发现敌人的陷阱。"

"不怪你，是敌人的能力太强大了。"

曲康平没有搭茬儿，而是自顾自地往下说："那次他亲手杀了妹妹的亡魂之后，他的情绪就已经有些不对劲了，可我却没能及时帮他排解。为了躲避追杀，我们躲进了暗月马戏团。在回到现实世界后，我也没有立刻和阿健谈心，这才让他滑向了深渊。"

"你是说……我们攻略组的内鬼其实就是……"

曲康平点了点头，苦笑着说道："为了阿健，我违纪了两次。第一次是我纵容阿健饲养亡魂，第二次是我帮忙销毁了阿健违纪的证据。在我回到现实世界的第一天，阿健坐着轮椅来找我，坚持要回到岗位，我没有同意。后来，他一直和我软磨硬泡，最终我答应了他的请求，让他在基地里做一些简单的文职工作。然而，上岗的第二天，他就违规闯入了档案室。是我销毁了他闯入档案室的音像资料，因为我发现他进档案室只是为了看看他妹妹生前的照片。"

曲康平用力吸完最后一口烟，接着说道："但是……我还是大意了。阿健在档案室里偷偷留下了一些私货，那是洛夫用来施展思维广播的发信器，有了这东西，洛夫就可以远程对我们使用心理暗示。阿健的遗物是我亲自处理的，在他的家里我找到了他的备用手机，里面有他和洛夫的聊天记录。在阿健妹妹彻底消散后的第二天，他就已经因为心神不稳成了洛夫的傀儡，但是……我还是把那些聊天记录删除了。现在想来，如果不是你可以免疫洛夫的精神攻击，我真的不知道这次我们还会捅出多大的娄子。这一切全都怪我，我不是一个合格的组长。"

顾毅沉默片刻，他没想到队伍里的背叛者居然是阿健。那样一个正直勇敢的人，谁都不相信他会有背叛信仰的一天。

"组长……"

"行了，还轮不到你来安慰，我现在已经舒服多了。"曲康平伸了伸懒腰，"再过两天，你就要去冒险了，不要为了这些烦心事影响情绪。干我们这一行的，死死伤伤的很正常，如果哪一天我死了，你也别难过，明白吗？"

"嗯。"

"我的烟抽完了，我出去买一包新的，一会儿我送你回基地。"

"好的。"

曲康平离开汽车，来到阿健的墓前，独自一人烧纸祭奠。他站起身来，从怀里拿出一部手机，点开了聊天记录。

阿健：你真的可以让我妹妹复活吗？

洛夫：放心吧，只要你按我说的做，你想要什么都可以。

阿健：不，我不相信，你是在骗我！

洛夫：阿健，从你和我联系的那一刻起，你就已经知道我有没有说假话了。更何况，你现在已经不能回头了。

曲康平叼着香烟，眯着眼睛删除了聊天记录，接着又把手机丢进了火盆里面。

"阿健，这是我最后一次为你违纪了，也是我这辈子最后一次违纪了。"

副本四

生而有罪

第一章
新副本

【1】生而有罪

"副本即将开启，请各位冒险者做好准备。"

顾毅睁开眼睛，再一次来到了《诡异世界》。

这是顾毅第 4 次来到《诡异世界》，他连续活过了 3 个副本，这样的纪录在世界上已经是凤毛麟角，足够载入史册了。

此时，副本还没有正式开启。

他现在正站在一面镜子前，镜子里的自己显得有些憔悴，胡子拉碴的样子好像老了十几岁。过了没多会儿，系统的提示音再次响起：

副本名称：生而有罪。

副本简介：在瓦棚，人人生而有罪。所有人在成年之后都会背负千万年的刑期，只有通过不停劳作才可以减少刑期。劳动、奉献、牺牲，这是瓦棚人一生的信仰，只有这样才能赎清罪孽。

通关条件：

1. 完美级：成功揭露瓦棚市背后的真相，消灭"不可言说"。

2. 优秀级：在一个月内，成为瓦棚市一等公民。

3. 普通级：在一个月内，成为瓦棚市二等公民。

系统播报结束，顾毅恢复自由。

副本简介中，出现了瓦棚这个地名。

不用多说，这个副本应该是延续了上个副本的世界观，而且这个副本的主持人依然是 W 博士。上次自己扮演的是未成年的学生，现在自己则需要扮演瓦棚的成年人。

顾毅看了看四周，这里应该是厕所，空气有些浑浊，闻起来有股奇怪的味道，就像是臭袜子摆了一个星期还没有洗。

镜子里的自己已经人到中年，但是好在没有大肚腩，肌肉依然饱满，脸上的皮肤黢黑皱裂，应该是日晒风吹导致的，掌心的老茧厚实，显然是常年从事体力劳动。

"30 ~ 40 岁，体力劳动者。"顾毅立刻给自己扮演的角色下了定义。

厕所里没有危险，也没有线索，顾毅把手放在门把上，闭上了眼睛。

推演开始！

你推门而出。

外面是一个不到 10 平方米的小房间，只够放下一张木板床。墙壁上挂着一件瓦棚中学的校服。

你拿起来看了一眼，上面有"陈泽宇"的签名。

果然如你所料，这次的副本延续了上个副本的世界观，甚至连角色关系也保留了下来。

你坐在床边，试图启动黑球。

黑球成功开启。

你尝试拿出塔罗牌，却发现塔罗牌处于封印状态。

你推测，塔罗牌的力量属于主持人，在副本里受到规则影响无法使用，只有在主持人的放映室里才可使用。

如果有机会，你一定要在这个副本里和 W 博士决一死战。

你在房间里寻找线索。

床底有一个口袋，里面除了衣物，什么也没有。

你暂无收获。

你推开房门。

你闻到了新鲜的空气。

你发现门对面的墙壁上贴着标语：

1. 私人财产神圣不可侵犯。

2. 瓦棚不养闲人，如果你在一个月内找不到工作，你将成为瓦棚植物的养料。

3. 请遵守公民守则，如有违反，你的刑期将会增加。

你皱了皱眉。

你还没来得及思索，一个顶着钢盔的机器人来到了你面前。

机器人：你违反了 A-001 号公民守则，你的刑期增加 1 万年。目前你的刑期为 1001 万年，你将被送去监狱，接受强制执行。

你：什么意思？

机器人重复了一遍刚才的话。

你发现与机器人无法交流，于是你立刻对自己使用了心理暗示。

机器人试图抓捕你，你掰断了机器人的手臂。

机器人：你违反了 A-001 号公民守则，你的刑期增加 1 万年。目前你的刑期为……

你没有继续听机器人说废话。

你赶紧离开走廊，寻找别的线索。

一共有 3 台机器人出现在你面前。

你双拳难敌四手。

你被机器人抓住了。

机器人拿出一个口袋，套在你的脑袋上。

你不断挣扎，试图破坏口袋。

口袋完全不透气，不一会儿你感到脑袋发热，眼冒金星。

你开始窒息。

你逐渐失去意识。

你死了。

推演结束！

顾毅睁开眼睛，仔细思索刚才的情况。

1. A-001 号公民守则是什么？

2. 那写着守则的公民手册又在哪里？

3. 自己应该如何安全地离开卧室？

顾毅松开门把手，仔细思索了一会儿。

问题 1 和问题 2 可以归结为一个问题，只要能找到公民手册，想必机器人抓住自己的原因就很清楚了。问题 3 是现在急需解决的一个问题，但如果不把问题 1 和问题 2 解决，问题 3 又无法得到解释，这几乎是死循环。

顾毅摸了摸鼻子，既然不能解决问题，那就先列出已经掌握的信息。

1. 这是一个科幻世界，智能机器人随处可见。

2. 根据副本简介可知，瓦棚人是"囚徒"，一旦成年就背负刑期，必须通过特定的手段才可减刑。根据上一个副本的背景设定可以推测，该副本很可能是瓦棚与"诡异"战斗，但最终却沦陷的末日世界。

3. 机器人之前提示过，自己的刑期为 1000 万年，这应该是一个临界值，一旦超过就要被"强制执行"。

推理到此处，顾毅终于发现了一个矛盾的地方。

机器人说过，"你将被送去监狱，接受强制执行"。

按照字面意思揣测，机器人应该不具备执法权，就算自己该死，也应该先送去监狱接受强制执行，而不是当场杀了自己。

另外，机器人杀死自己的手法也非常奇怪。

按照机器人的实力，它们完全可以拧断自己的脖子，而不是用口袋闷死自己那么麻烦。

这么做是为了保持尸体的完整性？为了不让自己受外伤？为了保持走廊整洁？

"不对，不是这些原因。"

顾毅摇了摇头，他忽然想起床铺下面也有一个口袋，虽然有些发黄，但是外表和机器人的口袋十分相似。

会不会……顾毅产生了一个大胆的想法。

他推门而出，从床底找到了那个口袋，再次使用推演。

"开始推演！"

推演开始！

你来到门边，深吸几口气，将口袋套在脑袋上，走出房门。

口袋非常不透气，而且阻碍了你的视野，但你果然没有遭到机器人的攻击。

你对自己使用心理暗示，让呼吸变得更加平稳，不会过度消耗氧气。

你摸着墙壁往前走。

你发现前面有一扇大门，你摘下口袋，捏着鼻子。

你摸了一下触控开关。

这里似乎是一间政务大厅。

里面有人类也有机器人，有的人类和你一样戴着口袋，有的人类则没有。

戴着口袋的人类一旦快憋不住气，就会来到角落。

这里有一个像饮水机一样的装置，他们从饮水机里抽出一根水管，放在口袋里。

口袋瞬间鼓了起来。

你学着他们的样子，戴上口袋，来到饮水机前将管子放进口袋，按动开关。

你险些晕了过去。

管子喷出的是一股臭气，就像是寝室卫生间里的臭袜子味。

你捂住口袋，催眠自己这是好闻的香水味。

你的情绪终于稳定下来。

这些气体虽然难闻，但至少能够让你不至于窒息而死。

你猜测，自己刚刚触犯的 A-001 号公民守则是不能呼吸新鲜空气之类的规则。

现在自己的刑期是 1000 万年，说不定就是最底层的三等公民。

你排队来到办事窗口。

办事员：你来办什么业务？

你想了一会儿。

你：我想找个工作。

办事员：请把你的公民 ID 拿出来。

你学着其他人的样子，把右手腕递了出去，办事员利用仪器扫描了一下你的手腕。

办事员：你现在的刑期是 1000 万年，请尽快完成任务，否则你将会被强制执行。获得减刑之后，请立刻去栅栏区租借事务机器人，这样你就可以离开收容所，去城市里居住了。

你：谢谢。

你点了点头，原来自己所处的地方是一家收容所。

那些戴着口袋呼吸的人都和自己一样是底层公民，不戴口袋的则是收容所里的工作人员。

你顺着办事员的指引，离开了政务大厅。

你在大门口找到了公民手册。

你打开一瞧，上面全都是 A 字母开头的规则，有成百上千条，看上去比法典还要复杂。

1000 万年至 900 万年刑期的人为三等公民，900 万年至 600 万年为二等公民，600 万年至 100 万年为一等公民。

不同公民需要遵守的规则不同，其中三等公民需要遵守的规则最多，例如：

1. 不能在公共区域奔跑。

2. 不能游手好闲。

3. 不能与比你高级的公民闲聊。

4. 不能与一名以上的三等公民单独处于密闭空间。

5. 不能单独与高级公民共处于密闭空间。

6. 不得在任何场合讨论或质疑公民守则。

这些规则根本无法逐一写出，有很多规则甚至细化到了在不同场所需要先迈哪只脚，如果犯错就要加刑。

更让你感到意外的是，所谓的 A-001 号公民守则为"个人财产神圣不可侵犯"。

难道在这里，连新鲜空气都算是"个人财产"？

那为什么其他人可以自由呼吸？

是因为他们都是高级公民吗？

你无法求证，因为规则中规定你不能与高级公民闲聊，也不能在任何场合讨论公民守则。

你推测公民守则还有其他部分，只有等自己等级提升后才可以了解。

你试图拉住一个和你一样的低级公民，对方却拒绝了你。

对方：我要赶着去工作，没时间和你闲聊。

你又给自己的口袋充了一点气，按照办事员给你的指示离开收容所，前往目的地。

目的地是一个小平房，门口没有一个人。

你推门而入。

不到 1 分钟，一个机器人走了过来，把你按倒在地。

机器人：你违反了 A-001 号公民守则，你的刑期增加 1 万年。目前你的刑期为——1001 万年，你将被送去监狱，接受强制执行。

你被机器人带走。

你来到了监狱。

机器人：你的刑期超过 1000 万年，你已经无法还清自己的刑期，将会被强制执行。

你被丢进了焚化炉。

你化成了肥料。

你死了。

推演结束！

"这又是为什么？"顾毅瞪大眼睛，一脸诧异地挠了挠头。

不能自由呼吸也就算了，为什么自己刚刚踏入房间就被抓起来了，而且还是因为触犯了 A-001 号公民守则？

【2】冒险者的起点

现实世界。

A 国攻略组并没有因为战友的牺牲而受到丝毫影响，他们紧张地进行着工作，将刚刚从各国搜集来的冒险者情报放在了曲康平的办公桌上。

一个新来的特工站在监视器前，举着手里的稿件语速极快地说着："以往的副本，各个冒险者的出生点都是一样的，但是这一次的出生点一共有 3 个。

"1. 收容所。

"2. 公寓。

"3. 监牢。

"首先来看第一个地点。如我们所见，顾毅的出生点就是收容所，但因为他拥有预知能力而且习惯长时间思考，所以到目前为止还没有离开厕所。厕所外面是一间寝室，但凡离开寝室的冒险者都会因为触犯 A-001 号公民守则而死。

"第二个地点，公寓。公寓的环境比收容所和监牢都要好，但是冒险者却出生在杂物间里，不过他们在离开杂物间之后暂时没有遇到什么危险。C 国的冒险者离开了公寓，出门之后不到 3 分钟，也同样因为触犯 A-001 号公民守则而死。

"第三个地点，监牢。这里看似环境最惨，却能得到最多的情报，反而是 3 个出生点里最安全的。监狱里有公民手册可以借阅，有 A、B、C 共 3 册，每册都有 50 多页，我们的情报组正在分析上面的条目，估计要一个星期才能全部分析完毕。"

曲康平皱了皱眉头。现在，大家唯一能够确认的是，这次副本的主持人就是 W 博士，他设计的副本非常像模拟游戏，但是其中暗藏的杀机却不比金鑫的副本少。

冒险者在其中打工、学习，看似惬意，但是他总会在不知不觉间将你引向深渊。上一次，克里斯因为选择自由，直接让整个世界陷入危机，如果不是顾毅达成了完美级通关的条件，现在蓝星早就消失了。

"郗望，你有什么看法？"

曲康平点燃香烟，看向面前这个新来的假小子。郗望个头很高，外表清秀，留着平头，穿着干练的西装，无论从行事作风还是外表都很难看出她是个姑娘。曲康平也是听见她的声音之后，才发现她的性别。她是从地方上调来的特工，同时也是一名退役冒险者，参与过两次副本冒险。

"我的看法？我的看法就是，这个世界我们根本找不到现实原型，或者说现实原型就是我们整个人类社会。你说过，《诡异世界》和现实世界存在影射关系，按照以往的思路，我们只要消灭了现实世界的原型，《诡异世界》的副本难度就会下降。但是这一次，我们是做不到的。"

"具体说说？"

"出生点的不同就已经说明了一切。监狱的情报最多，是最容易起步的；收容所的情报最少，甚至一出寝室门就有即死 flag；公寓虽然也没有多少情报，但是安全性要比收容所高很多。你知道冒险者的出生点是根据什么决定的吗？"

曲康平摇了摇头。

其实，他已经将答案猜了个七七八八，但他还是将这个出风头的机会让给了郗望。她是空降兵，需要接替的是阿健的位置，这是一个很好的建立威信的机会。

攻略组不看性别，不看出身，只看实力。只要你够勇敢、够聪明，大家就会尊敬你。

郗望眼珠骨碌碌地转，拿起桌子上面的几份冒险者资料。

"D 国：服部花音，D 国财阀家的大小姐，演艺圈出了名的交际花，和她有过绯闻关系的人数不胜数，她的出生点在监狱。

"B 国：阿瑟尔，高谭市中产阶级，家里是开橡胶厂的，有些小钱，出生点在公寓。

"F 国：拉杰，在当地属于达利特，也就是所谓的低种姓，出生点在最困难的收容所。

"大家发现什么规律了吗？家里越有钱、越有社会地位、越知名的，出生点的难度就越低，别人的起点就已经是你永远也达不到的终点了。很显然，我们的顾毅只是出生在一个普通家庭，所以他只能从地狱难度开始。"

"说得不错。"曲康平点了点头，郗望的分析和自己的看法完全一致。

其他特工看了一眼郗望，问道："郗队长，那我们接下来应该做什么？"

郗望扭过头，看了一眼监视器。

此时，顾毅依然托着下巴，坐在马桶上沉思，也不知道他在想什么。

"我们没有什么好做的，继续抓键盘侠吧，这些弹幕就算冒险者们看不见，我们看见了也觉得烦人。"

"是。"

特工们开会完毕，离开了会议室。

顾毅依然坐在马桶上沉思，郗望觉得有些无聊，于是调到了别的频道。

D 国的小姑娘花音已经安全离开了监狱，前往下一个打工场所。她的脑袋上顶着一个特制的头盔，从花音的表情不难猜出，这个头盔戴在脑袋上一点也不舒服。

F 国的冒险者莽撞地离开了寝室，不到 3 分钟就被机器人抓走了。到目前为止，没有一个冒险者成功离开收容所。

曲康平咂咂嘴，故意问道："机器人为什么要抓他？是因为他污染了空气吗？还要给他戴个头罩。"

“可能不是哦。”郗望斜靠在椅子上，“你应该看到门外墙上贴的标语了吧？私人财产神圣不可侵犯，寝室外面的空气如果也算私人财产呢？”

“嗯。”曲康平赞许地看着郗望，这个思路可是连他都没有想到的。

郗望继续调换别的频道，这个冒险者的出生点依然是在收容所，他的脸色有些苍白，似乎还没有从初入《诡异世界》的震惊中恢复。

根据资料显示，他名叫丹尼斯，来自一个小国家。

丹尼斯从厕所里走了出来，如其他人一样在寝室里寻找线索，却一无所获。最后，他只能将所有的衣服装进塑料口袋里，带着全部家当离开了寝室。

“唉，又是一个送死的。”郗望摇了摇头，无聊地托着下巴。

然而，令所有人大跌眼镜的是，丹尼斯一脸淡定地离开了寝室，并且没有任何机器人拦着他。

他成功地到办事窗口领取了一份新的工作，接着就离开了收容所。

丹尼斯似乎有严重的洁癖，他总是小心翼翼地绕开地上的水潭和泥土，从来不碰脏的地方。

这一路的顺畅程度，堪比科幻电影。

“他是怎么做到的？”

“我先看看他的资料。”

郗望赶紧打开面前的笔记本，对照着资料查看。

“丹尼斯表面上是一个打工人，但他10年前曾经做过杀手的工作，而且成功刺杀过很多名人，他最擅长的就是利用交通事故和意外刺杀目标。

“丹尼斯本名叫山田野犬，他的家乡是D国。为了躲避通缉，他改头换面，花费了大半生的积蓄逃离到远方的小国寻求庇护。

“据说他是在开车上班的途中被突然召唤的，并因此造成了一起交通事故，当地有名的大资本家死在了这起交通事故中。”

曲康平眨了眨眼：“这份资料连我都没有，你从哪儿弄来的？”

“我有自己的情报来源。”

“厉害。不过，他的职业生涯似乎并不能解释他为什么没有死。”

“嗯……可能是因为他解锁了某个天赋能力吧，毕竟他是第一次到《诡异世界》的人，一定是借用了天赋的力量避过了第一次即死flag。”

《诡异世界》。

顾毅坐在马桶上，又一次开始推演。

回溯推演开始！

你来到了目的地。

你站在门口，脱下鞋子，轻轻拍掉鞋子上面的灰尘，然后又用指甲一点一点把鞋底缝隙里的泥土抠出来，丢在地上。

做完了这一切，你才踏入了大门。

你在大门口等了一会儿，果然没有任何机器人来抓你。

这里名叫“空间跃迁基地”，相当于蓝星上的长途汽车站，只不过这个长途汽车站是进行星际旅行用的。

你来到办事窗口，提交了自己的材料。

办事员把你需要的装备塞进了你的手里。

办事员：这是你需要的呼吸装置，你去的地方没有氧气。装备的租用价格是每小时 10 年刑期，在你完成任务回来之后再结算费用。

你：明白了。

你按照指示，来到了传送台。

你踏上了传送台。

你的眼前一片虚无。

你终止了推演！

"嗯……总算弄明白是怎么一回事了。"

顾毅摸了摸鼻子，无奈地叹了口气。他现在基本已经搞清楚整个世界观了。

这是一个高度发达的未来世界，在这个世界里人被分为 3 个等级，等级越低自由度越低，可选择的工作也越危险。

A-001 号公民守则虽然说"私人财产神圣不可侵犯"，但私人财产的定义范围却非常变态。

空气、泥土、水，这些原本都是大自然提供的共有资源，现在都算是私人财产，甚至连公民死后的尸体也同样属于"不可言说"的私人财产。

三等公民不能自由呼吸空气，他们只能呼吸那些尾气、臭气、浊气。不仅如此，他们甚至都不能将户外的泥土带走，在进入室内建筑之前，必须把鞋底的灰尘和泥土清理干净。

就算是现实世界里最没有人性的资本家，也做不到这种地步。

如果副本完美级通关的条件是杀死这个世界背后的"大资本家"，那么这几乎是不可能完成的任务。

【3】刑期的计算方式

顾毅从马桶上站了起来，在洗脸池边洗了把脸。

到目前为止，自己的所有结论都只是猜测而已。副本给了整整一个月的时间，这足够让自己慢慢挖掘副本的世界观，以及"不可言说"的弱点。

顾毅已经摸清了这一路上所有的即死 flag，安然无恙地来到了空间跃迁基地。

呼吸装置大概有 20 斤重，背在身上还有些沉。

不过，顾毅扮演的角色本身体力就很好，而且他还可以无限制地对自己使用心理暗示，这点装备根本就不算什么。

工作人员领着顾毅一人来到传送台前，再三强调注意事项："你记住了，你身后的这套呼吸装置很贵的，你死了这装备都不能坏。"

顾毅想开口询问什么，但一想到工作人员是二等公民，自己没资格和他闲聊，于是只能闭着嘴。

"知道了。"

"嗯，那你进去吧。你的任务是采集 T-091 矿产，过去之后应该就能看见你的工友了，祝你好运。"

顾毅点点头，踏上传送台，穿过一片虚无。

顾毅的双脚重新踏在了土地上，他看了看四周，这是一个地下矿洞，远处全是叮叮当当采矿的声音。他没有急着进入深处，而是站在矿洞口，闭上了眼睛。

推演开始！

你走进矿洞。

你发现里面的工友全都和你一样是三等公民。

唯一一个没有做工的是一个二等公民，他的身边跟着一个巴掌大小的机器人，机器人悬浮着，起到了监工的作用。

你猜测，这就是之前提到的"事务机器人"。

你走到二等公民面前。

你：我是新来的。

二等公民：直走左拐，到里面那个矿坑去。

你按照指示走了过去。

你来到目的地，按照二等公民的要求打工，你发现所谓的 T-091 矿产其实就是制造梦境碎片的原料。

你思考了一会儿，趁着四下无人，偷偷藏了一些 T-091 在黑色光球里。

你每次使用黑色光球都会消耗 5 ~ 10 点精神力，根据摄取物品的大小而变化。

你拼命干活。

你在 1 小时内就采集了超过 20 斤的 T-091，你的效率是工友的两倍。

你发现工友看你的眼神并不友善。

你将矿产交出去，获得了 15 年的减刑，但是你的呼吸装置 1 小时就要增加 10 年刑期，你 1 小时的收益仅有 5 年减刑而已。

但是，如果想从三等公民升级到二等公民，需要 100 万年的减刑。也就是说，你需要不吃不喝工作 20 万个小时，合计约 22 年。

二等公民发现你采矿效率最高，于是对所有人提出了新的要求。

二等公民：以后所有人必须每小时采矿 20 斤，低于这个效率的，采矿收益减半。

众人听到，沮丧地叹了口气，却又不敢说什么。

一个工友走到你身边，故意用肩膀撞了你一下。

工友：你卷你个头呢？

你终止了推演！

顾毅挠了挠头。

在这个副本世界里，刑期其实更像是现实世界的欠款，通过工作获得减刑则像是还债。吃饭、买东西，同样也要用刑期结算，因为所有食物的原料都是私有财产，一旦消耗就需要通过加刑来弥补，从理论上来说，三等公民根本不可能通过单纯的劳作就实现等级跨越。

这一次，顾毅决定不再那么出挑，他想表现得平庸一点，观察一下别人是如何工作的。

推演开始！

你拿上采矿工具，来到指定的矿坑工作。

你看了看四周，大家都是慢悠悠地有节奏地干活。

你学着他们的样子采矿，但还是不忘偷偷拿了一些矿产藏在黑球的空间里。

你们工作了 1 小时，然后排着队将矿产送到二等公民面前。

二等公民操纵机器人检查大伙儿的工作情况。

大家采矿的重量都在 9～12 斤，最多只能换来 11 年的减刑而已。

你发现减刑的年数并非线性叠加，采矿量越多，减刑的收益反而越少，只有采 12 斤矿才是性价比最高的。

如果有人采矿的重量过高，监工就会把及格线提高。

短期看来也许你获得的收益变多了，但长期看来这样会让大伙儿的工作量增加，但并不会让收益增加多少。

二等公民：你们这些懒鬼，像你们这样怎么可能减刑成功？只有努力，才能获得减刑，才能自由。你们知道吗？我也曾是一名矿工，但我用了不到一年的时间就成了监工。你们以为我靠的是什么？就是努力，就是信仰。

矿工们低头听训，个别靠后的人还在交头接耳，似乎根本不把监工放在眼里。

你发现这些矿工里有很多都是年纪四五十岁的人，你凑到他们身边跟他们低声交流。

你：大哥，你有多少年的刑期？

矿工：980 万年吧。

你：你工作了多久？

矿工：在这个矿里工作了二三十年？我记不清了。你是新来的吗？你父母应该也是三等公民吧？

你没有说话。

矿工：看到台上那小子了吗？他做矿工的时候，每天都在"摸鱼"，但因为父母是一等公民，牺牲了足够多的东西，这才换来他今天的成就。

你：他的父母牺牲了什么？

矿工：那我就不知道了，上面的人的事情，不是你我能揣测的。我只听说过，一等公民生存的地方，连空气都是香的，吃面条的时候都能加两个鸡蛋。这可真奢侈啊，一个鸡蛋至少值一个月的刑期呢。

你沉默地点了点头。

矿工的话是一个很好的信息来源，这暗示了一条晋升道路。

只要你能想办法巴结监工，就能得到减刑奖励。

在这片矿区，监工就是唯一的主宰。

监工仍然在继续发言。

监工：今天的工作目标远未达成，用完饭之后，继续加班 2 小时，不完成目标不准回去休息。解散吧。

矿工们排队离开，走到了生活区。

这里的饭菜都需要用刑期购买，如果要填饱肚子，一天至少需要多增加半年的刑期。

这是一项完全无法避免的支出。

你每小时的收益才 1 年刑期，一天至少工作 10 小时，可以获得 10 年减刑。

在矿坑里，加班并不能获得额外奖励，但你依然需要没日没夜地干活。

你吃完了饭，又加班干了一会儿。

工作结束，你离开了矿井。

你的眼前一片虚无。

你终止了推演！

【4】郗望的陋习

这一次的推演基本弄明白了工作的全部流程，但是依然没有找到突破口。

工友曾经提示，矿井里的监工拥有不一般的家世背景，顾毅决定在推演的时候，尝试控制监工。

回溯推演开始！

你吃完了饭，试图与监工交流。

你对监工使用了心理暗示。

监工向你走了过来，但是监工旁边的事务机器人却率先到达。

机器人：你违反了 C-034 号公民守则，你的刑期增加 1 万年……

你使用黑球将机器人收起来。

监工受到惊吓，立刻从心理暗示的状态中恢复。

不一会儿，一大堆机器人涌入矿坑，将你抓了起来。

机器人：你违反了 A-001 号公民守则，你的刑期增加 1 万年……

你被机器人送到了监狱里。

你终止了推演！

顾毅睁开眼睛，沉思了一会儿。

显然，C-034 应该是和诡异力量有关的规则。这个副本里的角色精神力都不强，自己的技能可以对他们实现碾压，但是机器人却非常敏感。

收容所的办事员说过，如果想要自由活动，必须拥有属于自己的事务机器人。而机器人起到的作用恐怕就是监视，它可以第一时间发现违反规则的公民并加重刑罚。

同时，事务机器人也不能轻易毁坏，破坏了事务机器人，会引来更多机器人逮捕自己。

所以，在此之前，必须找到屏蔽机器人的方法，或者是在不动用技能的前提下找到监工的弱点。

"嘿，新来的，你站在那里做什么？"监工终于看见了正在发呆的顾毅，他走了过来，没好气地呵斥着。

"对不起。"顾毅赔着笑脸，走到监工面前。

"这是你的劳动工具，赶紧去前面那个矿坑工作。"

"是。"

顾毅接过工具，埋头工作。

为了测试事务机器人的具体功能和极限感应范围，顾毅再次使用了天赋能力。

推演开始！

你用黑球偷了几块矿石，事务机器人并没有任何反应。

你继续靠近，距离事务机器人只有两三米的距离，你背着机器人，再次发动了黑球的力量。

机器人的探头看向你，依然没有发现异常。

如你预料，只要你不当着机器人的面表演无中生有，机器人根本无法察觉异常。

你尽量远离机器人，甚至和它隔了很深的矿道。

你对工友使用了心理暗示。

机器人立刻赶到。

机器人：你违反了 C-034 号公民守则，你的刑期增加 1 万年……

你终止了推演！

机器人的探测范围非常之广，至少在整个矿井里，自己都没办法逃脱机器人的监视。

不过，好在黑球是整个世界里的 bug，这是唯一一个可以绕过机器人的探查的东西。

顾毅继续劳作，规规矩矩地干活。

现实世界。

屏幕上，顾毅一边干活，一边偷偷把矿石藏了起来。

"顾毅怎么开始干小偷的工作了？"

"这矿石看上去应该挺值钱吧，要是被人看见了怎么办？"

"他敢这么做，就说明他有百分之百的把握不会被发现，你们还不了解顾毅吗？"

弹幕上，大家正在激烈讨论。此时 A 国攻略组已经破解了 A 系列守则的第一页。

A-001 号公民守则，正如郗望猜的那样。

"怎么样？"郗望得意地拍了拍胸脯，"我猜得没错吧？这个世界里，就连空气都属于个人财产，空气的所有者，也就是这个副本背后的'不可言说'了。"

队员们对郗望刮目相看。

"说得不错。"

"郗队长高见。"

郗望拿出手机，登录暗网，上面有人给各个冒险者开盘口，赌他们能活多少天。

曲康平好奇地看了一眼，忍不住低声问道："你怎么搞这些东西？"

"我只是看看，不赌。"

"我都看见你是 VIP7 级了。"

"借的号，借的号。"郗望赶紧关闭网页，"暗网上有很多情报的，这是我搜集情报的手段。"

曲康平挑了挑眉："作为特工，我们是不能赌博的，尤其还是这种赌博。把你的手机给我。"

"嗯？你要干吗？"

"这是命令。"

曲康平抢过郗望的手机，直接帮郗望注销了账号。

郗望目瞪口呆，一脸诧异地看着曲康平："哥……你怎么这样？"

"这是规矩，第一次是警告，下一次就是停职处分。你晚上下班以后写一份检查，送到我办公室。"

"对不起，组长。"

郗望撇撇嘴，也不好再说什么，她在地方上工作的时候身边有不少人都在赌，她也一不小心染上了这个坏习惯。

平时她都大大方方地看盘口，到了新的工作地点也管不住手。本来郗望还以为曲康平挺好说话的，没想到他实际上这么无情。

"算了，注销就注销吧。"郗望嘀嘀咕咕地说着，继续看向监视器。

这次的副本里，还有另外两个冒险者引起了郗望的关注，一个就是来自北欧的丹尼斯，还有一个就是 D 国的服部花音。她调到丹尼斯的频道，听到了丹尼斯的惊天言论。

《诡异世界》。

丹尼斯来到空间跃迁基地，在工作人员给他呼吸装置时，丹尼斯直接拒绝了。

"你不用？"

"是的。"

"你工作的地方空气中含有剧毒，没有呼吸装置你会中毒而死。"

"呼吸装置太贵，背着浪费。"

"行吧，既然你都这么说了。"

工作人员摇了摇头。

如今这世道，多的是丹尼斯这样的人，他们用自己的生命换取减刑。与其这么做，那还不如直接死了算了，这样好歹还能在死后当肥料。如果因为中毒而死，就算变成肥料，那也是污染环境。

丹尼斯在工作人员的带领下，来到了矿井。在众多工友中，丹尼斯显得格格不入，因为他是唯一一个不戴面罩的人。

【5】丹尼斯的赌约

"新来的？"

"是。"

"去这个矿井吧。"

监工摇摇头，给丹尼斯发了工具就不再多管什么了，这种人在矿井里活不到 1 小时，他只求丹尼斯死远一点。

丹尼斯提着工具，很快开始了工作，他虽然一句话都不说，但是耳朵却没有闲着。

"这个新来的怎么不戴面罩？"

"想死吧？"

"要不来开个盘吧，我赌他 30 分钟内死掉，押注 1 年刑期。"

"看他那么壮，我赌 1 小时，押注 1 年刑期。"

原来刑期也是可以交易的？这么说，减刑的办法可不只打工啊。

想到这里，丹尼斯立刻直起了身子，他凑到这些工友面前，伸出 3 根手指，说道："带我一个吧，如果我没活过 30 分钟，我给你们一人 3 年；如果我活过 30 分钟，你们一人给我 1 年就够了，怎么样？"

在场参与打赌的工友一共有 5 个，这场赌博怎么看都是自己这边划算。

"行，这个赌我们接了！"工友们互相见证，立下誓言。

就算丹尼斯没活到 30 分钟死掉了，工友们也有办法把自己身上的刑期转到丹尼斯头上，因此他们根本不怕丹尼斯赖账。

"OK."

丹尼斯扭头开始工作。大伙儿则一边干活，一边看丹尼斯的笑话。

令大家没想到的是，丹尼斯不仅没有任何不适，反而越干越起劲。过了 10 分钟之后，大伙儿终于发现了异常，丹尼斯居然没有呼吸。

30 分钟到了，丹尼斯朝着大伙儿伸出了右手："我已经活过 30 分钟了，你们是不是该把欠我的东西给我了。"

"你这个怪物……"

"你是改造人？"

"改造人怎么可能还是三等公民？"

大伙儿感到郁闷，但还是同样伸出了右手。

丹尼斯仔细观察着大伙儿的动作，他们在手腕上划出 Z 字，然后把他们的手腕和自己的手腕贴在一起，紧接着自己的刑期就减少了 1 年。

丹尼斯学着他们的样子，在手腕上划了一个 Z 字，终于看清了自己的剩余刑期，现在是 9999995 年。

"欸，你到底是不是改造人？"

"是呀，你是不是从一等公民降级到三等公民的？一等公民每天吃饭是不是都加两个鸡蛋啊？"

丹尼斯无视众人的询问，继续埋头干活。

在了解到更多世界观和背景之前，他不敢多说什么。工友们见丹尼斯不肯闲聊，只得扭过头去继续干活。

丹尼斯有恃无恐，全靠自己的特殊天赋——A 级天赋，僵尸体质。

这种体质可以极大地提高人的耐力，可以三天三夜不睡觉，并且免疫窒息、免疫中毒，但无法食用正常的食物，只能吃生食、腐食。所以丹尼斯才能够完全不呼吸，并且丝毫不惧怕矿井里的毒物。

花开两朵，各表一枝。

大部分的冒险者在获得第一份工作后，都直接跑到了矿井开始打工。有些粗心的冒险者因为鞋底沾了泥、脑袋上沾了叶子而被判违规进了监狱，现在连第一天的中午都没过，冒险者就只剩下不到 20 人了。

在所有人疲于奔命的时候，服部花音是唯一一个有时间闲逛的人。花音在监狱里找到了 A、B、C 册公民手册，三等公民必须遵守 A、B、C 册，二等公民只需要遵守 B、C 册，一等公民只需要遵守 C 册。

另外，花音还非常幸运地抽了 SSS 级天赋"虫巢思维"。这个天赋的能力是可以连通其他副本的冒险者，从而获取更多情报。

不过，这个能力看似强大，但在这个副本中就显得有些鸡肋了。因为，虫巢思维的使用条件必须是在有网络或类似网络的科技的环境里。

作为一个三等公民，花音根本没有使用网络的权利。在此之前，她必须找到快速晋升的办法。花音不需要和别人一样在头上戴着口袋，她只需要顶着头盔就行了，这东西可以持续地给她提供"浊气"，但最多只能用一天。

这就是监狱出生点的第二个福利。

花音第一时间找到了收容所。

"你好，我想找个工作。"

"看一下你的刑期。"

花音学别人的样子，把右手递了过去。工作人员拿起工具测试了一下，说道："你是三等公民，只能去矿区劳作。"

"挖矿？"

"对。"

"你看我这细胳膊细腿，怎么挖矿？"

"对不起，爱莫能助。"工作人员指了指身后的一堆呼吸装置，说道，"去矿区需要戴呼吸面罩，每小时付 10 年刑期，欠下的刑期你可以在回来之后还，要租借吗？"

"暂时不。"花音摇摇头，离开了收容所。

出卖体力，这是下等人才会做的事情，而且单靠出卖体力，也不可能在短短一个月内完成任务目标，一定会有更好的办法！

A 系列守则要求三等公民不能和高级公民闲聊，所以即使花音在路上碰到高级公民，也没办法上前搭讪。

失去了交流通道，自然也就封锁了上升空间。

花音思索片刻，她不相信这个世界里只有这一条道路，于是她便在城市里游荡，终于在一条背街小巷发现了一些不同寻常的东西。

这片区域没有任何一个警务机器人巡逻，只有一个事务机器人飘在街道上空，它外表锈蚀，每飞一段距离就会发出咯吱咯吱的声音。

这里都是三等公民，不过花音却很敏锐地发现这些人的皮肤要细腻很多，连手心的老茧都很少。显然，他们并不是体力劳动者。

也许，自己有办法从他们的嘴里得到赚钱的方法。

花音来到街道深处，发现了一个眼神阴冷的男子，他是整条街上唯一一个不在脑袋上戴口袋或者头盔的人。他不怀好意地盯着自己，仿佛要把自己吃了一样。

她有些害怕。

不过，A 系列守则里有规定，三等公民是不能使用任何暴力的，他们所在的街道上空还有事务机器人，因此花音有恃无恐。

"生面孔，第一次来黑街？"

"是。"

"呵，你家里应该是出什么事情了吧？是造反了吗？"

【6】城市探索

男人名叫二狗，是黑街里的混混。二狗虽然是混混，但眼力可不差，面前的女人皮肤白皙，根本就不像是一个三等公民该有的样子。其他三等女公民哪一个不是膀大腰圆，长得和男人一样？这种人一般都是家里犯了大事，父母只能牺牲自己的生命，换来女儿的生命。

这种大小姐长期不事生产，所以根本不可能在瓦棚找到工作，只能想着来捞偏门，在走投无路之际出卖肉体的也不算少。

花音不知道二狗到底在说什么，她只是指了指对方的脑袋。

"你为什么可以在这里呼吸空气？"

"你管得着吗？爷背的刑期少，足够我呼吸到死。"

"你是怎么做到的？只要你告诉我，我可以满足你任何要求。"

"你不配知道。"

二狗摇了摇头。这种女人蠢笨如猪，偏偏语气还傲慢得很，本来他还以为能捞着什么好处呢，没想到她居然这么不会说话。

二狗转身离开，花音伸手拦住了他。

"干什么？"

"我说了，我可以满足你的任何要求。"花音挑了挑眉，解开了一颗衣服扣子。

二狗明显拉长了脸，他冷笑了一声："不好意思，我不感兴趣，你对别人用这招吧。"

花音眉头微蹙，继续拦在二狗面前："我不信，在我走过路口的时候，你明明还盯着我的大腿看呢。"

"你是不是有病？在这种环境里，谁还有兴趣做那种事儿？你还以为自己是一等公民吗？我们三等公民连活着都很累了，可没精力浪费在女人的肚皮上。"

二狗推开花音，转身离开。

花音咬了咬牙，她确信面前这个男人是一个极其特殊的剧情人物，自己一定可以从他的身上挖掘出有用的信息。

现在，她只是缺少一个机会而已。

想到此处，花音毫不犹豫地跟了上去，她一定要知道这个男人的需求到底是什么。

顾毅下工，离开了矿场，将呼吸装置退了回去。

结算之后，顾毅只获得了 10 年的减刑，属于聊胜于无的收获。

顾毅看了看身边的工友，他们每个人都戴着一个生锈的头盔，有了这东西，他们就可以畅通无阻地在街道上行走了。

经过询问，顾毅以加刑 8 年的代价，换到了一个头盔。

更坑人的是，这东西居然还是需要充能的，充能一次最多持续使用 24 小时，每次充能需要加刑 5 年。

头盔里提供的都是浊气，闻着让人头晕，但是顾毅又不得不戴着，否则他根本无法长时间在城市里探索。

"吸——呼——这是香水味，这是香水味。"顾毅催眠自己，总算感觉好多了。

为了不浪费时间，顾毅干脆站在空间跃迁基地的门口进行推演。

推演开始！

你离开了基地。

你沿着街道走，这里很难见到高级公民，大概每 100 人里可以见到 1 个二等公民，一等公民几乎看不见。

此时是下班的高峰期。

二等公民大多是从政府建筑里走出来的，他们都是里面的办事员。

你往城市的中心走去。

越往前走，你发现警务机器人越少，事务机器人越多。那些警务机器人始终把视线放在你的身上，仿佛担心你会做出什么违法的事情。

又往前走了 1 小时，你发现这里三等公民几乎绝迹了，到处都是忙碌的二等公民。

他们提着公文包跑来跑去，忙碌的样子和蓝星上的人没什么区别。

每个二等公民的脑袋上都飘着一个事务机器人。显然，成为二等公民的条件之一，就是拥有一台自己的事务机器人。

你还想继续往前走，警务机器人已经围到了你身边。

机器人：根据 B-003 号公民守则，你无权进入该区域，请立即离开，继续深入将会处以 1 万年刑期的惩罚。

你转身离开。

你猜测 B 系列的规则，只有升级之后才可以了解。

你继续沿着街道往城市边缘走去。

越往边缘走，事务机器人越少，警务机器人越多。

你在城市的东南角找到了一条奇怪的街道。

这里几乎没有警务机器人，只有城市上空飘着一个事务机器人。

你走进街道，四处闲逛。

大家发现你是生面孔，最多左右看一眼，就马上离开了。

你在背街小巷发现了一个奇怪的男人，他是唯一一个不戴头盔的三等公民。

你感到很惊讶。

你走上去搭讪。

你：你好。

男人抬头看了你一眼，不怀好意地摸了摸下巴。

你：我能问问你是怎么做到的吗？

男人：什么？

你：你为什么可以在这里自由呼吸，还不用戴头盔？

男人：你想知道？

你：嗯。

男人：如果你陪我玩儿一晚上的话，我就告诉你。

你：陪你玩？

男人走上来，对你动手动脚。

你一拳打中了男人的鼻子，你没想到自己居然被一个男人耍流氓了。

男人：有人实施暴力呀！

男人的大喊声吸引来了事务机器人。

事务机器人看清了你的样子，并且召唤来更多的警务机器人。

你终止了推演！

"我的天，这都是什么牛鬼蛇神？"顾毅摸了摸自己的屁股，心有余悸。那个男人一定是有特殊作用的 NPC，可是为什么他的癖好那么诡异？

说实话，顾毅宁愿跳楼自杀，也不愿意出卖自己。顾毅想了想，决定再次面对这个男人。

回溯推演开始！

你站在了那个奇怪男人的面前，和他始终保持着 1.5 米的距离。

你：你为什么不用戴头盔，可以告诉我吗？

男人站起身，朝你走来。

男人：你想知道吗？陪我一晚上就行。

你冷笑一声，对男人使用心理暗示。

男人愣在原地，在和你的精神力进行对抗。

男人最终失败了，他低下头站在你面前，不敢再动手动脚了。

你回头看了一眼天上的事务机器人，它果然没有过来找你麻烦。

和你猜测的一样，男人拥有屏蔽事务机器人的能力。

你拽住了男人的衣领。

你：告诉我，你是怎么做到的？你为什么可以屏蔽事务机器人的感应功能？

男人：我不知道，我是真的不知道。

你加大了精神力的输出。

男人额头冒汗。

男人：我是真的不知道，每天晚上7点至11点，这里的事务机器人都会被屏蔽感应功能，所以我才会在这里呼吸一下新鲜空气。大哥，求求你别举报我，我愿意给你10年刑期，求你放过我。

你推开了男人。

男人哭哭啼啼，心理暗示的作用仍未消散，他赶紧低头跑开，消失在街道尽头。

你在四周寻找。

终于在墙角处发现了一块空心地砖。

你挖开地砖，在里面找到一个拉环。

你拉起拉环。

一道电流闪过。

你被电成了焦炭。

你死了。

推演结束！

【7】生活哪有那么轻松

顾毅睁开眼睛，望向城市的东南角。

那一条街道名叫"黑街"，是一个藏着秘密的地方，但困难的是如何挖掘其中的秘密。他沉思片刻，既然那地方没有事务机器人监控，那自己能不能做一些更夸张的事情呢？

男人说了，每天固定的时间段，黑街会屏蔽监控。哪怕用脚指头想都知道，那里是犯罪人员聚集的好地方。

自己应该多观察一段时间，不急着调查。想到此处，顾毅再次闭上了眼睛。

推演开始！

你来到了黑街。

你爬到附近楼房的天台上，偷偷观察。

男人蹲在墙角，直到晚上8点。

他从地上站起来，在街道里晃悠了一会儿便离开了。

楼与楼之间的缝隙很小，你完全可以在楼间跳跃，从而跟踪男人。

你发现这个男人的反侦查意识很强，明明你都在天台上追踪了，但他还是在不停地兜圈子。

你猜测上次对他使用心理暗示时他是装的，他只是透露了一部分显而易见的情报，并没有说出全部的真相。

甚至那地方带电的拉环，也可能是他故意引导你去碰的。

正常人是不可能做到这种程度的。

必须如攻略组特工那样经过专业的心理训练，才可能有一定的抵抗能力。

男人绕了半天路，终于回家了。

你扑了个空。

你离开天台，来到男人家后面。

其他人都是住在拥挤的筒子楼里，男人则住在一个窝棚里，看那破破烂烂的样子，如果刮风下雨可能就要塌了。

你不敢靠得太近，只得远远地偷窥。

男人并没有开灯，但是你可以听见他似乎在和某个人打电话。

根据 A 系列守则，三等公民是没有资格使用任何通信工具的，而且男人住的房子那么破，显然也不可能买得起电话。

你推测，男人必然是这个世界里的犯罪分子，而且很可能还是个小头目。你决定在彻底摸清他的底细之前，不和他发生正面冲突。

你听见了一串脚步声。

你赶紧翻身躲进了垃圾箱里。

脚步声停下，紧接着是敲门声。

你掀起垃圾桶的盖子向外偷看。

一个身材火辣、衣着暴露的女郎站在男人家门口，你不由得皱起眉头。

男人拉开门，看见女郎之后明显愣住了。

男人：你还有脸回来？

女郎：这是我家，我为什么不能回来？

男人：我没你这样的女儿。

你大为震撼。

男人把女郎推了出去，接着关上了门。

女郎在门口站了一会儿，转身离开。

你离开垃圾桶，偷偷跟在了女郎身后。

女郎离开黑街，来到隔壁的一条稍微干净一些的街道。她靠着墙根，点燃香烟。

你走了上去。

你：我有话和你聊聊。

女郎：5 年。

你：我不是要那个……

女郎：那就别耽误我做生意。

你伸出右手。

你：那好吧，5 年就 5 年。

女郎：你有地方吗？没地方的话跟我来。

你：不，你跟我来。

你带着女郎来到黑街，在这里你可以自由使用技能。

天色太暗，你看不清女郎的表情。

你偷偷对女郎使用了心理暗示，你发现女郎靠你更近了一点，心理暗示起作用了。

你：你为什么干这一行？

女郎：你们男人怎么都喜欢问这个问题？

你：问问而已。

女郎：家里人生病了，这需要我加刑 100 万年。可我再加 100 万年，我就要成肥料了。我没有别的办法，只能出来卖身。

女郎说话语速很快，眼神有些躲闪，你知道她是在说谎，但你没有拆穿。

你：那你为什么不找个更好的工作？

女郎：我是一个三等公民，能选择的工作有什么？挖矿、当服务生、当保洁员，一天下来能减3年刑期就不错了。就这样，我能养活我和我的家人吗？

你：总会有办法，机会有很多，如果你努力的话……

女郎：别扯淡了。你的嘴脸就和那些二等公民一样，总是用这些鬼话来骗我们。你们总是说得那么轻巧，但是生活哪有那么简单？如果我能找到减刑又多又轻松的工作，我为什么要在这里出卖自己的尊严？

你：至少你父亲一直在为此努力。

女郎停下脚步，她伸出右手，想要把刑期还给你。

女郎：你肯定是我老爹派来的说客吧？你的生意我不做了。

你：我不太明白……

女郎：你知道我老妈是怎么死的吗？她就是在矿区里待了太久，还不舍得换新的呼吸面罩，最终得了肺病死掉的，死之前她的肺全都变黑了。在做成肥料的时候，那硬化的肺连焚化炉都烧不掉。那时候我就发誓，我宁愿屈辱地活着，也不愿戴着沉重的呼吸面罩！

女郎点燃香烟，用力吸了一口。

女郎：有时候我特别喜欢接二等公民的生意，他们给小费特别大方。只可惜，我有时候要一次服务好几个人，因为A系列守则有规定，我们不能单独和高级公民共处一室。给他们服务虽然累，但至少他们不像你这种人一样，废话那么多。

女郎走开了。

你站在原地，不知道该说些什么。

你终止了推演！

【8】战争的阴霾

顾毅站在原地，陷入沉思。

在第一次看见男人的女儿时，顾毅以为这个女郎会是一个突破口，但后来却发现自己根本不知道该从何下手。

因为他又一次发现，自己没办法说服女郎。尽管他和女郎的交流时间只有不到3分钟，但是他却直到现在都不能从那种震惊的情绪中恢复。

真的像监工说的那样，三等公民一辈子是三等公民是因为他们懒吗？

不，三等公民之所以是三等公民，是因为高级公民封闭了所有上升渠道，让他们只能在底层打拼——不，用打拼形容可能不合适，用挣扎更合适。

矿工已经是赚钱最多的岗位了，但有许许多多的人挖了二三十年的矿，依然没办法摆脱三等公民的身份。

也许他们的生活终于有了点起色，但最终也会因为疾病而死，直到成为城市的养料。

到死的时候，人被推进焚化炉，漆黑硬化的肺部连高温的烈焰都烧不化。

顾毅发现自己的情绪有些不对劲，他立刻对自己使用心理暗示，将那些负面情绪驱散。

"黑街是一个很好的驻扎场所，我应该想办法去那里租一间房子，再慢慢探索。"

顾毅打定主意，便朝着黑街走了过去。

现实世界。

"这个监工说话的嘴脸和我们公司的老板好像。"

"不知道为什么，我感觉这个副本变得太真实了，真实到我觉得冒险者们根本没办法完成任务。"

"明明这个副本没有什么诡异力量，但是我却觉得这可能是最让人绝望的一个副本，因为我看不到一丝翻盘的希望。再见了兄弟们，我决定放弃生命。"

"喂，楼上的，你别想不开呀！"

"快点报警啊！"

"不用报警了，刚刚那位哥们儿来自 C 国，他们国家现在已经进入无政府状态了，警察来不及救人。"

"完蛋了……"

弹幕上一片哗然。

现在才是副本开始的第一天，已经有十几个国家的冒险者闯关失败，大部分人都是在走出出生点之后就暴毙了。

以往入侵现实的诡异力量都是具有实体的，而这次的诡异力量则是无形的精神压力。它会让闯关失败的国家的人民彻底失去生活的积极性，自杀率空前所未有地高。它还会彻底摧残人类对生活的期待，越是生活在底层的民众，越无法抵御这种压力。

这种诡异力量不仅会侵蚀底层人民，就连所谓的精英阶层也无一幸免。社会精英变得更加暴躁易怒，犯罪率明显升高。

一夜之间，精英阶层的纵火、强奸、谋杀案层出不穷。在某个小国，连警察都彻底摆烂，集体罢工，政府大楼现在被烧得只剩两根柱子。

此时，共有 13 个国家进入了无政府状态。A 国边境地区和接壤的小国发生了暴力冲突，并且呈现愈演愈烈之势。

尽管现在还有十几名冒险者存活着，但全世界已经陷入水深火热之中，随时都有可能爆发大规模的战争。

A 国攻略组此时也乱成了一团，谁也没想到这次的诡异力量居然如此棘手。

郗望敲了敲桌子，笑眯眯地说道："我说得不错吧？如果这个世界有原型，那么原型就是我们整个人类社会。我赌 5 毛……"

"不要再提赌的事情了。"

"好吧。"郗望点点头，她发现曲康平是一个没有幽默感的人，在他面前还是保持严肃比较好。

曲康平捏了捏鼻梁："刚刚首领大人和我通过电话了，现在全世界都处在非常时期，我们已经和 B 国发出联合声明了，要竭尽全力保证世界和平。按照目前的攻略进度，B 国很可能会闯关失败，所以我们需要派遣一部分人手到 B 国，帮助他们想办法抵御'诡异'入侵。假如 B 国也因为'诡异'入侵而陷入无政府状态，世界大战很有可能爆发，到时候就真是世界末日了。"

由于"诡异"入侵的缘故，人类发明了许多强大的武器，顾毅在上次通关回来之后，还复刻了很多瓦棚图书馆里的资料，这又让人类的科技理论水平上升了一个大台阶。

诡异时代的战争，将比核战争时代可怕 10 倍。

如果世界真的开始爆发大规模的战争，不用一个月，地球上将再也不会有任何生物。而一个月，也是冒险者们闯关所需要的时间。

大伙儿听到曲康平的话，全都感到气氛凝重。

自从《诡异世界》入侵以来，人类已经有几十年没有发生过一次国际战争了，大部分都是和狂信徒之间的战斗。

当战争的阴霾再次降临，大家再也不像以往那样嬉皮笑脸。

郗望咧嘴一笑，举起手来说道："喂，兄弟们，不用这么紧张，不如我们打个赌吧。我们的顾毅，一定可以成功达成完美级通关的目标的。"

"我说了，别在我面前提'赌'这个字。"曲康平摇摇头，离开了会议室，"我要去和首领开视频会议了，你们继续工作。"

郗望看着曲康平的背影，低声和同事交流："组长一直都是这样，玩笑都开不起，还是他故意给我下马威？我怎么觉得他怪怪的？"

"他以前可不是这样的。"同事摇摇头道，"也许是阿健哥牺牲的事情给他的打击太大了，上面对他的惩罚也很严重，现在他也是等着戴罪立功呢。等这段时间过去，也许就会好点了。"

"阿健是谁？"

"就是前任行动队队长，同时也是曲组长最看好的接班人。"

"哦，原来如此。"

郗望闻言，若有所思地点了点头。

丹尼斯在矿坑里工作了足足 10 小时，这才和工友们一起离开。他每小时可以获得 10 年左右的减刑，而且还不需要支付呼吸装置的租金，因此他今天一天就获得了 100 多年的减刑。

然而，副本要求冒险者在一个月内至少成为二等公民，100 万年的刑期，意味着丹尼斯要不吃不喝地在矿洞里挖 1 万天。

按照这个趋势，丹尼斯绝对不可能通关。

丹尼斯看了看工友，拉住了一个和自己打赌的人："哥们儿，问你个事儿。"

"咋了？"

"这附近有没有好玩儿的地方？"

【9】二狗的赌场

"你想……"

丹尼斯举起手，做起了摇骰子的动作，舌头在嘴里弹动，模拟骰子的声音。

"哦？你今天才赚了 100 年的减刑，就想去玩儿骰子？"

"干了一天活儿，太累了，正好找个地方要要。"

"行，那我带你去个好地方玩玩。"工友笑道，"城南有家赌场，那里还不错，就算是三等公民也被允许进去赌钱。里面赌得也不大，几十、一百年刑期就能上桌，挺好的。"

"正合我意。"

丹尼斯跟着工友来到了南边的赌场。令人感到惊讶的是，赌场居然和警务站就隔了一条街，简直匪夷所思。

赌场没有名字，门口只有一块破布充当门帘，整个房间简陋无比。丹尼斯去柜台用 100 年刑期换来了一片筹码，但是他并没有急着去赌钱，而是在各张赌桌之间游荡。

既然这个世界有赌场，那必然有处于灰色地带的人群，说不定里面就有情报贩子。他现在两眼一抹黑，只能在这种地方摸索。

"兄弟，我看你半天都不下注，是觉得这里的东西不好玩吗？"一个男人的声音在丹尼斯身后响起。

丹尼斯扭头看去，这个男人大概 40 岁，脸色黝黑，笑起来的时候总给人一种阴恻恻的感觉。

"哦，我随便看看。"

"你是想找人吧？"

"你怎么知道？"

"从你进门开始我就注意你了，你一直在盯着赌客看，却从来不看赌桌。你进门之前没有戴头盔，说明你很有可能是高级公民，但你和我在这里聊了半天，还没有警务机器人来给我加刑，这说明我猜错了，这是一个明显的矛盾。你的裤脚全是黑灰，尽管你擦得很干净，但我还是能看出来你是个矿工。不戴头盔的三等公民，同时还是个矿工，还在赌里找人……我猜猜看，你曾经是一等公民，而且还是一个改造人，你可以长时间地憋气。我刚刚在你身边站了一会儿，几乎听不见你呼吸的声音，连胸部都不会起伏。"

丹尼斯没有说话，只是默默把玩着手里的筹码。

男人咧嘴一笑，伸出右手："你可以叫我二狗，我住在黑街。"

"呵，我叫野犬。"

"看来我们确实有缘。"二狗咧开嘴，"你想知道些什么？"

丹尼斯凑到二狗的耳边说道："我想在一个月内，重新变成一等公民。"

"这需要付出不小代价。"

"我可以付出任何代价。"

"知道 T-091 矿石吗？"

"知道。"

"如果你可以给我弄来这种矿石，我就帮你。明天晚上 10 点到黑街来找我，我只等你 3 分钟。"

二狗说完，又从口袋里拿出了一支录音笔。

"哦，对了，你刚刚说的话，我不小心录下来了。你在我的地盘乱说话没事儿，如果这些话传到别人的耳朵里，你会怎么样我就不知道了。"

这很明显是二狗对自己的牵制。

丹尼斯沉思了一会儿，对二狗始终保持着七分怀疑，这家伙的眼神总是躲闪，实在不知道他说的话有几分真几分假。他是独狼吗？还是有团队？一点信息都没有。

更要命的是，监工每天都会检查矿工，以免有人私藏矿石，如果自己真的把这东西偷出来，被发现的话一定会死得很惨。

二狗让自己偷矿石，是不是为了让自己交投名状？自己到底能不能为这个情报冒险呢?

花开两朵,各表一枝。

顾毅来到黑街,问了一圈,发现这里居然没有一间房子的租金是在 2000 年刑期以下的,而且租金必须押一付三。

顾毅实在是无奈,只能从垃圾堆里找来一些纸箱当床。

忽然间,顾毅听到一串脚步声,他一边假装铺床,一边用余光观察。黑街的那个奇怪的男人朝着外面走去,腋下还夹着头盔。

顾毅沉思片刻。

在之前的推演里,男人一直都待在背街小巷,恐怕是在等人。但是他没等来人,于是便离开了。

自己在追踪的时候功夫不到位,他一定是发现了自己,所以临时改变行程,没有离开黑街。

按照本来的计划,他是要出门的。

想到此处,顾毅不由得有些兴奋,于是他立刻闭上了眼睛。

推演开始!

你偷偷跟了上去。

男人有一定的心理防线,心理暗示对他起到的效果不大,所以你只能用这种笨办法跟踪。

你转过一个街角,发现男人不见了。

你有些懊悔地回过头,发现男人正站在自己的身后。

男人:你在跟踪我?

你:没有呀。

男人:哦。

男人点点头,离开了。

你突然感到胸口一阵剧痛,你低头一看,男人竟然在不知不觉间把匕首插进了你的胸口。

你的眼前一片漆黑。

你死了!

推演结束!

"这个人……怎么这么厉害?"

顾毅眉头紧锁地抱怨着,他思索了一会儿,再次进行推演。

回溯推演开始!

你走到转角处,钻进垃圾箱里。

你听见巷口传来脚步声。

男人看了看四周,甚至掀开了垃圾箱。

你躲在垃圾下面。

男人拿出匕首,在垃圾袋上捅了几下。

你咬住嘴唇,不敢发声。

男人:是老鼠吗?

男人低声自言自语着,转身离开。

过了一会儿，你从垃圾箱里爬了出来。

你再次跟了过去。

你捡起一块玻璃碎片，靠着墙根，借着玻璃的反光观察男人。

你的跟踪技巧越发娴熟。

路程的后半段，男人果然没有发现你。

男人最终走进了一家赌场。

你跟了过去，在门口脱下了发臭的衣服。

男人躲在门后看着你。

男人：刚刚是你在跟踪我？

你：我并没有。

你早有防备，伸手挡在胸前，顶住了男人的致命一击，但是匕首还是插进了你的手臂。

你对男人使用心理暗示。

男人犹豫不决，不敢下狠手。

你推开了男人。

你：好好的，你捅我做什么？警务机器人，救命啊！

警务机器人朝你俩走了过来。

赌场的人也跟着过来，他们把警务机器人挡在门外，同时把你围在中间。

你陷入慌乱。

原来这家赌场属于男人的势力范围，而且他的地位很高。

男人：干掉他。

你被众人群殴。

你的眼前一片血红。

你死了！

推演结束！

顾毅睁开眼睛，坐在纸箱上，望着男人的背影默默发呆。

直到男人彻底消失在顾毅的视野里，他才从地上站了起来。

跟踪和催眠不是友好的行为，所以男人才会毫不犹豫地杀死自己，即使违背规则也没关系——当然，也有可能是他可以无视规则。

这更加说明他很不简单。

他的战斗力已经远超普通人类，就算是敏捷系的冒险者恐怕都不是他的对手。

意志力强大、身手敏捷，而且还经常会耍一些小聪明骗人。最重要的是，他还掌握着屏蔽机器人感应功能的力量。

不过，顾毅现在也不需要跟踪他了，自己只要前往男人的赌场调查一下就可以了！

"狗哥。"

"狗哥好。"

"嗯。"

二狗点点头，和赌场里的荷官打招呼，就连某些熟悉的赌客都会主动和他打招呼。

在大家眼里，二狗是一个传奇人物，谁也不知道他到底背负了多少刑期。

明明是一个三等公民，却可以如此高调地开设合法的赌场，这足以说明二狗的身份有多么不简单。

赌场的门帘被人掀开。

顾毅来到赌场，一眼看见了那个男人，只不过他并没有在意自己，而是专心地在和熟人闲聊。顾毅走到柜台边，伸出右手。

"给我兑换 10 年的筹码。"

"我们这里至少要兑换 100 年。"

"那你能借我钱不？"

"没问题，但你必须在出门之前把借贷还清，否则我们就只能请警务机器人来了。警务站就在隔壁，你是没办法逃跑的。"

"我知道了，借我 100 年。"

"嚯……"

工作人员瞧了一眼顾毅，只差 10 年顾毅就要有 1000 万年的刑期了，这可是非常危险的。

"兄弟，你确定？"

"对，怎么了？"

"算了，你开心就好。"

顾毅通过借贷，换来了一片 100 年的筹码，他问道："那边那个男人是谁？"

"你说那个吗？他是我们的老板，名叫二狗。"

"你不知道他的真名？"

柜员奇怪地看了顾毅一眼："在这里，没有人用真名。"

"谢谢。"

顾毅敏锐地注意到了工作人员的眼神，虽然不知道这里的人为什么不用真名，但顾毅决定自己也只说假名。

他捏着小筹码在各张赌桌间游荡，来到了赌骰子的桌子前面。他闭上眼睛，好像老僧入定一般。

"来来，买定离手。"荷官放下骰盅，笑眯眯地看着各位赌客。

顾毅猛然睁开眼睛，毫不犹豫地将筹码放在"小"上。

"1、1、2，4 点，小。"

荷官将筹码放到顾毅面前，重新开盘。顾毅依然像上一次一样，闭上了眼睛。

当啷啷！骰子停下，荷官大声说道："买定离手！"

哗啦！顾毅把刚赢来的 200 年的筹码全都放在了"小"上。

荷官有些惊讶，在这些穷人眼里，200 年的筹码已经算是巨款了，这孩子居然想都不想，直接把全部筹码都押了上去。

"买定离手，开盅。"

3、4、1，还是小。顾毅又一次猜对了。

荷官看了一眼顾毅，乐呵呵地说道："老板今天的运气不错啊，居然连中两把。"

"继续开。"

顾毅没有说话，而是闭上了眼睛。

荷官眉头微蹙，听说这个世界上有人能通过耳朵听出骰子的点数，难道这个愣头青就是这种人？还是说，这小子是装的，只是碰巧运气好？

荷官一边摇骰子，一边注视着顾毅的一举一动。

"大！"

"小！"

"小！"

"大！"

一连7次，顾毅每次都猜对了。短短十几分钟的时间里，顾毅已经赚到了1万年的筹码，而他刚刚进赌场的时候只拿了100年的筹码而已。

大伙儿看见顾毅运气逆天，居然也跟着他一起下注，几乎都要把庄家的钱赢光了。

荷官注视着顾毅的双眼，那分明是一个赌红了眼的赌徒，除了贪婪，他看不到任何表情。

如果顾毅真的是老千，他绝对不可能表现出这么露骨的神情，表情管理可是老千的必修课。难道他真的是运气好？

荷官偷偷换上了灌铅骰子，再次摇盅。

咚！荷官再次把骰盅放在桌子上，笑眯眯地说道："赌神，这次你押什么？"

顾毅睁开眼睛，没有说话。

"怎么不押了？"

"全押大。"

大家一脸兴奋，跟着顾毅一起把筹码压在了"大"上。只有极个别人发现顾毅神色有变，不敢再押。

"开吧。"

"开，快开。"

"别卖关子了。"

荷官冷笑一声，掀起骰盅："3个1，豹子通杀。"

一夜之间，赌徒们赢来的筹码被吞得一干二净，顾毅脸色惨白，好像连魂儿都没了。

"我……那个，我……"

"小兄弟，这次运气好像在我这儿呀。"荷官笑着说道，"你还倒欠我们刑期呢。"

"对不起，我没有多余的刑期了，我还背着1000万年的刑期。"

众人一片哗然，背着这么多刑期，居然还敢在这里赌钱？这孩子可真不要命啊。

荷官气极反笑，吹了声口哨，叫来两个打手。

"把他带到后面去，好好聊聊。"

两个打手架着顾毅来到后屋。

顾毅一开始表现出挣扎的表情，但是他在走进后屋之后，反而变得平静了起来。

"你有病？"

"你才有病。"顾毅翻了个白眼，骂了回去。

"刚才急得就跟兔子一样，怎么现在却不挣扎了？"

"我和你打赌，一会儿你们老板得给我敬茶。"

"嗯？"

两名打手对望了一眼，将顾毅按在沙发上。顾毅悠然自在地躺下，轻轻闭上了眼睛。

他拥有无限推演的能力，每次荷官开的是什么他都一清二楚，最后荷官偷换骰子作弊，他自然也都看在了眼里。

此时正好有时间，顾毅决定再次用能力探索一下周围。

推演开始！

你对身后的两个打手使用了心理暗示。

打手们一阵恍惚，不再看管你。你顺手摸走了他们身上的电棍。

你坐在沙发上等了一会儿，等到技能冷却结束也没有机器人过来抓你，显然这里也有屏蔽机器人的东西。

你离开后屋，四处寻找。

你绕到赌场的后门，在一条背街的小巷，你发现了一扇暗门。

你费力地打开暗门，发现有两个壮汉正在里面埋头工作。

你听见后屋里传来了二狗的声音，他似乎正在打骂看管你的那两个打手。

你立刻对门口的两个壮汉发动心理暗示。

你发现你居然无法对两个壮汉使用技能，因为它们都是机器人。

你对自己使用心理暗示，用手里的电棍成功制服了两个机器人。

你来到了那个单独的房间。

你推门而入，发现里面全都是 T-091 矿石，你还找到了一些专业的工具。

它们好像是用来制造梦境碎片的。

门外传来脚步声。

你赶紧加快了搜索的速度，你在屋子的角落里找到了一些成品。

你直接用脚踢开了木板。

箱子里装的全都是梦境碎片，但是这些碎片的形状极其不规则，而且颜色显得更淡一点。

你拿出 1 块梦境碎片尝了一下，味道和梦境碎片相似但不同。

在这个世界里，连空气都算私人物品，二狗在这里藏了那么多矿石，加工、生产未知的东西，究竟是为了什么？

你继续在屋子里探索，你在休息区里找到了一个笔记本，扉页上有人用星际语写了一句话：

人非生而有罪，人人生而平等。

门外的敲门声更急了。

大门被人打开。

二狗先一步冲进了房间。

二狗：这里不是你能来的地方。

你：这是什么东西？

二狗：你没必要知道。

你被二狗抓住，一刀捅穿了心脏。

你的眼前一片血红。

你死了。

推演结束！

顾毅睁开眼睛，陷入沉思。

后面的那间房子一定藏着二狗最大的秘密，只是偷盗 T-091 矿石就已经足够让二狗被判 1000 万年了。为了不让消息泄露，二狗二话不说就杀了自己，可见他对矿石有多看重。

想要获得二狗的信任，肯定需要循序渐进，一上来就下猛料，未必可行。

另外，顾毅可以确定二狗制造的东西并不是梦境碎片，那是一种陌生的东西。顾毅不再进行推演，而是闭目养神，恢复自己的精神力。

过了没一会儿，二狗来到了后屋，之前摇骰子的荷官也在他的身边。两人四目相对，谁也不说话。

终于，二狗率先打破了沉默。

"你想做什么？"

"今天如果不是我，恐怕你们赌场赢不了那么多钱吧？"顾毅笑着说道，"大家跟着我下注，结果最后一把全都吐了出来，你们应该感谢我才是。另外，你换骰子的动作还得练练啊，太明显了。"

荷官听到这话，有些不开心地撇撇嘴。

二狗看了一眼荷官，摆摆手说道："你走吧。"

"是。"

荷官点头哈腰，离开了后屋，顺手关上了门。

二狗起身坐在顾毅旁边，用手轻轻拍了拍顾毅的大腿。

"你可真不错。"

"呃……谢谢。"

一想起二狗，顾毅就忍不住全身起鸡皮疙瘩，不过他还是用心理暗示让自己表现得更加平静一点。

"自我介绍一下，我叫二狗。"

"狗哥好。"顾毅笑着说道，"我叫顾问。"

二狗满意地点了点头。

很显然，顾毅是一个深藏不露的赌术高手，这样的人才不拉拢过来，实在是暴殄天物。

"你是做矿工的？"

"没错。"

"一天只能挣 10 年的刑期吧？"

"差不多。"

"和我干吧，在我这里一天能减刑 100 年。"

"一天 100 年，攒到 100 万年要 1 万天，太慢了。"

"这你还嫌少？再给你加 20 年。"

"狗哥，这太慢了。"顾毅双眼闪烁着光芒，"我想要在一个月内当上一等公民。"

"呵，你是不是脑子不太好使？这怎么可能做到。"

"我不想再背负着囚犯的名字了，这种不自由的日子，我一天也过不下去了。人非生而有罪，人人生而平等。"

最后那一段话，顾毅特意用星际语念了出来。

如他所料，二狗立刻瞪圆了眼睛，瞳孔微微放大："你是瓦棚中学的人？"

"我应该算……肄业。"

"呵……比我好一点，我也就上过几天学而已。"

"原来如此，那你认识陈泽宇吗？"

"知道，他是一个一等公民。"

"你知道他在哪儿吗？"

"已经死了。"

顾毅大为震撼："这是怎么回事？他的成绩在学校可一直都名列前茅。"

"他为了贯彻自己的信念而死。"二狗冷笑一声，"算了，这个故事没什么可说的，那家伙就是一个蠢货而已，根本不值得同情。至于你说的那句座右铭……我一直都是当笑话听的。"

顾毅闻言，不置可否。他闭上眼睛推演了一下，这才确认二狗是真心的，至少现在这段时间他没有害自己的意思。他没有主动询问二狗后屋的事情，因为这必然会让二狗警觉，反而会弄巧成拙。

"顾问，我问你，你真的相信'人人生而平等'这句话吗？"

顾毅不知道该如何回答。

二狗撇撇嘴，接着说道："你应该没有忘记学校对我们的教诲吧？凡有付出，必有收获。但你看看毕业之后，你还不是和我一样是三等公民？"

"那是因为我肄业……"

"我曾经献祭了我的家人，我一直以为这是个不错的交易，因为这能让我得到更强大的力量和更高的社会地位，我可以用这种力量和地位改变社会现状。

"但事实如何？

"我什么也做不到，即使成为一等公民，我也无法改变这个世界的现状。我无论做什么，都是给它打工的，我都是它的奴隶。

"直到我离开了学校，我才发现学校的教育都是错的。

"学校一直在给我们灌输错误的价值观，把我们养成了只谈利益、不谈人性的浑球，让我们在离开学校后，可以心安理得地吸血。

"人与人，永远不可能平等。

"二等公民坐在办公室里，1小时能减刑100年，你在矿洞里挖1天矿也就减刑10年。

"一等公民躺在床上，只要动动嘴皮子，1分钟就能减刑1000年。刑期对他们来说只不过是一个数字，是一个符号，是一个笑话。

"那些二等公民和一等公民又是怎么来的呢？他们献祭了自己的母亲，从瓦棚学校毕业后，成了一个完全不知人间疾苦的浑球罢了。

"而它呢？

"它拥有我们，拥有空气，拥有土地，拥有时间。除了太阳不是它的，世间的一切都属于它，在它的规则之下，我们哪有平等可言？

"所以，你还相信那句鬼话吗？"

二狗的演讲极富煽动性，顾毅曾一度觉得自己被诡异力量影响了，哪怕他对自己使用了心理暗示，也无法消除压在胸口的那一块大石头。

"你和我说这些是为了什么？"

"是让你认清现实啊，我的朋友。"二狗笑道，"好歹我们也是校友，你的目光应该比普通人要长远一点，你不会真的相信在矿井里挖一辈子石头，就能当上二等公民了？"

"当然不相信。"

"哈，那就好了。如今这个世道，想通过打工实现阶级跨越是根本不可能的，我可以介绍给你一个生意，只要你按我说的做，我就能帮你尽快实现阶级跨越。"

"什么？"

"我需要 T-091，越多越好。明天晚上 10 点，我会在黑街等你，我只会等你 3 分钟。把那些破石头给我，我会给你一个满意的价格。"

"一言为定。"

"另外，今天我和你说的话有些多了，我一不小心全都录下来了。"二狗从怀里拿出了一支录音笔，"在我的地盘上你可以畅所欲言，但是到别的地方……你可就要小心了。"

【10】地下交易

"谢谢。"顾毅点点头，在二狗的目送下离开了赌场。

二狗最后拿出了录音笔，其实就是一个警告而已。

既然顾毅决定走二狗这条线，那么就必然要接受二狗的牵制。刚刚顾毅和二狗的谈话，显然违背了 A 系列守则，如果二狗把这段录音放出去，自己肯定要被机器人抓走。但二狗会不会得到惩罚，那就不得而知了。

夜已经深了。

顾毅看了一下墙上的挂钟，现在已经是夜里 11 点了，他不再在外面闲逛，而是回到黑街。谁知道，自己好不容易拼成的纸箱床已经消失不见了。

"纸箱子也有人偷？"顾毅暗骂了一句，只得四处游荡，重新找纸箱。

"以后你再这么磨磨叽叽的，就别过来上班了，真是欠揍！"

夜里 10 点，花音才干完了今天的工作。

她从来没有干过体力活，和那些老油条相比根本没有任何优势。别人 10 小时就能完成工作，她却要加班 2 小时才能完成。

离开矿井，花音将呼吸装置还了回去，上了 12 小时的班，她却只赚到了 9 年减刑。

"该死的，这哪是人过的日子……"

花音坐在路口，困得随时要睡过去。今天她本来想继续跟踪二狗，可是那家伙七拐八拐，几乎绕晕了花音。原来，自己终究还是看错了人。

二狗是一个高手，凭借自己这差劲的体力和身手，根本没有机会追上他。

花音蹲在路边，委屈地哭了起来。她没有想到，这个副本居然如此困难，从未受过委屈的她，才待了一天就差点精神崩溃了。

"好冷……"

现在已经是半夜了，街道上冷风飕飕，她来到黑街，想要找间房子住下，赚的刑期却根本不够花销。

花音想要装可怜求收容，房东却一脸嫌弃地推开了她。

"该死的……"花音骂骂咧咧地离开了。这里的男人难道都是和尚吗？难道自己丑到这种地步了？

花音走到附近的小水洼前，借着昏暗的月光观察自己。她现在虽然有些憔悴，但只要稍微打扮一下，绝对是有姿色的，但问题是自己现在哪有足够的刑期去换取化妆品和美丽的衣服呢？

嗖嗖——花音身后传来一些奇怪的响动，她赶紧直起身子，躲在了墙根。她的身形十分瘦小，躲在阴影里根本没人能看见。

"狗哥，货来了。"

"不错。"

"还需要吗？"

"这些石头有多少我收多少。"

"最近监工查得比较严，我只能带出这么多来。这都是我藏在指甲缝里，一点一点抠出来的，虽然数量不多，但都是高级货。"

"哼，搞笑，你真当我看不出来你是怎么带出来的吗？"二狗冷笑着说道，"10 年。"

"这么少？"

"矿石里的能量已经被你吸收不少了，品质太次，只值这么多。"

"再加点。"

"不议价。"

"……T-091 你还要吗？"

"要。"

"明天我给你带点，还是这个时间。"

"可以。"

脚步声传来。

花音屏住呼吸，望着街角。

一个矿工从她面前走过，根本没有看见自己。她定睛一瞧，那个矿工正是自己矿上的工友。

"原来如此……"花音若有所思地点点头，一个大胆的计划在心中升起。

现实世界。

第二天清晨。

郗望早早坐到工位旁，看了看直播间，发现弹幕明显少了许多。

"今天怎么回事儿？大家都转性了，都不爱说话了？"

"出事了，队长。"

"怎么了？"

"有几个国家发生了内战，现在这几个国家的人都从直播间下线了。"

特工递来了一张名单，郗望打眼一瞧。

C 国下线……

不过才短短一天的时间，蓝星上已经有 5 个国家发生了内战。大家到目前为止都还算克制，没有动用大规模杀伤性武器，但谁也不知道这种克制能坚持多久。

"唉……我赌 5 毛……"

"嘘——"特工做了个噤声的动作，眼睛不停朝着郗望身后瞟。

郗望赶紧闭上嘴巴。

"组长好！"

"好。"

曲康平点点头，一边吸烟一边看着手里的资料，他像往常一样坐在会议厅里，第一时间打开了监视器。

"今天的弹幕好像变少了呀……"

"是呀，组长。"郗望顺手把新的报告递给了曲康平，"这些国家都在打仗呢，《诡异世界》的频道似乎受了影响。"

曲康平瞄了一眼报告，接着继续看向屏幕。

现在镜头正在对着丹尼斯，这家伙趁着四下无人，居然拿起矿石往自己的嘴里塞，看样子还生冷不忌地咽了下去。

弹幕上一片哗然。

"这个操作似曾相识。"

"这不会是和顾毅学的吧？"

另外一边，顾毅也同样干着藏矿石的事情，只不过他的动作更优雅一点。如果不是大伙儿可以反复拉动进度条，根本就看不清他是怎么藏东西的。

"顾毅的副天赋优先级这么高？"

"他居然当着监工的面偷矿石啊！"

"狂，太狂了！"

世界各地的人发的弹幕都是唱衰的，唯独 A 国人发的弹幕全都是正面的。这不仅是因为 A 国并没有遭遇"诡异"入侵，更是因为攻略组雷霆行动，抓住了一堆喷人的键盘侠。

此时，又到了下工的时间。

监工不怀好意地看着所有矿工，冷冷地说道："最近我们矿上出现了偷盗事件，所以从今天开始，所有人在离开之前，都需要把衣服脱光接受检查。3 天之后，高精度矿石探测仪就会送来，以后每天下工的时候，大家都要从这个探测仪前面过去。听明白了吗？"

"是！"

"所有人，把衣服脱了，内裤也不能穿。"

顾毅皱了皱眉："该死，我不会被全世界的人看光了吧？"

百般无奈之下，顾毅只得脱光了衣服。

弹幕上刷出一排问号。

郗望抻着脖子看着屏幕，可惜地说道："弹幕怎么突然就多起来了？你看这臀大肌……啧啧啧……真辣眼睛，不看了，不看了。"

郗望捂住了嘴巴。

"那你为什么捂嘴巴，不捂眼睛？"

"因为……你管得着吗？"

郗望被人戳穿，朝着手下翻了个白眼。

顾毅穿好衣服，心有余悸地摸了摸自己的屁股。

那监工看上去挺正常的，没想到他居然说捅就捅，更没想到的是居然有矿工真的在屁股里藏了一粒矿石。

如果不装备高精度的探测仪，机器人很难查到藏在人体内部的矿石，所以监工只能上手检查。

这一查，直接逮住了两个违规的矿工。

"你们触犯了 A-001 号公民守则。"监工双手叉腰，说道，"私人财产神圣不可侵犯，我已经让警务机器人过来了，在这里等着吧。"

过了没3分钟，6个警务机器人来到矿区，带走了偷藏矿石的工人。

顾毅仔细看了看自己的工友，有些人的视线总是躲闪。

超高的精神力告诉他，这些人绝对也做了偷矿石的事情，但他们的手法更加高明，所以暂时没有被人发现。

顾毅猜测，他们很有可能是把矿石偷偷吞进了肚子里。

瓦棚人都是可以生吞梦境碎片的，想必生吞原材料对他们也不会产生多大的伤害。只要离开了矿区，想办法吐出矿石，或者第二天早上从马桶里找出来就行了。

不过，顾毅并没有任何担心，他的光球拥有极高的优先级，藏在里面的东西NPC绝对发现不了。

下工之后，顾毅赶紧来到黑街。

为了不被人抢走好位置，顾毅赶紧找来纸箱子做好床，为今天晚上睡觉做准备。

天色渐晚，为保险起见，顾毅坐在墙根，闭上眼睛开始推演。

推演开始！

你休息了一会儿，一直等到晚上10点。

你按照要求，来到目的地。

二狗蹲在墙角吸烟。

你拿出一个口袋，将所有矿石放了进去，总共有20斤重。

你：这是你要的东西。

你把口袋丢在二狗面前。

二狗检查了一下。

二狗：这全是你弄来的？

你：是。

二狗：你怎么弄来这么多？

你：你给多少？

二狗：太多了，这绝对会引来大家伙。

忽然，你听见周围传来一阵杂乱的脚步声。

二狗脸色惨白，一把将口袋塞到你手里，转身便跑。

你不明所以，但还是朝着反方向跑了出去，顺手把口袋放在黑球空间。

一群警务机器人堵住了你的去路。

你逃不出机器人的围捕。

机器人：你违反了A-001号公民守则。

你：你有什么证据吗？

机器人立刻播放了你和二狗做交易的画面。

机器人：这就是证据，你到底把矿石藏在哪儿了？

你终止了推演！

顾毅睁开眼睛，摸了摸下巴。自己是被人出卖了？

不，如果是有人出卖了自己，为什么二狗还要跑？看他临走前那个表情，应该不是装出来的。二狗敢在那边进行交易，肯定是做好了反侦查的工作，难道是因为货太多了，所以被机器人发现了？如果少交易一点，会不会就安全了？

"再尝试一下。"

回溯推演开始！

你怀疑是因为自己一次性拿出的矿石太多，所以才会被人盯上。

于是你只拿出了一点矿石，藏在口袋里。

你找到了二狗。

你拿出了矿石，二狗检查了一番。

二狗：20 年。

你感到很气愤，你觉得二狗在欺负你不懂行。

你：太少了，我可是花了不少工夫，并且冒着违法的风险帮你弄来的。你看看这些矿石的品相多好，简直就和刚采下来的一样，就给 20 年是不是不太合适？

二狗犹豫了一下。

二狗：好吧，25 年。

你：至少 1 万年。

二狗：呵，1 万年？那你找别人去吧，看看有没有人敢收你的东西。要么卖，要么不卖，这个世界上多的是人来找我做交易。

你沉默片刻，最终还是妥协了。

你：再加点？

二狗：30 年，最多这些了。

你们完成了交易。

你还想再谈谈，二狗却挥了挥手。

二狗：快走吧，我还有别的事。

你：我有些话想问你。

此时，街巷外传来脚步声。

二狗赶紧把矿石塞进你手里，转身逃跑。

这次你选择和二狗朝相同的方向逃跑。

二狗的速度和身手远超过你，你根本追不上他。

你很快就被机器人抓住了。

你终止了推演！

顾毅默默摇了摇头，自己被抓和矿石数量没有关系，完全是因为有人陷害。

二狗可以屏蔽机器人的探测，但如果他们当着机器人的面做交易，那就算天王老子来了都救不了自己。除此之外，二狗是一个根本不讲义气的人，遇到问题跑得比谁都快，想让他帮自己，纯粹是不想好好过了。

另外，既然赌场是二狗的势力范围，加工坊也在赌场附近，为什么他不干脆在赌场里进行交易呢？

二狗的赌场和警务站就隔了一条街，拥有这种胆识和人脉的二狗，怎么可能害怕警务机器人？他为什么要脱裤子放屁，做出那么多复杂的事情？

顾毅摇了摇头，暂时想不出的答案就先不要想，现在最稳妥的方法，就是今晚不再与二狗做交易。但是，如果一直有人干扰，那还怎么继续推进剧情？

顾毅想了一会儿，重新闭上眼睛。

推演开始！

你在黑街四处观察，并没有发现什么可疑的人物。

二狗现在没有在他自己的破窝棚里待着，于是你去了一趟赌场，发现二狗也没有在赌场出没。

你重新回到黑街。

二狗既不会提前到，也不会迟到。你不知道二狗在进行交易之前究竟去了哪里。

你想起了二狗的加工坊门口的两个机器人。

那两个机器人拥有仿生外皮，如果不是你对它们使用了心理暗示，你根本发现不了它们是机器人。

二狗为了保密，不仅使用了暗门，甚至还使用机器人当工人，成本高了不止30倍。

纸是包不住火的。

二狗会不会早就被人出卖了？

你在黑街附近徘徊。

等到晚上9点左右时，你发现果然有许多警务机器人从四面八方涌了过来，它们拥有光学迷彩，可以完美地躲在墙角，肉眼根本无法发现。

如果不是提前赶来，你都不知道它们居然一直都藏在自己身边的街道。

你终止了推演！

顾毅重新睁开眼睛。

现在已经知道了机器人围过来的具体时间，与其被动防守，不如主动出击，在二狗回到黑街之前找到他，并告知他黑街的情况。

可是……

这老小子到底会跑到哪儿去？

顾毅想了一会儿，发现自己还有另外一个地方没去过。

推演开始！

你来到了二狗的女儿工作的地方。

你在四周寻找了一番，始终没有发现二狗。

你突然感到后背发寒。

你赶紧扭过身子，下意识地将双手往下一压。

你成功架住了二狗的背刺。

二狗：你跟踪我？不想混了？

你：冷静，这里有警务机器人，我并不想和你产生冲突。

二狗：你当我会信你的话吗？

二狗挣脱束缚。

你额头流下一滴冷汗，想着该如何立刻说服二狗。

你：你想在自己的女儿面前杀人吗？

你的话似乎打动了二狗。

他瞪了你一眼，收起匕首。

你：先冷静一下，我们找个安静的地方聊聊，可以吗？

二狗想了一会儿。

二狗：跟我来。

你跟着二狗来到了赌场里面。

你发现二狗的手腕上有一些奇怪的紫色符文，那符文的艺术风格和封印黑球的符文的艺术风格非常接近，显然与黑球同根同源。

你赶紧对自己使用心理暗示，免得太过激动露出马脚。

二狗：在这里你可以随便聊天，但是我也可以随便杀你。

二狗明目张胆地把录音笔放在了面前的茶几上。

你四处看了看。

你：你确定这里没有人偷听、偷窥？

二狗：你什么意思？

你没有说话。

二狗脸色微变。

你拿出纸笔，用文字与二狗交流：

现在有一大批警务机器人埋伏在黑街四周，如果我们在那里完成交易，必然会被人发现。

二狗点点头，接过笔：

我知道了，我会调查的，谢谢你。

你：那你还想继续做交易吗？

二狗：交易必须在黑街完成，这是必要的程序。

你：我能知道为什么吗？

二狗：你不需要知道，今天的交易取消吧。

二狗下了逐客令。

你转身离开。

你回到了自己的住处，躺在纸板上沉思。

二狗身上的疑团变得越来越多了。

你拿出纸笔，记录下二狗身上的所有疑点：

1. 收集 T-091 的目的是什么？

2. 为什么二狗和自己一样，拥有入殓师的科技产物？

3. 二狗不愿意在赌场完成交易的原因是什么？

4. 二狗暗示自己他是被瓦棚中学开除的人，但他又说献祭了家人，这明显是矛盾的。既然已经献祭了家人，他至少也该是肄业才对，他为什么要对瓦棚中学的学习经历说谎？

5. 二狗的话有些能信，有些不能信。他说陈泽宇死了，陈泽宇真的死了吗？从上个副本的短暂接触来看，陈泽宇这种自私到极点的人，绝对不会轻易死去。

你思考了一会儿。

疑点 1、2、4、5 暂时无法解决。

但是疑点 3 已经露出了一些端倪。

你推测，二狗不愿在赌场完成交易，主要有两个原因：

1. 害怕有人举报。

从上个副本的世界观来看，梦境碎片一定是一种极其重要的资源。在这个副本世界里，连呼吸一下空气都算犯法，偷盗和交易这种重要资源的罪过只会更重，不会更轻。

二狗的实力强到可以在警务站附近开赌场，但不意味着他可以明目张胆地在警务站附近交易 T-091，所以他每次进行交易都是亲自出马，从不让自己的手下去。

2. 黑街有特别之处。

二狗在字条上写了"交易必须在黑街完成，这是必要的程序"。二狗在完成交易之后，到底会在黑街做什么事情？

你回忆了一下。

在上上次推演中，你们成功达成交易之后，二狗确实表现得比较异常，不停催促你离开。他是不是会在完成交易后，当场做什么程序？

你终止了推演！

顾毅眨巴着大眼睛。

这一次总算有了新的进展，获得了一些比较重要的情报。

二狗口中的程序，很可能包括了时间、地点和交易方式等比较苛刻的要求。为了能摸清楚那所谓的程序是什么，顾毅决定换一种方式和二狗做交易。

"开始！"顾毅又一次闭上了眼睛。

推演开始！

你在晚上9点来到了交易地点，将一小部分矿石放进口袋，藏在垃圾桶后面。

口袋屏蔽探测器的效果不太好，如果矿石放得太多，很容易提前吸引来警务机器人。

你离开了交易地点，藏在附近的楼上。

到10点时，你听见了二狗的脚步声，你躲在楼顶偷偷观察。

二狗不耐烦地等了一会儿。

他四处翻找，果然在垃圾桶后面找到了口袋。

他打开口袋，不仅找到了矿石，还找到了你留下的字条，上面写着你的公民ID。有了ID，即使两人不见面，也可以经过办事员办理交易手续。

二狗愣了一下。

他朝着天上的事务机器人勾了勾手指，机器人竟然听话地飞到他旁边。

原来黑街的事务机器人是他的。

但是根据A系列守则，拥有事务机器人后，应该就能晋升二等公民了，可二狗为什么还是三等公民？

考虑到二狗可以无视很多规则，你也就见怪不怪了。

二狗在事务机器人的操作面板上按了几下，算是完成了交易。

事务机器人离开了二狗。

二狗转过身来，来到街角，搬开那块空心地砖，找到了拉环。

二狗没有急着拉起拉环，而是握着右手腕，低声念叨着什么。

正在二狗准备拉起拉环时，警务机器人赶了过来。

二狗在慌忙之中把地砖放了回去，闪身离开。

整条黑街都回荡着警务机器人狂奔的脚步声。

你等着机器人全部离开后，这才走下楼顶。

你再次挪开地砖。

你思考了一会儿。

你猜测二狗之所以可以无视规则，是因为他的手里掌握着入殓师的科技。如果用自己的黑球，是不是也能拉开拉环？

你将精神力注入黑球。

黑球显现。

地上的拉环发出噼啪的雷声，但电弧并不能伤害到你。

你将黑球探向拉环。

你的耳边传来了一道冰冷的声音：请说出口令。

你恍然大悟，难怪二狗在碰拉环之前会自言自语，原来是在说口令。

只可惜你离二狗太远了，没有听清他的声音。

你：人非生而有罪，人人生而平等。

【11】花音攻略

拉环：口令错误，开启保护模式。

一道电流通过。

你全身变成焦炭。

你死了。

推演结束！

顾毅眨了眨眼睛，摸了摸自己的下巴，又重新回溯到了碰拉环的那一刻。他尝试了各种能想到的口令，比如"生而有罪""人人平等"的各种组合，依然无效。

"不行，这样瞎猜是猜不中的。"

顾毅摇摇头，放弃了。

在彻底获得二狗的信任之前，拉环的秘密和T-091的秘密都无法得知。他坐在地上想了一会儿，决定去红灯区找二狗，告诉他取消交易。

这是目前最完美的处理方式了。

现实世界。

A国的攻略组派出了一个团队前往B国援助，暂时缓解了他们国家"诡异"入侵的情况，但是死亡率和犯罪率依然居高不下。

好在B国的警务系统足够给力，暂时还能稳住国内局势。

只要其他国家的诡异力量被控制住，B国应该不至于那么快沦陷，大家也终于能将注意力集中在直播频道上了。

此时，最受关注的3名冒险者刚刚下工。

顾毅一个人来到黑街收集纸箱，看上去像是一个拾荒者。

"这……顾毅不会是想靠卖废品发家吧？"

"不，我猜是顾毅昨天的床被人偷了，今天要重新做一张床。"

"楼上的你猜对了。"

顾毅叮叮哐哐地把纸箱拖进巷尾，在墙角搭起一张床，躺在床上闭目养神，恢复精神力。大伙儿都知道，只要顾毅进入这个状态，不躺半个小时是起不来的，于是大家立刻调换频道，看向丹尼斯。

丹尼斯下班之后，竟然直接去城南的赌场闲逛，他今天又获得了100多年的减刑，但他去赌场之后也不消费，就是没事儿在穷逛而已。

"这人原来只会看，不会玩儿啊。"

"D国全员赌狗。"

"不懂就问，这家伙不是C国的吗？"

"他祖籍是D国。"

"D 国表示不背这个锅，我们国家可不是人人都是赌狗，他早就改国籍了。"

"是是是，D 国男的不是赌狗，女的全是交际花，这总行了吧？"

"这叫善于运用自己的身体优势，你们懂什么？"

"别给自己贴金了，服部花音就是浪荡，你看看她都饥不择食成什么样了？"

弹幕突然把战火引到了花音那边。

大家看着屏幕，看到了惊人的一幕——花音居然正和一个浑身臭汗的矿工在一起，那亲昵的样子让人看了就反胃。

"哥哥，其实我看见你第一眼就喜欢上你了。"

"啊……是吗……"

"对了哥哥，你叫什么名字？"

"我叫李……叫我铁柱就行了。"

矿工这辈子连女人的手都没有碰过，花音一上来就搂着他的胳膊，反而把他搞蒙了。他不停往后撤，脖子往后缩，一副担心害怕的样子。

"你干吗老往后退？我又不会吃了你。"

"这样不好吧。"矿工指了指周围，"大家都看着呢。"

周围的工友都好奇地看着他们俩，这让一向低调的铁柱无所适从。

"你还会害羞吗？那我更喜欢你了。"

"呃……嘿嘿……"

铁柱脑袋发昏，害羞地摸了摸后脑勺，他可不知道自己居然这么有魅力。

花音眼珠骨碌碌地转，揉了揉自己的肚子，说道："铁柱哥哥，我肚子饿了……"

"肚子饿了……那怎么办？"

"这还用我教你吗？"

"哦哦，我知道，我知道。"

铁柱恍然大悟，赶紧指着路边的饭店，说要带花音去吃一顿好的。

这一路上，花音不停夸赞铁柱，眼睛里的小星星都要飞出来了。铁柱也是受用至极，从小到大可从来没有人这么崇拜过自己。

铁柱挑选了一家苍蝇馆子，屋子里都是臭袜子味儿。

花音摘掉了头盔，险些被饭店里的臭味熏死过去，不过她很快控制住了自己的表情，不敢露出一丝一毫的厌恶。

"这是附近最好的饭店了。"

"哦，是吗。你可真大方，是个好男人。"

"嘿嘿嘿……"

二人坐在桌边，彼此深情对望。

"花音是你的真名吗？"

"嗯，对呀。"花音点点头道，"难道铁柱不是你的真名？"

铁柱愣了一下，有些不好意思地摸了摸后脑勺。别人都把真名告诉自己了，可自己居然留了一手。

"对不起，我骗了你。其实我叫李渔。"

"你为什么要隐瞒自己的真名呢？"

"你难道不知道吗？"

花音摇摇头，干脆地说道："我是刚来的，说实话，我不了解这里的事情。"

铁柱丝毫没有注意到花音语言里的漏洞，反而贴心地给花音讲解："如果把自己的姓名告诉别人，会发生很可怕的事情，这是我们世代流传的传说，算是一种迷信的习俗吧。除了亲属，谁也不能告诉别人自己的真名。你愿意把真名告诉我，这说明你已经把我当成自己的亲人了。"

"哦，原来是这样吗？"

花音误打误撞，得到了铁柱的信任。

不过，花音也多少留了一手，毕竟她只说了自己的名，没有说自己的姓。假如铁柱嘴里说的迷信传说是真的，花音也不用害怕。

"谢谢你的信任。"铁柱伸出手，情不自禁地拉住了花音的手，"我从来没有见过像你这么好的姑娘。"

花音咧嘴一笑，在触碰到铁柱手心的老茧之后，不受控制地抖了一下。

"怎么了？我……唐突了？"

铁柱又害怕地收回了手。

"不。"花音伸出两只手，捏住了铁柱的手心，"我只是有些感动而已，没想到你也把真名告诉我了，我们这算是双向奔赴、两情相悦吧？"

"嘿……嘿嘿……"铁柱一脸憨笑。

"不如，我们喝点酒？"

"好，好的！"

花音举起酒杯，不停地给铁柱灌酒。进门的时候，花音就已经看过菜单了，一开始她只点了一些便宜的饭菜，但等铁柱喝得差不多，她就开始点贵的酒了。

不仅如此，花音只喝啤酒，却给铁柱啤酒、白酒、红酒掺着喝，这样就可以让铁柱更快醉酒。酒过三巡，铁柱已经喝得满嘴跑火车，连舌头都打结了。

"花花……我爱你……"

"亲爱的，我也爱你。"

花音坐在铁柱的身边，把耳朵凑到铁柱耳边，大家都以为他们是一对，所以并没有人多在意什么。

"你能不能小声点说话？你这样说话吓到我了。"

"哦哦……我知道。"

"你是怎么偷到矿石的？"

"偷矿石？你怎么知道我偷矿石？"

"你喝醉酒了吧？"花音笑道，"不是你刚刚和我说的吗？"

铁柱稀里糊涂地就认了，笑眯眯地反问道："那你也想和我一起干，是吗？"

"是呀，你能告诉我吗？"

"当然可以。"铁柱把嘴巴凑到花音耳边，低声说着，"只要你把矿石吞下去，回到家里再吐出来就行了。我专门练过这门功夫，现在已经很熟练了。假如你一不小心吐不出来也没关系，第二天一早在马桶里找就行了，嘿嘿嘿……"

花音闻言，忍不住翻了个白眼。

"你喝多了吧？那东西怎么能吃进肚子里？"

"唉！那……又有什么关系？只要不是一次吃太多，就不会中毒的。毕竟这东西可是用来做……"

铁柱说了一半，躺在椅子上打起了呼噜。

花音用力抽了铁柱两巴掌，却发现这家伙睡得跟死猪一样，根本没感觉。

"软脚虾……"

花音看了看四周，伸手从铁柱的怀里掏出家门钥匙，头也不回地离开了饭馆。

过了好半天，店家终于发现铁柱醉倒了。店主是一个二等公民，他根本不屑于和铁柱说话，只喊手下去叫醒铁柱。

"客人，客人？"

铁柱打着呼噜，根本不理会店员。店主摇摇头，指着铁柱说道："直接让他结账，反正他已经把 ID 留下了。"

"是……"

店员攥着铁柱的手腕准备结账，却发现这一顿饭铁柱吃了足足 2 万年刑期，但如果加上这些，铁柱的刑期就超过 1000 万年了。

"店长，这位客人的刑期不够啦。"

"你是第一天来上班？滚开。"

店长走了过来，戴上手套，亲手将铁柱的刑期增加了 2 万年。

过了不到 5 分钟，警务机器人来到店里，给铁柱套上口袋，拖出了店门。由于铁柱喝醉了酒，他甚至都没有来得及呼救，就被自己的呕吐物呛死了。

等到了监狱时，他已经变成了一具尸体。

另外一边，罪魁祸首花音已经来到了铁柱租住的房子。她推开门，在屋子里搜索一番，终于在床下找到了一个木匣子。

匣子里装着零零碎碎的矿石，散发着刺鼻的恶臭，一想起这是铁柱吐出来甚至是拉出来的，花音就忍不住皱起眉头。

"累死累活带出这么多违禁品，却只卖出 10 年的刑期？我真不知道该夸你有才，还是夸你太天真了。"

花音有些郁闷地摇了摇头。

在她看来，铁柱冒的风险非常大，因为只要被抓住，就至少要增加 1 万年刑期，要不吃不喝挖矿两三年才能赚到这么多。

要是换她来做交易，至少要卖出 1 万年的刑期，或者换取更大的利益才行。

机器人是有探测功能的，但是铁柱把矿石放在匣子里，却没有被机器人发现，这说明匣子拥有屏蔽探测器的功能，因此花音干脆抱起匣子，直接离开了房间。

花音怀里抱着匣子，思索片刻之后，将它偷偷摸摸地埋在黑街后巷的大树底下。她没有急着去找二狗做交易，而是靠着大树休息了一会儿。

嗒嗒嗒——一连串的脚步声吵醒了花音，她揉了揉眼睛，发现一群警务机器人正朝着黑街走去。花音缩在树下不敢吱声，直到确定机器人不是冲自己来的，她才站了起来。

花音走到路边的店里，看了一下墙上的时钟。现在是晚上 10 点，正好是二狗和铁柱商量好要做交易的时间，难道机器人是来埋伏二狗的？

花音庆幸地拍了拍胸口，好在自己白天太累，刚刚睡过了头，不然肯定要和二狗一起被抓了。

10 分钟过去了，机器人一个接一个地撤离黑街，但是花音并没有看见二狗的身影。

今天和他做交易的人没有来，所以二狗就没有出现？

花音点了点头，觉得自己猜得不错。

等到机器人全部散去，花音便来到黑街，到处寻找二狗，终于在一个窝棚前找到了他。

"你好，我又来找你了。"

"快走吧，看见你就烦。"

"我有你想要的……"

花音拿出匣子，刚刚伸手打开，二狗就赶紧给合上了。

"你从哪儿弄来的？"

"你要不要？"

"要也不是现在。"二狗摇摇头道，"明天晚上 10 点，到我们第一次见面的地方等我。"

花音想了一会儿，直接把匣子塞进二狗手里。二狗吓了一跳。

"你干什么？"

"送给你了。"

"送给我？"

二狗有些奇怪地看着花音："你想要什么？"

"我什么都不想要。"

花音说完，头也不回地离开了。

二狗捧着匣子，快步追了上去："喂，这东西我不能要。你明天过来找我，我可以给你开个好价钱，但你绝对不能白送给我。"

"大半夜的，你这么追着一个小姑娘跑算什么？"花音笑着说道，"我说是送给你的，就是送给你。这东西本来就是我捡来的，我拿着也没用。但是我听说你要，所以我就给你了。"

"嗯？"

"别想太多了，好吗？亲爱的。"花音朝着二狗眨眨眼睛，径直离开了黑街。

二狗拿着匣子，感觉就像拿到了一个烫手的山芋。

"这个花音是什么意思？"

"为什么不和二狗要好处，直接送他了？"

"难不成是欲擒故纵？"

弹幕上讨论声此起彼伏，谁也不知道花音白送矿石到底是为了什么。

另外一边，顾毅已经抓到了二狗，两人现在正在赌场里聊天。丹尼斯既没有去黑街，也没有在赌场找到二狗，只在赌场里玩了一会儿扑克。

相比顾毅和花音，丹尼斯虽然赚的刑期最多，但是对剧情人物的探索做得最差。

大伙儿不知道顾毅为什么能抓到二狗，同样也不知道花音为什么要白送矿石。

攻略组里，郗望跷着二郎腿，百无聊赖地打着哈欠。

队员看着郗望，好奇地说道："队长，你也是女人，应该能懂花音到底在想什么吧？"

"你们都看着我干什么？我怎么会知道一个水性杨花的浪荡女人在想什么？"

"可是没办法，她真的很可爱啊。"

"对呀，虽然她脸上有点脏，但她反而更让人怜爱了。"

郗望苦笑着摇了摇头，果然这些男人都一个样："你们啊……属于被人割了腰子都不知道的。能在娱乐圈混的名媛，会是那么简单的吗？"

【12】二狗的初步信任

"怎么说？"

队员们一起看向郗望。

这个新来的假小子虽然总是说话跩跩的，但她确实有跩的资本，因为每次和别人打赌她都赢了。

"不如我们打个赌？最迟明天晚上，二狗会主动去找花音。"

"为什么呀？"

"很简单，你知道世界上最贵的东西是什么吗？"

"爱？"

"爱你个头。"郗望翻了个白眼，"世界上最贵的东西就是免费的东西。"

郗望一边说话，一边拿出纸笔，在上面写写画画。

大伙儿都围了过来，看郗望写字。

纸上一共写了3个词：

时间。

地点。

交易。

"看出什么来了吗？"

"能再提示一下吗？"

郗望点点头，在"交易"两个字下面画了两道下划线。

大伙儿陷入沉思，老翟率先举手，想明白了郗望的提示。

"队长，我明白你的意思了。"

"你说说看？"

"无论是顾毅、丹尼斯，还是那个花音，二狗都会提出和他们进行交易，并且交易地点一直都定在黑街，时间是晚上10点。但是花音是白送他矿石的，所以并不算完成交易。

"所以，二狗定时间、地点，是为了举行某种仪式？"

"或者是遵守某种规则。"郗望笑道，"而且，这个规则要求必须交易得来的矿石，所以绝对不能白拿，因此二狗才会如此着急。二狗就算今天晚上不说，明天也一定会主动去找花音的。"

"花音能有这么聪明吗？"

"有可能不是聪明，而是歪打正着？"郗望挑了挑眉毛，说道，"她恐怕也想勾引二狗，就像勾引铁柱一样。你们说呢？"

丹尼斯10点如约来到了黑街，却没有直接去找人，而是躲在角落里，默默注视着约定的地点。

果然，二狗很守时地到了。

过了3分钟，二狗没有等来丹尼斯，便直接离开了。

没多久，丹尼斯就听见身后传来机器人的脚步声，一群披着光学迷彩的机器人从他身边路过，吓得他心脏都要开始重新跳动了。

"原来是钓鱼的？"

丹尼斯皱了皱眉。之前他就觉得二狗的行为非常诡异，明明在赌场就可以进行交易，为什么非要在黑街进行？

幸好留了一手，没有直接和二狗做交易，不然今天自己肯定要被抓进去了。

另外一边，顾毅已经成功在红灯区找到了二狗，如推演一般和他一起回到赌场，交流了一番。顾毅担心有人会认出他们写的文字，所以这一次，顾毅没选择用汉字，而是用星际语交流。

唰唰——顾毅动笔，在纸上写下一行字：

现在有一大批警务机器人埋伏在黑街四周，如果我们在那里完成交易，必然会被人发现。

二狗看向顾毅，这兄弟眼神真诚，根本不像在说谎。二狗沉思片刻，脑海里不停思考，自己究竟是哪里出了问题。

他接过纸笔，同样用星际语在下面写道：

我知道了，我会调查的，谢谢你。

顾毅点点头，拿起字条，当着二狗的面烧掉了。

"我走了。"

"等等，"二狗突然伸手拉住了顾毅，"你去哪儿？"

"回去睡觉。"

"赌场后面有单独的宿舍，你可以暂时借住在我这里，免费的。"

顾毅眉头微蹙，这在之前的推演里，二狗可没做出这么热情的邀请。是因为自己烧掉字条，没有多说废话，所以他对自己有了好感吗？

这是一段新出现的情节，顾毅不敢乱回答，只得先使用一下技能。

顾毅闭上了眼睛。

推演开始！

你轻轻挣开二狗。

你：算了，我不喜欢欠人情。

二狗：这算是我还你人情，如果不是你，我今天晚上可不知道要受多少罪。你这个朋友，我交定了。

你：朋友？

二狗：你是觉得我不够真诚？那好吧，我可以告诉你我的真名，我叫徐冬冬。

你：我叫顾毅。

你下意识地说出了真名。

二狗：你可是学校的大名人，为什么落到这般田地？

你：这不重要。

二狗：跟着我干，我会让你重新回到巅峰。

你：那我提前谢谢你了。

你与二狗握手。

你住在了二狗提供的房间里，房间的布置和大小与收容所的房间差不多。

你进入梦乡。

你突然感到浑身发寒。

你睁开眼睛，发现天花板上有一个八爪鱼一样的怪物，正用嘶哑的嗓音与你交流。

怪物：你就是顾毅？

你：你要做什么？

怪物：嘿嘿，你的秘密，我都知道了。

怪物的触手落下，刺穿了你的耳膜。

你的脑袋一阵剧痛。

迷离之中，你扭过头去，发现一个漆黑的人影正站在门口，他的影子和怪物的影子连成了一条直线。

怪物吸食你的脑髓，并将脑髓交给了人影。

你的眼前一片漆黑。

你死了！

推演结束！

顾毅睁开眼睛，额头滴下了一滴冷汗。

如果他没猜错的话，那个怪物就是二狗或者是二狗的手下召唤来的，它可以在梦中对自己造成伤害。

自己的精神力可是超过 100 了，但依然没办法在梦境中与之对抗，看来自己不能答应二狗的邀请。

顾毅赶紧开始了第二次推演。

推演开始！

你：算了，我不喜欢欠人情。

二狗：这算是我还你人情，如果不是你，我今天晚上可不知道要受多少罪。你这个朋友，我交定了。

你：算了，真不用。

你直接离开了赌场。

你刚刚走出赌场，一群打手拦住了你的去路。

二狗走到你的身后。

二狗：外面天黑了，在外面过夜好像不太安全，我这是为了保护你。相信我，我们都是一个学校的，我不会害你。

你：行吧。

你点点头，只得答应了二狗。

你来到宿舍。

你安静地躺在床上，始终保持清醒，但到后半夜你终于撑不住了，睡着了。

第二天，你安静地从床上爬了起来。

你扭过头，发现二狗像雕像一样站在你的房间门口。

二狗：早上好。

你：早上好。

你有些不自在，因为你发现二狗看向你的眼神有些暧昧。

二狗：今天要上工吗？

你：嗯。

二狗：以后每天晚上都来我这里吧。

你：你为什么这么照顾我？

二狗：你是我的朋友，朋友就该互相照顾。

你不置可否。

你安全地来到空间跃迁基地，走到了矿井。

你的眼前一片虚无。

你终止了推演！

"顾毅，你在想什么？"

"嗯，没什么。"顾毅回过头去，笑眯眯地看着二狗，"很高兴你这么看得起我，但我还是不想欠你人情。"

"哈哈，欠人情的应该是我，而不是你。不要推辞了，你去黑街能住在什么地方？也就是窝棚纸箱吧？不如就住在我这里好了。"

"那我谢谢你了。"

"不客气。"

二狗搭着顾毅的肩膀，让他在赌场后面的宿舍里住了下来。

顾毅躺在床上，耳中传来了系统的提示音：

"你获得了二狗的初步信任。"

"你的剧情探索度提升。"

"目前剧情探索度为3%。"

总算是有点进展了，顾毅点了点头，躺在床上，看着天花板思考问题：

1. 为什么自己会死在梦里？

2. 杀死自己的人是谁？

3. "顾毅"这个名字在这个副本里意味着什么？

4. 为什么二狗对自己的态度突然发生了转变？

首先看第一点：为什么自己会死在梦里？

第一次和第二次推演自己都睡在了二狗的地盘，但只有第一次自己被怪物袭击了，第二次却没有。两者主要的区别在于，自己并没有说出真名。并且，那个八爪鱼怪物明显是由人操纵的。

本来，顾毅以为这里的人不用真名是一种习俗，但是现在看来，不能说真名是害怕被别人陷害。瓦棚中学的图书馆里藏着许多黑魔法书，其中有不少黑魔法都需要知道别人的真名才能施展。

第二点：杀死自己的人是谁？

在迷离之中，顾毅根本没有看清操纵者的影子。如果自己对于第一点的推测是正确的，那么嫌疑最大的人就是二狗了。

顾毅沉思了一会儿，又觉得其中大有矛盾。

首先，二狗主动说出真名是为了表达诚意，他不可能猜到顾毅一定会告诉他真名。

其次，二狗既然知道顾毅是瓦棚中学的优秀毕业生，自然也会知道他可能会反制黑魔法的手段，所以二狗绝对不会冒险使用黑魔法。

最后，周围知道二狗出身的人不少，他在自己的地盘上用黑魔法杀人，这不是找死吗？二狗是一个聪明人，并且手段很强，绝对不可能犯如此低级的错误，冒这么大的风险。

因此，杀死自己的人很有可能是第三者，他属于副本里的敌对势力，也就是"不可言说"的力量。

二狗早就被人监视了，自己和二狗说的每一句话，可能都被"不可言说"监控了。这也解释了二狗为什么会在夜里被警务机器人蹲守。

如果推断成立……"徐冬冬"可能也不是二狗的真名，这只是他拉拢人心的一种手段?

第三点:"顾毅"这个名字在这个副本里意味着什么?

在二狗第一次听到这名字时,他的表情非常震惊,这说明自己在瓦棚中学里的表现产生了蝴蝶效应,影响到了瓦棚市。

但是很奇怪的是……自己刚刚醒来的时候,已经是一副人到中年的样子,而在瓦棚中学的时候自己还是一个 18 岁的学生。

中间 20 年的时间去了哪里?"顾毅"在这 20 年里经历了什么?如果这两个副本是连在一起的,为什么系统不让自己从 18 岁开始继续扮演角色,而是要从中年开始?

顾毅沉思片刻,觉得第三点的答案,很可能就是副本真相的答案。那消失的 20 年,就是瓦棚市变成如今模样的原因。

第四点:为什么二狗对自己的态度突然发生了转变?

在上次推演时,自己多追问了几句,二狗就摆出一副不耐烦的样子,甚至还下了逐客令。这次自己的动作干脆利落了一些,没有多说废话,甚至还当场烧毁了字条,二狗反而对自己热情了起来,甚至还推进了剧情探索度。

不过,这种热情也可能是一种伪装。

让自己睡在赌场附近,其实也是为了方便监视和控制自己。

可能在二狗看来,自己用星际语写字交流、没有多说废话,并且最终销毁证据的行为,看上去非常可靠,所以他对自己的信任度和好感度上升了?

顾毅摸了摸鼻子,又想起了二狗的癖好。

会不会是……自己烧字条后转头就走的样子,戳中他的萌点了?

"天,不能想!"顾毅摇摇头,但脑子里还是不受控制地涌入许多危险的想法。他越想越觉得不对劲,赶紧翻箱倒柜,多找了 3 条内裤穿在身上,这才安心睡下。

翌日清晨。

顾毅从床上起来,用盆里的废水抹了把脸,就算洗漱过了。

在这里,要使用干净的水可需要额外背负刑期,顾毅现在可不敢做这么奢侈的事情。

顾毅把手放在门把手上等了一会儿,他知道推开门之后,二狗就站在那边。

"算了,别想那么多。人家都有女儿了,怎么可能像他说的那样呢?那一定是他放的烟幕弹,不能相信。嗯……就这样。"

顾毅低声安慰自己几句,这才打开了门。

二狗扭过头来,笑眯眯地朝着顾毅挥了挥手:"早呀,顾问。"

"你好,狗哥。"

"今天去上工吗?"

"嗯,是的。"

顾毅点点头,只是随便敷衍了二狗两句。二狗也没有在意,扭头就去干自己的事情了。

"呼……先去工作,看看今天晚上会不会有进展。"

顾毅长舒一口气,转身来到空间跃迁基地,前往矿井。

现实世界。

　　昨天，顾毅一连多穿了 3 条内裤的视频成为网友们津津乐道的笑柄。有人甚至把顾毅穿 3 条内裤的片段剪辑下来，做成了表情包。

　　曲康平看见有人在这么做的时候，立刻就派人去调查了。

　　郗望不以为然，开口说道："组长，做表情包说明大家的情绪都很放松，这不算好事儿吗？为什么还要去抓人？"

　　曲康平想了一会儿，说道："你有没有想过，这很可能是狂信徒的阴谋？他们把严肃的事情娱乐化，为的就是让人类放松警惕，这种表情包是对顾毅形象的污蔑，一定要管。不然以后出了大事儿，那就麻烦了。"

　　"哦……"

　　郗望闻言，点了点头，不过她的心里多少还是觉得曲康平有些小题大做了。

　　曲康平看了下手表，提着公文包说道："今天上午我要去和各国攻略组组长开视频会议，攻略组的内部会议你来帮我主持。"

　　"是，组长。"

　　郗望摆摆手，咳嗽了两声，带着大伙儿看监视器。顾毅正在挖矿，花音正在抬竹筐，其他冒险者都在劳作，唯独丹尼斯在偷懒。

　　"队长，最近这个丹尼斯被骂得很厉害呀……"

　　"是呀，你看看弹幕。"

第二章
探索进度

【13】警察的问询

弹幕刷得实在太快，但大伙儿还是捕捉到了几个关键信息。

目前，大家吐槽的点主要还是集中在丹尼斯对待二狗的态度上。

无论顾毅还是花音，他们都把攻略的重点放了二狗身上，而丹尼斯却把攻略的重点放在矿井的监工身上。

丹尼斯不戴头盔工作的样子，始终显得有些格格不入。今天一大早，丹尼斯就被监工叫了过去。

"你叫什么名字？"

"丹尼斯。"

"我有事找你，跟我来。"

"什么事情？"

"别问，跟我来。"

监工把事务机器人留在矿井里，让手下继续在矿井里监工，接着就拉着丹尼斯离开矿井。

他带着丹尼斯来到了办公室。办公室里还坐着另外一个高级公民，监工对这个公民毕恭毕敬，也许他是更高级的公民？

"你叫什么名字？"

"丹尼斯。"

"是真名吗？"

"是的。"

丹尼斯点了点头，他习惯用假名，就连山田野犬这个名字都是假的，丹尼斯也只是他的一个小号而已。

不过，他现在代表 C 国出战，用丹尼斯这个名字应该相对"真"一点。

"很好。"高级公民点点头，在纸上写写画画，"我是警务站的警察，我发现你最近和二狗走得很近。你有没有发现他有任何异常？"

"我只和他有一面之缘。"丹尼斯想了一会儿，说道，"他说要我偷矿石卖给他，但我没有同意。"

"我们已经调查出有两个矿工和二狗曾有过交易了，让我们感到意外的是，这些人和二狗做交易的价格极低，最高也才 20 年 1 斤而已。

"这种不同寻常的现象引起了我们的注意，但是，我们暂时没有找到他做交易的证据，所以希望你可以配合我们当卧底。

"你的目的有两个。

"一、引诱二狗进行交易，并配合我们抓捕。

"二、挖掘出二狗交易的真相，告诉我们为什么他把价格压得那么低，但还是有人愿意与他做交易。"

"卧底？"

"对，这个任务很危险，但是奖励也很高。

"只要你能够调查出来，我们就升你做二等公民，并且减刑 200 万年。资料上显示你是改造人，曾经也是我们的一员，是我们能找到的最合适的卧底人选了。

"这任务你愿意接吗？"

丹尼斯眨眨眼睛，只要完成了这个任务，自己直接就可以达成普通级的通关条件，何乐而不为？他回答："我愿意。"

听见丹尼斯说出"我愿意"3 个字后，郗望也忍不住叹了口气。

"嘿，到底是杀手的心思。在他的眼里，哪有什么道德和自由？他想的只有利益而已，真亏得有些人还觉得他是侠盗，别逗我了。"

另外一边。

花音用她那细瘦的胳膊抬竹筐，却没有一个男的愿意上前帮忙。监工更是站在一边，饶有兴致地看着花音满头大汗的样子。

"欸，你……"监工走了过来，用手里的木棍敲了敲花音。

花音眉头微蹙，她把屈辱感压下，转身面对监工，恭敬地问道："大人，有什么事情？"

"跟我来一趟。"

"是。"

花音跟在监工身后，她发现监工居然带着自己走出了矿井。

她的脑子飞速运转，思考应该如何应对监工。

"喂，女人。"

"我在！"

花音站直了身子，瞪着水汪汪的大眼睛看向监工。

监工上下打量着花音："进去。"

"办公室？"

"对呀。"

"好的。"

花音点了点头。

一进屋，花音就看见屋子里坐着一个高级公民。她一下子就蒙了，这是要干什么？大意了！

"你站在门口做什么？快进来！"

"是。"

花音点点头，站在二人中间，突然想明白了什么。

A 系列守则里写着，三等公民是不能和高级公民单独待在一个密闭空间的，所以有高级公民在的话，就必须还要有其他人。

"……制定这规则的人到底是什么变态？"

"你老低着头做什么？快站直了。"

"是，大人。"

花音直起身子，认真地打量那位高级公民。

如果监工确实觊觎自己的话，那么这位高级公民就没有那种赤裸的愿望了。她最擅长察言观色，只看了一眼就明白过来，自己之前的想法错了。

"你叫什么名字？"

"花音。"

"我说真名。"

"就叫花音。"

"你的资料查不到啊……你到底叫什么名字？"

花音想了一会儿，说道："我失忆了，记不住自己的真名，这个名字是我给自己起的。"

"算了，无所谓，公民 ID 告诉我也一样。"

"是。"

花音报出一串数字。

"嗯……原来如此，你的家人因为违法被强制执行了，所以你才成为三等公民。"

花音没有说话，算是默认了。

对方接着说道："是这样的，我是警务站的警察，有些事情要问你。"

花音眼珠骨碌碌乱转，难道是昨天那个醉酒的男的喝酒喝死了，现在警察来调查自己？

应该不是这样，如果自己昨天真的违法了，那警务机器人昨天就应该来抓了。更何况自己已经把 A 系列守则全部看过了，绝对没有任何违反法律的地方。

想到此处，花音表情如常，淡定地点点头。

"大人，你有什么问题请直说。"

"你和二狗是什么关系？"

"嗯？哪个二狗？"

"我们调查到你和他经常来往，你们是什么关系？"

"没有什么关系啊，我根本不知道他是谁。"

"怎么可能……"

"别说了，我说没关系就是没关系！"

花音破口大骂，不停跺脚。

"那个家伙就是个死变态，我长得那么漂亮，他都拒绝我。而且你知道他拒绝我的理由是什么吗？他居然说自己不喜欢女人，你说气不气？"

花音扭过头去，一脸怒容。

这下彻底把警察和监工都搞蒙了，他们你看看我、我看看你，完全不知道该如何处理这件事情。

花音的演技实在太精湛了，就连现实世界的网友都赞不绝口。

"要不是知道怎么回事，我都被她骗了。"

"花音的天赋能力是变脸吗？"

"不会把 NPC 都骗了吧？"

警察咳嗽了两声，接着问道："所以……你们俩以前就很熟？你知道他最近都在做什么生意吗？"

"我不知道。"

"我们正在调查案件,你可以认真和我们说吗?"

"我是真的不知道。"

花音摇了摇头。既然警察亲自来找自己问话,就说明他们并没有找到关键性证据,否则肯定早就把自己抓回去关起来了。只要自己装傻说不知道,他们就拿自己没有任何办法。

二狗手里可是有一部电话的,自己一定要想办法和二狗搞好关系,无论如何一定要获得电话的使用权才行。

警察想怎么样,关自己屁事?

"行吧,那你回去吧。"警察无奈地摇了摇头。

尽管他很想撬开花音的脑袋,但他实在没办法,规则不允许。自己虽然是个二等公民,但对三等公民还是没有生杀予夺的权利。

唯一可以决定人类生死的,只有"它"而已。

"哼。"花音冷笑一声,离开了办公室。

弹幕上,大家对花音的评价稍微有些转变。

"这女人居然没有出卖二狗?"

"有点不符合她的人设啊,我还以为她会骗警察呢。"

"明显二狗身上的剧情更值得挖掘啊!"

花音和丹尼斯都被请去谈话,顾毅当然也不例外。

监工带着顾毅离开矿井,顾毅便第一时间使用了天赋能力。

推演开始!

监工带着你来到了办公室。

你在办公室里见到了警察。

警察:你叫什么名字?

你:顾问。

警察:这不是你的真名吧?请说出真名。

你:这就是我的真名。

警察没有继续追问,而是埋头写着什么。

你看了看四周,门外有一个事务机器人和一个警务机器人,自己在这里对别人使用心理暗示,必然会招来麻烦。

同时你发现,在政府工作人员眼里 ID 和人名是两种东西。即使确认了你的 ID,他们也无法确认你的姓名,这是一个非常关键的情报。

一旦你的姓名被别人知道,你的处境将会非常危险。

警察:那就告诉我你的公民 ID。

你:A320……

警察:资料显示,你是因为制造混乱而被判刑 1000 万年的。你为什么这么做?

你:我不记得了。

警察:算了,这都是过去的事情。告诉我,你和二狗是什么关系?

你:租客和房东的关系。

警察:仅此而已?

你:仅此而已。

警察没有多说什么。

这说明警察只是有所怀疑，但没有实质性的证据，否则他们问询时底气应该更足一点。

警察摇摇头，朝着门外的警务机器人勾了勾手。

机器人走了进来，拿着一个高精度的探测仪在你身上扫描。

你心中大定。

你手里有黑色光球，这些机器人绝对查不出任何东西。

机器人扫描完就走了。

警察：以后每天晚上10点，你必须去警务站报到，不然你将会被处以10年刑期。

你：凭什么？

警察：因为你曾经犯过制造混乱罪，警察有权要求你定期报到。

警察一边说着，一边从怀里拿出公民手册。

他手里拿着的是B字母开头的规则，你大概扫了一眼，在B系列守则里，确实有这个规定。

10点这个时间点非常有指向性。

这几乎是在告诉你，警方已经知道二狗每天晚上10点在黑街做了什么。同时，他们也希望借你之口，警告二狗不许再胡闹。

警察明明可以抓住二狗审讯他，可是他们却从你这里绕了一个大弯子，没有直接对二狗下手。

你不得不佩服二狗的犯罪手法，即便这样警察也找不到有力的犯罪证据。

警察：现在，你可以回去工作了。

你回到了矿井。

你的眼前一片虚无。

你终止了推演！

顾毅沉默片刻，跟着监工来到办公室，一问一答地接受警察的审讯。

此时，A国的攻略组也记录下了顾毅和警察的全部对话过程。

三人同样都和警察接触了，但是三人的结果截然不同。

"丹尼斯和警察合作，成了卧底。花音拒绝提供任何有效信息，但是警察也对她没有什么办法。顾毅却被警察重点关注，甚至让他每天晚上10点去警务站报到。

"很显然，警察的态度与冒险者的行动有直接联系，和二狗的关系越近，警察对冒险者的限制条件就越多。丹尼斯没有和二狗合作，甚至主动交代了和二狗有关的全部信息，获得了警察的信任，并且只要他能够顺利完成任务，就可以安安稳稳地达成普通级通关。

"目前看来，丹尼斯反而走了最稳妥的一条攻略路线。而顾毅和二狗的纠葛最深，现在都住在二狗的房子里了，这会极大增加他的攻略难度。"郗望拿着笔记本，一边写一边说着。

攻略组的特工们同样也是眉头紧锁。

显然，晚上10点的交易是很重要的一个剧情点，如果不能自由地在10点前往交易点，那么剧情就完全无法推进了。

老翟淡定地看了看屏幕，悠悠地说道："你们干吗那么紧张？我觉得这是好事儿啊。"

"为什么？"

"顾毅遇到的困难越多，越说明他的行动路线正确，他可是习惯性朝着完美级通关的目标去的。"

【14】演技

顾毅回到矿井工作，脑子里还在回想刚刚的审讯过程，同时也在思考该如何破解难题。

最终得到的结果只有一个，除非自己能立刻获得二狗全部的信任，否则就没办法让他帮助自己。而且就算二狗最终相信了自己，自己也没办法亲临现场，了解黑街埋藏的秘密到底是什么。

"都怪这该死的矿井……狗东西！"顾毅把气全都撒在矿石上。

如果不是每次进入矿井自己就会无法推演，他也不会对现在的状况完全没有准备。

时间一分一秒地过去。

顾毅下工，回到赌场，并没有找到二狗。他离开赌场，去红灯区找人，不仅没找到二狗，二狗的女儿也不见了。

万般无奈之下，他只能回到住处，闭上眼睛。

"开始吧。"

推演开始！

你始终没有等来二狗。

到了晚上10点，你来到了警务站。

你推门走进了警务站。

警察让你待在大厅里休息，过了一会儿就让你去办公室待着，根本没有人管你。

你坐在办公室里百无聊赖。

正在此时，你听见办公室的电话铃响了。

你大声呼喊。

警察推门而入。

警察：做什么？

你：电话响了，你们不接？

警察：你傻呀，这电话哪儿响了？

警察咒骂一声，坐在你旁边。

电话再次响了起来。

你走过去，拿起电话。

警察并没有管你，反而觉得你像个傻子。

警察：搞行为艺术是吧？

你继续接听电话。

你的眼前一片虚无。

你终止了推演！

"为什么接个电话就出这种事情了？"顾毅眨眨眼睛，从床上坐了起来。

另外一边。

花音终于下工，满身臭汗地离开了矿井。她很想找个地方洗澡，但是洗一次澡就要多花费20年的刑期，等于两天白忙活。

想了半天，花音还是决定去洗一次，哪怕自己洗澡的过程被全程直播也没关系。

满身臭汗的样子，实在让她无法忍受。

冲洗干净，花音的皮肤变得白皙光滑了许多，她对着镜子看了一会儿，自恋地摸了摸自己的脸蛋。

"嗯……这个样子可不知道要迷倒多少男人。"

"自恋狂。"不合时宜的嘲讽传来。

花音扭头一看，原来是一个年轻的姑娘正站在自己身边。她穿着一身火辣大胆的衣服，照着镜子化妆。

"臭女人。"花音看着镜子，不服输地回敬了一句。

两个女人对望一眼，同时翻了个白眼，走出浴室。

在浴室门口，花音看到了一个熟悉的家伙，二狗居然正蹲在门口抽烟，目光死死地盯着自己。

"这个跟踪狂。"花音身边的女人突然低下了脑袋，骂骂咧咧地要从小路离开。

二狗蹲在路边，熄灭了香烟，转身走到花音面前。

"你认识小雪？"

"小雪？"花音指了指刚才逃跑的女人，"你说她？"

"嗯。"

"她是谁呀？"

"你不需要知道。"

"哦。"花音点点头，"你找我有事吗？"

"今天晚上10点，到黑街找我，我要和你完成那笔交易。"

"不行。"

"那你就跟我去赌场，我把东西给你。"

"也不行。"

"为什么？"

花音撇撇嘴："你已经被警察盯上了，你不知道吗？我怕你今天再去黑街，就只有死路一条了。"

"嗯……"

二狗摸着下巴，始终不开口。花音也不催促，只是默默等待着。

过了两分钟，二狗终于开口了："我不能相信你。"

"我有那么不值得信任吗？"花音说道。

二狗没有说话，只是默默地把手放进了口袋里。

花音不动声色地瞥了一眼，发现二狗的口袋出现了匕首的形状。她心中一凛，知道自己如果表演得不够真切，很可能就会被二狗杀死。她在这个世界过了3天，已经知道了这个世界的基本情况。

此时，她必须装出足够悲愤的样子，用接下来的演讲彻底获得二狗的信任。

"我只是想找一个靠得住的男人而已。"花音眼泪汪汪地靠了过来。

"别过来。"二狗推开花音，明晃晃的刀尖刺激着花音的皮肤。

他们二人的姿势十分暧昧，如果外人看见，还以为这是一对热情拥抱的情侣。花音的眼神闪烁，她嘴角挂着微笑，眼里却毫无求生的意识。

二狗见状，突然就愣住了。

"你想杀我是吗？那杀了就好了，反正活着也没有意思。"

"你就是个没有廉耻的人而已，杀了你就算是清理垃圾了。"

"没有廉耻？对，我就是没有廉耻。一个女人怎么可能在这个世界生存？我们除了出卖自己的尊严，还能做什么？"

"错的是我吗？

"是这个世界！

"这个世界早就病入膏肓了，每个人都扭曲畸形，活成了一个笑话，而它是罪魁祸首。"

"你说这话，不怕死吗？"

"有什么关系？反正我已经背负 1000 万年的刑期了，他们要来抓我，那就来抓好了。"

"我和你一样也是被警察怀疑的对象，我身上背负的罪孽不比你少。我的父母也是因为违法而被强制执行的，我不得已才落得如今的下场。

"告诉你吧，要么就让我死，要么就让这个世界死！

"你想杀死我，那就动手吧！"

花音猛然往前一冲，刀尖划破了花音的喉咙。

二狗见状，赶紧退后一步，手腕一翻将匕首收回怀里。他冷冷地看了一眼花音，低声说道："别说了，再说我也保不住你。"

"你现在终于信我了。"

"暂时。"

花音沉默片刻，耳中传来了系统的提示音：

"你获得了二狗的初步信任。

"你的剧情探索度提升。

"目前剧情探索度为 3%。"

花音掩藏住心中的喜悦，一脸认真地看着二狗："那我们现在该怎么办？"

"跟我来，我带你去一个地方，交易必须完成。这是必要的仪式，也是不可违背的规则。"

二狗眨眨眼睛，拉着花音朝赌场的方向走去。

【15】二狗的仪式

花音跟着二狗来到了赌场后门，他看了眼手表，晚上 10 点一到，他立刻拉着花音走进了加工坊。

"这里是哪儿？"

二狗并没有带花音深入加工坊，只是让她在加工坊的储藏室里待着。

储藏室的货架上摆着一堆黑色的匣子，货架后方是一扇暗红色的铁门。

"你在这里等 1 分钟。"

二狗摇了摇手指，转身推开暗红色的铁门，走进了工作间。

花音竖起耳朵听了一会儿，隔壁不停有叮叮当当的声音传来，不知道在做什么。她摘下面罩，凑近货架嗅嗅，里面装的似乎都是 T-091。

T-091的味道就像是在腥臭的牛奶中撒入铁锈，非常容易分辨。

二狗又回来了，手里拿着上次花音送他的黑匣子。

"来了，我们开始吧？"

"开始什么？"

"嗯……一种仪式。"二狗说道，"本来应该在黑街举行这种仪式的，但我实在没办法，警察已经死死地盯着那里了，我没办法再在那里干活了。"

"黑街到底有什么？"

"说了你也听不懂，所以我就不浪费口水了。"

二狗说完，从怀里掏出匕首，眼睛眨也不眨地割破了自己的手腕。

血水像自来水一样顺着二狗的手臂往下流，花音脸色惨白，二狗手腕划得很深，好像连肌腱都划断了。

"你这是在做什么？"

"这是我从学校学来的东西，效果不错。"二狗举起手臂说道，"你可能会听见一些奇怪的声音，请不要大惊小怪。"

"好……"

花音点点头，但没过多会儿，她就听到耳边传来了奇怪的呓语声。那声音让她有些恍惚，就像嗑了药一样。

不过，这种状态并没有持续多久，等到这些呓语声消失之后，她和二狗已经来到了黑街。

"我们怎么到这里了？"

"这是我从旅者星人那里学到的魔法，使用这招你就可以在虚空中行走，也能在转瞬之间跨越星河。现在我们既处于赌场，又处于黑街。"

"我怎么听不明白？"

"正如我所说，跟你说了也没有用。"二狗看着花音说道，"现在我们完成交易的后半部分。我可以给你想要的价格，20年刑期，怎么样？"

"不，太少了。"

"世界上没有第二个人像我一样……"

"不，我的意思是，我不想要刑期。"花音摇摇头，打断他的话，"我想要换取别的报酬。"

"你先说说看。"

"我希望能借用你的电话，我想和家人联系一下。"

二狗突然沉默了，眉头皱在一起，仿佛能夹死苍蝇。

"怎么？很为难？"

"没有，你确定这就够了？"二狗说道，"我还以为你会提出什么更过分的要求。"

"我又不是来敲竹杠的。"

"那好吧，既然你都这么说了。"

二狗摇摇头，蹲在角落里，对着空气一顿操作。

花音仔细观察着二狗的动作，她发现二狗的双臂正在用力，好像抓住了一个拉环似的东西，但奇怪的是自己根本什么都看不见。

"＆￥@#……"二狗闭着眼睛，嘴里说着花音听不懂的语言，而且一连重复了3遍。

花音竖起耳朵聆听，并默默记在了心里。紧接着，花音面前闪过一道金光，等到金光消失的时候，他们已经重新回到了储藏室。

"结束了。"

"结束了？"花音眨了眨眼睛，"你刚刚做了什么？"

"和你说不清楚。来吧，到我的房里来，我借给你电话用。"

二狗摆摆手，让花音跟着自己走。花音感到事情有些蹊跷。二狗刚刚展现出来的力量，明显是诡异力量，在瓦棚这种力量似乎已经被大幅度地削弱了，所有人都处在法律的控制、机器人的监视之下。

按道理来说，自己只是刚刚获得二狗的初步信任，为什么他就敢在自己面前展示这种诡异力量？

想了半天，花音还是开了口："你为什么敢明目张胆地在我面前使用这一招？你不怕我说出去吗？"

"你会说出去吗？"

"也许会，也许不会。"

"说出去我也不怕。"二狗笑道，"因为就算知道了，也没人能抓住我。"

"哦？"

花音挑了挑眉，倒也没说什么，继续跟在二狗身后。

二狗走到床头柜边，从里面拿出了一部手机，递给了花音："你用吧，不过……我必须站在你身边看着你。"

"担心我通风报信吗？"

"不，自从我答应让你打电话之后，我就已经完全信任你了。待在你身边，只是为了帮助你屏蔽机器人的探测仪，免得被它们发现我们违规而已。"

"哦，这样啊。"

花音拿起手机，将精神力集中在手机上，发动了"虫巢思维"的能力。一瞬间，花音的意识离开了身体，在无数平行世界里穿梭。

她看见了无数冒险者惨死的画面，甚至还发现了来自其他星球的冒险者，但是当她和这些冒险者取得联系之后，自己因为语言问题，根本无法与其沟通。

"算了，还是看看蓝星上的冒险者有谁吧。"

花音看似花费了很长时间，其实也就过去了一瞬间而已，紧接着她就找到了蓝星上硕果仅存的两名冒险者：

顾毅和丹尼斯。

夜里 10 点。

顾毅坐在警务站里，听见了电话铃声。

此时，警察根本就听不见铃声，只是忙着自己的事情。

顾毅无法推演接起电话之后会发生什么，但他还是选择拿起了电话。

嗞嗞嗞——电话那头传来一阵电流声，紧接着顾毅的眼前闪过一道白光，刺得他睁不开眼睛。

再次恢复视力的时候，他发现自己站在了一个纯白色的正方形房间里。

对面站着一个身材火辣、身形娇小的女人，侧面站着一个中等个头、眼神犀利的男人。

"二位好，自我介绍一下，我叫服部花音，是来自 D 国的冒险者。我的能力叫作'虫巢思维'，可以与平行世界的冒险者进行交流。

"这里就是我创造的虫巢空间，我们可以在这里待上 20 分钟，不用担心外界的时间流逝。我们在这里待 10 分钟，在外界看来也就过去两秒钟而已。"

【16】虫巢思维

花音说的是英语，无论是顾毅还是丹尼斯都能听得明白。

丹尼斯看着花音，笑眯眯地回应道："啊……服部大小姐？我知道你，你是大财阀服部宁次的私生女，对吧？嘿，还真是老天开眼啊，居然让你也来《诡异世界》冒险了。"

丹尼斯不屑地冷笑了一声。

他曾经是 D 国的人，在本国他过得并不自在，正是大财阀的倾轧导致他的公司破产倒闭，每天晚上他只能睡在桥洞。

如果不是因为这些人，丹尼斯也不会走上违法犯罪的道路。

花音没有回答丹尼斯，只是笑眯眯地朝着顾毅点了点头："顾先生，没想到我会在这种情况下与你见面，你现在可是炙手可热的大明星。"

顾毅没有说话，只是点了点头，算是回应。

"好吧，时间紧迫，我们就别浪费时间寒暄了。能说说你们现在的剧情进度吗？你们都收获了什么有效情报？"

顾毅没有说话，而是退后一步，看了看花音和丹尼斯。

丹尼斯撇撇嘴，第一个开口说道："我和警方达成了合作，他们要求我去做卧底，收集二狗的犯罪证据。只要帮助警方抓住二狗，我就能获得 100 万年的减刑，直接成为二等公民。"

"你居然没有和二狗合作？"花音反问道。

"因为我发现这小子有些鸡贼，我担心跟他合作会有危险，所以还是和警方合作更安全一点。"

"顾先生，你呢？"

顾毅摸了摸鼻子，说道："我获得了二狗的初步信任，现在已经住进二狗的赌场了。但是很不幸，我被警察盯上了，每天要去警务站报到。"

"我也是……"

花音事无巨细地讲述了自己和二狗见面的经过，包括二狗在赌场里使用旅者星人秘术的事情。

3 个冒险者现在都是一条绳上的蚂蚱，协作是他们唯一的选择。

顾毅在听到二狗去黑街举行奇怪的仪式的时候，立刻打断了花音："等等，二狗蹲在角落的时候，说了什么？"

"嗯……不太清楚，应该是某种外语？"

"你能大概模仿一下吗？"

花音蹩脚地学了一遍，顾毅跟着重复了一遍。

"是这么念吗？"

"对对对，你学得真像。"

"这是星际语，意思是永不妥协。"

"没错，你念的和他念的一模一样，而且他一连说了 3 遍。"

花音望着顾毅，眼睛里的星星都快飞出来了。

顾毅低下头，欣喜地握紧了拳头。以往他都是在副本里单打独斗，只有剧本进行到一定程度才有机会和现实世界交流。

现在有另外两个队友帮自己收集情报，甚至还能从其他路线去挖掘剧本信息，这能让他完成许多以前无法完成的事情。

丹尼斯好奇地望着顾毅："你怎么知道这个词怎么念？"

"你们知道我上一个副本是《瓦棚中学》吧？我在里面学会了星际语，并且即使离开了副本世界，我依然可以记得清清楚楚。"顾毅指了指自己的太阳穴，说道，"只要你们的精神力达到 100，你们也能做到过目不忘。"

"这么说，你的身份给你带来过什么便利吗？"

"不仅没有带来便利，反而会让我身处险地。对了，你们最好别说出自己的真名，这个世界是真的有黑魔法的。"

丹尼斯点了点头，他看向花音说道："对了，你说的二狗的储藏室在哪儿？"

"就在赌场后面。"

"我明天就喊警察去抄家，这足够他喝一壶了。"

"不，未必能行。"

顾毅打断了丹尼斯，提出了不一样的看法。

"如果这么做，一般会有两个下场。

"一、你会被二狗反杀。如果你没有强大的肉搏能力和精神侵蚀抗性，不要尝试和二狗发生正面冲突。如果他查出来是你出卖了他，你恐怕活不过一个月。

"二、二狗可是会旅者星人的魔法，就算他被抓住了，他也绝对有办法在被处死前逃命。

"这些信息你最好提供给警察，如此一来他们应该可以给你一些好处。顺便你也尝试着打听一下，看看他们会用什么方法去对付旅者星人的魔法。"

丹尼斯闻言默默点了点头。顾毅毕竟是活过 3 个副本的资深冒险者，他的意见不能不听。

顾毅闭上眼睛思考了一会儿，接着说道："另外，我还想知道一个问题……"

"什么？"

"我们都知道，现实世界和《诡异世界》有影射关系，那么我们在平行世界里，会不会互相影响呢？"

"这应该不会吧？"丹尼斯摇摇头道，"这个已经有人证实过了，不需要怀疑。"

"不，并没有。

"那些人在做实验的时候，花音的技能还没有出现呢。从理论上来说，我们 3 个人的副本世界是 3 条平行线，互不干扰，但是花音却可以让这 3 条平行线在虫巢空间相交。

"你的能力刚刚觉醒，还没有得到强化。

"就像我一样，我的技能刚开始只能起到侦察和探索的作用，但现在我不仅可以利用技能学习其他技能和知识，还掌握了心理暗示的能力。

"也许，你的技能现在有许多限制条件，我猜等你继续探索剧情，并且坚持使用技能，虫巢思维一定会变得更强。

"因此，为了最大限度地开发你的技能，我决定如此行动。"

顾毅说着话，张开右手，从黑球空间里拿出了纸笔，一边写一边说。

二人惊讶地看着顾毅无中生有的技能，吓得连大气都不敢出。

花音更是震惊。在虫巢空间里，花音是唯一的神，一旦她把别人拉进空间，别人就无法使用任何诡异力量，而顾毅却可以畅通无阻地使用技能，难怪顾毅可以成为资深冒险者。

"我的建议是，我们按照 3 条攻略路线，攻略这个副本。"

"怎么说？"

"首先是你，丹尼斯。"

顾毅用笔头指了指丹尼斯，说道："你和警察合作，这是一个不错的选择。有我们给你提供情报，你绝对可以轻松地帮助警察抓住二狗，在你成功晋升二等公民之后，不要急着继续升级，你就始终卡着二等公民的身份，直到通关。"

顾毅又看向花音："花音，二狗这条线不适合你去攻略，你只要维系好和他的关系就行了。他背后的势力远比你想象的要复杂，除了我，没有人能深层地挖掘二狗的故事线。"

"那……我该做什么？"

"二狗有一个女儿，你知道吗？"

"女儿？谁？"

"她是一个站街女郎。"

"叫什么名字？"

"嗯……我也不知道。"

"是不是叫小雪？我一直以为二狗是跟踪狂呢，他今天在女浴室的门口堵着，好像就是为了盯着她。真没想到啊，二狗的女儿居然会做这种事情？"

"可能你说的小雪就是他女儿。"顾毅点点头道，"你可以去挖掘一下小雪背后的剧情。小雪是有机会接触到高级公民的，也许可以利用这个机会，成为一等公民。但是我不知道你能不能放低身份……"

"没关系，这个任务我接了。"

"至于我，如我之前所说的，我要挖掘二狗背后的故事线，同时我在这期间绝对不会升级，始终保持三等公民的身份。"

花音闻言，立刻提出异议：

"为什么要这样？那你不就达不成通关条件了吗？而且，如果你始终顶着三等公民的头衔，你的行动会受到极大限制，城市里很多地方你都去不了。"

"完美级通关的条件是揭露瓦棚市背后的真相，以及消灭'不可言说'，并没有对等级有要求。另外，你们没有注意到吗？二狗到现在都是三等公民，可你们看他把规则放在眼里了吗？"

顾毅的两个理由，立刻让花音和丹尼斯哑火了。

自从顾毅闯入《诡异世界》以来，他就没有一次通关评价低于完美级，没人有资格质疑他对情势的判断。

顾毅接着解释道："所以，如果想要达到完美级通关的条件，就不能升级，而且必须获得二狗的信任。他身上有入殓师的传承，我估计在这个世界上，除了我，没人能获得入殓师的传承。

"另外，如果你们有机会去图书馆，一定要去里面探索一下，不要放过任何一个写着文字的东西。"

"你说的入殓师是什么？"

"说了你们很可能也理解不了，所以我就不解释了，你们只需要相信我就行。"

在现实世界，顾毅也曾经和攻略组说过入殓师的事情，但是入殓师的历史似乎自带认知障碍，一旦顾毅说出入殓师的故事，现实世界的人就会曲解成别的意思。

就好比自己手上的光球，到现在还有人以为这是自己解锁了双天赋，一天到晚都在研究怎么让冒险者训练出双天赋。

顾毅说完，又看向花音："你多久能把我们拉进这个空间一次？"

"一天只能使用一次，而且必须等到我们在电话附近的时候才能使用。"

"既然这样，那我们每天晚上 10 点，都找个有电话的地方待着，每天碰头交流一下情报。大家就先按照我给出的规划进行攻略吧。"

"好，没问题。"

"哦，还有一个问题。"顾毅摸了摸下巴，说道，"你们如果能找到完整的规则，记得也抄下来，到空间里分享。"

"咦？难道你们没有吗？"花音闻言，疑惑地看着两名冒险者。

丹尼斯挑挑眉，笑道："到目前为止，我只找到了 A 系列守则而已，又臭又长，我都懒得记了。"

"你找到了全部的规则？在哪儿找到的？"

"难道这不是在一进副本的时候就能找到的吗？"

花音看了看二人，说了自己刚进副本时的见闻。

顾毅和丹尼斯恍然大悟，他们二人和花音的出生点居然是不同的，花音的起始道具就有呼吸头盔，而顾毅和丹尼斯刚开始却只有一些衣服和破口袋而已。

这个副本世界从一开始就是不公平的。

"我明白了……"顾毅摇摇头道，"你现在还记得多少规则？能记得多少就说多少。"

"是……"

花音说了几条重要的规则之后，虫巢空间的时效也正好结束了。

三人立刻回到了自己的副本世界里。

现实世界里，大伙儿都看不见三人在虫巢空间的交流，只有冒险者们自己知道情况。

顾毅拿着话筒，站在电话旁边。

警察好奇地看着顾毅，责怪道："欸，别碰话筒，弄坏了你赔不起。"

"抱歉。"顾毅轻轻放下话筒，"那我可以走了吗？"

警察看了一下墙上的挂钟："嗯，行了，你走吧。"

"谢谢。"

顾毅赶紧回到赌场后面的宿舍里躺下，闭上了眼睛。

现在，他已经知道了拉环的口令，正好去看看拉环下面究竟藏着什么，然后再决定到底该不该和二狗摊牌。

推演开始！

你从花音口中得知，二狗这段时间会去跟踪女儿，所以你不知道他过多久才会回来。

你独自一人来到了黑街。

你在外围搜索了一会儿，并没有发现蹲守的警务机器人和巡逻的警察。

你来到了黑街的角落。

你召出黑球，伸手抓住了拉环。

你的耳边传来了一道冰冷的声音：请说出口令。

你：永不妥协。

你一连说了 3 次。

拉环上的电流消失了，你继续用力拉。

你发现拉环下面是一个复杂的机械装置，你试图移动装置。

机械装置被牢牢地固定在地底，根本无法挪动。

你在机械装置周围搜索了一下，终于在侧面找到了一串铭文，上面的文字全都是星际语：

1. 该装置可以去除或屏蔽规则。

2. 该装置只可放入属于你的物品。

3. 每次使用，必须在夜晚 10：00 ～ 10：03。

这应该是这个奇怪装置的使用说明。

"去除规则"有些难以理解，你暂时放下，不予理睬。

铭文 2 和铭文 3 说明了仪式的限制条件，也解释了为什么二狗必须在黑街进行交易，甚至严格限制交易时间。

你思考了一会儿，决定使用黑球拿走装置。

你耗费了大量的精神力，成功将装置收进了黑球之中。

你进入黑球之中。

装置完好无损，你打开装置之后，它立刻释放出了强烈的电流。

你浑身抽搐，咬着牙退出了黑球空间。

你看了看自己的掌心，电流留下的烫伤依然存在。

你推测，这是因为自己没有在规定的时间段启动装置，所以才受到了惩罚。

你带着装置回到赌场。

你发现自己并没有受到任何伤害。

你终止了推演！

顾毅睁开眼睛，嘴角微微上扬。

之前二狗之所以不能离开黑街，是因为他无法将装置移出黑街，但现在自己有黑球空间，就能轻松办到他办不到的事情。

顾毅没有迟疑，立刻跑到黑街，将装置拿了回来。

这一路上非常安全，没有遇到任何危险。他躺在床上，闭上眼睛休息了一会儿，终于等到二狗回到赌场。

顾毅推门而出，发现二狗一脸憔悴，神情有些落寞，他坐在后院里，一个人自斟自饮。

顾毅见状，闭上眼睛。

推演开始！

你来到二狗身边，没有说话。

你知道二狗是一个不喜欢说废话的人，所以你决定像上次一样，尽量简明扼要地与他交流。

你坐在他的对面。

你：我拿回来了。

二狗：啥？

你没有说话，而是把那个装置放在了二狗面前。

二狗张大了嘴巴。

【17】3 条路线

二狗：你为什么能拿过来？

你：这一点我很难跟你解释。

二狗左右打量着装置，兴奋得不能自已，但很快他又皱起眉头，一脸愤怒。

二狗：你为什么能知道口令？

你不知道该如何解释，所以你干脆不解释，想看看二狗的反应。

二狗逐渐冷静了下来，他同样也没有说话。

敏锐的精神力告诉自己，如果自己不能打动二狗，他很可能会杀了自己。

你闭上眼睛想了一会儿。

"永不妥协"这个词组源自你在瓦棚中学的图书馆里找到的字条，二狗拥有入殓师的科技传承，这说明他很可能知道入殓师的历史，甚至他就是入殓师的遗孤。

你：我和你是一路人。

二狗愣住了。

你：你想做的事情，我也想做。

二狗点点头，指着地上的装置。

二狗：你带着这东西，跟我过来。

你点点头，将装置收进了黑球空间。

二狗拉着你到了赌场后面的加工坊，你穿过储藏室，来到了工作间。工作间里的两个机器人正在辛勤劳作。

二狗：既然你拿到了那个装置，那你大概也知道这装置的作用是什么了吧？

你：我不太了解。

二狗：这东西可以屏蔽规则，是我从入殓师的遗物之中找到的东西。这就是我可以在警察眼皮子底下违法，他们却没办法赶我走的原因。

你恍然大悟。

二狗：不过，这东西每次启动需要消耗 T-091，所以我不得不收购 T-091 作为启动它的能源，而且必须使用交易所得的 T-091。同时，多余的 T-091 还必须留着作为施法材料，我手里这些根本不够。

你大手一挥，撒出一大堆原矿石。

二狗惊呼了一声。

你又赶紧把矿石收了回去。

你：现在你可以相信我了吧？

二狗：你很不一般，你为什么会知道那么多事情？

你：和你解释了你也不明白。

二狗：行吧，那就先不解释了。明天晚上 10 点，你带着东西来这里，我会告诉你我每天到底在做什么事情。

你：没问题。

你回到了自己的房间。

你终止了推演！

顾毅睁开眼睛，深吸了一口气。

果然如他所料，二狗的所作所为，很可能都是为了推翻"它"的领导，完美级通关的真正条件，就是杀掉这个世界的主宰。

但是，顾毅却发现了二狗一个巨大的弱点。

他始终是一个人，到目前为止，顾毅从来没有看见任何一个能与二狗分享秘密的人——这样的一个人活在世上，到底会有多累？

顾毅轻叹一声，走到二狗身边，低声说道："我拿回来了。"

"啥？"

二狗看着顾毅，他一头雾水，觉得莫名其妙。

花音拒绝了二狗的邀请，毅然决然地离开赌场，不肯住在那儿。

这一切都是在花音打完电话之后发生的，花音打完电话之后，一句话都没有说。

"没打通？"

"不，打通了。"花音放下话筒，说道，"以后我每天都来一次，可以吗？"

"你打的是谁的电话？"

"是我父亲的，每天晚上 10 点我都要给他打电话，只可惜他再也没办法接通电话了。他的手机号码我一直保留着，就是为了能听到他的彩铃声。"

"嗯……"

二狗点点头。

花音的借口有些奇怪，二狗依然觉得自己不能完全相信她。

"你可以住在我这里。"

"不，我不需要，谢谢。"

花音笑着鞠了一躬，转身走出赌场。

门外，几个打手挡住了花音。花音花容失色，又不敢和二狗翻脸。

顾毅曾经提示过花音，如果二狗执意要让她住在赌场的话，尽量不要拒绝，因为那很可能会触发即死 flag。

"你为什么不让我出去？"

"外面太危险了，你住在这里最安全。"

"你担心我出卖你吗？"花音苦笑道，"你还是不相信我吗？"

"并不是，我说了是为了保护你。"

二狗摇摇头，拽着花音的胳膊，将她送进了赌场后面的房子里。

花音闭上眼睛，她不知道二狗为什么要这么做，也不知道二狗的最终目的是什么，她只能按照顾毅的要求做事。

说实话，从第三天开始，花音已经有些力不从心了。

听完顾毅各种复杂的安排和对剧情的猜测，花音已经完全没了头绪，能得到二狗的信任也完全是出于直觉的反应和高超的演技。

"没关系的花音……你一定可以。"

花音闭上眼睛，缓缓入睡。从明天开始，自己就要辞去矿场的工作，她决定和小雪碰头，加入她的行列。

丹尼斯写了一大堆情报，交给了上级。

这些情报全都是顾毅告诉他的。如果没有顾毅和花音帮忙，自己就算再卧底10天也未必能查出来。

"这两个人的技能简直逆天，如果给我这些技能，我早就通关了。"

丹尼斯有些不服气地念叨着，在他心里，顾毅和花音纯粹是运气好，抽到了两个逆天技能，而自己的天赋除了能加强生存能力，根本没有任何作用。

腐肉吃起来很难受，但幸好不贵。

丹尼斯吃完了东西，立刻拿起报告，将其放到了警务站站长的桌子上。

站长戴着眼镜看完了报告，有些意外地看着丹尼斯。

"你是怎么调查出这些信息的？尤其是这个旅者星人的魔法是什么？"

"今天我假装和二狗做交易，他在我面前使用了瞬移的技能，并且他还告诉我，这就是旅者星人的技能……"

丹尼斯侃侃而谈，将花音的经历添油加醋地复述了一遍。

站长深信不疑，立刻安排人调查"旅者星人"的事情。过了没一会儿，就有手下给他打来了电话，获得了旅者星人的基本情报。

"你说得没错，如果他真的是这样，那我们还真没有办法去抓他了。但是，他需要用献祭鲜血的方法才可以使用旅者星人的能力，就说明他和我们一样，至少还是人类。"

"所以……"

"所以，我们也是有办法解决的。"

站长沉思片刻，朝着丹尼斯伸出右手："我给你一点奖励。"

【18】小酌一杯

丹尼斯点点头，默契地同样伸出了自己的右手。

站长在丹尼斯的手腕上画了一个符号，丹尼斯的刑期竟然直接减少了1万年。

"这……"

"这是给你的奖励，只要你能继续提供有效的线索，那么你很快就能摆脱现在的处境。你是个人才，我们瓦棚市从来都不会埋没人才。"

丹尼斯点了点头，好奇地看向桌角。

上面放着一张借书证。

在虫巢空间，花音曾经分享过B系列规则，如果想去市图书馆，需要使用借书证，而办理借书证至少要成为二等公民。

顾毅曾经说过图书馆的重要性，也许自己可以借这个机会，去图书馆探索一下？

"站长，我有一个请求。"

"怎么了？"

"你能把你的借书证借我用用吗？"丹尼斯指着桌角说道，"我不急着减刑，我想去图书馆瞧瞧。"

"这是为什么？"

"我本来就喜欢看书。作为三等公民，我根本没有什么有意思的休闲方式，唯一可以去的娱乐场所就是赌场，那儿太没意思了。"

"原来是这样啊。"

站长挠了挠头，觉得这似乎并不是什么大事。

只要有借书证，图书馆谁都可以进，对公民等级并没有限制。

站长想了一会儿，说道："行吧，你拿走，图书馆我最近也不怎么去。"

"谢谢站长！"

丹尼斯点点头，转身离开了办公室。

现实世界。

A 国和邻国的武装冲突愈演愈烈，此时除了各国攻略组，已经很少有民众关注《诡异世界》的攻略情况了。

这天夜里，郗望正躺在宿舍里睡觉，突然听见天上传来一阵刺耳的轰鸣声。

郗望从梦中惊醒，推开窗户往天上看。西边好像有一颗巨大的流星划过，但是仔细分辨就能看出来，那根本不是流星，而是一枚导弹。

导弹落在西边，点燃了半边天空。过了好长时间，郗望才听见震耳欲聋的爆炸声。

郗望赶紧拿起手机，拨通了曲康平的电话。

"组长。"

"怎么了？"

"我看见天上有导弹啊。"郗望焦急地问道，"真的打仗了？"

曲康平苦笑道："E 国顶不住了，现在已经向邻国宣战，甚至动用了大规模杀伤性武器。我都没想到啊，我们隔得那么远，都能看见导弹爆炸的样子。"

"会打到我们这里吗？"

"难说。现在舆论压力那么大，民众都不关心《诡异世界》了。现在边境的居民已经开始大量转移，住进人防工程里面了。"

"诡异力量已经开始影响我们国家了？"

"不仅是我们国家，而是整个人类社会。这次诡异力量想让我们自相残杀，这可比释放诡异生物效率还高。

"对了，你和你的手下说一声，一个星期后，我们要离开基地，到后山的防空洞里工作了。明天所有人都要去转移基地里的各种设备，攻略会议暂停一天。"

"唔……知道了，组长。"郗望挂断电话，自言自语道，"我敢打赌，过不了 3 天，我就得住进人防工程里办公了，根本等不到一个星期。"

赌场后面的加工坊里。

顾毅给二狗展示了一手无中生有的功夫，二狗吓得瞪圆了眼睛，不可思议地看着顾毅。

"收。"顾毅大手一挥，将地上的东西全都收回黑球里，一来一回直接耗费了他近50 点的精神力。

"现在你可以相信我了吧？"

"你很不一般，你为什么会知道那么多事情？"

"和你解释了你也不明白。"

"行吧，那就先不解释了。明天晚上 10 点，你带着东西来这里，我会告诉你我每天到底在做什么事情。"

顾毅点点头，沉默地回到自己的房间。他刚刚躺下，准备恢复一下精神力，却听见门外传来一阵敲门声。

"顾问，睡了吗？"

"你……"顾毅低声骂了一句，"没睡呢，咋了？"

"出来陪我喝两杯吧。"

"有病……"

顾毅摇摇头，想了想，还是出门了。

刚刚虽然得到了二狗的口头认可，可是系统并没有提示他对自己的信任度提升，这说明他还是对自己有些戒备。

顾毅披上外套，走进院子里。

二人坐在天井下，两张凳子中间摆着一张小茶几，茶几上放着两瓶葡萄酒，还有一些小零食。

"坐吧。"

"嗯。"

顾毅坐在凳子上，二狗拿起一瓶酒递到了顾毅面前，瓶塞已经打开了，可是二狗并没有给他酒杯。

顾毅瞥了二狗一眼，这小子也不用酒杯，直接抱着酒瓶吹。

"你这是喝水还是喝酒？"

"喝酒不对瓶吹没感觉。"

二人碰了下酒瓶。

顾毅饮下一口酒，顿时觉得浑身舒畅，这东西居然有恢复精神力的作用，他一时没忍住，又多灌了两口。

"好喝不？"

"嗯。"

二人都努力想找话题，但好像都找不到。

"我能问你个问题吗？"

"什么？"

"你能告诉我，你为什么给那些人开价那么低吗？一二十年刑期就能收购矿石了？"顾毅顿了一会儿，说道，"他们只要被抓到，就会被判刑 1 万年，成本和收获完全不成正比。"

二狗哈哈大笑，他放下酒瓶，悠悠地说道："亏你还是从我们学校出来的，你忘了学校的考题了吗？"

"什么？"

"我现在问你一个问题，你愿意用性命换取金钱吗？"

"不愿意，给多少钱都不愿意。"

"在如今的时代，刑期就像欠款一样，我们劳作、我们奉献，如同在偿还债务。你猜猜看，矿井里面有多少矿工都是在用性命换钱？

"他们为了省下租借呼吸装置的钱，只用最简单的头盔防毒，慢的 1 年死，快的 3

天死，为的就是能多赚那三五十年的刑期。"

"这么辛苦，我宁愿去死。"

"去死？要是这么简单就好了。这些刑期是不会凭空消失的，哪怕你死了，你的灵魂依然在打工，受到的折磨可不比活着的时候少。

"所以，他们宁愿在活着的时候，尽自己的每一份力，去多赚哪怕一个月的刑期，也不愿在死后承受无尽的折磨。在矿井里干活，你始终是在为别人打工。你和我做交易，却可以实打实地获得净收入。

"但在其他地方，你只要犯一点点错误，就是几千年、几万年的刑期惩罚。在室内走路走太快了，罚 1000 年；和高级公民多说了一句闲话，罚 1000 年；因为穿了不该穿的衣服，去了不该去的地方，见了不该见的东西，罚 1000 年。

"你瞧，无论做什么都是一样的。判罚的标准在它的手上，从来都没有给人辩驳的空间。与其如此，那还不如就这么多赚点刑期咯，毕竟交易刑期在它的规则下是可行的。

"在我这里，他们可以享受短暂的自由，可以摘下沉重的头盔，可以无拘无束地躲避规则，所以他们非常乐意与我做交易，哪怕我开出的价格非常苛刻。

"在他们眼中，自由才是最贵的。而只有在我身边的时候，他们才能自由呼吸。

"你不必可怜他们，也不必斥责我，世界本就如此。"

"本就如此，那便对吗？"

顾毅灌了一口酒，目光灼灼。二狗愣了一下，意外地看着顾毅。

"你想说什么？"

"你知道顾毅吗？"

"嗯，当然知道。"二狗笑道，"他可是我们学校的大红人呢，不过在毕业之后我就再也没听说过他的事了。前几天我刚收到消息，说他犯了大错，已经被贬成三等公民了。"

"那你知道他在期末考试的时候，是如何答题的吗？"

"他应该是牺牲了自己，拯救了别人吧？"

"不，他把提出问题的人解决了。电车难题是世界上最无聊的思想实验，也是最无解的实验，它企图绑架人性，让你做出似是而非的抉择。一旦你去思考甚至解答电车难题，你就已经失去了人性。没有人有资格剥夺一个人的自由、决定别人的生死，即便是它，也没有。"

"很奇妙的想法，但实行起来很有难度，一个人的力量终究有限。"

"所以，你需要所有人的力量。自由能带来多巴胺，会让人有上瘾的感觉，所以那些矿工即使知道你开出的价格不合理，他们还是愿意与我做交易。如果你想实现理想，他们才是你的战友。"

"人群是乌合之众，你难道忘了学校的教导？人类一旦进入集体，就会失去理性的思考，成为一头没有理智的野兽。"

"你自己都曾说过，学校的教导是错的，为什么你还把他们的谬论奉为圭臬？你用着他们教给你的知识，拿着他们给你的武器，妄图打败他们吗？"

二狗眨眨眼睛，露出微笑："你说话就像哲学家写散文一样。"

"不错的比喻。"顾毅说道，"让我忽然有种回家的感觉。"

"嘿嘿……"

二人相视一笑。

直到这一刻，顾毅终于可以确定，面前这个男人就是"死去的"陈泽宇。而二狗也同样确定了顾毅的身份。

耳边终于传来了系统的提示音：

"你获得了二狗的全部信任。

"你的剧情探索度提升。

"目前剧情探索度为 10%。"

现实世界。

曲康平看着顾毅有理有据地与二狗辩论，深深吸了一口烟，直到肺部灼痛，这才吐了出去。

"哲学家写散文？呵，阿健也喜欢用这样的比喻呢。"曲康平笑着说道，"顾毅成长了呀。"

熄灯、灭烟，屋内屋外一片黑暗，战火正在全球各地野蛮地肆虐着。

翌日清晨。

花音从床上爬了起来，在路过天井时，刚好遇到了早起的二狗。他朝着花音点点头，就算是打过招呼了。

现在，二狗已经算是把她软禁了。一旦离开赌场，不仅警务机器人会盯着她，就连赌场的打手也大大咧咧地跟在她身后，几乎就是把"我要跟踪你"5 个字写在脸上了。

"真是烦人啊……"花音皱了皱眉。

二狗油盐不进，自己的美人计在他面前几乎起不到任何作用，在这样紧密地盯梢之下，花音根本没有自由。

花音不敢轻举妄动，任何让二狗产生不安的行为，都会让自己陷入险境。

"真不知道顾毅为什么有胆子走二狗的这条故事线。"

直到这时花音才明白，在所有路线里，顾毅的路线才是最难的。二狗是个非常多疑的人，与他合作就要接受他一次又一次的考验。

稍有不慎，万劫不复。

花音在矿场努力工作，她知道想要摆脱那些人的追踪只有一个办法，那就是躲进女浴室。

二狗的手下就没有女的，只要自己能躲进女浴室，问题都能迎刃而解。而且，还可以在浴室里遇到小雪，这可能是自己现在唯一能接触到她的机会。

下工之后，花音直奔女浴室。出浴之后，花音坐在门边默默等待，果然等来了小雪。

花音微笑着走了过去，主动搭讪："你好。"

"嗯？"小雪扭头看了一眼花音，"怎么了？"

她对花音有一些印象，但不算什么好印象。

"我希望找一份工作。"

"工作？"

"是的，我不想去挖矿了，太累。"

"哈？原来你是挖矿的吗？"小雪捏了捏花音的肩膀，软绵绵的，一点力气都没有，"你身上一点儿肉都没有，还敢说自己是挖矿的？"

"我干了三四天，实在干不下去了，这工作不适合我。"

"那你知道我是做什么的吗？"

"当然知道。"

小雪抬起花音的下巴，左右打量她："不错，素质挺好。你确定要跟我干？"

"当然。"

"这可是一个要把尊严当球踢的职业，在我这里可当不了大小姐。"

"嘿，在这个世界里，谁把尊严和生命当回事？我昨天就看见一个男人因为不肯租呼吸装置，活活憋死在矿井里。他死了之后，监工连块白布都不肯给他披上，像是拖死狗一样把他拖到了车上。"

花音仔细看了一眼小雪，自己的话似乎触动了对方的心。

"行，我知道了。你这身打扮可是不行的，跟我来。"

小雪和花音一起离开了浴室。

果然不出花音所料，二狗真的在不远处的角落里盯梢。当二狗看见二人在一起的时候，他显然吓到了。

"看到那个男人了吗？"小雪指着远处的二狗说道，"最好离他远点，他是个犯罪分子，和他在一起准没好事。"

"他是赌场的老板吧？这几天他一直派人追踪我。"

"哦，果然是他的作风。"

小雪摇摇头，自顾自地往红灯区走。

二狗追了上来，拦住了二人。

"你要去哪儿？"

"上班。"

"你就不能换个工作吗？"

"关你什么事？你不是说没我这个女儿了吗？"

"那是气话。"二狗摇摇头道，"你可不知道外面有多危险。"

"危险？这个世界上有安全的地方吗？你快给我让开。"

"你们俩都跟我走。"

"再拦着我，我就喊警察了！"

小雪的眼睛四处搜寻，她知道普通的警务机器人根本对付不了二狗，只有找警察才可以。她拽着花音的胳膊，义无反顾地朝着警务站走去。

"站住！"

二狗拉住了小雪的肩膀。

小雪见状，立刻扯着嗓子大叫："警察救命啊！有人非礼我！"

【19】瓦棚图书馆

几个警察转过头来，看向二狗。

二狗低声骂了一句，从怀里掏出一个口罩戴在脸上，转身要跑。警察也不甘示弱，赶紧追了过去。

花音惊讶地捂住了嘴巴——果然只有女儿能对付父亲。如果刚刚是自己那么做，恐怕二狗已经把匕首捅进她的胸口了。

"走吧，跟我来。"

二人来到红灯区的时候，已经是夜里了。

小雪惊讶地看着花音，因为她的化妆技术简直是所有姐妹里面最好的。其他姐妹看见花音有那么高超的化妆技术，竟然也都围了过去。

"花音妹妹，你能帮我化妆吗？"

"我也想要，能帮我吗？"

"你化得也太好了吧？"

"呃……大家别着急，一个个来。"

花音刚来 1 小时，就成了炙手可热的大红人，小雪好奇地看着花音。

很显然，这丫头可不是什么肮脏的女矿工。

小雪拉着花音来到了一个安静的地方。

"花音，你告诉我，你到底是谁？"

"我就是我啊。"

"你肯定是哪家的大小姐吧？"

"曾经是，现在我和你一样，只是个卖笑的。"

"我都不忍心让你去干活了。"小雪说道，"过两天这里会来一个大人物，那人名叫大洛山，是我们能接触到的最高级的公民。"

"一等公民吗？"

"对的，所以我决定让你带着我们去接待他，并且我也希望你可以培训我们基本的礼仪，免得到时候露怯。这是我们实现阶级跨越的好机会。"

"我明白了。"

花音点了点头，但是她却对小雪的话不敢苟同。想要实现阶级跨越，可不是这样就够了。

"对了，你能让我打个电话吗？"

"你要做什么？"

"有些私人问题要解决，你能帮我吗？"

"当然可以。"小雪说道，"我们俱乐部的老板是个二等公民，他是可以用电话的，你可以用他的 ID 通话，他不会介意的。"

"谢谢。"

花音悠悠地叹了口气。来到这里，就算基本摆脱二狗的监视了。

顾毅曾经说过，二狗的势力范围只在赌场和黑街。二狗一旦离开自己的势力范围，就会收敛很多。

花音看了看时间，现在才 9：30，再过半个小时才是他们约定好的交流时间。

丹尼斯已经有了足够挥霍的刑期，在得到减刑之后，他立刻去矿井辞职，专心按照顾毅的指示去别的地方探索。

"他为什么不去监视二狗？"

"这个卧底绝对是世上最不务正业的卧底了吧？"

弹幕上，大伙儿对丹尼斯游手好闲的行为感到有些疑惑。

丹尼斯在城市里闲逛，一旦碰到他无法触及的地段，警务机器人就会提前围上来，一切关于高级公民的东西他都无权接触。

"真是烦人。"丹尼斯在心里暗暗咒骂着,他拿着警务站站长的借书证,来到了瓦棚图书馆前。

图书馆一共有5层,游客需要爬上五十几级台阶才能到达大门口。台阶上有两个三等公民拿着清洁工具,一刻不停地清扫地砖。

然而,这两个清洁工不分寒暑地在此工作,1小时也就只能获得1个月的减刑而已,一天下来连1年的减刑都赚不到。

丹尼斯来不及可怜他们,他拾级而上,推开了图书馆的大门。

一个穿着制服的二等公民走了过来,没好气地拦住了他:"你是第一次来?"

"是,怎么了?"

"还有脸问我怎么了?"二等公民指了指远处的通道,"这个入口是给游客走的,你要从员工通道走,入职培训的时候没人和你说吗?"

"我不是来打工的,我是来借阅图书的。"

"借阅图书?你的借书证呢?"

"在这里。"

丹尼斯拿出了借书证。

二等公民拿起借书证,看了一下公民ID。

不一会儿,一个事务机器人走了过来,它伸出探头检查借书证,以确认借书证不是假冒的。二等公民则记下了借书证上的ID,当着丹尼斯的面给警务站站长打电话确认情况。

其他的游客就完全不需要这么复杂的手续。

他们只需要拿出手里的借书证,给事务机器人扫一眼,就能畅通无阻地在图书馆里游览,只有丹尼斯被扣在门口,不能动弹。

过了足足10分钟,二等公民才把借书证还给了丹尼斯。

"行了,你可以进去了。不过,你这个借书证是借用的,所以你只能在图书馆里阅览,无权将图书带出图书馆,明白了吗?"

"知道了。"

"进去吧。"

"谢谢。"

丹尼斯点点头,走进了图书馆。

大伙儿看见丹尼斯穿着一身粗布衣之后,全都露出了鄙夷的神情,甚至还有人毫不避讳地在丹尼斯身后嘲讽他。

"三等公民?认字吗?"

"哼。"

丹尼斯冷笑了一声,懒得与这些狗眼看人低的家伙理论。

他在各个书架前穿梭,书架上的文献大多晦涩难懂,上面的字他都认识,但把它们组合到一起时,他就完全理解不了了。

这里是图书馆的3楼,其中的书籍太专业,没有足够的知识储备,确实很难读懂。

丹尼斯干脆不再翻书,而是观察所有读者。

这里大概有七成的读者是二等公民,他们都捧着电脑在图书馆里学习、办公。剩下的都是一等公民,他们看的书显得更加晦涩。

三等公民都穿着统一的灰色制服,做着简单的清扫工作,图书管理员至少也是二等公民，因为三等公民的文化层次不高，如果让他们来整理图书，只会越搞越乱。

丹尼斯思索了一会儿。

这里的公民都是所谓的高级公民，而自己只是一个三等公民，他们可以在这里阅读，不代表自己也能在这里阅读。

难道……这个世界里，低级公民就没有任何可供阅读的文学作品吗？

丹尼斯摇了摇头，走下楼梯，朝着底层走去。

这一层完全是另外一幅光景。

【20】图书馆见闻

到了 1 层的时候，丹尼斯发现这里的三等公民多了一些，他们身上的衣服比自己体面不少。不过，这层的装修就没有楼上那么考究了。

书架上满是灰尘，周围的窗户和门都是打开的，随时有车辆和行人经过，吵得人根本无法专心看书。

A 系列守则里是有规定的，低级公民不能在密闭空间里聚集，所以 1 层就设计成了半开放式。

丹尼斯仔细观察了一下这些三等公民的服装，他们身上都戴着一些特殊的徽章，每一个徽章都代表着一个一等公民的名字。

在 C 系列守则里有这样的规定：一旦你成为一等公民，你就有权雇用三等公民成为你的仆人，但你同样也需要负担他们的衣食住行以及刑期。

那些徽章就是仆人身份的证明。1 层的清洁工打扫的时候非常敷衍，二等公民基本上也不会来这里整理图书，所以整理图书的工作只能交给清洁工。

书架上的书籍排得歪七扭八，书页都被人摸黑了、摸烂了，可还是有许多人来来回回地借阅。

丹尼斯随手拿起书，翻看了起来。

他创造了智能机器人，是他让瓦棚进入了智能科技时代。

公民等级制度是瓦棚的立身之本。

为瓦棚奉献一切。

书里反复提到了一个人，名叫康斯坦丁。这是一个超级富翁，他们家一天的收入顶得上曾经的瓦棚一个月的财政收入。

书上说，康斯坦丁靠挖矿起家，建立了投资公司。在经济大萧条时期，他毅然决然地拿出全部家当，用来投资智能机器人的研发。

今天瓦棚的所有智能机器人，都是康斯坦丁研究出来的。

智能科技的成功，让康斯坦丁成功登上了王座。他建立了完善的法律以及公民等级制度，让战争、贪婪与自私彻底在瓦棚消失。他死后被人尊为神明。

所有人都会为了瓦棚而奉献，为了美好的未来而共同努力。

"这是什么鬼东西？"丹尼斯皱了皱眉，将书塞回书架。

整本书里全都在宣扬康斯坦丁一人的功劳，但是只字未提其他人的事情。

编写智能算法的工程师是谁？设计机器人的设计师是谁？难道仅仅因为康斯坦丁出了钱，他就抵得上所有设计者、开发者、制造者的功劳吗？难道他们不能在史书上留下一笔吗？至于那所谓的公民等级制度，难道不是统治者剥削和愚弄底层公民的工具吗?

丹尼斯摇摇头,继续在别的书架上翻看。

剩下的大多都是小说,是情情爱爱的故事,要不就是奇幻的冒险故事,要不就是以康斯坦丁为主角的商业故事。

不然就是康斯坦丁的一些八卦传说,有不少人都说康斯坦丁特别喜欢听故事,所以他非常鼓励大家写小说,他说"喜欢故事是刻在人类基因里的本能"。

丹尼斯觉得,这句话是康斯坦丁唯一一句说得对的话。

因为图书馆里不少小说非常引人入胜,丹尼斯站在书架旁阅读,竟然连肚子饿了都不知道。

丁零零——屋外传来清脆的铃铛声。

"要闭馆了,所有人离开。"一个二等公民走到门口,大声摇铃,催促大伙儿离开。

丹尼斯看了一眼墙上的时钟,居然已经晚上9点了,他依依不舍地放下手里的小说,往门口走去。

门边有一张小桌子,上面有一个笔记本,用于读者留言,给图书馆提意见。丹尼斯好奇地拿起来,翻看了一遍。

笔记本上一条留言都没有,丹尼斯只在扉页上看到了一行手写字:

相信文字的力量。

今天顾毅下班的时间有点早,到了傍晚6点,他就离开了矿井。

监工催促他们赶紧离开,甚至不让他们在员工食堂里面用餐。

顾毅从口袋里拿出饼干当晚饭,这东西还是昨天晚上从二狗那里顺来的。

咯吱咯吱——

顾毅咀嚼着饼干,正巧看见一辆汽车从空间跃迁基地旁边路过,那车子应该是定制的,车顶比平常的车子高一半,车门非常宽大,足够两个人并肩穿过。

车子在大门口停下。

一个大胖子从车里走了出来,那宽大的车门正好够他侧身出来。胖子身高超过2米,每走一步地板都要晃三晃。

顾毅抻着脖子看了一眼那大胖子。

"居然是大洛山?"

在上个副本里,自己曾经在梦境模拟中杀死过大洛山的镜像,没想到真正的大洛山竟然比梦境模拟中的还要高大。

"有意思……"

联想起今天提前下工,顾毅嗅到了一些不一样的味道,他赶紧闭上眼睛。

推演开始!

你顺着墙根走了过去,大洛山的保镖瞪了你一眼。

保镖:滚一边去。

保镖非常警觉,一旦你距离大洛山10米之内,他们就会上前驱赶。

大洛山看都不看你一眼,他站在车边休息片刻,就走进屋内自顾自地和监工聊天。

监工的等级明显没有大洛山高,始终点头哈腰,像条哈巴狗。

保镖走上来,推开了你。

你隔得太远,根本看不见大洛山。

你绕道而行，爬到墙根边，巨大的头盔让你有些惹眼。

你刚刚爬到墙头，保镖就发现你了。

他们大声斥责你，并叫来了附近的警务机器人。

你被机器人抓走了。

你无法挣脱。

你终止了推演！

"嗯……"

顾毅皱了皱眉。

这些保镖盯得太死了，自己实在没办法对付他们。

如果用技能催眠，最多只要3分钟，附近的警务机器人就会发现自己，到时候还是无法监听。

应该试试别的办法。

推演开始！

你提前躲进了基地。

监工看见你，骂骂咧咧地把你踢了出去。

大洛山正好走了进来，他看了你一眼，一巴掌抽在你的脸上。

你头晕目眩。

你醒来，发现自己正躺在赌场里，医生正在帮你治疗。

你终止了推演。

不出意外的话，大洛山的战斗力没有削减，不过是轻轻一巴掌，就能把自己打到昏厥。

监工一直在门边等着，自己只要稍微露一点头，就会被监工发现。

有没有什么办法，能在这么多人的眼皮子底下绕进去？

顾毅摸了摸鼻子，再次开始推演。

推演开始！

你趴在门边，聆听监工的脚步声，此时他距离门边大概有4米。

大厅中间有一个鱼缸，如果自己能在1秒内落到鱼缸后面，就能躲进监工的视野盲区，以此神不知鬼不觉地躲过监工。

你给自己使用了心理暗示，以激发身体潜能。

你快步冲了进去。

【21】窃听

你对自己身体的每一块肌肉的控制都到了极限。

你像猫儿一样没有发出一丝声响，稳稳当当地落在了鱼缸后面。

你躲在监工的视野盲区，一点一点挪动位置，确保监工看不见自己。

你偷听着监工的脚步声，同时回忆上一次推演的经历。

再过3秒钟，大洛山就会来到门口，与监工寒暄。

那时保镖们会跟在大洛山身后四处观察，至少有两名保镖会面朝门口，以他们的视角肯定能看见你躲在鱼缸后面。

你再次观察环境，看向了下一个掩体。

为了方便行动，你摘下脑袋上的头盔，藏进黑球空间，默数 3 个数后跑到了前台柜子底下。

你听见大洛山和监工正在闲聊，他们二人都在说话，所以并没有注意到你发出的微弱动静。

监工：老板，你怎么过来了？

大洛山：马上总统竞选就要开始了，我需要提前布局。这里不是说话的地方，我们到你办公室聊。

监工：是，老板。

大洛山：你们几个就不要跟进来了，在门口看着，不要让任何人进来。

保镖们：是，老板。

你偷偷探出脑袋，发现保镖们已经背过身去，看向了屋外。

你蹑手蹑脚地跟在了大洛山和监工身后。

监工掏出钥匙，打开办公室的大门。你赶紧躲在大洛山的屁股后面，拿大洛山的身体当掩体。

监工：我好像听到了什么声音？

大洛山：什么声音？

监工：是脚步声。

大洛山扭过头。

你顺着大洛山转身的角度挪动，始终躲在大洛山和监工的视野盲区里，趁着二人的注意力被转移，你赶紧躲在了办公室的门后。

大洛山：没有人啊！

监工：可能是老鼠？

二人没有发现你，径直走进房间。

你赶紧从黑球空间里拿出头盔扣在脑袋上，用力吸了口气，恶臭的味道此时竟然甘美无比。

你趴在门板上，偷听二人聊天。

屋子里传来香烟的味道，其中有淡淡的橘子香气。

大洛山：明天晚上帮我攒个局，找几个人陪酒。

监工：您要请客？

大洛山：康斯坦丁三世，把他搞定，一切都好说。

监工：听到这名字还有人敢来？

大洛山：你就说是我来不就行了？

监工：行，只能这么做了。

大洛山：另外，多准备一些冰浆果，那孙子就爱吃这东西。

监工：知道了。

大洛山和监工闲聊了一会儿，准备离开。

你终止了推演！

顾毅睁开眼睛，望着大洛山走进了屋里。他吃下最后一块饼干，转身回到了赌场。

夜间 9：30。

顾毅来到二狗的储藏室，从黑球空间取出装置，放在地上。

"二狗，你确定你一个人能搞定吗？"

"放心吧。"二狗说道，"我在这里设置了认知障碍，没有我的允许，别人不会发现的。"

"哦。"

顾毅点了点头。

显然，二狗说的认知障碍也一样来自入殓师科技，自己拥有黑球空间，所以认知障碍对自己无效。哪怕二狗不在，自己依然可以轻松地找到他的加工坊。

"对了，我想问你一件事情。"

"你说。"

"康斯坦丁三世是谁？"

"神之子。"二狗头也不抬地说道，"这家伙是一个超级变态。"

"怎么变态了？"

"他是个虐待狂，但同时他出手非常阔绰，所以各个夜总会的老板都特别喜欢他到自己的店里来消费。"

"康斯坦丁三世明天要来我们这里。"

二狗突然停下了手上的动作，一脸惊讶地看着顾毅。

"你是说真的？"

"你在担心你女儿，是吗？"

"该死……"

二狗捶了捶自己的脑袋，苦恼不已。

顾毅轻轻拍了拍二狗的肩膀，冷静地说道："你别担心，我能帮你。"

"你根本不知道……"

"别担心，今天晚上等我回来，我和你商量该怎么办。"

顾毅按时来到了警务站报到。

10点的钟声敲响时，警务站的电话响了起来，他走了过去，接起了电话。

嗞嗞嗞——顾毅的耳边响起一阵电流声，他睁开眼睛，又一次来到了花音的虫巢空间。

"顾先生，我成功了。"花音第一个开口说道，"我成功地摆脱了二狗的监控，并且加入了小雪的夜总会。她说明天我要去接待一个一等公民，名叫大洛山。你们有没有什么情报？"

"大洛山是一个矿主，他主要的工作就是挖矿并生产梦境碎片，我们打工的矿井就是他名下的产业。大洛山非常胖，我们3个人加起来都没有他重，千万不要和他起正面冲突，即使是我，也不敢在毫无准备的情况下刺杀他。"

顾毅顿了一会儿，想起了自己上次和大洛山单挑的画面。如果不是自己能使用黑球的力量，上次根本不可能赢过大洛山。

"另外，大洛山来店并不是主要目的，他是为了贿赂康斯坦丁三世，达成他权色交易的目的。康斯坦丁三世是所谓的'神之子'，这家伙是个变态狂，最喜欢虐杀女人取乐，你一定要想办法避免去陪酒，并且千万别让小雪和康斯坦丁三世碰面。"

"居然还有这种事情？"

花音听到这话，不由得皱起眉头。她也曾在现实世界中听到过各种变态的嗜好，但她都把这些嗜好当成都市传说来听。

如果真的要她给一个变态陪酒，估计她第一个就得跑路。

"你有什么建议吗？"

顾毅闻言，皱了皱眉。他的推演能力只局限于自己的副本进度，根本没办法帮花音预知危险。花音是个女人，她的技能也只能帮她收集信息而已，闯关只能依靠她的个人能力。

"我暂时没有什么好的办法。我的建议是，想办法说服小雪离开夜总会，尽量别和康斯坦丁接触。"

"好像只能这样了。"

丹尼斯看了看二人，赶紧分享了自己刚获得的情报："二位，康斯坦丁这个名字我在图书馆里找到过，我不知道这些情报能不能给你们提供一些帮助。"

【22】文字是有力量的

丹尼斯简单复述了一遍康斯坦丁的发家史，以及公民等级制度的由来，顺便还说了几本让他印象深刻的小说。

"康斯坦丁非常喜欢故事，所以他鼓励公民进行文学创作，但我认为这只是他为了给低级公民提供奶头乐，才鼓励文学创作。

"小说里基本没有什么以普通人逆袭为模板的故事，大多是通过贬低低级公民来衬托高级公民。

"低级公民总是愚昧无知的，而高级公民总是高瞻远瞩的。

"主角人设大多心狠手辣，睚眦必报，精致利己。"

顾毅摸了摸下巴，说道："很阴险的行为。长此以往，低级公民被这些故事洗脑以后就会忘记反抗，反而去共情那些剥削者，去幻想自己有朝一日也会成为剥削者。

"他们会忘记其实自己才是供养者、奉献者，而那些高级公民是敲骨吸髓的蛀虫，他们能成为高级公民靠的并不是努力，而是血脉。

"他们会认为自己就是愚昧无知的，认为高级公民剥削自己就是有理的，认为及时行乐才是最终出路，他们永远只是高级公民的陪衬。"

顾毅无奈地摸了摸鼻梁骨。

花音听到顾毅的分析，不由得皱起了眉头，自己现在获得的成就，难道不也是靠着父辈的名望吗？

丹尼斯瞥了一眼花音，接着说道："哦，对了，还有一件重要的事，我在意见簿上找到了一行手写字，大概是'相信文字的力量'，我不知道这句话有没有用，算不算是副本的提示。"

"手写字？"

顾毅想了一会儿，拿出纸笔写了一遍。

丹尼斯凑了过来，好奇地说道："咦？你怎么能写得这么像？字迹完全没有差别。"

"在上一个副本里，同样有一些手写字条，都是入殓师留下的。手写字的字体非常有特色，所以我特意进行了模仿练习。

"如此说来，'相信文字的力量'也是入殓师留下的，所以我们完全可以信任它。接下来我们就应该想想，这句话到底提示的是什么。"

花音举起手，发表了自己的看法：

"顾先生，我觉得这是在暗示它的洗脑手段吧？公民等级制度其实只是一个小小的枷锁，真正的武器其实是那些暗藏玄机的故事。我觉得你之前对故事的判断非常正确，那些奶头乐小说消磨了低级公民反抗的欲望，让他们只能心甘情愿地受高级公民欺侮。"

"所以，我们应该烧掉图书馆吗？"丹尼斯挑了挑眉，笑着问道。

"烧掉图书馆治标不治本，一旦被抓到，等着你的就是几万年的刑期。这样的行为的象征意义大于实际意义。我觉得，这个提示的真正意思是……用魔法打败魔法。"

其余二人对望一眼，显然没有理解顾毅的意思。

顾毅一边踱步一边说道："文字是有力量的。它用文字控制低级公民的思想，我们为什么不能用文字让民众觉醒呢？"

"你是说……"

"我们自己也可以去编纂小说。"顾毅笑道，"既然康斯坦丁那么喜欢故事，我们就用故事来打败他。"

丹尼斯摇了摇头，觉得事情没有那么简单："这个策略不太靠谱啊，一个故事的力量能有多大？怎么可能撼动世界的规则？"

"别忘了，这里是《诡异世界》，即便是在现实世界，一个好故事的影响力也是没有上限的。故事的作者可能会死，但故事永远不会。文字是有力量的，这是非常明显的提示，如果我们能让合适的故事流传开来，那么击败'不可言说'的难度将会大幅度下降。"

丹尼斯还在思考顾毅的理论是否合理，而花音已经开始询问具体策略了。

"所以，合适的故事具体指什么？"

"首先，主角必须是普通人。其次，故事宣扬的必须是自由、抗争、爱情之类的正面的内容，绝不能是权谋、统治、暴力。就算必须是暴力的故事，也得是普通人和权贵抗争，劫富济贫，为了追求自由而团结一致。"

顾毅一边说着，一边踱步。

"比如……《泰坦尼克》"

"不错的选择。"

丹尼斯闻言，赞同地点了点头。

在《泰坦尼克》里，男主角是一个穷小子，符合普通人的人设。即将嫁入豪门的女主角放弃了荣华富贵，选择追求爱情与自由。

虽然结局是悲伤的，但是整个故事依然震撼人心。

"难道你要拍电影吗？电影这种艺术，只有二等公民才能接触。"

"拍电影这么吃力不讨好的事情，谁会去做呢？当然是把它改编成小说发表。"

"那谁去发表呢？"丹尼斯看了看另外两人，"我记得 B 系列守则里有相关规定，只有成为二等公民才可以合法地出版小说。说实话，我不会写小说，花音你会吗？"

花音摸了摸脸颊，笑着摇了摇头。

顾毅看了看二人，耸耸肩，说道："那就让我来发表吧。"

"顾先生，你不是说你不想升级吗？这样还怎么发表？"

"必须用低级公民的身份发表。"顾毅说道，"在这个副本里，身份是非常重要的，如果我们用高级公民的身份去发表，那就毫无意义了。二狗拥有屏蔽规则的能力，等我学会之后，会尽快想办法发表小说的。这个任务交给我就好了。"

花音和丹尼斯点了点头。

顾毅将任务最困难的部分留给了自己，而他们二人只需要跟着顾毅的思路走就行了，有这样的队友，谁会不服气呢？

"至于你们两个接下来的路线……花音，你就按照我之前说的，尽量躲避康斯坦丁三世，保护小雪免受侵害，不要和那些剧情人物发生激烈冲突。"

"明白。"

"丹尼斯，你的任务会比较危险，一不小心就可能会死。你可以选择做，也可以选择不做。"

"我不怕死。"丹尼斯认真地点点头道，"在《诡异世界》，越怕死的人死得越快，我愿意向死而生。"

【23】创造规则

"现在有一个抓捕二狗的最佳机会，即使抓不住他，至少也能让你立一个大功。"

"你是想用小雪做诱饵吗？"

"没错。"顾毅点点头道，"你完全可以向二狗透露康斯坦丁三世要来的消息。"

"未必可行啊。大洛山请康斯坦丁喝酒，明显是要进行权色交易，如果被警察知道了怎么办？如果大洛山怪罪下来，要抓我怎么办？"

顾毅沉默了，可花音却立刻接过了话题："你不要用低级公民的思维去揣测大洛山和康斯坦丁的做法，作为高级公民，他们拥有豁免权，就算犯了法，只需要付出刑期就行了。哪怕他们被判刑1000万年，最多只要过一天，他们就能把这亏空的刑期给补上。他们不在乎警察，不在乎规则。他们在乎的是面子，在乎的是自己的安全。你想想看吧，如果二狗自己查出了消息，潜伏在夜总会成功刺杀康斯坦丁，那么当地的治安管理者会背上多大的黑锅？你可是在帮助他们呀。"

顾毅闻言，双眼一亮，继续补充道："花音说得对，但不全对。以二狗的能力，他很可能会自己调查出康斯坦丁的动向。就算调查不出来，他每天去红灯区盯梢，也有可能发现异样。但如果你主动把这件事告诉二狗，又告诉警察伏击二狗，那么诱捕二狗的功劳可就算在你身上了。

"与此同时，你也成了一个告密者。权色交易这件事好说不好听，虽然这是公开的秘密，但如果你把这件事情闹大了，终究是不光彩的。如果康斯坦丁和大洛山要追究，警察肯定会把你推出去。

"这是危险，同时也是机遇。康斯坦丁和大洛山要么会重用你，要么会恼羞成怒杀了你，但具体会怎么样，全看你个人表现了。如果你能在保证康斯坦丁安全的前提下，成功抓住二狗，那你必然是第一个升到二等公民的冒险者。"

"有道理。"丹尼斯点点头，觉得这个计划非常可行，甚至要比顾毅写小说改变民众思想的计划更靠谱一点。

三人继续商量了一些细节，直到虫巢空间的时效结束。

嗞嗞嗞——顾毅睁开眼睛，重新回到了警务站。

警察们已经对顾毅玩话筒的样子习以为常了，那台电话明明已经被屏蔽了信号，可是顾毅每次还是跟傻子一样拿起话筒玩。

顾毅离开警务站，回到了赌场，在哪儿都没看见二狗，最后还是在加工坊的地下室里找到了他。

他正在细心打磨自己的匕首，眼神灼热得好像要吃人。

"你回来了？"

"嗯。"

"你确定那个消息来源可靠？"

"绝对可靠。"顾毅点点头道，"我可以用性命担保。"

"可惜小雪根本不相信我，她一定会觉得那是我骗她的借口。"

顾毅闻言，无奈地翻了个白眼。

这对父女真是从头别扭到脚，女儿不听父亲的话，父亲在女儿面前完全没有威信，偏偏女儿还选择去做了陪酒女郎。

如果顾毅是二狗，恐怕现在比他还要烦恼。

"那你想怎么样？"

"杀了康斯坦丁。"二狗狠狠地说道，"我现在有你帮忙，那就更不用担心了。我们同是从瓦棚中学出来的人，没人是废物。"

"哥，杀了他又能怎样？"

"至少我可以保护我女儿。"

"那你呢？"

"我可以逃跑，逃跑的技巧我现在教给你也可以。"

"那你女儿呢？"顾毅挑了挑眉，"你杀了康斯坦丁，那确实很痛快，但你女儿留在那里会怎样？你可以屏蔽规则，眨眼之间消失，可你的女儿也可以跟你一起逃跑吗？她也是从瓦棚中学毕业的吗？"

二狗沉默了。

顾毅无奈地摇了摇头，一旦牵扯到女儿的事情，这个以往谨慎甚至有些狡诈的人，立刻变得热血上头了。

曾经，陈泽宇的父母可以为了他牺牲自己的性命。如今，二狗对自己的女儿也一样，可以放弃一切。

说起来，还真是有点讽刺。

"你为什么不劝说小雪离开？"

"我不是说了吗？她根本不听我的。"

"你可以把她打晕了带回来。"顾毅挑了挑眉，说道，"你下不去手，我可以代劳。"

二狗思索了一会儿，扭头看向顾毅："你说得对，这可能是最简单的方法了。不过，夜总会那里可不是我的势力范围，想从那里把人带出来可没那么简单。"

"你做不到，不代表我做不到。只要你告诉我，怎么才能屏蔽机器人的感应，让我可以无视规则行事就可以了。"

"你跟我来。"

二狗带着顾毅来到了加工坊，那个神秘的装置正放在地板上。

"拉住拉环。"

"它不会电我吧？"

"放心，有我在。"

二狗扶着装置，说道："其实这个装置上写的东西并没有说明它的本质。它的名字叫作'规则制造器'，它真正的作用是可以创造一条规则。"

"什么意思？"

"打个比方，我创造的规则是：在我的势力范围内，21：00 ~ 23：00 之间，瓦棚的所有规则都会无效，但同时我也永远不能拥有自由，永远不能拥有爱情，永远不能拥有亲情。

"越强大的规则，限制条件就越多。

"如果你的目的只是屏蔽 C-034 公民守则，那么你的限制条件就会少很多。但具体的限制条件是什么，我也不知道，这得靠你自己尝试了。"

C-034 公民守则禁止冒险者在任何场所使用诡异力量。

在某次推演中，顾毅就曾经因为触犯 C-034 公民守则而被判刑 1 万年。

二狗在固定范围、固定时间内获得了绝对自由，但同时他也失去了升为高级公民的机会，而且妻子丧命、女儿离心。他在遇到女儿的问题时完全失去理智，显然也是受到了规则的影响。

一想起"死去的"陈泽宇放弃父母时的决绝，顾毅突然觉得，现在这种情况对二狗来说，并不算什么不能理解的事情。

"我该怎么做？"

"握着拉环，然后在心中默念你的诉求。"

"好。"

顾毅伸手握住拉环，电流竟然缠绕上了他的小臂。然而，他的手却怎么也松不开，拉环上的巨大吸力让他束手无策。

"别紧张，这是正常现象。"

二狗一边说着，一边砸开一个木箱，将大量的 T-091 矿石丢进了投料口。

电流逐渐稳定下来，那场面虽然很唬人，但顾毅并没有受到丝毫伤害。他闭上眼睛，试图使用天赋能力，但除了一片虚无，他什么也看不见。

"请制定您的规则。"一道机械音在顾毅的脑海中响起。

顾毅见状，立刻在心中默念："让我无视规则 C-034。"

"规则生成中……你必须从以下 3 个选项中，选择一个作为你的限制条件。

"1. 禁止双脚同时离地。

"2. 禁止与异性接触。

"3. 禁止使用近代的科技产品。"

听到这 3 个选项，顾毅脸都绿了。3 个限制条件，一个比一个变态。

选项 1 意味着自己不能跑、不能跳，就算睡觉的时候也得坐在椅子上，让双脚始终贴着地面。

选项 2 意味着自己不能帮助小雪，也不能和花音交流，平时遇到异性也得躲着走。

选项 3 就更变态了，电话、呼吸头盔等都是近代的科技产品，就连房屋都是用科技产品建造的。为了不违反规则，难道自己只能出去住茅草屋，用弹弓打鸟吃？

顾毅思索了一会儿，觉得选项 1 算是副作用最小的一个了。

心理暗示的能力在这个副本里的作用实在太强了，因为这个副本世界里几乎没有精神力强大的人。

如果自己可以按照制订的计划发表小说，再利用心理暗示逐渐给身边的人洗脑，让他们在心中种下反抗的种子，等自己需要的时候一呼百应，"它"的统治就会不攻自破。

"我选择选项 1。"

"规则生成完毕。"

顾毅浑身一激灵，看向了二狗。

为了试验自己的能力，顾毅偷偷对二狗使用了心理暗示，让他一会儿去打开窗户。

"你感觉怎么样？"

"不错。"

"限制条件是什么？"

"不能双脚同时离地。"

"嗯？那你不是不能跑、不能跳了？"

"而且连睡觉都要想办法把脚贴在地上。"

"呼……真惨。"

二狗摇了摇头，转身打开了窗户。

顾毅咧嘴一笑，悠悠地问道："你开窗户干吗？"

"我觉得热。"二狗愣了一下，扭头看向顾毅，"刚刚你是不是对我做了什么？"

"对不起，我就想试验一下我的能力好不好用而已啦。"顾毅耸耸肩，说道，"事实证明，你也不能随时随地保持警惕，一旦你松懈下来，我就可以很轻松地对你进行心理暗示。"

"算了，下不为例，以后不许对我用心理暗示。"

"不早了，去休息吧。"

二人互相道别。

顾毅回到了自己的房间，拿出绳子绑住脚，免得脚底离开地面，接着就坐在桌前写书。直到深夜 12 点，他实在困得不行了，这才趴在桌子上睡觉。

闭眼之前，他还不忘给自己用了一下心理暗示，让脚不会乱动。

现实世界。

果然不出郗望所料，攻略组的人根本没等到一个星期，就全都躲进了防空洞里办公。

国内不仅要对付入侵的诡异生物，更要防备周围虎视眈眈的军队。

战火已经烧到了 A 国边境，那里的居民天天都能看到国境线外列阵而过的坦克，国境线的这边大批军队集结，仿佛随时都有可能发生战斗。

B 国发生了内战，受到战火影响，前往 B 国支援的 A 国攻略组成员无法回国。

不过，目前交战双方还能保持最基本的克制，并没有伤害到攻略组的人，但谁也不知道战争继续发展下去，会有什么可怕的事情。

"唉……"

郗望眉头紧锁地叹了口气，她从小生活在和平的国家，对战争的理解还只停留在书本上。

当战争真正临近，她才发现世界上最恐怖的不是诡异力量，而是人性中的罪恶与贪婪。

"你在发什么呆？"

"呃，组长，我在想心事。"

曲康平走过来，轻轻拍了拍郜望的肩膀："你在害怕？"

"害怕？倒不是害怕，只是我很讨厌那种不可控的感觉。不过才过去三四天而已，整个世界都变成了一个巨大的战场。

"这三四天里因战争而死的人，比诡异生物咬死的人还要多。

"有时候，我甚至觉得这些人并不是因为'诡异'的影响而发动了战争，而是因为他们的内心本来就充满暴力，诡异力量不过是落在火药桶里的火星而已。

"你瞧，这一切都被我赌对了。

"我说过，这一次《诡异世界》影射的是整个人类社会，我们根本没办法在现实世界做任何改变。"

曲康平没有说话。

自从阿健死后，他就特别注重手下的心理状态。

显然，郜望这个年轻人的心理状态已经出现些许问题了。

"郜望，你很喜欢打赌对吗？"

"呃……组长，我真的没有再赌了。"

"呵，我没有责备你的意思。我就是想问你一个问题，你觉得顾毅为什么可以连续通关3次？"

"因为他有一个强大的天赋能力？"

"错，是因为他始终相信人性光明的一面。

"信念才是对抗'诡异'的最强武器。

"《诡异世界》里黑暗横行，但顾毅依然能在一片黑暗之中找到那一点点亮光。他都没有放弃，你为什么要在这里自怨自艾？"

郜望不置可否地笑了笑："行了老大，我也就是发发牢骚而已，咱们去工作吧。"

翌日清晨。

顾毅从桌上爬了起来，揉了揉肩膀。趴着睡了一夜，全身哪儿哪儿都不自在。

他简单活动了一下筋骨，便立刻去矿井里工作了。

为了有时间"摸鱼"，顾毅对监工使用了技能，让他对自己下达去办公室工作的命令。如此一来，他就可以光明正大地借用监工的办公室写小说了，按照他现在的速度，到明天早上他就能发表小说了。

下工的时间到了。

顾毅看了一下时间，按照花音提供的情报，每天傍晚6点小雪会去洗澡，这正好是个堵门的好机会。

他提前离开工位，堵在了女浴室的门口。小雪如期来到女浴室，顾毅赶紧上前拉住了她。

"你做什么？"

"跟我走一趟。"

顾毅眨眨眼睛，对小雪使用了心理暗示。

小雪露出了奇怪的表情，但她还是鬼使神差地听从顾毅的要求，来到了赌场里。坐下之后，小雪突然醒悟过来，她大吵大闹，说什么也不肯待在这儿。

"你这个诱拐犯，赶紧让我出去，不然我叫警察了。"

"我是为你好。"顾毅冷冷地说道，"今天康斯坦丁要来你们夜总会，你去了八成得死。"

"老娘就是死了，也不关你的事！"

顾毅再次对小雪使用心理暗示，终于让她安静了下来。谁知道过了不到 10 分钟，小雪又一次开始发癫了。

"放我出去，啊——"

"啊你个头！"

顾毅一掌拍在小雪的后脖颈上。小雪白眼一翻，晕了过去。

二狗默默地站在门后，尽管他知道顾毅的所作所为都是为了自己，可他还是感到心痛不已。

"她不会有事吧？"

"放心，我有分寸。"顾毅揉了揉手掌，说道，"她这一觉至少要睡到明天早上。"

【24】与变态的交锋

老板推门而出，贴心地反锁了房门。

姑娘们还不知道自己将要面对什么，脸上全都带着甜美的笑容。

"老板好。"全体员工鞠躬问好，训练有素。

康斯坦丁笑了一声，指着这群姑娘说道："大哥，不如你先选？"

"你是客人，当然是你先选咯。"

"嗯。"

康斯坦丁点点头，随意指了两个姑娘。

"你，你，过来给我倒酒。"

"是，老板。"

两个姑娘坐在康斯坦丁身边，热情地给康斯坦丁倒酒。小雪和花音叹了口气，这算不算是逃过了一劫？

大洛山靠在沙发上，在所有姑娘的脸上扫了一圈。

"你——过来。"

"我？"花音指了指自己的鼻子。

"对，就是你。"

大洛山勾了勾手指，伸手拍了拍自己身边的坐垫。

花音点点头，坐在大洛山旁边。大洛山的身上满是汗臭味，可花音不敢表现出任何不爽，全程面带微笑。

"我好像在哪儿见过你。"大洛山说道，"没记错的话，你好像在我的矿场里工作？"

"对，是的。"

"呵呵，你要不要跟我混？"

"大哥您也太看得起我了。"

花音微微一笑，男人在酒桌上说的话，从来都不能相信。

小雪见状，终于松了口气，她上前一步，低声问道："老板，那我们这些小姐妹是留在这里，还是……"

"干什么？急着走吗？"康斯坦丁说道，"你们这些人全留下，你给我跳舞，你给我唱歌，你过来陪大洛山老板喝酒。"

"是。"

康斯坦丁分配所有姑娘干活。

小雪咬了咬牙，自顾自地走到舞台上，准备放歌。

突然间，她听到了一阵银铃般的笑声，康斯坦丁居然抱着身边的姑娘放肆了起来。

"老板，老板，这里不行，痒痒……"

姑娘一边笑着，一边轻轻推开康斯坦丁。

"干什么？你不就是干这活儿的？"

"这里人这么多。"

"哟，你还会害羞？"

"瞧你说的。"

"嘿，那就喂我喝酒。"

姑娘把酒杯递到康斯坦丁的嘴边，他却摇了摇头："用嘴喂。"

"好吧。"

姑娘跨坐在康斯坦丁身上，喝了一口酒，摘下了康斯坦丁的面具。

面具下是一张俊美的脸庞，棱角分明的下巴平添了几分威严，他面带夸张的笑容，就像是在嘴巴里撑了一个晾衣架。

当啷！姑娘手里的酒杯掉在了地上。

周围所有姑娘都花容失色，全都捂着嘴巴，离开了沙发。

"神……神之子！"

康斯坦丁看着那些姑娘惊恐的表情，笑得更加开心了。他举起手里的绳子，说道："来，要不你来试试？告诉你哦，即将窒息的那一刻真的非常痛快，就像升天了一样。"

"大人，大人，您饶了我吧，我才20岁，还年轻呢。"

"对呀，年轻才要多玩玩嘛！"

"呜——"

康斯坦丁不再多言，直接将绳子绕在这姑娘的脖子上，绳子的另外一头飞了出去，在所有姑娘的头顶飞舞，直到落在小雪的头顶。

小雪脸色惨白，她还没来得及求饶，绳子就拴在了她的脖子上。

嗖！绳子猛然缩短，两个被拴着脖子的姑娘被拉到了包厢的正中间，绳子的中段还挂在房梁上。

如果小雪的脚落在地上，另外一个姑娘就会被吊起来，而如果另外一个姑娘的脚落在地上，小雪也同样会被吊起来。

两个人就像是在坐跷跷板一样，在康斯坦丁的操纵下，一个上去，一个下来。

"住手！"

一个声音打断了康斯坦丁。

康斯坦丁回过头，发现花音正直勾勾地盯着自己。

"怎么了？"

"你觉得这样很有意思吗？"

"呵……难道你不觉得吗？"

"并不觉得，这样一点意思都没有。"

花音的心脏怦怦直跳，可从她的脸上却丝毫看不出紧张。

这个康斯坦丁绝对是个变态，他把所有姑娘留在这里，就是为了把她们全部虐杀。如果自己不站出来，那就只有死路一条了。

"你知道上一个这么跟我说话的女人在哪儿吗？"康斯坦丁指着脚下，说道，"她的骨灰被我烧成了砖。"

康斯坦丁的眼神好像能吃人，那仿佛撑了个衣架的嘴巴，让花音如坠冰窟。

伸头一刀，缩头也是一刀。与其坐以待毙，不如奋起反抗。

"既然你打扰了我的娱乐，那就让你来给我开心开心吧！"

绳子松开了小雪，接着又像毒蛇一样缠上了花音的脖子，周围的姑娘们发出一声声尖叫。花音与周围的环境格格不入，她神情淡定，始终没有表现出一丝一毫的恐惧。

康斯坦丁感觉自己的威严受到了挑战，他收起了笑容，慢慢收紧了绳子。

见此情景，花音不仅没有害怕，反而更放下心来。

康斯坦丁享受的是女人临死前的惊恐表情，如果自己表现得淡定一些，他就会感到屈辱。

这无疑是一步险棋。

谁也不知道屈辱会让康斯坦丁大发雷霆，还是会让他对花音更感兴趣。

不过，花音已经没的选了。

逃，逃不掉；打，打不过。只能拼一拼！

花音的脸色逐渐变得苍白，不过她依然面带笑容，用尽全身的力气从牙缝中挤出一句话："弄死我，你可就少了很多快乐呢。"

康斯坦丁注视着花音的双眸，那双眼睛里有着怜悯，甚至可以说是不屑。就好像花音是吃着上等新鲜牛排的高级公民，而自己则是喝着腐臭的牛杂汤的低级贱民。

花音突然感到脖子上的绳子松开了，她的心脏依然在怦怦地跳，连手指头都在不停发抖。她将双手背在身后，昂首挺胸，依然保持着优雅的姿态。

"快乐？"康斯坦丁笑道，"你能给我带来多大的快乐？"

花音沉默了一会儿，她想起了那句提示——"文字是有力量的"。

康斯坦丁一世喜欢故事，那么三世会不会也是如此？

"快乐有很多，比如故事。"花音说道，"喜欢故事是刻在人类基因里的本能。"

"这句话很耳熟啊，我的祖父经常挂在嘴边。我从小听过无数故事，市面上的所有小说我基本上都看过，并没有哪个故事能真的给我带来快乐。"

康斯坦丁轻蔑地冷笑一声。

他们家族喜欢听故事，这是尽人皆知的事情。不过正因为他们听过的故事太多了，一般的故事已经很难让他们感到兴奋了。

本来康斯坦丁还以为花音能说出什么惊世骇俗的话，没想到居然是这句。

"我的故事和他们的不一样。"

"我只给你一句话的机会。"康斯坦丁竖起一根手指，"如果你说完一句话不能让我产生兴趣，那么我立刻就杀了你。"

花音闭上眼睛，后背冷汗直流。

现在，她就像是《一千零一夜》里的女主角一样，每天要给国王讲一个故事，一旦故事讲得不够精彩，自己第二天就得被砍头。

"怎么，说不出来了？"

"有。"花音睁开眼睛，"我的师父临死前给了我一本秘籍，我打开之后才发现，那不是秘籍，而是一张春宫图。"

康斯坦丁突然瞪圆了眼睛，就连从来不爱听故事的大洛山也转过头来，好奇地看着花音。

"然后呢？"

"你想继续听吗？"

"说下去，这似乎有点意思。"

"把我的姐妹都放出去。"

"你每说一句，我就放一个姑娘出去，但只要有一句话我不满意，我就会杀了你。"

"现在我已经说完一句了。"花音指着地上的小雪，说道，"你先让她出去。"

"行，你可以出去了。"

小雪点了点头，从地上爬了起来。

可是她却站在门边，始终不敢离开，也不知道是担心花音，还是好奇故事的后续发展。

康斯坦丁给自己倒了一杯酒，笑着说道："继续说吧。"

花音深吸一口气，接着讲述："师父快死了，临死前他把小瓜和大师兄叫到床前，分配遗产。大师兄得到了师父的令牌，继承了门派。而小瓜则收到了师父的秘籍。

"谁都知道，小瓜是一个练武的蠢材，连剑都拿不稳，但师父还是把那本秘籍交给了他。

"在给师父守孝的时候，小瓜打开了秘籍，却发现手中的秘籍居然是一张春宫图。"

康斯坦丁双眼放光，用手指叩了叩桌子，说道："别卖关子，继续往下说。"

花音用眼神示意周围的小姐妹离开，谁知道她们一个个都站在原地，竟然没有一个人想走。无奈之下，花音继续往下讲述："这天晚上，大师兄来到小瓜的房间，询问秘籍的情况。

"大师兄问：'小瓜，你能把秘籍借我看看吗？放心吧，我只是看一下，看完就还你。'

"小瓜摇摇头，答道：'大师兄，你都已经结婚、有孩子了，这本秘籍给你有什么用呢？'

"大师兄点了点头，原来这本秘籍必须以处子之身修炼，难怪师父没有把秘籍留给自己。

"小瓜得到秘籍的消息不胫而走。

"这天，小师妹来到小瓜的房间，也希望借阅秘籍。

"小师妹道：'小瓜师兄，你已经在练师父给你的秘籍了吧？'

"小瓜点了点头。

"小师妹道：'那你能教教我吗？'

"小瓜：'你想学？'

"小师妹用力地点头。

"小瓜：'那行吧，你躺到床上。'

"小瓜说着，伸手要去解小师妹的衣服。小师妹花容失色，一巴掌抽在小瓜的脸上。"

"嘿嘿嘿……有趣……"

康斯坦丁开心地拍了拍手，这么有戏剧性的故事，他还是第一次听。不过，更关键的是花音讲故事的节奏实在太好了，让人忍不住沉浸其中。

"我已经说了好几句了，你是不是应该把所有姑娘都放了？"

"放放放，都可以放，只要你把故事给我讲完就行。"

"好，我接着往下讲。"

花音清了清嗓子。

"因为调戏小师妹，小瓜被大师兄关进了后山的禁闭室。就在小瓜被关的第二天，一封信送到了大师兄的手里。

"信是江湖第一飞贼——鼓上蚤寄来的，他说自己已经盯上了门派秘籍，今天晚上就要取走。

"大师兄立刻安排所有人将山门团团围住，连一只苍蝇都不许放进去。小瓜关禁闭的房间附近也埋伏了十几个明哨和暗哨。

"夜里，小瓜起床尿尿，却发现门外传来一阵刺耳的沙沙声。他走出房间一看，一个蒙面的黑衣人正站在墙头。

"院子里，自己的师兄弟全都躺在地上，昏睡不起，显然这些都是那个黑衣人干的。

"黑衣人道：'你就是小瓜？'

"小瓜完全不知道这是怎么回事，只是默默地点了点头。

"黑衣人道：'你可真是够胆大的，连我鼓上蚤也敢耍？你居然把春宫图当成秘籍？'

"啪！鼓上蚤把秘籍丢出去，砸在小瓜的脚边。

"听到江湖第一飞贼的名号，小瓜吓得连大气都不敢出，表情僵硬无比。

"然而，这在鼓上蚤看来，是小瓜对自己的轻蔑与不屑。

"鼓上蚤咬牙切齿道：'果然是英雄出少年啊。你放心吧，我鼓上蚤好歹也是一号人物，什么东西我只会偷一次。你们破剑山庄，我以后不会再来了。'

"鼓上蚤腾飞而去。小瓜捡起地上的秘籍，贴身藏好，再也不敢拿出来了。鼓上蚤走空的消息不胫而走。大家都说，破剑山庄出了一个绝世高手。

"小瓜不过是一个蠢材，却能戏耍第一飞贼，靠的全是破剑山庄的秘籍，因此大家全都把目标放在了破剑山庄。

"听到这个消息，小瓜更是有苦说不出，现在就算他说自己的秘籍是春宫图，也没有人会信了。

"这一天，破剑山庄遇到了千年一遇的难题。

"隔壁玉龙派的高手们齐齐上山踢馆，指名道姓要跟小瓜单挑，可是小瓜到现在为止连剑都拿不稳，他又该如何应战？"

花音的故事戛然而止。

康斯坦丁捏着酒杯，焦急地问道："然后呢？"

"没了。"

"怎么可能？他要怎么对付踢馆的人？他会不会逃跑？"

"我的意思是，今天没了。"花音笑着说道，"等下次见面的时候，我们再聊。"

"你要是不告诉我后面的故事，我就把你的头拧下来。"

"把我的头拧下来，你就听不到后面的故事。我可以向你保证，这个世界上没有第二个人知道故事的结局。"

康斯坦丁放下酒杯，哈哈大笑。之前他还是一副要吃人的样子，现在倒开心得像个孩子。

花音在心中苦笑，这种喜怒无常、难以捉摸的人，才是最难对付的。

"好，很好。你确实给了我不少惊喜，你把手伸过来。"

花音看了看身边的姐妹们，她们也都是一脸蒙，不知道康斯坦丁到底是什么意思。

大洛山咧嘴一笑，从沙发上站了起来，手搭着花音的肩膀："别紧张，神之子要给你赏赐。"

"嗯。"

花音走到康斯坦丁身边，将信将疑地伸出了右手。

康斯坦丁用手指在花音的手腕上划了一道，她的刑期立刻减少了200万年。按照规则，只要她去申请一个属于自己的事务机器人，就能成功晋升为二等公民了。

周围的姐妹们羡慕地看着花音，就连花音也没想到自己居然真的打动了康斯坦丁。

"今天小爷很开心。"康斯坦丁靠在沙发上说道，"你们可以出去了，我要和大洛山老板谈一些事情。"

"你们出去吧。"

大洛山赶走了姑娘们，他轻轻拍了拍花音，在她的耳边说道："明天早上，到我的办公室来找我。"

"是，大老板。"

花音点点头，赶紧低着头走出了包厢。

"花音你好厉害。"

"太谢谢你了。"

"没有你，我们可能都得死在里面了。"

姐妹们把花音围在中间，兴奋得哭花了妆。

花音劫后余生，也是一副懵懵懂懂的样子。如果没有顾毅的推理、丹尼斯的情报，自己绝不可能在这次危机中幸存。

她的耳边响起了系统的提示音：

"你通过自身的努力摆脱了危机。

"你感到精神畅快。

"你的天赋能力'虫巢思维'等级提升，你可以从以下3个选项中选择1项奖励。

"1. 虫巢空间的持续时间增加30分钟。

"2. 你可以在没有通信工具的情况下使用虫巢思维，精神力消耗翻倍，但持续时间只有10分钟。

"3. 虫巢思维的冷却时间减少一半。"

花音看着3个强化选项，默默思考了一会儿，最终选择了第二个选项。

虫巢思维最大的缺点就是必须在有通信工具时才能使用，去除了这个缺点，技能的实用性会极大提升。

如果遇到危急事件，还可以把自己拉入虫巢空间，以获得10分钟的缓冲，并与其他冒险者商量对策。

小雪拉着花音的胳膊，轻轻拽了拽。

"你在发什么呆？"

"没事。"花音摇了摇头，笑着看向小雪，"你有事？"

"刚刚那个故事你是从哪儿听来的？"

"我瞎编的。"

"你怎么这么厉害？"

"厉害个屁，那些人没什么见识罢了。"

"那接下来故事会怎么发展？"

"我只比你早 3 分钟知道剧情。"

花音擦了擦额头的冷汗，抬头看了一下时间。

再过几分钟就是晚上 10 点了，应该来得及。

另外一边。

丹尼斯带着二狗来到了夜总会。

9 点一到，一辆改装过的汽车停在了夜总会门前。

二狗双眼一亮，想也不想就说道："这是大洛山的车子，他肥得跟头猪一样。"

本来二狗对丹尼斯的情报半信半疑，他始终觉得丹尼斯不太能信任，但是一听到女儿可能身陷危险，他就忍不住跟了过来。

车门打开。

大洛山和一个年轻人从车里走了下来，那个年轻人戴着一张面具，看不清容貌。

不过二狗对康斯坦丁家族的人实在太熟悉了，他只是看了一眼背影，就认了出来。

"真的是那个变态！"

二狗用力握紧了拳头。

丹尼斯赶紧走了过来，捂住了二狗的嘴巴："你的声音太大了。"

"滚开。"二狗拍开丹尼斯的手，"又不是你的女儿在里面。"

"你别冲动。"

"我怎么能不冲动？"

二狗从怀里掏出匕首，藏进了袖子里，他抬头一看，一个警务机器人正朝着他缓缓走来。二狗用匕首割破手指，瞬间消失在原地。

【25】埋伏

"他用黑魔法了。"

丹尼斯赶紧走出掩体，朝着夜总会的方向跑去。

这一次的埋伏行动，容不得一点闪失。

按照计划，警察会在二狗潜入夜总会之后立刻实施抓捕，瓮中捉鳖。

康斯坦丁和大洛山早就提前收到了消息，今天来夜总会的只是康斯坦丁的替身而已。二狗虽然熟悉康斯坦丁，但他如果看不见康斯坦丁的脸，也是没有办法分辨真身假身的。

大洛山知道这是一个在神之子这里刷好感度的机会，所以自告奋勇当了诱饵，配合警察一起伏击二狗。

丹尼斯的工作就是掩护警察，并且确保二狗会在正确的时间看见诱饵。

不过，二狗的急切也实在是出乎丹尼斯的预料。

一旦涉及女儿的事情，这个男人就会变得冲动易怒，完全没有平时谨慎狡诈的样子。

丹尼斯刚刚走出掩体，想和警察联系，却突然感到胸口一凉，他低头看去。

刀尖捅穿了自己的胸膛，伤口正在汩汩地往外淌血。

"早就看你不对劲了。"二狗说道，"你们太狠毒了，居然拿我的女儿做诱饵？"

"喀喀——"

丹尼斯咳出一口血沫，二狗伸手捂住他的嘴巴，将他拖到路边，随手丢进了垃圾箱。

在丹尼斯向自己通风报信的那一刻，二狗就已经有所怀疑，当他看见大洛山高调地带着康斯坦丁出场时，就确定这是一个陷阱了。

首先，大洛山和康斯坦丁都是高级公民，绝对不可能来这种低档的夜总会，就算要来也一定会避人耳目，绝对不会如此高调。

其次，小雪是自己女儿的事情，不可能有人知道。

受到规则制造器的影响，这个世界不会有外人注意到小雪是自己的女儿。只有同样拥有入殓师传承的人或是神之子，才可能打破这种认知障碍。

丹尼斯能说出自己的女儿是小雪这件事情，本身就很可疑。但为保险起见，二狗还是跟着丹尼斯走了过来。

令他没想到的是，康斯坦丁真的来了，并且还配合警察设下了埋伏。丹尼斯恐怕早就知道小雪身份的事情，肯定是康斯坦丁告诉了丹尼斯。

上面的人果然要对自己动手了。

二狗拿出手帕，擦了擦匕首上的鲜血，望着面前的夜总会怔怔地出神。

这已经是大大方方的阳谋了：

不来，你女儿要死；来，你可能要死。

二狗走到了夜总会的大门前，两个保安拦住了他。

"这里不是你这种低级公民该来的地方。"

"滚开！"

二狗赏了保安两巴掌，义无反顾地冲进了夜总会。

夜总会的打手们纷纷站了出来，大门此时也被重重地关上。二狗看了看周围，墙壁上闪烁着繁复的符文和空间定位干扰器。

看来警察似乎已经知道自己会使用旅者星人的技能了。

到底是谁泄露了秘密？自己应该从来没有在外人面前用过这招才对呀！

"摊牌了。"二狗冷冷地说道，"我就是陈泽宇，放了我女儿。"

咚咚！大洛山迈着沉重的步子走了过来，康斯坦丁的替身也站在他身边。

"呵呵，你不是已经死了吗？"

"但我又从地狱里爬出来了。"

"既然如此，那你就跟我走吧，不然别怪我们无情。"

"你敢？"

二狗摸出手枪，瞄准了大洛山。

大洛山双眼瞪圆，不慌不忙地从身后拉出了一个人，正是二狗的女儿小雪。

小雪望着二狗黑洞洞的枪口，眼里满是震惊。

"来，开枪啊。"

大洛山发出咯咯的冷笑。

假扮成员工的警察一窝蜂地冲了上来，二狗弹无虚发，将最近的两名警察爆头。

大洛山正在感慨二狗的枪法，然而下一秒他就发现，二狗已经冲到了自己面前。

二狗的手臂如同幽灵一般穿过了大洛山的手臂，从他的怀里抢走了小雪。

"什么鬼东西？"大洛山暗骂一声，像石墩一样朝着二狗扑了过去。

然而，这招对二狗根本没用，二狗还是像幽灵一样不可触碰。

砰！又是一声枪声响起，大伙儿扭头看去。

替身的面具碎成了八瓣，脑袋上还多了一个弹孔。

二狗看见替身露出了真面目，立刻发现自己杀死了一个假货。

"狗东西，居然骗老子！"

二狗收起手枪，用匕首割向手腕。

这一次，他几乎把整个手腕连根斩断，夜总会里的干扰器实在太多了，他必须献祭更多东西才能发动旅者星人的秘术。

"他要跑了。"

"快开枪！"

"没用的。"

大洛山终于看明白了二狗法术的原理。

此刻，他既处于夜总会，又不处于夜总会，这是旅者星人的小把戏。他们可以把空间像是折纸一样折叠，普通人根本没办法施展这样的法术。

"噗——"

小雪躺在二狗怀里，耳朵里流出一条血线，嘴里也在胡言乱语着。

二狗吓得脸色惨白，他知道这是小雪承受不住空间穿梭的压力，精神开始崩溃了。

"别听那些声音！"二狗大声说道，"爸爸会带你逃跑的，一定会带你逃出这里的！别死，别死！"

二狗降低了魔法输出的效率，他的身体也从透明逐渐变得清晰起来。

"趁现在，开枪！"

大洛山发现了二狗的变化，立刻指挥警察动手。

此刻，他们已经顾不上活捉二狗的命令了，当场击毙总比放虎归山要好！

二狗用身体包裹着小雪。子弹并不是每颗都能起效果，20颗子弹里只有1颗子弹能击中二狗，但这么多子弹打下来，也足够让二狗喝一壶了。

鲜血飙射，二狗跪在地上，已经变成了一个血葫芦。然而，他的身体又一次变成了透明的，显然他就要离开这里了。

"该死，快动手啊！"

咣当！一声闷响传来。二狗的身后凭空出现了一块板砖，瞬间给二狗的脑袋开了瓢。

大洛山定睛一瞧，发现那拿着板砖的虚影竟然是丹尼斯。

二狗和小雪的虚影同时消失。

众人推开夜总会的大门，竟然在不远处的垃圾箱旁找到了浑身是血的二狗和小雪，丹尼斯扶着垃圾箱站着，脸色惨白如同恶鬼。

"刚刚是你干的？"

"是我。"丹尼斯淡定地说道，"我找到了二狗传送的落点，提前干掉他了。"

二狗缓缓睁开眼睛，怨毒地看着丹尼斯。

谁能想到，自己已经将丹尼斯捅了个对穿，他居然还没死。如果不是为了照顾女儿，他不可能只会传送这么近的距离！如果不是那些警察如此狡猾！如果不是丹尼斯这个二五仔的背叛！如果不是使用规则制造器需要付出该死的代价！如果不是这些、那些……

"我怎么可能输……"

二狗愤恨地说着，终于闭上眼睛，晕死过去。

警察们一拥而上，抓住了二狗，将其五花大绑。

丹尼斯捂着胸口，蹲在地上。

"你没事吧？"警务站站长走了过来，扶着丹尼斯的肩膀。

"没事，我很好。"丹尼斯淡定地点了点头。

僵尸体质的防御力实在太强了，尽管丹尼斯的肺叶和心脏都受到了重创，但他依然可以自由活动，不受影响。

呼吸对僵尸来说是没有意义的，僵尸的心脏跳动速度也远远慢于正常人，所以哪怕心脏停跳半个小时，他也可以存活下来。

"你的胸口都被刺穿了。"

"没关系。"丹尼斯摸了摸自己的伤口，"血流得不多。"

站长看了看丹尼斯的伤口，他的血液呈黑色，流动的速度就像是勾过芡的番茄汤，完全不像常人。不过，考虑到丹尼斯曾经是高级公民中的改造人，站长也就释然了。

丹尼斯坐在路边等待救援。

在二狗被送上警车的那一刻，丹尼斯的耳边响起了系统的提示音：

"恭喜你成功帮助警察抓捕二狗。

"你在抓捕中起到了关键作用。

"你的剧情探索度提升。

"目前剧情探索度为13%。

"你的天赋能力'僵尸体质'等级提升，你可以从以下3个选项中选择1项奖励。

"1. 你的体力翻倍，但精神侵蚀抗性减半。

"2. 你可以通过食用腐肉、生肉治疗外伤。

"3. 你可以对敌人喷射尸毒，但你会随时散发恶臭。"

丹尼斯坐在路边想了一会儿。

第三个选项是他第一个排除的，在这个副本里魅力也是一个重要属性。如果自己浑身散发恶臭，这会影响自己和NPC的交流，十分不方便。

只要能成功在警察阵营站稳脚跟，弄到武器防身根本不是问题，学会一门主动伤害的技能并不是关键。

第一个和第二个选项是需要考虑和选择的。

在这个世界里，精神侵蚀并不多。如果自己的体力翻倍，抗击打能力和恢复力都会上一个台阶，这可以最大限度地发挥僵尸体质的特性。

不过，这同时也放大了僵尸体质的弱点，假如下一个副本世界是以精神侵蚀为主的世界，那么自己的生存能力将极大降低。

相较之下，第二个选项的泛用性更广，也更适合自己目前的情况。

"我选第二个奖励。"

丹尼斯在心中默念，不一会儿他感到肚中饥饿，就连嗅觉都强化了不少。他看了一眼二狗洒在地上的鲜血，舔了舔嘴唇。

趁着大伙儿不注意，他用指头蘸了一点二狗的血，放进嘴里尝了一下。

“好像还不错？”

不一会儿，救护车过来了，丹尼斯被医生抬上了车。

医生看见丹尼斯的伤口之后，全都吓傻了。从伤口的缝隙中就可以看见裂开的心脏，心脏已经停跳了，可丹尼斯依然转动着大眼珠子。

“见鬼了？”

医生摸了摸丹尼斯的鼻子，发现这小子居然没有呼吸。

“别摸了。”丹尼斯拍开医生的手，“我本来就没有呼吸。”

“你是怎么做到的？”

“我是改造人。”

“唑……那你为什么还是个低级公民？”

“说来话长。你们能给我弄点生肉来吗？”

“哈？”

“伤口简单缝一下就可以了，你们给我弄点生肉来，我就可以自愈了。”

“呃……先去医院再说吧。”

救护车很快来到了附近的医院，在丹尼斯的再三坚持下，医生只给他进行了简单的包扎和缝合，接着拿了一块生牛排送到了他的病房里。

丹尼斯两三口吃完了牛排，虚弱的感觉立刻消失了。

医生走到病床边，拿起账单说道：“你一共需要支付 3 万年刑期。”

“我是工伤。”

“抱歉，我们查了你的 ID，你只是低级公民，没资格用工伤保险。”

丹尼斯低声骂了一句，极不情愿地支付了。

伤口很快恢复，丹尼斯看了一眼时钟，现在刚好是晚上 10 点。

医院的走廊里传来电话铃声，响了半天也没人接，丹尼斯知道这是花音叫他开会的讯号。丹尼斯跳下床，走到护士站，在众人好奇的眼神中拿起了听筒。

嗞嗞嗞——顾毅拿起听筒，耳边传来电流声，再次睁开眼睛时，他又一次来到了花音的虫巢空间。

花音看了一眼丹尼斯胸口像蜈蚣一样的伤疤，吓得花容失色。

“天哪，你受伤了？”

“小事情。”丹尼斯摸了摸胸口，说道，“这些伤在离开《诡异世界》之后就会消失的，不用在意。”

顾毅闻言挑了挑眉：“很凶险？”

“倒也不是很凶险……”

丹尼斯事无巨细地说了一遍他们伏击二狗的过程。

顾毅认真地听完，询问了一些细节。

“二狗的女儿最后怎么样了？”

“听说变成了植物人，她无法承受穿越时空的压力，脑组织严重受伤。”

“这是二狗获得力量的代价，无论他怎么努力，女儿最后都会离他而去，这一切都是规则的影响，冥冥之中决定了人物的命运。”

顾毅叹了口气，将二狗能力的秘密说了出去。但看着丹尼斯和花音一副似懂非懂的样子，顾毅也就懒得继续解释了。

显然，这两人虽然也是冒险者，但他们依然不能消除入殓师留下的认知障碍。

对于二狗的所作所为，顾毅感到非常惋惜。

他为了让所有瓦棚人恢复自由而使用规则制造器，抛弃了自己的家庭、自己的自由，但他在危急时刻却选择放弃了自己的生命，想要救回女儿。

结果呢？他既没有救下女儿，也没有救下自己，更没有救下全体瓦棚人。

一边是家人，一边是全体瓦棚人的自由。

二狗在毕业之后又一次遇到了电车难题，他总想着鱼和熊掌兼得，导致最后哪边也得不到。

他不像顾毅一样有机会一遍遍尝试，所以他最终一定会一无所得。

"算了，丹尼斯的路线先不聊了。"顾毅看向花音，"花音，你来说说吧，小雪成功保住了吗？"

第三章
新规划

【26】新的任务规划

"说起来还真够危险的，一旦进了夜总会，你就和奴隶一样，根本没办法离开了……"花音简明扼要地讲了一下自己的攻略过程。

当听到花音利用一个故事，让那个变态放弃杀人时，顾毅和丹尼斯都发出了感慨。

"这样也行？"

"你可真聪明。"

"我也就是瞎猫碰上死耗子而已。"花音摸了摸后脑勺，说道，"哦，我想顺便问一件事情。顾先生，你是怎么把小雪从夜总会里带出来的？"

"绑架。"

"那可能会有些危险啊。夜总会的老板可凶了，而且他手下有好多打手，我看他们好像还有手枪。他把自己手下的陪酒女郎都当成了奴隶和商品，你这样把小雪掳走，万一遭到他的报复……"

顾毅摸了摸下巴，说道："我已经在二狗的地盘上了，而且我还可以无视规则，尽情使用技能，所以基本上不害怕有人会报复我，这点不用担心。另外，我已经完全获得了二狗的信任，可以为你们挖掘出更多信息了。"

花音道："那接下来我们的任务是什么？"

"你们都已经获得了升级为二等公民的机会，接下来的任务，当然是尽快升级。

"大洛山不是向你抛出橄榄枝了吗？

"那你正好可以借此机会获得提升，你可以以照顾小雪为由，把她带在身边。她是你的人质，有她在你身边，二狗就不敢对你做什么过分的事情。

"其次，你在陪酒的时候获得了康斯坦丁的好感，大洛山招揽你八成就是想利用你去和康斯坦丁套近乎，你要继续发挥你的才能。

"如我所说，你是最可能接触到高级公民的人，高层的情报就需要你去搜集了。"

花音点点头。

顾毅说完，继续看向丹尼斯："你现在身体状况如何？"

丹尼斯摸了摸自己的伤口，淡定地说道："我拥有僵尸体质，生存能力极强。就算我的脑袋掉了，我也能像小强一样活3天。但是缺点就是我不能吃正常的食物，而且对精神侵蚀没有多少抗性。

"可能是为了让我的技能来源合理，系统给我安排了一个改造人的身份。我也偷偷调查了一下所谓的'改造人'，但暂时没有任何结果，这应该是高级公民才能接触的。

"我这次完成了任务，回去以后站长一定会安排我升级的，在这之后我该做什么？"

顾毅点了点头，竖起了两根手指。

"我给你设定两个目标。

"第一，在升级成二等公民之后，一定要想办法待在警察队伍里。

"第二，想尽办法在警察队伍里搜集情报，主要围绕着两个方向：

"一是'陈泽宇'过去 20 年的判罚记录。

"二是'顾毅'过去 20 年的判罚记录。"

"等等，你的名字不就是顾毅吗？"丹尼斯好奇地问道，"另外，陈泽宇是谁？我错过了什么剧情吗？"

"陈泽宇就是二狗，不过陈泽宇在瓦棚已经死掉了，所以他不得不用二狗这个名字。

"在我进入这个世界之后，我继承了上一个副本的人际关系和社会名望，陈泽宇是我在上一个副本世界里的舍友。

"令我感到意外的是，我并没有完全顺着上个副本世界的时间线走下来，而是失去了整整 20 年的时间。这 20 年里，我和陈泽宇都发生了翻天覆地的变化。

"消失的 20 年可能关系到整个副本背后的真相。

"你如果可以混进警察阵营，调查这些事情会比我们轻松许多。"

丹尼斯道："光知道名字也是没用的，在这个世界里名字和 ID 是两个东西，我在警务站只能用 ID 查东西。"

"没错，这正是我想说的。事实上，这也是我感到疑惑的地方，大家把自己的名字保护得非常好，似乎比自己的命还重要。

"我曾经在一次推演中说出了自己的名字，结果导致我在睡梦中就被人杀死了。

"对此，我对名字和 ID 的推测是：

"1. 名字是每个人的本命。

"如果失去了名字，那就等于失去了生命，因为别人随时随地都可以杀死你。

"2. ID 是'不可言说'对公民刻下的钢印。

"'不可言说'就是通过 ID 对公民进行管理和控制，对它来说，使用 ID 可以更好地管理户籍、推行公民等级制度。

"瓦棚的很多事务都是用机器人和 AI 完成的，对于这些机器人来说，用 ID 确实比用名字更容易识别一些。

"单单知道名字确实会加大调查的难度，但这也是没办法的事。

"具体该如何操作，我也说不清。

"我这边也会和二狗多交流，看看能否挖掘出那消失的 20 年到底发生了什么。我们双管齐下，效率一定会更高。"

"我明白了。"

丹尼斯点点头，对顾毅的安排已经非常信任了。

在这个绝望的世界，有顾毅这样的资深冒险者带队，能让他们少走很多弯路。

"嗯……就这样吧，祝愿大家都可以成功通关。"

"加油！"

大伙儿再次确认了一些计划的细节，时效结束后一起退出了虫巢空间。

顾毅睁开眼睛。

一个警察站在他面前，手里还拿着一根电话线。

"臭小子，我都把电话线掐断了，你还拿着话筒做什么？"

"我在玩过家家，违法吗？"

"呃……好像不违法。"

顾毅冷笑一声，离开了警务站，来到赌场后院。

二狗坐在天井下发呆，身后的屋子就是小雪的屋子。

"她还没醒？"

"嗯……"

"你说夜总会的人会过来吗？"

"不清楚。"二狗说道，"你放心好了，只要我还在赌场，他们就不敢派人来。"

"我当然对你很放心。"

二狗想推门进去看看小雪的情况，但又没有胆子，只得求救似的看了一眼顾毅。

"唉，要不我进去？"

"嗯……麻烦你了。"

顾毅耸耸肩，推门走进小雪的房间。

她还闭着眼睛，但顾毅敏锐的精神力告诉自己，小雪已经苏醒了。

"你在装什么？睡醒了还不吱声？"

"你们为什么要绑架我？"小雪也不装了，干脆睁开眼睛，对顾毅破口大骂，"你这个臭男人，居然敢打我？"

【27】青春叛逆

顾毅瞪了一下眼睛，对小雪使用了心理暗示，小雪立刻闭上了嘴巴。

"不管怎么说，我和你爹可是一个辈分的，你得叫我叔叔，懂吗？"

"哼。"小雪低下头，轻轻哼了一声。

"就算你是我叔叔……你凭什么把我的手脚都绑起来？有你这样做事的吗？"

"这是为了防止你乱跑。"

"你分明是绑架。"

"等明天你就知道了。"顾毅淡定地说道，"明天你就明白，我和你爹到底有没有骗你。安心睡觉吧，老是敲晕你，你也不舒服，对吗？"

"哼。"

小雪闭上眼睛，转身面对墙壁。

顾毅走出房间，与二狗对望一眼。两人默契十足地摇了摇头，异口同声地说道："青春期……"

二人又对望了一眼，苦笑了一声。

"二狗，我有事情想请你帮忙。"

"不用这么客气，你先说是什么事。"

顾毅耸耸肩，说道："我创作了一个故事，我想让你帮我发表。"

"发表小说至少要成为二等公民。"

"等级对你来说有意义吗？"

二狗愣了一下，说道："虽然没有意义……但你出书是为了什么？"

"为了想办法打败'它'。你没有听过一句话吗？"

"什么？"

"文字是有力量的。"

二狗沉默片刻，若有所思地点点头。

"对了，你刚刚想对我说什么？"

"没什么。"二狗摆摆手道，"出书的事情，我需要一天时间准备，你明天晚上来找我。"

"哦。"

二狗转身离开，走出了赌场。

顾毅回到自己的房间，像昨天一样绑住自己的脚，趴在桌子上写作，直到渐渐睡着。

现实世界。

短短一天，世界格局就已经发生了天翻地覆的变化。

首领保持着克制，只做最基本的抵抗，绝对不主动进攻。人们渐渐被诡异力量侵蚀，思想变得极端起来。

"诡异"入侵的事件越来越多，警察快忙不过来了。

攻略组暂时放下了研究《诡异世界》副本的事情，转而帮助警察维持最基本的社会秩序。

"欸，都不要抢，一个个来！"

郗望踩着台阶，将战时物资发放给每一个受难的居民。

前天，帝都遭遇了空袭，一大拨民众失去了生命和家园。一旦战争发动，人类就会失去理智。

在敌人眼里，可没有平民和军人之分，只有活人和死人之分。他们在居民区投放炸药，毁掉了这个曾经最繁华的城市。

曲康平带着另外一支队伍，在帝都建立诡异力量的防御工事，以防敌人彻底失去理智，使用那些极度危险的诡异武器。

他们吸取了上次的教训，帝都监狱也成了重兵把守之地。

一旦战火烧至此处，释放了那些危险的囚犯，除非丢核弹，否则谁也不能阻止这些疯子。

"呼……"郗望靠在椅子上，擦了擦额头上的汗水。

监视器里，顾毅还趴在桌子上睡觉，而郗望等人已经两天两夜没合眼了。

"对不起呀，顾毅。"郗望无奈地说道，"我赌5毛，再过20天，你要是还不能通关副本，蓝星就要没了呀。"

郗望从怀里掏出5毛硬币，放在监视器前。

"希望这次，你能赌赢。"

翌日清晨。

一阵喧闹声吵醒了顾毅，他抬起头来看向窗外。

外面的天刚蒙蒙亮。

一群拿着棍棒的家伙堵了赌场大门前，他们身上穿着统一的西装，一看就来者不善。

"开门!"

"把人放出来!"

顾毅立刻清醒了一半,他赶紧闭上了眼睛。

推演开始!

你从凳子上站了起来。

你被绊倒了。

你这才想起自己没有解开腿上的绳子。

你松开绳子,快步走出大门,站在那群打手的面前。

你:你们是来干吗的?

打手:我们查到你绑了我们的小姐,我们是来要人的。

你瞪了一眼众人,发动了心理暗示的技能。

打手们纷纷露出恐惧的表情,不自觉地放下了手中的棍棒。

一个高大的中年男人从队伍里走了出来,命令所有打手重新拿起武器。

男人:捡起来!

你:滚出去。

打手们听到你的话,纷纷四散躲开。

男人大骂一声。

三四个事务机器人飞了过来,将打手们团团围住。

男人:你们敢不听我的话?想变成肥料吗?

你看了看男人。

他的精神力要比打手们强很多,你的心理暗示对他效果有限。

他身上的衣服看上去更昂贵,而且他能使用事务机器人,至少也是二等公民,说不定他就是夜总会的老板。

你:快离开这里,这是我们的地盘。

男人:你算哪根葱?把二狗叫出来。

你:我不知道他在哪儿。

你摇了摇头。

男人:你没资格和我聊天。小雪,小雪你在哪儿?我接你回去!

咯吱咯吱——

你听见小雪的房间传出声音。

小雪竟然自己撞开了窗户,大声呼救。

小雪:我在这里!救救我!

你气愤得差点咬破嘴唇。

你:停下!

你拦在男人面前。

你和男人扭打在一块儿。

事务机器人飞了过来,对你放射高压电。

机器人:你触犯了A-009号公民守则,将被处以100年刑期⋯⋯

你回忆了一下A-009号守则,内容是禁止对高级公民使用任何暴力。

你全身麻痹。

男人对你拳打脚踢,事务机器人在旁边,对着男人说话。

机器人：你触犯了 B-009 号公民守则，将被处以 10 年刑期。

你回忆了一下 B-009 号守则，上面写的是禁止对低级公民使用暴力。

同样是使用暴力，一个会被电击，处以 100 年刑期，另一个却只是不疼不痒地被罚 10 年刑期。

男人：我给你 100 年，等我揍够这人再说。

男人踩着厚底皮鞋，对着你的脑袋猛踹。

你眼冒金星。

你失去了意识。

你终止了推演！

"这蠢女人，她到底是站在哪边的？"顾毅暗骂一声，幸好自己提前推演，这才发现小雪就是个彻头彻尾的二五仔。

难道当一个陪酒女郎对她来说吸引力就那么大？即便要死都不放弃吗？

顾毅再次闭上了眼睛。

推演开始！

你推门而出，绕过打手们，直奔小雪的房间。

你推开房门，发现小雪正在挣脱捆绑。

你立刻使用心理暗示，让小雪安静了下来。

门外传来嘈杂的脚步声。

你发现小雪的表情有些奇怪。

你赶紧走上去，抓住了小雪的胳膊。

你：跟我走。

小雪：做什么？

你：外面有人要抓你，我带你去一个安全的地方。

小雪：抓我？是夜总会老板来了？

小雪张开嘴巴想要呼喊，但是心理暗示的作用还没消失，使得她犹豫不决。

你赶紧扛起小雪，绕过房子，将她藏进了后面的加工坊。

这里有很强的认知干扰，外面的打手暂时进不来。

小雪趴在窗边，望着外面的打手，怔怔地出神。

小雪：那是我老板。

你：那是剥你皮、喝你血的吸血鬼。

小雪：他给了我工作，让我有地方住，有地方吃，有地方洗澡，为什么是吸血鬼？

你：难道你还要感激他吗？

小雪：难道不应该吗？

你不置可否。

打手们的声音太吵，吵醒了赌场里的伙计。

两方人发生争执，夜总会打手执意要冲进赌场。

赌场的伙计不敢阻拦，因为二狗不在，他们不敢当众违抗高级公民。

夜总会的人在赌场搜索。

心理暗示的效果结束，小雪蠢蠢欲动，似乎想呼救。你赶紧凑了过来，捂住了小雪的嘴巴。

你张开右手，召唤黑球，用黑球搅碎身边的木箱。

小雪吓了一跳。

你：我随时可以把你的嘴撕烂，你最好乖一点，不要做出任何过激的举动。

小雪点了点头。

过了10分钟，二狗来了。

你躲在屋子里，听不见他在说什么，但远远地看过去，二狗的表情冰冷。

夜总会的人终于离开。

二狗先是到你的房间找了一趟，接着又径直来到了加工坊。

二狗看见了你和小雪。

二狗：还好你机灵。

你：没事。

小雪张开嘴，咬破了你的手指。

你轻呼一声，松开了手。

小雪：你们这群劫匪，绑架犯。

二狗：我们是为了救你。

小雪：待在你身边就没有好事儿，你救我个屁！

二狗：我不是和你说了吗？康斯坦丁来我们这儿了。

小雪：这只是你的借口。

小雪大骂一声，推门而出。

二狗站在原地，没有说话。

你赶紧追了上去。

你：你父亲真的在救你。

小雪：我不需要，他是一个满嘴谎言的骗子。

你：他可是你父亲，怎么会害你？

小雪：我早就知道了，你和他是一伙儿的对不对？你们闲聊的时候我听到了，你们都是从瓦棚中学毕业的，那地方全都是冷血无情的人。做你们的高级公民去吧，我只想做我的贱民。

你：你冷静一下好吗？

你再次对小雪使用心理暗示，小雪的情绪终于稳定。

你沉思片刻。

你：你为什么觉得你父亲在骗你？

小雪：因为他就是在骗我，他从来都没有对我说过实话。他一直跟踪我，偷窥我，监视我，这是一个父亲该做的吗？他为了研究那些毫无根据的魔法秘术，害得母亲惨死，他就是一个自私自利的人。

你：他在做一件大事。

小雪：什么大事？

你：给所有人自由。

小雪：自由？嘿，求他先给他自己自由吧。大叔，你摸摸自己的良心吧！从瓦棚中学毕业需要付出什么代价？他为了达成目标，可以放弃自己的家人，总有一天他也同样可以放弃我。

你突然沉默。

小雪走上来，拽着你的衣领。

小雪：来，我来问问你吧，瓦栅中学的高才生。如果杀死我，就能让世界和平，让所有人重获自由，你会动手吗？

你：这就是我和你父亲的区别。我不会动手杀你，我会杀死那个提出问题的人。

小雪：骗人，你就和我父亲一样。

小雪离开了。

你跟了上去，试图再次使用心理暗示。

心理暗示的收效甚微，她已经打心眼儿里不愿意相信你和二狗了。

你终止了推演！

顾毅摇了摇头。

根据花音提供的情报，康斯坦丁还会在这里待上一段时间。

如果让小雪回到夜总会，谁知道她会不会再次陷入危难？如果小雪真的有什么三长两短，二狗会做出什么惊世骇俗的事情？自己的计划又怎么能安稳实施？

由于规则之力的影响，小雪和二狗之间的信任永远不能修复。越和小雪交流，就越发现无法和她沟通。

小雪对父亲的偏见已经根深蒂固，想要改变她的看法基本不可能。

既然不能让小雪信任父亲，那就只能让她信任自己了。

另外，顾毅也发现了一个小细节，如果在短时间内连续对同一个人使用心理暗示，技能的效果就会消减。

所以，顾毅必须在 3 次技能的 CD 之内，彻底获得小雪的信任。

"开始！"

顾毅又一次闭上了眼睛。

推演开始！

你离开了房间。

你径直走到了夜总会门前，四处观察。

夜总会大门紧闭，你作为低级公民，没法进去。

保安拦住你，并进行驱赶。

你不想在这里浪费技能 CD，于是你绕到后门，从通风管道钻进了夜总会。

你的双脚短暂离地，一道电流席卷全身。你赶紧把脚尖贴紧管壁，这才避免继续触发电击惩罚。

你来到了休息室，姑娘们都睡得很香，完全不知道你的到来。

你闻到了一些血腥味。

你来到一间包厢门口，面前站着两个打手。

你使用心理暗示，驱赶了两个打手。

你轻轻推开门。

面前的景象让你差点呕吐出来。

【28】错的是世界

仅仅一夜之间，康斯坦丁就残害了十几名陪酒女郎。

你捂着嘴巴，离开了现场。

你对自己使用心理暗示，这才平复了情绪。

你听见外面传来一阵脚步声。

你赶紧躲在了门后。

小雪被人送了回来，在经过包厢门口时，她看见了康斯坦丁脚边那一堆女尸。

小雪惊叫出声。

康斯坦丁醒了过来，正好看见了小雪。

康斯坦丁：哟，正好来早餐了，把这个女人给我送过来。

小雪：不要，不要这样……

你听见了小雪的求饶声和重重的关门声。

紧接着，小雪的惨叫声和康斯坦丁的狞笑声响彻整个夜总会。

你沉默片刻。

果然如你所料，康斯坦丁并没有离开夜总会。老板一大早出来找人，八成也是担心康斯坦丁有"吃早饭"的需求。

昨晚忙着伺候康斯坦丁，老板没时间出来找人，所以他们只能在早晨出动。

小雪终究还是怕死的。

她虽然不相信父亲，但至少相信自己的眼睛。

如果能让她亲眼看见真相，小雪一定会相信你。

过了10分钟。

你听见屋外传来一阵打砸声。

二狗砸破大门，来到了夜总会。

二狗不顾一切，与夜总会众人发生冲突，他用精妙的枪法，瞬间杀死了所有打手。

他浑身负伤，打开了包厢大门。

小雪已经倒在血泊之中。

二狗痛不欲生，与康斯坦丁扭打在一块儿。

康斯坦丁技高一筹，用绳子勒死了二狗。二狗在临死前使用了旅者星人的秘术。

整个夜总会都被他卷进了虚空之中。

你逐渐被虚空吞没。

你化为一片虚无。

你死了。

推演结束！

顾毅睁开眼睛，咬住了嘴唇。

不出他所料，一旦女儿死掉，二狗就会彻底发疯，自己想走二狗的故事线的算盘就算彻底打歪了。

自保虽然很容易，但如果想要获得完美评价，那就没希望了。

在这个到处是敌人、处处是阻碍的世界，不借助二狗的力量，顾毅根本无法立足。

因为，自己不仅要对抗副本里的A、B、C系列守则，还需要对抗规则制造器产生的规则之力。

双重枷锁在身上，自己就必须做到面面俱到。

"只能这么办了。"

顾毅闭上眼睛，确认了一下计划的可行性，接着立刻出门，来到了小雪的房间。

吱呀——顾毅推开了门，撞见了正要逃跑的小雪。

"你……"

"嘘——"

顾毅双眼放光，对小雪使用了心理暗示。

小雪立刻放下防备："你来干吗？"

"不要出声。"

为了防止发生意外，顾毅捂着小雪的嘴巴，从后门逃跑，绕了一大圈，这才来到夜总会的门前。

此时，对小雪的心理暗示效果已经结束了。她用力挣扎，试图从顾毅手里逃脱。

"唔！"

小雪张嘴咬住顾毅的手指，鲜血流出。

顾毅没有说话，只是来到花坛边，用右手里的黑球撕碎了一堆灌木丛。

小雪看得傻眼，松开顾毅的手指。

"再不听话，我就把你的脑袋碾碎。"

小雪点了点头，眼神里多了一丝敬畏。

"我知道你在想什么，你觉得我在绑架你，想害你，对不对？"

小雪点点头，又赶紧摇了摇头："不是……"

"你觉得我和你老爹都在骗你，对不对？"

"呃……"

"你觉得，你的老板把你当女儿、你的同事把你当姐妹，你有尊严，你有自由，你还算是个人，对不对？"

小雪不置可否地笑了笑："大叔……"

"我知道你想说什么。你想说，这个世界上谁不是牛马？只不过就看你能被上面的人卖出多高的价格而已。你想说，不是我想摆烂，而是这个世界逼着我摆烂。你想说，不是我不想往上爬，而是那些人抽掉了上房的梯子。这些是不是都是你想说的？"

小雪站在原地，眨巴着水汪汪的大眼睛。顾毅就像是自己肚子里的蛔虫，居然把自己的心思猜得一清二楚。

父亲、朋友，甚至连客人都总是说让她找一份"正经"的工作，听多了这些说教，小雪的耳朵早就长了茧子。

从来没有人站在她的角度考虑问题，没有人告诉她这个世界是错的，也没有人告诉她，是这个世界的上层人压制着所有人进步。

公民等级制度，是压在所有底层公民肩头上的枷锁。

因为，没有人——

没有人能凭借按部就班的工作，从底层爬到高层。没有哪一个高级公民的鞋底，不沾染污垢与鲜血。

"知道这些……又有什么用，只会让我更难过。你就让我自暴自弃吧，至少在这里我过得还算幸福。"

"幸福？哼哼，等你看完里面的真相，再想想你能不能待下去吧。"

顾毅带着小雪来到了夜总会后门。

有了上次受惩罚的经验，顾毅这次学乖了。

他先是拿来一个垃圾桶，垫在通风管道的下方，接着踩上垃圾桶，然后迈开腿，先让自己的右脚踩在管壁边沿，左脚轻轻一垫步，再用双手抓住边沿，用核心力量抬起身体，钻进管道。

小雪天真地眨巴着大眼睛："你不能跳吗？"

"少废话，快上来！"

顾毅挥挥手，拉着小雪钻进管道。

包厢前，两个保安看见了顾毅。顾毅打了个响指，那两个保安立刻像傻子一样站在原地。

"我要去趟厕所。"

"我去抽根烟。"

二人双双离开。

"喏。"

顾毅从怀里拿出一块手帕，递到小雪手里。

"什么意思？"

"咬着手帕。"

"为什么……"

不等小雪说完，顾毅就把手帕塞进小雪的嘴里，紧接着在她耳边轻声说道："咬紧牙根，千万别吐出来。"

说完，顾毅轻轻推开了包厢的大门，酒精混杂着鲜血的味道直冲鼻腔。

小雪望着满地的鲜血，怔怔地出神。看到眼前的一幕，小雪感到胃里一阵翻江倒海。

顾毅及时走了过来，帮小雪捂住了嘴巴："咬紧手帕。"

"唔唔……"小雪发出像小狗一样的呜咽。

顾毅架着小雪的胳膊，离开了夜总会。他们一路走到黑街，直到确认没人跟踪，顾毅才放下了小雪。

"呜呜呜……"

小雪捂着嘴巴，她的胃里没有任何东西，但还是忍不住干呕。

"第一次都这样。"顾毅拍了拍小雪的后背，"你还好吗？"

"一点都不好。"

【29】青春的觉醒

小雪擦了擦嘴角的口水，坐在路边发呆。

顾毅和她一样，蹲在路边。

小雪低头看着地上水洼里的倒影，自己没有洗脸，没有化妆，憔悴得就像是个三四十岁的女人。

"那些是真的……"

"当然是真的。"顾毅点点头，道，"我从来没有骗过你。"

"你不是绑架我，你是真的要救我？"

"难道你到现在都不相信我吗？"

"我相信了。"

小雪抱着自己的膝盖，一言不发。

顾毅知道，小雪的世界观在这一刻彻底崩溃了。

她本以为夜总会是一个可以让她摆脱低级公民的身份，甚至度过余生的地方。

但事实上——那是一个吃人不吐骨头的焚化炉，女人在这里不是人，而是牲口、是商品、是玩具，她们不仅没有自由，更没有尊严。

"大叔，我该怎么办？"小雪苦笑着摇了摇头，"我就像是被关在纸盒子里的蟑螂，却以为自己是翱翔于天空的金丝雀。"

"你说话就像哲学家写散文。"

"小的时候父亲也喜欢这么说我，他曾经告诉我外面的世界有多精彩，但长大之后我才发现，外面的世界其实只有从黑街到红灯区那么远。

"我想过当一个作家，可是等我长大以后才知道，我连笔都摸不到。可笑……太可笑了。

"我竟然觉得那些客人是对我好的人，老板是照顾我的，殊不知我只是他们用完就甩掉的马桶，是他们虐杀取乐的玩具。"

"你知道你父亲在做什么吗？"

"我不知道，也不想知道。"

"他是一只想从纸盒子里爬出来的蟑螂，他想做的是毁掉这个世界，并在废墟上重建文明。"

"呵，他当自己是在写小说还是拍电影呢？"

"小雪，现实比小说更精彩。因为小说需要讲逻辑，而现实不需要讲逻辑——人类的信仰是不讲道理的。

"追求自由，就是人类的信仰。

"一个弹簧，你越往下压，弹簧反抗的力度就越大。

"弹簧是如此，信念亦是如此。

"真正的信念，不会因为一点点挫折而改变，反而会在苦难之中不断磨砺，并在最后一刻突破所有束缚。

"你一旦尝过自由的味道就会上瘾，就像人类不能没有美食一样。"

"你的比喻总是这么奇妙吗？"

"也许吧。"

顾毅微微一笑，抬头看向天上的事务机器人。

他在这里大肆谈论敏感话题，机器人却始终没有发出警报，给自己判个十年八年的，这说明二狗就在附近，在天上巡逻的事务机器人是经他改造过的机器人。

小雪突然弯下腰，从地上的水洼里捧出一杯污水，洗了洗自己的脸蛋。

"大叔，我想重新开始生活，你能教我该怎么做吗？"

"做我的枪手怎么样？"

"枪手？"

"跟我来吧。"

顾毅吹了声口哨，带着小雪离开。

"呼——"二狗默默地躲在阴暗的角落，深深叹了口气，"他还是一如既往地可靠。"

小雪跟着顾毅来到了空间跃迁基地。

矿井的监工在看见顾毅之后，忍不住破口大骂。

顾毅却伸手在监工的脑门上戳了一下，监工立马闭嘴了。

"别吵我。"

"呃……你……"

"我知道，整理文件、打扫办公室对不对？"顾毅指着办公室说道，"我会去帮你的，你快去矿井吧。"

"嗯……如果每个员工都像你这么省心就好了。"

监工点了点头，转身走向矿井，完全忘记自己要责罚顾毅迟到的事情。

小雪一脸诧异地看着顾毅。

"你是怎么办到的？那个色鬼可是这附近最难缠的客人。"

"这是秘密。"

顾毅带着小雪来到了监工的办公室。

办事员此时正坐在办公室里喝茶，他们看了一眼顾毅，全都见怪不怪了。

每次来办公室，顾毅都会用心理暗示给他们洗脑，并成功固化了概念，这大大提高了顾毅在办公室的自由程度。

"你拿着这东西，在外面等我。"

顾毅从抽屉里拿出《泰坦尼克》的手稿，交给了小雪，接着扭头在办公室里打扫卫生。

小雪眨了眨眼睛，捧着手稿来到门外，她不过是看了两眼，立刻就被故事吸引了。

丹尼斯的世界，现在是上午时分。

丹尼斯不顾医生的阻拦，提前出院。

这倒不是为了体现自己的硬汉气质和敬业精神，而是因为他实在付不起高昂的医疗费。

回到警务站，站长立刻给丹尼斯兑现了承诺，帮丹尼斯免去了刑期。

"干得不错，小伙子。你晋升成二等公民了，明天你就可以去领取属于自己的事务机器人，这样的话你的生活就可以方便许多了。"

"谢谢站长。"

"你已经被破格提拔，成为警察了。二狗现在正在被审讯，你和我一起去看看吧。"

"是，站长。"

二人来到了审讯室，丹尼斯定睛一看，屋子里站着的并不是陈泽宇，而是陈泽宇的灵魂。

一个戴着黑色兜帽的男人正在不停念咒，试图从陈泽宇的灵魂中提取有用的信息，可他似乎没有任何进展。

"这家伙是故意的，"站长说道，"他说出了自己的真名，就是希望我们能活捉他。这个名字的分量可抵得上整个瓦棚。"

"有那么夸张？"

"没错。正因为如此，我们才必须牢牢看紧他，不能让他离开。你是唯一一个可以以肉身抵御虚空风暴的改造人，如果他试图逃跑，我们还需要你去打断他施法。看管陈泽宇的工作就先交给你了。"

"一定不负所托。"丹尼斯闻言，认真地点了点头。

果然，顾毅对二狗的判断十分正确，这家伙在瓦棚的地位远比他们想象的要高。更厉害的是，即便大家已经知道"陈泽宇"的真名，他们也无法彻底消灭二狗。

不过，这也可能是因为陈泽宇背后还有许多隐藏的秘密，也是陈泽宇最后的保命符。只要他报出这个名字，大伙儿就不会轻易杀掉他。

"呃……"

审讯室里传来一阵呻吟。

二狗的灵魂重新回到了他的身体里，那个戴着兜帽的法师满头是汗，离开了审讯室。丹尼斯清了清嗓子，赶紧跟了上去。

【30】警务站里的死老鼠

"长官。"

丹尼斯叫停了戴兜帽的男人。

此人名叫十四，他的眼眸一片漆黑，一道道的皱纹像蜘蛛网一样盘在脸上。

"你有什么事？"

"我想知道这个犯人是谁。"丹尼斯指着二狗的灵魂，说道，"大伙儿对他好像非常上心。"

"你是什么级别？"

"我是二等公民。"

"那你可能接触不到这种等级的机密。慢慢升级吧，等你到我这个等级的时候，你就可以明白陈泽宇到底是什么了。"

十四咧嘴一笑，转身离开。他刚刚消耗了太多精神力，需要好好睡一觉。

丹尼斯眼珠骨碌碌地转。

禁止偷看机密属于 B 系列守则，自己一样要遵守，偷看一次机密要判刑 10 万年。现在，自己被安排的任务是看守二狗，没有办法通过执行别的任务获得减刑。

顾毅说过，二狗有屏蔽规则的能力，但是有地域和时间的限制。

另外，二狗自己的事务机器人也是被改造过的，不会对违法行为报警，甚至还会包庇违法行为。

如果能想办法把自己的机器人和二狗的机器人调包……

丹尼斯想了一会儿，回到了牢房。

二狗的灵魂重新回到了他破烂的身体里，他闭上眼睛，就像睡着了一样。

百无聊赖之际，丹尼斯打开电脑，翻看所有能查阅的档案。

丹尼斯看了看身后，同事正捧着小说看得津津有味，他的身后就是保险柜，里面放着二狗的随身物品和武器。

"你要喝咖啡吗？"

"哦，要的。麻烦给我拿一杯来。"同事头也不抬地说。

"你等会儿。"

丹尼斯离开工位，走向茶水间。他的眼睛四处乱瞥，瞄到了角落的监控。监控正对着牢房和保险柜，自己必须先想办法搞定监控，切断警务站的电源是不切实际的。

藏着赃物的保险柜是电子保险柜，一旦断电它就会彻底锁死，再也打不开，不能使用暴力手段拆卸。想办法挡住监控的镜头行不行？

丹尼斯看了一下天花板，监控附近的天花板有些松动，如果有办法让那块天花板合理地落下来，挡住镜头就好了。

不过，自己在警务站根本没有帮手，一个人完成这种设计未免有些异想天开。

丹尼斯来到茶水间，他在泡咖啡的时候，突然停下了手上的动作。

"嗯……好像有什么味道？"

技能强化之后，丹尼斯的嗅觉大幅度提升，他弯腰在地板上到处闻。他走到储物柜后面，在墙角发现了一个老鼠洞。

丹尼斯拿出搅拌咖啡的勺子，在老鼠洞里够了半天，终于找到了一只死老鼠。他把死老鼠放在鼻子边闻了闻，竟然觉得味道鲜美。

"有办法了。"

丹尼斯眼珠骨碌碌地转，他装模作样地把老鼠的尸体丢进垃圾桶，但实际上他却偷偷把尸体藏在了袖子里。

紧接着，丹尼斯来到了审讯室正上方的 2 楼厕所。

丹尼斯判断了一下方位，找到了正对着楼下监控镜头的马桶。他踩在马桶上，将死老鼠放在通风管道旁，丢了进去。

他也不知道这只死老鼠的味道能不能传到楼下，但现在也只能死马当活马医了。

"但愿你鼻子好一点。"

丹尼斯洗干净手回到 1 楼，从茶水间拿走两杯咖啡，回到了工位。

"喏，咖啡来了。"

"你怎么去了这么久？"

"半路突然肚子疼，去楼上方便了一下。"

"哦。"

同事没有怀疑，点了点头。他端起咖啡闻了一下，突然觉得有些不对劲。

"你这咖啡是不是过期了？"

"没有啊。"

"那我怎么闻到一股臭味？"

"好像是有臭味啊。"丹尼斯装模作样地闻了一会儿，"是不是上面？"

"不会是死老鼠吧？"

"老鼠？我最怕老鼠了。"

同事疑惑地走到监控镜头的下方，果然闻到了浓烈的腐臭味。

"你等一下，我去拿梯子。"

"好。"

丹尼斯点点头，默默等待着同事回来。

不一会儿，梯子被同事拿来了。

同事踩着梯子爬到屋顶，那块天花板已经松动，轻轻一顶就能放下来。同事强壮的身体刚好盖住了监控镜头。

"好像真有味道啊。"

"是吗？是不是死老鼠？"丹尼斯一边说着，一边往保险柜的方向靠，"我最害怕老鼠了，天呀。"

"好像真的是啊……我上去看看。"

同事又往上踩了一级台阶，把脑袋伸到了天花板上面："不会真的是死老鼠吧？"

丹尼斯趁着同事不注意，拿起保险柜的钥匙，迅速打开了柜门，一把拿起了二狗的机器人。

"丹？我在和你说话呢！"

"哦，什么？"

"我说好像是死老鼠，可能是通风管道里有死老鼠。"同事说道，"你跑哪儿去了？快点过来给我扶梯子，这东西好晃啊。"

"来了。"

丹尼斯四处查看，将机器人塞进垃圾桶里藏着，然后赶紧跑过来帮同事扶梯子。

做完这些事，丹尼斯脸不红、心不跳，完全没有做贼心虚的样子。

看来僵尸体质不会呼吸、没有心跳也不是坏事。

"是通风管道里面的。"

"那怎么办？"

"走，跟我去楼上，从厕所进去。"

"为什么不喊清洁工帮忙？"

"警务站可不是三等公民能进来的，想进来要经过层层申请和审批，你没发现打扫卫生都是我们亲力亲为吗？算了，咱俩发现算咱俩倒霉，我们一起去干活。"

"好。"

丹尼斯跟着同事来到 2 楼，但同事没有直接去厕所，而是去自己的更衣柜找到了他的事务机器人。

"你带着它做什么？"

"为了见证。"同事指着机器人说道，"外面有监控，厕所里没有监控。我总不能做了好事还不被人知道吧？事务机器人是有摄像头的，正好用它来帮我摄像。"

"至于吗？"

"唉，你可真是啥都不懂啊。"同事说道，"我在这里干了两年半了，以前和你一样傻乎乎的，什么事情都默默地做，到最后什么好处都没捞着。记住呀，坏事不能让人知道，好事一定要让人知道。"

"当然。"

丹尼斯咧嘴一笑，用力地点了点头。

【31】弑神之罪

傍晚，警务站的人下班，来接班的同事已经到位了。

丹尼斯主动站起来，把垃圾桶里的垃圾袋提在手里。

"我来倒垃圾吧。"

"哟，小伙子成长得很快嘛。"

"新来的，当然得勤奋一点。"

丹尼斯点点头，拎着垃圾袋走到后街。他四处望了望，确定周围没有机器人，也没有警察在意，这才把垃圾倒出来，只留下事务机器人。

此时，二狗的 ID 已经被注销了，这个事务机器人已经变成无主之物。

丹尼斯立刻就把自己的 ID 输了进去。

"绑定成功，欢迎使用 T-500 型事务机器人，很高兴为您服务。我可以帮助您随时处理各项事务，也可以提示您随时遵守法规，防止违法行为。"

"公民等级制度就是一坨屎。"

事务机器人没有任何反应。

可事实上，在任何场合污蔑公民等级制度，都会被处以 100 年的刑期。面前的事务机器人没有任何反应，说明它确实已经失去了监视的功能。

"不错。"

丹尼斯点了点头。

紧接着，他就听到了系统的提示音：

"你成功晋升为二等公民。

"你获得了剧情道具'二狗的改造机器人'。

"你的剧情探索度上升。

"目前剧情探索度为37%。

"你用自己的智慧瞒天过海，你的体力获得大幅度提升。"

丹尼斯闻言，摇了摇头道："光给我体力有什么用？现在无论是刀还是枪都杀不死我了，真是没什么用的奖励。"

自己偷了二狗的事务机器人，也不知道什么时候会被同事们发现。

所以，他现在的任务就是把新的事务机器人藏回去，将两个机器人调包，免得被人发现问题。

现在，有了二狗的机器人，做这些坏事就方便多了。他完全可以操控机器人，不经意间挡住监控镜头，从而给自己留足够的作案时间。

虽然这依然会留下一点痕迹，但他只要尽量拖延警察发现自己的时间就足够了。

现在，大家的注意力全都放在二狗身上，这给了他探索的机会。

趁着时间还早，丹尼斯立刻去政务大厅领取了自己的事务机器人，接着跑回宿舍，将两个机器人调包。

"警告警告……"

"警你个头。"

丹尼斯为了不让机器人乱叫，直接拔掉了太阳能充电板。

二狗的改造机器人足够给力，无论丹尼斯怎么折腾，它都不会报警。

足足研究了半个小时，丹尼斯终于成功了。

仅仅从外表上看，两个机器人已经没有任何区别了。丹尼斯破坏了事务机器人的核心，抹去了钢印，这样一来警察想要追查也没那么容易了。

做完这一切，丹尼斯便带着改造机器人回到了警务站的审讯室里。

两个值班的同事看见丹尼斯，全都露出了诧异的神情。

"你怎么来了？"

"嗯……我是来向前辈们学习的。"

同事看着丹尼斯身边挂着事务机器人，立刻明白过来——这是过来刷好感的。

本来值班就没有多少事，他们一直都是坐在桌子上"摸鱼"的，只要背着监控镜头，上面的人也不会发现他们偷懒。

但是，假如丹尼斯的机器人看见他们游手好闲，那可就不好说了。

"喀喀——丹，你还是早点下班休息吧。这里的工作我们来做就行了。"

"那可不行，新人得多学习一点。"

丹尼斯坐在电脑前，调阅档案。

现在他调阅的档案都需要高级公民 ID 才能查看，改造机器人可以给他提供一个虚拟的高级 ID，让他畅通无阻地调阅。

这个机器人就是无人能阻挡二狗的终极秘密。

"陈泽宇……"

丹尼斯在搜索栏里输入名字，系统足足卡顿了1分钟才调出了陈泽宇的档案。

档案的内容从陈泽宇毕业开始记录，他在毕业之后清空了全部刑期，成功当上了一个高级公民，并且与一个普通女子结婚。

档案上写了陈泽宇有一个女儿，但女儿在3年前已经失踪了，女儿的公民ID也并不是小雪的ID。

丹尼斯推测，这应该是二狗为了保护自己的女儿，入侵档案系统之后修改了女儿的资料，所以那些警察才一直没发现小雪和二狗的关系。

同时，二狗也应该感谢小雪的叛逆，她对待父亲就像对待仇人一样。

丹尼斯翻开二狗的判罚记录，电脑又卡了30秒，一长排的判罚让丹尼斯看花了眼。

叛国罪、间谍罪、倒卖信息罪、非法结社罪。

其中最轻的一个罪，也判罚了500万年的刑期。他粗略算了一下，仅仅第一页的罪责就已经累积到了亿万年的刑期。

不对劲！丹尼斯摇了摇头。

在他看来，刑期对瓦棚人来说并不是惩罚，而是一种资源，有钱人因为背负的刑期少，赎罪的速度快，所以他们一定会利用各种手段，违法来获取更多利益。

为了证实这个观点，丹尼斯输入了大洛山的公民ID。

大洛山被判罚的记录虽然没有陈泽宇多，但也足足写了10页。

因此，这并不是陈泽宇沦落至此，并且得到如此重视的原因。

丹尼斯返回陈泽宇的档案页面，翻到最后一页，在上面看到了一个刑期亿万年的罪名：

"弑神"。

丹尼斯古井无波的脸上露出了一丝兴奋之情，他点开判罚，试图了解具体情况，电脑却突然卡死，黑屏了。

"这电脑怎么了？"

丹尼斯看了看同事，他们都在认真工作，根本没有注意自己。他只能重启电脑，再去别的电脑上尝试。

同样的情况再次发生，一旦他点开"弑神"，电脑就会卡死。

不过，这一次丹尼斯的运气好了一点，新电脑卡了3分钟之后，成功打开了页面。

丹尼斯瞪大眼睛，仔细查阅。

上面的字自己每个都认识，但是放在一起他就难以理解了。他沉思片刻，觉得这份文档很可能就是顾毅说过的认知障碍。

哪怕自己已经看到了文章，也未必能理解。

为此，丹尼斯干脆拿起一个笔记本，将文档上的每一个字都誊抄了下来。反正再过2小时就是他们开会的时候了，把这份文档带到顾毅面前，他一定能知道背后的真相。

丹尼斯又继续输入"顾毅"的名字，调阅档案，电脑上却显示查无此人。

"有意思……"

丹尼斯放下笔，回头看。

两个同事居然已经开始打瞌睡了，他们好像并不知道，在他们隔壁的牢房里，关着一位弑神者。

丹尼斯指挥着机器人挡住了监视器的镜头，手速飞快地将机器人调包。

"我只能做到这儿了，接下来看你的了，顾毅。"

【32】自由的代价

花音的世界。

傍晚6点，这是夜总会的姑娘们刚起床工作的时候。

昨晚死人的事情给姑娘们带来了不小的冲击，不少人向老板提出了辞职。

"花音，我们准备向老板辞职，这种事情我们不能忍。"

一个名叫暖暖的姑娘站了出来，她带着一批陪酒女郎，准备去老板办公室递辞呈。

花音无视众人，只是坐在镜子前面梳头发。

小雪走了过来，轻轻捅了捅花音的胳膊："花音，她们在和你说话。"

"我听见了。"花音笑着问道，"你们要去辞职？"

"对，你要不要一起去？"

"为什么我要和你们一起去？"

"人多力量大呀。"另外一个姑娘解释道，"我们所有姑娘团结在一起，集体辞职，那样的话老板一定会重视我们的要求。"

"哦，我不去。"

"为什么？"

"因为不想。"

带头的暖暖有些生气，但没有办法。

花音不肯去的话，自己总不能抓着她的头发过去吧？

"那好吧，我们走。"

暖暖带着一队姑娘，闯进了老板的办公室。

小雪躲在花音身边，不解地问道："你为什么不帮她们？"

"她们为自己的利益抗争，这是很好的开始，但她们忘了一件事。"

"什么？"

"她们的大腿都没有别人的胳膊粗，凭什么和人谈条件？好言难劝该死的鬼。"

"老板平时挺好说话的，可能……"

花音扭过头来，戳了戳小雪的脑门。

"小雪，你是真傻还是假傻？昨天晚上如果不是我，你已经成吊死鬼了。如果不是我，昨天死的就不是一个姑娘，而是10个、20个、30个！

"你被人吊在房梁上荡秋千的时候，你的老板心疼你吗？你只是他赚钱的工具，和牛马一样，没有区别。你该清醒一下了。"

小雪闻言，点了点头："你说得对。"

花音抿了抿嘴唇，让唇膏更均匀一点。

小雪的年纪比较小，世界观还未成熟。那夜总会的老板不过给了她们一点小恩小惠，她就以为对方是天大的好人。

当然，其中也有斯德哥尔摩综合征的原因。小雪和其他姑娘被长期威胁、控制、绑架，反而对控制者产生了依赖。

不过，昨天的事情让一部分姑娘觉醒了自由意志。只可惜她们忘了，自由的代价是要流血，掌权者绝对不允许自己的地位受到威胁。

花音用嘴说，并不能让她们长记性。

只有让她们亲身体会挫折，才有教育意义。

如果这次挫折过后，她们只会自怨自艾，那就说明她们也不过如此。

如果这次挫折过后，她们依然不依不饶，那就说明她们是真的勇士。

"走吧，过去看看热闹。"

花音带着小雪，躲在办公室门口。

屋子里只有暖暖一个人大声嚷嚷，反观其他姑娘，都低着头不说话，敢抬头看老板的，已经算是有勇气的了。

"你说完了吗？"

老板掐灭了香烟，一脸冷漠地看着暖暖。

"说完了，我们要辞职。"

"好呀。"

众位姑娘听闻此言，先是有些惊讶，接着又不自觉地翘起了嘴角。

暖暖忍不住握起拳头，完全没有注意到老板的小动作。

咣！一声巨响打断了所有姑娘的笑容。

老板拿起桌子上的烟灰缸砸在暖暖的脑袋上，暖暖的脑袋瞬间变成了血葫芦。

"不要……"

咣！老板无视暖暖的求饶，又是一拳打出去，打掉了暖暖的门牙，她雪白的衬衫上满是鲜血。

姑娘们惊声尖叫，没有一个敢上去阻拦。

老板顺手从桌上拿起水果刀，一只手按住暖暖的脑袋，另一只手用刀在暖暖的脸上刻字。

暖暖的惨叫声让大伙儿毛骨悚然。

花音和小雪纷纷转过头去，不敢直视。

老板丢掉水果刀，暖暖的脸上只留下了一个"丑"字。

"行了，你自由了。"老板笑眯眯地看着暖暖，"你现在可以离开夜总会了。"

暖暖吐出一口浊气，爬出了办公室，在碰到楼梯边缘时终于晕了过去。

老板转过头，看向剩下的姑娘们。

"怎么？还有人想辞职吗？我亲自给你们办离职手续……"

姑娘们一个个噤若寒蝉。

"没有？那还不赶紧滚回去？"

姑娘们战战兢兢地作鸟兽散，连一个愿意扶起暖暖的人都没有。

"屁本事没有，屁要求不少。"

老板走出办公室，胸口还沾着暖暖的血，他一眼就看见了花音。

这个女人从头到尾都是一副面无表情的样子，即使暖暖此刻就躺在地上呻吟、求饶，她也没有露出一丝一毫的怜悯。

"你可真不错。"老板点点头，说道，"难怪大洛山老板和神之子都对你赞不绝口。"

花音微微欠身，算是回应。

"大洛山老板要你去他那儿，祝贺你高升。"

"谢谢。"花音点点头，道，"您能满足我一个愿望吗？"

"你说。"

"我想带小雪一起离开这里。"

小雪吓得浑身发抖，不自觉地躲在花音背后，她手指颤抖着，似乎在劝说花音不要多嘴。

"嗯，当然没问题。"老板笑道，"市场价，给我50万年刑期。"

"可以，明天我来找您。大洛山给我的减刑还没到账，等我结束刑期交易之后，我会来兑现诺言。"

"当然了，大姐头。"

老板伸出右手，掌心还沾着暖暖的血。

花音就当看不见，微笑着与老板握手。

"后会有期。"

"以后全靠你照顾了。"

花音拉着小雪离开了夜总会。小雪心有余悸地看着身后繁华的夜总会，不知所措地抱住了花音的胳膊。

"我们……真的离开了？"

"没错。"

"为什么他没有砸破我们的脑袋，在我们的脸上刻字？"

"狮子只会和狮子做交易，不会听一条看门狗如何叫唤。想要赢得男人的尊重，可不是这么简单。"

花音指了指自己的鼻子，说道："很显然，神之子看上了我，是因为我是第一个可以从他的包厢里活着出来的女人。虽然我现在还没有摆脱低级公民的名号，但这是迟早的事情，大洛山要巴结我，夜总会老板当然也一样要巴结我。

"被人利用是很可悲的，但没有利用价值才是更可悲的事情。在这样一个吃人的世界里生存，你必须有足够大的价值才行。那些女人最大的问题在于，她们有足够的勇气，却没有足够的实力和智力，以为世界上所有人都和你讲道理、讲规则。

"你知道这种行为是什么吗？这就像你遇到了一个劫匪，他要你把值钱的东西交出来，你却摇摇头说不。你天真地以为，这样的话劫匪就会离开了，因为大家不能在没有得到别人允许的情况下夺走别人的东西。

"可笑吗？劫匪就是要抢你东西的，高级公民就是要剥削低级公民的，这是自然规律。"

【33】小洛山的理想

小雪的世界观开始产生动摇，她从小就在规则中长大，所有人都在这完美的公民等级制度下生长，从来没有人质疑过这种事情。

"你怎么能这么说？就算是高级公民，他也得遵守规则啊。"

"哦，是吗？那我现在证明给你看。"

花音走到一个机器人身边，笑着说道："公民等级制度就是狗屎。"

机器人突然转过身子，对花音举起拳头："你触犯了A-003号公民守则，你被处以100年刑期。公民等级制度是瓦棚的根本，请不要质疑。"

花音耸耸肩，又说了一遍："公民等级制度就是狗屎。"

"你触犯了 A-003 号公民守则，你被处以 100 年刑期。公民等级制度是瓦棚的根本，请不要质疑。"

"公民……"

"行了行了，你别再说啦。"小雪走了上来，捂住了花音的嘴巴，"你好不容易得来那么多减刑，为什么要这么说话？"

"我只是想告诉你一个道理：规则只是限制低级公民的道具，对高级公民来说，规则就是摆设。刑期对我们来说是生命，对他们来说是资源。"

"为什么会这样……"

"从现在开始，你要改变思维了，这是你人生转折的开始。"

花音重新露出笑容，拉住了小雪的手。

很快，姐妹俩就来到了大洛山的住处。

低级公民只能住在拥挤的筒子楼里，而大洛山却住在巨大的别墅里，单单是别墅外的花园就已经有半条黑街那么大了。

小雪望着那巨大的铁门，胆怯地捏住了裙角。

"花音，我们是不是走错了？"

"没有。"

"要不我们别进去了吧？"

"咱们都到这里了，别给我掉链子！"

花音摇了摇头，轻轻推开了面前的大铁门。

大洛山的仆人走了出来，简单寒暄两句之后，便带着两位客人走进了大洛山的庄园。

如果不是有仆人带路，她们光是在花园里就能迷路。

花音望着周围鲜艳的花朵，总觉得这些鲜花是用低级公民的血肉浇灌长大的。

"请在这里等一会儿吧，主人马上就来了。"

"谢谢。"

花音坐在沙发上，优雅地将裙摆垫在屁股下面。小雪有样学样，但总是有点东施效颦的意思。

"花音，你以前到底是做什么的？"

"一个浑浑噩噩的大小姐。"

花音微微一笑，看向远处。

大洛山沉重的脚步声传来，花音和小雪立刻从沙发上站了起来。

跟着大洛山一起过来的，还有一个十三四岁的年轻人，他的个头很小，和大洛山站在一起显得非常不和谐。

"二位女士，你们好。"

"您好。"

花音轻轻点头行礼，颇有贵族气质。小雪也依葫芦画瓢。

"花音小姐，我非常欣赏你。"大洛山说道，"像你这样的人才还当一个低级公民，实在太屈才了，我已帮你办好了升级手续，你现在已经是一个二等公民了。"

大洛山朝着身后勾了勾手指，一台崭新的事务机器人飞到了花音身边。

"这台机器人以后就是你最好的帮手了，有它在，你的生活会方便很多。"

"谢谢您，大洛山先生。"

花音微笑致谢，耳边响起了系统的提示音：

"你成功晋升为二等公民。

"你的剧情探索度提升。

"目前剧情探索度为37%。"

大洛山伸出手，示意两个姑娘坐下，而他一个人就占据了半张沙发。

"给各位介绍一下，这是我的儿子，你们可以叫他小洛山。"

大洛山拉过自己的儿子，让他和大家问好。

小洛山大大方方地说道："二位姐姐好。"

"你好。"

花音笑着挥了挥手，没想到一头猪居然能生出一只小奶狗。

大洛山看了一眼小雪，一副欲言又止的样子。花音赶紧开口道："这是小雪，我的助手。"

"哦，原来如此。"大洛山靠在沙发上，开门见山地说道，"我就直说吧，我非常看好你的能力，我需要你好好巴结神之子，这直接关系到我儿子的仕途。"

"您……儿子？"花音愣了一下，"可我听说，是您想竞选总统啊？"

"呵，我的资产已经够多了，就算当总统也不能给我带来什么收获。所以，我当总统的目的只是让我的儿子能进入仕途。

"但是，让我儿子当官，需要很多运作。首先，必须巴结好神之子，他可是瓦棚规则的直接制定人。做通他的工作，一切问题就能迎刃而解了。"

小洛山听到这话，不自觉地挺起了胸膛。

花音扭过头，低声问道："冒昧问一下，令公子今年多大？"

"13岁。"大洛山淡定地问道，"有什么问题吗？"

"不，单纯好奇。"

花音摇了摇头。

本来她觉得让一个猪头当总统已经够荒唐了，没想到大洛山居然荒唐到要让自己的儿子当官。

一个13岁的孩子，他能懂什么？

小洛山的自尊心不允许别人质疑，他扭过头，深深看了一眼花音。

"你是觉得我不能胜任吗？"

小洛山正处于变声期，声音听起来就像是公鸭子叫。

花音咧嘴一笑："当然没有。"

"哼。"

花音瞥了一眼大洛山，这位父亲似乎并没有表达出任何不满，反而是一副饶有兴致的样子。花音刚想解释什么，小洛山便主动开口了：

"你们根本不知道我要做什么，我要改变这个世界。"

花音和小雪都不敢说话，反倒是大洛山十分耐心地追问："说说看，你要怎么改变这个世界？"

"几位，难道你们不觉得这个世界已经变成一潭死水了吗？"

"是呀。"大洛山点了点头，"那又怎么样？"

"我觉得，最主要的原因是底层公民太懒惰了，他们根本没有压力，所以才不努力劳动。男的选择去赌场赌钱，梦想一夜暴富。女的就去当陪酒女郎，不知廉耻地出卖身体。

"现在，我们的矿井已经没有多少劳动力了，这都是底层公民不肯吃苦，没有奉献精神，没有集体荣誉感造成的。

"而我的管理目标，就是让这些底层公民重新觉醒，让他们知道奉献，让他们不那么自私，让他们知道国家才是一切。"

"那你准备怎么做？"

一个十三四岁的小孩子在高谈阔论社会现状，这给花音带来了一种特别的违和感，心里也多了几分戏谑。

"当然先是关闭赌场，这东西消耗了低级居民的精力，让他们不把心思和精力花在工作上。这东西有百害而无一利，如果我当了官，第一件事就是关闭赌场。"

"儿子，我手下也有赌场。"大洛山指了指自己的鼻子，说道，"难道你连我的赌场也关？"

"那是不一样的，咱们的赌场是给高级公民准备的。他们平时工作就已经够累了，需要一个地方来放松心灵，赌场就是一个很好的地方。

"而且，我们的赌场可以带来很多收益，关了它多亏。

"底层公民天天好吃懒做，却还把时间和精力放在赌场之类的地方，那不是犯罪是什么？懒惰的人不配拥有休息的时间。"

"嗯……那你直接禁止低级公民进入赌场不就行了？"

"对呀。老爸就是厉害，一语中的。"

花音忍不住翻了个白眼，笑着问道："没了赌场，那低级公民累了怎么办？"

"累？他们根本还没到累的程度。国家规定他们一天得工作 8 个小时，午间还有 1 小时的用餐时间，这也算累？你得知道，我老爸可是时时刻刻都在工作的。"

"你老爸昨天还去喝酒呢……"

小雪听到这话，实在忍不住，低声反驳了一句。

小洛山的耳朵很尖，听到了小雪的嘀咕声，他扭过头去，笑着说道：

"那能是一回事吗？低级公民喝酒、打牌，那是为了放纵。我老爸出去喝酒、打牌，那是应酬，是工作的一部分。当然，你这个低级公民不了解，那是很自然的事情。"

"可是……"

小雪还想反驳什么，花音头顶的事务机器人就开始报警了。小雪见状赶紧闭上了嘴巴，害怕自己再多说一句，就要被机器人判定为与高级公民闲聊，或者质疑公民等级制度了。

花音觉得又气又好笑，求助似的看向大洛山。

"没关系。"大洛山大方地摆摆手，说道，"这孩子最喜欢和别人辩论，你想说什么就说什么好了，我不会在意。"

大洛山一脸微笑，但是花音却觉得他分明是在幸灾乐祸。

这个大胖子，根本就是想看儿子闹笑话。

花音不肯说话，在这种场合下保持沉默是最好的选择。

小洛山本来还期望小雪能说出什么好东西，没想到她刚说了一句就哑火了。他傲慢地抬起了下巴——果然这些低级公民都是一些臭鱼烂虾。

"花音姐姐，我听我爸说过，你是一个很有胆识的女人。"

"嘿嘿，过奖了。"

"但我看见你之后，我觉得并非如此，你太令人失望了。"

"我就是一个女人而已，我能知道什么呢？"

"确实，一个人的眼界决定了一个人的境界。低级公民只能看见自己面前的一亩三分地，看不见外面的广袤天地、无尽银河。他们穷，就是因为他们没有商业头脑。"

"什么是商业头脑？"

"比如说，他们没有被动收入。"

"什么叫被动收入？"

"比如，去捐东西，就像我爸一样。"小洛山指了指自己的父亲，骄傲地说道，"每年我们都会把我们家的矿产捐一部分给国家，这样的话我们每个月都能自动减刑 1 万年，这就是被动收入。那些低级公民为什么不去捐矿呢？"

"有没有一种可能……他们没有自己的矿？"

"没有矿？那他们还没有房子、没有铺子、没有车子吗？为什么不把闲置的房子和铺子出租？这不也是被动收入吗？为什么不用车子去拉客？这不是赚外快吗？"

"嗯……买房子和买车子是要加刑的。一套房子最便宜的要加 100 万年刑期，他们买了就要蹲监狱，所以他们怎么可能有房子呢？"

"房子还需要买？"小洛山看了看周围，"难道不是生来就有的？没房子，他们住在哪儿？"

花音不敢说话了。

小洛山若有所思："果然不错，你瞧瞧，这些人懒成什么样了！连一套房子都买不起，不过区区 100 万年刑期而已，连我都能在 3 天内减刑 100 万年，那些成年人为什么做不到？"

"小少爷真是有见地。"

"可不是吗？

"都怪这些人太没脑子了，我也经常去矿井里面视察，有些矿工真的是愚蠢至极。

"矿井里的空气是有剧毒的，但是他们为了能少加刑，选择佩戴劣质头盔或者干脆不戴，这导致他们最后都得了肺病而死。

"他们死了以后，肺就会硬得像石头一样，火烧不化。这就是他们的短视造成的，为了避免加刑，居然连命都不要，生病了也不去看医生，简直愚蠢。"

"有没有可能，看病也是要加刑的？"

"加刑？"小洛山又皱起了眉头，"不是有保险吗？他们为什么不用保险？这可是必要的投资啊，他们为什么不用呢？"

花音点点头，淡淡地说道："是呀，果然低级公民就是这么蠢。"

"没错，愚昧无知、偷懒耍滑、鼠目寸光，没有商业头脑更不懂投资。只有我才能带领他们走向繁荣……"

小洛山又夸夸其谈了起来。

现实世界。

A 国的军队将入侵者挡在了国门以外，可是防空警报总会三天两头在城市上空响起。

人民已经习惯了在人防工程里生活。

信号基站被敌人破坏得差不多了，通信设备优先给军队使用，普通人唯一的活动就是看冒险者们的闯关直播。

然而，大伙儿看的时间久了，攻略组就发现了一些异常。

虽然诡异力量并没有入侵Ａ国，只在Ａ国边境偶尔出现，但那些经常关注直播的人，心态也有了些许变化。

他们变得消极而暴躁，经常会有人在人防工程里打架斗殴。

为了防止这些事情发生，曲康平只能禁止平民再看直播，而且就算是特工们看直播，也需要每天进行心理疏导，以免出现意外。

"曲组长，这都是正常现象，我觉得你这样的行为并不妥当。"

郗望站出来，提出了不一样的建议：

"其实，人们情绪变得暴躁，大部分是受到战争的影响，并不是因为诡异力量肆虐。之前也没有证据证明观看诡异直播会对人产生不良影响。"

"话是这么说，但我不能让任何一种不安定的因素出现。只要有这种可能，我就必须遏制。"曲康平斩钉截铁地说道，"这件事没有商量的余地。"

"组长，堵不如疏。如果再这么下去，也许最先疯掉的不是民众，而是我们了。"

"那你的意思是什么？"

"顾毅和丹尼斯已经给出了解决的办法。"郗望举起笔记本，上面写着一行字，"文字是有力量的。"

【34】花音和大洛山的交易

"我已经让我的手下去附近的图书馆搬书了，尤其是那种积极向上，可以鼓舞人心的作品。

"你说过，《诡异世界》和现实世界是有影射关系的。

"既然《诡异世界》里出现了这种提示，我们为什么不试着用文字的力量，让人民重振信心？我们谁也不知道这场战争要打多久，你不能把所有人都当成特工一样管理。

"要知道，他们是人，可不是机器呀！"

郗望据理力争，说到激动的时候，甚至还拍了拍曲康平的桌子。

其他同事见了，个个眼观鼻，鼻观心。

曲康平和郗望在处事上经常会产生一些争议，但大多数时候郗望总会尊重领导的意见，从来没有像现在这样激动过。

"你调动手下，为什么不提前和我说？难道你不知道这是违纪的吗？"

"如果我不把事情先做好，给你看成效，你会相信我吗？你的脑袋太固执了，只会一刀切。"

"郗姐，少说两句。"

队员赶紧冲上来，捂住了郗望的嘴巴。

其实，搬书的事情他们也不太理解，但他们还是跟着郗望先斩后奏了。

不为别的，只是因为他们在郗望身上看到了阿健的影子。

无论是平时工作，还是日常交流，郗望从来不把自己当成一个女人。

别人一次搬一个箱子，她能一次搬两个，不管做什么她都冲在第一线。昨天在安排难民时，她几乎一夜没合眼，直到最后一个难民安顿好，她才躺进车厢里睡了一觉。

这种做事冲在第一线，什么都亲力亲为，性格又和蔼可亲的队长，有谁不喜欢？

郗望除了说话有些冲、赌瘾有点大之外，几乎没有缺点了。

"你的提议我觉得很不错，我决定采纳。但你不经过我的同意私自调动队伍，是你的不对。

"念你初犯，也没有造成什么严重后果，我就不记你过了，但该有的惩罚不会少。这个月的奖金扣发，晚上写一篇检讨给我，如果再有下次，我直接给你记过一次。"

郗望还想争辩什么，但队长却轻轻摆摆手，示意她不要再多嘴。

很显然，曲康平和队友们已经是在给自己台阶下了。

不论怎么说，曲康平还是现任组长，虽然严格，但他也是一心为国。

"是，组长。"郗望点点头，"我为自己的冲动道歉。"

"回去吧。"

"是。"

曲康平挥挥手，赶走了大伙儿。

这些日子，他也是烦躁不安。

前几天有个特工在工位上打瞌睡，被自己狠狠骂了一顿，现在想起来，似乎处理得有些过了。

"我是不是太严格了？"

曲康平摇摇头，打开了监视器。

屏幕上已经没有多少弹幕在讨论闯关了，现在各个国家的居民都在直播间隔空对骂，怒斥对方的侵略行径。

交战国双方人民你来我往，从线上打到线下。联想起上次的副本和失败惩罚，曲康平若有所思。

"W博士的副本里没有多少即死陷阱，但是他非常善于营造压抑的世界，不仅冒险者感到压抑，就连观众也感同身受。

"因为，这个世界里发生的一切都太真实了。不仅如此，《诡异世界》的难度降低，还意味他对闯关失败的惩罚更加严重。

"上次失败，险些让整个世界的人都变成石雕。这次失败，竟然直接引发了世界大战。

"顾毅……我知道你可以。

"这个W博士千万不能留，一定要想办法干掉他，不然我们的世界可经不起他折腾了。"

《诡异世界》。

花音再也不多说什么了，只是一味地奉承、吹捧。小雪如坐针毡、如芒在背，但迫于规则的限制，她无法反驳，只能被动接受这种酷刑。

大洛山看出小雪已经有点不适了，而他的儿子还在夸夸其谈，于是赶紧开口叫停：

"行了，儿子。"

"怎么了？"

"时间到了，你该回你的房间学习了。"

"好的，爸爸。"

小洛山跳下沙发，和两个姑娘道别。

"花音姐姐，你说话真的特别有意思，和你聊天我产生了许多新的想法呢。"

"我也觉得和你聊天很有意思。"

"再见姐姐。"

大洛山望了一眼自己的儿子，接着又冲花音勾了勾手指："我们找个安静的地方。"

"好。"

花音跟着大洛山来到了书房，屋子里只有他们二人。

大洛山亲自给花音倒了杯茶，与她面对面坐着。

"对不起，我儿子出丑了。"

"没关系，小孩子嘛，得给他试错的机会。"

"是的，反正也就是玩儿嘛。"大洛山笑着说道，"孩子现在在成长期，谁知道他将来会是做什么的料？有机会让他去参政，那正好去试试看嘛，你说对不对？"

"当然如此。"

花音面上微笑，心里却翻江倒海。

大洛山刚刚这番话，就像现实世界里让孩子上各种兴趣班的家长。

只不过，现实世界里的家长只是让孩子试试看、玩玩看，而大洛山是真的让孩子去从政。如此情形，花音不仅没有觉得荒诞，反而觉得很合理。

在这个世界里，等级就是一切。

如果你站在世界的顶端，你可以无视任何规则，你可以把别人的生命当成取乐的玩具，你也可以把参政议政当成小孩子过家家。

高级公民和低级公民虽然生活在一个国家，但他们已经是两个世界的人了。

A 系列守则规定，低级公民禁止和高级公民闲聊，这几乎切断了双方交流沟通的最后渠道。

贫民觉得皇帝用的是金锄头锄地；皇帝觉得贫民很蠢，为何不食肉糜？

花音没有办法怪罪小洛山发表的荒谬言论，因为他根本没办法去体会底层公民的生活。而底层公民成功晋升之后，他们就变成了新的"吸血鬼"，还会更加疯狂地剥削底层公民。

而这种成功晋升的公民，也许千万个人里才有一个。

如果花音没有其他冒险者提供情报，她也根本不可能上位，说不定在遇到康斯坦丁之后就已经变成吊死鬼了。

"花音，我这个人不喜欢绕弯子，我只给你提一个要求。"

"您说。"

"帮我摆平神之子。"大洛山伸出一根手指，晃了晃，"就算你没成功，我也会给你一套房子外加 100 万年减刑。如果你成功了，我就直接帮你晋升为一等公民。"

"这是个不错的生意，成交。"

【35】档案里的情报

大洛山出手非常阔绰，在花音离开庄园之后，他就派人送花音去了新的住所。

这里位于市中心，是一栋高档的单身公寓。

小雪望着那栋高楼，激动不已："我可没想到有一天能住在这种地方……"

"刚刚开始而已。"

花音微微一笑，带着小雪上楼。小雪局促不安地站在门口，始终不敢进门。

"你怎么不进来？"

"花音姐，我是个低级公民。"

花音这才醒悟过来，她们二人已经不是一个等级了。难怪小雪一路上都不敢和自己多说两句话，花音还以为是小雪不开心呢。

花音走了过来，在小雪的手腕上划了一道："我给你100万年减刑，你马上去找办事员办手续，晋升为二等公民吧。"

"谢……谢谢你。"

小雪深深鞠了一躬，激动地擦了擦眼角的泪水——她没想到，自己的目标居然用这种方式实现了！

"别客气。"

花音摆摆手，在心里默默叹了口气。

晚上10点，花音安抚好小雪，就立刻坐在了电话前。等到10点钟声敲响之后，花音立刻拿起电话，闭上了眼睛。

"连接开始。"

嗞嗞嗞——花音再次睁开眼睛，看见了另外两名冒险者。

丹尼斯穿着一件崭新的警员制服，顾毅则还是穿着那条脏兮兮的矿工裤。

顾毅右手轻轻摸了摸头盔，将其收进了黑球空间。

"丹尼斯，看来你成功了？"

"是的。"丹尼斯点点头道，"我成功当上了警察，并且抓住了二狗。不过，这小子的生命力非常顽强，到现在还没死。"

"怎么说？"

丹尼斯说明了情况，当听见一个名叫十四的术士折磨二狗的灵魂时，顾毅忍不住多问了两句。

"他长什么样？"

"大概比我高一点。"丹尼斯在头顶比画了一下，"他喜欢戴兜帽，脸上满是皱纹，看上去很老，但我听说他实际年龄才30岁而已。他说话的声音也很有特色，就像是乌鸦一样。"

为了更形象，丹尼斯还特意捏着嗓子，模仿了一下十四的声线。

顾毅点了点头。

在某次推演里，那个在梦境中杀死自己的人，一定就是十四了。很显然，十四早就在监视自己和二狗了，自己一定要赶在他动手之前，先把对方解决了才行。

"另外，用你的真名并不能在档案里找到相关信息，也不知道是为什么。"

"其次，我还在二狗的档案里找到了一篇特别的东西。那上面的字我实在无法理解，不知道你能不能看懂？"

丹尼斯从怀里掏出一张纸来，上面写满了密密麻麻的文字。

花音好奇地凑上来看了一眼。

那些都是自己能看懂的文字，但如果放在一起，花音就完全不能理解了。这种现象，顾毅曾经解释过，叫作认知障碍。花音之前还不能理解，现在亲眼所见，她才明白过来。

"嗯……"

顾毅接过字条，打眼一瞧。

"你们看不懂？"

花音和丹尼斯摇了摇头。

顾毅看了眼字条，接着说道："那我大概给你们解释一下吧，这里说的是陈泽宇'弑神之罪'的判罚决定。前面的可以省略，我直接挑几个比较重要的情报分享给你们。

"1. 陈泽宇的能力来自入殓师，他是现存的唯一一个拥有入殓师传承的瓦栅人。

"2. 陈泽宇和旅者星人有勾结。这点毋庸置疑，我们早就知道了。

"3. 陈泽宇是 ***。这个词我不知道该怎么解释，仅从字面意思理解，大概是'偷窥秘密之人'，但我觉得应该有别的深层含义。

"4. 陈泽宇跳出了'盒子'。我不知道自己是不是理解有误，但上面写的确实是'盒子'，这和第 3 条一样，也应该是有深层含义的。线索太少，我也无法解读它的意思。

"5. 陈泽宇已经被处以极刑，就连灵魂也消散了，是各种意义上的死亡。陈泽宇现在以二狗的身份重生，隐姓埋名、改头换面，一定是因为他借助了入殓师的科技。

"6. 这份报告里也提到了我。上面说'顾毅'在陈泽宇发起的行动中起到了辅助作用，处以 A 级记忆消除和 1000 万年刑期。"

顾毅放下字条，陷入沉思。

花音听到这一大堆信息，已经彻底蒙了，根本不知道该从哪里开始推理。

丹尼斯皱着眉头，说出了自己的想法：

"1、2、5 条情报基本是没有意义的，毕竟我们早就已经知道这些事了。现在问题的关键在于 3、4、6 条。"

"没错。"

"第 6 条其实是为了给你的身份增加合理性，我觉得你不需要去多费心思理解。消失的 20 年也已经很明显了，你曾经和陈泽宇一起造反，一个被处以极刑，另一个被洗脑。

"陈泽宇的手法也非常好理解，就是利用入殓师的科技。

"他留下的改造机器人很变态，我现在已经成功据为己有了。只要我不在别的机器人或者警察面前违法，根本不会被判刑。"

顾毅闻言，对丹尼斯提出警告。

"你除了天赋能力，有没有别的主动技能？"

"呃……没有。"

"你还是要谨慎一点。如果你要使用诡异力量，也一定要确认周围 100 米内没有机器人才行，拥有二狗的改造机器人并非代表着你可以肆无忌惮地违法。机器人的感应范围很广，如果你使用了诡异力量，它可以第一时间发现并赶到现场。你现在的某些违法行为可能都还不太容易被发现，但我不敢保证你永远不会被发现。如果想要真正地屏蔽规则，必须使用二狗的规则制造器。另外，你盗看档案的痕迹一定要处理干净，好不容易进了警务站，可不要因为某些小错误而被开除啊。"

丹尼斯闻言，心有余悸地点点头。

花音见状，立刻提醒道："你也不用太在意这些，其实很多高级公民都在犯法，但他们可以用刑期抵押。只要你控制好刑期数，就算你犯了法也无所谓。"

"你说得对。"

顾毅摸了摸下巴，举着手里的字条来回踱步。

"另外，你说第6条不需要考虑……虽然我不太苟同，但我觉得目前确实也不需要考虑得太深，因为明显其他两点的内容更接近剧情核心。

"档案里有两个关键词非常重要，一个是＊＊＊，我就暂时翻译成'窥秘者'吧，另外一个就是'盒子'。这两个关键词都是带有隐喻和暗示的，我暂时无法完全解读它们的意思。

"小雪曾经说过一句话，'我就像是被关在纸盒子里的蟑螂'，也许小雪说的'盒子'和档案里的'盒子'指的是一个东西，也就是公民等级制度？盒子限制了所有公民，而盒子的主人，也就是神明。完美级通关的要求就是破坏盒子，杀掉那盒子的拥有者。"

"顾先生，我觉得这样理解未免有些……抽象？"花音在一边听了半天，终于提出了不一样的看法。

【36】盒子与窥秘者

顾毅闻言，好奇地看着花音："哦？你说说看？"

"我觉得，'窥秘者'和所谓的'盒子'会不会都是指一个具体的东西，而非抽象的比喻呢？

"你也注意到了吧？这个副本有非常浓厚的W博士的风格，他很少会在副本里打哑谜。所以，我们拿到这些线索以后，很可能就不应该想太多，'盒子'就是指盒子，'窥秘者'就是指窥秘者。

"不要去思考这些虚无缥缈的隐喻，那很可能会让我们的思维误入歧途。"

"我觉得这也是一个思路，你应该考虑一下。"

丹尼斯闻言，点了点头表示赞同。

"你们说得有道理，可能是我想多了。等我回去之后，我会想办法问问二狗，不知道他会如何评价这件事情。"

尽管花音和丹尼斯的分析都有一定的道理，但顾毅却本能地觉得有些许不合理的地方。

花音的虫巢空间也是有时间限制的，现在没必要在这里和大家讨论无法证明的猜想，毕竟如何找出真相是自己的任务。

"花音，你有什么新的发现吗？"

"嗯，当然有，而且很多……"

花音说了今天与大洛山父子见面的过程，并且她和顾毅一样成功让小雪实现了从小孩到大人的成长。

好在花音的教育更加温和一点，而顾毅则是直接让小雪见到了最血腥的真相。

听见小洛山说出一些让人啼笑皆非的话语后，丹尼斯忍不住冷嘲热讽起来："我觉得这孩子如果在现实世界里，一定是一个非常出色的专家。这提案绝对是史诗级别的。"

"先不谈这件事了。"顾毅看向花音，"你现在已经可以接触到上层公民了吧？"

"当然。"

"我觉得，你就照着这条路线走下去吧。帮助大洛山上位，并且和康斯坦丁处理好关系，同时也要时刻注意二狗的行踪。情况实在危险的话，出卖二狗也没问题。"

"我明白。"

"我这边倒也得到了一个很有意思的情报，小雪其实是一个文学爱好者。"

"难怪呢。"花音认真地点头，道，"这孩子总有一些天真烂漫的想法，原来她喜欢文学？"

"嗯，我也不知道这个情报对你们有没有用，但这对我其实挺有帮助的，我准备让她来帮我的文章润色。"

"好主意，这样既可以避免小雪去夜总会上班，又可以给你省下更多时间去探索。"

三人接着讨论了一些细节，正在顾毅准备道别的时候，花音突然伸手抓住了二人。

"二位。"

顾毅和丹尼斯一起看向花音。

"一定要活下去。"花音笑着说道，"本来我以为来到这个世界是我太倒霉了，但我能遇见你们两个，实在是我最大的幸运。谢谢你们。"

"哼，大小姐就会瞎矫情。"

丹尼斯撇撇嘴，低声抱怨着。

顾毅眯眼看着花音，笑道："我应该谢谢你们才对。"

"如果这次我们能活着回到现实世界，我一定会请你到我们家来做客，我们家的房子还蛮大的哟。"

"嘿，那我提前谢谢你了。"

顾毅点点头，眼前的一切开始模糊。

视线再次恢复清晰时，顾毅已经回到了警务站。

警察一边喝茶一边欣赏顾毅的行为艺术，而顾毅也不在乎被人当猴子，神色如常地把话筒放了回去。

"欸，别急着走。"一位警察拦住了顾毅。

"做什么？"

"最近二狗去哪儿了？"

"我怎么知道他去哪儿了呢？"

"马上就是总统竞选了，你们这些低级公民最好给我安分一点，别给我搞出什么幺蛾子来，你可是我们的重点关注对象。"

"哦，知道了。"

顾毅点点头，离开警务站。

顾毅回到住处时，二狗依然没有回来，他推开房门，看见小雪正趴在自己的书案上写字。

顾毅走到小雪身边，瞥了一眼。

"顾叔叔。"

"嗯，别管我，继续写。"

"呃……我不好意思。"小雪捂着纸张，"这是我自己写的故事，是受你的启发写的。"

"能给我看看吗？"

"好吧。"

小雪把纸递了出去。

上面写的是一个爱情故事，主线并非灰姑娘嫁给王子，而是讲述了一个男女主角互相成就、互相救赎的故事，一个底层公民努力抗争命运的故事。

"很有趣。"

"真的吗？"小雪皱了皱眉头，"我以前……在我还是一等公民的时候，也曾经找过出版社，我把这个故事给他们看过，可他们说这种故事是没有市场的。"

"为什么？"

"现在的人喜欢看底层公民跪舔高层公民，其实我一直觉得这挺没意思的。爱情不应该如此世俗，你觉得呢？"

"世界上肮脏的东西太多了，金钱、权力、利益腐蚀了人们的双眼。所以，我们希望世界上有一种东西可以打败这些肮脏，如莲花般出淤泥而不染，我们把这种东西称为爱和信仰。"

"嗯嗯。"

小雪的眉头瞬间舒展开来，这是她第一次遇见支持她想法的人。

顾毅轻轻拍了拍小雪的肩膀，郑重地说道："你就在我这里继续写书，我可以给你支付刑期。"

"叔叔，好像你自己都泥菩萨过江了……"

"喀喀……你不用管，我自有办法。"

顾毅尴尬地摸了摸鼻子。

此时，门外传来一片脚步声。

小雪扭头看去，发现二狗正站在门边，如同幽灵一般背对着月光。

"哼。"

小雪的好心情立刻消失了，她拿起桌上的书稿，转身离开房间。

二狗望着自己的女儿，欲言又止。

不过，小雪并没有离开赌场，而是走进了隔壁的房间，这是二狗特意给小雪留下的卧室。

"你可算回来了。"

"当然。"二狗点点头，来到顾毅身边，"我已经帮你搞定了，你现在把书稿给我，明天你就能在图书馆见到你的书了。"

"这么快？"

"是的，没你想的那么难。"

顾毅点点头，他拉着二狗到书案前，从怀里拿出一张纸，用星际语和二狗交流。

"我有一个情报要告诉你，我们被人监视了，那人名叫十四。"

二狗拿着字条，认真地点了点头，同样用写字的方式交流。

"这几天我总感觉有人在跟踪我，我还以为是错觉。"

"你对他了解多少？"

"我只知道他是一个一等公民，拥有极强的诡异力量，是康斯坦丁的家仆。"

"这件事交给我吧。如果我找到他，是杀了他，还是抓住他？"

"杀了他，不能给他任何机会逃跑。抓住他是没有用的，他是一个死士，如果知道自己逃脱不了，他一定会想办法自杀。马上就是总统竞选了，这是我们翻盘的最后机会，不能让十四透露一点消息，善后的工作我可以帮你。我们要干一番大事。"

"刺杀神之子？"

"打开 ***，然后 ***。"

二狗写了一段自己看不懂的话，准确地说不是看不懂，而是看懂了但不能理解。他的文字里存在着认知障碍，就像是二狗档案里的内容一样。

为此，顾毅选择闭上眼睛，利用天赋能力询问二狗。

推演开始！

你：为什么这些话我看不懂？

二狗：你看不懂？ ***，***。

二狗换了一种写法，但你依然无法理解。

你：能不能换种说法？

二狗的表情明显有些沮丧。

二狗：看来你不能和我一起努力了，很抱歉。接下来的事情，可能要我一个人去做了。

二狗不再与你说话。

你对二狗使用了心理暗示。

二狗察觉出异样，对你产生了极大的疑惑。

二狗：你到底想做什么？你有什么目的？

你：你似乎对我有所隐瞒。

二狗这次直接开口说话了。

二狗：****，****。

你每个字都听得懂，但放在一起就完全不明白了。

你终究没能理解二狗的意思。

这也许说明，你还有许多线索没能拿到。

如果你强行让二狗说出真相，或者不理解二狗的意思，必然会让二狗对你的信任度下降，这并不利于自己通关。

你决定换个角度旁敲侧击。

你终止了推演！

顾毅没有立刻睁开眼睛，而是继续推演，势必要在这里找到全部线索和可能。

推演开始！

你：我明白了。

二狗点点头，竖起大拇指。

你继续在纸上写。

你：你为什么会被判弑神之罪？你在那天做了什么？

二狗：我发现***，但***，所以***。

你：盒子是指什么？

二狗：***？

你不明白二狗在纸上写了什么，但你从二狗的眼神中发现他对你的信任产生了动摇。

你实在没办法从二狗这里找到更多信息了。

你只能退而求其次，假装看懂了二狗的安排。

这样才能保持二狗对你的信任度。

你终止了推演！

顾毅睁开眼睛，正准备将字条撕碎，二狗却抢过字条，在上面写下了一行字：

"别急，我决定送你个东西。你可以用这东西杀死十四。"

二狗从怀里摸出一把匕首，送到了顾毅怀里。

这东西是二狗每次进行血祭时使用的祭祀匕首，上面的血槽已经彻底变成红色了，看上去特别恐怖。

二狗捡起字条，用打火机烧毁。

"明天晚上，你可以去图书馆看看，说不定你的书就卖爆了。"

"借你吉言。"

顾毅朝着二狗挥挥手，摸了摸手中的祭祀匕首，耳边传来了系统的提示音：

"你获得了剧情道具'二狗的祭祀匕首'。

"你的剧情探索度提升。

"目前剧情探索度为38%。"

刚才自己如果表现出一丝一毫的疑惑，二狗都不会信任自己，更不会把他最重要的武器交给自己。

两个队友都已经将剧情探索度推进了，而自己始终没有进展，这多少让顾毅有些压力。

听到剧情探索度提升的时候，顾毅终于把狂跳不止的心重新咽回了肚子里。

顾毅坐回座位上，陷入沉思。

刚才，顾毅纯粹就是在蒙，因为他根本就没有理解二狗的意思。

等到了竞选开始的那天，二狗如果真的做了什么惊世骇俗的事情，而自己没能跟上，那也同样只有死路一条。

顾毅拿出纸笔，在上面写上了两个词：盒子、窥秘者。

理解这两个词的意思，对破除认知障碍具有非常重要的意义。当自己询问弑神之罪的具体细节时，二狗的话语里也产生了认知障碍。

这两者之间必然有某种联系。

顾毅咬着笔头，在窥秘者和盒子中间画了一个箭头。因为是窥秘者，所以可以跳出盒子？是这个意思吗？那么该如何成为窥秘者？

"不对，这样思考没有任何意义。"

顾毅将草稿纸撕成碎片，丢进烟灰缸，用火点燃。看着跃动的火苗，顾毅重新拿出了一张纸。

他先是写下了二狗的名字，又在旁边画了个等号，指向"陈泽宇"。

顾毅苦思冥想一番，终于发现自己忽略了一个问题——二狗的能力是从何而来的？

在瓦棚中学的时候，旅者星人只有两个：图书管理员和篮球教练。

陈泽宇从来没有和这两个人有过任何交流，所以他不可能是从这二人身上学会的旅者秘术。

突然间，顾毅一抖，一个大胆的念头冲入脑海。他在草稿纸上画出了一个小月牙。

是暗月马戏团教会了陈泽宇旅者星人的秘术，而不是学校！

别忘了，暗月马戏团可不仅仅存在于《三口之家》副本，它存在于各个世界，甚至人类都可以从现实世界直接通过某种方法连通暗月马戏团。

瓦棚是入殓师的世界，规则制造器是入殓师的科技，而旅者星人的秘术则是暗月送给二狗的奖励。

再想想看吧，《诡异世界》在什么时候会产生认知障碍呢？

当冒险者和《诡异世界》里的人讲述现实世界的事情，他们就会产生认知障碍，根本听不懂你在讲什么。

同样的道理：一个《诡异世界》的人，知道了自己只是《诡异世界》的傀儡、玩具、NPC，那他会怎么样？

"盒子"并非单纯指瓦棚世界的规则，而是指整个《诡异世界》。

"窥秘者"就是指窥见了《诡异世界》秘密的人。

二狗他和暗月一样，是一个想跳出《诡异世界》的人！

"真有意思……二狗在教育女儿的时候，曾经说过一句话——外面的世界很精彩。但其实，他嘴里的外面的世界……指的可是《诡异世界》以外的世界呀！"

顾毅忽然感到浑身舒畅，他丢掉了手里的笔，将草稿纸烧毁殆尽。

其实，自己早该想到的，那可是旅者星人啊，那是导演从来都没有真正降伏过的种族。

旅者星人可能不是最能打的，但一定是最能跑的。

暗月虽然成了《诡异世界》的一个小副本的 NPC，但是他却始终偷偷摸摸地在规则之下帮助冒险者和现实世界的人类。

他可以意识到《诡异世界》的真相，甚至抵抗《诡异世界》。那副本里的角色，又为什么不能意识到《诡异世界》的真相，并抵抗《诡异世界》呢？

如此想来，也能解释神之子为什么在抓到二狗之后不会直接杀死他，而是对他进行各种折磨，企图掌握他的秘术。

因为，神之子也想摆脱《诡异世界》？

顾毅靠在椅子上，进行更深层次的思考。

《瓦棚中学》绝对是有史以来最特殊的副本了，因为这个副本会和上一个副本有联系。

除此之外，瓦棚高中里还藏着比导演位阶更高的科技产品——黑球空间。本世界里，二狗掌握可以制造规则的机器，而规则制造器明显不符合《诡异世界》的原则。

这是否意味着，《瓦棚中学》这个副本，其实拥有着属于自己的意识？

越往深处想，顾毅越觉得自己的推断很正确。

只要自己可以找到相关的实质性证据，是否就可以推进剧情探索度？想到此处，顾毅闭上眼睛，决定尝试一下能不能直接与二狗讨论这些。

推演开始！

你来到二狗的房门前敲门。

二狗跑了出来。

你：你知道暗月马戏团吗？

二狗：马戏团？这个世界已经很久没有来过马戏团了。你为什么突然问这个问题？

你：我是说那个侏儒，个子很矮，喜欢穿西装的暗月。

二狗：你到底在说什么？你是要穿西装吗？我们俩身材差不多，我的西装可以借给你。

你终止了推演！

顾毅睁开眼睛，摇了摇头。

自己听二狗的话有认知障碍，二狗听自己的话同样有认知障碍。

在这个世界里，暗月马戏团并不是固有的，与二狗讨论暗月马戏团会被判定为"超游行为"，系统就会自动屏蔽这种交流。

据此可以断定，就算自己知道了如何从瓦棚穿越到暗月马戏团，也无法获得剧情探索度。不过，这并不会阻止顾毅探索的脚步。

但是，如果可以在这个世界找到前往马戏团的方式，自己也一定会毫不犹豫地去一次。

"结束……"顾毅丢下纸笔，趴在书案上睡着了。

翌日清晨。

顾毅早早地去矿井里报到，接着就离开矿井，去街道上探索。

现在，借助二狗的资助，顾毅基本的生活开销已经没有任何压力了，他拥有心理暗示的能力，也不在乎会有人对他不利。

公民守则规定，任何公民不得游手好闲，所以自己绝不能辞职，否则就会被认定为游手好闲。

因此，顾毅每天都要去矿井打卡。

今天，顾毅的任务有两个：

一、查看图书馆目前的情况。

二、调查出十四的行踪，并想办法杀死他。

顾毅一路走到图书馆附近，坐到长椅上休息，缓缓闭上眼睛。

推演开始！

你走进了图书馆。

因为没有借书证，你被管理员赶了出去。

无奈之下，你使用了心理暗示。

管理员对你睁一只眼，闭一只眼。

你走进了图书馆。

你径直来到1楼，果然在书架上找到了自己的书。

新书上架，不少人围着书看。

你发现你的书确实非常受欢迎。

你休息了一会儿，等技能冷却结束，对在场的所有人使用心理暗示。

他们立刻奔走相告，将新书推荐给其他熟人。

你离开图书馆。

你来到最近的书店。

你的书被摆在书架的最后一层。

过了没多久，许多爱书的低级公民来到书店，要求买《泰坦尼克》。

你点了点头，这说明你的计划非常有效。

你重新在街上闲逛。

你不知道是对手的追踪技巧太过高超，还是对手根本没有追踪自己，你始终没能发现任何类似十四的人。

你怀疑十四可能易容了，你不能通过外表去判断十四的身份。

你决定做出一些惊世骇俗的事情，以此吸引十四的注意。

你重新来到红灯区。

你等到了晚上，果然等来了大洛山的车子。

大洛山又一次带着康斯坦丁过来消费了。

你使用技能，绕过两名保安。你站在门后，等待技能冷却。

你来到大洛山的包厢前，一脚踹在大门上。

你：我来取你狗命了。

你对在场所有人使用心理暗示。

陪酒女郎直接吓得跪在地上，而大洛山和康斯坦丁只是有些发呆而已。

大洛山抄起酒瓶砸向你。

你掏出匕首，与大洛山肉搏。

你被大洛山轻松制服。

你终止了推演！

"这家伙这么沉得住气吗？"顾毅睁开眼睛，默默思考着。

康斯坦丁可是神之子，如果他有了什么闪失，周围的人没有一个能活到明天。

如果十四真的在自己身边，怎么可能无动于衷？怎么可能眼睁睁地看着自己进入夜总会，而不采取任何措施？难道他对大洛山的武力值那么自信吗？

刺杀康斯坦丁和大洛山不能引出十四，那么用别的方法试试看。

推演开始！

你来到了政府大楼前。

你的公民等级不够，只能在低级公民办事处，无法进入官员办公区。

你对办事员使用心理暗示。

办事员对你睁一只眼，闭一只眼，让你走进了办公区。

你在办公区稍微休息了一会儿，等待技能冷却，顺便思考应该用什么方式造成更大的混乱。

你来到总统办公室。

现任总统正坐在办公桌旁工作，在看见你之后，表现出了一丝惊讶。

总统：你是谁？

你对总统使用了心理暗示。

心理暗示并没有产生效果，反而让对方变得更加紧张。

【37】做局

你拿出匕首，试图刺杀总统。

总统用力踢了一下脚底的按钮。

一道透明玻璃幕墙挡住了你。

电流席卷你全身。

你浑身麻痹。

你晕了过去。

你终止了推演！

顾毅重新睁开眼睛，望着面前人来人往的街道，深吸了一口气。

尽管自己可以借助技能的力量，轻松地来到总统的面前，但最终会因为单枪匹马而失败。这两次推演相当于演习，让顾毅知道如果刺杀这些高级公民，会遭遇何种阻碍。

果然如自己想的一样，如果要杀死这些高高在上之人，必须调动所有底层人民的力量。

刺杀首领这种事情并不能刺激十四的神经，甚至可以说这种事情在十四看来根本就是痴人说梦，他根本不担心自己能杀死神之子。

另外，自己在刺杀神之子时，并没有感受到任何压力，这说明十四很有可能根本就没有在这段时间监视自己。不然的话，就算他再怎么大胆，也不可能不把情报报告给上级。

"那么……只有一种可能了，他在追踪二狗。"

顾毅再次闭上眼睛。

推演开始！

你离开图书馆，去二狗经常出没的地方寻找二狗。

你没有任何收获。

二狗既没有在赌场睡觉，也没有去加工坊工作，也没有去黑街晃悠。

即使你已经得到了二狗的全部信任，你也很难摸清他的行踪。

你来到了小雪的住所，此时她正在奋笔疾书，并没有注意到你。

你没有看见二狗，也没有发现形迹可疑的人。

你觉得剧情陷入了死胡同。

你蹲坐在天井下方思考。

你将自己掌握的所有和十四相关的情报全部列了出来。

1. 外貌老成，但实际年龄才 30 岁。

2. 身形高大，嗓音如乌鸦。

3. 可能会使用易容术。

4. 拥有在梦境中击杀敌人的能力。

5. 非常沉得住气，即使以刺杀首领为诱饵也没用。

6. 不会亲自出手。

你手里拿着笔，沉思了一会儿，将第 6 条划去。

十四在某些情况下是会亲自动手的，他在你睡觉时曾经入梦杀死过你，但你每天都要睡觉，十四也不是每天都会入梦找你。

你必须让十四知道你的真名，他才会过来。

因此，对十四真正有吸引力的是"顾毅"，而不是自己的各种刺杀秀。

你回到自己的房间，对着空气说话。

你：我就是顾毅，你有什么事来找我呀。

无人回应。

你趴在桌子上睡着。

你没有遇到任何危险。

十四并没有入你的梦。

你沉思片刻。

两次入梦，有两个区别：

1. 第一次自己是被动、无意地说出了自己的名字。

2. 第一次入睡时，自己住宅附近没有其他目击者，大家都睡觉了。

十四的做法必然要引起一些超自然的现象，因此他可能不会在大白天以及众目睽睽之下施法。

其次，十四也不会太傻。你这样光明正大甚至十分做作而明显地透露情报，必然会让十四警觉，因而放弃入侵梦境。

你需要用更自然的方法让十四入侵自己的梦境。

你要创造一个合理的情景，来透露自己的真实姓名。

你终止了推演！

顾毅睁开眼睛，望了望四周。

有什么办法，能让自己说出名字的行为更合理，又不至于让自己陷入危机呢？

顾毅坐在路边想了一会儿，回忆着之前所有的情节。

他突然想到了花音。花音在与某个男矿工交流的时候，曾经和对方交换过真名，自己是不是也可以利用这一招去勾引普通的女公民？

自己虽然不像花音那样么会玩弄感情，但是他可以用技能呀！

想通了一切，顾毅立刻闭上了眼睛。

推演开始！

你坐在路边，寻找可以攻略的对象。

你本来想利用小雪钓鱼，但这很容易让小雪陷入危机，你立刻排除这个选项。

你决定用矿上的女工，或是空间跃迁基地附近的老板娘当鱼饵。

想到此处，你来到基地附近。

这里有家小饭馆，因为没到饭点，店里没有什么人。

你坐在椅子上，对老板娘使用心理暗示，让她对自己一见钟情。

老板娘的眼睛突然离不开你了。

她走到你的身边。

老板娘：小伙子，你怎么称呼？

你：我叫顾问。

老板娘：你怎么一直戴着头盔？你还没有升级到二等公民，对吗？

你听见门外警务机器人的脚步声，它们正在看着你，如果你再多说两句，就要被认定为闲聊了。

你闭上了嘴巴。

老板娘明白你的顾虑，赶紧朝着门口的警务机器人挥了挥手。

老板娘：老娘在和他谈生意，可不是在闲聊，你们能不能滚开？

老板娘握着你的手腕，轻柔地在上面画出 Z 字。

你立刻减刑了 1000 年。

老板娘：陪我玩儿一次，我奖励你 1000 年减刑，怎么样？

你：玩儿一次，玩儿什么？

老板娘：捡到宝了，你还是个雏儿？

你：啊？

老板娘：你跟我来。

老板娘带着你来到门店里的小房间，你站在门口不敢进去。

老板娘：你干吗不进来？

你：我不能单独和高级公民处于密闭空间。

老板娘：没关系，你不是单独和我共处一室。

你点点头，跟着老板娘走了进去。

你发现这是老板娘的卧室，床上躺着一个男人，正在大声地打呼噜。床旁边有一张婴儿床，里面的孩子也一样在睡大觉。

你不由得倒吸一口凉气。

老板娘关上门，并亲自帮你摘掉头盔。

你指着床，问道：这两人是谁？

老板娘：我的老公和孩子。

你：你想做什么？

老板娘：我看见你第一眼就爱上你了，我什么都愿意给你。

你：哈？

老板娘：顾问一定不是你的真名吧？

老板娘用手臂搭着你的肩膀，你心跳有些加速，你对自己使用心理暗示，免得忘记自己到底是来做什么的。

你：当然不是。

老板娘：你可真让我感到失望，我以为我们两人之间才是真爱。

你：我以为我们俩之间只是交易。

老板娘白了你一眼。

老板娘：之前还装着一副清纯的样子，现在你倒开始犯浑了，还说什么交易不交易的？

你：你给了我 1000 年的刑期呢。

老板娘：那叫红包。

你不置可否。

老板娘：亲爱的，你叫什么名字？

你没有回答。

老板娘眼泪汪汪。

老板娘：你为什么不愿意告诉我真名？你是不是不爱我？

你：我……

老板娘：好，我明白你的意思，你是觉得我不够真诚对吧？那我先告诉你我的名字，我叫崔丽丽。我老公和我在一起 5 年了，他都不知道我的名字呢。

你：呃……那我可谢谢你了。

老板娘：你这小傻子，怎么跟块木头似的？你的真名呢？

你：我叫顾毅。

此时，你的心理暗示技能冷却时间刚好结束。

老板娘已经闭上眼睛，嘴巴就要贴过来了。

你赶紧对躺在床上的丈夫使用技能。

丈夫从床上坐了起来，发出一声怒吼。

老板娘脸色惨白，赶紧松开了你。

你趁机跑了出去。

由于你跑得太快，你的双脚短暂地同时离地，规则对你进行了惩罚。

你全身过电，蹲在地上差点晕过去。

你听见屋子里传来夫妻二人的吵架声，紧接着就是婴儿的啼哭声。

你等到麻痹的感觉过去，这才赶紧离开了现场。

你蹲在无人的街角休息，突然感到一阵困乏。

你没来得及采取任何反制措施，便立刻陷入沉睡。

你感觉周围变得冰冷无比。

一只八爪鱼从水泥地下爬了出来，用黏腻的触手抓住了你的脚踝。

你不断挣扎，却越陷越深。

你被拖入了水泥地里，你好像落入了无尽的海底深渊。

你感到窒息。

八爪鱼用嘶哑的声音同你说话。

八爪鱼：告诉我，二狗到底要做什么？

你：我不知道。

八爪鱼张开触手，刺穿了你的耳膜，直到捅进你的脑袋。

你疼痛难忍。

在你思考问题的一瞬间，你的脑子里就有了答案，八爪鱼可以轻松攫取你的记忆。

你的思维一片混沌。

你不停地对自己使用心理暗示，试图把自己唤醒。

你的心理暗示没有任何作用。

八爪鱼退去，你从梦中清醒。

你变成了傻子。

你无法控制自己的行动，你不停跳跃，让规则一遍遍惩罚自己。

你被电成了麻花。

你死了。

推演结束！

顾毅睁开眼睛，嘴角露出了微笑。

——鱼儿终于上钩了！

十四在梦境中不露面，自己就算在梦里见到他，也没有任何反抗的余地。

根据自己的经验以及丹尼斯的情报，十四在施法的时候也是有距离限制的，他无法在远离自己的时候施法。

这也是为什么十四对自己施法时，一定要等到周围无人的时候。

现在的任务，就是找到克制十四的方法。

"开始……"

顾毅闭上了眼睛。

现实世界。

整个蓝星已经变成了一片巨大的战场，世界上排名前三的大国——B国、A国、E国彻底陷入战火之中。

理性已经不复存在，导弹、飞机像是蝗虫一样铺天盖地。人们从最开始的惶恐，变成了麻木，能活着从床上爬起来就已经可以谢天谢地了。

战争如同瘟疫一般蔓延开来，让大地满目疮痍。

"郗队长，这个时间让大伙儿看直播，不太好吧？"

"没关系，反正都这样了。"郗望说道，"我有种预感，今天的直播会非常精彩。"

"你怎么知道的？"

"看见我的小拇指了吗？"

"咋了？"

"它正在发抖。"

"好像是啊。"

"这是我要走大运的征兆。"郗望收回手指，说道，"要打赌吗？今天一定有振奋人心的事情发生。来吧，一起欣赏顾毅的表演去。"

今天曲康平去别的地方工作，基地暂时交给郗望管理。一部分特工负责对抗诡异武器，另外一部分则留下来照顾难民。

现在刚好没什么工作，看看直播也许还能转换一下心情。

郗望把监视器搬到了室外，让周围的居民也能观看。

此时，镜头刚好锁定在顾毅身上。

不知道为什么，顾毅竟然被饭店老板娘缠上了。

"小伙子，你叫什么名字？"

"我叫顾问。"

老板娘坐在顾毅身边，不停用肩膀蹭他。

"这是啥情况啊？"

"别人都在闯关，顾毅怎么开始勾引老板娘了？"

"喂喂喂，搞清楚，是老板娘在勾引顾毅啊！"

八卦是刻在人类基因里的东西，之前大伙儿还都是一副愁眉不展的样子，现在看见顾毅和老板娘搞暧昧，全都兴奋了起来。

特工们诧异地看着周围的群众，他们凑到郗望身边，疑惑地问道："队长，你咋猜到的？"

"我说了，我的预感很准的嘛！"

"你和顾毅一样，也有预知能力？"

"你连老娘的能力是啥都不知道？"郗望翻了个白眼，"我能赌。"

"赌？"

郗望还想再解释什么，却发现那老板娘大胆地搂住了顾毅的脖子，将他往后屋领。

"顾毅也太给兄弟们面子了吧？"

"这这这……"

"他们要干什么？"

带着孩子的父母立刻遮住了孩子的眼睛，自己的视线却死死盯着屏幕。

"这两人是谁？"

"我的老公和孩子。"

"你想做什么？"

"我看见你第一眼就爱上你了，我什么都愿意给你。"

老板娘解开了领口的扣子，眼神迷离。

郗望用力拍了拍身边手下的大腿，骂道："这鳖孙！太刺激了！"

"啊，队长，你别打我腿啊！"

身后，民众不由自主地咽了口唾沫。

"上一次看真人秀是啥时候了？"

"应该是上一次。"

"顾毅玩得可真刺激啊，这不是'夫目前犯①'？"

"郗队长，你可真有远见啊。"

"我先告诉你我的名字，我叫崔丽丽。我老公和我在一起5年了，他都不知道我的名字呢。"

"呃……那我可谢谢你了。"

"你这小傻子，怎么跟块木头似的？你的真名呢？"

"我叫顾毅。"

"嘻嘻，好听的名字。"

老板娘双手搭着顾毅的肩膀，脸已经贴了上来，顾毅都能感受到对方炽热的鼻息了。

不过，顾毅可不愿意在《诡异世界》里给大家表演真人秀，他趁着老板娘闭眼之际，立刻对她身后的老公使用了心理暗示。

"老婆，你在干什么？"

老板娘浑身一颤，下意识地松开了顾毅的肩膀。

"你这水性杨花的臭女人！"

"你说谁是臭女人？"

老板娘用力推开了顾毅，扭头和自己老公对骂起来。

顾毅自然不敢托大，立刻跑出了房间，为了不使双脚同时离地，他使用了竞走的技巧，甩动双臂跑开了。

屋子里大吵大闹，顾毅隔了一条街都能听见二人吵架的声音。

他跑了好久，直到20分钟后才在一条小巷子里蹲下休息。

"呼——"

顾毅突然感到眼皮沉重，在意识彻底模糊之前，他及时对自己使用了心理暗示。

咕噜咕噜——顾毅进入梦境，耳边传来一阵咕噜声，他就像掉进了水里一样，感到窒息。

一只八爪鱼从水泥地里探出头来，用它粗壮的触手抓住了顾毅的脚踝。

"顾毅……"八爪鱼的低语声在耳边响起。

顾毅睁开眼睛，周围的一切已经变成了黑色，只有八爪鱼那双幽蓝色的眼睛在闪闪发光。

"告诉我……二狗的计划……是什么？"

"我不知道。"

"嘿嘿嘿……"

八爪鱼发出了像乌鸦一样的笑声，它伸出触手，刺向顾毅的双耳。

当触手贯穿脑袋，顾毅不仅没有感到痛苦，反而感到了一种难以言说的快感，他瞪大了眼睛，仿佛人世间所有的困苦都随之消散。

---

① 夫目前犯：源自日语，用于形容一种行为或情况，即某人在其配偶（特别是丈夫）面前做出了不当或冒犯的行为。

"对了，对了，来到我的怀抱，对我敞开心扉。"

八爪鱼低声呢喃着，让人昏昏欲睡。它越来越兴奋，伸出更多触手，深入顾毅的口腔、鼻孔。

"嘿嘿嘿……对了，对了，全都告诉我。"

八爪鱼怪笑着，双眼闪烁着幽蓝色的光芒，它又抽出两只触手，刺向顾毅紧闭的双眼。

正当触手碰到他的眼睑之际，电光一闪而过。

顾毅睁开了眼睛，露出了戏谑的笑容。

"你完了——"

话音刚落，八爪鱼创造的梦境世界瞬间土崩瓦解，它全身抽搐，电流在全身蔓延、激荡。

哗啦——顾毅耳边传来潮水退去的声音，他浑身麻痹，躺在地上，嘴里还不停念叨着：

"起来，起来，快起来！"

在八爪鱼对自己催眠的前一刻，顾毅也对自己使用了心理暗示——一旦自己被八爪鱼入侵梦境，就立刻抬起双腿。

这样一来，规则就会惩罚自己，让他遭遇电击，身体就会本能地苏醒。

八爪鱼对梦境的控制，甚至比顾毅本人都要强大，所以在梦境里顾毅根本无法反抗八爪鱼，只有在清醒之前设立"扳机"，才能摆脱八爪鱼的控制。

顾毅先一步从麻痹中恢复，扶着墙站了起来。

他瞪着一双通红的眼睛，四处搜寻。

面前的小巷没有任何人类，只有一只跛脚的乌鸦，它不停挥动翅膀，但怎么也飞不起来。

顾毅冷笑一声，从怀里掏出匕首，嗖的一声丢了出去。

噗！匕首刺穿乌鸦的身体，强大的惯性带着它在地上滚了三滚。

"嘎——"乌鸦发出刺耳的哀鸣声。

顾毅一瘸一拐地走了过去，像捏小鸡一样抓住了乌鸦。

"你就是十四，对吧？"

"嘎——"

"你个小垃圾，跟老子回去吧。"

顾毅右手一张，将乌鸦收进了黑球空间。

空间里，乌鸦怪叫个不停，一会儿变成人，一会儿变成鸟，却怎么也离不开空间。这怪物的生命力极其强大，明明被匕首捅穿了胸口，居然还没有死。

顾毅没有办法，单纯依靠祭祀匕首似乎并不能消灭十四，还是带回去让二狗帮忙处理吧。

顾毅蹲在道牙上休息了一会儿，恢复精神力。

刚刚和它交锋也不过才 5 分钟而已，就已经让自己头昏脑涨，像是午觉睡过了头一般。

休息完毕，顾毅按照计划来到了图书馆，他忽悠了管理员，成功混进了图书馆。

这一次，他没有走马观花，而是利用天赋能力翻看了所有自己能看懂的书籍。他拥有强大的精神力，完全可以在推演时做到一目十行。

在翻看过了八成图书之后，顾毅终于发现了图书馆里的巨大漏洞——一个连丹尼斯都没有提到的漏洞。

图书馆里有各种专业书籍，从科技到魔法、从社会到人文、从现实到幻想、从通俗到严肃，几乎囊括了各个学科、所有领域。

但唯有一样东西没有囊括。

那就是历史。

不，也不能说完全没有历史。

他们的历史书只记载到了"神话元年"，也就是康斯坦丁"登神"的那一年。神话元年以前的历史，图书馆里什么也没有。

这明显和瓦棚的背景设定背道而驰。

瓦棚中学里最多的书就是历史书，他们甚至特地开辟了一个混乱空间，用来收藏数量巨大的历史典籍。然而到了瓦棚图书馆，这里居然没有任何一本历史书。

极其诡异的设定。

顾毅放下了手中的书，陷入沉思。

"文字是有力量的。"

顾毅默念着这一句提示，这一句副本里唯一的提示。

康斯坦丁想要毁灭瓦棚，因此瓦棚图书馆里的所有历史书被搬空，只剩下歌功颂德的历史。

灭绝一个民族，需要先从他们的历史开始毁灭。

当人们开始质疑自己的历史、质疑历史上的奇迹、质疑历史上的英雄，他们就会彻底迷失自我，成为行尸走肉，成为入侵者的奴隶，拜入侵者为神。

"卑鄙。"

顾毅在心里暗骂一句，转身来到了图书馆 1 楼，他使用心理暗示推波助澜，让大家对自己的作品产生极大的兴趣。

到了傍晚的时候，附近的书店已经挤满了客人，纷纷要求购买顾毅的新书。

顾毅看着读者们又笑又哭的表情，轻轻点了点头。

一路无话。

顾毅回到自己的住处，检查小雪的作品。

不得不说，小雪的写作水平非常高，顾毅甚至有种在看《钢铁是怎样炼成的》的感觉。

"小雪。"

"干吗？"

"奇变偶不变？"

"你在说什么？"

"没什么。"

看来小雪不是穿越者。

小雪有些疑惑地看着顾毅："你是觉得我的作品……会没有市场吗？"

"不，它恰恰非常符合市场。"顾毅放下手稿，轻轻拍了拍小雪的肩膀，"继续这么写，我们需要的就是这样抗争命运的故事。你一定会在历史书上留下名字。"

"真的吗？"

"你什么时候能完稿？"

"随时。"

"随时？你怎么能写这么快？"

"这篇小说，我偷偷摸摸写了有一年多了，你是第一个看完的，也是第一个如此夸赞我的。"小雪笑眯眯地说道，"顾叔叔，你说我真的能成功吗？"

【38】心灵捕手

"当然可以。"

"真的吗？"

小雪闻言，露出了笑容，两只眼睛眯成了月牙。

顾毅第一次见到小雪时，她的眼神麻木、颓废、自暴自弃，就像一个三四十岁饱经风霜的妇女。

当小雪拿起纸笔写小说的时候，她的眼神纯粹、清澈、充满朝气，而这才是一个十七八岁的女孩该有的眼神。

"你继续努力，写完之后告诉我。"

"好的，顾叔叔。"小雪点点头，继续扭头创作。

顾毅转身离开，轻轻关上了房门。

二狗站在院子里，晃悠着手里的红酒瓶。

"你去哪儿了？"

"干点粗活。"二狗乐呵呵地说道，"今天我感觉精神舒畅，你是不是成功了？"

"你是说那只聒噪的乌鸦吗？在我手里呢。"

"你活捉了它？"

"当然。"

"你确定不会有人发现？"

"就算是'它'来了，也发现不了。"

"跟我来吧。"

二狗带着顾毅来到了加工坊里。

顾毅张开右手，从黑球里放出了十四。

现在他保持着人类的身体、乌鸦的脑袋，胸口还插着祭祀匕首。

十四嘎嘎直叫，让人烦不胜烦。

"闭嘴。"二狗走了上来，一脚踹裂了乌鸦的喙。

鲜血喷出。

十四的脑袋恢复人形，他晃悠着脑袋，一眼看见了二狗。

"杀了我。"十四嗓音沙哑，"我是不会说出任何信息的……"

咔嚓！二狗抬起脚跟，一脚踩断了十四的脖子。

十四的生命力极其顽强，即便受了这么重的伤，他依然没有立刻咽气。

二狗擦了擦鞋面的血渍，坐在椅子上给顾毅倒酒。

"这就行了？"

"让子弹飞一会儿。"

咔嚓！咔嚓咔嚓！

又是一连串骨折的声音响起，十四的喉咙被踩断了，根本无法发出尖叫，他的身体不断扭曲萎缩，直到缩成一个篮球大小的血肉块。

噗！一声闷响传来。

十四化为一团空气，只留下祭祀匕首在原地。

二狗勾了勾手指，那匕首飞了回来，落在桌子上。

十四彻底死亡后，顾毅的耳边传来了系统的提示音：

"剧情人物十四已死亡，在杀死十四时你提供了巨大的帮助。

"你的行为可能会改变整个副本剧情的走向。

"你的剧情探索度提升。

"目前剧情探索度为45%。"

顾毅深吸一口气。

从这条系统提示来看，二狗杀死十四的行为，完全是出乎系统意料的。

如果不是花音使用了虫巢思维，如果不是丹尼斯提前告诉自己十四的各种情报，如果不是自己将这些情报转达给二狗，并且完全获得了二狗的信任，二狗绝不可能在这个时间点杀死十四。

要知道，十四可是神之子的家仆，二狗杀死十四，就是变相地向康斯坦丁宣战。

自己的推波助澜，让整个世界的剧情进度加快了。

啵！二狗用嘴咬开红酒的瓶塞，打断了顾毅的思考。

"你居然杀不死他？"二狗好奇地问道，"我都把匕首借给你了，你居然都没办法给他致命一击吗？"

"嗯……事实上，我除了会用枪，会用刀，不会用其他武器。"

"亏你还是个高才生哟。"

二狗分别给自己和顾毅倒了杯酒，想了半天，说道："学校里的黑魔法书你还记得吗？"

"记得。"

"上面不是教你怎么用魔法了吗？你不会就记得一个虚空行走吧？"

"呃……"

二狗翻了个白眼，他从墙上撕下一张日历，在背面唰唰地写下一大堆密密麻麻的字，丢到了顾毅面前。

"喏，这东西给你。"

"什么？"

"这是最适合你的魔法，你拿去学吧。"

"我瞧瞧。"

顾毅拿起字条，仔细阅读。上面的内容一片模糊，顾毅的耳边响起了系统提示音：

"你得到了特殊剧情道具'二狗的黑魔法笔记'。

"警告！

"阅读该笔记后，你的技能'心理暗示'将产生不可逆的未知变化并失去成长性，你可能会因此无法获得新的强化技能，系统已帮你自动屏蔽。

"你也可以解除屏蔽并立刻学习。"

顾毅沉吟片刻，权衡利弊。

首先，二狗已经彻底相信了自己，所以他给自己的东西绝对不会是假的，只要学会一定就能提升自己的即时战力。牺牲成长性看似很亏，但如果你连这个副本都闯不过，拥有再大的成长性又有什么意义？

其次，获得这份笔记的条件非常苛刻，恐怕整个宇宙乃至万千世界，只有自己一个人能解锁这个技能，如果错过，那可就没有机会了。

"解除屏蔽。"顾毅在心中默念。

字条上的文字清晰可辨，大量的知识涌入顾毅脑海，紧接着系统提示音再次响起：

"你的技能'心理暗示'发生不可逆的未知变化。

"'心理暗示'技能改变，成为'心灵捕手'。

"'心灵捕手'技能效果如下：

"1. 思维广播：你可以对复数敌人使用心理暗示，暗示效果会随着目标数量的增长而减弱，若目标意志力强大，则可抵御思维广播。每次使用消耗 20 点精神力，冷却时间 20 分钟。

"2. 自我催眠：你可以对自己使用心理暗示，无冷却时间，无精神力消耗。

"3. 死亡暗示：你可以让目标自我怀疑，精神崩溃，当场自杀，使用时需与目标有视线接触。若目标意志力强大，则可抵御死亡暗示。若暗示失败，则对目标造成精神侵蚀效果。每次使用消耗 50 点精神力，并需要一定祭品，可以自身血肉为祭，冷却时间 10 分钟。"

第二个效果和以前的心理暗示没有差别，不需要多说。

第一个效果是心理暗示的强化版本，移除了持续时间的限制。

第三个效果则是一种难得的进攻型技能效果，顾毅一直缺少的就是足够强大的攻击手段，这补齐了顾毅的最后一块短板，而且几乎没有副作用。

顾毅看着技能效果，刚想大呼过瘾，却突然感觉冷汗直冒。他发现这个技能的升级效果，未免过于巧合了。

因为……这分明是 W 博士的能力！

第四章
新发现

【39】大海里的手表

这个念头突然出现在顾毅脑海里，就停不下来了。

过往的一切似乎都变成了阴谋。

第一个副本里的主持人金鑫，拥有预知未来的能力，而自己的天赋能力就是可以预知未来的无限推演。

第二个副本的主持人W博士，擅长操纵人心，只要瞪人一眼，就能让敌人吞弹自尽。

如果第一次是巧合，那么第二次又该怎么解释？

这难道不是有人在故意给自己做什么安排吗？

顾毅突然感觉自己就像是一个提线木偶，他以为在和命运抗争，却没想到自己似乎正身处一个早就写好的剧本里面。

最可恨的是，明明所有的一切都是自己深思熟虑后的选择，但最终达到的结果却像是早就注定了一般。

顾毅疑惑地看向自己的右手。

本来，他以为自己掌心的黑球位阶超越导演，但现在看来，这东西是不是导演故意引导自己取来的？

一种名叫绝望的情绪，在顾毅心底一点点生成。

二狗抿了一口酒，抬起眼皮看了一眼顾毅，这小子眼神涣散，好像中了邪一样。二狗举起酒杯，在顾毅面前晃了晃。

"嘿，你在想什么？"

"没什么……"顾毅沉思片刻，"我只是对自己的人生产生了怀疑。"

"你觉得自己的人生是被安排好的？命运是早就被决定的？"

"没错。"

"还记得学校的教导吗？"二狗又给自己和顾毅各倒了一杯酒，接着说道，"在一个单一的宇宙中，诞生一个文明有多大的概率？"

顾毅挑眉看着二狗，没有说话。

二狗见状，微微一笑道："这个概率非常之低，大概就相当于你把一块手表的所有零件全部拆开，再将零件丢进大海里面，然后让大海自己流动，使得所有零件拼在一起，重新组成手表。"

"所以呢？"

"虽然大海无垠，但里面有齿轮和指针，只要时间足够，理论上是有机会让零件重新组成手表的。"

"这种概率很小，但绝对不会是零。更何况这个世界上有无数平行宇宙，宇宙会拼出无数块形状各异的手表，而这块手表最终会进化成什么样子——

"谁也不知道。这就是我们瓦棚人曾经的理想——找到这个世界上所有的手表。

"兄弟，你是我见过的最奇怪的一块表。"

二狗这番话，几乎就是在告诉顾毅——他已经知道了世界的真相。他和暗月团长一样，系统已经无法屏蔽他的思想。

碍于规则，他不能直接大张旗鼓地讨论《诡异世界》，只能通过隐喻来与自己交流。

顾毅若有所思，原来这就是躲避系统的认知屏蔽的方法。

"你说得很对。"顾毅笑道，"那么，第一个在大海里投入零件的人是谁？"

"这我就不知道了，也许大海里本来就有零件？兄弟，这个问题根本不值得讨论，它太大了，大到我们根本没办法去证明。

"无论如何，你的手表不会是第一块，也不会是最后一块。你要记住，当一块手表制成之后，它就会永无止境地走下去，直到能量耗尽。"

顾毅闻言，皱了皱眉。

在瓦棚中学的图书馆里，顾毅看见过无数和《诡异世界》争斗的历史记录，如自己这般的"巧合"，也许并不是独一无二的。

平行世界有无数个，说不定真的有其他宇宙的冒险者会与自己产生同样的疑问。

不管自己这个"巧合"到底是有人刻意为之，还是完全随机生成的，以自己目前的眼界和实力都无法证明。

二狗这番话，是想告诉自己：与其追问这道无解难题，不如干脆让它随风而去，绝不能在关键时刻怀疑自己的信仰。

"你似乎还是不相信我说的话？"

"不是不相信你。"顾毅摇了摇头，"我只是……心里有些没底罢了。当你有朝一日发现自己不过是一个小说里的人物，你怎么可能会如此淡定？"

"一看你就没写过小说。"

"嗯？"

"角色是拥有自己的力量的，他总有一天会对抗那个执笔之人。"二狗指了指自己，又指了指顾毅，"你、我，就是那个可以对抗执笔之人的角色。"

顾毅眨了眨眼睛，哈哈大笑。

"兄弟，我现在觉得你才是哲学家。"

"我只是受了你的启发而已。"

"干杯。"

"干杯！"

花音的世界。

此时，天刚亮。

花音接到了大洛山的电话，今天大洛山邀请康斯坦丁去远足。

"远足？去什么地方？"

"瓦棚市外。"大洛山说道，"那边有一座小丘，风景不错，康斯坦丁觉得必须带上你，否则没意思。"

"我明白了。"

"一会儿我派车过去接你。"

"没问题。"

花音想了一会儿，决定带着小雪一起过去。

花音早给小雪办好了升级的手续，她已经和自己一样是一个二等公民了。

二等公民拥有的自由更多，比如她们现在出门已经不需要戴头盔了，可以自由呼吸外面的空气。不过她们的事务机器人会记下她们的呼吸时间，每小时需要加刑1年。

花音此时已经不在乎刑期的问题了，大洛山会替她们解决日常所有的消费，包括呼吸新鲜空气的消费。

"花音姐姐，需要我陪着你一起去吗？"

"嗯……你还是跟我一起去吧。"花音笑着说道，"你一个人待在公寓，我担心你会出什么事。"

"嘿嘿，能出什么事？"

过了没多久，大洛山就开车来到了花音公寓楼下。

两个姑娘坐上了大洛山的汽车，车子里不只有大洛山，还有康斯坦丁。

花音十分健谈，一路上和两个大人物有说有笑。

为了满足康斯坦丁的好奇心，花音把上次那个故事的后半段也讲了出来。

当时花音完全是现想现编，现在她可是做了充足的准备，自然比上次更加精彩。

在找到了正确方法之后，花音发现自己的攻略路线可能是三人中最轻松的一条，一旦抱住大洛山和康斯坦丁的大腿，一切问题都可以迎刃而解。

偏偏花音最擅长的就是察言观色，即使在这两个心怀鬼胎的男人面前，花音也依然可以游刃有余。

"对了，神之子大人，不知道您有没有听过……陈泽宇这个名字？"

花音说完，偷偷看了一眼小雪。

显然，小雪并不清楚自己父亲的真名，她也一样好奇地看着康斯坦丁。

【40】有刺客

"陈泽宇？一个死人的名字，你不知道吗？"

"说实话，我不太知道。"

花音摇了摇头，就连小雪也是一脸茫然。

"他曾经试图颠覆神的统治，妄图弑神。神剥夺了他的人格，让他彻底死亡，无论从生理上、灵魂上还是法律上，他都是一个死人。"

"他怎么敢的呀……他是怎么做的？"

小雪捂着下巴，惊讶地说着。花音感激地看了一眼小雪。

这个问题，花音其实并不敢问太深，毕竟面前的康斯坦丁可是神之子，问他这种问题未免太过尴尬了。

花音自问和康斯坦丁的关系没有好到那种程度，绝不敢如此直接询问。

"哼！"

果然不出花音所料，在听到这个问题之后，康斯坦丁立刻不屑地冷哼了一声。

"这家伙自以为是，居然质疑整个国家。

"他是国家的叛徒，他不仅煽动民众造反，甚至还在神殿外铺设炸药，并引进虚空潮水吞噬瓦棚。

"他害得整个瓦棚天翻地覆，我们经过了一代人的努力，才让瓦棚重新恢复繁荣。"

"你们年轻人不知道这件事情很正常。"大洛山开口道，"这件事应该是发生在 20 年前，陈泽宇和他的同党利用了禁忌的科技武器，引来虚空潮水，我也差点死在那场灾难之中。正因为那次刺杀行动，国家发布了一条禁令，禁止任何人学习和使用诡异力量。"

"原来如此。"花音轻轻点了点头。

看来这就是顾毅所说的"消失的 20 年"的真相了。

虚空的威力，花音也见识过，曾经有无数冒险者都死于虚空之中。那是《诡异世界》里最强大的力量，几乎无人可以驯服。

没想到陈泽宇如此厉害！

花音的眼睛滴溜溜乱转，正在考虑要不要按照顾毅说的出卖二狗，告诉他们二狗就是陈泽宇。

不过，就算要出卖这个情报，自己也必须避开小雪。

虽然小雪对自己的父亲不那么待见，但当着女儿的面出卖其父亲终究不是好事。

一行四人在山上远足、观景，身边还跟着七八个保镖护卫。

这一路上主要是康斯坦丁和大洛山凑在一起交谈，因为声音不大，花音听不到他们在聊什么。

小雪也懂一些人情世故，她知道这些大人物聊天的时候，千万不要偷听。于是，她乖乖地跟在花音身后，一言不发。

一行人越走越远。

花音已经感到小腿发酸了，可大洛山和康斯坦丁依然是一副精神饱满的样子。她拖着小雪在路边坐下，稍微休息了一会儿。

"嗯……好累呀。"

大洛山看见两个姑娘已经累了，干脆也拉着康斯坦丁在路边坐下。七八个保镖站在外围，装模作样地四处张望。

"真是愚蠢呢……"小雪坐在路边，低声咒骂着。

"怎么了？"

"你看看大洛山这兴师动众的样子，出门爬山带着七八个保镖，生怕别人看不见吗？"

花音顺着小雪手指的方向看去，周围的路人看见保镖之后，全都绕路走开，都不敢多看一眼。

见此情景，花音不由得嗤笑了一声。

"嘿，就算没有带保镖，大洛山这相貌和身材也很难不引起别人注意啊。保镖本来就是没什么用的东西，如果真有人要行刺，保镖就是个摆设——尤其是 D 国的保镖。"

"D 国是哪儿？"

"那是……说了你也不明白。"

小雪撇撇嘴，百无聊赖地看着周围的风景。她突然将视线落在了某个保镖的身上，她总觉得这个人的背影有些眼熟。

"花音姐姐，那个男人是不是……"

某个保镖突然抬起头，一把明晃晃的匕首从袖子里滑出，正好落在他的掌心。

刀尖反光，正好落在花音眼里，她立刻从地上站了起来，大声示警："有刺客！"

嗖！刺客突然发动攻击，朝着康斯坦丁冲了过来。

在听见花音示警之后，大洛山第一时间站了出来，用自己的身体挡住了康斯坦丁。

"哼——"

匕首没入大洛山的肚皮，厚厚的脂肪层彻底吞没刀身，却没有伤及内脏。

"王八蛋！"大洛山怒火中烧，一拳砸开了对方的头盔。

二狗的脸出现在大洛山面前。

"那不是……"

小雪激动得想要尖叫，花音立刻捂住了她的嘴。

"别出声！"

二狗和大洛山打了起来，保镖们也纷纷冲上来，想要活捉二狗。

二狗见事不可为，立刻使出秘术逃跑。

"喂，你没事吧？"

康斯坦丁从大洛山身后探出脑袋来，望着他肚子上的刀口，担心地询问着。

"没事。"大洛山捂着伤口说道，"明天就能好了。"

"他是谁？"

"我也不知道。"大洛山摇摇头道，"不好意思大人，今天让你受到惊吓了，我们离开这里吧。"

"嗯……没事。"一行人打道回府。

花音想了半天，最终还是决定暂时不出卖二狗。

一来，丹尼斯已经完成了抓捕二狗的剧情路线，自己再出卖二狗，那就不能获得更多不同的情报了。但如果任由二狗胡作非为，也会让大洛山和康斯坦丁陷入危机。

二来，如果出卖了二狗，很难保证大洛山他们会不会以小雪为诱饵进行要挟，钓二狗上钩。这样的话，自己一切的努力可以说都白费了。

因此，自己必须有限地释放信息，以帮助大洛山。

不过，陈泽宇就是二狗的消息，坚决不能告诉他们。一旦让他们知道这个情报，二狗必死无疑。

这样的话，自己就没有任何转圜的余地了。

大洛山亲自送康斯坦丁回家，接着立刻开除了跟在身边的几个保镖。

"养你们不如养条狗，刺客混进保镖团队，你们居然一个都没发现，一群饭桶、废物！"

大洛山口水四溅。花音站在他的身后，一副事不关己的样子。

等到大洛山消了气，坐回沙发上，花音这才端着茶壶，贴心地给大洛山倒了杯茶。

"别生气了，老板。"花音坐在大洛山身边，"今天刺杀神之子的人，我似乎见过。"

"谁？"

"老板，您知道黑街吗？黑街附近有一家赌场，那个赌场的老板名叫二狗，他就是今天刺杀神之子的人。"花音低声说着，"不仅如此，他私下里还做着走私矿产的生意。在矿井里，有不少矿工都认识他，如果您不相信我，完全可以找他们求证。"

【41】你也是帮凶

"原来是他？"大洛山愣了一下，说道，"这件事我确实有所耳闻。更令我感到意外的是，这家伙收购矿石的价格非常低，我都不明白为什么我的矿工还会冒着风险和他做交易。"

"因为他可以给予低级公民短暂的自由。"

"什么？"

"在二狗的势力范围内，大伙儿可以在有限的时间内无视法律。只要是和他熟识并且做过交易的人，都可以享受这份自由。

"因为大伙儿都是犯罪者，所以他们会互相包庇，很少有人把赌场、走私矿产的事情说出去。"

"那你现在怎么全告诉我了？"

"我已经不是低级公民了。"花音说道，"我的前途也很重要。"

"好，很好。"大洛山摸了摸肚子上的伤口，眼睛眯成了一条线，"我当上总统的第一件事，就是想办法干掉二狗的赌场。那可是一项大罪，甚至不比陈泽宇弑神的罪轻。

"那可不。"花音在大洛山身边笑眯眯地附和着。

傍晚，花音和小雪双双回到了公寓。

小雪先去浴室洗漱，花音则坐在客厅里休息。

砰！花音突然听见浴室里传来一阵动静，这让她不由得全身紧绷。

"小雪，你出什么事情了？"

浴室里无人回应。

难道是二狗来了？

花音心一沉，刚想顺手抄起桌上的烟灰缸，又收回了手。如果真的是二狗来了，自己拿不拿武器又有什么区别？快点离开房间，去找外面的邻居帮忙才是正道。

她靠着墙壁，静悄悄地朝着大门边摸了过去，想要逃命。

花音摸到门把手，突然感到后背一凉，一个尖锐的物体正好顶在她的腰眼上。

"不要动。"

花音赶紧收回手臂，用余光看向身后。尽管对方戴着面具，花音依然从声音和体形认出对方就是二狗。

"都是千年的狐狸，你就别装了。"

"哼。"二狗冷笑一声，摘掉了脸上的面具，"你这个女人，果然不能相信。你到底有多少事是瞒着我的？"

又来了！花音咬紧牙关。上一次自己用演技骗过了二狗，这一次还能怎么骗他？

花音的脑子飞速转动。

这个时候，装可怜求同情已经远远不够了，威逼利诱才能有机会让二狗屈服。

"你想杀我吗？"花音笑着说道，"这样的话，你会后悔的。"

"你是在威胁我？"

二狗反手夹住花音的胳膊，只听咔嚓一声，花音的肩膀立刻脱臼。

"啊——"花音忍不住叫出声来，二狗立刻用手捂住她的嘴巴。

豆大的汗珠不停落下，花音眯着眼睛，喘着粗气，眼角挤出两滴泪水。

"你上位的速度还真快。"二狗夹着花音的脖子，冷冷地问道，"你告诉大洛山多少信息了？嗯？"

"唔——"

二狗冷笑一声，松开捂住花音嘴巴的手。

花音松了口气，靠在二狗的身上，肩膀的剧痛不仅没有让她紧张，反而让她更加冷静了。

"都是些无关紧要的东西。"花音低声说道，"我说出来的这些消息，都是康斯坦丁掌握的。你恐怕不知道吧？你身边可一直都有人埋伏着呢。"

"你这是什么意思？"

"你想听？那就先放开我再说。"

"你没资格和我谈条件。"

二狗又伸手掰断了花音的小拇指。

这一次根本不用二狗捂嘴。

花音闭紧双眼，咬住嘴唇没有叫出声，连二狗都感到钦佩——这个女人竟然有如此坚韧的意志。

"你最好别再折磨我了。"花音喘着粗气，"大洛山也不是完全信任我，他在我家周围安排了不少人手，要是让他们听见我这里有动静，那可就完了。"

"他们抓不住我的。"二狗冷冷地说道，"说清楚，你到底是谁？你的目的是什么？你和大洛山他们透露了多少消息？"

花音额头冒着虚汗，剧烈的疼痛让她意识有些模糊，在这种状态下想要说谎实在太难了。

二狗给花音制造了如此大的精神压力，就是为了逼出她的实话。

"陈先生……"

听到这个称呼，二狗呼吸明显一窒。

花音见状，忽然想起顾毅曾经和她说过的话。她模仿着顾毅的语气，接着说道："陈先生，我以为你和别人不一样，没想到其实你也是只盒子里的蟑螂。一个鼠目寸光之人，根本看不见外面的世界是什么样的。"

二狗松开花音，将她掉转过来，按在墙上。

明晃晃的匕首抵在花音的脖子上，让人不寒而栗。

"你知道些什么？"

"我说的这些还不够吗？"花音说道，"如果你真的窥破了那些秘密，你就不会不知道我说的是什么。"

二狗手腕一翻，将匕首收回袖子里。

花音悬着的心终于放下，现在自己算是暂时安全了。

"你从哪儿知道的？"

"你从哪儿知道的，我就是从哪儿知道的。"花音眼珠骨碌碌地转，"我是顾毅的朋友。"

"顾毅？他早该死了。"

"陈先生，你都活着呢，顾毅为什么不能活着？"

"嘿，说得对。"二狗点点头，"告诉我，怎么才能见到他？"

"你见不到，世界上只有我可以见到他。"

"我懂了。"

"如果你想要打开盒子，你就不要伤害我，我可以给你提供第一手消息。"

二狗望着花音，戏谑地冷笑一声："你想当双面间谍？两边都讨好，就是两边都不讨好。"

花音的想法被二狗拆穿，可花音丝毫没有慌张。她的脑海里再次响起顾毅的话来，底气十足地说着：

"我的立场永远只有一个，那就是自由。陈先生，你知道你上次失败是因为什么吗？

"是因为你打破了身外的枷锁，却没有打破众人内心的枷锁。想要彻底打败'它'，你要做的可不仅仅是杀死'它'。

"肉体会毁灭，思想永远不会消失。你应该做的是让大家知道抗争，而不是在你的庇护下短暂地享受快乐。

"我可以告诉你，你现在所做的一切，其实都在康斯坦丁的监视之下。他知道你在贩卖自由，可他却一直对你睁一只眼，闭一只眼，你知道这是为什么吗？"

"哼……"二狗冷笑一声，"因为看不起我？"

"不，因为他需要你，而且你就是他的帮凶之一。"

"我？帮凶？你在胡说八道什么？"

二狗歪着脑袋，眉头微蹙。

花音见状，心中大定——自己总算找到忽悠二狗的切入点了。

"很简单，因为他们需要你去给那些低级公民泄压。在这样压抑的世界里，低级公民的生活本来就非常痛苦，就像一个随时都要爆炸的气球。

"而你呢？你就像是一个泄气口，你在帮助低级公民们泄气，让他们不会因为太过压抑而爆炸。让他们在短暂而快速的欢乐中，忘记生活的压力。他们知道，在你这里可以得到廉价的快乐，于是他们就会放弃反抗。你在放纵他们。"

"哼，这么说我让他们享受自由，反而错了？"二狗怒道，"你这是什么歪理邪说？"

"确实。你就是在犯错，因为你只是凭借一腔热血，用复仇的思想行事，你想利用个人的力量报复他们。你只会独来独往，却永远不会利用人民的力量。

"你和那些高级公民有什么区别？他们把低级公民当成牛马，当成机器。而你呢，你把低级公民当成累赘，当成负担，你完全没有想过，他们是你的战友、你的伙伴。"

"因为低级公民就是愚昧的……他们都是乌合之众。"

花音轻蔑一笑，她模仿着顾毅的口吻说道："人民都是乌合之众？这句话应该是瓦棚中学教给你的吧？你用着他们教给你的知识，拿着他们给你的武器，妄图打败他们吗？

"你和那些高级公民有什么区别？他们傲慢，你也一样傲慢。我本以为你是一个不一样的男人，但我现在觉得，你也不过如此。"

"胡说八道！"

二狗恼羞成怒，拿出匕首，刺入花音的胸口。

鲜血四溅。没有尖叫声，没有哭泣声，安静的屋子里只有花音的一声轻蔑的冷笑。花音仰起脖子，不屑地看着二狗。

"我真的感觉很恶心，死在你手里简直是对我的侮辱。我以为你会是一个出色的革命家、拯救人民的救世主，没想到你其实就是个自私自利的复仇者而已。你失败的命运，早就已经注定了。"

花音推开二狗，来到窗户边，飞身跳了出去。

二狗站在原地愣了一秒，紧接着用力咬破了自己的手指。

花音闭上眼睛，耳边传来呼呼的风声。

她本以为自己就要这样死掉了，没想到竟然稳稳当当地落在了二狗的怀里——二狗使用了秘术，在落地的前一秒将自己拉回了公寓楼里。

赌对了！花音心中窃喜。

自己在二狗面前是没有任何胜算的，是生是死，完全只在二狗的一念之间。当二狗一刀捅进她胸口的时候，花音早就心如死灰。

横竖都是死，花音只能用跳楼这最后一招。

根据花音的观察还有顾毅的叙述，不难看出二狗是一个高傲的人。

他从读书开始就名列前茅，可他离开学校之后，却发现自己的脑袋上还有一个"神"，这对高傲的人来说实在不能忍受。

二狗想要推翻康斯坦丁一家的统治，并不是为了解放低级公民，而是为了一己私欲，他只是单纯地不想屈居于人下，单纯地想复仇而已。

论傲慢程度，二狗不输给任何一个高级公民。

因此，"不屑于死在他手里"这种行为，一定能激起他的好胜心。

"你刚刚那句话，到底是什么意思？为什么我不能成功？"

"嘀——"

花音似笑非笑地看着二狗。

那表情让二狗心神不宁，他从口袋里拿出药片，不由分说地塞进花音的嘴里。

"这是我制造的梦境碎片，"二狗说道，"应该可以把你的性命保住。赶紧打电话叫医生来救你吧。"

二狗说完，转身离开。

之前在肾上腺素的刺激下，花音一直没有感到疼痛，直到二狗离开，花音才感到胸口剧痛无比。

伤口流出汩汩鲜血，花音挣扎着走到电话边，给大洛山打了个电话。

"老板，来救我……"

"你怎么了？"

"二狗来刺杀我了……"花音说话断断续续的，"我装死骗过了他，现在身受重伤。"

"别急，我一会儿就去。"

花音放下电话，捂着胸口来到浴室。小雪躺在地上，晕了过去。

二狗绝不会忍心伤害自己的亲女儿，所以他也就是打晕了女儿而已。

他今天过来，一是为了审问花音，二是为了救女儿出去。

梦境碎片的效果开始显现。

花音的精神逐渐好转，完全不像是一个重伤之人。过了不到10分钟，花音公寓的大门被人推开，几个医生冲了进来，抬走了花音。

医生看见花音身上的伤口，赶紧给她做了简单的止血处理。

"你是什么血型？"

"AB。"

"好，送上车。"

花音被医生们抬下楼，她看了一眼远处的灯火，慢慢闭上了眼睛。

"总算是……活下来了……"

花音心中畅快无比，与此同时，花音的耳边响起了系统的提示音：

"你的话语对二狗产生了影响。

"你的行为可能会改变整个副本剧情的走向。

"你的剧情探索度提升。

"目前剧情探索度为39%。

"你死里逃生，技能得到强化，你可以从以下3个选项中选择1项，作为你的通关奖励。

"1. 你可以独自一人躲进虫巢空间，外界时间依然按正常速度流逝，不占用虫巢思维本身的技能冷却时间。每分钟消耗10点精神力。"

"2. 你可以制造可以来回穿梭的虫洞，虫洞之间距离不超过100米。制造虫洞需要花费20点精神力，维持虫洞每秒钟消耗30点精神力，无冷却时间。"

"3. 你的精神力上限增加50，虫巢思维使用次数增加1次。"

3个选项都非常吸引人。

第一个选项相当于给自己留了一个独立的避难所，在遇到紧急情况时可以在虫巢空间躲避，但缺点就是敌人可以守株待兔，一旦敌人知道自己的技能特性，强化这一技能就变得毫无意义了。

第二个选项也是一个强大的逃命技能。只可惜自己没有获得任何精神力上限的强化，起始精神力只有50点，相当于制造一次虫洞精神力就枯竭了。

第三个选项进一步加强了自己的情报搜集能力和辅助能力，但可惜的是，平行世界的队友并不能穿越时空来帮助自己。

正如今天这种情况，花音遇到威胁时没有任何反抗能力，拥有再强大的辅助能力又有什么用？

因此，花音必须在选项1和选项2里挑一个。

【42】查封赌场

想了半天，花音终于选择了选项2。

以她现在的能力，每次只能制造一个虫洞，用完一次技能后必须睡觉，才能恢复消失的精神力。不过，这依然是花音强大的保命底牌。

只要不是遇到二狗这种同样拥有穿梭空间能力的变态，花音都可以有自保能力。

留得青山在，不怕没柴烧。

花音选完了技能，终于体力不支睡了过去。

丹尼斯的世界。

今天，丹尼斯第一次作为警察出外勤，他们做的第一件事情，就是查封赌场。

二狗的赌场与警务站只有一街之隔，这家运营了不知道多少年的赌场在今天彻底被封禁。

大大的封条贴在门板上，赌场里的荷官、服务生蹲在地上，手上戴着崭新的银色手铐。

　　警务机器人进进出出，把那些赌具一个不剩地搬了出来，就连赌牌的桌子都被扛了出去。赌场后面的员工宿舍也被搜查得一干二净。

　　丹尼斯记得在赌场后面应该有一个隐秘的加工坊，他按照顾毅的指示，找到了那个隐藏的房间。

　　站长看见满屋子的走私矿石，不由得对丹尼斯竖起了大拇指。

　　"你可太给力了，看来升职只是时间问题。"

　　"过奖了。"

　　丹尼斯谦虚地低下了头，他的心里还是有点没底。按照顾毅所言，加工坊里还有两个仿生机器人，但是丹尼斯在这里没有发现任何机器人。

　　"真是耻辱啊，这个违法的赌场就在我们隔壁，我们却一直没有发现。十四大人说，这是二狗在作祟，他可以在一定程度上屏蔽机器人的感应，所以他可以明目张胆地在我们的地盘上违法。"

　　丹尼斯闻言，在心中冷笑了两声。

　　警务站里的警察虽然都是二等公民，但他们有一个算一个，全都是在混吃等死，完全没有现实世界里警察们维护正义和法律的决心。

　　他们在监控下是一副嘴脸，远离了监控便是另外一副嘴脸。

　　做了坏事，拼命掩盖。

　　做了好事，不愿蒙尘。

　　互相包庇，偷奸耍滑。

　　切切实实地体现了"职场老油条"的全部特点。

　　如果说，底层公民是在挣扎求生，那么中层公民则是毫无生气。他们比上不足，比下有余，只有在面对低级公民时才会拿出仅有的尊严，喊出一句："警察，不许动！"

　　从三级升到二级，需要 100 万年的减刑。

　　但是从二级升到一级，则需要减刑 300 万年。

　　这意味着，如果你凭借搬砖劳作，不吃不喝，登上二级需要花 20 年的时间。那么从二级升到一级，就需要 60 年的时间。

　　根据丹尼斯的观察，瓦棚人的寿命和蓝星人并没有多少差距。

　　前前后后 80 年的时间，代表瓦棚人穷极一生可能也当不上高级公民。哪怕你成功达到了升级要求，你也没办法负担高昂的生活和生产支出。

　　除非你家里有矿，或者你的家人本就是高级公民。

　　丹尼斯和同事回到警务站。

　　"老实点，不要乱动。"丹尼斯认认真真地清点赌具，看管嫌犯。

　　同事在发现站长不在之后，一个个都开始游手好闲了。

　　"丹啊，"同事老烟走了过来，轻轻拍了拍丹尼斯的肩膀，"出来陪我抽支烟。"

　　"这些嫌犯……"

　　"么滴事！覅管（没事！不用管）。"

　　老烟的口音很独特，一副大大咧咧的样子。

　　丹尼斯也不能太不合群，于是他便放下手头的任务，跟着老烟走了出来。

　　这个老油条非常会找地方，他带着丹尼斯七拐八绕，来到了警务站的后门门口。

　　"这个地方冇滴（没有）监控，随便你怎么耍。"

　　"你怎么知道的？"丹尼斯好奇地看着老烟，在脑子里回忆了一遍路线，深深记在了心里。

"等你哪天去监控室待过就懂了。"老烟点燃香烟,"通常情况下,我们看监控的时候,也是睁一只眼,闭一只眼。都是出来打工的,干吗互相为难呢?有些监控探头坏了,镜头根本就不会转弯,我们也知情不报。就算报了,上面基本也不会派人来修。"

"为什么?"

"要加刑啊,朋友。如果是你,你会自告奋勇地加刑请人来修吗?"

"不会。"

"那不就是咯。你自己加刑,就为了给大家修理'监视器',让大家摸不了鱼,这只会让大家更加憎恨你。而你能获得什么好处呢?除了获得站长的口头表扬,什么也没有。多做多错,少做少错,不做不错,这就是在警务站的生存之道。"

老烟吐出一个烟圈,眉飞色舞地与丹尼斯说话。

丹尼斯有些不解:"既然是设备有问题,为什么站长不自己出面修理呢?"

"站长连清洁工都不愿意招,发动全体警察清理各自的办公区域,东西坏了也是让我们自己琢磨着修,你觉得他会请人修理吗?

"那些修理工可都是捧着金饭碗的,日子过得比我们还舒坦,一个个鼻孔朝天看人。请他们来,知道的以为是他们给我们服务,不知道的还以为是我们给他们服务。

"说实话,我只恨自己没本事,不能把儿子送去瓦棚中学。不然的话,就算他从学校肄业,那至少也能当个修理工呢。哪像我?当一个破警察。"

"你应该对法律有点敬畏。"丹尼斯说道,"我们是法律的维护者。"

"噗——咳咳咳——"

老烟一口气没喘匀,被香烟呛了。他一边咳嗽,一边哈哈大笑。

"哈哈哈……我喜欢你的幽默感。我第一次到警务站的时候,和你有一样的想法,但是当我干了一段时间之后,我才明白过来,这工作哪有那么多荣誉感。"

老烟钩着丹尼斯的脖子,指着远处的垃圾站。一个低级公民正顶着锈迹斑斑的头盔,在垃圾堆里辛苦地工作。

"看见那个垃圾佬了吗?"

"嗯。"

"我们的工作和他的工作没有本质上的区别。"老烟苦笑着摇摇头,"在这个世界,我们都是给高级公民打工的。在面对危险的时候,我们可以死,但警务机器人不能死。你和我聊什么荣誉感?我都没有一个机器人贵重。"

嘀嘀嘀!

一个事务机器人不知道从哪儿飞了过来,将监控镜头对准了老烟。他自知失言,赶紧捂着嘴巴求饶:"哥,我并不是在质疑公民等级制度……"

嘀嘀嘀!事务机器人似乎正在判断。

丹尼斯和同事全都屏息看着机器人。

"你触犯了A-003号公民守则,被处以10年刑期。你已经累计触犯12次,将被处以120年刑期。公民等级制度是瓦棚的根本,请不要质疑。"

"该死的,这些机器人越来越聪明了。有时候我真想直接塞给它1000年,给我开个包月套餐,让我随时随地都可以骂。"

老烟低声抱怨着,用力吸完了最后一口烟。

"不说了,丹,我们回去吧。一会儿我们还要审嫌犯呢。"

"好。"

丹尼斯点点头，跟着对方回到了警务站。

【43】假警察

"喂，谁把事务机器人放到楼道口的？"

"不知道，可能是老陌吧。"

"这个人，不是说好了楼道口不许放机器人吗？害得老子今天又被加刑了。"

"你自己嘴上没有把门的，可别怪别人。"

"反正你是阔老爷啊，那一两百年的刑期算啥？"

"哈哈哈……"

办公室里传出一阵欢快的笑声。

老烟这家伙有事没事就喜欢胡说八道，他也是整个警务站里因为乱说话被加刑最多的人。听说他被惩罚了，大家也见怪不怪了。

丹尼斯咧开嘴，跟大家一起笑了起来。

老烟也不在意，他没有回到工位，而是对那几个嫌犯拳打脚踢。

"你们这些人，快说说，你们到底是怎么逃避法规的？"

嫌犯苦不堪言。

"警官，我们也只是打工的，你得问二狗去呀。"

"你放心，我们会问的。"老烟指着几个犯人说道，"你们跟我去审讯室，不说清楚事情的来龙去脉，不许吃饭。"

"呃——"

老烟掐着嫌犯的脖子，像拖死狗一样把他们拖到了审讯室。

咣当！审讯室的大门关上。

大伙儿即使隔着门板，也能听见老烟对嫌犯的呵斥与打骂声。

"又到了每日的娱乐活动时间。"

警察们从工位上站起来，两人一组，挑选嫌犯去审讯室里"娱乐"。

丹尼斯眯着眼睛看向这些警察，他们竟然能把审讯当成"娱乐活动"。

"可笑……"

丹尼斯摇了摇头，埋头工作。

到了下午，审讯结束了，嫌犯一个个都被关在了底层的临时监狱里。

昏迷的二狗就住在他们隔壁。

已经到了下班的时间，丹尼斯却始终没有离开，他一直在偷偷摸摸地搜索档案，尤其是那些高级公民的档案。

既然顾毅的档案很难搜到，那么从这些高级公民的档案开始查起，会不会有额外的收获呢？

为此，丹尼斯以陈泽宇为圆心，调查和他有血缘关系的人，终于发现了一些暂时不为人知的信息。

丹尼斯飞速阅览档案，却听见门口传来一阵脚步声。

"你好，我们是来提人的。"

"提人？"

丹尼斯关掉电脑窗口，抬头看向来者。

他们二人的面相十分陌生，却穿着警员制服，看警衔比自己还要高两个等级。老烟刚准备换衣服回家，在看见这二人后也赶紧立正敬礼。

"长官好。"

看见老烟行礼，丹尼斯也照做。

"你们好。"二人回礼。

"长官有何贵干？"

"我们是来提人的。"

"提人？"

"提走罪犯二狗。"其中一人指了指身后，"我们要把他转移运走。"

"哦……没问题，我先去办公室请示一下站长。"老烟说道，"对了，你们的提审令带来了吗？"

"在这里。"

二人递给老烟。

"请稍等一会儿。"

老烟扶着帽檐，一路小跑来到了站长办公室。

丹尼斯望着面前的二人，略微有些疑惑，他借着倒热水的机会，仔细观察了一下二人。

他们的食指和虎口都有很厚的老茧，显然是经常玩枪的人。

站在左边的警官手背上有一处烧伤，看上去像是化学品留下的伤痕。他似乎注意到了丹尼斯的视线，赶紧把手伸进了口袋里。

"要喝杯茶吗？"

丹尼斯举起茶杯，挑了挑眉。

"不必了。"警官摆摆手，说道，"我们提完犯人就走。"

"哦……"

丹尼斯点点头，坐回座位。

在这两人身上，丹尼斯看到一点不一样的气质。

整个警务站里的人全都混吃等死，无所事事，偏偏这两个人一脸严肃，完全看不到那种老油条的神态。

丹尼斯的疑心更盛。

他赶紧来到站长的办公室，正好遇见了出门的老烟。

"等等！"

"怎么了？"

丹尼斯拦住了老烟："那两个人不对劲。"

"怎么不对劲了？"

"他们的提审令在哪儿？拿给我看看。"

"嘻，站长都说没问题，你认真个什么劲儿。"老烟拍了拍丹尼斯的肩膀，低声说道，"多做多错，少做少错，不做不错。"

老烟咧嘴一笑，转身离开。

丹尼斯推门走进房间，不由分说地拿起了站长桌子上的提审令。

"喂，你干吗？"

站长看着丹尼斯，吓得手里的烟都掉了。

丹尼斯仔细看着提审令，随手拿起桌上的放大镜，比对上面的字迹。

"这个字体不对。"

"你在说什么胡话？"

"你看这个字母。"丹尼斯指了指桌子上的另外一份公文，"这份提审令的编号字体和我们警务站惯用的公文字体不一样，这是造假。"

"怎么会造假？上面有章呢。"

"难道他不能用萝卜刻章？"

丹尼斯放下手里的公文，转身离开办公室。

站长心里有些发毛。

上面今天确实打来了电话，要提走二狗，公文的编号、警察到来的时间完全一致，怎么可能会造假呢？

他刚刚还打电话确认过呢！

站长担心丹尼斯做出什么出格的事情，赶紧下楼跟了过去。

此时，那两名警官已经来到地下 1 层。

他们指了指昏迷的二狗，沉声说道："把犯人带出来吧。"

"好嘞。"

老烟听到二人的话语，突然觉得有哪里不对，不过他始终觉得这是心理作用。

丹尼斯神神道道的，害得自己也疑神疑鬼。

咔嚓！老烟打开牢门，替二狗戴上手铐和脚镣。

两名警官走进牢房，一左一右地架着二狗离开。

他们刚刚走出牢房，就看见丹尼斯正双手抱臂站在楼梯口，眼神仿佛能吃人。

"有什么事情吗？"

"你刚刚叫二狗什么？"

"嗯？"

"你刚刚叫二狗什么？"丹尼斯冷笑着说道，"犯人，对吗？"

"有什么问题？"

"在判罚下达之前，我们只能叫他嫌犯、嫌疑人，不能叫罪犯、犯人。如果说错了，被事务机器人发现可是要被加刑 1 年的。老烟刚过来的时候，事务机器人一直跟在他的身边，你们说错了话，机器人却没有提醒并惩罚你们两个，这说明一点——你们两个根本就不是警察。

"你们到底是谁？"丹尼斯大声质问着。

老烟听到这话，终于明白了之前那莫名其妙的违和感来自哪里。

可是，他却希望自己根本没有听见丹尼斯的这番话。

因为——这也许会给他带来更大的麻烦！

"你认错了。"

两名警官推开丹尼斯，继续往门口走去。

此时，丹尼斯已经可以确定了。

他们两人就是假冒的，而且他们很可能就是在赌场消失的两个仿生机器人。

"我叫你停下，听不懂吗？"

丹尼斯从桌上拿起电棍，打开开关，砸了过去。

噼啪！电弧在空气中一闪而过。

走在后面的警官顿时停在原地，白皙的皮肤上多了一道焦黑的伤疤。

"丹，你快停下！"老烟冲上来拉住了丹尼斯，"你冷静一点！"

"他们是假的。"

"假的又怎么样，你不要命了？"

"他是陈泽宇，是世界上最危险的人！"

丹尼斯可不敢放虎归山。

如果让二狗离开警务站，重新恢复元气，自己绝对是他第一个报复的目标。

"在警务站工作一个月不过减刑 3000 年，你拼什么命啊？"

被电伤的假警官撕掉了焦黑的皮肤，露出了下面充满金属质感的骨骼。

"你瞧。"

丹尼斯冷笑一声，从怀里掏出手枪，对着机器人连扣扳机。

一个敌人扛着昏迷的二狗逃跑，另外一个则用身体挡住子弹，为同伴争取时间。

叮叮当当！子弹打在机器人身上，溅起火花。

这些普通的武器，根本无法对机器人产生实质性的伤害。

警务机器人听到枪声后，立刻赶来支援。

"你已经触犯了……"

"滚开！"

敌人放开手脚，以一对多。

丹尼斯放下这人不管，朝着逃跑的那人追了过去："别想跑！"

丹尼斯拼命摆动双臂。

此时，哪怕他是僵尸体质，也能感到心脏正在剧烈跳动。他的皮肤从苍白变得血红，整个人就像是一块烧红的铁。

丹尼斯将僵尸体质的优势发挥到了极致，越跑速度越快。

"关上大门！"丹尼斯大声呼喊。警务站的大门早就关闭了。

一小队警察和警务机器人堵在了门口，举枪射击。

机器人赶紧将二狗抱在怀里，用自己的身体抵挡攻击，它的仿生外壳被子弹打得破破烂烂，露出了狰狞恐怖的真面目。

咣当！机器人撞在一个警员身上，将他碾成了肉饼。

警务站的大铁门也被它顺势撞塌。

剩下的警员们见此情景，瑟瑟发抖，没有一个敢再追击了，唯有丹尼斯一个人越过变成废墟的大门，不顾一切地追了出去。

"坏了，这大门被撞坏了，不会要我们赔吧？"

"死了几个警务机器人？"

"七八个。"

"丹是不是脑子不好使啊？他那么拼命干什么？"

"不懂啊。"

警员们望着惨死的同事的尸体，纷纷兔死狐悲，但就是没有一个人敢再去追机器人了。站长姗姗来迟，望着一片狼藉的门口唉声叹气。

"唉……"站长苦笑道,"这个丹尼斯是谁介绍来的?我们为什么要把他收进来当警员啊!"

"站长,不是你一手把他提拔上来的吗?"

"我以为他当上警员之后就会混吃等死了,没想到这小子居然这么卷!显得我们这些人很蠢啊。"

"站长,上面的人打电话来了。他们说,派来提人的警官被人绑架了,刚刚那两个警官是假冒的。"

"现在你说这些有屁用?"

"那怎么办?"

"做做样子,开车去追。"站长想了一会儿,说道,"别带警务机器人去,这东西可贵了,砸坏一个要赔 10 万年刑期呢。"

"是,站长。"

另外一边,机器人已经扛着二狗飞身钻进了汽车。它手脚麻利地发动汽车,丹尼斯不要命地冲了上去,像壁虎一样趴在风挡玻璃上。

轰!发动机发出巨大的轰鸣声。

丹尼斯咬着牙,竟然生生用脑袋砸碎了风挡玻璃,他冲进驾驶室,一把握住了机器人的双臂。

"松开!"

"快滚!"

二人互不相让。

方向盘失去了控制,车头四处漂移,一头撞在了路边的墙壁上。

二人飞出车外。

丹尼斯被机器人撞在墙上,顿时呕出一口黑血,连肋骨都断了 3 根。他不知疼痛,仍然用两条胳膊锁住了机器人的脖子。

"死!"

丹尼斯双眼发红,咔嚓一声拧断了机器人的脖子。

机器人的眼里暗淡无光,双臂无力地耷拉在身体两侧。丹尼斯松了口气,扭头看向二狗,这家伙依然处在昏迷之中,根本不知道外界发生了什么。

嘀嘀嘀——警笛声响起。

丹尼斯扭头看去,自己的同事终于开车赶到。

他们望着一片狼藉的街道,一个个不知所措。

站长屁颠屁颠地走到丹尼斯面前,不知道该哭还是该笑。

"小伙子,你没事吧?"

"没事。"丹尼斯指着车子里的二狗,说道,"还好,这个人没跑掉。"

站长的脸色就像打翻了的调色盘,一会儿哭一会儿笑:"虽然我不想打击你的积极性……但是这次你闯祸了。"

"我?闯祸?"

"一辆警车,一面墙壁,7 个警务机器人,这些都是我们要自负盈亏的东西。"

"你想说什么?"

"唉……那 7 个警务机器人的赔偿我可以替你承担,但这辆警车和撞塌的墙壁……我就没办法了。"

丹尼斯眨了眨眼睛，他思考了半天，这才明白站长的意思。他哭笑不得地指着自己的鼻子，悠悠地问道："你的意思是……这些毁掉的公物，得由我来负责赔偿？"

"当然，虽然我们是警察，但我们也要遵守规则。"

"我这都是为了抓嫌犯。"

"你可以选择更温和的手段，不一定要毁坏公物啊！"

"你们难道不应该把这些算到嫌犯的头上吗？如果不是他们逃跑，我也不需要去抓他们。"

"他们逃跑，自然会因为逃跑受罚。你毁坏了公物，就要因为毁坏公物而受罚，这两点并不冲突。"站长长叹一声，"小伙子，这就是规矩。赶紧离开这里吧，上面来人了，准备亲自带走二狗。"

"是，我知道了。"

丹尼斯点点头，不再争辩。

他站在站长身边，在心里叹了口气。老烟走到他的身边，拍了拍他的肩膀。

"你现在明白了吗？"

【44】20 年前

老烟看着丹尼斯，露出一副恨铁不成钢的表情。

丹尼斯点了点头，他总算明白为什么这些警察全都出工不出力了。

你太拼命了，不仅没有奖励，反而有可能会受到惩罚。

老烟这么滑头的人，说不定他也早就发现两个机器人的身份了。

他睁一只眼，闭一只眼，只是因为他也不想被加刑，更不想冒死维护所谓的法律。

"我只是不想让事件脱离我的控制。"丹尼斯说道，"这家伙如果脱离了缰绳，我们谁都不得好死，我们可是他最大的仇人。"

"现在死和将来死，你选择哪个？多活一天是一天，别想那么多了。就算你死了，你也不会是英雄，因为英雄只有一个，也只能有一个。"

老烟指了指天，接着转身离开了。

"只能有一个英雄？呵呵……"

丹尼斯站在原地，检查自己受伤的位置。

刚刚这一战，自己身上至少有 7 处擦伤，3 处骨折。这些伤都不算严重，自己只需要多吃点生肉，睡一觉，就可以完全恢复了。

现场的事情交给了同事处理，丹尼斯独自回到宿舍，处理伤口。

按照顾毅的规划，自己应该在警察系统里获得晋升并搜集情报。但事实上，在这个已经烂透了的体系里，努力就是原罪。

不……

应该说，大伙儿也曾经努力过、奋斗过，但他们知道努力并不能带来成就，反而会给自己带来麻烦之后，躺平成了唯一的选择。

努力，并不能让他们高枕无忧，反而会让他们畏首畏尾。

因此，不努力成了这个世界的"政治正确"。

"顾毅的想法错了。"丹尼斯靠在床上，自言自语道，"在这样的环境里，根本没有努力上升的空间，安安稳稳地躺平都成了难得的奢侈品。这条路很难行得通啊……"

丹尼斯拿出冰箱里的冷冻生肉，啃了两口，身上的伤立刻以肉眼可见的速度恢复。

约定的开会时间到了。

丹尼斯离开宿舍，站在了电话的旁边。

丁零零——电话铃声响起。

丹尼斯拿起听筒，耳边传来刺耳的嗞嗞声。

顾毅睁开眼睛，来到了虫巢空间。

他看了看两名队友，花音穿着一身病号服，坐在轮椅上；丹尼斯脸上的血迹还没擦干，手臂上、脑袋上到处都是伤口。

顾毅心中唏嘘不已，关切地问道："二位，你们今天似乎过得不太好呀……"

"没关系。"丹尼斯摆摆手道，"我的优点就是扛揍，这些对我来说都是皮外伤。"

花音苦笑着摇摇头，她摸了摸自己的胸口，脸色惨白道："我是差点就没了。多亏了顾先生，不然我就没机会跟大家见面了。"

"多亏了我？"

"我用你说服二狗的理由，说服了二狗……"

花音事无巨细地讲述了自己和二狗对峙的全过程，同时也给大家介绍了自己刚刚获得的新技能。

顾毅深深叹了口气："你这样很危险啊……你是想吃两头，做双面间谍？"

"我已经被架在火上烤了。"花音摇摇头道，"为了保住我的地位，我必须出卖二狗的情报。为了保住性命，我又必须给二狗通风报信。大洛山可以随时决定我的刑期，二狗可以随时决定我的生死，这两人我谁也不能得罪。"

花音尴尬地挠了挠头，这种脚踏两只船的事情她在现实世界没少做。

不过，现实世界里大家好歹会遵守游戏规则，不会轻易做什么杀人放火的事情，但二狗可是杀人不眨眼的，只要有一点不顺心，他就要下刀子。

更可怕的是，这家伙来无影去无踪，根本没办法预防和躲避。

"对不起。"顾毅挠了挠鼻子，"是我让你们陷入危险了……"

"对不起？你为什么要说对不起呢？"花音突然抬起头，笑着说道，"对不起我们的是《诡异世界》，是那个世界背后的邪神，是现实世界里到处捣乱的狂信徒。你从来没有对不起任何人。"

顾毅点点头，轻轻拍了拍自己的脸蛋，将那些沮丧的情绪赶出脑海。

"放心吧朋友们，我一定会带领大家离开这里的。"

"我们相信你。"花音想了一会儿，又说道，"对了，关于20年前的事，我又搜集到了一些信息，这些是大洛山和康斯坦丁告诉我的……"

花音将康斯坦丁的话叙述了一遍。

听见陈泽宇引来虚空潮水，吞噬了半个国家的时候，顾毅立刻想明白了什么。

"这难道是我做的？"

"你做的？"

顾毅在原地踱步，试图用大伙儿能理解的语言解释。

"你们听说了吧？我在经历了《瓦棚中学》副本之后，解锁了所谓的'双天赋'。"

"对，那真的好厉害啊，你是怎么做到的？"

"我们也能做到吗？"

"先不说能不能做到，你们只需要知道，以我的能力，只要条件允许，我可以将虚空的潮水引入副本世界。

"这东西的杀伤力极强，可以在瞬间杀死大洛山，就连主持人也畏惧它的力量，不敢轻易与其对抗。

"陈泽宇可以在虚空之中行走，但他八成不可能以自己一人的力量引来虚空的潮水。所以，那个20年前差点毁掉瓦棚的人，可能就是我。"

顾毅在原地来回踱步，自言自语地将自己推理的过程说了出来：

"这是我们第一次遇到剧情相互关联的副本，有很多秘密和规律我们并没有总结出来。

"按照以往的经验，副本与副本之间不会有影响，一旦冒险者离开副本世界，这个副本就会从世界上消失——或者说从我们这个平行世界里消失。

"假如那个在20年前差点毁掉瓦棚的人就是我，那说明我们穿越的方式并非肉身穿越，而是灵魂穿越，我们附在这个副本世界的某个人物身上。

"并且，这个人物还会保留我们的技能甚至意识，按照人物的习惯继续往下走……"

推理到这里，顾毅突然愣住了——他想起了二狗说过的那句话：

"角色是拥有自己的力量的，他总有一天会对抗那个执笔之人。"

"顾先生你在说什么？什么角色？"

顾毅说的前半段话他们还能听懂，但是后半段话已经让花音和丹尼斯有些摸不着头脑了。

"没什么……"顾毅摇摇头道，"我想到了二狗和我说的一句话，这句话放在这个情景里理解，似乎就更明了了。"

顾毅看着掌心的黑球，若有所思。

上个副本结束的时候，出现了很多异常现象，而这一切全都是黑球带来的变化。同时，互相关联的副本第一次出现，很可能也是黑球的作用。

它究竟是导演留下的诱饵，还是入殓师对抗导演的秘密武器？

顾毅无法判断，但他也只能顺着习惯往下走了。

花音点点头，接着说道："另外还有一件事情，系统给了我不一样的提示，说什么……我的行为可能会改变剧情发展。"

"我也收到这种提示了。"

丹尼斯看了看花音和顾毅，耸耸肩道："那个……我怎么没有？"

"我推测，如果你救下了原本该死的剧情人物，或者提前杀死了不该死的剧情人物，或者推进剧情发展，都会出现这个提示。

"在你的世界线里，二狗领悟到'群众的力量'可能还需要更多契机，但你照搬了我的说辞，让这个过程提前了。

"借助你们的情报，我提前抓住并且杀死了十四，这加快了二狗造反的进度。因此，我才得到了这个系统提示。"

顾毅转眼看向丹尼斯："你有什么进度吗？"

丹尼斯笑着说道："这倒没有，不过我觉得你对我的任务安排可能要发生改变了。"

丹尼斯把警务站的现状事无巨细地说了一遍。

花音听完，内心唏嘘不已——连站在神之子阵营的警察居然都是摆烂躺平、混吃等死的状态。

"二狗的机器人……居然这么聪明？"顾毅皱了皱眉，"瓦棚的智能机器人虽然能判断你是否违法，但它们应该做不到惟妙惟肖地模仿人类，甚至可以自主地拯救主人，并完成如此复杂的救援行动。它们伪造文件，绑架警员，和正常人几乎没有区别了。"

一开始，顾毅以为二狗家里的两个机器人只能机械地完成生产和加工矿石的工作，没想到它们能做的可不仅如此。

这两个机器人，完全可以当成人类支使。

"你说有没有一种可能，设计出智能机器人的……就是陈泽宇呢？"

"为什么这么说？"

丹尼斯想了一会儿，说道："我发现和陈泽宇有过亲密关系的人，有不少都曾经是技术开发者。这些人从来就没有出现在历史书上，历史把科技进步的所有功劳，全都归于康斯坦丁一家。也许，这是陈泽宇选择反抗的直接原因。"

顾毅点点头："有这种可能……我会想办法去验证的。"

"那我接下来该做什么？"

"你还是按照原先的规划，始终保持阵营立场。你的任务就是对抗二狗，防止他再次想办法逃跑，他的底牌绝对不止这两个机器人。我和他相处了那么久，都不敢说我对他有百分之百的了解。"

"知道了。"

丹尼斯轻轻点了点头。

既然已经决定跟随顾毅的领导，那么自己就不要多怀疑，按照既定的规划走下去就行了。

花音举起手，好奇地问道："对了顾先生，你知道二狗到底要做什么吗？"

"唯一可以肯定的是……二狗准备在总统竞选那天干什么大事。"顾毅摸了摸下巴，说道，"到了后天，他可能就要做出什么惊天动地的事情了。"

"所以，我们应该怎么办？"

"明天晚上，我会和大家具体分析攻略方向。我现在还没有搜集到足够的信息……你们目前还是尽各自所能，继续努力推进剧情探索度吧。"

三人随便交流了一会儿，等到虫巢空间的时效结束，分别回到了各自的世界。

顾毅睁开眼睛，离开了警务站。

现在，大家已经对顾毅彻底无视了。

自从顾毅的心理暗示进化成心灵捕手之后，底层警察已经彻底成了他的傀儡，就算顾毅在警务站跳脱衣舞，警察也不会对他有什么奇怪的看法。

顾毅回到赌场，等到技能冷却结束，他就会对所有赌客使用思维广播，在他们的内心种下种子。等到需要的时候，顾毅可以随时引爆那些种子。

同时，顾毅也发现，赌场里至少有一半的员工对自己的思维广播免疫。

这只有两种可能：一是他们的精神力比二狗还强。二狗多少有点反应，而他们一点反应都没有。二是他们都是仿生机器人，精神类技能对他们无效。

很显然，第二种可能更合理。

翌日清晨。

顾毅刚出门就遇到了二狗，他站在女儿的卧室门前，始终不敢进去。

"顾，我女儿最近在做什么？"

"在为了理想努力。"顾毅笑着说道，"她已经成年了。"

"我明白，我明白。"

二狗点点头，转身走进自己的房间，拿出一张字条递给了顾毅。

顾毅接过字条，展开查看。

上面写着二狗的一系列准备工作。

正如自己所预料的那样，他想要在总统竞选那天，彻底毁掉瓦棚的所有领导阶层。

顾毅曾经与二狗讨论过该如何造反的事情，但从二狗的计划来看，他似乎还是没有跳出个人英雄主义的窠臼。

"这就是我的计划。"二狗说道，"我不知道周围有多少眼线，所以一直没有和你说这些事情，现在我确信，周围已经没有任何间谍了。"

"这个问题先不聊，"顾毅撕掉了字条，"我想问你个问题。其实，你的手下全都是仿生机器人，是吗？"

"呃……你怎么知道？"

"让我再猜猜看……"顾毅晃悠着手里撕碎的字条，说道，"其实，你还是智能机器人的开创者。你拥有入殓师的传承，所以你能设计出跨时代的机器人。

"但是可惜的是，康斯坦丁攫取了你的成果，你的名字不仅没有在历史上留下任何一笔，你甚至还成了一个罪犯，彻底失去了自己名字的所有权。"

"嗯……不错的猜想，但你有没有想过一个问题？智能机器人是 60 年前出现的，康斯坦丁的神位都传到三世了，这和我有什么关系呢？"

"呃……"

"算了，跟你说实话吧……初代智能机器人的设计者，确实和我有点关系，他是我的祖父。"

【45】我可不是跟踪狂

"我的祖父开发出了第一代智能机器人，但是康斯坦丁一世彻底抹消了祖父和他团队的功绩，建立起了瓦棚这个变态的地方。

"瓦棚人从那时开始，逐渐忘记了自己的荣誉，忘记了自己的使命，忘记了自己的历史，成为 ** 的奴隶。呵……我不知道你能不能听明白我说的话。"

二狗苦笑着摇摇头。

"我能听懂。"顾毅说道，"我理解你的意思。"

二狗的话语中开始出现认知障碍了，但这恰恰说明了一点——二狗正在诉说"盒子"的真相。

顾毅大概猜到了一些真相。

在三代之前，瓦棚人尚且还是一群和《诡异世界》抗争的勇士，但在康斯坦丁登神的那一刻，瓦棚彻底沦为《诡异世界》的副本。

瓦棚人则成了盒子里的蟑螂。

"可能是我上了年纪，总是喜欢回顾 20 年前的故事，那时候你我还是舍友呢。"

"你送我的校服还在呢。"

"真的吗？"二狗哈哈大笑，"很开心你能留着。"

"我还随身带着呢。"顾毅指了指房间，"一直藏在我的行李箱。"

顾毅没有想到，20年前的"自己"居然如此看重陈泽宇，甚至一直把他送的纪念品留在身边。

顾毅刚到这个世界时，除了一身脏衣服，什么也没有，唯独那件留着陈泽宇签名的校服被整整齐齐地挂在墙上。

按照副本里的世界观设定，"陈泽宇"这个人已经在世界上彻底死亡了，那件校服可能是陈泽宇存在过的唯一证据。

二狗拉着顾毅到天井下面坐下，他从茶几下面拿出了上次没有喝完的半瓶红酒。

"大白天喝酒？"

"兄弟，马上我们就要去干一些惊天动地的大事儿了，不喝点怎么行？"

"成。"

顾毅与二狗碰杯。

这酒喝起来并不上头，而且还有补充精神力的妙用，顾毅并不排斥。

二狗舒服地叹了口气，笑着说道："你在学校的时候差点死掉，你知道吗？"

"什么？"

"你去了禁区，然后晕倒了，那地方有非常强大的怪物，在那里晕倒你活不过10分钟。是我把你背出来的，那座图书馆实在太绕了，不过好在你的身上有指南针，不然我们俩可得在里面待一辈子了。"

顾毅闻言，脑子里一片空白。紧接着，那些消失的记忆碎片开始重新融合起来。

当时，自己在图书馆禁区里找到了黑球，但是在拿到黑球的一瞬间，自己就失去了意识。

等到再次苏醒的时候，自己已经出现在宿舍里了，而他一直以为这一切全都是黑球在作祟。可事实证明，黑球并没有穿越空间的能力。

现在想来，在自己迷迷糊糊期间，真的有人背着自己离开了禁区。

那个背着自己离开禁区的人——就是陈泽宇！

顾毅挑了挑眉，疑惑道："你怎么会……"

二狗摆摆手，说道："你别误会啊，我可不是跟踪狂。我只是好奇你平时都在看什么书而已，所以我总是跟在你屁股后面，你看什么书，我就看什么书。

"谁知道，你不仅看得懂星际语，还天生反骨，非要进图书馆禁区。

"我以为你成绩如此优秀，就是因为看得懂星际语，所以我自学了星际语。这东西可太难了，我花了四五年时间才学会一点皮毛，我真不知道你花了多久才学会。

"离开学校之后，那座图书馆里的书全都不见了。我花了非常多的精力才找到这些书，它们无一例外全都是禁书，因为它们都是历史书。

"等我读懂这些书后，我彻底明白了……我们不过是盒子里的蟑螂而已，我也终于明白了你是什么人，扮演的是什么身份。

"20年前我和你离开学校，一起引来了虚空潮水，造成了轰动一时的灾难。没想到，你居然重生回到了这个世界，真是奇妙啊。"

顾毅突然明白了。

二狗明白世界的真相，并不是因为他遇到了暗月马戏团，而是因为自己。

因为看见自己学会了星际语，他也学会了星际语。

因为学会了星际语，他才能看懂学校里的历史书。

因为看懂了历史书，他才能够明白盒子的真相，找到入殓师的传承，并学会旅者星人的秘术。

如果能看懂那些历史书，有没有暗月马戏团的帮助，其实已经不重要了。

"是呀，确实很奇妙。"顾毅全身放松，"你准备什么时候去干一票大的？"

"现在就去。"

"我还要去矿井打卡呢。"

"打什么卡？明天我们就要彻底毁掉这个世界了。"二狗笑着说道，"你去不去？"

"乐意奉陪。"

顾毅跟着二狗来到了瓦棚广场。

广场的正对面就是瓦棚神殿，神之子康斯坦丁就住在那座神殿之中，即使是高级公民，也没有资格出现在神殿周围 1000 米内。

守卫神殿的全都是仿生机器人，它们不知疲倦，日夜不休地守护在神殿周围。

"三世恐怕是最爱出去闲逛的神之子了。"二狗低声说道，"今晚他会回寝宫，我们要在这之前在神殿周围布下梦境碎片，这东西配合我的秘术可以撕裂虚空，我们可以一举击破康斯坦丁的神殿。"

二狗的头顶飘着事务机器人，它完美地庇护着二狗，不让他的话语被其他事务机器人或警务机器人听见。

顾毅没有说话，闭上了眼睛。

开始推演！

你跟在二狗身后。

二狗操纵事务机器人，入侵了守卫机器人的操作系统，你们大摇大摆地走进了神殿的范围。

你们在关键的地点藏好了梦境碎片。

你记住了所有藏匿地点。

你们安全地离开了神殿。

你感觉非常心虚，因为这一切未免太过简单。

你向二狗提出了疑问。

二狗：你放心好了，我可以百分之百保证这些人不会找到我的任何把柄，除非他们能未卜先知。

你和二狗离开了神殿。

一直到晚上 10 点，你们都没有发生任何意外。

你终止了推演！

顾毅睁开眼睛。

这可能是他第一次遇到这么顺利的事情，可他依然感到有些心神不安——明天必然会出事。

但自己现在没有办法预知明天要发生的事情。

晚上他需要和另外两个冒险者开会，他的推演会因为开会而中断。

顾毅搭住了二狗的肩膀，低声说道："有诈，别去。"

【46】个人英雄主义

"为什么？"

"总之不能去，我有特别的信息渠道，去了之后你的下场可能会很惨。"

"呵，你是不信任我吗？"

顾毅摇了摇头，略微思考了一下。

"我知道你的实力很强，但你也不要把敌人想得那么简单，我总觉得有些不安。"

"为什么？"

"你上次用的手法和这次的手法相比，有什么进步吗？"

"上次是你用的秘术，这次是我用秘术。"二狗想了一会儿，说道，"原理不同，我能引来更大规模的虚空潮水，他们根本没有时间反应，这就是我的进步。"

"但你终归是使用虚空的力量，对吗？"

"是的。"

"这似乎不太行，我觉得我们应该从长计议。"

顾毅坚持让二狗重新考虑。

从其他两条攻略路线来看，高级公民的战斗力绝对不是那么低下的，一个手无寸铁的大洛山就可以轻松制服持有武器的二狗。

现在，他们如此轻松地让二狗潜入宫殿，颇有一种请君入瓮的味道。

二狗沉思片刻，站在广场边上，默默思考。

顾毅继续说道："我给你讲一个故事。"

"故事？"

"你是一个英雄，你遇到了一群奴隶，他们被主人鞭打、辱骂，过着畜生不如的日子。你被奴隶主抓了起来，你想要摆脱成为奴隶的命运，你会怎么做？"

"杀死主人，给那些奴隶自由。"

"那些奴隶见你刺杀主人，反而帮助他的主人来对抗你。"

"喊，那就干脆不刺杀了，我直接跑路。"

"你被困在奴隶主的庄园里，没有办法离开。就算你离开了，奴隶主也会派自己的奴隶去抓你。"

"我会努力锻炼，直到我有朝一日打败奴隶主，哪怕有十几个奴隶抓我，他们也抓不到。"

"然后你会遇到更强大的奴隶主，你还是会被圈养。"

二狗终于明白了顾毅的意思，他冷静下来，和顾毅并排坐在路边的长椅上。

"你到底想说什么？"

"你到现在都没有放下成见，你始终觉得人民是乌合之众。"顾毅说道，"哪怕到现在这个关键时刻了，你还是准备用个人英雄主义来战斗。"

在某种程度上，二狗的思维特别像B国的英雄。

打个比方：如果"铁男"经过一个奴隶园，他想要救助被奴役的奴隶们，最大的可能就像二狗一样杀死奴隶主，释放奴隶们。奴隶并不会因此感谢铁男，因为就在铁男离开之后，他们也许会被第二个奴隶主抓住，延续痛苦的奴隶生涯。

"你知道我会怎么做吗？"

"你说说看。"

"我会告诉奴隶，自由是自己争取来的，从来就没有什么救世主，也没有什么神仙、皇帝，能救我们的只有我们自己。我们该干掉的是那万恶的奴隶制度，而非奴隶主，杀死一个奴隶主，会有1万个奴隶主出现。你可以杀死一个人，但你永远杀不死一个信念、一种思想。唯有追求自由的信念，永远杀不光、杀不尽。"

二狗闻言苦笑了一声，他指着不远处的书店，乐呵呵地说道："你太天真了。你和小雪出的书虽然在人群中传开了，可他们除了变得更加麻木，没有起到任何作用。一部小说而已，它能有多大的力量？"

"你应该相信我。"顾毅用力握紧拳头，"跟我去矿井，我来告诉你人民的力量有多强大。"

"嗯？"

二狗眨了眨眼睛，他沉思片刻，最终决定跟着顾毅离开。

顾毅带着二狗来到了空间跃迁基地，两人一到地方就看见大洛山捧着大肚子离开了办公室。

二狗戴着头盔，神态自若地从他身边路过。

大洛山也不在意，坐上他那定制的大型轿车离开了。

顾毅突然想起了什么，于是用星际语和二狗交流："昨天一天没见到你，你是去刺杀神之子了，还是去踩点了？"

"你是怎么知道的？"

"早和你说过，我有特别的信息渠道。"

顾毅带着二狗穿越传送门，回到了矿井里。

刚一进矿区，顾毅就看见了监工，他正坐在办公区里看书，而那本书竟然是小雪版的《钢铁是怎样炼成的》。

听到脚步声，监工赶紧扭过头来，斥责道："你怎么才过来？"

啪！顾毅打了个响指，监工立刻闭上了嘴巴。

二狗嘴角微微抽搐："你是怎么做到的？"

"这叫吹狗哨。"顾毅笑着说道，"你每次给狗吃东西的时候，吹一声哨子，这样的话只要你一吹哨子，狗就会流口水，这叫……"

"条件反射。"二狗翻了个白眼，"好歹我也是瓦棚中学毕业的。"

顾毅耸耸肩，带着二狗来到工作区。

"行了，你看看大伙儿是什么样的。"

二狗跟在顾毅身后，观察那些矿工。他们埋头干活，在闲暇之余还不忘讨论小说的事情。

"那个小雪写的故事，你听说了吗？"

"小雪是谁？"

"就是那个最近刚刚出名的作者呀，她写的书可有意思了，我看完感觉全身充满了力量。"

"小说我已经好几年没看了，太没意思，还不如喝酒、打牌。"

"你真的该去看看那部小说，我真的从那部小说里感受到了文字的力量。"

矿工们激烈地讨论着。

二狗敏感的神经被挑起，他发现一种名叫"希望"的情绪在矿工中蔓延。

顾毅不知道二狗这些天在做什么，但二狗同样也不知道顾毅每天在做什么，他只知道顾毅每天都要去矿井里绕一圈。

"他们……好像和外面的人不一样？"

"我只是点燃了他们心中的火苗，对自由的向往是无论如何都关不住的。"顾毅淡淡地说着。

其实，刚开始的时候顾毅也感到非常绝望，因为这些矿工被奴役得太久了，以至于他的心理暗示对矿工们很难奏效。

只有小说和技能双管齐下，顾毅才可以一点点地改变这些人的想法。

当顾毅的技能得到强化时，这些埋在矿工们心里的种子终于生根发芽了。这让顾毅觉得，自己的努力没有白费。

"你刷新了我的认知。"二狗说道，"也许你的方法真的可行。"

"不是也许，是确定。"

"很不错。"二狗点点头，竟然和那些矿工一起工作。

此时，顾毅的耳边又一次传来了系统的提示音：

"你打消了二狗毁灭瓦棚的念头。

"剧情将朝着未知方向发展。

"你的剧情探索度提升。

"目前剧情探索度为 ***%。"

又一次……顾毅突然感到右手一阵炽热，上次《瓦棚中学》副本结束时，系统也出现过这种未知的进度符号。

显然——入殓师的科技又一次开始发挥作用了。

【47】看不见的二狗

花音的世界。

经过一晚上的治疗，花音终于可以下地行走了，小雪一直在花音的身边陪伴着她，贴心得就像是亲姐妹一般。

"花音姐姐，你要做什么？"

"离开医院。"花音跳下病床，"你去帮我办出院手续。"

"喂！你可是差点被捅穿了心脏啊，不多休息一会儿吗？"

"明天就是总统竞选日了，我得去找大洛山先生。"

"是人家去竞选，又不是你去竞选，你为什么要跟着去？"

"我收了人家的好处，不能不给人家办事。快帮我办出院手续吧。"

在花音的坚持下，小雪帮助花音办完了手续，二人携手走出了医院。

瓦棚的医疗技术非常发达，但是受了如此严重的伤，也不是那么快就能好的，花音始终皱着眉头，走路也不快。

花音刚出医院就遇到了大洛山的手下，他们马不停蹄地去往大洛山的住所。

小雪坐在车子上，一副烦躁不安的样子。

"花音姐姐，我感觉有点不对劲。"

"怎么了，是晕车吗？"

"不知道，就是有点不安。"小雪摇摇头道，"总想快点离开这里。"

"哦……"

花音点点头，靠在椅背上闭目养神。

过了一段时间后，花音突然想起了一个细节。

上次二狗伪装成保镖刺杀康斯坦丁时，小雪似乎也会感到比较焦虑。顾毅曾经说过，二狗拥有屏蔽规则的能力，是付出了一定代价的。

那个代价，就是他失去自由、失去爱情、失去亲情。

因此，他的妻子丧命，他和女儿离心。

这些全都是规则的影响。

此时小雪坐立不安，很可能代表二狗就在附近。

花音内心十分焦虑，马上就要去面对大洛山了，她很可能要在两个男人面前周旋，一不小心就会万劫不复。

这感觉就像脚踏两只船，而自己马上就要遇上两只船同时在场的"修罗地狱"了。

二狗是装成司机了吗？

花音偷偷睁开一只眼睛，透过后视镜观察司机。她本来就是化妆大师，对方有没有易容，她仅凭肉眼就能分辨出来。

很显然，这个司机并不是二狗假扮的。

那么结果不言而喻了，二狗是用秘术跟在她们身边的，说不定他就坐在自己旁边，只不过自己不能感觉到而已。

这种好像幽灵一样的能力，让人根本捉摸不透。

过了没多久，花音和小雪来到了大洛山的庄园。

小雪的脸色一直非常不好，就像是吃错了东西一样。

"要不要去看医生？"

"没事。"小雪坐在客厅里，"我可能坐一会儿就好了。"

"哦。"

花音点了点头。

小雪在沙发上坐立不安，她一点一点地挪动身子，和花音保持距离。这让花音更加确信，二狗正在用某种特别的方式潜伏在自己身边。

"花音，你还好吗？"

"托您的福，已经没什么大碍了。"

花音从沙发上站起来，恭敬地向大洛山鞠躬问好。

大洛山和花音寒暄了一番，便邀请她去书房聊天。

花音跟在大洛山身后，回头看了一眼小雪。在自己远离小雪之后，对方的脸色明显好了很多，这进一步说明二狗就跟在自己身边。

花音摸了摸自己的伤口，若有所思。

二狗手里的匕首也是诡异物品，难道他捅花音的时候，在她的身体里留下了诡异力量？或者是他给花音吃的梦境碎片有问题？

都有可能。

花音决定不再思考这些无解的问题，还是先想办法度过面前的危机再说。

大洛山带着花音来到书房，花音捏着裙角，坐在大洛山对面。

"昨天晚上是什么情况？"

"我被人刺杀了。"花音说道，"刺杀我的人是二狗，我确信。"

"你是怎么活下来的？"

"二狗的手有点潮，没有刺到我的要害，我受伤以后他也没有补刀，我凭借装死活了下来。"

花音一边说着，一边感受着四周的环境。

但是，无论她怎么集中精力，都无法发现房间里有第三个人。

按道理来说，大洛山的实力远胜过自己，连他都没有发现二狗。

这说明两点：

一、她多虑了，二狗根本没有来。

二、二狗来了，他的目的只是借她的身体潜伏和窃听而已。

想到此处，花音顿时有了思路。

"你可真是命大啊。"大洛山感叹道，"你知道他过来是为了什么吗？"

花音抿了抿嘴唇："他在杀我之前，说他最恨的就是两面三刀的二五仔，我一定会下地狱。我猜，他是担心我会泄露他的情报吧。"

"那为什么小雪没有受到他的伤害？"

"并不是。"花音说道，"她也被打晕了。"

"有点奇怪啊。"大洛山想了想，说道，"如果他真的是为了防止消息泄露，为什么单单杀你，而仅仅是打晕了小雪？"

"这我也说不明白。可能他觉得，小雪只是我的跟屁虫，没必要杀？您知道的，二狗这人有种傲慢的个人英雄主义。"

"英雄？他算个屁的英雄，对一个手无缚鸡之力的女人痛下杀手，这也算得上是英雄吗？"

大洛山摇了摇头，眯起眼睛，表情不屑一顾。

"我倒是听说……他经常在夜总会门口蹲守，一遇到小雪就会冲上去搭话，但是小雪一直对他爱搭不理啊。这里面会不会有什么缘由？"

果然，大洛山他们还不知道小雪就是二狗的女儿，或者他是在试探自己。

这种时候，千万不能说谎话。

"确实有这么一回事。"花音说道，"小雪告诉我，二狗是个变态跟踪狂，我也不知道他们之间到底发生过什么。"

"原来是这样吗？我就是想问啊，你说二狗不愿意对小雪出手，是不是因为他喜欢小雪呢？"

"这我就不明白了。"花音耸耸肩，"您应该去问小雪。"

"我觉得小雪会是一个很好的诱饵，你觉得呢？"

花音闻言，立刻反驳："老板，无论怎么说，小雪都是我的小姐妹，我绝对不会同意。"

大洛山咯咯地笑，摆摆手道："哎，别激动，我就是在开玩笑，开玩笑而已。"

花音拉长了脸，一副生气的表情，但是心里却翻江倒海。

如果小雪死了，二狗必然会发疯，到时候殃及池鱼，自己想跑都跑不了，所以花音不得不找一个冠冕堂皇的理由，制止大洛山想什么歪主意。

花音见状，找了一个新的话题："老板，我有些害怕二狗会再次找上门来，所以您能不能给我一间更安全的屋子？"

"没关系，你就搬到我的庄园附近吧。"

<h2 style="text-align:center">【48】贪婪的沟壑</h2>

"那我就放心了。"

花音点点头。

"对了，我还调查了一些事情。你说，二狗在赌场后面藏了矿石，对吗？"

"是的。"

"可我一直没有找到，这是怎么回事？"

"那我就不明白了。"

花音摇了摇头。

如果她敢在大洛山面前明说，恐怕不到晚上就要横死街头。

不能再让大洛山把握谈话的节奏了，自己一定要想办法把话题拉走。

"对了老板，"花音问道，"您想好您的演讲稿和管理思路了吗？"

"嗯，这不过是走个过场而已，并没有多大意义。"大洛山说道，"你也明白，我对管理并不感兴趣，我只是想让我的儿子上位罢了。如果我没有实权，我儿子很可能会受欺负。你知道的，父母愿意为孩子牺牲一切。"

"那照您这么说，应该没有什么悬念了？"

"倒也不是，现在问题还是出现在神之子的身上，这也是我想让你帮忙的。"

"请说。"

"我以我的名义，向神之子提出了某些设想，包括取消8小时工作制度、颁布禁娱令。神之子没有同意，他说不能把人压得太狠了，那样会适得其反。"

花音点了点头，神之子虽然够变态，但他倒也明白弹簧的原理，对底层民众压得越狠，反弹得越厉害。廉价易得的娱乐方式，会让底层民众更加麻木。

"那您就别提这种要求呗。"

"可是，如果这么做，我没法对我的儿子交代呀。"

"那您说服您的儿子别那么做。"

"对不起……我实在不知道该怎么和我的儿子说。"大洛山挠了挠头，道，"甚至从某种程度上来看，我认为他的提案非常有效，我真的觉得8小时工作制是非常脑残的规定。

"原本我只需要雇用两个工人，让他们从早干到晚。为了符合8小时工作制，我可能需要雇用3个工人，超出工作时长的部分还要给他们加班的工资，这太难了。

"另外，你上次和我儿子聊了流浪汉的问题之后，他又产生了一些天马行空的想法，准备提出一条禁止无家可归者工作的法规。连我都觉得不靠谱，所以我都没好意思和神之子说这件事情。"

"老板，您是真的觉得……这问题不好解决？"

"不好解决。"

"其实一句话就够了。"花音伸出一根手指，"那些员工都是自愿加班的。"

"自愿？加班？"

"对，自愿加班，弹性工作制。这个政策一出来，不光底层民众会叫好，恐怕神之子也会给您鼓掌呢。"

"弹性工作？"

这个名词大洛山是第一次听说，但是他却隐隐觉得花音即将提出一个天才的想法。

"弹性工作制，就是不强制规定上下班时间，自由上班。"

"这样的话，那还有谁会来上班？"

"您等等，我还没说完。

"我举个例子。

"咱们单位是弹性工作制，每天早晨大家都是8点来上班，但是你每天9点才来上班，你猜大家会怎么说你？"

"这是个懒鬼。"

"很好。同样是弹性工作制，每天晚上我们到10点才下班，你6点就走，你猜大家又会怎么说你？"

大洛山突然感到有些兴奋，但他很快又反应了过来："这不就是欺骗吗？而且……我们不还是要付加班费？"

"老板，我们可不是欺骗。我们说了，这叫作'弹性工作制'，你愿意多干，那是你勤劳，你加班都是自愿行为，并不是我们让你这么做的，只是大家愿意为了共同的理想多奉献而已。同时，我们的薪酬结构也要相应改变，采取低底薪、高提成、高绩效的结构。"

"底薪？提成？绩效？"

大洛山歪着脑袋，似乎并不明白。

花音内心轻笑一声，这个世界的人似乎过于依赖规则的力量，而不知变通。

"好比你在这里打工，每天只给你减刑1年。但如果你能每小时采矿超过20斤，那么你可以减刑5年；超过30斤，减刑15年；超过200斤，减刑500年。"

"就算让机器人和矿工配合，都不能1小时挖200斤的矿石吧？那些矿很难挖的。"大洛山打断了花音，"这简直不可能做到。"

"能不能达到是一回事，但你设不设定这个目标是另一回事。"花音拿起一根雪茄，举在眼前，"知道怎么让驴子自己拉磨吗？你只要在它的眼前挂一根胡萝卜，它就会一直伸着舌头绕着圈去舔胡萝卜，不过呢……它永远也舔不到，那胡萝卜就是你给员工设定的目标绩效。"

大洛山叼着香烟，想了一会儿。

花音知道大洛山在思考，这些话已经超过了他的见识范围，所以她也没有催促。

"花音，你的想法太天真了。长此以往，就算是驴子也知道胡萝卜是舔不到的。"

"没错，你说的这种情况叫习得性无助。"花音又提出了一个大洛山从未听过的名词，"驴子发现胡萝卜舔不到，最后它就会彻底放弃，无论你怎么拿胡萝卜在它眼前晃，它都不会努力了。"

"那怎么办？"

"偶尔给它吃一两次，或者给其他你看着比较顺眼的驴子吃一两次，并且你还可以告诉驴子：只要你像它们一样努力，总有一天你也可以有吃不尽的胡萝卜。

"于是，大家就更加努力地工作了。

"因为大家全都自命不凡，觉得自己可以成为那个吃到胡萝卜的驴子，觉得只要自己跑得够快，就一定能舔到那根胡萝卜。"

"但终究会有人发现胡萝卜的骗局，大伙儿最后就都不会干活了。"

"那又怎么样呢？"花音摊开双手，笑着说道，"你不干，有的是人要干。不干你得死，你干还是不干？"

大洛山看着花音，手里的香烟险些烧到手指。他把烟头掐灭，一脸严肃。

"说实话，我一直以为只有依靠规则的力量这种强制手段，才能让大伙儿屈服。但和你比起来，我们的规则就像是孩子过家家。

"你从头到尾没有用过一点强制手段，但你的想法却比强制手段更让人心惊胆战。

"你到底是怎么做到的？"

花音苦笑一声。

她什么都没有做，她只是把现实里发生的事情说了一遍而已。

"比规则更可怕的是潜规则，比潜规则更可怕的是贪婪的沟壑。"

大洛山手痒难耐，他突然发现花音的建议非常可行。只要把她留在自己身边，那就相当于拥有一座金山，有了她，可以让自己的产业进一步扩大。

"你说得太好了。"大洛山拍了拍扶手，"你等一下，我喊我的儿子过来！"

大洛山拿起办公桌上的电话，拨通了儿子的手机。

过了5分钟，他的儿子才从别墅的另外一边来到了办公室。

"父亲，你找我？"

"来，这是我给你新聘请的老师。"大洛山拉着小洛山走到花音面前，"以后你要像尊敬我一样，尊敬花音老师。"

"嗯？她只是个二等公民……"

啪！大洛山脸色一沉，用力赏了小洛山一个栗暴。

小洛山捂着脑袋，赶紧低头认错："花音老师好。"

"你好，你好。"花音赶紧安慰小洛山，"你快坐下吧，站着干吗。"

小洛山看了一眼父亲，直到父亲点头，他才坐在花音旁边。

大洛山轻轻拍了拍花音的肩膀，热情地说道："花音小姐，你放心吧，公民等级制度只是限制庸人的手段，对你这样的人才没有丝毫意义，我现在就可以给你足够的减刑，你马上就能达到晋升为高级公民的要求。"

"谢谢。"

花音笑眯眯地点头，有了大洛山这番话，自己总算是完成顾毅下达的任务了。

小洛山望着自己的父亲，父亲那激动的样子就像看见一座新的矿山。他好奇地抻着脖子问道："父亲，为什么你突然对花音……老师那么热情？"

"因为她值得，你知道她刚刚说了什么吗？"

大洛山就像是找到了新玩具，要和小伙伴分享似的，说了一遍花音的"天才想法"。小洛山听得一愣一愣的，他虽然不能深刻理解，但也本能地觉得这些想法非常超前。

"花音老师，我向你致歉……"小洛山站起身来，深鞠一躬，"之前我对你太傲慢了。"

"不，别这么客气。"

花音点了点头。

说实话，如果小洛山不是出生在这样的家庭，他一定会是一个有礼貌、有想法的孩子。

小洛山坐在花音的对面，微微弓着身子问道："老师，我有个问题想问你。"

"你说。"

"其实，我一直都没明白为什么大家不去买房子。"小洛山说道，"前段时间，我爸让我去街上看了一圈，我发现有很多懒汉睡在纸箱子里，黑街那边尤其多，我这才明白你上次为什么那样看着我。"

"嘿……能为什么？因为没钱啊。"

"那为什么不选择贷款呢？"

"他们拿什么做抵押呢？很多人已经背负了近1000万年的刑期了，他们没资格贷款。这种情况还能出贷的，只剩赌场了。"

"原来是这样啊……"小洛山点了点头，他的眼里闪烁着精光，接着说道，"老师，我想到了一个一箭三雕的办法呢，这可以同时解决借贷问题、买房问题、人口问题。"

"你说。"

"你瞧，现在瓦棚不是出生率很低吗？无论高级公民还是低级公民都不愿意生孩子，大家宁愿睡纸箱子都不愿意贷款买房。"

"对呀。"

"我有一个天才的想法！那就是——没有生孩子的人不能贷款，生了孩子就能贷款，而且给予极大的优惠。"

"那我还不起，不愿意贷款怎么办？"

"那就更简单了，父亲借贷，儿子还债，这样大家不都愿意借贷了？反正不用自己还，只要不停生孩子就行了，生的孩子越多，孩子还债的压力就越小。这样就能同时解决没人买房、没人借贷、没人生孩子的问题，多么完美！"

花音掏出手帕，轻轻擦了擦额角的冷汗："小洛山少爷果然是天才呢……"

小洛山点点头，骄傲地看向自己的父亲。

"爸爸你瞧，老师都夸赞我是天才呢。"

"确实……是个天才的想法。"大洛山意味深长地说道，"老子真是后继有人了。"

花音离开了书房，扭头就收到了大洛山发来的减刑。

现在，花音的刑期只有100万年了，她已经迈过了成为一等公民的门槛。她朝着身边的事务机器人挥了挥手，当场办理了公民升级的手续。

此时，她的耳边也传来了系统的提示音：

"你的刑期已经减少到了100万年。

"你的剧情探索度提升。

"目前剧情探索度为67%。"

花音靠在墙根边上，摸了摸自己的后脖颈，满手都是冷汗。

这个世界在充满荒诞之余，却又不失合理。

有那么一刻，花音甚至觉得小洛山若是能坐上总统的位子，真的会颁布这样的政令，还可以畅通无阻并且荒诞又合理地执行下去。

花音坐在客厅的沙发上，哭笑不得。

"花音姐姐，你怎么了？"小雪看着花音纠结的表情，强忍着不适感走了过去，"是伤口出现问题了？"

"没什么……"花音笑着说道，"就是来月经了，身体不舒服。"

"是吗？我好像也快来了。"

大洛山带着自己的儿子走了过来，主动伸手与花音握手。

"花音小姐，非常感谢你的教导。"

"不客气，全是因为令郎天生聪慧，我什么都没教。"

"你一定会成为一个人上人。"大洛山笑着说道,"祝你愉快。"

花音和大洛山道别,她们在管家的带领下来到了大洛山庄园附近的小别墅。小雪迫不及待地离开花音,躲进了自己的卧室。

花音心事重重地回到自己的房间,坐在床沿上。

"如果……如果我真的按照顾毅规划的路线走下去,我会变成什么?一个敲骨吸髓的吸血鬼吗?"

花音苦笑着摇了摇头。

面前的地板上出现一道水波纹,二狗那满是褶皱的黑色皮鞋凭空出现在她面前。

"你来了?"

"嗯。"二狗淡定地点头,"你早知道我在你身边?"

"对。"

"幸好你没有出卖我,不然我都没机会看到那么精彩的论战。说实话,如果不是我打不过大洛山,我真想把他儿子塞进马桶里淹死。"

"在马桶里淹死?这也太残忍了吧?"

"你对他们还有同情心?"

"不,我是说这对马桶来说太残忍了。"花音笑着说道,"你在淹死他之前,能不能先让我拉泡屎在马桶里,顺便把我用过的卫生巾甩在他脸上?"

【49】臭打工的

"嘻嘻……"

二狗眯着眼睛,笑了两声。

"你是个不错的卧底。"二狗微微一笑,"多亏你上次跟我说我身边有康斯坦丁的暗哨,我终于把他解决了。"

"恭喜你。"

"以后我会时常来你身边看你的,我突然觉得不杀死你也挺好,不然我上哪儿能看到这种可笑的戏码?"

二狗盯着花音的双眼,而花音也不甘示弱地看着对方的眼睛。

杀人无算的二狗突然转移了视线,低头看着自己的鞋尖,说道:"我突然明白为什么大洛山和康斯坦丁都不愿意杀死你了,你真是一个特别的女人。"

"谢谢。"

"以后再见吧。"

"不再聊会儿?"

"哼。"

二狗冷笑一声,从原地消失。

花音长舒一口气,躺在床上。

显然,二狗已经把自己当成一个跳板和窃听工具了,大洛山这边的信息他随时随地都可以窃听和偷窥。

单单是情报战,二狗就已经赢了。

明天就是总统竞选的日子了,这很可能决定自己甚至整个世界命运的走向,他们3个人是世界上最后的3个冒险者了。

那时候，自己到底应该帮助二狗，还是帮助康斯坦丁的阵营？自己到底应该在谁身上押宝呢？

丹尼斯的世界。

为了抓犯人，丹尼斯破坏了公物，赔了 5 万年刑期。因为抓捕犯人有功，奖励减刑 1 万年。

一来一回，丹尼斯居然还亏了 4 万年。

"丹，你瞧，我是怎么说的来着？"老烟搭着丹尼斯的肩膀，"躺平摆烂吧，朋友。"

"嘿……"丹尼斯无奈地笑了一声，除了认栽认罚，他也没有别的办法。

"行了，别沮丧了，今天我们有新的任务。"

"什么？"

"明天是总统竞选日，你知道吧？总统候选人会在瓦棚广场进行演讲，那时候会有很多路人在旁边观看，我们得时刻维持秩序，光靠警务机器人是不够的。"

"毕竟机器人比人贵嘛。"

"你懂就好。"

丹尼斯跟着大部队来到了瓦棚广场。

警察紧锣密鼓地在广场外围设置黄色的警戒线，任何靠近警戒线 1 米的路人都会被喝退，就算是高级公民也只能远远地在外面观望，不能靠近。

不过，丹尼斯很快就发现这些安保措施根本就是摆设。

一些事务机器人飘过了警戒线，在广场上方悬浮着。要知道，二狗还有一样技能，就是改造机器人，谁知道那些在天上飘着的机器人会不会是二狗的手下？

"站长，"丹尼斯来到站长身边，"我有个建议，让广场附近的所有机器人全部停工，等到总统竞选结束之后再复工。"

"你在说什么胡话？你是想摆脱机器人的监视对吧？"

"我不是这个意思……"

"我看你挺老实的，没想到也开始和老油条一样动歪心思了。"

"我是担心机器人会出问题。"

"你出问题，机器人都不会出问题。"站长挥了挥手道，"你呀，给我好好干活就行，上面要你在什么地方站岗，那就在什么地方站岗，懂吗？"

"是，站长。"

丹尼斯点点头，听命行事，站在自己的岗位上。

这个岗位在广场的最外围，离核心区域十万八千里。显然，站长已经把"我要针对你" 5 个字写在脸上了，他根本不希望丹尼斯在这次事件中做出任何事情。

何等讽刺，在整支警察队伍里，唯一一个做实事的人就是自己，但唯一一个被排斥的人也是自己。

他仿佛是一坛大酱汤里的蛆虫，正在努力挣扎，想要从大酱汤里爬出来，但是大酱汤太过浓稠，让他无法挣脱。

其他人都在装傻，只有自己在认真工作。这不仅不会让自己出类拔萃，反而会让自己被排挤出队伍。

丹尼斯站在路边，望着周围往来的行人，他们的眼神里没有任何希望，看着远处的广场时仍然是一副麻木的表情。

他们低声讨论着：

"这些大盖帽在这里干吗？"

"明天瓦棚广场好像要搞啥活动吧？"

"什么活动？"

"好像是什么马桶选举？"

"你看你这没文化的样儿，那叫总统。"

"哦哦，对，总统。"

这么大的事情，依然有很多低级公民完全不清楚。

"这和我们有什么关系？"

"总统可是很厉害的。"

"他有什么用？"

"就是很厉害。"

"那又怎么样？"

"反正就是很厉害。如果你们家有人当了总统，那你肯定一辈子都衣食无忧了。"

"哦，原来如此。"

丹尼斯听着那些幼稚的讨论，默默地闭上眼睛。

老烟偷偷摸到他身边，从怀里掏出一根香烟递了过去："别担心，事务机器人照不到我们。"

"你怎么知道？"

"因为负责处理监视器的人是我。"老烟点燃香烟，"我刚刚把所有事务机器人都调成了低敏感度，一些小动作它们是不会在意的。"

"你怎么能这么做？这不是渎职吗？"

"丹啊，你这么认真，会让我们所有人都显得很蠢的。"

"为什么你这么不认真呢？我以为我们的职业很神圣。"

"孩子，世界上能被称为神圣的人只有一个，那就是康斯坦丁一世。你要想明白，我们只不过是神仆，只是他的仆人或者工具而已。作为一个工具，你不该有脑子，神之子怎么说，我们就怎么做；神之子什么都不说，你就什么都不做。

"还记得那句话吗？什么都不做，那就什么都没有错。"

"是，我明白了。如果明天有人捣乱该怎么办？"

"捣乱？谁敢来啊？再说了，如果真出了这种事，那也是站长的事情，和你有什么关系呢？你我不过就是个臭打工的，好好混吃等死就行了呗。"

丹尼斯闻言，立刻闭上了嘴巴。

时间一分一秒地过去，丹尼斯始终注意着那些来历不明的事务机器人，他发现这些东西总是在不经意间朝着神之子的寝宫走去。

那些机器人明显是智能的，它们行进的路线有一定的规划，而且总是非常巧妙地躲过监视器和人群。

而它们的目的地，就是寝宫的东、南、西、北四角。

【50】安保的漏洞

"喂……"

丹尼斯想提醒伙伴，又赶紧闭上了嘴巴。

老烟站在自己旁边，虽然睁着眼睛，但是丹尼斯已经隐隐听到了鼾声。

"老烟是属马的吗？站着睡觉？"

丹尼斯撇撇嘴，朝着远处的事务机器人吹了声口哨。

机器人飞了过来，落在他的头顶。

丹尼斯在机器人的掩护下，毫无障碍地来到了寝宫大门前，这一路轻松得就像是在自己家后花园里散步。

丹尼斯急了，他干脆把自己这一路走过来的监控录像取出来，跑到了站长面前。

啪！丹尼斯从口袋里拿出存储器，丢在站长面前。

"你做啥？"

丹尼斯没有说话，只是在站长面前播放视频。站长的脸色变得铁青，就像是刚从马桶里爬出来一样。

"我现在怀疑你的能力。"丹尼斯说道，"我要见上级。"

"我就是你的上级。"

"我说的是上级的上级。"

丹尼斯反手抢走了存储器，捏在手里。

站长急了，他赶紧招呼了两个警务机器人过来，一左一右架着丹尼斯躲到休息区。他让两个警务机器人离开休息区，打开房间里的信号屏蔽器，免得被人窃听。

"你现在算擅闯禁区。"站长低声说道，"你是要被加刑 1 万年的。"

"你玩忽职守，刑罚也不低吧？怎么说也得判 10 ~ 15 万年。"

"赶紧把存储器交出来，这件事情就一笔勾销了。我比你更懂这个社会，你别以为你这样可以得到好处。"

"现在我们的安保措施有着巨大的漏洞，我们不上报，万一出了事情，谁负责？"

"我们只管执行，这个问题不归我们管，懂不懂？"

站长急得跳脚，连休息区外的警员也听见了。

不过他们也不会嫌弃自己命长，全都捂着耳朵躲在外边，不敢进来瞧一瞧。万一他们撞见了什么不该看见的事情，那下半生可就没好日子过了。

丹尼斯费解地看着站长。

"这明明是一个立功的好机会，为什么你就不肯去干呢？"

"丹，你根本不懂'它'。"站长坐在凳子上，语重心长地解释着，"就像我说的，我们只要当好一个执行者就行，决策轮不到我们去做，问题也轮不到我们去提。"

"为什么？"

"没有为什么，如果你想在我们这里生存，就必须做好思想准备。我们不过是一群会吃饭的机器人而已，我们不需要思考、不需要做决策，我们只需要判断和执行。

"安保制度是上面的人定的，你现在大摇大摆地穿过了禁区，这难道不是在打上面的人的脸？你这不是在说上面的人的决策不行吗？"

"可我们是为了总统候选人的安全……"

站长揪着丹尼斯的衣领，凑在他的耳朵边上低声说道："总统候选人的安全关我屁事？上面没让我做的事情，我坚决不做。"

啪！站长松开了丹尼斯，面无表情地坐回了椅子上。

丹尼斯终于明白了，不仅仅是低级公民毫无自由，二等公民何尝不是？他们在这样严格的等级和规章制度下，完全变成了一摊烂泥。

上升渠道被严格封死，一不小心还会下降到底层。

正因为如此，大家只会选择保守的策略，绝对不会主动做事。

——我们不过是一群会吃饭的机器人而已。

丹尼斯突然感到心情沮丧，他捏着手里的存储器，不知道该如何抉择。如果这个时候顾毅在就好了，如果他在这里，他会如何处理？

丹尼斯不由自主地代入了顾毅的角色，试图模仿他的思维方式。

现在摆在他面前的只有几条路线：

1. 妥协，将这件事情藏在心底，就当从来没有发生过。

2. 坚持，誓死要把这件事情捅上去。

3. 折中，表面上妥协，再找机会完成目标。

第一个选项完全就是把命运交给了别人，失去了主动权就等于失去了自由。

第二个选项太过冒险。如果顾毅在这里，他可以通过各种方式试错，哪怕情况极度危险，他也能找到完美的解决方法。但自己只有一次机会，不值得这么冲动。

第三个选项，这就完全看自己能不能抓住足够好的机会了，生死完全只在一念之间，和第二个选项相比也没有好到哪儿去。

"想明白了吗？"

丹尼斯叹了口气，将手里的存储器放到了站长手里。

站长欣慰地点点头，用力掰断存储器："你长大了。"

站长离开了休息区。

"长大你个……"丹尼斯在心中暗骂了一句，转身离开休息区，回到自己的工作岗位。

老烟还站在原地打鼾，他在听见丹尼斯的脚步声时，突然惊醒。

"哎！不许进来！"

"哥，是我。"

"哦，对不起。"

老烟尴尬地擦了擦嘴角的口水。

天色逐渐变暗。

最初的好奇消散之后，低级公民再也没有一个人看向广场了。

令丹尼斯感到讽刺的是：所有安保措施都在防止低级公民闹事，但低级公民甚至根本不知道这里在做什么，他们对此甚至毫无兴趣。

而那些真正可能有危险的人或物，却可以畅通无阻地进出。

就在刚才，丹尼斯亲眼看见一个事务机器人飞进了寝宫角落，丢下了一块黑不溜秋的小石头。

当时，老烟和自己一起看向了那个方向，他确信老烟也看见了。

"你看见了吗？"

"看见什么了？"

"有个事务机器人在寝宫里丢东西。"

"你看错了吧？那是小鸟儿在拉屎。"

"……"

丹尼斯放弃了。

此时，站长突然走过来了，他身边还跟着一个穿着华贵服装的年轻男人。

那队伍排得老长，被众人簇拥在中间的人戴着一张面具，不时和周围的人聊天，长得好像肉球一样的大洛山赫然在列。

"那是不是神之子？"

"谁？"老烟赶紧扭头，"真的是呀，快快站好，别说话了。"

机会来了！丹尼斯的脑子飞速思考，现在他有两个办法：

一是来文的。等到神之子到自己面前时，用口才说服神之子。

二是来武的。等到神之子到地方的时候，自己突然发难，用事实让神之子重视安保问题。

【51】神不可能出错

如果来文的，八成会被站长打断，或者根本没有机会和神之子交流。丹尼斯可没有花音那种口才和急智，能在3分钟内想出一个既有教育意义又精彩的寓言故事。

如果来武的，说不定会被人当成真的反贼。到时候可就真是百口莫辩，生不如死了。

丹尼斯徘徊不定。

正在他内心纠结之际，康斯坦丁和大洛山已经来到了他面前。

"我记得你。"康斯坦丁主动出现在丹尼斯面前，"是你出谋划策，帮助我们抓住了陈泽宇，对吗？"

丹尼斯挺直腰板。

"是的，大人。"

丹尼斯的脑袋正在飞速运转，这就是上天给自己的机会了。

"很好，很不错。"康斯坦丁笑道，"有你在，真是给我们减少了好多好多的麻烦。"

"神之子大人，麻烦还没有完全清除。"

"什么意思？"

"整个广场上还有巨大的安全漏洞，而且陈泽宇的余党也没有斩草除根，他们正潜伏于此，随时准备进行破坏活动。"

丹尼斯话音刚落，康斯坦丁身后的前总统站了出来。

"你一个小小警员在这里说什么屁话？我们的安保制度如此完善，怎么可能出问题？"

"一个二等公民居然也敢质疑一等公民的智慧？"

"以下犯上，侮辱高级公民。事务机器人，你还不给他加刑吗？"

一石激起千层浪。

短短一句话说完，一群官员站了出来，对丹尼斯横加指责。老烟见状，不自觉地往侧面挪了一步，他缩着脖子就像乌龟一样，躲在了众人视野的盲区。

丹尼斯脸颊有些发烫，他气鼓鼓地握紧了拳头，连指甲都发白了。

康斯坦丁没有说话，前总统先一步站出来，笑道："年轻人，我们站的位置远比你站的高，我们能看见整个世界的全貌，而你只能看见眼前的蝇头小利。

"每个人的工作是不一样的，既然你都已经加入我们警务团队了，那就按照我们警务团队的规矩办事，你的工作就是执行，决策是我们的工作。如果真的有什么问题，我们自然会发现。"

"我承认，你的眼界确实很高。你们站在楼顶，自然能看见 100 米以外的风景。但如果你们站在楼顶，能看见地面上的老鼠和蟑螂吗？"

丹尼斯开口说着，他想起了以前做公司职员的经历。

领导坐在办公室里用屁股想出来的决策没有任何实际作用，并且完全不听一线员工的意见，要求员工按照他天马行空的想象做事情就可以了。

万一最后证明决策不行，领导也不过就会说这样的话：下面的人太有想法了，完全没有按照我的意思执行。就是因为执行得不好，所以才会失败。我不想要有想法的员工，我只想要有执行力的员工。

丹尼斯的话，引起了更大的争论。

"这种小事轮不到我们来思考。"

"清理老鼠和蟑螂本来就是你的工作呀，你为什么要用这点小事来影响我们？"

"这都是因为你的执行力不够。"

丹尼斯据理力争："不是我的执行力不够，放老鼠和蟑螂进来的不是我们，而是房子本身的设计就有问题。"

"我说了，不要质疑上层。你这种人是怎么进警务团队的？你们站长在哪儿？"

前总统话音刚落，站长屁颠屁颠地跑了过来，大老远就开始敬礼。

"对不起了各位大人，丹是刚刚加入团队的，什么也不懂。对不起了各位，真对不起。"

"你这个领导是怎么当的？你是不是也不想混了？"

但凡是个高级公民都能对站长指手画脚，站长点头哈腰，就像是一个只知道鞠躬的机器人。

"对不起，对不起……"

站长不停道歉，并且不停地给丹尼斯使眼色。

丹尼斯见状，冷笑了一声，依然昂首挺胸。

"嘿……真有意思。"

康斯坦丁终于说话了，大伙儿见状一个个闭上了嘴巴，齐齐看向康斯坦丁。

"你们先别骂他了，来看看他究竟发现了什么漏洞。你说说看。"

丹尼斯终于松了口气："我们的漏洞在于机器人。"

"机器人？"

"对，机器人。"丹尼斯说道，"我们所有的安保措施都在针对低级公民，但事实上很多低级公民甚至都不知道总统竞选的事情。我们在针对一个完全没有威胁的群体，却忘记了最危险的东西。"

众人面面相觑，接着哄堂大笑。

"我以为你能说什么高深莫测的话呢。"康斯坦丁笑着说道，"机器人是绝对忠诚的，不可能叛乱。"

"如果这个机器人是陈泽宇设计的呢？"

"他怎么可能会……"

"陈泽宇的祖上是第一代智能机器人的设计师。"丹尼斯冷静地说道，"如果你们去查一查档案的话，一定会发现这个秘密。"

丹尼斯彻底豁出去了，这个时候他已经不想再隐瞒自己违规的事情了，不在这个时候下猛料唬住这些大老爷，下一次机会在哪儿可就不知道了。

"这孩子果然疯了。"

"机器人是不可能犯错的。"

"创造机器人的是圣人康斯坦丁，可不是什么小设计师，你搞清楚好不好？"

在众人唾沫横飞之际，大洛山问出了两个他们忽略已久的问题：

"其实我刚刚就想问了，为什么你身后的事务机器人一直没有对你进行警告和处罚？你顶撞上级、查阅秘密档案，这些足够判罚你几万年的刑期了，为什么它始终不说话？"

大伙儿闻言，纷纷闭嘴。

这么明显的漏洞，其实刚才已经有人提过了，只不过那个时候大家都在气头上，没有深究。或者是其实大家早就发现机器人有问题了，但谁都不敢点明。

因为在这个世界里，人可以有问题，但神创造的机器人不可以有问题。

但是，当丹尼斯说出机器人有问题时，大家这才醒悟，开始假装注意到秃子头顶的那只虱子。

"这就是问题所在。"

丹尼斯招了招手，让事务机器人飞到自己的掌心。

"这个机器人是我从陈泽宇那里偷来的，它可以无视规则，甚至可以包庇我。如果你想借用这个机器人也很简单，只需要按照正常程序绑定自己的公民 ID 就行了。

"而且令人感到非常恐怖的是，这东西绝对不止一个，因为我看见有许多事务机器人偷偷摸摸地跑进了寝宫里。不信你问问老烟，他刚才也看见了。"

【52】老烟的生存哲学

大伙儿齐齐看向老烟。

"呃——"

"老烟！"丹尼斯紧紧扼住了老烟的手腕，"你想清楚再说，我知道你都看明白了。"

老烟望着丹尼斯的眼睛，感受到了死亡的威胁。他支支吾吾半天，突然翻了个白眼，一屁股坐倒在地上，手脚抽搐。

丹尼斯愣了一下。

站长眼前一亮，赶紧跑了过去，慌慌张张地把老烟抬走："不好意思各位，他站岗站一天了，可能是中暑了。不好意思，不好意思了。"

见此情景，丹尼斯不由得暗自苦笑——这就是小人物的自保之术。

说实话，就会得罪上级。说假话，就会得罪丹尼斯。

得罪上级，丢饭碗。得罪丹尼斯，丢性命。

所以，装病是最好的借口。

站长和老烟有着同样的生存哲学，所以立刻冲上去配合老烟表演。

秉持着"死道友不死贫道"的准则，站长立刻抬着老烟离开，只留下丹尼斯一个人在原地。

丹尼斯想死，总不能拉着大伙儿跟他一起发疯，对吧？

此时，大家看向丹尼斯的眼神已经有些不对劲了。

丹尼斯感到全身发毛，他已经不知道自己做这一切到底是对是错了，然而他没有办法反悔，只能硬着头皮继续往下说：

"这个机器人，是我从陈泽宇手里偷过来的，如果你们不相信，那就拿回去用看好了。"

丹尼斯双手递出机器人。

康斯坦丁深深看了一眼丹尼斯，接过机器人左右查看。

身边的大臣凑了过来，低声说着："大人，这东西……"

"你滚开，少废话。"

康斯坦丁语气低沉，他对机器人也非常有研究，不过是上手一摸、打开一看，就明白这机器人被人非法改装过。

不过，这种非法改装在一开始就应该触发机器人的报警装置的，世界上应该没有人可以做到这点，除了陈泽宇。

直到现在，康斯坦丁都没明白陈泽宇为什么可以无视规则。

"你跟我来。"

"是。"

丹尼斯点点头，跟在康斯坦丁的身后。

穿过大门，走进宫殿，两个人一起来到了寝宫里。康斯坦丁的追随者一个个都待在门口，不敢进去，只有丹尼斯一个人跟在他的身后。

丹尼斯被眼前的景象震惊了。

整座宫殿里摆放着各种各样的艺术藏品，那些藏品都长着人类的五官，它们一个个转动眼球，视线跟着自己在移动。

"你很不错，这次的安保工作，我准备全权交给你负责。"

康斯坦丁一边说着，一边坐在王座上。

"一定不负所托。"

"这个机器人就留在我这儿了，我会送你一台新的机器人。"

康斯坦丁说完，打了个响指。

一个全新的事务机器人飞到了丹尼斯的头顶。

丹尼斯的耳边响起了系统的提示音：

"你获得了神之子的重视。

"你的剧情探索度提升。

"目前剧情探索度为 55%。"

听到系统提示音，丹尼斯提起的心总算重新被他咽回肚子。

"你对我的忠心甚至超过了自己对利益的追求，我非常开心。"康斯坦丁说道，"我相信没有第二个人能像你这样，你确实是世间难得一见的赤诚之人。"

"您过奖了，对您忠心是应该的。"

"不过，你也确实应该对我有点信心。活的陈泽宇我都不害怕，死的陈泽宇我会害怕吗？这个世界就是我的，我就是这个世界。他想杀死我，就等于和整个世界为敌，他的结局只有死路一条。"

"大人威武！"

丹尼斯单膝跪地，强忍着恶心对康斯坦丁拍马屁。

周围的藏品发出"咯咯咯"的笑声，听得丹尼斯浑身发毛。

现实世界。

世界大战已经升级到白热化的阶段。

B国率先对E国启用了大规模诡异武器，他们控制了极端天气，仅仅一天时间，E国的首都就变成了一座巨型冰雕。

好在首都的居民及时撤离，这才没有造成太严重的后果。

诡异武器加入战斗，使得战争的惨烈程度上升了一个台阶。

此时，首都的居民已经不敢待在地下防空洞了，他们集体搬迁至A国帝都监狱，那里有最强大的反诡异装置，可以完美地庇佑众人。

"谢谢你们的帮助。"

"别客气，都是一家人。"

曲康平和新任的典狱长握手问好。

郗望背着一人高的大口袋，带领队伍把必要的生活物资排列整齐，护送大家回到各自的生活区。

此时，已经没有人关注《诡异世界》了，或者说，大家已经没有精力去关注《诡异世界》了。人类灭绝的危机如同一把达摩克利斯之剑，悬在所有人的头顶。

"队长，顾毅他们能赢吗？我们再也不想受到战争的威胁了。"

"当然能。"郗望笑着指了指自己的鼻尖，"因为希望还在。"

顾毅的世界。

不知道为什么，二狗第一次爱上了这种和低级公民在一起的生活。

每当从他们的嘴中听到"小雪"的名字，他就会忍不住嘴角上翘，就像是自己也成了一个知名作家一样。

监工就在大门口坐着，眼睁睁地看着大伙儿一边聊天一边干活，却一直没有打骂他们，也没有让事务机器人惩戒他们。

这一切都是顾毅努力的结果，他已经让监工学会了闭上嘴巴和眼睛。

"顾，是你让大家都爱上了小雪的故事？"

"我什么都没做。"顾毅耸耸肩，道，"是她写的故事符合大家的胃口，仅此而已。"

"我以为是你在帮她。"

"我确实在帮她，但我只是对她说了两句鼓励的话，仅此而已。"

顾毅用手撑着铁锹，看了看时间。

现在已经是晚上6点了，马上就到矿区食堂的开饭时间，吃完饭之后，大伙儿会拥有一个半小时的休息时间。顾毅准备在这段时间对大伙儿进行最后的动员。

"帮我个忙。"

"什么？"

"我希望你能帮我屏蔽那个事务机器人的录音系统。"顾毅说道，"今天晚上我要在这里开会，可不能让它知道咱们在这里说了什么。"

"开会？我能在这里听听吗？"

"当然，带你来就是为了这个。"

"那我可真荣幸。不过有些麻烦的事是……我没有带工具。"

"我早就准备了。"

顾毅右手一翻，从黑球空间里取出一个工具箱，递到二狗手里。

生而有罪

二狗啧啧称奇，径直走到事务机器人旁边。

监工刚想说话，顾毅却走了过来。

"看着我的眼睛。"

"呃——"

监工扭头看向顾毅，那双黑色的眼眸之中仿佛包含着星辰大海。

"你什么都不知道，什么都看不到。"

"是的，我什么都看不到……"

监工点点头，双眼空洞无神。

第五章
决战

【53】演讲

"搞定了。"二狗改造完机器人，扭头看向顾毅，"需要我帮你改变一下它的逻辑判定吗？"

"什么意思？"

"你聚集那么多低级公民开会，而且还是在密闭空间里，这算是违法的。"

"没关系，我可以让监工待在旁边，这样就不算了。"顾毅摸了摸下巴，说道，"不过，为保险起见，你还是帮我弄一下吧。"

"成。"二狗点点头，继续帮顾毅改造事务机器人。

一切准备就绪。

顾毅坐在餐桌前，默默对自己使用心理暗示，保证自己能够随时处于最佳状态。他可从来都没有在这么多人面前进行过演讲。

心灵捕手只是在大伙儿心中埋下种子而已，如何让这些种子发芽，还需要一些另外的手段。

铛铛铛！顾毅用勺子敲了敲饭盆，大伙儿的注意力全都集中在了顾毅身上。这么多天下来，顾毅早就成了大伙儿的意见领袖。

"各位，我有些话要和各位说。"

顾毅挽起袖子，跨步站上了餐桌。

二狗东张西望，发现大伙儿竟然都放下了餐具，认认真真地看着顾毅。

"兄弟们，知道明天是什么日子吗？"

大伙儿面面相觑，没人吱声。

二狗为了不让顾毅冷场，开口说道："我知道，明天是总统竞选的日子。"

"竞选？"

"总统？"

"那是什么东西？"

"你是不是不识字啊？总统你都不知道是什么？"

过了3秒，大伙儿七嘴八舌地议论了起来。

二狗见状，之前好不容易积攒的期待感又一次下降了。

规则所建立的信息茧房太难突破了。

有些人活了30年，竟然连总统竞选是什么意思都不知道，仿佛第一次听说。他们从小就在矿区附近长大，一个人住、一个人睡、一个人工作。

他们唯一和外界接触的机会，就是上工。

他们没有办法和高级公民交流，没有权限使用通信工具，就连多听高级公民说两句话都可能违规，所以他们怎么可能知道外面的世界是什么样的？

偶尔有些矿工能够说出一两句似是而非的话，那也是因为他们曾经在高级餐厅、图书馆之类的地方工作过，在听高级公民聊天时，学到了一些知识。

但这些人已经算是凤毛麟角，连一小半都占不到。

"嘁……"二狗轻轻冷笑了一声。顾毅瞥了一眼二狗，权当没听见。

顾毅清了清嗓子，接着说道："你们不知道总统是谁，也不知道竞选是什么意思，对吗？"

大伙儿摇了摇头，几乎有 2/3 的人对总统竞选的事情一无所知。

顾毅沉思片刻。

显然，这是副本对于信息茧房的夸大表现。

在顾毅读书的时候，他就见过一个大学同学连自己国家的领导人叫什么都不知道，连希特勒干过什么都不明白，甚至对"诡异"复苏的危机都毫不关心，却偏偏对娱乐明星了如指掌。

历史上惨绝人寰的灾难，足以灭绝人类的危机，在他看来甚至还不如明星今天早上吃了什么重要。

该骂他们笨吗？该骂他们无知吗？该骂他们不求上进吗？该骂他们不好好学习吗？

不，该骂的是那堵住了上升渠道和创造了信息茧房的"神明"！

你怎么能要求一个天天工作 12 个小时、累得跟狗一样的矿工回到家之后还能花几个小时看看专业书籍、写写字、学习新的知识呢？

看一篇小说、读一篇故事，已经是他们仅有的娱乐活动了。

顾毅压住心头的怒火，继续用平和的语气与大家交流："那你们知道康斯坦丁是谁吗？"

"是神。"

"是整个世界的创建者。"

"是公民等级制度的制定者。"

"他是唯一。"

大伙儿都在诉说着康斯坦丁的功绩，但还有一半的人没有说话。二狗敏锐地注意到，那些没有说话的人、一脸犹豫的人，正是读过小雪作品的矿工。

顾毅握着拳头，继续说道："康斯坦丁不是神，也不是什么领袖，他是一个禁锢了所有人灵魂的魔鬼。他就像是贪婪的吸血鬼，以我们的血肉为食，他贪婪的胃口如同无底洞，永远不能填满。"

"你说得不对，公民等级制度是立国之本，是最公平和完美的制度。你在违法，你在质疑神。"

一道不和谐的声音传来。

顾毅扭头看去，一个矿工一脸惶恐不安，他听见顾毅的话就像是听见了魔鬼的呓语。

周围的工人们一个个都远离他，就像是遇到了瘟疫一样。

顾毅微微一笑，他知道这人一定是被洗脑太久，一时间无法接受自己的观点。

"你觉得我说错了？"

那个矿工说道："你根本……根本就是在为自己的懒惰找理由，如果你每天认真工作，你总有一天会爬上去的。康斯坦丁的家族可是积累了几代人的资源，他的起点比我们大家高是应该的，他可以享受更多资源也是应该的。

"如果你觉得不服气，可以自己努力往上爬呀！你凭什么觉得你自己一个人不到10年的努力，就能打败他三代、四代的积蓄和奋斗？"

顾毅歪着脑袋看向那名工人。

"哦？是吗？那你过来。"

顾毅朝着那名工人勾了勾手指，工人咽了口唾沫，懵懵懂懂地站在顾毅面前。

"你上来吧。"

"什么？"

"现在假设你是低级公民，我是高级公民，只要你能徒手爬到台子上，你就是高级公民了。现在，请让我看看你努力的决心吧。"

"这有什么难的？"

工人双手扒在桌子边缘，用力一撑。可还没等到他爬到一半，顾毅飞起一脚就将他踹了下去。

"你……"

"你再来啊。"

"你为什么踹我？"

"规则也没说我不能踹你。"

"这不公平！你就不应该站在台子上，或者你不能用脚，不然我怎样都不可能上去。"

"你凭什么觉得你自己一个人不到10年的努力，就能打败他三代、四代的积蓄和奋斗？"

顾毅双眼通红，愤怒地用对方刚才说的话反击对方。那个工人傻眼了，他好像才明白过来顾毅的意思。

"你说得对，我们确实应该努力。每个人的起点不同，这也是事实，世界上没有绝对的公平，我们必须接受这一点。

"有些人生在地下室，有些人生在1楼，有些人生在3楼。但那些生在3楼的人，凭什么要把上楼的电梯全部锁上，连梯子都不留一架？

"在这种情况下，你的努力能给你带来进步？难道这就是你说的完美、公平的制度吗？难道你就可以忍受他们垄断了所有资源，扼制了所有晋升渠道，却还能高高在上地质问你、斥责你、教训你为什么不努力吗？

"告诉我，你可以忍吗？可以忍吗？可以忍吗？"

那个工人沉默了片刻，他捂着脸颊，不知所措。

大家都知道，这个矿工不过是一个刚开始工作的小年轻，他根本不知道这个世界究竟是什么样的。只有那些干了一段时间的工人才能懂，顾毅说的都是实话。

顾毅转过头来，继续进行自己的演讲：

"你们也看到了，这一切就是瓦棚的现状。

"我们所有人都生活在由康斯坦丁一人编织的噩梦之中。

"我们不过是牛马、不过是砖头、不过是柴火，他们拿走了属于我们的劳动成果，却只给我们少得可怜的奖励。

"建设美好家园的从来不是那些高高在上的高级公民，而是我们这些付出了每一分辛苦劳动的底层公民。

"发明了跨时代智能机械的功臣从来不是某一个投资人，而是付出了聪明、智慧和勤劳的汗水的每一个开发者、设计者以及流水线上的工人。

"他们住在高楼大厦里享受，却对工人嗤之以鼻。

"他们心安理得地掠夺广大人民的智慧成果，把所有功劳集于一人之身。

"他们只是强调个人价值，却从来不提及广大群众的奉献。

"他们坐在功劳簿上坐享其成，却还可以骂我们是一群不知道奉献的白眼狼，是一群偷懒躺平的蛀虫。

"他们就是一群小偷，一群强盗，一群蛀虫！

"这样的人，凭什么能被你们称为神？被你们称为领袖？

"你们告诉我。

"凭什么……

"凭什么？

"凭什么！"

顾毅用力挥舞着拳头，他说的每一句话都像铁锤一样砸在每一个工人的心头，顾毅在他们心底埋下的种子似乎正在撬动他们封闭而愚昧的心灵。

二狗不自觉地感到浑身燥热，他扭头看向周围的工人，那些人一个个眼圈泛红，和顾毅一样神情激动。

愤怒。

悲哀。

痛苦。

疑惑。

二狗在大家的脸上看到了各种各样的表情，他在瓦棚生活了那么多年，还从来没有在低级公民的脸上看到这么多复杂的表情。

大多数时候，低级公民的脸上只有一种表情——麻木。

"对呀，凭什么？"

"凭什么！"

"凭什么！"

不知道是谁带的头，大伙儿愤怒的质问几乎掀翻了食堂的屋顶。食堂的厨师举起手里的大勺，用力敲打灶台，发出愤怒的铛铛声。矿工们用力拍打桌子，发出不甘的咚咚声。

二狗紧张地握紧了拳头，他第一次感受到"乌合之众"的力量，他在害怕——害怕即便强如自己，也无法战胜如此多的人民。

顾毅双手往下一压，大家立刻闭上嘴巴，双眼发亮地看着顾毅。

"不在沉默中爆发，就在沉默中灭亡！自由从来都不是靠老爷们施舍来的，而是靠我们努力争取得来的。死了一个老爷，这个世界什么事也不会发生，但是如果我们所有工人全部罢工，这个世界就会彻底停摆。所以……谁才是主宰这个世界的主人？是我们！而不是那些高高在上的老爷！谁才是推动历史发展的英雄？是我们！而不是那些高高在上的神明！谁才是掌握自己命运的勇士？是我们！而不是那些逆来顺受的思想！

"我们要做自己的英雄，自由与平等终将实现！"

"我们！我们！我们！"

大家有节奏地呼喊着，脸上只剩下一种表情，那就是坚定。

二狗再也忍不住了，他学着大伙儿的样子，用力挥舞着手臂。

"我们！我们！我们！"

顾毅捡起桌上的玻璃杯，用力砸碎。

"不自由，毋宁死！"

噼里啪啦！工人们有样学样，一个个举起手边的杯子，一呼百应地砸碎。

"不自由，毋宁死！"

顾毅的激情演讲给所有矿工留下了深刻的印象，即使到了下工的时候，他们也不肯离开，而是在心中不停念叨着那 6 个字。

"不自由，毋宁死。"二狗笑着说道，"太厉害了，我都没想到你居然有这种演讲才能。你早就打好腹稿了吧？"

"当然。"

"你刚刚没有用什么小手段吗？"

"哦，你是说用诡异力量吗？这个我真没有用，这是水到渠成，我做的不过是一件顺水推舟的事情。"

"我很期待明天会发生什么大事。"

"一会儿就靠你了。"

"放心交给我。"

刚才，顾毅和二狗拉了几个文化程度相对较高的矿工开了个小会，他将所有计划和任务安排了下去。工人们斗志昂扬，他们知道只有顾毅和二狗才是帮助他们摆脱奴役的希望。

晚上 7 点顾毅就提前来到了警务站，今天警务站人不少，他们都在会议室里开会讨论明天的安保计划，只有站在门口的警员注意到了顾毅。

"你怎么这么早就来了？"

"有些事情要办。"

顾毅走进了警务站，惹得警务站里办公的警员一头雾水。顾毅径直走到会议厅里，沉肩撞开了会议室的大门。

会议室里的警员们纷纷放下手里的纸笔，一脸诧异地看着顾毅。

"你进来做什么？"

"这不是你这种低级公民该来的地方。"

"警务机器人，请他出去！"

噔噔噔！顾毅的身边传来警务机器人的脚步声。

一道水波纹突兀地出现在他身边，二狗从水波纹里伸出手来，将两个警务机器人拉进了异次元。

"敌袭……"

"嘘——不要激动。"

顾毅的双眼变成黑色。

在场的所有警员就像着了魔一样，放下了手中的武器。他们直勾勾地看着顾毅，一动不动。

"干得好。"二狗出现在顾毅身后，"接下来该怎么办？"

"叫工人们过来吧，然后扒下这些警察的皮，让他们扮成警察。你顺便把这个警务站的所有机器人全都改造一遍，免得我们露馅。哦——顺便把那几个监控探头也搞定了。"

"没问题，小意思。"

二狗挑了挑眉，转身去工作。

不一会儿，顾毅的工友们怀着忐忑的心情来到了警务站。

他们看见平常不可一世的警察现在都乖巧得像一只兔子，全都不可思议地捂住了嘴巴。

"这……这是怎么做到的？"

"顾先生，我们真的可以穿上他们的制服吗？"

"兄弟们，"顾毅转过脸来，"现在时代变了，别再想着什么低级公民、高级公民的事情了，你、我从今天开始，将是自己的主人。勇敢地拿起武器反抗吧，胜负就在明天。"

"是！"

"不自由，毋宁死！"

工人们终于克服心中的恐惧，按照原本的计划，扒下了警员们的衣服。

明天守卫选举现场的人，不再是那些"神明"的走狗，而是争取自由的勇士。

【54】平行世界的相交

安排妥当警务站的事情，已经到晚上 10 点了。

顾毅按时接起了电话。

嗞嗞嗞——一阵电流声之后，顾毅来到了虫巢空间。

花音和丹尼斯站在顾毅对面，一个个都拉着脸，都是一副被人欠了 20 万块钱的样子。

"二位，你们今天过得似乎有些不顺利？"

顾毅主动询问。

丹尼斯叹了口气，主动站出来汇报："今天我差点没了……"

顾毅听着丹尼斯说出今天白天的所见所闻，突然释怀了，原来真的不是康斯坦丁请君入瓮、故弄玄虚，而是这些人就在安保制度里留了很多漏洞。

"这是真的？"

"真的，我不骗你。"丹尼斯说道，"我把自己代入成一个认真负责的警员，但我发现其实你越认真，就越无力，你明明知道上面的有些决策是错的，但你依然没有办法反驳。你们 A 国有个成语，叫作'人微言轻'，我现在总算知道这个词是什么意思了。"

花音闻言，点头表示赞同："其实不能怪他们。上面的人想当然，总觉得事情应该这么解决，因为他们没有机会——或是不屑于去底层看看现状是什么样的。

"领导不懂生产，工人不懂领导，上下级无效沟通。所以领导希望你们只需要乖乖执行决策就行，如果有问题再调整就是了。其实领导他们不知道，有很多愚蠢的决策，一线工人只瞧一眼就能明白，却又碍于制度无法调整和反驳。"

顾毅看着其余二人，悠悠地问道："二位哥哥姐姐，你们到底是在讨论现实，还是在讨论副本？"

"唉——"花音叹了口气，道，"我们只是在讨论副本里的现实，我今天也差点被人气死了……"

花音说了今天在大洛山家里的见闻，听到小洛山那让人血压升高的理论后，顾毅和丹尼斯全都绷不住了。

"花音你素质真好，要是我在场，估计要揍他了。"

"这个理论看似很合理，但实际上根本没有可操作性啊。"顾毅一本正经地分析着，"这样下去只会把泡泡越吹越大，直到最后金融危机爆发。"

"当然很荒诞。"花音摇摇头，道，"但是更加令我感到荒诞的是，我竟然觉得这个世界上真的有人能提出这个想法。因为他们根本不知道底层人民的世界是什么样子的，一切都是想当然！"

花音双手叉腰，激动得连口水都喷了出来。

两位男士下意识地往旁边退了两步，他们还是第一次看见优雅的花音做出这样失礼的行为。

"对不起，我不是故意的。"花音尴尬地捂住了自己的嘴巴。

丹尼斯微微一笑："呵，真没想到一个大小姐也会为我们这种在底层打拼的人打抱不平。"

"嘿……以前是我太天真了吧。"

花音没有选择与丹尼斯拌嘴，这让丹尼斯多少有些拳头打在棉花上的感觉。

顾毅咳嗽了两声，赶紧把话题拉了回来：

"好了二位，现在来讨论一下攻略方向吧。明天就是副本的重要转折点了，总统竞选要在明天开始。

"无论二狗在不在，他都会以各种方式去破坏这场选举。因为我们都以各种方式加入到了这段剧情当中，所以我们都要在这个大事件中起到关键作用。

"首先，我们需要考虑的是——为什么安保措施如此松散？"

顾毅停顿了一下，看向二人。

花音立刻举起手来，说道："我觉得是因为他们傲慢。根据我对大洛山和康斯坦丁的性格的了解，他们是不屑于防备的，因为他们被极其强大的势力所保护，他们本人的战斗力也不容小觑。所以，他们根本不在乎。"

"确实如此……但我觉得不是因为性格上的傲慢，而是他们确实有一些我们不知道的底牌。"丹尼斯打断了花音，"今天我走进了寝宫，在那里看到了很多奇奇怪怪的东西，都是一些瓶瓶罐罐的工艺品，但是工艺品上全都长着人类的五官，看上去非常诡异。当我来到那座寝宫的时候，我的内心非常焦虑。我的天赋能力使我对精神侵蚀的抗性很低，我怀疑那些工艺品全都拥有精神侵蚀的效果。"

"长着五官的工艺品？在寝宫里？"

"对呀……有什么不对吗？"

"没有，我早就想到了。"顾毅来回踱步，"那些工艺品是 W 博士的东西，你看见 W 博士在哪儿了吗？他大概这么高，浑身黢黑。"

"没有，寝宫里没有其他人类。"

"你在寝宫里可以使用诡异力量吗？"

"嗯……我没有主动技能，所以我不知道。"丹尼斯摸了摸自己的下巴，"但那里确实给我一种很奇怪的感觉。"

顾毅点点头："现在我有九成的把握可以确定，这个世界的主持人就在寝宫里住着。"

"所以，你有什么想法吗？"

"其实我一直想验证一个问题，如果我们能同时去见主持人，会发生什么事情？"

"这个问题有什么意义吗？"

丹尼斯和花音都没有想明白顾毅的用意。顾毅拿起纸笔，在纸上画出了3条平行线。

"我们处于3个不同的世界，就像3条平行线。"

然后，顾毅又画了一条横线，垂直于3条平行线。

"但是，我们却可以在花音的虫巢空间里相遇，而主持人也可以同时在几个平行世界里穿梭。这到底是因为主持人有无数个分身，还是因为他和花音一样，可以让3条平行线相交呢？"

"这个问题好像没有什么讨论的必要？"

"不，这个问题很有讨论的必要。"顾毅说道，"因为花音你的能力，很可能就是主持人的能力之一。"

"我？"

花音指着自己的鼻子，一脸茫然。

现在，她就像是在数学课上打了个盹，睁开眼睛以后发现老师已经把计算过程写满了黑板。

"你能不能说得具体一点？我都没明白你在说什么。"

顾毅干咳了一声，接着说道："OK，是我的思维太跳跃了，我慢慢解释给你们听。

"首先，我们可以确定的一点是——主持人都是曾经的冒险者，因此他们必然随身携带着一个强化版的诡异天赋。这一点你们明白吗？"

花音和丹尼斯点了点头。

"好的，那么就到第二点了。在我上一次通关的过程中，我就想到了这个问题，《诡异世界》的主持人，每一个都是独一无二的。因为他们一次只会接见一个冒险者，而非之前攻略组猜测的他们有无数个分身。

"他们到底是如何做到的，我有两种猜测：

"第一种：他们拥有一项和花音的天赋能力类似的技能，可以将无数平行世界串联到一起，这使得他们可以轻松地在无数平行世界里穿梭。

"第二种：每个平行世界都是一个盒子，而主持人是所有盒子的持有者，在打开这个盒子的时候，另外一个盒子的时间就会静止。

"但我觉得第二种猜测可能性并不大，因为主持人对《诡异世界》的掌控力并非百分之百，他们也需要遵守一定的规则才行。

"所以，我在想我们能不能同时进入主持人的空间，以此判断主持人的能力到底是第一种，还是第二种。"

丹尼斯说道："你怎么能确定平行世界的流速是一致的？哪怕是同一条河流，不同流域的流速也是不一样的。"

"我们都能在每天晚上10点进入花音的虫巢空间，就说明她的能力可以让我们3个人所在的世界流速一致。如果可能的话……花音！"

"在！"

"明天你也会去观看总统竞选，对吧？"

"当然。"

"假如……你达到了进入寝宫的要求，先不要急着进去，一定要在进寝宫之前使用技能，让我们同时进入虫巢空间。这种行为，就像是校准我们3个人手表的时间，让我们有机会一起进入寝宫，直面主持人。"

花音眉头紧锁，丹尼斯不停摇头。

"这个计划未免太理想化了……"

"顾先生，我大概明白你的意思了，但我觉得这个计划真的未必能够实现。

"我把你们拉入虫巢空间，但我不知道你们当时在做什么，这很可能会打断你们的剧情进度。

"可能你当时已经能进寝宫了，而丹尼斯此时还在站岗。我们没有办法随时了解彼此的闯关进展。

"我们在回到各自的副本之后，时间流速又会恢复成原来的样子，你的计划未必可以实施啊。"

"这就是我想要的答案。如果情况真的如你说的那样，那么主持人的能力就类似于第二种。如果情况不是那样，那么主持人的能力就和你的技能一样，你懂我的意思了吗？"

"大概明白了。"

花音恍然大悟，她终于明白了顾毅的思路。

顾毅的推理能力未必强，但他却有充足的想象力，并且他总会用各种方法去试错，在一遍遍试错的过程中找到那个正确的答案。

丹尼斯也终于理解了顾毅的计划，他接着提问："那么……这样做的目的是什么？"

"这样做是为了证明另外一件事情——我是不是被安排的？你们知道我的技能强化路径是怎么发展的吗？"

顾毅抬起眼皮，讲述了自己的担忧。

听明白了顾毅技能强化的路径以及诡异的巧合之后，花音和丹尼斯全都有一种后背发凉的感觉。

"所以我特别想弄明白，这个世界上到底会不会有命运的安排？你们二人的能力，会不会是我今后攻略副本的重要助力？你们二人的能力会不会也和我一样，脱胎于《诡异世界》主持人的重要能力？花音的虫巢空间，是不是代表着主持人有穿梭平行世界的能力？丹尼斯的僵尸体质，是不是代表着主持人有顽强到变态的生存能力？如果我们不断开发副本里的剧情，强化自己的技能，到最后我们会不会变成和主持人一样的诡异生物？到那个时候，我们还是人吗？

"假如导演的手里真的有一个剧本，那么你、我……是不是就是剧本里的主角？作为剧本里的角色，我们又该如何摆脱既定的命运呢？"

顾毅一口气说完了一大段话，内心波涛汹涌。

他想起了金鑫临死前怨念的眼神，想起了金鑫在审讯室里对自己的威胁："你迟早有一天会被人类背叛，你和我才是一类人，他们不会容得下你！"

三人同时陷入了沉默。

那种面对命运的无力感，那种面对强大力量的绝望，从来都没有减弱过。

顾毅重新抬起头，望着二位战友，他发现这里的气氛变得有些沉重。顾毅这才反应过来，自己似乎说得太多了。

他不应该把自己的担忧说给别人听，让他们也和自己一样紧张。

"对不起二位，我是不是说得有些悲观了？"顾毅咧嘴一笑，"这都是我的推测而已，你们不要放在心上，也许我说的都是错的呢。"

"不，顾先生，从来都不是。"花音突然走了过来，轻轻拍了拍顾毅的肩膀，"我知道你的心情，我也非常能理解你的心情。这种被人玩弄于股掌之间的感觉，确实让人很不爽。"

"嘿……"

花音注视着顾毅的眼睛。

刚开始顾毅还和以前一样充满斗志和自信，但被花音盯得久了，顾毅的视线就开始躲闪，眼里暗淡无光。

顾毅在他们面前总是摆出一副胸有成竹、运筹帷幄的样子，但他却一直把压力全都藏在自己的心里，从来不对别人诉说。

"其实，我们都很开心。"花音没说话，丹尼斯先开口了，"之前你可从来都没有把我们当成朋友，现在你总算对我们敞开心扉了。"

顾毅扭过头去，有些不解。

花音点头，附和道："丹尼斯说得不错，之前你从来没有在我们面前表现过担忧、愤怒、恐惧的一面，你就像是一个从来都没有负面情绪的机器人。

"人类只有在绝对安全的情况下，才会展现出自己柔软的一面，很高兴你总算把我们当成朋友了。"

"呃……谢谢你们。"

"顾，就像我刚才说的，你的心情我们都能理解。命运这种玄之又玄的东西，我不知道该怎么解释，也不知道该如何计算。我们就像是一群弱小的蚂蚁，而导演就像是一个拿着放大镜的恶劣顽童，他把我们放在可怕的盒子里，让我们和其他的兽、毒虫厮杀，以此取乐。

"但是你别忘了，蚂蚁虽然杀不死人类，但人类也从来没有真正灭绝过蚂蚁。"

顾毅闻言，咧开嘴，双眼之中再次闪烁着光芒。

"你说得对，谁也杀不死我们。"

【55】失控

翌日清晨。

花音早早从床上爬起，梳妆打扮一番，叫醒了还在睡懒觉的小雪。

今天小雪的状态似乎很好，并没有像上次那样坐立不安，这代表二狗并没有藏在自己身边。

"你这么早起床要做什么？"

"今天是总统竞选的日子，你可别忘了。"

"啊，要起这么早吗？"

二人携手离开住处。

大洛山早已让司机开着他的定制轿车过来，把车停在了门口。

花音和小雪坐在后座，大洛山坐在她们二人对面，一人就占了两个座位。

"花音小姐，你今天比以往漂亮多了。"

"谢谢。"花音笑着说道，"今天是大洛山总统上任的日子，不穿得隆重点可不行。"

"哈哈哈……喊早了，我今天只是去参加竞选而已，还没正式上任。"

"不过是走个过场罢了，对不对？"

"哈哈哈……"

花音的马屁让大洛山十分受用，他们开着汽车赶到了瓦棚广场前。

此时，广场周围已经站满了警员，他们站姿笔挺，如同一座座雕塑。路人们远远走过，根本不敢靠近，其中恐怕有一大堆人甚至都不明白广场上马上要发生什么事情。

他们只是在周围看看热闹罢了。

"到了。"

大洛山推门下车。

花音刚推开车门，小雪突然拉住了她的胳膊。

"怎么了？"

"花音姐姐，我们能不下去吗？"小雪撇着嘴，"我有些不舒服。"

"怎么回事？"

"我也不清楚。"小雪顿了顿，突然就往旁边退了一步，"我不是嫌弃你呀，我就是……觉得我们保持一点距离，我可能会舒服一点。"

"好，如果你需要帮助，随时喊我。"

花音表示理解，她明白二狗已经神不知鬼不觉地潜伏在自己身边了。

总统竞选开始了。

前总统任期已满，在台上进行演讲，然后将话筒交给了接下来要参加竞选的两名新总统。其中一人是大洛山，另外一人身材瘦小，说起话来还结结巴巴的。

这给花音留下的印象并不好，总觉得另外一个参选者是过来凑数的。

大洛山站在话筒前夸夸其谈，广场外围不少民众都在傻乎乎地看着。作为低级公民，他们没有选举权，但这并不妨碍他们在这里看热闹。

"这个大胖子好眼熟啊。"

"你是不是傻？那不是矿井的老板吗？"

"哦哦，对对对。"

"他在说什么？"

"听不明白，好像在谈什么'社会狐狸'？"

"是社会福利，不是狐狸！"

"那这个'狐狸'和我们有关系吗？"

"没关系。"

咯吱咯吱——一阵奇怪的声音在众人耳边响起。

初时听来像是蚕食桑叶的声音，等到3分钟后，音量逐渐变大，听起来就像是玻璃碎裂了。

一些上了年纪的人突然脸色惨白，瞳孔放大。

"快跑，快跑！"

"那个来了，是那个！"

大伙儿互相推搡着离开了广场。

大洛山捏着手里的演讲稿，还没讲到一半，没来由地感到一阵心悸。

他抬头看去，寝宫的四角突然升起4根红色光柱。

虚空的潮水从光柱里汹涌而出，整片天空都因此变得晦暗无光。

"大人！"大洛山赶紧扭头看去，"快逃，是陈泽宇来了！"

"嗯……我知道。"

康斯坦丁淡定地点点头，仿佛面前的灾难与自己毫无干系。

花音望着虚空潮水，忍不住瑟瑟发抖。她看了一眼康斯坦丁，发现康斯坦丁一副无所谓的表情，似乎对面前的灾难毫不在意。

显然，顾毅的猜测是对的。

康斯坦丁不是故意卖破绽，想要请君入瓮；也不是粗心大意，留下了巨大的漏洞。真实情况是，康斯坦丁根本不在乎任何人的刺杀行为！

王座前出现一道水波纹。

二狗从水波纹里伸出手掌，一把明晃晃的匕首伸了出来，直奔康斯坦丁的胸口而去。

花音及时赶到，扼住了二狗的手腕。

"不要……"

"滚开！"

花音的力量怎么能和二狗相较？他不过轻轻一甩手，就把花音推开了。

"大人！"

"快保护大人！"

二狗完全显现身形，一脸不屑地看着康斯坦丁。他再次刺出匕首，这一次直奔康斯坦丁的咽喉。

扑哧——匕首刺进康斯坦丁的喉咙，刀尖却从二狗的喉咙里突了出来。

二狗瞪大了眼睛，一脸不可思议，他除了能发出咯咯声，什么话也说不出来。

"这个招数是我和你学的。"康斯坦丁笑眯眯地说道，"你杀死了我父亲，还以为连我也能杀死吗？安心地去吧。"

二狗跪倒在地，身形忽隐忽现。康斯坦丁一脚踩在二狗胸前，任凭虚空潮水汩汩涌来。

"来呀，陈泽宇，看看我们俩谁会死？"

鲜血洒满地毯。

康斯坦丁推开二狗的尸体，身后便是汹涌的虚空潮水。大家都被潮水吞没，就连花音也无法幸免。

"虫洞！"

在潮水即将吞没全身之际，花音赶紧使用技能逃命。

她跑到 200 米外，却发现那虚空的潮水依然在往自己这里奔涌。她想要启用虫巢空间，却发现自己的精神力根本不够。她必须找个安静的地方休息半小时才行。

然而，这里到处都是危险，哪里才是安全的？

"完全失控了，完全失控了……"

花音懊悔地捂住了自己的脑袋。

看来自己这条路线正确的通关方法是让二狗打消刺杀康斯坦丁的念头，不然瓦棚随时都会面临末日危机。

康斯坦丁强是强，但他真的能在虚空之中存活吗？

"想不了那么多了，先跑再说。"

花音摇摇头，撒丫子狂奔而去。

丹尼斯的世界。

今天他成为康斯坦丁的贴身侍卫，始终站在神之子的身边。

昨天丹尼斯已经告诉康斯坦丁寝宫周围布满了陷阱，可康斯坦丁却依然放任不管，好像根本不在意似的。

"神之子大人，您真的不用去管那些藏在寝宫周围的东西吗？"

"没必要。"康斯坦丁说道，"你玩过电子游戏吗？如果你曾经当过高级公民，那你应该玩过吧？"

"是的，我玩过。"

"我就像是整个游戏的GM[1]，有个玩家以为自己开挂就能打赢我，殊不知我要封他的号，不过就是动动手指而已。

"他秘密地谋划、秘密地准备，以为我什么都不知道。殊不知我就像是站在讲台前的老师，学生作弊的动作我全都一清二楚。"

"您的意思是……您是故意让二狗在寝宫周围布置陷阱的？"

"故意？倒不是故意的，我只是懒得管而已。"

"我不太明白您的用意。"

"我没有什么用意，真的什么用意都没有，你们不要老是觉得我有什么高深莫测的想法。就像我喜欢虐杀女人一样，我就是喜欢，并且以此为乐。

"同样，我对二狗的态度也是如此。我就是喜欢看他想尽一切办法来杀我，但最后却杀不死我，直到灵魂消散，再次轮回。"

"真的？"

"当然是真的。就像你玩游戏，在你拥有满级神装之后，你会怎么样？是不是也喜欢屠杀一些可怜的小NPC，然后让他们用各种方式来刺杀自己，但最后只能无奈地放弃？"

"我好像有点理解您了。"

"嗯，很好。"康斯坦丁说道，"我很喜欢你，你最好一直跟在我身边，不然的话我可不知道你会遇到什么危险。"

"是，我明白了大人。"

丹尼斯点点头，他像一个合格的侍卫，紧紧跟随在康斯坦丁的周围。

大洛山在前方演讲，一阵奇怪的动静从身后传来。

丹尼斯扭头看去，虚空的潮水正从四面八方涌来。

"神之子大人，您快看……"

"别担心。"康斯坦丁摆摆手，说道，"你待在我身边就行了。"

轰隆！潮水瞬间淹没了天空，大洛山惊叫着丢下手稿。

"大人，是虚空潮水！"

"瞧你那尿样……"

康斯坦丁打了个响指，一层无形的防护罩出现在大伙儿身边。

潮水绕着防护罩汹涌狂奔，吞没了台下的观众，然而康斯坦丁一行人却没有受到

---

[1] GM：在游戏中是 Game Master 的缩写，即游戏管理员。

任何伤害。

"真是无聊啊。"康斯坦丁摇了摇头，道，"我以为陈泽宇临死前能给我带来什么精彩的表演，结果我就看到了这些？垃圾东西……"

康斯坦丁站起身来，朝着寝宫入口走去，根本无视台下民众的死活。

"大人，不用救救我们的臣民吗？"大洛山终究有些不忍心，毕竟这些民众可都是自己的劳动力啊。

康斯坦丁摇摇头，淡定地说道："现在人口那么膨胀，资源那么少，多死一点人也好。到时候我们可以出台一些政策，多生孩子可以得到奖励，这样不就行了？人口嘛，你不用担心那么多。我们想让他们多生，就能让他们多生；想让他们少生，就能让他们少生。放心，韭菜是永远割不完的，对吧？"

"你说得对，神之子大人。"

大洛山点点头，跟着康斯坦丁走进了寝宫。

丹尼斯站在门口，左等不来，右等也不来。

花音的虫巢空间始终没有出现，难道花音那边出了什么问题，或者是顾毅的推测出错了？

"丹，你还站在门口做什么？想在虚空里游泳吗？"

"是，我来了。"

丹尼斯点点头，一溜小跑跟了进去。

现在的事态已经超出丹尼斯的想象了，结局究竟会如何，他已经无法预料了。

顾毅的世界。

一大早，顾毅离开了卧室，在天井下看见了二狗的女儿。

小雪捧着一卷书稿东张西望，不知道在等待着什么。

"顾叔叔。"小雪跑了过来，"你知道我老爹去哪儿了吗？"

"他不在吗？"

"他不在赌场，黑街的窝棚里也不见人影。"

"你找他有事？"

"倒也没什么事……"小雪看了看手里的书稿，"平常他总会在我们的屋门口偷窥，我上厕所说不定都要被他跟踪呢。但是从昨天早晨一直到现在，他都没来看我。"

"你不是讨厌他跟踪、偷窥你吗？"

"哼。"

小雪跺了跺脚，转身要离开，她把手里的书稿塞进了顾毅的怀里。

"不说了，这是我书稿的最后一章。你交给他，让他帮我发表出去吧。"

"好。"

顾毅点点头，将书稿塞进了黑球空间。他走出赌场大门，突然发现眼前出现一道道水波纹。

二狗从那扭曲的波纹中间走了出来。

"小雪和你说什么了？"

"她可能想你了。"

"呵呵，怎么可能。"二狗摇摇头，道，"我是个受诅咒的人，我永远不可能拥有家人，小雪是绝对不可能想我的。"

"走吧。"

顾毅不置可否地咬了咬牙。

两人并肩走在前往瓦棚广场的道路上。

二狗咧嘴一笑，轻轻搭着顾毅的肩膀。

"兄弟，你知道我想起什么了吗？"

"什么？"

"当年我们一起参加期末考试的时候，也是这样肩并肩地走向考场。"

"你果然老了。"顾毅咧嘴一笑，"越是上年纪的人，越喜欢回忆过去。"

顾毅心中唏嘘不已。

在他看来，通关上一个副本距离现在也不过就一个月的时间而已。但是对二狗来说，却是 20 年的寒暑交替。

"你还记得当年考试的最后一题吗？"

"记得，"顾毅点点头，"放弃自己还是放弃所有同胞？"

"对，当时你是怎么选的？"

"我没选，我把主持人揍了一顿。"

"哈哈哈……这还真是你的风格。"二狗仰天长啸，"至于我，我肯定会毫不犹豫地牺牲自己，这是属于我的信仰。为了利益的最大化，为了种族延续的千秋大业。"

顾毅没有说话，因为他根本看不清前路。

在自己的推演之中，一旦总统竞选开始，顾毅的眼前便会一片虚无，这意味着自己可能要提前遇见主持人。

二狗眯起了眼睛，挤出眼角的皱纹。

"20 年前的今天，是我们俩。20 年后的今天，还是我们俩。时间改变了一切，却始终没有改变你的信念。"

"你也是。"顾毅微微一笑，道，"胜利终将属于我们。"

很快，二人来到了瓦棚广场外围。

那些负责安保工作的，全都是矿井里的工人，排在队伍最前列的也都是顾毅和二狗安排的人手。他们面色凝重地看着演讲台，时刻注意着顾毅和二狗的号令。

康斯坦丁第一个登上了演讲台，他向在座的民众点头示意，接着缓缓坐在了演讲台后面的王座上。

顾毅闭上了眼睛。在他的推演之中，除了一片虚无，什么也没有。他忍不住握紧了拳头。

"最后的时刻……来了。"

【56】最后的时刻

大洛山捧着自己的大肚子，一摇三晃地走到了演讲台前，他调整好话筒的位置，清了清嗓子。

"各位，早上好。我是大洛山，即将竞选新一任总统，我会带领大家走向新的世界，建立新的秩序，让瓦棚走向和谐繁荣……"

大洛山的声音顺着音响传到了所有人的耳中。

二狗摸了摸下巴，颇有些恶趣味地说道："兄弟，你去池塘里电过鱼吗？"

"没有。"

"你想看看鱼被电晕之后会变成什么样吗？"

"很想看。"

二狗点点头，朝着远处的手下做了个割喉的手势。

手下见状，立刻掏出了遥控器。

整个广场的安保都由矿工负责，他们带着违禁品进广场根本就没有人会过问。

嘀！手下按下按钮。

大洛山握着的话筒突然开始漏电，电流席卷大洛山全身。大伙儿就看见一个300多斤的大胖子在场上跳舞，忍不住哈哈大笑起来。

台上的其他人不知所措，还是康斯坦丁第一个发现了问题。

"那小子被电了，把他手里的话筒打下来。"

大伙儿七手八脚地帮忙，还没来得及救人，一种没来由的恐惧感油然而生。

靠近康斯坦丁的警务人员突然掏出手枪，对准康斯坦丁扣动扳机。

砰！子弹穿透康斯坦丁的胸膛，在王座上留下了一朵鲜红的血花。

周围的守卫见状，赶紧七手八脚地冲上去，将那个假扮警务人员的人按倒在地。那人扭动着身体，梗着脖子发出了最后的怒吼：

"不自由，毋宁死！"

那一声枪响，彻底点燃了大伙儿的激情。

顾毅的脚踏在台阶上，他从怀里掏出红色的缎带，绑在了右臂上。他举起右拳，回应着那名英勇的刺客。

"不自由，毋宁死！"

唰唰唰——无数工人效仿，在胳膊上绑起了缎带。

霎时间，广场上全是此起彼伏的呐喊声："不自由，毋宁死！"

人群如同红色的潮水，径直冲向那高高在上的王座。

大洛山从麻痹中苏醒过来，一抬头就看见台下汹涌而来的人潮如同洪水，裹挟着巨大的山石断木。他赶紧从地上爬起来，跑到康斯坦丁面前。

"神之子大人！"大洛山望着康斯坦丁胸口的枪伤，惊讶无比。

"叫什么叫？"康斯坦丁睁开眼睛，不耐烦地瞪着大洛山。

大伙儿惊讶地看着康斯坦丁。

此时的神之子就像是换了一个人，他的眼眸漆黑无比，仿佛藏着宇宙万象。

"大人，你没事儿？"

"你死了我都不会死。"康斯坦丁毫不客气地踹在大洛山的肚皮上，"别妨碍我看戏。"

康斯坦丁歪着脑袋，用拳头撑着腮帮子，饶有兴致地看着台下。

群众一拥而上，以血肉之躯对抗康斯坦丁的机械大军。

硝烟弥漫，血肉横飞。

大伙儿的衣服早就被敌人的机油和战友的鲜血浸染，完全看不清本来的颜色了。他们就像是一群不知疼痛的野兽，带着无边怒意向前冲锋。

"无聊……"康斯坦丁冷笑道，"我还以为陈泽宇能搞出什么新花样来呢，就这？"

"大人，你还是躲进寝宫吧，这次来的人太多了，我们已经呼叫军队了。"

"军队？如果我愿意，我一个人就是一支军队！"

突然间，康斯坦丁感到全身直起鸡皮疙瘩。

一道水波纹出现在他的眼前。二狗从水波纹中冲了出来，手中拿着一把浸染着鲜血的匕首。

康斯坦丁全身紧绷——那匕首是唯一可以杀死自己的武器。

铛！匕首刺歪，扎了康斯坦丁的王座上。

康斯坦丁反手扼住二狗的脖子，气愤地质问道："你就是陈泽宇？我可差点没认出你来！"

"去死！"

二狗挣脱束缚，再次进攻。

康斯坦丁单手一指，一根绳索脱手而出，如毒蛇一般刺穿了二狗的胸口。

二狗脸色惨白，拼尽最后的力气将匕首抛了出去。

啪！康斯坦丁微微侧头，用两根手指轻松地夹住了匕首。

"20年了，你一点长进都没有。"康斯坦丁冷笑着说道，"你指望靠一群乌合之众来杀死我？来杀死神的后代吗？"

砰！

康斯坦丁将匕首捅进二狗的胸口，二狗呕出鲜血，再次使用秘术逃跑。

"该死……"康斯坦丁怒不可遏。

"乌合之众"已经突破了机器人守卫筑成的防线，他们的身后是一片尸山血海，只要再跨过那30级台阶，就能冲上康斯坦丁的王座了。

大洛山和一众手下围在康斯坦丁的周围，看着群众狂热的表情，不由自主地瑟瑟发抖。

"神之子大人……这该怎么办？"

"怎么办？"康斯坦丁冷笑道，"一群乌合之众也能把你们吓得尿裤子吗？"

康斯坦丁大手一挥。

冲在最前面的勇士们纷纷跟跄着倒地，在他们面前有一道无形的墙壁，无论他们怎么努力，都无法冲破束缚。

"区区蝼蚁，竟敢弑神？"

康斯坦丁一踏足地面，身后的寝宫顿时消散，虚空的潮水瞬间吞没了他身边的手下。他踏足虚空，居高临下地看着所有造反的低级公民。

"你们这是在造反，你们知道吗？造反之人会有何等下场，你们知道吗？"

众人害怕了。

他们纷纷后退，不敢上前。

啪！二狗掉落在顾毅身边，他嘴里不停吐着血沫，显然是被康斯坦丁那一刀捅穿了肺叶。

"顾……顾毅……"

"喂，你怎么了？！"

顾毅满眼惊讶，他赶紧蹲在地上，扶起了满身是血的二狗。

"对不起……你交给我的任务……我没完成……"

"别说这种话！"

顾毅赶紧捂着二狗的伤口，为他按压止血。

顾毅抬起头，看向了悬浮在半空的康斯坦丁——原来这才是自己无法推演的原因，原来这才是康斯坦丁有恃无恐的原因。

二狗以虚空的力量刺杀康斯坦丁的计划根本就是错误的，因为康斯坦丁也是操控虚空能量的高手。

"大洛山！"康斯坦丁沉声呼喊。

一个巨大的虚空怪物从潮水中爬了出来，它浑身黢黑，身体不停扭曲，只看一眼就让人牙齿打战——它就是被虚空能量强化过的大洛山。

"吼——"

大洛山的吼声震耳欲聋。

前排的几个矿工撑不住，即刻倒在地上，生死不知。

"贱民！"康斯坦丁悬在空中，眼神四处扫射，"那个带头闹事的人是谁？我没猜错的话，就是死去的陈泽宇，对吧？我可以以我的神格保证，只要你们把他交出来，我就可以放过你们，不然我就把你们所有人都杀了！"

二狗的身影忽隐忽现，好像随时都要消失一样。

顾毅的手快要触碰不到二狗的身体了，他已经没有力气维持秘术了。

"快点带二狗叔找个地方休息吧。"

"这里有我们顶着，只要你们两个还在，我们就一定能战胜他。"

"顾先生，别管我们。"

队友们围绕在顾毅身边，想要掩护他二人撤退。

顾毅沉默了片刻，却见二狗突然睁眼，握住了他的手腕。

"把我交出去吧。"二狗说道，"留得青山在，不怕没柴烧，至少我们这次已经知道他的能力了……喀喀……"

"你在说什么胡话？你难道相信这人的誓言吗？"

"只要你把我交给他，我就有信心困住他并把你们送走。你不是有入殓师留下的黑球吗？有那个，我就能把你送到暗月团长那里……至少你可以活命。"

"不行……"

"你听着……好好听着！"二狗死死抓住了顾毅的领子，"我全都想起来了，《诡异世界》的一切，我都想起来了。他太强了，我们已经在这个世界里轮回过无数次了，没有一次成功击败过他……顾毅，就算是你也不行。加入暗月马戏团吧，这么长的时间过去，你的世界……可能早就沦陷了，就算你现在回去也来不及了。"

顾毅没有说话，他握紧了拳头，指甲发白，牙齿死死嵌入嘴唇，流出殷红的鲜血。

轰隆隆——天地开始震动。

康斯坦丁发出了最后通牒："我再给你们一次机会，把陈泽宇交出来，他到底在哪儿？！"

众人忍受不了康斯坦丁的精神压力，纷纷跪在地上，只有顾毅依然挺立。

康斯坦丁扫视了一圈，终于注意到了鹤立鸡群的顾毅。

"陈泽宇这个名字我挺喜欢的。"顾毅咧嘴一笑，"这个名字还是我来用吧。"

"喀喀……"陈泽宇望着顾毅，眼里充满不解，"你想做什么？"

顾毅把陈泽宇放在地上，从黑球空间里取出了陈泽宇送给他的校服，披在自己身上。他双眼通红如血，从嗓子里挤出几声沙哑的怒吼。

"站起来，不准跪！"顾毅大声说道，"这个世界上，没有任何一个人能让你们跪下！就算是神明也不行！"

顾毅用自己的意志力，硬抗康斯坦丁的精神威压，鼻血像自来水一样流了出来。

那些不屈的勇士互相搀扶着，昂起了倔强的头颅。他们双腿打战，举起了拳头。

手臂上红色的缎带正在随风飘扬。

康斯坦丁惊讶地瞪圆了眼睛，加大了力量。可那些贱民却像是在腿弯钉了一块钢板，无论如何都压不弯。

"我就是陈泽宇！"

顾毅擦了擦鼻血，笑眯眯地上前一步。

"你不是想杀我吗？来杀我呀！"康斯坦丁抬起头，朝着顾毅勾了勾手指。

顾毅双脚离地，电弧立刻在全身游走。

噼啪噼啪——顾毅的身体止不住地颤抖，双腿的皮肤已经被电得焦了。他睁大了眼睛，死死盯着面前的神之子。

"你？就凭你？"康斯坦丁不屑地看着顾毅，"你的实力连陈泽宇的一半都不到……"

铮——康斯坦丁的脑海里突然传来一阵金铁交击之声。他注视着顾毅，这个愚蠢的凡人竟然敢对自己使用精神攻击！

"放肆！"

康斯坦丁右手向下一指，顾毅像折翼的鸟儿一样落到地面。

大伙儿见状，不顾压力跑到顾毅身边，将他扶了起来。

顾毅感觉浑身剧痛，好像全身没有一块骨头是自己的。

"陈泽宇，我看见你了！"

康斯坦丁的视线瞥向了昏迷倒地的陈泽宇，他以虚空为阶，一步一步朝着陈泽宇走去。

"想杀陈泽宇，先过我这关！"

"先过我这关！"

"还有我！"

勇士们一个又一个地走了过来，挡在陈泽宇面前。

顾毅挣扎着站起来，一步一步走到陈泽宇面前，张开了双臂。

在这一刻，他终于理解了那些愿意为理想和信念献出生命的前辈，还有那些在一次又一次的绝望之中挣扎的勇士。

明知道敌人无法战胜，明知道此去九死一生，但他们依然拥有拔剑相向的勇气。

"还有我……"

顾毅低声说着，身上的校服早就被鲜血染红。

"你们是一群可爱的蚂蚁。"

康斯坦丁挥挥手。

大洛山怒吼一声，朝着人群冲了过来。

在它巨大的身躯面前，勇士们渺小得就像是虫子一般。他们挥舞着手里的棍棒，扣动枪械的扳机，却无法在大洛山身上留下一点伤口。

惨叫声此起彼伏。

不过一眨眼的工夫，大洛山就已经冲到了顾毅面前。

"咕——"大洛山的喉咙里发出威胁的吼声，它举起右拳，不由分说地朝着顾毅砸了过来。

霎时间，一道水波纹一闪而过。

拳头穿过水波纹消失不见，又从大洛山的后脑勺里伸了出来。大洛山被自己的拳头打晕，半天也爬不起来。

顾毅扭头看向陈泽宇，他用力拔出了胸口的匕首，鲜血像喷泉一样飙射而出，染红了顾毅身上的校服。

"兄弟！"顾毅赶紧扶着陈泽宇的肩膀。

陈泽宇把匕首递到顾毅的手里，语速极快地说道："只有这把刀能杀他……永……"

"你说什么？"顾毅看着陈泽宇，他根本没听清对方在说什么。

陈泽宇不知道从哪里来的力气，一脚踹开顾毅，紧接着他怒吼了一声，朝着苏醒过来的大洛山冲了过去。

"呀——"陈泽宇声音嘶哑，抱着大洛山直奔虚空而去。

血水在虚空的潮水中沸腾，紧接着化为一团血雾飘到半空，洒在顾毅脸上，洒在每一个勇士身上，洒在每一寸土地上。

顾毅捏着匕首，耳边传来系统的提示音：

"你获得了特殊剧情道具'永不妥协'。

"你的剧情探索度提升。

"目前剧情探索度为 ***%。"

顾毅捏着手里的匕首，他终于明白了陈泽宇临死前的遗言。

"蚍蜉撼树，螳臂当车。人类总会为这种无聊的牺牲而自我感动吗？"康斯坦丁冷笑着说道，"人类永远不可能杀死神。

"我玩够了，毁灭吧！"

康斯坦丁指了指顾毅，虚空的潮水汹涌而来。勇士们挡在顾毅身前，用血肉之躯抵挡虚空潮水的侵袭。

"顾先生，你快上吧！只有你能杀死他。"

"我们死不足惜，我们只求你能杀死那个怪物！"

"顾先生，我们全都想起来了。"

"瓦棚的荣耀，不容他人玷污。"

"永不妥协！永不屈服！"

陈泽宇的鲜血唤醒了所有瓦棚人的记忆，他们想起了瓦棚曾经的荣耀，想起了他们与《诡异世界》斗争的沉重历史。

康斯坦丁怒不可遏，他挥舞着双臂，将虚空的潮水引来。

"这是我的世界！"

轰隆！顷刻间天塌地陷，地动山摇。

顾毅趴在地上咬着牙，大声说道："没办法，我追不上他，我只要一离开地面就会受到惩罚。"

"没关系，有我们！"

"我们来做你的台阶！"

扑通扑通！瓦棚人彼此牵着手，义无反顾地扑向虚空的潮水。他们的肉身被虚空扭曲，变成了一坨坨看不清样子的血肉。

他们一层叠着一层，形成了一道道由血肉筑成的台阶。顾毅咬紧牙关，踏步走上了台阶，他反握匕首，踏着瓦棚人的肩膀，一步一步冲向半空中的康斯坦丁。

康斯坦丁望着瓦棚人临死前的疯狂模样，愣愣地举起右臂。

"去死！"

康斯坦丁继续催动虚空潮水。

一部分瓦棚人用身躯抵挡汹涌的虚空潮水，一部分瓦棚人爬上了血肉阶梯，成为顾毅的垫脚石。

眼见顾毅离自己越来越近，康斯坦丁用力一踏，想要朝着更高的虚空飞去。

然而——几个瓦棚人奋力一跃，拽住了康斯坦丁的双脚。

"你们想死吗？"

康斯坦丁低下头，朝着脚下的瓦棚人狠狠瞪了一眼。

他们哈哈大笑，哪怕七窍流血也不愿意放开紧握的双手。

咚咚！咚咚！咚咚！

康斯坦丁内心焦急无比，他听见周围传来一阵阵异响，但他仔细聆听之后才发现——那是瓦棚人的心跳。

此时，所有瓦棚人的心跳产生了共鸣，如同战鼓雷鸣。

远处，所有瓦棚人走出了房子，捂着悸动的心脏，望向市中心的瓦棚广场。

虚空潮水吞噬了半边天空。

尽管大家不知道前方到底发生了什么，可他们还是不自觉地握紧了拳头。

小雪捏断了水笔，抬头看向天边。

她冲出房间，朝着瓦棚广场跑去。

"老爹……顾叔叔……你们在干什么？"

咚咚！咚咚！咚咚！

顾毅捂着胸口，感觉自己的心已经和所有瓦棚人的心连在了一起。他踏着瓦棚人搭起的人梯，一步一步往上爬着。

"滚开！"康斯坦丁大声尖叫，却发现脚上的拉力越来越大。

瓦棚人堆成的人梯已经触到了他的脚踝，虚空的潮水淹没了人梯的下半部分，可还是有难以计数的瓦棚人拼命爬上来。

哪怕尸体已经化为碎片，哪怕鲜血已经变成蒸气，哪怕灵魂已经融入虚空。

"吼！"康斯坦丁朝着身下发出一声怒吼，声浪将脚下的瓦棚人吹成了碎片。顾毅的手臂穿过血气，用力抓住了康斯坦丁的右脚。

"下来！"顾毅用力一拽，手中的匕首发出殷红的光芒——这是献祭了所有阵亡勇士的鲜血所换来的无上威力！

康斯坦丁瞬间失控，掉在了人梯上。

无论是已经死掉的勇士还是活着的勇士，全都伸出胳膊牢牢地抓住了康斯坦丁。

"这不是你的世界。"顾毅走过去，一刀捅进了康斯坦丁的胸口，"这是我们的世界！"

咚咚！咚咚！咚咚！

顾毅只能听见自己的心跳了。

康斯坦丁变成了一座石雕，久久不动。他仰面朝天，化为无数白色的碎屑，消散在空气中。

虚空的潮水瞬间退去。

顾毅低头一看，瓦棚人的尸体堆成了足有10米高的台阶，他们在虚空的作用下变成了血色的石雕，完全看不出本来的面目了。

"还有人活着吗？"顾毅的嗓音已经变得非常沙哑了。

他拖着疲惫不堪的身体，从尸山血海中退下。他身上的衣服变得非常沉重，随便甩甩袖子就是一道血线，踩一踩脚便留下一圈血印。

这些全都是瓦棚人的鲜血。

顾毅闭上了眼睛，他已经没有多余的眼泪可流。

"向你们致敬！我会带着你们的遗志继续战斗，直到流干最后一滴血。"

顾毅脱下身上的校服，盖在尸山的山脚上。

此场战役，无一人胆怯，无一人后退，无一人逃跑。瓦棚人终于用自己的鲜血，重新找回了自己的荣耀。

顾毅往广场外走去，却发现眼前多了一道空气墙，无论他怎么用力也没办法撞开。无奈之下，顾毅只得回头探索。

远处的宫殿依然矗立。

顾毅反握匕首，来到宫殿前。

他伸手探向宫殿，突然听见耳边传来了嗞嗞声。

花音的世界。

虚空来袭。

花音利用虫洞离开了广场，远处的潮水在30分钟后便彻底退散了。同时，花音的耳边传来了系统的提示音：

"重要剧情人物'二狗'已经消亡。

"剧情将朝着不可预知的方向发展。

"你的剧情探索度提升。

"目前剧情探索度为***%。"

花音立刻反应了过来，这是顾毅曾经提到过的现象。她不顾危险，一路小跑来到了广场上。

这里的一切都被虚空的潮水摧毁了，只剩下神之子的寝宫依然矗立在那里，广场上一片血红，一个人也没有。

康斯坦丁不在，小雪不在，二狗也不在。

花音强忍着恶心，踏过一片尸山血海，来到寝宫的大门前。她突然想起了顾毅的提示。

此刻她刚好恢复了足够的精神力，于是她立刻开启了虫巢空间。

嗞嗞嗞——花音再次睁开眼睛，发现自己铸造的临时空间显得简陋了许多，整个空间的大小也不足原空间的1/10。

顾毅满身是血，丹尼斯一脸困惑。

他们齐齐看向花音，异口同声地问道："你们那边怎么样？"

花音看了看二人，兴奋地说道："顾先生，我现在的剧情探索度变成乱码了，是不是和你的情况一样？"

"我也是。"丹尼斯说道，"在我踏入寝宫大门的前一秒，我就听见了电流声。再次睁开眼睛时，我就发现自己来到虫巢空间了。"

顾毅深吸一口气，不知道该开心还是该难过。

"现在我们的推论已经成立了，花音，你的能力确实可以影响所有平行世界，如果这个能力可以进一步开发，那么我们所有冒险者将不会再孤军奋战。"

【57】击杀 W

三人只能在空间里待 5 分钟，因此他们各自简单地介绍了一下自己的近况。

顾毅摸了摸下巴，他感觉自己杀死的可能并不是副本世界里的康斯坦丁。

"我觉得我刚刚杀死的人未必是这个副本里的'不可言说'……在我看见那个人的眼睛时，我觉得我看见了一个熟人。"

"你是说 W 博士吗？"

"没错。"顾毅点点头，道，"果然与我猜测的一样，W 博士是一条能穿越平行线的线段，而花音是一条垂直于平行线的线段，她的作用就是修正 3 条世界线的时间轴，使其在同一位置。"

"等等，这里似乎有个问题。"丹尼斯说道，"我们的副本世界进度是完全不同的……"

"对，但这没什么影响。因为主持人的庇护所是一个独立的空间，无论你我的进度如何，只要进入了他的空间，那么进度的差异也就不重要了。"

"原来是这样吗？"

顾毅在原地踩了踩脚，之前被烧伤的皮肤现在还在隐隐作痛："好了，兄弟……还有姐妹，等我们离开虫巢空间之后，我们一起进入寝宫，去看看我们的猜测到底对不对。"

"好！"

嗞嗞嗞——大伙儿耳边再次响起电流声。

顾毅睁开眼睛，面前又是那扇装饰华美的大门，他轻轻推开大门。

脚下是一条笔直向前延伸的羊毛红毯，红毯的尽头则是一片漆黑。

和顾毅预料的一样，在这里任何诡异力量都无法发动，只有黑球空间可以使用。他闭上眼睛潜入黑球空间，拿出了那沓塔罗牌。

"给我一张好牌吧……"

顾毅深吸了一口气，从牌堆里抽出一张牌。

系统的提示音再次传来：

"你在 *** 使用了 ***！"

"你的 ***！"

"请不要 *** 使用 ***！"

"你的精神力上限在本次冒险中下降 1/2！"

顾毅感到一阵眩晕，黑球空间屏蔽了一部分《诡异世界》的力量，但自己的血肉之躯依然无法承受那雷霆般的惩罚。

顾毅又深吸了一口气，将抽到的塔罗牌翻到正面。

女皇优雅地坐在舒适的椅子上，周围是一片茂密的树林，脚下是丰收的粮食。牌面的正下方写着一行英文：The Empress。

顾毅捏着女皇牌，意识离开了黑球空间。他把手揣进口袋里，轻轻捏着牌。

红毯十分柔软，顾毅踩上去发不出一点声音，他足足走了 10 分钟，也没有走到尽头。

渐渐地，他听到了一些窃窃窣窣的声音。他扭头一看，自己的身边竟然多了两个虚影。

顾毅加快了脚步。

身边那两个虚影显然也感应到了自己，他们三人一起在红毯上跑着。

红毯尽头是一扇大门，顾毅伸手探了过去。

同一时间，花音和丹尼斯的手也一起搭了上来。

"顾，你太厉害了。"花音兴奋地看着顾毅，"我们真的同时过来了。"

丹尼斯一脸不可思议地摇了摇头："这简直是可以载入史册的伟大发现。从来没有哪个副本里会同时出现复数的冒险者。"

"严格说来，这并不是副本世界，这是主持人的私人空间，就像是游戏的控制台一样。在这里，我们的一切交流将不为外界所知，你们也完全无法使用诡异力量。"

顾毅说完，花音和丹尼斯一起尝试了一下。

丹尼斯摸了摸自己的胸口，心脏恢复了跳动。花音闭上眼睛，果然也无法感受到自己的精神力波动。

"那我们还怎么对付主持人？"

"别担心，有我在。"

顾毅当先一步推开大门。

这里正是 W 博士的博物馆。

馆内各种奇珍异宝变得破破烂烂，好像随时都要碎掉一般。脚下的红毯落满灰尘，暗淡无光，像是一年都没有人打理过。

三人抬头看去。

W 博士靠在椅背上，胸口有一处刀伤，正在不停地往外流出像石油一样的鲜血。

"你们……怎么会一起进来？"

W 博士抬头看向众人。

"我插死的明明是康斯坦丁，为什么受伤的是你？"顾毅微微一笑，"刚才是你在背后偷偷控制着康斯坦丁，对吗？"

"哼……"

W 博士没有说话，他用手捂住伤口，朝着三人瞪了一眼。

他漆黑的眼眸带着无边的怒意，强大的精神冲击直奔三人的大脑。

顾毅咬破舌尖，用疼痛使自己保持清醒。他在现实世界中已经和 W 博士有过交锋，自然知道该如何应对。

丹尼斯和花音是第一次应对 W 博士，显然没有做好准备。

花音意志力比较强，暂时还能保持理智。

丹尼斯的精神力抗性不足，在与 W 博士对视的第一秒就陷入了疯狂。

"啊——"丹尼斯大吼一声，转身扼住了花音的喉咙。

顾毅瞳孔颤动，转过身来一掌拍晕了丹尼斯。

"顾毅……"W 博士从王座上站了起来，"你毁了我的家园……你毁了我的王国……我一定要杀了你！"

W 博士化为黑色巨兽，朝顾毅冲了过来。

顾毅立刻从口袋里掏出女皇牌，轻轻捏碎。

无尽的力量涌入顾毅的身体，他双眼泛红，头上长出了两根黑色的犄角。他和死掉的大洛山一样，变成了黑色的虚空怪物。

砰砰砰！二人拳拳到肉，打在了一起。

花音脸色惨白，拖着昏迷不醒的丹尼斯躲到了角落里。

叮叮当当！

顾毅每打中 W 博士的身体一拳，周围的艺术品就会受创，发出刺耳的悲鸣声。

花音见状，赶紧把头低下，捂住了双耳。

艺术品在眨眼间全部碎裂，W 博士被顾毅按倒在地，重新变成人形。

他鼻青脸肿，一脸疲惫。

"你……会后悔的……" W 博士说道，"你一定会……"

"少废话！"

噗！顾毅一拳砸了下去，W 博士的脑袋就像是西瓜一样裂开。

虚空中的能量正在朝着 W 博士的尸体汹涌而来，顾毅根本不给他重生的机会，直接将敌人的尸体收进黑球空间。

W 博士的尸体眨眼之间腐烂、收缩，直到变成苹果核大小，就和金鑫一样。

尸体消失之后，一直藏在 W 博士口袋里的单片眼镜掉了出来。顾毅拿起镜片，离开了黑球空间。

塔罗牌的效果逐渐消散。

顾毅现在就像是跑完了一场马拉松一样，全身酸软无力。

"顾……顾先生，" 花音凑了上来，扶住了顾毅的胳膊，"你刚刚把主持人给杀了？"

"是的。"

"那我们该怎么回去啊？我们岂不是要在这里困一辈子了？"

"我说了，别担心，有我在。"

顾毅一步一步朝着王座后面走去。

【58】主持人手册

王座背后有一扇黑色的门。

顾毅使出吃奶的劲儿，这才打开黑门。

"把丹尼斯扶进来吧。"

"好。"

顾毅和花音一左一右架着昏迷的丹尼斯，穿过了大门。

大门后面是一个巨大的放映厅。

花音不知所措地坐在座位上，完全不知道顾毅要做什么。

顾毅捏着镜片，戴在了眼睛上。

"每个主持人手里都有一个诡异物品。金鑫手里的是塔罗牌，W 博士手里的是这个单片眼镜。这些诡异物品都和主持人自身的能力有着相辅相成的关系，金鑫的能力是预知未来，所以他会拥有塔罗牌；W 博士善于操纵人心，所以这个单片眼镜可以看穿人类的心思，加强自身的精神力。比如……我现在就能看出你的情绪非常紧张，比你第一次上台表演还要紧张。"

"呃……" 花音尴尬地摸了摸脑袋，"你有这东西，岂不是无敌了？"

"没用的。这些东西只能在主持人的空间和现实世界里发挥一定作用，如果能在副本里使用的话，那可太变态了。

"我猜测，这些诡异物品其实就是钥匙。有了钥匙，我就能在对应的《诡异世界》副本里使用主持人的能力。"

"这……"

花音看着顾毅，内心充满恐惧。她渐渐地理解了顾毅之前的担忧，她真的害怕了，害怕顾毅这样强大的冒险者有朝一日会站在人类的对立面。

顾毅戴着单片眼镜，看穿了花音的心思，脸上的表情有些复杂。

花音立刻反应过来，她赶紧挥了挥手，说道："顾，我没有那个意思……"

"算了，没关系，害怕是人之常情。"

顾毅摇摇头，转身走到放映室。花音安顿好昏迷的丹尼斯，也跟着顾毅走了过来。

花音好奇地左看右看，提出了自己的疑问："你杀了W博士……这个世界会怎么样？"

"不知道。"顾毅摇摇头道，"你赶紧找找看，说不定能找到什么线索。"

"好的。"

二人在放映室里寻找。

花音作为女孩子更细心一点，她先一步在放映机下方的柜子里找到了东西。

"顾，快来看。"花音兴奋地说道，"我找到了一份手册……但是上面的字我看不懂，应该就是你说的星际语？"

"没错，就是星际语。"

顾毅打开手册，仔细一瞧，这上面居然写着有关主持人的规则。

主持人手册

欢迎加入《诡异世界》团队，你独一无二的智慧与胆气将会在这里绽放光彩。我们将会共同创造出一个最伟大的作品。

规则是这个世界最本源的力量，无法遵守规则者将永堕虚空。

为了帮助你更好地经营副本世界，请尽量遵守以下规则，否则你将会受到规则的惩罚，直到万劫不复。

1. 每次副本开启时，主持人需处于后台，在现实世界的滞留时间禁止超过7天。

2. 你可以使用规则之力为副本创造规则，规则越复杂，副本越危险，消耗的规则之力越多。

3. 规则越复杂，入侵现实世界的诡异力量越单一。规则越单一，入侵现实世界的诡异力量越复杂。

4. 在副本中死亡的冒险者，以及在现实世界死亡的人类，将为你提供额外的规则之力。

5. 你只能通过创造规则、改变世界参数，来调整副本世界的难度。禁止主持人利用自己的诡异力量影响或杀伤冒险者。

6. 创造副本世界时，请直面你的本心，这样才能创造出最佳的副本世界。

7. 如果有冒险者完美通关了你的副本世界，该副本会进入锁定状态，你需要重新调整，让完美级通关率保持在1%以下，优秀级通关率在3%以下，普通级通关率在5%以下。

8. 帮助"它"寻找优秀的伙伴，也是你的工作之一。

9. "它"是唯一，请尊重并严格执行"它"的一切命令。

10. 一切规则的最终解释权归"它"所有。

顾毅拿着手册，一字一句地翻译给花音听。

花音点点头，若有所思地说道："规则上不是说……主持人不能用诡异力量影响冒险者吗？那 W 博士刚刚为什么还对我们出手？"

"是因为自暴自弃吗？反正已经违反规则了，所以干脆下死手。"顾毅想了想，说道，"或者有什么其他的原因？他违反规则，冒着被惩罚的风险动手杀我们实在不理智，我觉得我们应该继续调查。"

顾毅抱着主持人手册思考了一会儿，觉得其中的第 6 条和第 10 条也许才是 W 博士拼死也要干掉自己的原因。

第 6 条，需要主持人直面本心。

因为 W 博士和自己有私人恩怨，所以他即使触犯了规则也要想尽办法杀死自己？

第 10 条，最终解释权归"它"所有。

很可能是"它"突然改变主意，想要杀死自己，所以才让 W 博士亲自下场干掉自己？

都有可能……

顾毅思考片刻，他认为只有这样才能解释 W 博士冲动和不理智的行为，而且顾毅更倾向于自己的第二种推测。

因为自己获得了入殓师的传承。

假设自己的一切奇遇都是导演安排好的，那么他就不至于那么紧张地想要除掉自己。但如果入殓师的传承超出了他的预期，甚至脱离了他的控制，那么他必然会要求手下不留情面地消灭自己。

这反而算是一件好事。

至于第一种猜测，未免有些牵强。

自己和 W 博士之间虽然有仇恨，但顾毅自认为这种仇恨还不至于让 W 博士失去理智，甚至冒着如此大的风险要和自己拼个你死我活。

二人继续在放映室里寻找。

放映室靠墙的地方摆着一个巨大的柜子，柜子上放着许许多多的老式电影的胶片。花音拿起胶片，好奇地问道：

"你猜猜这些是什么？"

"嗯……电影？"

"手册上说了，我们将会共同创造出一个最伟大的作品……你说，这些胶片会不会是每次闯关的录像呢？"

"有道理。"

"反正我们现在暂时找不到离开的方法，不如我们放一放这些影片，看看上面到底记录着什么吧。"

"好主意！"顾毅点了点头，"不过……我不会摆弄这种放映机呀。"

"欸，不是有我吗？我可是电影学院毕业的，这种老式手摇放映机我们也学着用过。"

花音一边说着，一边组装着放映机。她装好胶片，缓缓摇动手摇杆。

【59】瓦棚最后的绝唱

咔咔……老式放映机的轴承有些老化，转起来会发出刺耳的声响。

花音和顾毅一起看向幕布，上面除了一道道白花花的影子，什么也没有。

"放映机坏了？"

"不，应该是胶片的问题。"花音拆开机器检查了一下，"这些胶片是空的。"

"再找找看吧。"

顾毅和花音一起来到墙边，在柜子里一个一个寻找着。

忽然间，顾毅发现了一个特殊的盒子。

其他的盒子都干干净净，只有这个盒子的顶部落满灰尘，好像已经有十几年没人动过了。顾毅赶紧把盒子拿出来，递到花音面前。

"试试这个。"

花音吹开盒子上的灰尘，小心翼翼地打开。

里面安安静静地躺着一卷电影胶片。

"应该就是这个了吧？"

花音点点头，在顾毅的帮助下组装好胶片，缓缓摇动手摇杆。

恍惚间，花音感觉身上一阵麻痹，她失去了全部的感知能力，但自己的手臂依然在不受控制地摇动手摇杆。花音挣扎着转动眼珠，却发现顾毅的状况和自己也差不了多少。

顾毅表情僵硬，全身上下只有眼睛能动。他不停转动眼珠，似乎在示意自己看向幕布。

花音艰难地移动视线，当她将视线挪到幕布上时，她终于明白了。

这居然是一部第一人称的VR电影！她现在已经和片子里的主角合二为一，不仅拥有了主人公的视野，甚至连他的心情和感觉都能完美体验。

今天是我们与《诡异世界》战斗的第117个年头，是我们为自由而战的第42705天，是我们经历的第6101个副本世界。

也是我通关的第5个副本。

旅者星人已经在上个副本世界里彻底与我们失去了联系，但愿他们还能继续顽强地活下去。

然而，在我们的宇宙之中，我们可能已经是最后一个还在斗争的文明了。

当我即将走到副本尽头时，我申请与母星联系。

电话的另外一头只有一片焦土，再无一声回应。

这一次"诡异"的入侵似乎完全戳中了瓦棚的弱点，它让整个世界在顷刻间荡然无存，甚至连一丝反抗的余地都不留。

我拼尽全力，终于来到了关底，见到了那个守关的主持人。

"你很厉害，可惜还是稍微晚了一步。你的世界已经彻底沦陷了，可怜的冒险者。"

我很痛苦，我拿起了我们最新研制出的武器——希望之星。

经过我们的测试，这东西可以完美地屏蔽主持人甚至导演的探测，它是我们反攻《诡异世界》的最后手段，它能发挥出多大威力，就连我都不知道。

我启动黑球，调动虚空能量对主持人发起了进攻。

主持人先我一步死去，而我也已经奄奄一息。

已经晚了，就算我能杀死主持人，似乎也没什么用了。

我闭上眼睛，准备迎接死亡。

身上的伤痛突然消失不见，我感到浑身舒畅，就像是睡了一觉。

我重新睁开眼睛。

周围是一片虚空之海，我正漂浮于虚空的潮水之上，大战过后留下的伤疤早已全部恢复。

我抬头看去。

在那虚空之上，还有另外一个庞然大物，它和整片宇宙的星空一样大，或者说，它就是宇宙本身。

我不自觉地低下了头，直到这一刻我才明白，为什么那些狂信徒总说"神不可直视"。

"你很出色。"它说道，"你愿意加入我的阵营吗？"

"不……我……永不妥协！"

"这似乎和你们瓦棚人的信念并不相符。你们自称'文明的入殓师'，为所有文明留下历史的骨灰，现在却要在我面前做出'玉碎'之举？"

"你别说了，杀了我吧，我不会与你同流合污。"

我的脑海中一片混乱，一些乱七八糟的声音在我耳边响起，它们正在一点点地蛊惑着我。

"我不会……不会……妥协！"

"孩子，你并不是妥协，我们在谈合作，这是一笔交易。我需要借助你的智慧、你的勇气，作为报酬，我可以帮助你重建你的家园。他们从来都不会死去，他们会在你的意志之中复活。让我们一起创造出一个最伟大的作品，不好吗？"

"复活？重建……我的家园？"

"是的，朋友，我们一起……"

我心动了……

我创建了我印象中的瓦棚中学。

这是我们瓦棚人理想的起点，我几乎一比一地还原了瓦棚中学的整体构造，包括那一座号称"文明之墓"的瓦棚图书馆。

"你是在创建游乐园吗？这个副本能杀死人吗？"

"W，你在做什么？"

"快些修改！快些修改！"

"加入限制！加入规则！你要做的是杀死冒险者！"

"杀死他们……获得新的力量……"

"杀！杀！杀光他们！"

脑海里的声音越来越多，我每次都要让自己的精神回到希望之星中，才可以屏蔽那些聒噪的声音。

…………

我已经不知道在多少个平行世界里流浪过了。

有了希望之星，我可以暂时屏蔽杀戮的欲望，这使得我消灭世界的效率变得极其低下，我获得的规则之力很少，以至于我根本无法重建瓦棚。

建立一个瓦棚中学，已经是我的极限了，《瓦棚中学》副本的普通级通关率甚至已经达到了60%。

为此，它对我十分不满。

生而有罪

"W……这是我给你的最后一次机会，如果你再这么下去，我会把你，还有你那座图书馆里的所有历史书，全都丢进虚空之海。"

"是，主人。"

我妥协了。我知道，我第一次妥协之后，就再无反抗的余地。

对不起，瓦棚，我背叛了自己的信仰。

"杀……杀杀杀……杀光他们……"

"人类不值得同情……"

"你还想让你的瓦棚重现荣光吗……"

"W，这些都是牺牲……是必要的牺牲……"

"杀死他们……你才能重建瓦棚……"

"丢下你的仁慈之心吧……"

那一天……我记不得是哪一天了。

我也不记得自己肆虐过多少平行世界了。

我发现，即使我待在希望之星里，我也依然能听见那些恼人的呓语。

或者说……

当时，我已经完全疯了。

我甚至都不知道，我到底有没有躲进希望之星。

或者说……

希望之星已经放弃了对我的希望。

不……

我不能把希望之星带在自己身边了……

我要把它藏好……

就藏在这里……

就这里吧……

给它锁好……

谁也发现不了它，就连我也发现不了它……

如果你真的是希望……

那你迟早有一天会成为那点星星之火！……

杀光他们！

愚蠢的人类！

什么荣耀！

见鬼去吧！

我才是世界的主宰！

人性从来都是丑恶的，绝对的力量才是绝对的真理！

信仰？

不过是弱者自我安慰的谎言罢了！……

我和我的伙伴们穿越了 1780 个平行世界，消灭了 19000 个文明，其中竟然还有 1000 多个文明达到了宇宙文明的水平。

我感到很兴奋。

我开始了自己的收藏之旅。

每杀死一个文明，我就会帮主人记录下它们的历史，并将其藏于瓦棚图书馆里。

主人夸赞我，说我是他最喜欢的史官，非常喜欢到我的图书馆里做客，欣赏我们留下的每一段精彩的表演。

我感觉自己终于实现了人生价值。

它是值得我追随一世并奉献生命的明主！

积攒了无数规则之力，我终于在这一天重建了我的家园——

瓦棚。

我的家园！

我的故乡！

我的亲人们！

你们终于回来了！

这是属于我的世界，我决不允许任何人摧毁它，它是我的东西！

康斯坦丁站在我的面前，大声质问着我。

"这里不是瓦棚，这是一个盒子，我们是困在盒子里的蟑螂！"

"你到底在说什么？这里就是瓦棚！"

"我知道了。你已经背叛了你的信仰，你背叛了瓦棚的荣耀！"

"没有人比我更懂信仰！"

"你已经不是我认识的好兄弟了……"

康斯坦丁摇了摇头，他深深叹了口气，扭头撞在柱子上。

我的藏品开始聒噪，发出了嘲笑声。

"哦哦，好兄弟死了！"

"哦哦，好兄弟死了！"

"哦哦，好兄弟死了！"

"闭嘴！"

我大声吼叫，那些瓶瓶罐罐终于闭上了嘴巴。

我蹲在康斯坦丁的尸体前，默默思索着——这已经是他第七次在我面前自杀了，我想要复活他不过是弹指一挥间而已。

重置副本世界并不需要多少规则之力。

他为什么就转不过弯来呢？他为什么那么固执呢？我们一起走向永恒，有什么不好？

我们根本就没有妥协，这只是我和主人的一次公平交易而已，我从来都没有妥协。

我再次使用规则之力，我要改造瓦棚人，让他们再也不会那么冲动，让他们再也不会要死要活，让他们再也不会毁掉我的世界！

康斯坦丁，我来给你一部分神力吧。

我让你看看——

当你达到我这个位置，你就会明白我的用意。

那些愚昧的底层瓦棚人是不会明白的，只有我才能让种族和文明延续下去！

杀死所有反抗者！
将一切不安定的因素排除在外！
瓦棚永垂不朽！

康斯坦丁来到我面前，交给我一份规则清单，上面整整写了 1000 条规则，全部写下来足有一本辞典那么厚。

"你能做到吗？"

"这太多了……"我摇摇头，"我没有那么多力量去制定这么多规则。"

"那你……帮我制定两条规则就行了。第 1 条：个人财产神圣不可侵犯，但瓦棚的所有物品、动物、植物都是属于我的财产。"

我思索了一下。

"没有问题。"

康斯坦丁竖起了第二根手指。

"第 2 条：文字是有力量的。"

"为什么是这一条？"

"我需要用文字的力量去洗脑底层公民，他们天天看那些纸醉金迷的小说，到最后必然会忘记瓦棚曾经的荣耀。"

"你可真有想象力。"

我不得不佩服康斯坦丁，他天生就是做领袖的料。

一段时间后，我就没再管瓦棚的事情了。

等我再次来到瓦棚时，我发现这里变了样。

康斯坦丁成了神，他的后代世袭神位。

康斯坦丁父子借助我的力量，创建了一整套公民等级制度，将底层公民彻底镇压，让中层公民混吃等死，使高层公民腐化堕落。

直到这个时候，我才明白康斯坦丁为什么要特意加上第 2 条规则。

"文字是有力量的，所以你把公民等级制度写在纸上，把尊卑等级刻在了所有瓦棚人的脑子里。妙呀……"

我感到很兴奋。在瓦棚，我只制定了两条规则，但它毁灭的世界却是最多的。

不愧是瓦棚！它永远是我心中的唯一！它是我的！它会一直将荣耀延续下去，直到世界尽头！它是我的！永远！

花音的手臂还在不停摆动，她的眼前一片模糊，意识重新回到了自己的身体里。

咯吱咯吱——手摇放映机终于停下了。

花音看着最后一节胶片，轻轻叹了口气。

"顾毅……那个电影里的人……那个 W……他就是你刚刚杀死的主持人吗？"

"没错。"顾毅点点头道，"他曾经也是一个英勇的战士，但他却在最后关头背叛了自己的信仰。"

死我一人而救万人，死我一族而救万族。我不入地狱，谁入地狱？

每一个瓦棚人都拥有这样的信仰。

W 虽然背叛了信仰，但他对祖国和故土的热爱依然存在。可惜到了最后，他的这份热爱扭曲成了自私、贪婪、暴虐以及对所有冒险者的憎恶。

W 对瓦棚有种执念，以至于他不希望看见顾毅完美通关副本，导致瓦棚副本进入锁定状态。于是他不惜触犯规则也要亲自插手，影响副本进度。

瓦棚人原本的信仰是对抗"诡异"、保护失落的文明，但是他们却在死后成了《诡异世界》的帮凶，一次次收割冒险者的灵魂。

在这里，顾毅和花音亲眼看见了一个勇士堕落成恶龙的全部过程。

然而，令顾毅有些意外的是，那藏在瓦棚图书馆里的黑球——希望之星——正是 W 在自己彻底疯狂前藏起来的。

他骗过了导演，骗过了所有人，甚至骗过了自己。

他总算在自己彻底堕落之前，留下了最后一缕希望的烛火。

如果说自己的一切行动都是被安排好的，顾毅宁愿相信写好这些剧本的人是瓦棚的前辈们。

花音叹了口气，伸手想收回胶片。

当手指触碰到胶片的那一刻，它立刻开始燃烧，直到变成灰烬，消散在空气之中。

"这是怎么回事？"

花音看着面前的灰烬，手足无措。

"我也不知道。"顾毅摇摇头道，"信息大概就这么多了，在电影里我们已经看到了 W 是如何制造规则的，现在我们有了他的钥匙，自然可以行使他的权力了。"

"你想要自己创造规则？"

"不用，我们只需要让系统执行他原本的命令，送我们回去。"

"这不会有问题吗？"

"不管有没有问题我们都得尝试，没有主持人的话，谁送我们回到现实世界？"

"好像有点道理……"

顾毅照着之前电影里的情节，离开放映室，回到了王座前。他坐在王座上，戴上单片眼镜，学着 W 的样子，念出了那句咒语：

"永不妥协。"

顾毅的灵魂脱离了肉体，径直往天上飞，整个瓦棚世界尽收眼底。

叮叮叮——系统重新开始运作，给了顾毅一些特别的提示：

"检测到主持人正在登入操作面板……

"身份确认中……

"警告！

"身份确认有误，即将锁定操作面板……

"身份确认 yzwu，即 jlso 定 cczo……"

系统说到一半突然开始卡壳。

顾毅感到右手掌心一阵滚烫，他张开右手，黑色的希望之星正在自行运转，帮助顾毅改变系统的判定逻辑。

"身份确认无误！

"欢迎你，主持人！

"让我们一起创造出一个最伟大的作品！"

顾毅欣喜地看着手中的黑球，啧啧称奇："你也太厉害了……"

叮叮叮——一连串乱七八糟的参数和操作面板出现在他眼前，这让他一时无所适从。

"能不能简单一点？"顾毅低声自语着。

然而，面前的操作面板立刻按照顾毅的意思转变形态，变成了蓝星人熟悉的电脑操作界面。

顾毅见状，轻轻拖动时间轴。

寒来暑往，不知几个春秋。

瓦棚人民真的推翻了康斯坦丁政府，小雪继承了她父亲的遗志，带领人民成功走向独立，彻底摆脱了规则力量的控制。

他们在瓦棚广场上竖立了一座雕像。

底部是扭曲的由血肉组成的台阶，顶部是一个看不清面容的手拿匕首的勇士，他正举起手中的武器，刺向天空中的恶魔。

雕像的底座上，写着两行字：

真正的英雄是人民。

瓦棚永不妥协。

广场正对面的寝宫被改建成了纪念堂，纪念堂的正中央有一块一层楼高、宽达10余米的石碑，上面镌刻着所有曾经为解放事业而献出生命的瓦棚人的名字。

有些人的名字并没有留下，只能用"无名氏"代替。

排在第一位的，正是"陈泽宇"。

"这盛世如你所愿……你可以安息了。"

顾毅轻轻松了口气。

此时，面前的画面突然静止。

系统的提示音再次响起：

"检测到有一名玩家达成了完美级通关条件……

"该副本即将锁定……

"你可以选择锁定副本世界，等到积攒足够的规则之力后重新创建副本……"

"重新创建副本需要多少规则之力？"

"1000000000000 个单位。"

系统回答了顾毅的疑问。顾毅调看了一下 W 剩下的规则之力，现在仅有10081个单位而已。他尝试了一下创造新的副本世界，发现建造一个大小和崇山医院类似的副本，只需要 1000 万个单位而已。

顾毅总算明白为什么 W 对瓦棚如此看重了。

创建一整个文明需要消耗巨大的积累，他当然不愿意有人真的完美通关了副本。毕竟重置副本和重新创建副本是两个概念。

顾毅想了一会儿，问道："有办法保存副本吗？"

"可以保存，但该副本将无法产生任何收益且时间静止，同时也不会再抓取新的冒险者进行冒险。"

"保存瓦棚需要多少规则之力？"

"10081 个单位。"

顾毅突然愣住了。

这有零有整的数字，正好与 W 剩下的规则之力一模一样——他似乎早就料到了有这一天。

"保存副本。"顾毅点了点头。

瓦棚的世界在他眼中越变越小，直到最后变成了一卷胶片，飞到了顾毅的手中。

顾毅轻轻掂量着手里的胶片——这就是瓦棚文明最后的骨灰。

希望之星与胶片产生了某种感应，根本不需要顾毅操纵，希望之星便自动将那卷胶片收了进去。

顾毅站在原地，默默摘下了单片眼镜。

系统的提示音终于响起：

"恭喜冒险者成功达成完美级通关的条件。

"你的剧情探索度为 ***%。

"如今与瓦棚相关的所有诡异事件将不会再出现在你所处的现实世界。

"你的精神力上限提升，现为 180/180。"

顾毅睁开眼睛，发现自己已经回到了初始空间。

（未完待续）